Burning Questions

ESSAYS
AND
OCCASIONAL
PIECES

타오르는 질문들

마거릿
애트우드
선집
2004-2021

마거릿 애트우드 지음
이재경 옮김

위즈덤하우스

그레임에게-

그리고 내 가족을 위해

차례

2부/ *2010~2013* 예술은 우리의 본성

3부/ *2014~2016* 무엇이 주(主)가 되는가

4부/ *2017~2019* 파국의 시대

5부 / *2020~2021* 생각과 기억

| 일러두기 |

- *Burning Questions: Essays and Occasional Pieces, 2004 to 2021*(2022)을 우리말로 옮긴 책이다.
- 모든 각주는 옮긴이의 첨언이다.
- 인명 및 고유명사 표기는 국립국어원의 외래어 표기법을 준용하되, 일부는 관용적 용례를 따랐다.

서문

『타오르는 질문들』은 나의 세 번째 에세이 및 조각글 모음집이다. 첫 번째 모음집인 『두 번째 말(*Second Words*)』은 내가 서평을 쓰기 시작했던 1960년에서 시작해 1982년에서 끝난다. 두 번째 모음집 『움직이는 표적들(*Moving Targets*)』은 1983년부터 2004년 중반까지 쓴 글들을 모았다. 그리고 이번 『타오르는 질문들』은 2004년 중반부터 2021년 중반까지 이어진다. 각 권에 대략 20년씩 묶인 셈이다.

각기 나름대로 격동의 시기였다. 조각글은 특정 경우를 위해 쓴 글이기 때문에 저마다의 시간과 장소에 밀접히 연결돼 있다. 적어도 내 글들은 그렇다. 또한 이 글들은 당시의 내 나이와 외적 환경에 유기적으로 엮여 있다. (내게 벌이가 있었나? 학생 때였나? 원고료가 필요했나? 나는 그때 이미 내 관심사에 매진하던 유명 작가였나? 도와달라는 외침에 붙잡혀 공짜 글을 써주는 중이었나?)

1960년의 나는 스무 살의 독신이었고, 책을 출간해본 적도 없고, 입는 옷만 입는 대학생이었다. 2021년의 나는 알려질 만큼 알려진 81세의 작가이고, 할머니이자 과부다. 입는 옷은 여전히 한정적이다. 실패한 실험들을 통해 내가 입지 않는 게 좋은 옷들이 있다는 것을 배웠다.

당연히 나는 변했다. 예컨대 머리색이 달라졌다. 하지만 세상도 변했다. 지난 60여 년은 충격과 격변, 소동과 반전으로 가득한 롤러코스터였다. 1960년은 제2차 세계대전이 끝난 지 15년밖에 안 됐던 때였다. 우리 세대에게 그 전쟁은 매우 가깝게 느껴졌다. 어쨌거나 우리가 세상에 태어나 있을 때 벌어진 일이었고, 집집에 귀향 군인과 사상자가 있었고, 우리 고등학교 선생님들 중 일부가 참전했다. 동시에 매우 멀게 느껴지기도 했다. 1950년과 1960년 사이에 민주주의의 취약성을 드러낸 매카시즘이 왔는가 하면, 노래와 춤의 개념을 뒤집어버린 엘비스도 왔다. 옷도 극과 극을 달렸다. 1940년대에는 수수하고 내구성 좋은 옷, 밀리터리 스타일과 품이 큰 옷들이 주를 이루었다. 하지만 1950년대는 어깨끈 없는 하늘하늘하고 풍성한 옷, 파스텔컬러와 꽃무늬가 지배했다. 여성성이 갈채를 받았다. 차들은 전시에 유행했던 짙은 색 세단에서 원색과 크롬 외장이 번쩍이는 컨버터블로 바뀌었다. 트랜지스터라디오가 대중화되었다. 자동차극장이 우후죽순 생겨났다. 플라스틱 시대가 도래했다.

1960년이 되자 세상이 또 변했다. 변화에 진심인 젊은이들 사이에서 포크송이 사교춤을 대체했다. 당시 토론토 커피숍들에 서식하던 작은 예술가 모임들은 비트문화보다는 프랑스 실존주의에 경도됐고, 검정 터틀넥과 검정 아이라이너가 유행했다.

하지만 1960년대 초는 본질적으로 1950년대의 연장이었다. 냉전이 여전했고, 아직 케네디가 암살되기 전이었다. 피임약을 쉽게 살 수 있던 시절도 아니었다. 핫팬츠는 있었지만 미니스커트는 아직 없었다. 히피도 없었다. 제2세대 여성운동도 일어나기 전이었다. 내가 생애 최초의 서평, 최초의 시집, 최초의 소설—최초의 소설은 다행히 서랍 밖으로 나오지 않았다—을 쓰던 때는 이런 시대였다. 내가 처음 출판한 소설 『먹을 수 있는 여자』도 이때 썼다. 하지만 책이 나온 1969년에는 책이 묘사하는 세상은 이미 가버리고 없었다.

1960년대 후반의 세상은 온통 떠들썩했다. 미국에서 대규모 민권운동 행진과 베트남전쟁 반대 시위가 잇따르고, 수십만 명이 징집을 피하기 위해 캐나다로 쏟아져 들어왔다. 이 시기에는 내 인생도 변화의 연속이었다. 몇 년은 매사추세츠 케임브리지의 대학원생으로 보냈고, 다음 몇 년은 몬트리올과 에드먼턴 등지의 강사 자리를 오갔다. 열여섯 혹은 열일곱 차례나 이사했다. 이 시기에 캐나다에 출판 벤처기업들이 많이 생겼고, 그중 다수가 캐나다의 탈식민주의 정체성 찾기 투쟁과 연결돼 있었다. 나도 그중 하나의 설립에 참여했고, 이를 계기로 당시에도 이후에도 에세이를 많이 쓰게 됐다.

이윽고 1970년대가 왔다. 제2세대 여성운동의 열기가 고조되다가 반작용과 소진을 거쳐 종국을 향해 갔다. 캐나다에서는 퀘벡의 분리주의 운동이 정치 무대의 중심을 차지했다. 이 시기에 세계 곳곳에서 권위주의 정권이 출현했다. 칠레의 피노체트 정권과 아르헨티나 군사정권이 해명되지 않은 수많은 피살과 실종을 낳았다. 캄보디아의 폴 포트 정권이 자국민 대학살을 자행했다. 이런 정권들의 일부는 '우파'였고 일부는 '좌파'였다. 하나의 이데올로기가 잔학 행위를 독점하지는 않았다. 그건 분명했다.

나는 소설과 단편과 시를 썼고, 그것들을 내 진짜 일로 여겼다. 하지만 서평도 계속 썼고, 기사와 강연으로도 가지를 쳤다. 이때 내가 다룬 주제의 상당수는 지금도 내 쪼그라드는 뇌를 지배하는 주제들이다. 여성 이슈들, 글쓰기와 작가들, 인권. 이때 나는 국제앰네스티 회원이었고, 국제앰네스티는 주로 탄원서 보내기 캠페인을 통해 '양심수' 석방에 힘썼다.

나는 1972년에 대학 강사 일을 모두 접고 프리랜서가 됐다. 바꿔 말해 돈이 되는 일이면 뭐든 했다. 우리는 농장에서 살았고, 적은 예산과 작은 아이가 있었다. 우리는 돈방석에서 구른 건 아니었지만 그렇다고 가난하지도 않았다. 비록 어느 방문객이 우리를 두고 "있는 건 염소뿐"이라고 했지만. (사실 염소는 없었다. 양이었다.) 우리는 채소를 길렀고, 닭을 비롯한 비인간 동물들도 길렀다. 이런 소규모 영농은 시간을 잡아먹었다. 돈도 까먹었다. 그래서 달걀 판매 말고 글쓰기로 현금을 확보할 기회가 있다면 무조건 환영이었다.

1980년대는 미국에서 로널드 레이건의 당선과 종교적 우파의 득세로 시작됐다. 우리는 농장에서 토론토로 이사했다. (아이의 학교 문제가 가장 큰 이유였다.) 나는 1981년에 『시녀 이야기』의 구상에 들어갔지만 1984년까지 집필을 연기했다. 이때는 콘셉트가 억지스럽게 느껴졌던 탓이다. 한편 내 '조각글 쓰기'의 출력 속도는 올라갔다. 아이가 학교에 들어가면서 낮에 여유 시간이 생기기도 했고, 원고 청탁도 늘어났기 때문이다. 산발적이고, 두서없고, 별반 유용하지도 않은 이때의 일기를 보면, 후렴처럼 등장하는 라이트모티프• 중 하나가 일이 너무 많은 것에 대한 지속적인 앓는 소리다. "멈춰야 해." 나도 모르게 하는 말이다. 그때 내가 쓰던 글들의 일부는 도움 요청을 거절하지 못한 결과였고, 이 양상은 지금껏 이어진다.

"그냥 싫다고 해." 사람들이 내게 말했고, 나도 내게 말했다. 그러나 1년에 에세이 열 편을 청탁받고 그중 90퍼센트를 거절하면 1년에 한 편이 남지만, 400건의 원고 청탁을 받으면 90퍼센트를 거절해도 (그러려면 얼마나 단호하고 도도해야 하는가!) 여전히 40편이 남는다. 나는 지난 20년 동안 매년 평균 40편씩 썼다. 거기가 내 한계다. 멈춰야 해.

우리의 연대기를 이어가자. 1989년에 베를린장벽이 무너지면서 냉전과 소련도 붕괴했다. 누군가는 우리가 드디어 역사의 종언••에 도달했다고 했다. 자본주의가 팽창일로였고, 쇼핑이 세상을 지배했으며, 어떤 라이프스타일을 선택하느냐가 개인을 규정했다. 여자들이 여기서 무엇을 더 바라겠어? '소수집단들'은 말할 것도 없고 말이야. 내 스파이들의 전언에 따르면, 캐나다의 정치인과 정부 관료가 '소수자들'을 부르는 말은 '멀티에스(multi-eths, 영어와 프랑스어가 아닌 언어를 쓰는 사람들)'와 '비지민(visi-mins, 백인이 아닌 사람들)'이었다. 천만의 말씀이었다.

• leitmotif, 독일어로 '주도동기'라는 뜻이다. 하나의 작품 내에서 반복적으로 등장하는 의미심장한 문구나 묘사를 말한다. 주제에 직접적으로 관여하는 모티프를 말하기도 한다.

•• The end of the history, 미국 정치학자 프랜시스 후쿠야마의 저서 제목이자 그의 역사종말론을 말한다. 민주주의와 자유경제가 실현되어 더는 제도적 발전을 위한 투쟁이 일어나지 않는 단계, 즉 역사의 진화가 끝난 시점에 이르렀다는 뜻이다.

그들 모두는 아직 바랄 게 많았고, 그것이 얼마 안 가 확연해졌다. 하지만 1990년대에는 아직 확연하지 않았다. 곳곳에 소요와 충돌이 있었고, 전쟁과 쿠데타와 분쟁이 있었지만 아직 폭발은 일어나지 않았다. "그런 일은 여기서는 일어나지 않아"라는 태도가 여전했다.

2001년 미국에서 세계무역센터 건물과 국방부 청사가 테러 공격을 받았고, 이후 모든 것이 바뀌었다. 이전의 추정들은 뒤집혔고, 이전의 위안들은 날아갔고, 이전에 자명했던 것은 더 이상 사실이 아니었다. 공포와 의심이 시대의 풍조가 됐다.

이 시점에서 『타오르는 질문들』이 시작된다.

왜 이런 제목인가? 21세기까지 우리를 따라온 문제들은 이제 화급을 다투는 문제들이 됐기 때문이다. 물론 모든 시대가 당대의 위기를 두고 같은 생각을 한다. 하지만 확실히 우리 시대의 위기는 차원이 다르다. 우선, 지구. 세상 자체가 정말로 타오르고 있는가? 세상에 불을 질러온 것이 우리인가? 그럼 우리가 불을 끌 수도 있을까?

그리고 지극히 불평등한 부의 분배. 부의 양극화가 북미뿐 아니라 사실상 전 세계에서 격화되고 있다. 이렇게 꼭대기만 무거운 불안정한 구조가 언제까지 유지될 수 있을까? 참다못한 하위 99퍼센트가 마침내 상징적 바스티유로 쳐들어가 불을 지르기까지 얼마나 남았을까?

그리고 민주주의. 민주주의가 위기에 처했는가? 애초에 '민주주의'는 무슨 의미일까? 모든 시민이 동등한 권리를 갖는다는 의미라면 그런 상태가 실제로 존재한 적이 있기는 한가? 우리가 모두에 관심이 있기는 한가? 모든 젠더, 모든 종교, 모든 민족에? 우리가 민주주의라고 부르는 이 시스템은 과연 보존하거나 추구할 가치가 있는 것일까? 우리가 말하는 자유는 무엇일까? 발언은 얼마나 자유롭게 허용되어야 할까? 누구까지? 그리고 어느 선까지? 소셜미디어 혁명은 민중에게 온라인 결집이라는 전례 없는 무기를 주었다. 이 결집들은 호의적인 이들에게는 '운동'이라 불리고 그렇지 않은 이들에게는 '폭동'이라 불린다. 이건 좋은 일일까, 나쁜 일일까? 그저 재래식 대중 선동의 온라인 확장판일까?

우리 시대의 유명 구호 '모두 태워버려(Burn it all down)'는 정말로 모두를 뜻할까?

예를 들어 이때의 모두는 모든 말을 뜻할까? 일각에서 입버릇처럼 '창작자(the creatives)'로 불리는 사람들은? 작가들과 글쓰기는? 그들-우리들-은 이른바 사회 친화적인 말들, 용인된 상투어들만 늘어놓는 스피커에 불과한가? 아니면 우리에게 뭔가 다른 역할이 있을까? 만약 그게 남들이 못마땅해하는 역할이라면 우리의 책들은 불태워질까? 그런 일이 없으리란 보장은 없다. 전에도 있었던 일이다. 책에 있어서 본질적 신성불가침이란 없다.

이것들은 지난 20년 동안 내가 남들에게 받았던, 그리고 스스로 던졌던 타오르는 질문들 중 일부다. 이 책에 내 답변들이 있다. 아니, 답변의 시도들이라고 해야 할까? 에세이•란 결국 그런 거니까. 시도. 노력.

나는 이 책을 다섯 개의 부로 나눴다. 분기의 기준은 특정 사건이나 전

• 에세이(essay)는 '시도'를 뜻하는 프랑스어 '에세(essai)'에서 유래했다.

환점이다.

1부는 2004년에서 시작한다. 당시 미국 세계무역센터와 국방부에 대한 테러 공격의 여파로 이라크전쟁이 진행 중이었다. 나는 '미친 아담' 3부작의 첫 번째 책 『오릭스와 크레이크』(2003)의 홍보차 여행 중이었다. 이 책은 이중의 위기를 다룬다. 기후 위기로 촉발된 대멸종과 유전자조작으로 인한 세계적 전염병. 2003~2004년에는 이 전제들이 멀게 느껴졌지만, 지금은 그렇지 않다. 1부는 2009년에 끝난다. 세계가 2008년 10월의 미국발 금융 위기로 아직 휘청대고 있었고, 내가 사회비평서 『돈을 다시 생각한다』를 막 출간한 때였다. (어떤 사람들은 내게 마법의 수정 구슬이 있다고 생각했다. 그런 건 없었다.)

2부는 2010년부터 2013년까지를 다룬다. 이 4년 동안 오바마가 미국의 대통령이었고, 세계는 금융 붕괴로부터 서서히 회복 중이었다. 나는 '미친 아담' 3부작의 세 번째 책 『미친 아담』 집필에 매진하고 있었다. 작가는 일단 책을 출판하면 그걸 왜 썼느냐는 질문을 많이 받는다. 마치 내가 재떨이라도 훔친 것처럼 말이다. 나는 2부의 에세이 중 하나를 온전히 내 범죄를 해명하는 데 바쳤다.

내 에세이 인생은 파란만장했다. 나는 서평과 서문, 그리고 슬프게도 부고 기사까지 쉬지 않고 썼다. 기후 위기 이슈가 갈수록 뜨거워졌고, 나도 해당 주제를 쓰는 일이 많아졌다.

2012년 내 반려자 그레임 깁슨(Graeme Gipson)이 치매 진단을 받았다. "예후가 어떤가요?" 그가 물었다. "병이 서서히 진행될지, 빠르게 진행될지, 이 상태로 유지될지, 어떻게 될지 알 수 없다"라는 답이 돌아왔다. 세상의 상태와 비슷했다. 이때는 하나의 결정적 재앙 없이 불안하게 요동하는 노심초사의 시기였다. 사람들은 겁에 질렸지만 그 공포에는 초점이 없었다. 우리는 그저 숨을 죽이고 하던 일을 계속했다. 세상이 정상인 척했다. 하지만 악변의 조짐들은 이미 완연해 있었다.

3부는 2014년부터 2016년까지의 에세이를 모았다. 이때 미국에서 2016년 대선의 선거운동이 시작됐다. 이 시기에 TV 시리즈 〈시녀 이야기〉•가 2016년 8월 촬영 개시를 앞두고 준비 중이었다. 19세기 캐나다에서 살인 혐의로 복역한 여성의 실화를 바탕으로 한 『그레이스』도 미니시리즈로 제작 중이었다.

따라서 이때 자유와 그 대립 개념들이 내 머리를 채우고 있었다. 이 무렵 나는 『시녀 이야기』의 속편 『증언들』(2019)의 집필에 들어갔다.

2016년 말, 우리는 시대정신의 변화를 목도했다. 도널드 트럼프가 미국 대통령으로 당선되면서 우리는 탈(脫)진실의 이상한 땅으로 완전히 들어섰다. 그 땅은 우리가 2020년까지만 머물 곳이었지만 일부는 거기서 계속 살기로 작정한 듯하다.

4부는 2017년부터 2019년까지를 다룬다. 이 시기 미국은 『시녀 이야기』가 어쩌면 허구가 아닐지 모른다는 두려움에 빠졌다. 트럼프의 취임 이후 곧바로 미국 곳곳과 해외에서 반(反)트럼프 '여성 행진(Women's March)'이 이어졌다. 미국이 절망과 비통의 살얼음판을 걷던 시기였다. 다음에는 어떤 일이 일어날까? 이때 우리는 여성 인권 후퇴에 얼마나 근접했을까? 우리에게 권위주의 정권이 도래했던 걸까?

• 우리나라에서는 〈핸드메이즈 테일〉이라는 제목으로 방영되었지만, 이 책에서는 이해를 돕기 위해 한국어판 책 제목과 동일하게 〈시녀 이야기〉로 지칭한다.

2017년 4월에 TV 시리즈 〈시녀 이야기〉가 방영됐을 때 시청자들은 거기서 현실감을 느꼈다. 같은 해에 미니시리즈 〈그레이스〉도 스트리밍 매체에 올라왔다. 〈그레이스〉가 우리의 과거였다면 〈시녀 이야기〉는 우리의 미래처럼 보였다.

온라인상에서 원고를 빼내려는 해커들의 끈질긴 시도가 있었지만 2019년 9월 10일 『증언들』이 무사히 출간됐다. 내 작가 인생에서 가장 기이한 일 중 하나였다.

이 시기에 미투 운동*이 일어났다. 미투 운동은 전반적으로 긍정적인 효과를 냈다. 나는 그렇게 믿는다. 하비 와인스타인 사건** 같은 성범죄가 더는 묵과되지 않을 거라는 인식이 생겼다는 것만으로도 그렇다. 하지만 소셜미디어를 통한 온라인 고발에 대한 찬반 논쟁은 여전히 뜨겁다. 신념과 가치관을 둘러싼 공방, 이른바 '문화전쟁들'도 끊이지 않는다. 이런 배경에서 와인스타인 사건과 빌 코스비 사건*** 등을 전한 사람들이 그랬듯 나도 진실과 팩트체크와 공정성이 필요함을 역설하는 글들을 썼다.

이때의 3년은 그레임과 내게 힘든 시기였다. 그레임의 상태는 2017년부터 2018년까지 점차 악화되다가 2019년 상반기에 급격히 나빠졌다.

---

* 소셜미디어에 '나도 피해자다'라는 의미의 해시태그 '미투(#MeToo)'를 달고 성폭력의 심각성을 알린 운동.

** 2018년, 배우 애슐리 저드 등의 제보와 『뉴욕 타임스』의 취재를 통해 할리우드의 거물 영화제작자 하비 와인스타인이 30년이 넘는 기간 동안 수많은 여성을 성추행 및 성폭행한 전력이 드러났다. 결국 와인스타인은 2020년에 23년형을 선고받았다.

*** 미국의 유명 코미디언 빌 코스비가 2014년 여러 피해자의 제보와 『뉴욕 매거진』의 보도로 과거 여러 여성을 성폭행한 사실이 드러난 사건.

우리는 함께할 시간이 얼마 남지 않았다는 것을 알았다. 남은 시간은 몇 년이 아니라 몇 개월에 불과했다. 그레임은 자신이 아직 제정신일 때 떠나기를 바랐고, 소원을 이뤘다. 영국 런던 국립극장에서 『증언들』의 출판 발표회가 열린 다음 날 그는 중증 뇌출혈로 혼수상태에 빠졌고, 닷새 뒤에 세상을 떠났다.

어떤 이들은 그레임이 세상을 떠난 뒤에도 내가 『증언들』 북 투어를 이어간 것을 두고 놀라워한다. 하지만 한편에는 호텔 방들과 행사들과 사람들이 있고, 다른 한편에는 텅 빈 집과 빈 의자만이 있을 때, 독자여, 그대라면 어떤 선택을 하겠는가? 물론 빈 집과 빈 의자는 보류한 것에 불과했다. 보류한 것들이 늘 그렇듯, 그것들은 나중에 잊지 않고 닥쳐왔다.

5부는 2020년에서 시작한다. 다시 미국 대통령 선거의 해였다. 3월에 본격화한 코로나19로 인해 대선 분위기를 찾아볼 수 없는 기이한 대선이었다.

코로나 관련 원고 청탁이 많이 들어왔다. 그들은 내게 종일 무엇을 하는지, 상황을 어떻게 전망하는지 물었다.

이때는 전체주의가 내 머리를 선점했다. 세계가 그 방향으로 표류하고 있었다. 미국에서 일어나는 다양한 권위주의 조치들이 우려스럽기 짝이 없었다. 우리가 또다시 민주주의의 붕괴를 목격하고 있는 건 아닐까?

2020년 가을, 내 시집 『한없이(*Dearly*)』가 출간됐다. 내가 『한없이』에 대해 쓴 글 중 하나를 5부에 실었다. 그레임이 내 머릿속에 크게 자리했다. 나는 행복하게 그의 책 『새들을 머리맡에(*The Bedside Book of Birds*)』에

서문을 썼다. 그가 마지막으로 발표한 두 소설의 재발간판 서문도 썼다.

나는 『타오르는 질문들』을 역사적 환경운동가 레이철 카슨과 배리 로페즈에 대한 글들로 마무리한다. 지구에 붙어사는 우리의 미래가 갈수록 불확실해지는 지금, 두 사람의 저서가 가지는 의미가 갈수록 커질 것으로 예상한다. 우리에게 기후 위기를 앞서 경고했던 카슨과 로페즈 같은 선각자들을 오늘날 그레타 툰베리가 대표하는 젊은 포스트밀레니얼 세대 운동가들이 계승하고 있다. 레이철 카슨의 책이 처음 출판된 20세기 중반에는 부정하고, 회피하고, 미루는 것이 속 편했다. 하지만 이제 더는 발을 뺄 수 없다. 우리가 계속 지구의 종(種)으로 남고 싶다면 그렇다.

얼마 안 가 포스트밀레니얼 세대가 성장해 결정권자의 자리에 앉게 된다. 그때 그들이 주어진 권력을 현명하게 쓰기를 희망한다. 그리고 서둘러주기를.

Burning Questions

>>> 1부 <<<

2004
2009

다음에는 어떤 일이 일어날까?

사이언스 로맨스

>>><<<

(2004)

칼턴대학교 저널리즘 & 커뮤니케이션 대학원의 칼턴 강연에 연사로 초대받은 것을 영광으로 생각합니다.

보아하니 제가 네 번째 연사이고, 제 앞에 저명한 남성 연사 세 분이 계셨네요. 저는 숫자 4가 늘 찜찜합니다. 숫자 3을 선호하지요. 그래서 찜찜한 4를 두 세트로 나눴습니다. 첫 번째는 남성만 포함하고 저를 배제하는 행운의 3인조이고, 두 번째는 여성만 포함하는 세트로, 회원이 현재 딱 한 사람 있는데 마침 그게 접니다. 따라서 저는 조만간 회원이 늘어날 두 번째 세트의 첫 번째 회원입니다.

이것이 오늘 저녁의 페미니즘입니다. 보시다시피 서두에 페미니즘과 말장난을 교묘히 섞었습니다. 여러분이 너무 위협을 느끼지 않게요. 사람들이 왜 제게 위협을 느끼는지 알다가도 모르겠어요. 우선 저는 키가 작아요. 나폴레옹 이후로는 키 작은 사람이 위협적이었던 적이 별로 없잖아요. 둘째, 저는 아이콘입니다. 당연히 아시겠지만 아이콘 대접은 사실상 죽은 사람 취급입니다. 그런 사람이 할 일은 공원에 꼼짝 않고 서서 비둘기가 어깨에 앉고 머리에 똥을 싸는 동안 청동으로 변해가는 것뿐입니다. 셋째, 저는 전갈자리입니다. 점성술에서 착하고 다정하기로 유명한 별자리죠. 우리는 어둡고 평화로운 신발 속에서 조용히 사는 것을 좋아해요. 아무런 말썽도 부리지 않아요. 누군가 누런 발톱을 앞세운 거대한 마당발을 우리 위에 우격다짐으로 쑤셔 넣지만 않으면요. 저도 마찬가지입니다. 누가 밟지 않는 이상 건드리지 않아요. 하지만 밟히면 결과를 책임질 수 없습니다.

오늘 저녁 제 작은 강연의 제목은 '사이언스 로맨스'입니다. 표면적으로는 사이언스 픽션(SF)을 다룹니다. 그 아래서는 '픽션이란 무엇인가?'를 논합니다. 그 아래에는 제가 쓴 두 편의 사이언스 로맨스에 대한 내용을 몇 단락 깔았습니다. 더 아래에는 '인간이란 무엇인가?'가 있을지도 몰라요. 다시 말해 이 강연은 한때 단돈 2센트로 우리 치아를 거덜냈던 알사탕과 비슷합니다. 겉에는 설탕 코팅이 있고, 겹겹이 내려가며 다양한 색이 드러나다가 속에 박혀 있는 해독이 난감한 씨앗에 이르게 되죠.

먼저, 흔히 '사이언스 픽션'으로 불리는 부류의 산문 픽션(prose fiction)부터 공략해볼까요. '사이언스 픽션'이라는 용어는 상호 배타적인 두 단어를 결합한 것입니다. 사이언스는 '지식'을 뜻하는 라틴어 스키엔티아(scientia)에서 왔습니다. 증명 가능한 사실을 의미합니다. 이에 반해 픽션은 점토 등으로 '빚다'라는 동사에서 유래한 말로, 허위나 가공을 의미합니다. 즉 사이언스 픽션을 구성하는 두 단어는 서로를 상쇄합니다.

사이언스는 이 책이 진실 진술을 의도한다고 말하지만, 픽션은 이 책이 지어낸 이야기라고 말합니다. 사이언스 픽션은 실상 파악을 원하는 사람, 예컨대 나노기술을 알고자 하는 사람에게는 무용지물입니다. 또는 사이언스 픽션은 W. C. 필즈[•]가 골프를 취급한 방식으로 취급받습니다. 필즈는 골프를 '좋다가 만 산책(a good walk spoiled)'이라고 불렀습니다. 다시 말해 사이언스 픽션은 밥과 캐럴과 테드와 앨리스[••]의 사회적·육체적 상호작용을 서술해야 할 때 그건 하지 않고 소수 괴짜들만 이해할 법한 것들을 어수선하게 욱여넣은 서사구조로 간주됩니다.

『해저 2만 리』 등의 작품을 낳은 사이언스 픽션의 친할아버지 쥘 베른(Jules Verne)은 허버트 조지 웰스(Herbert George Wells)가 보여준 분방함에 기겁했습니다. 베른과 달리 웰스는 작품의 소재를 당시 가능성의 영역에 있던 기계들—예를 들어 잠수함—에 한정하지 않았거든요. 웰스는 가능성과는 거리가 먼 기계들—예를 들어 타임머신—을 창조했습니다. "막 지어내네!(Il invente!)" 그것을 몹시 못마땅하게 여긴 쥘 베른이 이렇게 말했다는 후문이 있습니다.

노드(node)를 아시나요? 강연을 너무 많이 하면 성대에 생기는 몹쓸 옹이를 부르는 말인데, 저는 여기서는 다른 뜻으로, 접점이라는 뜻으로 사용합니다. 즉, 제가 여기서 말하는 노드는 이겁니다. 과학과 허구가 만나는 신기한 지점. 이런 부류의 이야기는 어디서 왔으며, 왜 사람들이 이런 이야기를 쓰고 읽는 걸까요? 무엇보다, 뭐에 좋은 걸까요?

• W. C. Fields, 미국의 희극배우.

•• 1969년 미국 영화 〈파트너 체인지(Bob & Carol & Ted & Alice)〉를 빗댄 말이다.

1930년대 미국에서 딱부리눈의 괴물과 안이 비치는 옷을 입은 여자들이 황금기를 누렸습니다. 이때는 사이언스 픽션이라는 용어가 등장하기 전이라서 허버트 조지 웰스의 『우주전쟁』 같은 이야기들을 '사이언스 로맨스(scientific romance)'라고 불렀습니다. 사이언스 로맨스와 사이언스 픽션 모두에서 '사이언스'는 형용사입니다. 한정을 받는 명사는 로맨스와 픽션이고요. 그리고 픽션이란 단어는 많은 것을 포괄합니다.

처음에는 장편 산문 픽션을 모두 관행적으로 '소설(novel)'로 불렀습니다. 그중에서도 사실적으로 묘사된 사회 환경과 거기 내장된 개개인을 다루는 장편 산문 픽션을 진정한 소설로 평가하기 시작했죠. 이런 관행은 대니얼 디포(Daniel Defoe)의 작품과 함께 부상했습니다. 디포는 자기 작품이 저널리즘처럼 읽히는 것을 목표했어요. 이후 사실주의 소설 전통은 18세기와 19세기 초반에 새뮤얼 리처드슨(Samuel Richardson), 프랜시스 버니(Frances Burney), 제인 오스틴(Jane Austen)의 작품을 통해 이어지고 19세기 중후반에 조지 엘리엇(George Eliot), 찰스 디킨스(Charles Dickens), 귀스타브 플로베르(Gustave Flaubert), 레프 톨스토이(Lev Tolstoy) 등 많은 작가들에 의해 발전을 거듭했어요.

이런 사실주의 소설은 '평면적' 인물보다 '입체적' 인물이 등장할 때 더 우수한 것으로 평가됩니다. 이때 입체적 인물이란 심리적 깊이가 있는 인물을 말합니다. 뭐가 됐든 이 기준에 부합하지 않는 것은 '장르소설'이라는 장중함이 떨어지는 영역으로 밀려났습니다. 이런 까닭으로 스파이 스릴러와 범죄소설과 모험소설과 초자연적 이야기와 사이언스 픽션은 아무리 훌륭하게 쓰였어도, 말하자면 경망스럽게 재미있다는 죄목으로, 중앙 무대에서 배제됩니다. '장르소설'은 정도의 차이는 있지만 결국 없는 것을 지어낸 것이며, 우리도 그것을 압니다. 즉 이런 소설은 실제를 다루지 않습니다. 실제에는 우연의 일치나 초자연적 기이함이나 액션과 모험이 없어야 하니까요. 물론 전쟁에 대한 것일 때는 예외입니다. 이렇게 장르소설은 실속 없는 것으로 치부됩니다.

'엄밀한 의미의 소설(novel proper)'은 항상 특정 종류의 진실을 내세웁니다. 이때의 진실이란 인간 본성에 대한 진실이거나, 침실 밖에서는 옷을 다 챙겨 입고 다니는 보통 사람들이 실제로 보이는 행동, 다시 말해 관찰 가능한 사회적 상황에 대한 진실을 말합니다. 반면 '장르소설'의 의도는 다른 데 있다고들 합니다. '장르소설'은 매일의 수레바퀴가 일으키는 일상의 모래먼지에 우리의 코를 쑤셔 박는 대신 우리에게 유희를, 불온한 도피주의를 제공한다고 합니다. 그런데요, 사실주의 소설가들에게는 애석한 일이지만 대개의 독자는 유희를 좋아합니다. 조지 기싱(George Gissing)의 명작 『뉴 그럽 스트리트』에 가난에 찌든 작가가 나옵니다. 이 인물은 자신의 극사실주의 소설 「식료품상 베일리 씨」가 실패하자 자살합니다. 『뉴 그럽 스트리트』는 헨리 라이더 해거드(Henry Rider Haggard)의 『그녀』 같은 어드벤처 로맨스와 허버트 조지 웰스의 사이언스 로맨스 열풍이 한창일 때 세상에 나왔습니다. 따라서 「식료품상 베일리 씨」가 현실의 소설이었더라도 고전하기는 마찬가지였을 겁니다. 혹시 이런 일이 오늘날에는 일어나기 어렵다고 생각하시나요? 그럼 순수 어드벤처 로맨스인 『파이 이야기』와 『다빈치 코드』와 장기 흥행 중인 앤 라이스(Anne Rice)의 '뱀파이어 연대기'의 판매 부수를 한번 보세요.

엄밀한 의미의 사실주의 소설은 중간계•를 배경으로 하고, 중간계의 중간은 중산층이고, 남녀 주인공은 대개 바람직한 규준에 해당합니다. 또는 토머스 하디(Thomas Hardy)의 비극에서처럼 운명과 사회가 적대적이지 않았다면 바람직한 규준이 되었을 사람들입니다. 출판사들과 독자들의 말처럼 "우리는 그런 사람들을 좋아하니까요". 사실주의 소설에도 때로 바람직한 규준의 기괴한 변형들이 등장하긴 합니다. 하지만 욕하는 조개나 늑대인간이나 외계인으로 등장하는 게 아니라 성격적 결함이나 못난 코를 가진 사람으로 등장합니다. 또한 사실주의 소설에도 때로 세상에 없던 사회조직이 등장합니다. 하지만 그것이 유토피아나 디스토피아로 극화되기보다 인물들의 대화나 일기나 공상의 형태로 언급될 뿐입니다. 사실주의 소설의 주인공은 이야기 발단 단계에서 부모와 친척으로 규정되는 사회적 공간에 배치됩니다. 부모나 친척이 하찮거나 죽은 상태일 수는 있지만 없을 수는 없습니다. 주인공이 다 자란 성인으로 하늘에서 뚝 떨어지지 않습니다. 과거와 이력이 딸려 있죠. 이런 종류의 픽션은 의식적 각성 상태를 다룹니다. 어느 남자가 절지동물로 변한다면 그건 오직 악몽 속에서만 일어납니다.

하지만 모든 산문 픽션이 엄밀한 의미의 사실주의 소설은 아닙니다. 산문 픽션이지만 소설이 아닌 것도 있습니다. 예컨대 『천로역정』은 산문 서사이고 픽션이지만 '소설'을 의도하지 않았습니다. 『천로역정』이 쓰인 당시에는 소설이 존재하지도 않았습니다. 『천로역정』은 로맨스입니다. 로맨스는 영웅 모험담이 우화와 결합한 것을 말합니다. 『천로

• Middle Earth, 존 로널드 로웰 톨킨의 『반지의 제왕』에 나오는 표현.

역정』의 경우는 기독교인의 삶의 단계들을 다룬 우화입니다. (로맨스는 사이언스 픽션의 효시 중 하나이지만, 그렇게 인정되는 경우는 많지 않습니다.) 엄밀한 의미의 소설이 아닌 산문 픽션의 사례들은 이 밖에도 많습니다. 참회록. 논집. 메니푸스 풍자• 또는 아나토미. 유토피아와 그것의 사악한 쌍둥이 디스토피아.

너새니얼 호손은 소설과 구분하기 위해 자신의 픽션 중 일부를 일부러 '로맨스'라고 불렀습니다. 소설에 비해 로맨스가 보다 분명한 패턴을 취한다고 생각한 게 아닐까 싶어요. 예를 들어 금발의 여주인공과 그녀의 검은 머리 분신의 대립 구도 같은 거요. 프랑스어에는 단편소설을 지칭하는 단어가 둘 있습니다. 콩트(contes)와 누벨(nouvelles). 영어로 옮기면 '이야기(tales)'와 '뉴스(news)'입니다. 아주 유용한 구분입니다. 이야기는 어디든 배경으로 삼을 수 있습니다. 이야기는 소설이 출입하지 못하는 영역들로, 마음의 지하실과 다락방으로 들어갈 수 있습니다. 소설에는 꿈과 판타지로만 등장할 수 있는 것들이 이야기에서는 실제 형태를 갖추고 현실 세계에 존재합니다. 반면 뉴스는 우리에 관한 소식, 즉 '일상'에서 일어나는 소식입니다. 뉴스에 자동차 사고와 난파선은 있을 수 있지만 프랑켄슈타인 같은 괴물은 없어요. '일상' 속 누군가가 실제로 그것을 만들어내는 데 성공하기 전까지는 말이죠.

하지만 뉴스에도 여러 종류의 뉴스가 있고, 픽션도 우리에게 '뉴스'

• Menippean satire, 개연성이 떨어지는 허구 서사 속의 인물들을 통해 제도, 관습, 도덕, 문제적 인간 유형을 풍자하는 것을 말한다. 철학적 냉소의 원조인 고대 그리스 견유학파 철학자 메니푸스의 이름을 딴 명칭이다. 이런 철학적·분석적 풍자를 아나토미(Anatomy)라고 부르기도 한다.

를 전할 수 있습니다. 픽션도 과거와 현재와 미래를 말할 수 있습니다. 다가올 일에 대해 쓰면서 때로는 살벌한 경고성 저널리즘 형식을 동원합니다. 이런 것을 전에는 예언이라 칭했고, 지금은 선동과 선전으로 부르죠. 저놈을 선출해라, 댐을 세워라, 폭탄을 투하해라, 그러면 온갖 지옥이 한꺼번에 열릴 것이다. 아니면 보다 순한 형태로 혀만 끌끌 차기도 하고요. 이쯤에서, 평소 "어떻게 아셨어요?"라는 질문을 많이 받는 사람으로서 분명히 해두고 싶은 것이 있습니다. 저는 예언에는 관심 없습니다. 적어도 저런 종류는요. 누구도 미래를 내다볼 수 없어요. 그러기에는 변수가 너무 많아요. 19세기에 앨프리드 테니슨(Alfred Tennyson)이 「록슬리 홀(Locksley Hall)」이라는 서사시를 썼습니다. 그 시에 비행기의 시대를 예언하는 듯한 말이 나와요. 그리고 이런 구절도 있어요. "나는 미래로, 인간의 눈이 볼 수 있는 가장 멀리로 뛰어들었다." 미래로 뛰어들 수 있는 사람은 없어요. 하지만 미래가 될지 모를 것의 씨앗을 품고 있는 현재로 뛰어들 수는 있죠. 윌리엄 깁슨(William Gibson)이 말했듯 미래는 이미 우리와 함께 있습니다. 단지 고르지 않게 흩어져 있을 뿐이죠. 그래서 우리는 새끼 양 한 마리를 보며 이런 경험적 추측을 할 수 있어요. "예기치 않은 일이 벌어지지 않는 한, 저 새끼 양은 (a) 어른 양이 되거나 (b) 내 저녁 식사가 된다." 그리고 경험상 이런 가능성은 배제하죠. "(c) 뉴욕을 뭉개버릴 거대한 양털 괴물이 된다."

만약 미래에 대한 글이지만 예측 저널리즘은 아니라면, 그런 책은 사이언스 픽션 또는 사변소설(speculative fiction)일 가능성이 높습니다. 저는 사이언스 픽션과 사변소설을 구분합니다. 제 기준에서 사이언스 픽션은 웜홀을 통해 이 우주에서 저 우주로 이동하는 일처럼 우리가 아직 할 수 없거나 아예 할 수 없는 일들을 다룬 책이고, 사변소설은 신용카드처럼 이미 실현된 수단들이 나오고 지구에서 일어나는 일들을 다룬 책을 뜻합니다. 하지만 이 용어들은 가변적입니다. 어떤 이들은 사변소설을 사이언스 픽션과 그 하위범주들을 망라하는 포괄적 용어로 쓰고, 다른 이들은 반대로 사변소설을 사이언스 픽션의 하위범주로 봅니다.

흔히 '소설'로 정의되는 서사에는 있을 수 없지만, 사이언스 픽션이나 사변소설 서사에서는 가능한 것들의 예를 몇 가지 들면 다음과 같습니다.

• 신기술이나 구상 단계의 기술이 온전히 가동되는 상황을 묘사함으로써 그것의 실현이 불러올 결과를 생생히 탐색합니다.

• 인간이 극한 상황에 처하는 설정을 통해 인간성의 본질과 한계를 생생히 탐색합니다.

• 인간과 우주의 관계를 탐색합니다. 이 탐색은 종종 종교적 방향으로 흐르고 신화와도 쉽게 융합합니다. 다시 말하지만 사실주의 소설에서 이런 탐색은 오직 대화, 공상, 독백에서만 일어날 수 있습니다.

• 사람들이 제안하는 사회조직 변화가 실제로 일어날 경우 사람들이 어떤 사회에 살게 될지, 그들이 삶은 어떤 모습일지 보여줍니다. 다시 말해 유토피아와 디스토피아를 제시합니다.

• 인간이 한 번도 가보지 못한 곳으로 우리를 과감히 데려가서 상상의 영역들을 탐색합니다. 우주여행, 미생물 크기의 잠수함이 인체 내부를 탐험하는 아이작 아시모프(Isaac Asimov)의 『환상의 항해(*Fantastic*

Voyage)』, 윌리엄 깁슨의 사이버스페이스 여행, 두 가지 차원을 오가는 〈매트릭스〉 등이 여기 해당합니다. 부언하자면 영화 〈매트릭스〉는 기독교적 우화가 강하게 깔려 있는 어드벤처 로맨스입니다. 즉 『오만과 편견』보다는 『천로역정』에 더 가깝습니다.

일부 평론가들은 사이언스 픽션의 형식을 두고 『실낙원』의 뒤를 이은 신학적 서사의 후손이라고 했습니다. 전적으로 맞는 말입니다. 주식 중개인에 대한 소설에서 날개 달린 용이나 불타면서 말하는 덤불 같은 초자연적 생명체를 만날 일은 희박합니다. 주식 중개인이 향정신성 약물을 다량 복용하지 않는 한 어려운 일입니다. 하지만 제10행성•에서라면 그리 어색한 일만도 아니죠.

저는 지금까지 두 편의 '사이언스 픽션'을 썼습니다. 『시녀 이야기』와 『오릭스와 크레이크』입니다. 원하시면 '사변소설'이라 해도 무방합니다. 두 부류의 공통점을 간파한 평론가들이 어차피 한 가지로 합쳐 버렸거든요. 둘 다 제인 오스틴 풍의 '사실주의 소설'이 아니고, 둘 다 미래가 배경입니다. 하지만 둘은 같지 않습니다. 일단 『시녀 이야기』는 전형적인 디스토피아 소설입니다. 조지 오웰의 『1984』에서, 특히 에필로그 부분에서 영감을 얻었죠. 저는 2003년 6월, 조지 오웰 탄생 100주년 기념 BBC 특집 방송에 출연해 다음과 같이 말했습니다.

오웰은 신랄함과 비관주의로 비난받았습니다. 개인의 모든 기회를 박

• Planet X, 명왕성 궤도 밖에 있는 가상의 행성.

탈하고 모든 것을 통제하는 '당(Party)'의 잔혹한 전체주의 군홧발이 영원히 인간의 얼굴을 으깨고 짓이기는 미래의 비전을 우리에게 유산으로 남겼다는 비판이죠.

하지만 오웰에 대한 이런 시각은 『1984』의 마지막 장에서 깨집니다. 마지막 장은 '신어(Newspeak)'에 대한 에세이의 형식을 취합니다. '신어'는 작품 속 독재 정권이 사람들의 생각을 통제하려고 만든 '이중사고(doublethink)' 언어입니다. 정권은 문제의 소지가 있는 단어들을 모두 삭제합니다. 예컨대 '나쁘다'는 더 이상 허용되지 않습니다. 대신 '좋지 않다, 매우 좋지 않다' 등으로 말해야 하죠. 또는 단어의 의미를 원래의 의미와 반대로 사용합니다. 이 언어에 따라 사람들을 고문하는 곳은 애정부, 과거가 말살되는 건물은 정보부로 불리죠. 소설 속 거대 도시 '에어스트립 원(Airstrip One)'의 통치자들은 사람들의 논리적 사고력을 아예 없애려고 합니다.

그런데 이 '신어' 에세이는 표준영어의 3인칭 과거시제로 쓰였습니다. 정권은 결국 무너졌고, 언어와 개성은 살아남았다는 의미인 거죠. 누군지는 모르지만 이 '신어' 에세이를 쓴 사람의 입장에서 『1984』의 세계는 이미 끝난 세계입니다. 따라서 오웰은 우리가 흔히 생각하는 것과 달리 인간 정신의 불굴성에 대한 믿음이 강했던 사람이었어요. 이것이 제 견해입니다.

오웰은 훗날, 진짜 1984년에, 제게 직접적인 영향을 미쳤습니다. 1984년은 제가 조금 다른 디스토피아 소설 『시녀 이야기』를 쓰기 시작한 해였습니다.

디스토피아 소설은 대부분 남성이 썼고, 관점도 남성의 관점이었습니다. 이런 소설에서는 여성이 등장해도 주로 무성(無性)의 로봇이나 체제의 성규범에 반기를 드는 반란자로 등장했습니다. 그들은 남성 주인공들을 유혹하는 역할을 했죠. 상대 남자가 그 유혹을 항상 반긴 건 아니었지만요. 예를 들어볼까요. 『1984』의 줄리아, 『멋진 신세계』에서 속옷 바람으로 '야만인'을 홀리는 문란한 레니나, 1924년에 영역판으로 먼저 출판된 예브게니 자먀틴(Yevgeny Zamyatin)의 『우리들』에 나오는 팜 파탈 불순분자 I-330. 저는 여성 관점의 디스토피아를, 이를테면 줄리아의 입장에서 본 세상을 시도하고 싶었어요. 그렇다고 『시녀 이야기』가 '페미니즘 디스토피아'란 뜻은 아닙니다. 여자들은 목소리와 정신세계를 가질 수 없다고 생각하는 이들이 여성에게 견해와 내면을 부여하는 것을 페미니즘으로 간주하겠다면 할 말 없지만요.

다른 점에서는 제가 묘사하는 폭정도 현실의 폭정들 모두와 상상 속 폭정들 대부분과 같습니다. 최상층의 소수 권력자들이 모두를 통제하거나 통제를 획책하고, 사회의 좋은 것들은 이 소수집단이 독차지하죠. 『동물 농장』의 돼지들은 우유와 사과를 차지하고, 『시녀 이야기』의 지배층은 가임기 여성들을 독점합니다. 제 책에서 폭정에 항거하는 힘은 오웰 본인이 늘 중히 여겼던 힘과 다르지 않습니다. 그 힘은 바로 평범한 인간의 품위입니다. 오웰이 찰스 디킨스에 대한 에세이에서 칭송했던 것이죠. (차이가 있다면 오웰은 억압과 싸우려면 정치 조직이 필요하다고 생각했다는 것입니다.)

『1984』에서 특히 영향을 받은 부분이 『시녀 이야기』의 마지막 부분입니다. 본문 시점에서 수백 년이 지난 미래에 열린 어느 학술 심포지엄 장면이지요. 이 부분은 작중 압제 정권은 이제 과거의 산물이 됐으며 학문적 분석 대상에 불과하다는 것을 알려주는 역할을 합니다. 오웰의 '신어' 에세이와 매우 유사하죠.

『시녀 이야기』는 따라서 디스토피아 소설입니다. 그럼 『오릭스와 크레이크』는? 적어도 전형적인 디스토피아 소설은 아니라고 봅니다. 디스토피아적 요소들이 있긴 하지만, 해당 사회의 전반적 구조를 드러내 보여주지는 않습니다. 대신 그 사회의 작은 구석들을 점한 채 각자의 삶을 살아가는 인물들을 보여줍니다. 그들이 나머지 세상을 파악하는 방법은 텔레비전과 인터넷뿐입니다. 따라서 그들이 보는 현실은 편집된 현실이라는 의심이 생기죠.

저는 『오릭스와 크레이크』는 메니푸스 풍자와 결합된 어드벤처 로맨스라고 말하고 싶습니다. 메니푸스 풍자는 지적 집착을 다루는 문학 형식입니다. 조너선 스위프트(Jonathan Swift)의 『걸리버 여행기』에서 날아다니는 섬 라퓨타가 나오는 부분이 일종의 메니푸스 풍자입니다. 『오릭스와 크레이크』에서는 왓슨-크릭 연구소가 나오는 부분이 그렇고요. (스위프트가 제공권의 이점을 정확히 짚어내긴 했지만) 하늘에 떠 있는 섬은 존재한 적도 없고 존재할 수도 없습니다. 이에 비해 왓슨-크릭 연구소는 현실과 상당히 가까워요. 하지만 주어진 문학 형식 내에서 이들이 하는 기능은 크게 차이가 없습니다.

『오릭스와 크레이크』에는 신인류가 나옵니다. 우리 현생인류의 개량 버전으로 설계된 인공 인류죠. 이들은 우리가 현재 시도하는 유전자조작과 매우 흡사한 기술로 창조됐습니다. 이런 개량에 관여하는 사람들, 이른바 설계자는 이렇게 묻게 됩니다. 개조는 어디까지 이루어질 수 있을까? 우리 존재의 근저를 이루는 특징들은 무엇인가? 인간이란 무엇일까? 인간은 얼마나 별종인가! 이제 우리 손에 칼이 쥐여졌으니 우리는 우리의 어느 부분을 잘라내야 할까?

여기서 우리는 앞서 말한 노드, 즉 과학과 허구 사이의 접점으로 돌아옵니다. 저는 가끔 이런 질문을 받습니다. "과학에 반대하십니까?" 신기한 질문이 아닐 수 없습니다. 과학에 반대한다니, 무엇의 편에서 무엇을 반대한다는 건가요? 우리가 '과학'이라고 부르는 것이 없다면 우리 중 많은 수가 천연두로 죽었을 겁니다. 결핵은 말할 것도 없고요. 저는 과학자들 손에 컸습니다. 그들이 어떤지 잘 알아요. 저 자신도 과학자가 될 뻔했습니다. 문학에 납치되지 않았다면 그렇게 됐을 거예요. 친한 친척 중 일부도 과학자입니다. 그들은 프랑켄슈타인 박사 같지 않아요.

하지만 과학이란 앞서 말했듯 지식에 관한 것입니다. 반면 픽션은 감정에 관한 것입니다. 과학 자체는 사람이 아니며, 가치관이 내장돼 있지도 않습니다. 그 점에선 토스터와 다를 게 없습니다. 과학은 도구일 뿐입니다. 우리가 욕망하는 것을 실현하고 우리가 두려워하는 것을 막는 도구. 또한 다른 모든 도구들처럼 좋게도 나쁘게도 쓰일 수 있습니다. 망치로 집을 지을 수도 있지만 같은 망치로 이웃을 살해할 수도 있습니다. 인간 도구 제작자들은 항상 우리가 원하는 것을 얻기 위해 도구를 만들어왔고, 우리가 원하는 것은 수천 년 동안 변하지 않았습니다. 우리가 아는 한 인간 본성도 변하지 않았기 때문이죠.

어떻게 아느냐고요? 신화와 설화를 보면 압니다. 신화와 설화는 우리가 무엇을 어떻게 느끼는지 말해주고, 그로 인해 우리가 무엇을 원하게 됐는지 말해줍니다.

우리가 무엇을 원하느냐고요? 여기 그 목록의 일부를 대자면 이렇습니다. 우리는 금이 끝없이 솟는 지갑을 원합니다. 우리는 젊음의 샘을 원합니다. 우리는 날기를 원합니다. 말만 하면 절로 진수성찬이 차려지고 나중에는 싹 치워지는 식탁을 원합니다. 급료를 줄 필요 없는 투명인간 하인을 원하고, 한 걸음에 백 리를 갈 신발을 원합니다. 투명망토를 원합니다. 남들을 몰래 염탐하게요. 절대 빗나가지 않을, 적들을 철저히 박살 낼 무기를 원합니다. 불의를 처벌하길 원하고, 권력을 원합니다. 재미와 모험을 원하고, 안전과 안보를 원합니다. 우리는 불사(不死)를 원합니다. 성적 매력이 넘치는 애인들을 때로 원합니다. 내가 사랑하는 사람이 나를 사랑해주기를, 그 사랑에 충실하기를 원합니다. 우리를 공경하고, 차를 몰고 나가서 박살 내지 않을 귀엽고 똑똑한 아이들을 원합니다. 음악과 기막힌 향기들과 멋진 시각적 사물들에 둘러싸이기를 원합니다. 너무 덥지 않기를, 너무 춥지 않기를 원합니다. 우리는 춤추고 싶습니다. 숙취 없이 술을 퍼마시고 싶습니다. 동물과 대화하고 싶습니다. 부러움을 사고 싶습니다. 우리는 신이 되기를 원합니다.

우리는 지혜를 원합니다. 희망을 원합니다. 선함을 원합니다. 그래서 우리는 때로 스스로에게 우리 욕구의 어두운 면을 다룬 이야기들을 들려줍니다.

우리에게 오직 도구들에 대해서만, 그것들의 사용법과 생산과 유지보수에 대해서만 가르치고 그것들이 우리의 욕망들을 어떻게 지원하는지에 대해서는 가르치지 않는 교육 시스템은 본질적으로 토스터 수리 학교와 다를 게 없습니다. 세계 최고의 토스터 수리공이 되면 뭐 하나요. 토스트가 더 이상 아침 식사 메뉴에서 각광받지 못하게 되면 밥줄이 끊길 텐데요. '예술'은 장식이 아닙니다. 예술은 문제의 본질입니다. 예술은 우리 마음에 대한 것이기 때문이며, 우리의 기술적 창의성은 우리의 지성뿐 아니라 정서에 의해서도 생성되기 때문입니다. 예술이 없는 사회는 거울을 깨고 자기 심장을 도려냈을 겁니다. 그럼 인간의 모습이 지금 우리가 아는 모습은 아니겠죠.

영국의 시인이자 화가인 윌리엄 블레이크(William Blake)가 오래전에 말했듯, 인간의 상상이 세상을 움직입니다. 처음에는 인간 세계만 움직였습니다. 한때 인간 세계는 주위를 둘러싼 거대하고 막강한 자연 세계에 비해 정말 작았습니다. 지금은 날씨를 제외하면 우리가 통제 못 할 것이 없습니다. 하지만 예나 지금이나 갖가지 방식으로 우리를 조종하는 것은 인간의 상상력입니다. 문학은 인간 상상의 발설 또는 표출입니다. 문학은 생각과 감정의 어둑한 형태들—천국, 지옥, 괴물, 천사 등등—을 밝은 곳에다, 그것들을 훤히 살피면서 우리가 누구이고 무엇을 원하며 그 욕구의 한계는 어디인지를 보다 면밀히 이해할 수 있는 곳에다 풀어놓습니다. 상상을 이해하는 것은 더 이상 취미나 의무가 아닙니다. 필요입니다. 상상할 수 있는 일은 할 수도 있기 때문입니다. 점점 더 그렇게 되고 있죠.

아니면 적어도 시도해볼 수는 있겠죠. 우리는 언제나 고양이를 자루에서, 지니를 병에서, 재앙을 판도라의 상자에서 풀어놓는 데 선수였거든요. 다시 집어넣는 데는 서툴러서 문제였지만요. 하지만 우리 모두는 서사의 자식들입니다. 우리를 앞으로 나아가게 하는 것, 매일 우리를 침대에서 끌어내 조간신문을 읽게 하는 것은 어쩌면 하나의 짧은 질문일 겁니다. 모든 픽션 작가와 모든 저널리스트가–저의 구분에 주목하세요–글을 쓰는 매시간 씨름하는 그 질문은 바로 이것입니다.

다음에는 어떤 일이 일어날까?

『얼어붙은 시간』

>>><<<

서문

(2004)

일단 우리 상상에 들어오면 좀처럼 떠나지 않는 책들이 있다. 오언 비티(Owen Beattie)와 존 가이거(John Geiger)의 『얼어붙은 시간: 프랭클린 탐험대의 운명(*Frozen in Time: The Fate of the Franklin Expedition*)』이 그중 하나다. 이 책은 1845년 북서항로 개척에 나섰던 프랭클린 탐험대의 비극을 다룬다. 이번 증보판은 거기에 오언 박사의 놀라운 발견들을 더해 더한 충격을 안겼다. 그 발견 중에는 탐험대의 전멸이 납중독 때문이었을 가능성이 높다는 내용도 있다.

나는 1987년 『얼어붙은 시간』이 처음 나왔을 때 읽었고, 책에 수록된 사진들을 보았다. 그 사진들은 내게 악몽을 가져다주었다. 나는 이야기와 사진을 서브텍스트•로 삼고 메타포를 확장해서 「납의 시대(The

---

• subtext, 말의 이면에 숨겨진 생각, 느낌, 의미를 가리킨다.

Age of Lead)」라는 단편을 썼다. 이 단편은 1991년 『황야의 끝(*Wilderness Tips*)』이라는 단편집에 실려 출판됐다. 그로부터 약 9년 뒤 나는 북극해 보트 여행 중 『얼어붙은 시간』의 공저자인 존 가이거를 만났다. 나는 그의 책을 읽었고 그도 내 책을 읽었다. 그는 내 책이 납에 대한 자신의 생각을 심화하는 계기가 됐다고 했다. 그는 납을 19세기 북극 탐험과 항해의 역사에 숨어 있는 비극적 인자로 본다.

가이거에 따르면 프랭클린 탐험대는 위험 경보였다. 하지만 처음에는 그것이 경보로 인식되지 못했다. 19세기가 끝나갈 때까지도 장기 항해에 나선 선원들은 계속 통조림 식량에 의한 납중독으로 죽어갔다. 가이거는 이번 『얼어붙은 시간』 증보판에 자신의 연구 결과를 포함시켰다. 그는 19세기는 정말로 '납의 시대'였다고 말했다. 이렇게 삶과 예술이 뒤얽힌다.

시간을 당겨보자. 1984년 가을, 놀라운 사진 하나가 전 세계 신문을 장식하며 세상을 떠들썩하게 했다. 그것은 완전히 죽은 것 같지도, 온전히 살아 있는 것 같지도 않은 젊은 남자의 사진이었다. 그는 옛날 옷을 입고 있었고, 고치처럼 얼음 속에 들어 있었다. 반쯤 뜬 눈의 흰자위는 홍차색이었고, 이마는 검푸르게 변해 있었다. 『얼어붙은 시간』의 저자들이 이 남자에게 사용한 점잖고 정중한 형용사들에도 불구하고, 이 남자는 선잠이 든 젊은이처럼 보이지는 않았다. 아니, 그런 모습과는 거리가 멀었다. 그보다는 〈스타워즈〉의 외계인과 B급 영화 속 저주에 걸린 희생자를 섞어놓은 모습이었다. 옆집 이웃으로 만나고 싶은 타입은 아니었다. 특히 만월이 뜨는 밤에는.

보존 상태가 좋은 오래전 주검—이집트 미라, 동결 건조된 잉카의 인간 제물, 가죽처럼 변한 스칸디나비아의 늪지대인, 알프스산맥의 아이스맨 등—이 발견될 때마다 비슷하게 하는 말들이 있다. 여기 '재는 재로, 먼지는 먼지로'의 자연법칙을 거스른 사람이 있다. 모두가 뼈와 흙으로 변한 뒤에도 오래도록 개인으로서 식별 가능한 상태로 남아 있는 사람. 중세에는 부자연스러운 결과에는 곧 부자연스러운 원인이 있다고 믿었다. 따라서 그때라면 이런 주검은 성스러운 것으로 숭배되거나 심장에 말뚝이 박히거나 둘 중 하나였을 것이다. 합리적 추론을 지향하는 우리 시대에도 고전적 공포는 여전히 우리 곁을 떠돈다. 미라가 걷고, 뱀파이어가 깨어난다. 이렇듯 살아 있는 듯한 존재가 우리를 의식하지 못한다니 믿기 어렵다. 우리는 느낀다. 이런 존재는 틀림없이 메신저일 수밖에 없다. 그는 그의 시대부터 우리 시대까지 시간을 관통해 여행한 것이다. 우리에게 말해주기 위해서. 우리가 오랫동안 알기를 갈망해온 것을.

세상을 놀라게 한 사진 속 남자는 존 토링턴(John Torrington)이었다. 그는 1845년 북극해로 떠난 프랭클린 탐험대에서 가장 먼저 사망한 세 사람 중 한 명이다. 이 영국 탐험대의 목표는 동방으로 가는 지름길, 이른바 북서항로를 개척해서 해당 항로에 대한 영국의 영유권을 확보하는 것이었다. 하지만 결과는 탐사대의 전멸이었다. 토링턴은 비치섬 해안의 영구동토를 깊이 파서 만든 무덤에 묻혀 있었다. 비치섬은 항해의 첫 겨울에 탐험대가 머물렀던 기지였다. 다른 두 사람, 존 하트넬(John Hartnell)과 윌리엄 브레인(William Braine)의 무덤도 인접해 있었다. 인류학자 오언 비티의 팀은 어려움을 무릅쓰고 세 구의 사체를 모두 발굴했다. 오랫동안 풀리지 않았던 미스터리를 풀기 위해서였다. 프랭클린 탐험대는 어쩌다 그렇게 비참한 최후를 맞게 되었나?

비티의 조사팀이 최초 사망자 세 명의 무덤을 발굴하고 나머지 탐험대의 행적을 쫓는 과정과 그에 따른 발견들이 TV 다큐멘터리로 만들어졌다. 그리고 토링턴의 사진이 처음 공개된 때로부터 3년이 지나 『얼어붙은 시간』도 출간됐다. 존 프랭클린 대장이 오크니제도의 스트롬니스에서 수통에 물을 채우고 불가사의한 운명 속으로 항해를 시작한 지 140년이 흘렀지만 그의 이야기는 여전히 세계적인 관심을 불러일으켰다. 이는 프랭클린 전설의 잠들지 않는 인기를 입증하는 것이다.

프랭클린 탐험대 미스터리는 오랫동안 많은 관심을 끌었다. 탐험대를 태운 두 척의 배, 이름부터 불길했던 테러(Terror)호와 에러버스(Erebus)호가 하늘로 솟은 듯 감쪽같이 사라져버렸다. 그리고 연락 두절 후 어떤 흔적도 발견되지 않았다. 심지어 1850년 최초 사망자 3인의 무덤이 발견된 후에도 배들의 행방은 묘연했다. 죽었든 살았든 위치 파악이 되지 않는 사람들은 두려움을 준다. 그들은 우리의 공간 감각을 비틀어놓는다. 실종자들이 어딘가에 있어야 했다. 하지만 어디에? 고대 그리스 세계에서는 시신을 수습해 제대로 장례를 치르지 못하면 망자가 저승에 이르지 못했다. 망령이 되어 계속 산 자들의 세상을 떠돌았다. 실종자들도 마찬가지다. 그들은 우리를 떠나지 않고 괴롭힌다. 그 점에서 빅토리아시대는 특히 괴로운 시대였다. 그 시대에 바다에서 사라진 사람들에 대한 대표적인 헌사가 테니슨의 시 「인 메모리엄(In Memoriam)」이다.

프랭클린 미스터리를 더 매혹적으로 만든 것이 탐험대장과 대원들과 탐사선들을 통째로 삼켜버린 북극이라는 배경이었다. 19세기에는 포경선을 제외하면 북극권에 가본 유럽인이 거의 없었다. 그곳은 아직 낭만주의 문예의 감성에서 벗어나지 못한 대중을 유혹하는 위험한 땅이었다. 영웅이 불가능에 도전하고, 극도의 고난을 겪고, 불굴의 의지로 압도적인 힘들에 맞서는 곳이었다. 북극은 스산하고, 적막하고, 공허했다. 숭고미• 마니아들이 좋아하는 바람 휘몰아치는 황야나 험준한 산맥과 같았다. 하지만 북극은 가능성이 가득한 별세계이기도 했다. 사람들은 그곳을 아름답고 신비롭지만 동시에 악의를 품은 몽환경으로, 초자연적 빛의 향연과 번쩍이는 얼음 궁전이 있는 눈의 여왕의 왕국으로 상상했다. 거기에는 일각고래, 북극곰, 바다코끼리 같은 동화적 괴수들과 땅속 요정처럼 이국적 털옷을 입은 사람들이 살았다. 빅토리아시대의 많은 그림들이 낭대인들이 이곳에 품었던 환상을 증명한다. 당시 사람들은 온갖 종류의 요정에 열중했다. 그들은 요정을 그렸고, 요정 이야기를 썼고, 일부는 심지어 요정을 믿었다. 그들은 규칙을 알고 있었다. 별세계행은 엄청난 위험이었다. 인간이 아닌 존재에게 사로잡히고, 덫에 걸려 영원히 빠져나오지 못할 위험을 각오해야 했다.

프랭클린 탐험대의 실종 이후, 시대마다 당대의 필요에 맞는 프랭클린이 재창조됐다. 일단, 탐험대가 출발하기 전의 프랭클린은 '진짜' 프랭

• the Sublime, 서구 미학의 미적 범주의 하나. 주로 인간을 압도하는 크기와 힘의 자연이 불러 일으키는 충격과 경외감과 관계있으며, 감미롭고 조화로운 미와 대비되는 개념이다.

클린, 즉 본래의 프랭클린(Ur-Franklin)이다. 당시 그는 패기 넘치는 젊은이는 아니었다. 하지만 실질적인 백전노장이었다. (그렇다고 백전백승한 노장은 아니었다. 1819년의 코퍼마인강 탐사처럼 오판과 악재로 얼룩진 경험도 있었다.) 이 프랭클린은 자신의 파란만장한 커리어가 끝나가고 있음을 알았고, 북서항로를 찾는 이번 임무를 불후의 명성을 얻을 마지막 기회로 보았다. 늙고 비대한 그는 딱히 낭만주의 영웅의 전형은 아니었다.

다음에는 잠정적 프랭클린(Interim Franklin)이 생겨났다. 첫 번째 프랭클린이 귀환하지 못하고 영국인들이 일이 끔찍이 어긋났음을 깨닫자 떠오른 프랭클린이었다. 이 프랭클린은 죽지도 살지도 않았다. 죽었을 수도 살았을 수도 있는 가능성이 영국 대중의 마음속에 그를 크게 키웠다. 이 기간에 그는 '용맹한'이란 형용사를 획득했다. 마치 전쟁에서 무훈을 쌓기라도 한 것처럼. 보상금이 붙었고, 수색대들이 계속 파견됐다. 그 수색대의 일부도 역시 돌아오지 못했다.

그러다 프랭클린 탐험대의 전원 사망이 확실해지자 이번에는 드높은 프랭클린(Franklin Aloft)이 부상했다. 탐험대는 그냥 죽은 게 아니라 산화했고, 그냥 산화한 게 아니라 비참하게 산화했다. 하지만 북극에 갔다가 같은 조건에서도 살아남은 유럽인들이 많았다. 그럼 프랭클린 탐험대는 왜 침몰하고 말았을까? 더구나 테러호와 에러버스호는 당시의 첨단 기술로 건조되고 첨단 항해 장비를 갖춘 최고의 탐사선이었다.

이런 규모의 패배는 같은 규모의 부인을 불렀다. 프랭클린의 대원들 사이에 식인 행위가 있었다는 취지의 보도들은 격렬히 저지당했고, 그런 보도를 하는 이들은 언론의 맹비난을 받았다. 대표적인 사람이 존

레이(John Rae)였다. 그는 일부 대원들이 굶주림 속에 인육으로 연명했다는 보도를 했다가 질타를 면치 못했다. 존 레이의 발견은 켄 맥구건(Ken McGoogan)의 2002년 책 『죽음의 항로(*Fatal Passage*)』에 자세히 나온다. 또한 섬뜩한 흔적을 목격하고 수색대에게 알려준 이누이트들은 사악한 야만인으로 매도당했다. 프랭클린 탐험대의 오명을 벗기려는 노력의 최일선에 프랭클린의 부인 레이디 제인이 있었다. 이는 사회적 위상이 걸린 문제였다. 그녀는 영웅의 미망인이냐, 식인종의 아내냐의 기로에 처했다. 레이디 제인의 로비 활동 덕분에 프랭클린의 명성은 사후에 비행선 크기로 부풀었다. 그는 발견하지도 않은 북서항로를 발견한 사람이 됐고, 웨스트민스터 사원의 명판과 테니슨의 비문을 얻었다.

하지만 명성 인플레이션에는 반작용이 따르기 마련이었다. 20세기 후반에 얼간이 프랭클린(Halfwit Franklin)이 대두했다. 그는 자기 구두끈도 묶지 못할 얼간이였다. 프랭클린은 악천후의 희생자였다. (여름이면 녹는 해빙이 그때는 녹지 않았고, 그런 일이 한 해에 그치지 않고 3년이나 반복됐다.) 하지만 얼간이 프랭클린은 이를 대수롭지 않게 여겼다. 프랭클린 탐험대는 대자연 앞에 속수무책으로 무너진 유럽 자만심의 표상이 됐다. 프랭클린은 토착민의 생존 기술을 배울 생각도, 그들의 조언에 따를 생각도 하지 않다가 혼쭐이 난 북극의 칠푼이들 중 하나였다. 현지인이 "거기 가지 말라"고 하면 가지 말아야 한다.

하지만 평판의 법칙은 번지점프 줄과 비슷하다. 급락할 때가 있으면 튀어오를 때도 있다. 다만 매번 깊이와 높이가 줄어들기는 한다. 1983년 스텐 나돌니(Sten Nadolny)의 소설 『느림의 발견』이 발간됐다. 이 소설은 우리에게 사려 깊은 프랭클린, 영웅은 아니지만 흔치 않은 재능을 가졌고 확실히 악당은 아닌 프랭클린을 제시했다. 명예 회복의 길이 열리고 있었다.

그리고 얼마 후 오언 비티의 발견이 따랐고, 그것을 담은 『얼어붙은 시간』이 나왔다. 이제는 프랭클린이 오만한 바보가 아니었음이 밝혀졌다. 알고 보니 그는 철저히 20세기의 피해자였으며, 잘못된 포장재의 희생양이었다. 그의 탐사선에 실린 통조림 식량이 납중독을 일으켜 대원들의 건강을 해치고 판단력까지 망가뜨렸다. 1845년 당시 통조림은 막 개발된 상태였다. 깡통은 납땜질로 엉성하게 밀봉됐고, 이 납이 음식에 흘러들었다. 하지만 당시에는 납중독 증상들이 따로 규명돼 있지 않았고, 괴혈병 증상들과 혼동되기 쉬웠다. 탐사대의 비극을 프랭클린을 직무 태만 탓으로 보기는 어려웠다. 여기에 비티의 발견도 프랭클린에게 면죄부를 제공했다.

면죄부가 두 가지 더 있었다. 프랭클린 탐사대가 사라진 곳에 간 비티의 조사팀은 탐사대의 잔존 대원들이 직면했을 물리적 조건들을 경험할 수 있었다. 킹윌리엄섬은 심지어 여름에도 지구상에서 가장 혹독하고 황량한 곳이었다. 당시에 대원들이 시도한 일, 즉 그곳에서 육로로 안전한 곳에 닿는 일은 누구에게도 불가능해 보였다. 그들은 죽을 만큼 허약했고, 정신도 온전치 못했다. 그들에게는 희망이 없었다. 누구도 그들의 실패를 비난할 수 없었다.

세 번째 면죄부가 아마도 역사적 정의(正義) 차원에서는 가장 중요한 면죄부일 것이다. 비티의 팀은 동상을 무릅쓴 지난한 조사 끝에 칼자국이 있는 인간 뼈들과 얼굴이 없는 두개골들을 발견했다. 프랭클린 탐험대의 마지막 생존자들이 인육을 먹었다고 말했다가 부당하게 고초를 겪었던 존 레이와 그의 이누이트 증인들이 결국은 옳았음이 밝혀졌다. 프랭클린 미스터리의 대부분은 이렇게 풀렸다.

미스터리가 풀리자 다른 미스터리가 부상했다. 프랭클린은 어떻게 캐나다의 아이콘이 되었을까? 가이거와 비티에 따르면 캐나다인들은 처음에는 별로 관심이 없었다. 어쨌거나 프랭클린은 영국인이었고, 북극은 멀었고, 캐나다 독자는 '엄지손가락 톰(Tom Thumb)' 같은 기담들에 더 열광했다. 그런데 최근 수십 년 사이에 프랭클린이 캐나다 문화로 편입됐다. 예컨대 〈존 프랭클린 경의 발라드(The Ballad of Sir John Franklin)〉나 〈북서항로(Northwest Passage)〉 같은 포크송들이 떴다. 작가들도 한몫했다. 1960년대 초에 그웬돌린 매큐언(Gwendolyn MacEwen)이 쓴 라디오드라마 〈테러와 에러버스〉가 전파를 탔다. 시인 앨 퍼디(Al Purdy)도 프랭클린에게 매료됐다. 소설가이자 풍자작가 모디카이 리클러(Mordecai Richler)는 그의 소설 『솔로몬 거스키, 이곳에 다녀가다(*Solomon Gursky Was Here*)』에 프랭클린을 인습 타파의 아이콘으로 등장시키고, 탐사선 화물에 복장도착 성향을 배려한 여성 의류도 잔뜩 추가했다. 이런 느닷없는 도용의 이유는 무엇일까? 의도는 좋았으나 나쁜 날씨와 나쁜 식료 때문에 비극적 최후를 맞은 범재들에게 동질감을 느껴서? 그럴 수도 있다. 아니면 도자기 상점의 경고문처럼 '깬 사람이 주인'이기 때문에? 캐나다령 북극해가 프랭클린을 삼켰고, 이것이 우리에게 일종의 소유권을 부여한 셈이 되었나?

『얼어붙은 시간』이 개정 증보판으로 독자에게 돌아온 것을 환영한다. 말장난으로 치부될까 두려우니 획기적인(ground-breaking) 책이라는 표현은 하지 않겠다. 하지만 이 책은 내내 획기적이었다. 북극 탐험 역사의 전기적 사건에 대한 우리의 지식에 막대하게 기여했다. 또한 이 책은 우리를 오래 매혹해온 이야기에 대한 헌사다. 프랭클린 전설은 이야기가 취할 수 있는 온갖 형태로 전해져온 이야기였다. 그것은 미스터리, 가설, 루머였고, 전설, 영웅담, 국가적 우상화였다. 그리고 이 책 『얼어붙은 시간』에서는 흥미진진한 탐정물이 된다. 실화이기에 더 손에 땀을 쥐게 만든다.

『저녁에서 새벽까지』

>>><<<

(2004)

『저녁에서 새벽까지(*From Eve to Dawn*)』는 매릴린 프렌치(Marilyn French)가 쓴 총 네 권, 2000여 페이지의 방대한 여성사다. 선사시대부터 현재까지 관통하고, 지역적 범위도 전 세계를 망라한다. 가장 짧은 제1권만 해도 페루·이집트·수메르·중국·인도·멕시코·그리스·로마를 다루고, 유대교부터 기독교와 이슬람교를 아우른다. 이 책은 법과 조치뿐 아니라 그 이면의 사상까지 살핀다. 이 책은 때로 헨리 필딩(Henry Fielding)의 『어밀리아(*Amelia*)』가 짜증스러운 이유와 같은 이유로 짜증스럽다. 끔찍한 장면은 그만 좀! 거기다 때로는 미치도록 환원주의적이다. 하지만 무시할 수 없는 저작이다. 참고 서적으로 더없이 유용하다. 참고 문헌 목록만으로도 값어치를 한다. 무엇보다 인간 행동과 남성 엽기성의 끔찍한 극단들에 대한 일종의 경고로서 불가결한 가치를 지닌다.

특히 지금 그 가치를 발한다. 지난 1990년대 초, 사람들이 역사가 최종 단계에 이르렀고, 유토피아가 (쇼핑몰과 매우 유사한 모습으로) 도래했으며, '페미니스트 이슈들'이 모두 해결됐다고 믿었던 순간이 있었다. 그 순간은 매우 짧았다. 현재 이슬람 근본주의와 미국 극우파가 세를 불리고 있고, 둘의 최우선 목표 중 하나가 여성 억압이다. 여성의 육체, 생각, 노동의 결과에 대한 억압. 그리고 빼놓을 수 없는 여성의 옷차림에 대한 억압.

『저녁에서 새벽까지』는 특정 관점을 가진다. 베스트셀러였던 프렌치의 1977년 소설 『여자의 방(*The Women's Room*)』을 읽은 독자에게는 친숙한 관점이다. 프렌치는 주장한다. "여자들을 억압한 사람들은 남자들이었다. 모든 남자가 여자를 억압한 것은 아니지만, 대부분이 이 지배에서 이득을 얻었고(또는 이득이라고 생각했고), 그것을 막거나 완화하기 위한 어떤 일도 하지 않은 이들을 포함해 대부분이 거기에 가담했다."

이 책을 읽는 여자들은 경악과 분노에 빠지게 된다. 『저녁에서 새벽까지』를 시몬 드 보부아르(Simone de Beauvoir)의 『제2의 성』에 비교하는 것은 늑대를 푸들에 비교하는 것과 같다. 이 책을 읽는 남자들은 남성 집단을 악랄한 사이코패스로 묘사한 데에 기겁하거나 "남자들은 그들의 성별이 지금껏 한 일에 책임을 져야 한다"는 프렌치의 발상에 당황할지 모른다. (수메르의 군주들, 이집트의 파라오들, 나폴레옹 보나파르트에 대해 내가 어디까지 책임을 져야 한단 말인가?) 분명한 것은 누가 이 책을 읽든 사정없이 쏟아지는 디테일과 사건들의 홍수를 피할 수 없다는 것이다. 수천 년 분량의 기이한 관습들, 여성 혐오적인 법체계들, 여성의학의 부조리들, 아동학대, 허가된 폭력, 성적 잔학 행위들. 이것들을 어떻게 해명할 것인가? 남자들은 모두 뒤틀린 존재인가? 여자들은 모두 저주받은 존재인가? 희망은 있는가? 프렌치는 '뒤틀린 존재' 부분에 있어서는 양가적 태도를 취한다. 하지만 미국 운동가답게 희망을 강조한다.

프렌치의 여성사 프로젝트는 처음에는 개괄적 TV 시리즈를 목표로 출발했다. 실현됐다면 차마 눈 뜨고 볼 수 없는 프로그램이 될 뻔했다. 그 시각 자료들을 생각해보라. 마녀 화형, 강간, 투석 처형, 잭 더 리퍼• 의 후예들, 한껏 치장한 창녀들, 잔 다르크에서 리베카 너스••로 이어지는 순교자들. TV 시리즈는 무산됐지만 프렌치는 멈추지 않았다. 집필과 조사에 사납게 매진했고, 수백 군데의 출처를 뒤지고 수십 명의 전문가와 학자들을 만났다. 그 과정에서 암과 사투를 벌이기도 했다. 작업을 완성하는 데 꼬박 20년이 걸렸다.

프렌치의 의도는 그녀를 오래 괴롭혀온 질문에 대한 답을 하나의 서사로 통합하는 것이었다. 그 질문은 이것이었다. 어떻게 남자들이 모든 권력을, 특히 여자들에 대한 모든 권력을 차지하게 되었나? 원래부터 그랬던 것일까? 아니라면 그 권력은 어떻게 장악되고 어떻게 집행됐을까? 그녀가 읽은 어떤 글도 이 이슈를 직접적으로 다루지 않았다. 종래의 역사서 대부분에서 여자들은 아예 배제돼 있었다. 또는 부차적으로만 존재했다. 그들의 부재는 그림 속 어둑한 구석과 비슷했다. 그 구석에서 잘 보이지 않는 뭔가가 벌어지고 있었다.

• Jack the Ripper, 1888년 런던 빈민가에서 여성들을 잔혹하게 살해한 연쇄 살인마. 이후 저명인사를 포함한 많은 사람들이 범인으로 거론됐지만 끝내 범인의 신원은 밝혀지지 않았다.

•• Rebecca Nurse, 17세기 말 미국 매사추세츠 세일럼 마을에서 벌어진 마녀재판에서 마녀로 몰려 목숨을 잃은 여성 중 한 명.

프렌치는 그 구석에 빛을 비추려 했다. 『저녁에서 새벽까지』의 제1권 『기원들(*Origins*)』은 재러드 다이아몬드도 『총, 균, 쇠』에서 다룬 바 있는 평등주의 수렵채집사회에 대한 추측들로 시작한다. 프렌치에 따르면 지금까지 여자들이 모든 권력을 쥐고 남자들에게 악랄하게 구는 모권제 사회는 없었다. 다만 사회들은 한때 모계사회였다. 그 경우 자식은 아버지의 혈통이 아니라 어머니의 혈통을 잇는 존재였다. 그러한 상황이 왜 바뀌었는지는 불분명하지만, 상황이 바뀐 것만은 확실하다. 농경이 본격화하고 가부장제가 자리 잡으면서 여자와 아이들은 소유물, 특히 남성의 소유물로 간주됐고, 매매·거래·절도 또는 살해의 대상으로 떨어졌다.

심리학에서 말하듯, 사람들을 학대할수록 그들이 학대당해 마땅한 이유가 절실해진다. 그런 필요에서 여성의 '천부적' 열등함에 대한 저술이 쏟아졌다. 그중 대부분이 서구사회를 사상적으로 떠받쳤던 철학자들과 종교 지도자들의 머리에서 나왔다. 프렌치의 놀랍도록 절제된 표현에 따르면 이 같은 남존여비 사고방식은 대개 '여성의 생식에 대한 남성의 집요한 관심'에 기초했다. 남자의 자긍심은 자신이 여자가 아니라는 데 달려 있었고, 그럴수록 여자들은 가급적 '여성스러워야' 했다. 심지어 남자가 만든 '여성'의 정의에 남자를 더럽히고 유혹하고 약화시키는 힘이 포함돼 있을 때조차, 아니 그럴 때일수록 여자들은 더더욱 '여성적'이어야 했다.

대규모 왕국과 조직적 종교의 출현으로 복색과 실내장식이 발전했지만 여자들의 상황은 더 나빠졌다. 여성 사제들을 대체한 남성 사제들은 여신들을 대체한 남신들이 내렸다는 율법을 만들어냈고, 왕들은 법령과 처벌로 호응했다. 영적 권세와 세속 권세가 갈등을 빚긴 했지만, 정의(定義)상 남성은 좋은 것이고 여성은 나쁜 것이라는 입장에서는 둘이 동류였다. 프렌치의 책에는 경악스러운 정보가 많다. 일례로 고내 인도에서는 사제들이 라자•의 부인을 죽은 말과 강제로 성교하게 하면서 이를 두고 '말의 희생'이라 칭했다. 이슬람교 창시에 대한 설명도 대단히 흥미롭다. 기독교처럼 이슬람교도 처음에는 여성 친화적이었고 여성들에 의해 지지되고 전파됐다. 하지만 이런 추세는 오래가지 못했다.

제2권 『남성 신비(*The Masculine Mystique*)』는 더 이상 흥겹지 않다. 여기서는 유럽과 일본의 두 가지 봉건제를 빠르게 다룬 뒤, 아프리카·라틴아메리카·북아메리카에 대한 유럽의 착취로 넘어가고, 다음에는 미국의 흑인 대상 노예제를 다룬다. 모든 경우에서 가장 밑바닥에는 여자들이 있었다. 계몽주의가 상황을 완화했을 것으로 생각하기 쉽다. 적어도 이론적으로는 그렇다. 하지만 교육을 받고 지적 소양을 갖춘 여성들이 운영하는 살롱에서 철학자들은 그녀들의 다과를 열심히 축내면서 여전히 여성에게도 영혼이 있는지, 아니면 여성은 좀 더 진화된 동물에 불과한지에 대한 논쟁을 벌였다. 그러다 18세기에 여자들이 비로소 자기 목소리 찾기에 나섰다. 그리고 글쓰기에 전력했다. 글쓰기는 여자들이 지금껏 포기하지 않은 습관이다.

그리고 프랑스혁명이 일어났다. 신분 계급으로서의 여성이 귀족사회 전복에 중요한 역할을 했음에도 자코뱅파는 그들을 폭력적으로 억

• Raja, 옛 인도의 왕.

압했다. 남성 혁명가들에게 "혁명은 여자들이 권력으로부터 철저히 배제됐을 때에만 가능했다".

자유, 평등, 박애•는 여자들을 포함하지 않았다. 나폴레옹이 정권을 잡았을 때 "그는 여자들이 얻어낸 권리를 모두 무효화했다". 하지만 이때 이후로 "여자들은 다시는 침묵하고 있지 않았다". 구질서 타도에 참여한 대가로 그들은 자신들의 권리를 몇 가지라도 원했다.

제3권 『지옥과 천국(*Infernos and Paradises*)』과 제4권 『혁명과 정의를 위한 투쟁(*Revolutions and the Struggles for Justice*)』은 19세기와 20세기에 제국주의, 자본주의, 두 번의 세계대전을 배경으로 전개됐던 여성해방운동을 두루 관통하면서 그 소득과 실패, 승리와 역풍을 고찰한다. 러시아혁명이 특히 흥미진진했다. 이때 혁명 성공의 핵심은 여자들이었다. 하지만 그 결과는 유난히 암담했다. 프렌치에 따르면 "성적 해방은 남자들에게는 자유를, 여자들에게는 모성을 의미했다. (…) 책임 없는 섹스를 원하는 남자들은 자신들을 거부하는 여자들에게 '부르주아적 내숭'이라는 죄를 덮어씌웠다. (…) 여성의 생식 기능을 감안하지 않고 여자를 남자와 동등하게 취급하는 것은 (…) 여자를 남자가 하는 일을 똑같이 다 하면서도 혼자서 사회를 재생산하고 양육해야 하는 불가능한 상황에 놓는 것이다".

프렌치는 제4권의 마지막 세 장에서 비로소 그녀의 전문 분야로, 그녀의 가장 사적인 지식과 가장 깊은 열정의 영역으로 들어간다. 각 장의 제목은 '페미니즘의 역사', '정치적인 것이 사적인 것이고, 사적인

• Fraternité, 광의의 개념은 박애지만 원래 형제애를 뜻한다.

것이 정치적인 것', '페미니즘의 미래'다. 이 장들은 책 제목이 약속한 '새벽'에 해당한다. 이 장들은 빈틈없고 사려 깊다. 프렌치는 시대 상황을 폭넓게 다루면서 반페미니스트적이고 보수적인 여성들의 관점도 배제하지 않는다. 프렌치에 따르면 그들도 페미니스트와 같은 세상—인류의 절반이 나머지 절반에 대해 포식자처럼 행동하는 세상—을 겪는다. 다만 이상주의나 희망의 정도에 차이가 있을 뿐이다. (젠더 차이가 '본연의' 것이라면, 도덕적으로 열등한 남성을 여성적 간계로 조종하는 수밖에 다른 도리가 없다. 여성적 간계라는 게 과연 있다면.) 하지만 프렌치는 페미니스트든 아니든 여자들은 모두 "경로만 다를 뿐 결국 같은 방향으로 움직인다"고 믿는다.

이 낙관론을 공유할지 여부는 지구라는 타이타닉호가 이미 가라앉고 있다고 믿는지에 달려 있다. 모두가 공평한 기회와 재미를 누리는 무도장은 아름답다. 이론상으로는 그렇다. 하지만 현실은 어쩌면 구명보트 탑승을 위한 쟁탈전에 가깝다. 프렌치의 결론을 어떻게 평가하든 그녀가 제기하는 이슈들은 간과할 수 없다. 여자들은 부차적인 존재가 아니다. 여자들은 회전하는 권력의 바퀴에서 필연적 중심이다. 달리 표현하면 여자들은 꼭대기의 과두 권력자들을 지탱하는 삼각형의 넓은 밑면이다. 프렌치의 책을 읽은 뒤에는 앞으로 어떤 역사서를 읽든 다시는 예전과 같지 않을 것이다.

폴로니아

›››‹‹‹

(2005)

젊은이들에게 해주실 조언이 있다면? 난감한 질문이다. 이유는 이렇다.

크리스마스 직전이었다. 치즈 가게에서 치즈를 사고 있는데 아주 젊은 남자가, 그러니까 마흔에서 쉰 사이의 남자가 심히 혼란스러운 얼굴로 가게에 들어섰다. 그의 아내가 '머랭 설탕'이라는 것을 사 오라고 시켰는데, 다른 어떤 것도 아닌 딱 그걸 사 오라는 엄한 지시가 있었는데, 그는 그게 뭔지 모르겠고, 찾을 수도 없고, 여태껏 돌아다닌 가게들에서도 누구 하나 그게 뭔지 아는 사람이 없었다.

남자가 이 말을 내게 한 것은 아니다. 치즈 가게 직원에게 했다. 직원도 머랭 설탕의 정체에 대해 전혀 모르는 눈치였다.

물론 내가 상관할 바는 아니었다. 나는 그저 치즈 구입이라는 내 자신의 목표에만 충실하면 그만이었고, 또 그래야 했다.

그런데 나는 어느새 이러고 있었다. "행여 아이싱 설탕은 사지 마세요. 그건 부인이 원하는 게 아니니까요. 부인이 원하는 건 아마도 과당이나 베리 설탕 같은 게 아닐지? 그걸 가루 설탕이라고 부르기도 하는데, 실제로 가루는 아니고, 일반 백설탕보다 곱게 갈았다는 뜻이에요. 연중 이맘때는 구하기가 쉽지 않을 거예요. 하지만 뭐, 일반 백설탕도 머랭 만드는 데는 크게 문제없어요. 반죽에 넣을 때 아주 천천히 치대기만 하면요. 나도 늘 그렇게 하거든요. 타르타르 크림을 살짝 추가하고 백식초를 반 티스푼 넣어주면 좋아요. 그리고……."

바로 그때, 필요한 치즈를 찾아내는 데 성공한 내 딸이 범인 잡는 형사처럼 나를 제압해서 계산대로 끌고 가 줄 끝에 세웠다. "갈색 식초 말고, 백식초!" 나는 끌려가며 외쳤다. 그러면서도 나도 내게 소름이 끼쳤다. 아무리 남자가 우왕좌왕해도 그렇지, 어쩌자고 생면부지 남에게 묻지도 않은 조언을 주절댔을까?

나이 탓이다. 머랭 설탕이나 병뚜껑 따는 방법이니 식탁보에서 비트 얼룩을 빼는 방법을 몰라서 헤매는 젊은 사람만 보면 내 뇌에서 모종의 호르몬이 폭발한다. 또는 남자친구가 얼핏 봐도 사이코패스라 신속 정확하게 차버려야 하는데도 마땅한 방법을 모르는 여자나, 지방선거에서 누구를 찍는 게 나을지 난감해하는 사람을 볼 때마다, 그 밖에도 넘쳐나는 내 지식이 유용하게 쓰이겠다 싶은 상황을 만날 때마다 나는 참을 수가 없다. 그 즉시 사방팔방 나눠주지 않았다가는 그 지식이 지구상에서 사라지기라도 할 것처럼 마음이 급해진다. 이 호르몬은 자동으로 발동한다. 어미 울새로 하여금 벌레와 유충을 물어다 애처롭게 짹짹대는 새끼 새들의 목구멍에 쑤셔 넣게 만드는 호르몬과 비슷하다. 이 호르몬이 발동하면 유용한 힌트들이 계단을 구르는 두루마리 화장지처럼 내 입에서 걷잡을 수 없이 쏟아져 나온다. 이 프로세스를 멈출 방법이란 없다. 그냥 일어난다.

수 세기 동안, 아니 수천 년 동안 일어난 일이다. 인류가 막연히 인간 문화라고 부르는 것을 만들어낸 이래로 젊은이들은 좋든 싫든 늘 연장자로부터 지도를 받는 입장이었다. 어디에 뿌리와 열매가 실하게 자라는가? 화살촉은 어떻게 만드는가? 어떤 물고기가 언제 어디에 많은가? 어떤 버섯이 독버섯인가? 가르침은 때로는 유쾌하게("끝내주게 잘 만들었어! 이번엔 이렇게 해봐!"), 때로는 불쾌하게("이런 머저리! 마스토돈 가죽은 그렇게 벗기는 게 아냐! 이렇게 해!") 전달됐다. 우리의 하드웨어는 크로마뇽인 이후로 달라진 게 없다고 한다. 다시 말해 변한 건 디테일일 뿐, 프로세스는 아니다. (10대 자녀를 위해 세탁기에 사용법을 붙여놓은 적이 있는 분들, 손 들어보세요.)

세상은 안내서들로 넘쳐난다. 이는 젊은이들뿐 아니라 우리 모두가 조언을 구하는 데 진심이라는 것을 증명한다. 여드름 퇴치법부터 바람둥이를 결혼에 연착륙 내지 안착시키는 방법까지, 젖먹이의 배앓이 처치부터 완벽한 와플을 굽는 요령, 성공적 연봉 협상법, 수익성 있는 노후 대비용 부동산 구매, 끝내주는 장례식 계획까지 안내서의 종류도 끝이 없다. 안내서의 원조 중 하나는 요리책이다. 19세기에 비턴 부인(Isabella Mary Beeton)이 출간한 『살림 경영서(*The Book of Household Management*)』는 기존의 요리책 개념을 확장한 책이다. 이 방대한 책은 요리법뿐 아니라 진짜 혼절과 가짜 혼절 구분법, 금발과 갈색 머리에 맞는 색상 선택, 사교 방문 때 안전하게 꺼낼 수 있는 화제(종교적 쟁점은 피할 것. 날씨 얘기는 언제나 무방함) 등 다방면의 조언을 포함한다. 마사 스튜어트, 앤 랜더스, 미스 매너스가 비턴 부인의 대표적 후예들이다. 저 유명한 『요리의 기쁨(*Joy of Cooking*)』을 쓴 매리언 롬바워 베커(Marion Rombauer Becker)도 빼놓을 수 없다. TV에 나오는 살림꾼, 실내 장식가, 섹스 전문가들도 모두 마찬가지다. 이런 프로그램들과 책들을 빠르게 차례로 훑어보라. 갑자기 솜으로 귀를 틀어막고 싶어진다. 잔소리를 추앙한다면 모를까, 가차 없고 끝도 없는 지적과 질책과 야유 때문에 귀에서 피가 날 것 같다.

그래도 방법서와 길잡이 프로그램의 경우는 원할 때 필요한 조언만 취할 수 있다. 하지만 엄마, 친척, 친구, 지인들은 그렇게 쉽게 열었다 닫아서 도로 책장에 꽂을 수 없다. 수 세기 동안 소설과 연극에 빠지지 않는 상투적 인물이 하나 있다. 젊은이들에게 묻지 않은 삶의 비결을 쏟아내는 입심 좋고 오지랖 넓은 나이 든 참견쟁이. 여성 버전, 남성 버전 모두 존재한다. 이 인물은 상대가 조언을 귓등으로 흘릴 경우 신랄한 독설도 빼먹지 않는다. 『빨간 머리 앤』의 레이철 린드 부인이 그렇다. 이런 사람이 알고 보면 좋은 사람일 때도 많다. 린드 부인이 그렇다. 물론 모차르트 오페라 〈마술피리〉에 나오는 밤의 여왕처럼 사악한 통제광일 때도 많다. 하지만 의도가 좋든 나쁘든 참견쟁이가 전적으로 호감형으로 등장하는 경우는 드물다. 왜 그럴까? 우리는 의도가 어떻든 남들이 자기 일에나 신경 쓰기를 바라기 때문이다. 참견당하는 입장에서는 설사 유용한 조언이어도 그것을 위세와 구분하기가 쉽지 않다.

내 어머니는 생사의 문제가 아니면 간섭하지 않는 주의였다. 어머니는 자식들이 정말로 위험한 짓을 벌이고 있고, 본인이 그것을 인지한 경우에는 우리를 막았다. 그렇지 않은 경우에는 경험으로 배우게 했다. 지금 생각하면 수고는 덜었겠지만 자제력이 필요한 일이었다. 훗날 어머니는 내가 처음 파이를 만들 때 아예 부엌을 나가는 편을 택했다고 했다. 보고 있기가 너무 괴로워서였다. 지금 생각하면 어머니의 침묵이 그저 놀랍다. 하지만 어머니는 우리가 원할 때는 정제 알약처럼 알찬 조언을 제공했다. 내가 치즈 가게의 낯선 사람에게 불쑥불쑥 설명을 늘어놓는 사람이 된 것이 그래서 더욱 당황스럽다. 그 부분은 억척스럽게 도움을 주던 아버지를 닮은 것 같다. 대신 아버지는 시작 전에 늘 이런 말로 발언의 강도를 낮췄다. "너도 이미 알겠지만……."

내가 고등학교에 다니던 시절에는 학생들에게 이것저것 많이 외우게 했다. 외우기가 시험의 일부였다. 희곡 대사들을 큰 소리로 암송해야 했을 뿐 아니라 암기한 것을 철자법까지 완벽하게 종이에 고스란히 옮겨야 했다. 단골 시험 항목 중 하나가 『햄릿』의 늙은 궁정고문 폴로니어스가 프랑스로 떠나는 아들 레어티즈에게 하는 일장 연설이다. 오랜만에 기억을 소환해보려다 실패했다. 나처럼 까먹은 분들을 위해 여기 그 내용이 있다.

여태 있었니, 레어티즈! 부끄럽게 굴지 말고 어서 배에 올라라!
바람은 네 돛의 어깨 위에 이미 앉아 있는데
너는 꾸물대고 있구나. 내 축복이 너와 함께하기를!
그리고 다음의 몇 가지 충고를 마음에 새겨라.
너의 인격을 지켜라. 생각에 혀를 달아주지 말고,
부적절한 생각을 행동으로 옮기지 말고,

친절하되 절대 경박하게 굴지 마라.
네게 있는 저 친구들, 일단 겪고 받아들였다면
쇠고리를 채워서라도 그들을 네 영혼에 묶어두어라.
하지만 손바닥에 굳은살이 박이도록
어중이떠중이에게 모두 잘해줄 필요는 없다.
싸움에 함부로 끼지 말고, 일단 싸움에 들었다면
상대가 네게 조심하게 만들어라.
귀는 모두에게 열어주되, 입은 소수에게만 열어라.
모두의 비판은 받아들이되 너의 판단은 유보해라.
지갑이 허용하는 만큼 고급스러운 취향을 유지하되
화려하고 사치스럽고 요란한 치장은 피해라.
복장이 그 사람을 말해줄 때가 많다.
프랑스에서는 신분과 지위가 높은 사람일수록
고급스럽고 기품 있게 입는단다.
돈은 꾸지도 빌려주지도 말아라.
돈을 빌려주면 돈도 친구도 잃기 쉽고,
돈을 빌려 쓰면 절약의 칼날이 무뎌지는 법이다.
무엇보다 네 자신에게 진실해라.
그러면 밤이 낮을 따르는 이치처럼,
남들에게도 거짓될 수가 없을 것이다.
잘 가거라. 내 축복이 네 안에서 피어나기를!

폴로니어스는 처음에는 배에 빨리 오르지 않는다며 레어티즈를 혼내더니 이제는 각종 주의 사항을 읊느라 그를 붙잡는다. 방식은 공격적이지만 당부의 내용 자체는 너무 좋다. 합리적인 사람이면 이 중 어느 것도 반박하기 어렵다. 하지만 폴로니어스는 우습고 따분한 늙은 꼰대로 그려진다. 지금껏 내가 본 모든 〈햄릿〉 공연에서 그랬다. 레어티즈도 아버지의 말을 귓등으로 들으며 굳이 지겨운 내색을 감추지 않는다. 자기도 방금 누이동생 오필리아에게 잔소리를 한 무더기 퍼부은 주제에. 객관적으로 생각했을 때 폴로니어스가 보이는 것처럼 지루한 멍청이일 리 없다. 일단 그는 클로디어스왕의 수석 고문이다. 왕은 악당일지언정 바보는 아니다. 폴로니어스가 정말 꼴통이면 왕이 그를 신하로 옆에 끼고 있었겠는가? 그럼 왜 폴로니어스는 항상 우습게 그려질까?

이유가 있다면 청하지 않은 충고는 늘 지루하기 때문이다. 충고자가 나이 많고 듣는 사람이 젊으면 특히 지루하다. 「사람이 하는 말, 고양이가 듣는 말(What people say, what cats hear)」이라는 제목의 만화에서 고양이 머리 말풍선은 텅 비어 있다. 사람이 고양이에게 하는 충고가 아무리 유용해도("저 아랫집 덩치 큰 수고양이는 건드리지 않는 게 좋아") 고양이는 듣지 않는다. 고양이는 자기 마음만을 따른다. 왜냐하면 고양이는 원래 그러니까. 젊은이들도 마찬가지다. 그들이 우리 입에서 구체적으로 바라는 말이 있다면 모를까.

이것이 내가 이 질문을 피하는 이유다. 젊은이들에게 해주실 조언이 있다면? 없습니다. 그들이 요구하지 않은 이상은요. 이상 세계에서는 그렇다. 하지만 현실 세계의 나는 이 고결한 원칙을 매일 어긴다. 작은 구실만 있어도 참지 못하고 온갖 참견을 다 한다. 앞서 언급한 어미 울새 호르몬 때문이다. 결과는 이렇다.

이미 아시겠지만, 변기에도 친환경 변기가 있어요. 그걸 쓰세요. 무례하게 굴지 않고도 입장 표명과 신념 고수가 가능하답니다. 차양을 치세요. 여름에 창으로 들어오는 열기가 70퍼센트 이상 줄어요. 소설가가 되고 싶다면 매일 허리 운동을 하세요. 나중에 고생하기 싫으면요. 남자에게 전화하지 말고 남자가 전화하게 놔둬요. 총체적으로 생각하고 구체적으로 행동해요. 아이를 낳으면 뇌와 머리카락을 잃지만, 둘 다 다시 자라요. 제때의 한 땀이 나중의 아홉 땀을 덜어줍니다. 부츠에 묶을 수 있는 아이젠이 새로 나왔는데 빙판길에 아주 유용해요. 벽 콘센트에 포크를 꽂으면 큰일 나요. 건조기의 보풀 거름망을 청소하지 않으면 거기서 불이 날 수도 있어요. 뇌우를 만나 팔뚝 털이 곤두서면 깡충 뛰세요. 해변에 올려놓은 카누에는 올라타지 맙시다. 술집에서 남이 따라주는 술은 절대 마시지 말아요. 때로는 돌파구가 유일한 탈출구라는 것을 기억하세요. 북부 삼림에서는 음식을 잠자리에 두지 말고 멀찍이 나무에 매달아두시고, 향수도 뿌리지 마세요. 무엇보다 자기 자신에게 진실하세요. 욕실 배수구에서 오물 뭉치를 꺼내는 데는 눈썹 족집게가 최고죠. 집집마다 태엽 손전등은 하나씩 구비해야 합니다. 머랭 만들 때 식초 살짝 넣는 거 잊지 말아요. 갈색 식초 말고, 백식초!

하지만 최고의 조언은 역시 이것이다. 때로 젊은 사람들은 연장자의 조언을 원하지 않는다. 젊은이들은 당신이 폴로니아•로 변하기를 바라지

• 폴로니어스의 여성형 이름. 여성 참견쟁이를 뜻한다.

않는다. 일장 연설을 생략해도, 지시 사항을 줄줄이 읊어주지 않아도 그들은 무사할 수 있다. 하지만 그들도 마지막 말은 환영한다. 마지막 말은 충고가 아니라 축복이니까.

잘 가거라. 내 축복이 네 안에서 피어나기를.

젊은이들은 항해에 나서며 당신의 배웅을 바란다. 그 항해는 어쨌거나 그들 스스로 해내야 하는 항해다. 위험한 항해가 될 수도 있다. 당신의 위험 대처 능력이 그들보다 나을 수도 있다. 그렇다고 당신이 항해를 대신 해줄 수는 없는 노릇이다. 당신은 뒤에 남을 수밖에 없다. 손을 흔들어 격려하면서. 걱정스럽게. 조금은 서글프게. 잘 가거라! 잘 가!

그들은 다만 당신의 호의를 원한다. 그들은 축복을 원한다.

누군가의 딸

>>><<<

(2005)

읽고 쓰기를 배우는 것은 인생 최고의 승리 중 하나다. 이를 잘 기억하는 사람이 없을 뿐.

— 브라이어(Bryher), 『하트 투 아르테미스(*The Heart to Artemis*)』

아클루니크 아주크사르니칸길라크(형편이 궁할 때가 혁신적 사고가 번성할 때다.)

— 캐나다 누나부트준주 이누이트족의 격언

북극지방 사람들에게 삶이 쉬웠던 적은 없었다. 그들은 수 세기 동안 지구상 가장 혹독한 기후 조건에서 살아왔다. 나무도 없고, 농사도 못 짓고, 여러 달 동안 극한의 추위와 어둠이 이어진다. 그들은 돌과 뼈로 만든 도구를 쓰고, 동물 가죽으로 만든 옷을 입고, 주로 물고기와 바다표범·순록·북극곰·바다코끼리·고래 등의 고기로 살았다. 그들의 문화는 환경과 정교하게 연동했다. 이 문화에서 남자와 여자는 상호 의존적이었다. 사냥꾼들이 식료의 대부분을 제공했지만 그들의 옷은 여자들이 지었다. 제대로 지은 옷이 아니면 사냥꾼의 목숨이 위험했다. 물이 새는 카미크는 발 동상과 직결됐다. 어느 기술 하나 생존에 필요하지 않은 것이 없었고, 따라서 각각이 존중받았다.

그러다 유럽인이 들어오고 유목민이 정착지에 모여 살기 시작하면서, 원주민은 과음과 여성에 대한 폭력 등 '백인' 문화의 부정적 측면들에 노출됐다. 전통문화와의 단절이 일어나면서 자살이 급격히 증가했다. 아이들은 기숙학교로 끌려가 강제로 20세기에 편입됐고, 두 세대는 극심한 문화 충격을 겪었다. 최악의 영향 중 하나가 가정의 분열이었다. 예전 문화에서 아들은 아버지와 삼촌들에게 사냥 기술을, 딸은 어머니와 이모들에게 바느질을 배웠지만, 이제는 많은 젊은이들이 문화적 고아가 됐다. 하지만 지금도 원로들이 다수 남아 있다. 이들은 전통 방식을 기억하는 살아 있는 문화재다.

캐나다 북극지방의 누나부트(Nunavut)에서 2주간 열리는 '누군가의 딸(Somebody's Daughter)' 캠프는 세대 간 재결합을 목표한다. 이 프로그램을 이끄는 사람은 누나부트준주를 담당하는 사회개발 간사 버너뎃 딘(Bernadette Dean)이다. 버너뎃의 이누이트 이름인 미쿠사크(반짝이는 돌)는 그녀를 멋지게 묘사한다. 그녀는 외면은 재기와 총기로 빛나고, 내면은 돌처럼 굳세다. 비슷한 사회문제들과 싸우는 사람들이 대개 그렇듯 버너뎃도 공동체와 거기 속한 가족들의 전반적 건강 향상을 위해서는 여성의 안녕과 자신감 증진이 필수임을 알고 있다.

‘누군가의 딸’은 이누이트의 전통 바느질을 배울 기회가 전혀 없었던 20대, 30대, 40대 여성들을 대상으로 한다. 참가자 대부분이 비극적 사건, 폭력, 가족과의 분리를 겪었다. 버너뎃은 내게 프로그램 명칭을 이렇게 설명했다. “모두가 아내인 것도 아니고, 모두가 엄마인 것도 아니고, 모두가 할머니도 아니지만, 모든 여성은 누군가의 딸입니다.” 이 명칭은 참가자 모두에게 즉각적인 소속감을 부여한다.

‘딸들’은 원로 겸 교사들과 함께 대지로 나간다. 그들은 텐트에서 생활하며 옛날 방식으로 옷을 짓는다. 먼저 동물 가죽을 긁고 늘여서 부드럽게 만들고, 이누이트 여성이 쓰는 울루라는 곡선 모양의 칼로 재단해서 동물 힘줄로 꿰맨다. 힘줄은 최고의 실이다. 물이 닿으면 팽창해서 옷에 물이 새어 들어오지 못하게 한다. 이 기술을 배우는 뿌듯함은 말로 표현하기가 힘들 정도다.

문해력 증진도 이 계획의 일부다. 누나부트 역시 우리 모두처럼 21세기에 존재하기 때문이다. 이제 이곳에도 컴퓨터와 사무직이 흔해졌다. 직장을 잡고 돈을 벌려면 문해력이 필요하다. 이것이 두 명의 작가가 이 캠프에 초대된 이유다. 나와 아동문학가 셰리 피치(Sheree Fitch). 셰리는 3년 연속 참가 중이었다. 우리 두 사람은 이 일에 참여하게 된 것을 큰 행운으로 여겼다.

하지만 학창 시절 다분히 부정적인 글쓰기 경험을 했을 여성들에게 어떻게 글쓰기를 가르칠 것인가? 셰리는 이 여성들에게 펜을 들게 하는 것 자체가 넘어야 할 산이라고 했다. 이들은 글쓰기를 민망해하고 두려워할 수 있어요. 또는 글쓰기의 필요성을 느끼지 못하거나요.

올해의 야영지는 사우샘프턴섬의 해안이었다. 이 섬은 허드슨만 입구에 있는 스위스 크기의 섬이다. 섬에 하나 있는 정착지 코럴하버에는 주민이 1000명도 되지 않는다. 하지만 순록은 20만 마리나 있고, 북극곰들도 활발히 돌아다닌다. 우리는 9미터 길이의 여객선을 타고 코럴하버에서 야영지까지 이동했다. 100킬로미터 거리인데 높은 파도 때문에 다섯 시간이 넘게 걸렸다.

우리가 텐트를 세운 곳은 경치가 장관이었다. 금욕적이면서도 아름다웠다. 앞은 바다고, 뒤편은 육지가 솟아올라 원시 해안을 형성했다. 산등성이 위에는 수 세기 전의 도싯문화• 주거지터들이 있었다. 땅에 돌들이 원을 이루며 박혀 있고, 터널 입구가 남아 있고, 근처에 여우 덫과 무덤들도 있었다. 야영지는 평평한 백색 석회암 위에 자리 잡고 있어서 텐트를 말뚝으로 고정할 수 없었다. 대신 로프를 바위들에 묶었다. 우리가 곧 경험하게 될 시속 130킬로미터의 강풍을 고려할 때 좋은 방법이었다.

전문 사냥꾼 세 명이 우리와 함께했다. 야영지 활동을 돕고, 식량을 제공하고, 캠프를 지켜줄 이들이었다. 그들은 당장 순록을 한 마리 잡아서 가죽을 벗기고 해체했다. 일부는 순록 스튜가 됐고, 일부는 장갑과 카미크 부츠가 될 예정이었다. 버려지는 것은 아무것도 없었다. 하지만 그곳에 배고픈 생명들이 우리만은 아니었다. 석양을 뚫고 건장한 수컷 북극곰 한 마리가 초대받지 않은 저녁 자리에 찾아왔다. 사냥꾼들이 오프로드차들을 몰고 놈을 쫓아버린 후 밤새 교대로 보초를 섰

• Dorset culture, 캐나다 북부에서 그린란드에 분포하는 이누이트 문화. 극지방 잔석기문화에 기반하며 기원전 1000년경부터 1200년경까지 이어졌다.

다. 안 그랬으면 큰일 날 뻔했다. 곰이 네 번이나 돌아왔기 때문이다. "다음번엔 잡아먹는다." 한 사냥꾼이 말했다. 곰이 그 말을 들은 게 분명했다. "원로들이 항상 경계하라고 하십니다." 우리에게도 지시가 떨어졌다.

다음 날 여성들은 원형의 공용 텐트에서 원로 겸 교사들과 상견례를 했고, 작업할 가죽을 받았다. "무엇을 만들고 싶어요?" 원로들이 이누이트어로 물었다. "누구를 위한 건가요?" (입을 사람의 나이에 따라 치수가, 젠더에 따라 재단이 달라진다.) 두 번째 질문—"누구를 위한 건가요?"—이 셰리와 내게 실마리를 제공했다. 글쓰기 첫 시간에 우리는 이렇게 말했다. 글쓰기도 바느질처럼 무언가를 취해서 다른 것으로 만드는 일이고, 글쓰기도 바느질처럼 누군가를 위한 일이에요. 그 누군가는 미래의 여러분일 수도 있어요. 글쓰기는 여러분의 목소리를 종이에 담아서 여러분이 아는 누군가에게, 또는 영영 만날 일 없는 누군가에게 보내는 방법이에요. 언젠가 그들이 여러분의 목소리를 들을 수 있게요.

그다음에 나는 내가 이번 여행에 대한 글을 쓸 예정이라고 말했다. '누군가의 딸'은 더 큰 운동, 즉 세계 여성의 삶의 질을 높이기 위한 운동의 일부라고 설명했다. 세계 여성 중 일부는 여러분과 달리 아직 자기 이름도 쓰지 못해요. 그래서 첫 번째 쓰기 과제로 그 여성들에게 보내는 메시지를 써주시기 바랍니다. 제가 여러분의 우편배달부가 될게요. 내가 말했다. 제가 여러분의 메시지를 전하겠어요.

한 명도 빠짐없이 메시지를 썼다. 모든 메시지가 긍정적이고 고무적이었다. 여기 그중 일부가 있다.

누군지 모를 분에게. 나는 여자입니다. 나는 나인 것이 자랑스럽습니다. 당신도 지금의 당신이 자랑스러웠으면 좋겠어요. 자부심을 가지세요.

우리가 아무것도 아니라고 생각하지 말아요. 우리 여자들은 외면과 내면이 모두 아름답습니다. 언제나 가족과 남들에게 도움을 주기 때문이죠. 이렇게 생각해주세요. 당신이 못 할 일은 없어요.

먼 북방에서 이 메시지를 보냅니다. 온 세상의 여성들에게. 당신은 가족에게 꼭 필요한 사람이에요. 자신을 잘 돌보세요. 가족에겐 당신이 집이에요. 건강해야 합니다. 우리 여자들은 다 같아요. 우리는 하나예요.

모두가 평등하게 창조됐다는 것을 기억하세요. 이 말은 남자가 학대를 참지 않는다면, 우리도 참아서는 안 된다는 뜻이에요. 그리고 부디 잊지 마세요. 우리는 우리 이웃을 돕고 사랑해야 해요.

나도 더 배워서 남들에게 가르쳐주고 싶어요.

세상의 숙녀들에게 보내는 메시지. 당신은 사랑받는 존재라는 것과 당신은 혼자가 아니라는 것을 기억하세요.

부디 자신에게 좋은 삶을 주세요. 당신은 강한 사람이고 도움 주는 사람이란 것을 잊지 마세요.

북방의 누군가가 세상의 모든 여자들에게. 당신이 어떻게 생긴 사람이든 당신은 매우 특별해요. 이 말을 늘 마음에 간직해줘요.

그리고 마지막으로,

배움은 배우는 사람이 안전하고 평안하게 느낄 때 시작됩니다. 안전하고 평안한 분위기를 제공하세요. 그리고 계속 노력해요!

응원의 메시지를 쓰는 것은 쓰는 사람에게도 응원이 된다. 크고 둥근 텐트는 그 안의 여성들에게 안전과 평안과 치유의 장소가 됐고, 글쓰기도 그들 대부분에게 안전과 평안과 치유의 장소가 됐을 것으로 믿는다. 여성들은 텐트 안에서, 그리고 글쓰기 안에서 웃고, 농담하고, 이야기하고, 때로는 슬퍼했다. 들은 바에 따르면 이 문화에서는 슬퍼하는 일도 큰 소리로, 남들과 함께 행해야 했다. 이 방식을 통해 애도가 치유로 이어진다.

여성들 모두 각자 선택한 바느질 프로젝트를 완수했다. 원로 겸 교사가 일대일로 붙어서 도움을 주었다. 그리고 모두가 글쓰기도 이어갔다. 다들 문자언어의 적용 범위를 일기, 편지, 짧은 시들로 넓혔다. 정체성과 성취감을 통해 자신감이 왔다. 그리고 마지막 날, 참가자 중 한 명의 제안으로 '딸들'은 각자 한 행씩 보태는 공동시를 썼다.

그 공동시의 마지막 행이 이 감동적인 프로그램에서 어떻게 바느질,

글쓰기, 치유가 함께 일어났는지를 잘 말해준다.

카미크 짓기에서 어려운 부분을 끝내고 나니, 한 마리 독수리가 된 기분이 든다. 너무나 자유롭게 어디라도 날아갈 수 있을 것 같다.

다섯 번의 워드호드• 방문

›››‹‹‹

(2005)

이 강연의 제목은 우리의 문학 전통에 바치는 헌사입니다. 북미 하이다족 시인 스카아이(Skaay)의 구전을 번역한 로버트 브링허스트(Robert Bringhurst)의 명저 『아홉 번의 신화 세계 방문(*Nine visits to the Mythworld*)』에 바치는 헌사인 동시에, 그보다 훨씬 전에 우리의 문학 전통을 이루었던 앵글로색슨족 시인들에게 바치는 헌사이기도 합니다. '워드호드'란 그들이 영감의 우물을 일컫는 표현이었고, 언어 자체와 겹치는 개념이기도 했습니다. '호드'는 '보물'을 의미합니다. 보물은 비밀 장소에 보호됩니다. 말(言)도 신비의 보물로 간주됐습니다. 말은 귀하게 대접받았어요. 제게도 말이 보물입니다.

• word-hoard, 시인이 이야기 창작에 사용하는 어휘와 구절 모음을 말하는 고대 영어 wordhord에서 유래한 단어. 사전 같은 물리적 책이 아니라 시인의 마음속에 비축되는 언어적 자산을 말한다.

간단히 말해 이 강연은 글쓰기 행위에 대한 것입니다. 제 자신의 글쓰기 행위요. 그게 제가 말할 수 있는 유일한 글쓰기 행위니까요. 또한 제가 그동안 글쓰기에 어떻게 접근해왔는지에 대한 것입니다. 토크쇼에서는 제가 피하는 영역이죠. 사람들이 "어떻게 쓰세요?"라고 물으면 저는 "연필로요"라고 답합니다. 또는 그와 비슷하게 퉁명스러운 대답을 합니다. "왜 쓰세요?"라고 물으면 "태양은 왜 빛나는데요?"라고 해요. 기분이 좋지 않은 날에는 "치과 의사에게는 왜 남들 입속을 뒤지는지 묻지 않잖아요"라고 합니다.

제가 이렇게 얼버무리는 이유를 설명할게요.

아뇨, 설명하지 맙시다. 대신 실화를 들려드리겠습니다. 창의적 글쓰기 강사들도 늘 그러잖아요. "말로 하지 말고 보여줘라."

사연은 이렇습니다. 제게 마술사 친구가 있습니다. 그는 10대 때 마술을 시작했고, 무대에서 마술 쇼를 했지요. 거기서 라디오와 텔레비전으로 진출했고, 엄청난 돈을 벌었습니다. 하지만 마음은 언제나 마술사였습니다. 그는 마술 트릭을 많이 개발했고, 마술에 대한 글도 많이 썼어요. 토론토에서 매년 열리는 마술사 회합에서도 중심인물입니다. 도처에서 마술사들이 모이고, 공식 일정이 끝난 다음에는 마술사들을 위한 파티가 열려요. 가끔은 마술사가 아닌 사람들도 옵니다. 그 파티에 가면 마술사들끼리 하는 말을 들을 수 있습니다.

마술사 모임도 탐조가 모임이나 시인 모임, 재즈 뮤지션 모임이나 문학 축제의 작가 모임과 다르지 않아요. 예술, 기교, 기량을 중시하는 사람들의 모임은 다 비슷해요. 무슨 말이냐면, 부나 혈통, 회사 직위 같은 것에 연연하는 사회적 위계는 다 사라지고, 개인은 동료 집단에게 오로지 성취 수준으로만 평가받습니다.

마술사들은 서로 무슨 말을 할까요? 일 얘기를 합니다. 때로 둘씩 붙어서 일대일로 비밀을 거래합니다. 이들이 거래하는 비밀은 영업 기밀입니다. 즉 마술 트릭을 교환합니다.

마술사들이 나와서 마술의 원리를 알려주는 TV 프로그램을 본 적 있으시죠? 저는 그거 부도덕한 일이라고 생각해요. 사람들이 마술 쇼에 왜 가겠어요? 현혹당하고, 속고, 놀라기 위해서 가는 거잖아요. 다른 세계로 들어가기 위해 소설을 읽는 것처럼요. 소설 속의 모든 일을 진짜로 믿을 준비를 하고서. 적어도 내가 표지와 표지 사이에 있을 때만이라도. 사람들은 마술의 원리 따위 알고 싶어 하지 않아요. 환상이 깨지니까요. 가끔 청중 가운데서 "나 그거 어떻게 한 건지 알아!"라고 외치는 영리한 아이가 나오곤 합니다. 어떤 때는 잘 생각해보면 방법이 보이기도 해요. (저야 생각해도 모르지만요.) 요점은, 설사 알아냈다 해서, 또는 알 것 같다 해서, 그걸 직접 할 수 있는 것은 아니라는 겁니다.

'무엇'을 아는 것과 '어떻게'를 아는 것은 별개입니다. '어떻게'는 다년간의 연습과 실패에서 옵니다. '어떻게'는 모자가 낳을 달걀을 수없이 떨어뜨리고, 제1장을 스무 번째 구겨서 휴지통에다 던진 끝에 실현됩니다. 로버트 루이스 스티븐슨(Robert Louis Stevenson)도 『보물섬』을 마법처럼 불러내기 전에 다 쓴 원고를 세 번이나 불태웠습니다. 그때 소각된 소설들은 그가 떨어뜨린 세 개의 달걀이었습니다. 하지만 깨진 달걀이 헛된 낭비는 아니었습니다. 그것들을 떨어뜨린 덕분에 다음 달걀을 감쪽같이 나타나게 하는 방법을 익힌 거니까요.

물론 경지에 오르지 못하기도 해요. 세상에 반드시는 없어요. 몇 년을 죽어라 연습해도 안 되는 사람은 안 돼요. 다시 마술사에 빗대어 말하자면, 마술이 붙는 손을 가진 사람이 따로 있어요. 그런 손이 없으면 단순 숙련자 수준 이상으로는 올라가지 못해요. 모자에서 새가 아니라 설익은 오믈렛만 계속 쏟아질 수도 있어요.

또는 손은 있는데, 즉 재능은 있는데 동기가 약한 경우도 있어요. 그런 경우는 예술을 일찍 포기합니다. 노력을 쏟을 각오, 기교를 갈고닦을 각오란 쉽지 않거든요. 언젠가 아일랜드의 작은 여관에서 근사한 아침을 먹은 적이 있습니다. 음식을 칭찬했더니 여관 주인은 자신이 레스토랑 주방장으로 일한 적이 있으며 지금 그 레스토랑은 망해간다고 하더군요. 우연히도 그 레스토랑은 전날 우리가 저녁을 먹은 곳이었습니다. 제가 그곳 음식이 좋았다고 하자 남자가 말했습니다.

"그래요, 누구나 맛있는 음식을 만들죠. 한 번쯤은요."

때로 우리는 아침 이슬처럼 영롱히 빛나는 데뷔작을 접합니다. 시들한 두 번째 소설도 접하고, 작가를 무덤에서 부활시키는 세 번째 소설도 접합니다. 그렇게 네 번째, 다섯 번째, 여섯 번째 소설로 이어집니다. 이때쯤 누가 단거리 주자인지 누가 마라토너인지 갈립니다. 하지만 예술은 잔인해서 경이로운 여섯 번째 소설은 딱히 감흥을 일으키지 못합니다. 다시 말해 경이로운 첫 번째 소설만 못합니다. 경이로운 여섯 번째는 실행자의 근성과 끈기-거울을 보며 "내가 왜 이걸 하고 있지?" 하면서도 어쨌든 글쓰기를 지속하는 능력-를 증명합니다. 하지만 증명은 거기까지입니다. 마술의 경우처럼, 나중에 몇 번을 다시 해내도 잊지 못할 퍼포먼스는 한 번뿐입니다.

시인 딜런 토머스(Dylan Thomas)가 이렇게 시작하는 시를 썼습니다.

"나의 기교 혹은 우울한 예술로." 그는 예술과 기교를 구분합니다. 예술은 일단 재능을 요합니다. 이것이 제가 오페라 가수가 될 수도 없었고, 될 리도 없는 이유죠. 기교는 그 재능을 집중적 수련으로 갈고닦아야 생기는 것입니다. 이것이 경이로운 목소리를 가졌다 해서 모두가 오페라 가수가 되는 건 아닌 이유입니다.

여기 로버트슨 데이비스(Robertson Davies)의 소설 『다섯 번째 임무(*Fifth Business*)』가 있습니다. 주인공은 마술에 빠진 어린 소년입니다. 소년은 성공하고픈 마음이 간절하지만 손이 영 따라주지 않습니다. 그런데 소년의 마술 연습을 구경하던 더 어린 소년 폴은 단박에 해냅니다.

> 그때 나는 '스파이더'라고 부르는 그 마술 기법을 몇 주나 연습했다. 몇 주가 걸렸는지 가늠도 안 된다……. 한번 해봐! 잔디 깎기와 눈 치우기로 굳어지고 벌겋게 마디가 불거진 스코틀랜드인의 손으로 해봐. 네가 어떤 기술을 익혔는지 한번 보자! 당연히 폴은 내가 어떻게 한 건지 알고 싶어 했다. 내 안의 선생 본능이 폴에게 알려주었다.
>
> "이렇게?" 폴은 내게서 동전을 가져가더니 마술을 완벽하게 성공시켰다. 나는 기가 막히고 굴욕감이 들었지만, 지금 돌이켜 생각하면 용케 잘 처신했다.
>
> "그래, 그렇게." 내가 말했다……. 녀석의 손은 못 해낼 게 없었다……. 그를 부러워하는 것은 쓸데없는 일이었다. 녀석은 마술사의 손을 타고났고, 나는 그러지 못했다. 녀석을 죽여서 세상에서 조숙하고 성가신 꼬마 하나를 덜어낼까 하는 생각이 든 적이 없다고는 못 한다. 하

지만 녀석이 타고났다는 사실을 인정하지 않을 도리는 없었다.

어느 예술이든 마찬가지입니다. 재능이 필요해요. 하지만 재능 이상의 것도 필요합니다. 다음은 앨리스 먼로(Alice Munro)의 「코르테스섬(Cortes Island)」이라는 단편에 있는 내용입니다.

내가 독자뿐 아니라 작가도 되어야 할 것 같았다. 나는 학생용 공책을 사서 글을 써봤다. 실제로 썼다. 그것도 여러 페이지나. 처음에는 웅장하게 시작했다가 이내 시들해졌다. 결국 페이지들을 찢어내 중벌을 내리듯 비틀어서 휴지통에 버려야 했다. 나는 이 짓을 하고 또 했다. 공책에 표지만 남을 때까지. 그 후 공책을 하나 더 사서 이 과정을 고스란히 반복했다. 동일한 순환. 흥분과 절망, 흥분과 절망. 매주 비밀 임신과 유산을 반복하는 것 같았다.

완전한 비밀은 아니었다. 체스는 내가 책을 많이 읽고 글을 쓰려 한다는 것을 알았다. 그는 내 용기를 꺾지 않았다. 그는 글쓰기를 내가 무리 없이 배울 수 있는 일로 생각했다. 브리지 게임이나 테니스처럼, 힘든 연습이 필요하겠지만 숙달할 수 있는 일로 여겼다. 나는 그의 이 너그러운 믿음에 감사하지 않았다. 그것은 내 재앙의 촌극에 일화를 추가했을 뿐이다.

화자도 그녀의 남편 체스도 모두 옳습니다. 열심히 노력하면 할 수 있다, 이것이 체스의 관점입니다. 하지만 어느 정도까지만 그렇습니다. 그 정도를 넘어서려면 재능이 필요하고, 재능은 노력으로 되는 게 아닙니다. 그냥 있거나 없는 것이죠. 있는 정도도 다양합니다. 기대할 수도 요구할 수도 없고, 합리적이지도 예측 가능하지도 않고, 인생의 한 시점에는 있다가 사라지기도 합니다. 연습이 잠자는 재능을 깨우기도 하지만, 반대로 너무 심한 연습이 재능을 죽이기도 합니다. 그것조차 헤아릴 수 없어요. 많은 부분이 우연과 행운에 달려 있습니다.

또한 많은 부분이 스승에게 달려 있습니다. 모든 예술가들에겐 스승이 있으니까요. 스승이 살아 있는 작가나 비(非)작가일 때도 있지만, 죽은 작가일 때가 더 많습니다. 죽은 작가란 젊은 작가 지망생에게 오직 책으로만 알려져 있는 작가들을 말해요. 작가들은 자신의 인생을 돌아볼 때 재능에 처음으로 눈뜬 순간, 그 순간에 읽고 있던 책을 정확히 기억합니다. 그 순간이 어릴 때 찾아오는 경우가 많지만, 항상 그런 건 아닙니다. 모든 인생이 다르고, 모든 책이 다르고, 어떤 미래도 예측을 불허하기 때문이죠.

이런 상황에서, 제가 글을 쓰려는 분이나 이미 쓰고 있는 분에게 어떤 유용한 조언을 할 수 있을까요? 많이 읽으세요. 많이 쓰세요. 지켜보고, 귀담아듣고, 노력하고, 기다리세요.

이 밖에 제가 무슨 말을 할 수 있겠어요. 여러분에게 들려드릴 수 있는 것은 제 경험뿐입니다. 제 워드호드 방문기 중 다섯 개를 골라 말씀드릴게요. 쏟은 달걀들에 대해서는 별로 언급하지 않겠습니다. 믿거나 말거나 때로는 달걀이 우수수 떨어지기도 했어요.

제 경우 처음 출판된 소설이 처음 쓴 소설은 아니었습니다. 첫 소설은 세상 빛을 보지 못했죠. 오히려 다행입니다. 청승맞은 책까지는 아니었지만 꽤나 어두운 책이었어요. 여주인공이 남주인공을 지붕에서 밀어버릴지 말지 고민하는 것으로 끝나거든요. 그걸 썼을 때 저는 스물세 살이었고, 한 달에 70달러짜리 하숙방에 살면서 화구 하나짜리 열판에 즉석식품을 데워 먹던 시절이었어요. 끓일 수 있는 플라스틱 용기에 든 음식을 용기째 끓여 먹었어요. 다른 음식은 책상 서랍에 보관했고요. 욕실은 남들과 함께 썼는데, 설거지를 할 수 있는 곳도 이 공용 욕실뿐이어서 욕조에서 냉동 콩이나 국수가 출몰하곤 했죠. 저에게는 본업이 따로 있었고, 그걸로 하숙집 방세를 냈어요. 직장에서 저는 타자기를 쓰는 일을 했어요. 그래서 직장에 있는 시간 중 반은 본업을 하고, 주어진 일을 마친 뒤에는 제 소설을 열심히 타이핑했어요. 덕분에 아주 근면한 인상을 줄 수 있었습니다.

그렇게 소설을 끝낸 후 당시 캐나다에 있던 출판사들에 죽 보냈어요. 몇 군데가 관심을 보였어요. 그중 한 출판사는 저를 밴쿠버 호텔 꼭대기 층으로 데려가 술을 사줬어요. 그 남자가 결말을 좀 더 밝게 바꾸는 게 어떻겠냐고 하더군요. 싫다고 했죠. 그렇게는 못 할 것 같았어요. 남자가 탁자로 몸을 숙이며 제 손을 토닥이더군요. "우리가 뭐 도울 일이라도?" 마치 제가 무슨 불치병이라도 앓는 것처럼요.

이게 첫 번째 방문이었어요. 두 번째 방문 갑니다.

실패한 첫 작품을 쓰던 당시 저는 시장조사 회사에 다니고 있었어요. 상당히 별난 곳이었죠. 이게 재료가 됐습니다. 바느질감처럼 글감도 무엇이든 될 수 있어요. 제가 두 번째 소설에 이용한 글감은 바로 이 시장조사 회사였어요. 하지만 막상 소설을 쓸 때는 직업이 바뀐 뒤였어요. 이때는 브리티시컬럼비아대학교에서 강사로 일하고 있었어요.

사다리의 가장 낮은 층이죠. 제가 맡은 건 개론 강좌였는데, 초서부터 T. S. 엘리엇까지 작게 한 입 크기로 잘라서 광속으로 훑었어요. 그리고 제2차 세계대전 때 만든 퀀셋 막사에서 아침 8시 30분에 공대생들에게 문법도 가르쳤어요. 1964~1965년은 베이비붐 세대가 대학에 밀어닥치던 때라서 강의실이 부족했거든요. 저는 미래의 엔지니어들에게 카프카의 짧은 우화들에 기반한 작문 연습도 시켰어요. 제 딴에는 다 그들을 위해서였어요. 장차 그들의 커리어에 유용할 거라 믿었거든요.

한편으로 저는 비밀의 삶을 이어갔어요. 작가의 삶을요. 흡혈귀처럼 밤에만 추구해야 하는 삶이었죠. 이때는 접시를 놓을 나만의 진짜 싱크대가 있었어요. 그래서 여느 젊은이들처럼 저도 깨끗한 접시가 하나도 남지 않을 때까지, 싱크대의 맨 아래 접시에서 곰팡이가 필 때까지(밴쿠버는 습한 곳입니다) 버텼어요. 그러다 이판사판의 에너지에 불타 밀린 설거지를 단번에 해치우곤 했죠. 핫도그를 썰어 넣은 크래프트 디너•에 대해서는 제가 박사였어요. 그걸로 연명하다가 때로는 '스미티 팬케이크 하우스'에서 때웠어요. 특히 퀀셋 막사로 공대생들을 만나러 가지 않는 날 아침에 많이 갔죠. 그러다 때로 무모한 쾌락주의가 도질 때는 스키를 타러 갔어요.

1965년 봄 저는 문제의 두 번째 소설을 쓰기 시작했습니다. 대학 강사 일에서 생긴 시험 답안용 공책에다 한 장(章)씩 손으로 썼어요. 답안용 공책의 크기가 딱 좋았어요. 하나에 한 장씩 썼어요. 저는 항구와

• Kraft Dinner, 크래프트사의 인스턴트 마카로니. 특히 캐나다에서 인기가 높아 국민 간식으로 불렸다. 줄여서 KD라고 한다.

산이 내다보이는 창가에 카드 테이블을 놓고 앉아서 썼어요. 아름다운 경치가 작가에게 항상 좋은 것만은 아니에요. 정신을 딴 데 팔게 되니까요. 글이 막혀서 잘 뚫리지 않을 때는 영화를 보러 가기도 했어요. 다행히 제게 TV는 없었어요. TV는커녕 가구도 변변히 없었죠. 그 시절에는 가구를 둘 필요를 못 느꼈어요. 가구는 부모에게나 있는 물건이었어요. 물론 가구를 들일 돈도 없었지만요.

저는 오른쪽 페이지에 글을 썼고, 왼쪽 페이지에는 작게 그림을 그렸어요. 인물이 입은 옷을 보다 완벽하게 시각화하고 싶었거든요. 거기다 필요한 메모도 했어요. 다음에는 손으로 쓴 원고를 타이핑했는데, 간단한 문제가 아니었어요. 사실 제 타이핑 실력이 형편없었거든요. (저는 퍼스널 컴퓨터가 나오기 전까지 소설 최종본을 만들 때 돈 주고 타이핑을 맡겼어요. 이런 방식으로 완성한 마지막 책이 1985년의 『시녀 이야기』였어요.)

이런 불완전한 방법들로 저는 대략 6개월 만에 소설을 뚝딱 완성했어요. 유용한 팁을 하나 드릴까요? 젊었을 때는 잠을 안 자고 견디는 게 쉬워요. 저는 먼젓번 버전에 관심을 보였던 출판사에 다시 타이핑한 최종본을 보냈어요. (그때는 캐나다에 에이전트가 없었어요. 지금은 에이전트를 통해 출판을 진행하는 것이 당연한 일이 됐지만요. 지금은 글 쓰는 사람이 워낙 많아서 출판사들이 에이전트들을 거름망처럼 사용해요.) 놀랍게도 그 출판사가 제 책을 받아줬어요. 그런데 이후 몇 달이나 감감무소식인 거예요.

그때쯤 저는 하버드로 돌아와 박사 학위 구두시험을 준비하고 있었어요. (집필 활동을 계속하려면 어떻게든 돈을 벌어야 했지만, 당시 대학 강사 자리는 쉽게 나지 않았어요. 차라리 웨이트리스를 하는 게 낫겠다는 생각이 들었어요. 이미 해본 적이 있어서 아는데, 제가 구할 수 있었을 몇몇 일자리보다는 확실히 나았어요. 참고로 저는 벨 전화 회사에도 떨어졌고, 훗날 제 것이 된 출판사 두 곳에서도 모두 퇴짜를 맞았어요. 다들 절 거부한 것도 당연해요. 저는 그들이 제안하는 일자리에 적합하지 않았으니까요.)

일단 구두시험에 통과한 후 저는 사라진 소설의 행방을 찾아 나섰습니다. 알고 보니 출판사가 원고를 엉뚱한 데 뒀더라고요. 어쨌든 출판사가 원고를 다시 찾았고, 저는 수정에 들어갔어요. 수정 작업은 또 다른 곳에서 이루어졌어요. 몬트리올이었어요. 1967~1968년은 제가 거기서 빅토리아시대 문학과 미국 낭만주의 문학을 주야로 가르치던 때였거든요. 소설은 1969년 가을에 출판됐어요. 출판 시점이 제2세대 페미니즘이 막 일어나던 때라 제 책이 여성운동의 산물로 인식될 법했죠. 모두는 아니지만 어떤 이들은 실제로 그렇게 생각했어요. 물론 사실이 아니었어요. 막상 소설을 쓴 시점은 여성운동의 본격 도래보다 4년 앞서 있었으니까요. 그래도 얼추 들어맞긴 했어요. 왜냐하면 소설의 결말이……. 아 참, 결말을 말할 순 없죠.

이때쯤 저는 또 사는 곳을 옮겼어요. 여성운동이라곤 들어본 적조차 없을 앨버타주 에드먼턴이라는 곳으로요. 그곳에서 제 인생 최초의 책 사인회를 합니다. 허드슨베이컴퍼니•의 남성용 양말과 속옷 코너에서요. 저는 에스컬레이터 근처에 탁자를 놓고 거기에 책을 몇 권 쌓아놓고 앉았어요. 제 옆에는 책 제목을 선포하는 광고판이 있었죠. 『먹을 수

• Hudson's Bay Company, 캐나다 최대의 유통 회사. 북미에서 가장 오래된 기업으로 1670년 모피 교역을 위한 영국의 국책기업으로 설립됐다.

있는 여자』. 이 제목을 보고 많은 남자들이 기겁했어요. 그들이 목장주와 석유 재벌들이었다고 믿을래요. 그들은 점심시간에 사각팬티나 살까 하고 어슬렁어슬렁 들어왔다가 떼 지어 도망갔어요. 저는 달랑 두 권 팔았습니다.

그건 제가 꿈꿨던 작가의 삶이 아니었어요. 프루스트는 자기 책을 여성 란제리 코너에서 팔 필요가 없었잖아요. 내가 길을 잘못 들었나? 이 길이 아닌가? 정말 심각하게 고민했어요. 보험이든 부동산이든, 글쓰기만 아니라면 뭐든 지금이라도 시작하자. 늦지 않았어. 하지만 작가가 된 이유를 묻는 질문에 사뮈엘 베케트(Samuel Beckett)가 한 말처럼, 저는 "달리 잘하는 게 없었어요".

이번에 말할 세 번째 소설 쓰기 경험은 좀 복잡합니다. 때는 어느새 1994년이고, 저는 어른이 됐습니다. 적어도 외관상으로는요. 그해 봄, 유럽 북 투어 중 카를 융의 도시 취리히에 머물 때, 저는 강이 내다보이는 호텔에서 책의 첫 장을 쓰기 시작했습니다. 물 풍경에는 정말이지 통제된 환각을 끌어내는 힘이 있어요. 이때 바로 새 책을 시작할 생각은 없었거든요. 하긴 시작 시점을 작가가 통제할 수는 없는 법이지요. 유용한 팁이 하나 더 나갑니다. 시작하기 좋은 상황만 기다리고 있으면 영원히 시작하지 못합니다.

흔히 그랬듯 사실 이 책 직전에도 원래 쓰려던 책이 따로 있었어요. 하지만 저도 모르게 1996년에 『그레이스』로 나오게 될 소설을 쓰고 있더군요. 이때쯤 저는 다음의 작업 방식을 구축한 상태였어요. 일단 10~15페이지를 손으로 쓴다. 그다음에는 하루의 반은 쓴 원고를 타이핑하고, 나머지 반은 계속 원고를 쓴다. 이렇게 책의 최전방까지 전진한다. 일종의 이동탄막사격(rolling barrage) 기법이었어요. 이 방식으로 저는 새로운 땅을 조금씩 확보하는 동시에 방금 전까지 어디에 있었는지 기억할 수 있었습니다.

제가 책 속으로 100페이지쯤 들어갔을 때였어요. 집필을 위해 가족과 함께 프랑스에서 보내던 가을이었는데 소설의 시작이 잘못됐다는 것을 깨달았어요. 이 일이 기차 안에서 일어났어요. 앞서 낸 책의 홍보를 위해 파리로 가는 길이었죠. 당시 제가 일기를 썼는데, 그때를 이렇게 적었더군요.

> 머릿속에 뇌우가 치는 느낌이었다. 기차 안에서 이런 생각이 들었다. 이래선 뭣도 되지 않을 거야. 이틀을 이 상태로 (여기에 제가 구름과 번개를 그려놨습니다) 있다가 해법이 떠올랐다. 몇몇 인물과 내용을 빼버리고 재배열하자. 이것밖에는 방법이 없는 것 같다. 문제가 있고, 이 문제는 처음부터 있었다. A와 B 사이에 어떤 관련이 있는가?

이 메모들을 지금 보면 A와 B가 정확히 뭐였는지는 기억나지 않습니다. 다만 제가 현재와 과거를 넘나드는 구조를 시도하고 있었나 봅니다. 그러다 현재 시점을 내버리고 과거 시점으로 바로 진입했는데, 그편이 훨씬 흥미진진했던 거죠. 『그레이스』는 1843년에 실제로 일어난 이중살인 사건을 바탕으로 하니까요. (제가 그 살인 사건을 어떻게 알게 됐는지도 사연이 깁니다.) 화자도 3인칭에서 1인칭으로 바꿨어요. 여기서 유용한 팁이 또 나갑니다. 쓰다가 막혔을 때 시제나 인칭을 바꿔보세요. 이 방법이 자주 먹혀요. 또 하나. 머리가 정말로 빠개질 것 같을 때는 잠을 자요. 아침에 답일 보일 때가 많아요.

저는 1995년 4월 4일까지 『그레이스』의 177페이지를 썼고, 1995년 9월까지 395페이지를 썼어요. 이렇게 느리지만 꾸준히 전진했어요. 계속 고쳐 써가면서요. 1996년 1월에 원고를 출판사에 넘겼고, 그 시점에 아일랜드에 갔고, 병이 났어요. 한동안 치열하게 매달리던 일이 끝나면 종종 일어나는 일이죠. 몸이 원하는 휴식을 주지 않으면, 몸이 참고 참다가 마침내 숨 돌릴 틈이 생겼을 때 이때다 하고 복수하는 거예요.

방법론으로 돌아갑시다. 대체로 저는 처음에는 글을 천천히 씁니다. 동굴로 더듬더듬 길을 찾아 들어가는 것처럼요. 이후 속도를 올리고 쓰는 시간도 늘려가다가 마지막에는 하루 여덟 시간씩 씁니다. 걸을 때 허리가 꺾이고 눈이 가물거리는 상태가 되죠. 이 방법은 추천하지 않습니다. 차라리 수영이나 스피드스케이팅이나 볼룸댄스 선수권대회에 나가세요. 그게 낫습니다. 글쓰기보다는 그게 건강에 좋아요. 제가 가장 되기 싫은 게 롤모델입니다. 그러니까 제가 제 방식에 대해 말한 어떤 것도 본보기로 삼지 마세요.

이제부터 말할 네 번째 책은 2000년에 출판된 『눈먼 암살자』입니다. 이 책은 어떤 비전에서 출발했어요. 가족 사진첩에서 나온 비전이라고 할까요. 원래 우리 할머니와 어머니에 대해, 20세기를 관통하는 두 분의 세대에 대해 쓸 작정이었는데, 저의 실제 할머니와 어머니는 제 책의 주인공이 되기에는 너무 착한 사람들이었어요. 그래서 보다 문제적인 노부인에 대해 쓰기 시작했어요. 그 부인은 이미 죽은 사람이고요, 생전에 남들에게 숨겨온 제2의 삶이 있었어요. 부인의 후손이 모자 상자에 숨겨져 있던 편지들을 발견하면서 부인의 비밀이 세상에 드러나게 되죠. 그런데 이야기가 잘 풀리지 않아서 저는 모자 상자와 편지들은 내버리고 비밀의 삶만 챙겼어요.

다음 버전도 노부인이 주인공인 점은 같아요. 하지만 이번에는 노부인이 살아 있고, 다른 두 인물—오지랖 넓은 사람들—에 의해 이중생활이 탄로 나요. 그리고 이번에도 비밀을 담은 용기가 등장해요. 이번 것은 여행 가방이고, 거기서 사진첩이 나와요. 하지만 이번 방식도 잘 풀리지 않았어요. 앞서 언급한 두 인물이 정분이 났고, 남자는 유부남에다 쌍둥이 아기가 있었죠. 딱 봐도 뻔했어요. 불륜 이야기가 책을 다 잡아먹고, 제가 정말로 쓰고자 하는 노부인 이야기를 덮어버릴 판이었죠. 그래서 불륜 커플은 서랍으로 들어갔고, 여행 가방도 폐기 처분됐어요. 다만 사진 중 하나는 유지했어요.

결국에는 노부인 스스로 말하게 했어요. 그제야 비로소 책이 앞으로 나아가더군요. 이 세 번째 버전에도 용기가 등장해요. 이번 용기는 여행 가방보다도 큰 스티머 트렁크예요. 한때는 노부인의 혼수품 중 하나였고, 이제는 그 안에 그녀가 평생 숨겨온 비밀이 원고와 편지 형태로 쌓여 있지요. 장 제목도 '스티머 트렁크'예요.

집필 과정을 이렇게 말해놓고 보니 전래동화 『골디락스와 곰 세 마리』 이야기처럼 됐네요. 교훈은 이겁니다. 딱 맞는 의자를 찾을 때까지 계속 이 의자 저 의자에 앉아봐야 합니다. 넘치지도 부족하지도 않게 딱 맞는 것을 찾을 때까지요. 하지만 그러는 동안 숲에서 너무 많은 곰이 나오지 않기를 빌어야겠죠?

다섯 번째 워드호드 방문은 2005년 여름이었습니다. 이 방문의 결과로 전 세계에서 작가 수십 명과 출판사 수십 곳이 참여하는 '세계 신화 총서' 시리즈 중 한 권이 탄생했습니다. 이 시리즈는 신화를 소재로 삼아서, 아무 신화나 골라잡아서, 100페이지 남짓한 재기 있고 시의성 있는 책으로 다시 쓰는 프로젝트였어요. 말은 이래도 생각보다 훨씬 힘든 일이에요. 그걸 일을 받자마자 깨달았어요.

시도는 열심히 했어요. 이렇게도 해보고 저렇게도 해봤지만 성과가 없었어요. 연이 도무지 바람에 뜨지 않는 느낌이랄까요? 작가라면 다 알겠지만 플롯은 플롯일 뿐이고, 생생히 살아나지 않는 플롯은 이차원적 줄거리에 불과하며, 플롯은 거기 등장하는 인물들을 통해서만 살아날 수 있지요. 그리고 인물들을 살아나게 하려면 거기 유혈이 좀 들어가야 하거든요. 실패한 시도들을 구구절절이 말하지는 않겠습니다. 슬프니까요. 그저 실패를 하다 하다 아예 포기하려는 찰나였다고만 말씀드릴게요.

그런데 이판사판은 발명의 어머니라고 했던가요. 마침내 제 안에서 『페넬로피아드』가 나오기 시작했어요. 어째서냐고는 묻지 마세요. 저도 모르니까요. 다만 저는 『오디세이아』를 처음 읽었던 시절부터 이야기 끝부분에서 교수형 당한 열두 명의 시녀들―사실은 노예들―이 마음에 남았거든요. 그 교수형이 부당하게 느껴졌고, 지금도 그래요. 시녀들은 한꺼번에 같은 밧줄에 목이 달려요. 잔인한 절약이죠. 『오디세이아』에 따르면 그녀들은 발을 약간 버둥댔고, 그나마도 오래 못 갔어요. 오디세우스의 아내인 페넬로페 왕비가 『페넬로피아드』의 제1화자이고, 제2화자는 이 시녀들이에요. 그녀들은 계속해서 끼어들어요. 그리스 비극의 코러스처럼, 극의 주동(main action)을 논평하는 동시에 주동의 대척점에 서죠. 때로 대중가요에도 이런 포맷이 등장해요. 제가 그들을 코러스 라인으로 부른 것을 이해해주세요.

이제 제가 글 쓰는 방식에 대해 충분히 말한 것 같아요. 정확히 말하면 지금까지 제가 써왔던 방식에 대해서요. 모든 건 바뀌거나 멈출 수 있으니까요. 빈 페이지는 저를 비롯한 모두에게 늘 순수한 가능성입니다. 시작할 때마다 똑같이 겁이 납니다. 위험 부담도 매번 같습니다.

또 다른 실화를 들려드리는 것으로 끝맺음을 대신하겠습니다. 전날 어느 카페에서 테이크아웃 커피를 주문하고 있었어요. 지금은 저를 알아보는 사람들이 꽤 있거든요. 특히 코미디언 릭 머서(Rick Mercer)의 프로에 나가서 어느 골키퍼를 흉내 낸 다음부터는 알아보는 사람이 부쩍 늘었어요. 카페 직원도 알아보더라고요. 그는 자신이 필리핀 출신이라면서 제게 물었어요.

"그 작가님이시죠? 관건은 재능인가요?"

"네." 제가 말했어요. "하지만 피나게 노력해야 해요."

"그럼 열정도 있어야 하겠군요." 그가 말했어요.

"맞아요." 제가 말했어요. "열정도 있어야 해요. 세 가지가 다 있어야 해요. 재능, 노력, 열정. 두 가지만 있어도 뛰어나기 힘들어요."

"모든 게 다 그런 것 같아요." 그가 말했어요.

"맞아요." 제가 말했어요. "그런 것 같아요."

"행운을 빕니다." 그가 말했어요.

"행운을 빌어요." 저도 말했죠.

지금 생각하니 우리 모두에게 필요한 것이 하나 더 있었네요. 우리에겐 운이 필요해요.

『에코 메이커』

>>><<<

(2006)

『에코 메이커(*The Echo Maker*)』는 리처드 파워스(Richard Powers)의 아홉 번째 소설이다. 1985년 그의 첫 소설 『춤추러 가는 세 명의 농부(*Three Farmers on Their Way to a Dance*)』가 평단의 찬사 속에 발표된 지 21년 만이다. 그동안 파워스는 『죄수의 딜레마(*Prisoner's Dilemma*)』 『갈라테아 2.2』 『골드 버그 변이(*The Gold Bug Variations*)』 『어둠을 헤치며(*Plowing the Dark*)』 『게인(*Gain*)』 『우리 노래의 시간(*The Times of Our Singing*)』 등 다양한 작품을 연이어 발표하며 활화산처럼 왕성한 활동을 보였다. 파워스는 전미비평가협회상 후보에 세 번 올랐고, 두 가지 '천재' 상—맥아더펠로십과 래넌문학상—을 모두 받았고, 지금 내가 서평을 쓰고 있는 『에코 메이커』로 전미도서상 후보에 올라 있다.

후보 지명은 평단의 주목을 부른다. 아니나 다를까 파워스에게 작가라면 팔뚝을 팔아서라도 사고 싶을 호평이 쏟아졌다. 『로스앤젤레스타임스 북 리뷰』에 따르면 "파워스는 지독히 지적인 작가다". "그가 주제만 떠올리면 페인트가 알아서 떨어져 나간다. 그는 발상의 소설가이며 증언의 소설가다. 이 점에 있어서 그와 비견할 미국 작가는 많지 않나." 이런 맥락의 찬사가 줄을 이었다.

그런데 파워스가 이렇게 훌륭하다면 그는 어째서 더 유명하지 않은 걸까? 질문을 바꿔보자. 어째서 그의 책들은 더 많은 메달을 따지 못했을까? 이건 마치 심사 위원들이 그의 경이적인 재능과 놀라운 성취를 알아보고 최종 후보 명단에 올렸다가 문득 자기들이 인간이 아닌 존재에게, 가령 미스터 스폭•에게 상을 주는 건 아닐까, 하는 느낌에 일제히 발뺌이라도 한 듯하다. 파워스가 비평가들에게 벌컨인의 마인드멜드(mind-meld) 못지않은 최면술을 부리는 것은 사실이다. 하지만 이런 추측도 해본다. 그의 근저에 사람들을 불편하게 하는 뭔가가 있는 걸까? 그가 너무 도전적이어서? 또는 수눅 들게 해서? 아니면, 이건 좀 무서운 말인데, 너무 황량해서? [하지만 파워스는 2019년 열두 번째 소설 『오버스토리』로 결국 퓰리처상을 수상했다.—저자]

세상에는 한 번 읽는 책도 있고, 너무 맛깔나서 여러 번 읽게 되는 책도 있고, 또 여러 번 읽어야 하는 책들도 있다. 파워스는 세 번째 범주에 든다. 두 번은 통독해야 처음에 질주하듯 읽으며 플롯을 따라가느라 놓쳤던 숨은 보물찾기 단서들을 모두 찾아낼 수 있다. 파워스의 플롯은 강력해서 우리를 질주하게 만든다. 끝이 어떻게 될까? 우리가 모든

• Mr. Spock, 미국 SF 드라마 〈스타트렉〉의 등장인물 중 하나로, 지적인 외계 종족 벌컨인의 일원이다.

책을 이렇게 읽지는 않는다. 플롯이 중요하지 않은 책도 있다. 파워스의 책에서는 플롯이 중요한 일부다. 하지만 일부일 뿐 중요한 것이 그게 다는 아니다.

19세기 미국 작가 중에 꼽자면 파워스는 『모비 딕』의 작가 허먼 멜빌에 가깝다. 파워스가 그리는 그림은 그만큼 크다. 『모비 딕』은 처음 나왔을 때는 돌처럼 가라앉았다. 그 중요성을 제대로 인정받기까지 거의 한 세기나 기다려야 했다. 파워스가 한때 타임캡슐 같은 장치에 관심을 두었던 점을 감안해서, 이런 추측을 해본다. 그도 장기적 전망을 고려한 걸까? 100년 만에 그를 개봉했더니 소설마다 그가 살던 시대의 심취와 집착, 말투와 농담, 끔찍한 실수와 식습관, 환상과 무지, 사랑과 증오, 죄책감이 사람들 앞에 펼쳐지는 전망. 그렇게 따지면 모든 소설이 타임캡슐이지만, 파워스의 소설들은 대개의 것들보다 더 크고 포괄적인 타임캡슐이다.

하지만 리처드 파워스가 100년까지 기다릴 필요는 없어 보인다. 미국의 문학도들이 머지않아 곡괭이와 삽을 들고 그를 들이파게 될 듯하다. 그에 관한 박사 학위 논문이 1000편은 나올 것 같다. 틀리면 나를 오즈의 마법사라 불러도 좋다.

오즈의 마법사에 대해서는 나중에 더 논하기로 하자.

『에코 메이커』는 파워스가 지금까지 낸 소설 중 아마도 최고일 것이다. '아마도'를 붙인 것은 파워스가 재미없는 책을 쓰는 것은 불가능하고, 또한 재미는 취향 문제이기 때문이다. 이 책을 묘사하는 것은 장님 넷이 코끼리를 묘사하는 것과 비슷하다. 이렇게 거대하고 복잡한 짐승을 어디부터 더듬어야 할까?

2000년에 나온 소설 『어둠을 헤치며』의 주제를 요약해달라는 요청에 파워스는 이렇게 답했다. "가상현실 프로젝트에 징발된 환멸에 찬 여성 예술가. 레바논의 감옥 독방에 4년째 감금돼 있는 미국인 인질. 그리고 그들이 만나는 텅 빈 백색 방에 대한 이야기입니다. 상상력이 우리를 상상의 힘으로부터 구할 만큼 강한지에 대한 이야기입니다." 환멸, 가상현실, 독방 감금, 상상, 권력. 모두 파워스 문학 세계의 키워드들이다. 지독히 이질적인 요소들을 흡사 원자폭탄을 조립하듯 한데 결집시키는 것 또한 파워스의 전형적인 방식이다. 그가 원하는 것은 핵분열, 다음엔 핵융합, 마지막에는 빅뱅이다.

한편 『에코 메이커』에 등장하는 지독히 이질적인 요소들은 다음과 같다. 우선 멸종 위기에 처한 북미두루미가 나온다. 북미 원주민은 이 겨울 철새를 '에코 메이커'라고 부른다. 특유의 낭랑한 울음소리 때문이다. 이 새들은 계절 이동 중에 한없이 평평한 땅 네브래스카의 플랫강에서 쉬어 간다. 다음에는 마크 슐러터라는 젊은 한량이 나온다. 그는 밤에 차를 몰고 이 철새 도래지를 통과하다가 극적이고 미스터리한 전복 사고를 당하고, 이때 입은 뇌손상으로 카그라스 증후군을 앓게 된다. 카그라스 증후군은 자신과 친한 사람들이 똑같이 생긴 사악한 존재들로 대체됐다고 믿는 정신 질환이다. 이 망상은 소설에서 또 다른 종류의 '에코 메이커'로 기능한다. 예를 들어 마크는 자신의 집 '홈스타'와 자신의 개 블랙키가 다른 곳으로 납치됐으며 가짜 홈스타와 가짜 블랙키가 그 자리를 차지했다고 생각한다. 진짜와 완벽하게 똑같지만 가짜는 가짜다. (개에게는 가혹한 일이다.)

한편 사고 현장에서 세 종류의 타이어 자국이 발견된다. 현장에 또 누가 있었던 걸까? 마크는 무엇 때문에 브레이크를 밟고 충돌한 걸까? 마크의 병상 탁자 위에 있던 메모는 또 무엇인가? 아무도 썼다는 사람이 없는 익명의 메모에는 이렇게 적혀 있다.

나는 아무도 아니다
하지만 오늘 밤 노스라인 로드에서
신이 나를 네게로 인도하셨다
네가 살 수 있게
그리하여 다른 사람을 도로 데려올 수 있게

이 다섯 줄이 각각 책 속 다섯 부의 제목을 이룬다.

작중 모든 것과 모든 사람이 이 요인 세트에 묶여 있다. 마크의 누나이자 유일한 혈육인 카린 슐러터가 동생을 돌보기 위해 고향 키어니로 돌아오지만(자식을 구타하던 그들의 광신도 부모는 죽고 없다), 혼수상태에서 깨어난 마크는 누나를 사기꾼 취급한다. 카린은 신경학자 제럴드 웨버 박사에게 편지를 써서 도움을 청한다. 웨버 박사는 뇌기능장애에 대한 책을 써서 유명해진 인물로, 현실 세계의 올리버 색스•를 연상시킨다. 카린은 뉴로맨시••를 써서라도 마크를 정상으로 돌려놓으려는 절

• Oliver Sacks, 미국의 뇌신경학자이자 작가.

•• neuromancy, 가상현실 공간에서 이루어지는 커뮤니케이션을 말한다. 1984년 SF 작가 윌리엄 깁슨의 소설 『뉴로맨서』에서 처음 사용된 개념이다.

박한 마음으로 웨버 박사를 마크의 치료에 끌어들인다. 박사는 그곳에서 바버라를 만난다. 바버라는 네브래스카의 촌마을 키어니에 들어온 외지인으로, 본인의 진짜 능력을 숨기고 사는 사람의 분위기를 풍긴다. 그녀는 마크가 유일하게 진짜로 여기는 사람이다. 하지만 마크는 그녀를 '바비 인형'이라 부르고, 나중에는 그녀마저 복제품 중 하나로 취급한다.

그리고 마크의 발랄한 여자친구 보니가 있다. 보니의 주업은 의상과 분장을 갖추고 개척 시대 여자 흉내를 내는 것이다. "자기가 자기에 대해 말하는 대로인 사람은 없어." 마크가 보니에 대해 이렇게 말한다. "그냥 거기에 웃고 장단을 맞추면 되는 거야." 마크의 보니에 대한 생각, 그녀가 내보이는 겉모습과 그 뒤의 파악하기 힘든 실제 사이의 괴리에 대한 생각은 어떤 면에서 작중인물 모두에게 해당된다.

이 소설에는 나선형 성운처럼 얽힌 또 하나의 플롯이 있다. 그 플롯의 중심은 두루미다. 카린의 전 남자친구 두 명 모두 두루미와 관련 있다. 과묵한 대니얼은 마크의 죽마고우이고, 두루미 서식지 보호에 헌신하는 환경운동가다. 이와 반대로 섹시한 개발업자이자 협잡꾼인 로버트 카시는 고급 위락 시설을 짓고 두루미를 관광 수단으로 이용하려 든다. 카린은 과거 필사적으로 키어니를 벗어나 여러 직업을 전전하며 살았다. 그런데 이제 본인의 의사와는 무관하게 다시금 막다른 궤도로 빨려 들어왔고, 동생을 카그라스 증후군에서 구할 수 있다는 믿음마저 부질없어지고 만다. 그녀는 절망 속에서 두 남자 모두와 다시 연을 맺는다. 그리고 과거에 그랬듯 온화하지만 답답한 대니얼을 속이면서 매력적인 유부남 로버트와 불법적인 밀회를 즐긴다. 로버트의 매력은,

또는 매력처럼 보이는 것은, 그는 어떤 환상도 주지 않는다는 것이다. (대니얼은 웨이트리스에게 추파를 던지고 이를 부인해서 카린을 화나게 한다. "사랑은 카그라스의 해독제가 아니었다." 그녀는 생각한다. "사랑도 또 다른 형태의 카그라스 망상이었다. 무작위로 남들을 만들어내고 부정하는 망상.") 카린은 심하게 자책하지만 막상 독자는 그녀의 양다리 연애를 냉정히 비판하지 못한다. 이 불쌍한 여자에게는 위안이 절실하고, 그 연애는 일종의 궁여지책이다.

그나저나 미스터리한 메모를 남긴 사람은 누굴까? 마크는 그것을 저주이자 지시로 본다. 그가 할 일은 무엇이며 누구를 위한 것인가? 사고 현장에 타이어 자국을 남긴 다른 두 차에는 누가 있었을까? 그날 밤 마크가 도로에서 본 흰 물체—새, 유령, 사람—는 무엇이었을까? 마크는 그것을 피하기 위해 방향을 틀었고, 그것이 전복 사고로 이어졌고, 그의 트럭을 박살 냈다. 마크는 본연의 자아로 돌아올 수 있을까?

다른 차원의 질문을 해보자. '본연의 자아'란 무엇일까? 작중 웨버 박사가 이 주제로 떠들어대지만 하나도 와닿지 않는다. 그도 그럴 것이, 누가 자신을 주름진 회색 조직 덩어리에서 일어나는 전기화학적 연쇄 반응 세트로 생각하고 싶겠는가? 웨버 박사에게 전문 지식 폭격을 받다보면 누구라도 존슨 박사의 편이 된다. 존슨은 철학자 조지 버클리의 관념론 따위 돌멩이를 걷어차는 행동 하나로 간단히 뭉갤 수 있다고 호언한다. 환각사지현상을 두고 이런 관념론을 들이댄다면? "심지어 온전한 육체도 뉴런들이 만들어낸 유령일 뿐이다. 즉 공사장에 임시로 대충 세운 비계와 같다. 몸은 우리가 가진 유일한 집이지만, 그나마도 장소보다는 엽서에 가깝다." 이런 설명을 듣고 기운이 날 사람은 없다.

맥 빠지게 하는 지식도 문제지만 웨버 박사 자체도 그다지 의지할 만한 인물이 못 된다. 웨버 역시 정체성 문제를 겪고 있기 때문이다. 특히 자신이 만들어낸 제2의 자아—자기 책들을 선전하는 분신인 '유명 인사 웨버'—가 위기에 처했다. 웨버의 최근작인 『뜻밖의 나라』가 비평가의 먹이가 되고 있다. 비평가들은 웨버의 얄팍함, 임상 대상에 대한 냉담함, 사생활 침해를 비난한다. 그의 구닥다리 방법론도 욕을 먹는다. 다시 말해 웨버는 사기꾼으로 찍힌다. 이런 비난에 그의 자존감은 추락하고, 결과적으로 그는 정체성 붕괴를 경험하기 시작한다. 그 시작점은 키어니의 간변 도로 레스토랑이다. 그곳의 모든 것이 자체 복제품처럼 느껴진다. 안내 데스크의 사과들조차 "그가 그중 하나에 손톱을 박아볼 때까지 진짜인지 장식인지 알 수 없었다". 이런 복제품의 궁전에서는 두루미조차 실체가 아닌 관광 안내 책자의 그림으로만 등장한다. 반석 같았던 결혼마저 그의 마음속에서 젤리처럼 붕괴하면서 웨버는 미스터리한 보건 근로자 바버라를 욕망하기 시작한다.

무엇이 견고하고, 무엇이 믿을 만하고, 무엇이 진본인가? 마저리 윌리엄스(Margery Williams)가 『벨벳 토끼 인형』에서 말하듯 세상을 '진짜'로 만드는 것은 사랑일까? 그렇다 해도 사랑하는 사람의 눈에만 그렇다. 그럼 '사랑'은 어디서 오는 걸까? 우리의 두개골 안에 있는 쭈글쭈글하고 찐득한 회색 덩어리에서? 거기가 아니면 어디서?

『에코 메이커』는 또 다른 차원에서도 읽힌다. 미국의 '자아'에는 무슨 일이 일어났는가? 진짜 미국이 없어지고 가짜 미국이 그것을 대체해버렸나? 등장인물들이 독자들까지 이끌고 일종의 '스텝포드 미국'• 으로 이동한 걸까? 작중 웨버 부인의 말처럼 지금 우리는 "집단 최면 시대에 살고 있는" 걸까? 웨버 부인의 말은 주식회사 미국이 자행해온 경제적 사기 행각들을 꼬집은 말이다. 엔론 스캔들이 대표적이다. '미국'은 이제 웨버가 말하는 유령 다리인가? 없어진 지 오래지만 여전히 통증을 주는 것? 장소나 나라에 정체성을 부여하고, 개인에게 본연의 자아를 부여하는 핵심 성분은 무엇일까?

이쯤에서 『오즈의 마법사』와 『에코 메이커』의 연관성을 짚어보고 싶다.

뜬금없는 연결은 아니다. 다른 소설(또는 다른 이야기나 다른 예술 작품)의 평면도 위에서 소설을 구성하는 것은 리처드 파워스가 곧잘 하는 일이다. (예컨대 월트 디즈니에 대한 환상에 기초한 『죄수의 딜레마』와 '테마 먼저, 변주 다음'을 잘 보여주는 『골드 버그 변이』를 보라. 파워스는 음악 구조에 관심이 많다.) 실제로 파워스의 의도를 말하는 실마리들이 텍스트에 살짝 살짝 뿌려져 있다. 웨버의 부인 실비가 이렇게 말한다. "이봐, 집에 왔어! (…) 집 같은 데가 없지!" 여기서 다섯 페이지쯤 뒤에는 웨버가 이렇게 생각한다. "지독한 괴리감이야. 우리가 더는 뉴욕에 있지 않다는 느낌이 들어." 알다시피 이 대사들은 원조가 있는 말들이다. 전자는 오즈의 나라에서 도로시가 입버릇처럼 하는 말을 생각나게 하고, 후자는 도로시가 강아지 토토에게 그들이 조우한 낯선 세계를 두고 하는 말을 연상시

• 스텝포드라는 가상의 마을을 배경으로 고정관념의 허상을 풍자한 아이라 레빈(Ira Levin)의 1972년 소설 『스텝포드 아내들(*The Stepford Wives*)』에 빗댄 표현.

킨다.

『오즈의 마법사』는 흔히 최초의 진정한 미국 동화로 불린다. 『오즈의 마법사』는 우리가 아는 것 이상의 이야기를 하기 때문에 명성을 이어온 책들 중 하나다. 이 책은 페미니즘이 대두하고 다윈의 진화론이 등장해서 세상 사람들의 밤잠을 설치게 하던 때인 1900년에 나왔다. 이 책에 막강한 마녀들과 날개 달린 원숭이들이 괜히 나오는 게 아니다!

주인공 도로시는 우중충하고 재미없는 엠 아줌마와 헨리 아저씨와 끝없이 평평한 캔자스에 사는 고아 소녀다. 도로시는 어느 날 토네이도에 실려 오즈의 나라로 날아가고, 그곳에 도착해서 세 명의 동행자를 만나게 된다. 뇌가 없는 허수아비, 심장이 없는 양철 나무꾼, 용기 없는 사자. (정치평론가들이 곧잘 하는 말이 있다. 위대한 지도자에게는 세 가지가 필요하다. 두뇌, 심장, 배짱 또는 시쳇말로 깡. 예컨대 처칠이 이 세 가지를 모두 가졌다는 평을 듣는다. 여러분의 판단은 어떤가? 프랭클린 루스벨트는 확신히 세 가지가 다 있었다. 닉슨은 머리와 배짱은 있었지만 심장은 없었다. 레이건은 심장은 잘 복제했는데 두뇌는 그렇지 못했다. 등등.)

오즈의 나라에는 위대한 마법사와 착한 마녀들과 나쁜 마녀들이 산다고 알려져 있다. 도로시와 동행자들은 마법사를 만나 각자의 소원을 이루기 위해 오즈의 에메랄드시를 향해 출발한다. 남성 동행자 셋은 각자에게 결여된 부위를 얻고 싶고, 도로시는 집에 가고 싶다. 집 같은 데는 없으니까.

그런데 막상 대면하고 보니 오즈의 위대한 마법사는 신을 그럴싸하게 흉내 내는 사기꾼에 지나지 않았다. 그는 마술 트릭을 써서 불덩어리, 무시무시한 야수, 아름다운 여인, 거대한 머리통으로 번갈아 현신한다. 모두 성경적·신학적 선례가 있는 설정이다. 그는 마지막에는 육체 없이 목소리만으로 나타나 이렇게 선포한다. "나는 모든 곳에 있노라." 하지만 그는 사기꾼으로 밝혀진다. 그는 네브래스카주 오마하에서 온 복화술사이자 조연급 서커스 단원이었다. 어느 날 열기구를 탔다가 경로를 이탈해 오즈를 둘러싼 사막으로 날아든 것이었다. 심지어 에메랄드시의 초록빛조차 환상이었다. 오즈의 모두가 쓰고 있는 녹색 안경 때문이었다. 다시 말해 이 마법사에게는 어떠한 마법의 힘도 없었다. 진짜 마법은 마녀들에게 있었다. 그래서 마법사는 도로시 일행을 겁주어 쫓아버리기 위해 하느님 쇼를 벌인 것이다.

미국 중부의 중부에 위치한 가짜들의 나라에 사는 결핍된 남성들과 강력한 여성들. 1939년에 나온 영화 버전의 오즈의 나라—그야말로 기막힌 나라(Land of Awes)—가 도로시의 머릿속에 있는 나라다. 영화에서는 도로시가 토네이도와 맞닥뜨렸을 때 의식을 잃었고 내내 꿈을 꾼 것으로 나온다. 이때의 오즈의 나라는 웨버 박사의 뇌과학 책에 나오는 '뜻밖의 나라'처럼 뇌 작용의 결과다. 이 오즈 왕국은 그리스도의 천년왕국처럼, 밀턴의 낙원처럼, 그리고 웨버가 말하는 "경험으로서의 현실과 엽서 같은 장소로서의 육신"처럼, 우리 안에 존재한다.

『오즈의 마법사』가 『에코 메이커』의 밑그림이라면, 즉 전자가 테마이고 후자가 그것을 토대로 한 변주라면, 마크의 누나 카린은 역설적 도로시에 해당한다. 카린은 '집'에 있고 싶어서 거기 있는 게 아니다. 오히려 반대다. 과거에 그녀는 키어니에서 벗어나려 몸부림쳤다. 그녀에게도 "집 같은 데가 없다". 하지만 고전적 의미와는 다른 의미로 그렇다. 카린의 문제는 그녀에게 허락된 곳 중 조금이라도 집처럼 느껴지는 곳이 없다는 것이다. "집 같은 데가 없다"는 현대에 들어와 불길한 의미로 변질됐다. 말 그대로 믿을 만한 집이 없어졌다.

마크는 뇌가 없는 허수아비에 해당하고, 성긴 수염의 채식주의자 대니얼은 배짱 없는 사자(사자 굴에 있지만 사자가 아닌 것)에 해당하고, 개발업자 로버트 카시는 심장 없이 번쩍이는 양철 나무꾼이다. (상황에 따라 파괴자일 때도 조력자일 때도 있는 날개 달린 원숭이들은 원시적 사고를 하는 마크의 두 비디오게임 친구들, 즉 또 다른 가상현실 영역으로 떠나는 동행자들로 대변된다.)

웨버 박사는 당연히 사기꾼 마법사다. 박사도 공중을 오간다. 다만 기구 대신 비행기를 이용한다. 오즈의 마법사처럼 웨버도 자신의 거짓 모습 아래 숨어 있던 예상치 못한 힘을 발견한다. 모종의 마력을 지닌 듯한 바버라는 착한 마녀 글린다와 사악한 서쪽 마녀를 합쳐놓은 인물이다.

웨버와 바버라는 어떤 공통의 공허함으로 묶였을까? 무엇이 두 사람을 한밤중에 저 차가운 들판에서, 두루미들에 둘러싸인 채, 땅바닥에 뒤엉켜 있게 했나? 착한 글린다는 사실 나쁜 글린다인가? 다정한 바비 인형이 그토록 공허하고 우울해진 이유는 무엇인가? 무엇이 그녀를 그렇게 만들었나? 과도한 세상 소식? 아니면 보다 개인적인 이유? 결국은 둘 다로 드러난다. 파워스의 소설에서 세세한 이야기는 언제나 큰 그림에 연결된다.

우리는 더 이상 캔자스에 있지 않다. 우리는 오즈에 있지도 않다. 우리는 네브래스카에, 미국의 몰락한 중부의 중부에 있고, 상황도 암울해 보인다. "미국에 무슨 일이 일어났는가?"라는 가설적 질문에 대한 대답으로서 『에코 메이커』는 처음에는 별다른 위안을 제공하지 않는다. 하지만 길게 보면 얼마간의 위안을 준다. '뜻밖의 나라'에 모종의 품격이 남아 있다. 적어도 용서와 보상의 가능성들이 있다.

그 보상은 결국 두루미와 관계있다. 파워스는 "1막에서 탁자에 권총이 있다면 3막에서는 총이 발사되어야 한다"는 체호프 원칙에 주목한다. 두루미가 책의 첫 페이지부터 등장하고, 그다음에도 각 부마다 시작을 장식한다. 따라서 우리는 책의 결말이 두루미와 무관하지 않으리란 것을 안다. 두루미는 너른 플랫강에 의존한다. 하지만 강은 로버트 같은 사람들의 무지막지한 침탈로 인해 거덜 나고 있다.

소설에서 자연 세계와 인간 세계를 융합하는 것은 늘 어렵다. 말하는 토끼나 그에 상응하는 것—길들인 비버 정도?—을 등장시키지 않는 한, 야생 생물은 사람을 먹거나 사람에게 사냥당할 때를 빼면 사람에게 별반 관심이 없다는 사실을 은폐하기가 쉽지 않다. 흰개미가 대개는 다른 흰개미들에게만 관심 있는 것처럼, 인간들은 대개 다른 인간들에게만 관심이 있다. 두루미 같은 것들이 경외감과 경이로움, 즐거움과 호기심, 초월적 기쁨은 일으킬지 몰라도 포근하고 친밀한 느낌을 북돋우지는 않는다. 오히려 그 반대다.

파워스는 이 부분을 은폐하지 않는다. 은폐하기는커녕 강조한다. 그가 말한다. "인간이 제 무덤을 판 뒤 수백만 년 후에는 올빼미의 자손이 밤을 지배할 것이다. 그때 우리 인간을 그리워할 것은 아무것도 없다." 하지만 미국 중부의 중부에 있는 야생 두루미는 멸종 위기에 처해 있다. 사람들이 두루미를 본질적이고 영적인 생명으로 인식하지 않는 탓이다. 인류도 언젠가 자멸하겠지만, 그건 다른 수많은 동물들을 먼저 죽여 없앤 뒤일 것이다.

이 책은 자연 파괴에 집착한다. 이 점이 매우 현대적으로, 심지어 유행의 반영처럼 보일 수 있다. 하지만 사실 환경보호는 미국 문학에서 무척 오래된 주제다. 제임스 페니모어 쿠퍼(James Fenimore Cooper)의 '가죽 각반 이야기(The Leatherstocking Tales)' 시리즈는 소설을 미국의 실태와 정신을 파헤치는 수단으로 이용한 첫 번째 사례로 꼽힌다. 이 연작 소설은 1823년에 나온 『개척자들』을 시작으로 시간을 거슬러 진행한다. 『개척자들』의 주인공 내티 범포는 백인이지만 인디언의 동지가 되어 숲에 살면서 정착민의 탐욕에 고통받는 괴짜 노인으로 등장한다. 쿠퍼는 월터 스콧의 '웨이벌리(Waverley)' 시리즈에서 많은 것을 차용했다. 『개척자들』의 내티는 스콧의 소설에 나오는 거칠지만 익살맞고, 야만적이지만 고결하고, 코믹하면서 비극적인, 사투리를 쓰는 하일랜더들의 아메리카 버전이다. '가죽 각반 이야기'의 다음 책들에서는 내티가 점점 더 젊어지면서 미국 건국 이전의 시간으로, 훼손되지 않은 원시 그대로의 야생으로 점점 더 멀리 들어간다. 이 과정에서 그는 패스파인더, 사슴 사냥꾼, 호크아이 같은 영웅적인 호칭들을 얻는다. 마치 저자가 이 불쌍한 남자에게 '범포' 같은 얼빠진 이름을 붙인 것을 후회하는 것처럼.

내티가 자연의 풍요를 파괴하는 인간의 탐욕에 맞서는 대항자의 입장을 취하는 것은 『개척자들』에 이르러서였다. 내티는 신이 인간만이 아니라 다른 피조물들도 만들었음을 강조한다. 동물들이 서로 잡아먹듯이 신은 인간에게도 다른 피조물을 잡아먹는 것을 허락했다. 하지만 그것은 배고픔을 면하고 당장의 필요를 채우기 위해서여야 하며, 권리가 아니라 선물로 여겨져야 한다. 그러나 정착민은 마구잡이 살육에 탐닉한다. 그들은 사냥을 필요해서가 아니라 할 수 있기에 한다. 그들은 게걸스러운 식충이처럼 이익 창출에 눈이 멀어 남획을 일삼는다. 그들에게는 신의 피조물에 대한 존중이 없고, 그 파괴적 낭비의 끝은 굶주림이다.

쿠퍼의 내티는 물고기와 사냥감의 멸종을 염려했다. 이때는 여행비둘기가 아직 지구에서 사라지기 전이었다. 그래서 내티는 지금 숲에서 사슴의 씨를 말리고 있는 탐욕이 나중에는 세상의 종들을 있는 대로 쓸어버릴 거라고는 생각하지 못했다. 돈독 오른 대량 살상자들에 넌더리가 난 내티는 결국 집처럼 생각하는 황야 속으로 종적을 감추고 만다. 『에코 메이커』에서 사라져가는 북미두루미를 걱정하는 대니얼은 심정적으로 내티 범포와 멀지 않다. 소설의 끝에서 그도 내티와 비슷한 결정을 내린다. 그도 더 북쪽으로, 키어니의 어둠으로부터, 미국의 어둠으로부터 멀리 벗어난다. 마크의 말에 따르면 그는 "우리가 결국 이곳을 결딴낼 때 그 현장에 있고 싶지 않았다".

두루미들은 사람 손에 죽을 운명이다. 두루미는 살아 있는 화석이다. 하지만 그건 우리도 마찬가지다. 그럼 왜 대니얼 같은 사람들은 두루미 구하기에 일생을 바치는 걸까? 새들이 우리의 상상 속에서 늘 인간의 영혼을 대변하는 존재였기 때문에? 『에코 메이커』에 이런 제언• 이 있다. "영혼을 찾기 위해서는 먼저 영혼을 잃어야 한다." 이 책은 잃어버린 영혼에 관한 책이다. 하지만 다시 찾은 영혼에 관한 책이기도

• epigraph, 책의 권두나 각 장의 첫머리에 붙이는 인용문.

하다. 마크를 괴롭혔던 섬뜩한 익명의 메모 속에 모종의 진실이 담겨 있다. 잃어버린 자신의 영혼을 되찾으려면 "다른 사람을 다시 데려와야 한다"는 진실. 마크가 갇혀 있는 끔찍한 이중 세계를 벗어날 해결책이 박사의 실험 도구 가방에 있을 수도 있지만 완전히 다른 영역에 숨어 있을 수도 있다.

신경과학에서 '영혼'을 그저 뇌의 환각작용으로 본다는 것은 논외의 문제다. 그 관점에서 보면 모든 것이 뇌의 환각작용이다. 육체도 예외가 아니다. 즉 우리에게 '영혼'이 있다고 생각하면 영혼을 실제로 갖는 것과 진배없다. 세상에 대한 생각이 바뀌면 세상이 바뀐다는 자기계발서의 상투적 문구가 결국 진리인 걸까? 우리는 복제본이 원본인 것처럼, 그것이 보전하고 개선할 가치가 있는 것처럼 살아야 한다. 우리에겐 다른 선택지가 없기 때문에. 마크도 결국 이렇게 말한다. "그게 그거야……. 내 말은, 우리. 너. 나. 여기…… 이 모든 것을 뭐라 부르든, 진짜와 다를 바 없어."

『에코 메이커』는 원대한 소설이다. 범위가 원대하고, 테마들이 원대하고, 패턴화도 원대하다. 때로 선을 넘어 거창함으로 빠지지만, 어쩌면 그건 불가피한 일이다. 파워스는 미니어처 화가가 아니다. 미국 매너리즘의 양극단-셰이커 스타일의 미니멀리즘(디킨슨, 헤밍웨이, 카버)과 남북전쟁 후 도금시대의 맥시멀리즘(휘트먼, 제임스, 조너선 사프란 포어)-사이에서 파워스는 후자 쪽으로 기운다. 그는 반복을 통해서, 바흐의 〈골드베르크 변주곡〉처럼 모티프들의 정교화를 통해서, 볼륨을 높이고 모든 음색을 동원하는 방법으로 그 효과를 낸다.

이 모든 것이 하나의 거대한 오라토리오 같은 뇌 작용으로 귀결된다. 크리스마스 아침의 갱생한 스크루지 영감처럼, 우리는 파워스의 소설에서 비틀대며 빠져나와 스스로를 찾은 기쁨에 침대 기둥을 부여잡고 이렇게 말한다. "집 같은 데가 없어." 그리고 상황을 바로잡을 기회가 아직 남아 있기를 희망한다. 가상현실의 한 조각으로서 『에코 메이커』는 진짜에 못지않다. 또는 주인공 마크 슐러터의 말처럼 "어떤 면에서는 훨씬 낫다".

습지

›››‹‹‹

(2006)

오늘 저녁 찰스 소리올 환경 만찬회(Charles Sauriol Environmental Dinner)에 함께하게 된 것을 기쁘게 생각합니다. 이 만찬회의 수익금은 오크리지스 모레인 랜드 신탁(Oak Ridges Moraine Land Trust)과 토론토 지역 환경보존재단(Toronto and Region Conservation Foundation)에 전달됩니다. 이 두 단체는 서로 연대해 지금까지 수천 에이커의 땅을 보호했습니다. 이 단체들이 전개하는 운동은 현재 인지도, 효과성, 지지 기반 모두 성장세에 있습니다. 이 운동을 추진하는 사람들은 참나무의 시작은 작은 도토리였고, 작은 도토리 없이는 참나무도 없으며, 지상의 모든 나무와 (우리 같은 언어 사용 이족보행 동물을 포함한) 모든 생명은 토양과 물, 깨끗한 공기, 정보에 기반한 신중한 배려 없이는 존재할 수 없다는 것을 잘 아는 사람들입니다. 무수히 많은 고민들과 자원봉사 활동이 이 단체들에 투입됐습니다. 이곳에 모인 모두가 이 일에 박수를 보내며,

이 일의 일부임을 자랑스럽게 생각합니다.

이런 단체들의 노력이 성공을 거두게 되면 우리는 한 가지가 아니라 정말 여러 면에서 숨 쉬기가 편해집니다. 거대한 투쟁—지구온난화와 그것이 야기하게 될, 그리고 이미 야기하고 있는 대대적 파괴에 맞선 투쟁—에 일조했다는 뿌듯함을 느끼게 될 겁니다. 밤에 잠을 푹 자게 될 겁니다. 기침을 덜하게 될 테니까요. 그렇게 희망해봅니다.

저는 정치인이 아닙니다. 제가 정치적으로 뜨거운 감자가 된 사안에 대해 이렇게 연설하는 것이 의아할 수도 있어요. 여러 의미에서 뜨거운 문제죠. 나사(NASA)를 비롯해 지구적 현상들을 계측하는 사람들에 따르면, 지금 지구는 지난 수천 년 중 그 어느 때보다 뜨겁다고 합니다. 여기서 더 뜨거워지면 당장 우리는 돌아올 수 없는 강을 건너게 됩니다.

"아, 그 마거릿." 사람들은 때로 말합니다. "그 여자는 픽션 작가에 불과해." 맞습니다. 저는 픽션 작가이고, 그 점이 지구온난화를 둘러싼 진실이냐 허구냐의 공방에서 저에게 엄청 유리하게 작용합니다. 일부 정치인들과 달리 저는 진실과 허구의 차이를 알거든요. 제가 작년에 영국 문학잡지 『그랜타(*Granta*)』에 글을 썼습니다. 이번 글은 논픽션이고, 주제는 북극 빙하가 녹는 문제였습니다. 제 눈으로 직접 본 일이었습니다.

저는 이렇게 썼습니다. "이에 대한 사이언스 픽션을 쓸 수도 있습니다. 하지만 쓴다 해도 그것은 이미 사이언스 픽션이 아닐 겁니다. 거기에 '해빙'이란 제목을 붙여볼까요. 미세 유기체들이 사라지고, 그래서 물고기가 사라지고, 그래서 바다표범도 사라집니다. 하지만 이것이 도시의 아파트 거주자들에게 당장 영향을 미치지는 않을 겁니다. 그러다 그린란드와 남극대륙의 만년설이 녹아 해수면이 상승하면 그때는 좀 관심을 끌겠죠. 롱아일랜드나 플로리다가 사라지고, 방글라데시가 사라지고, 여러 섬들이 사라지면요. 하지만 사람들이 그냥 다른 곳으로 이주하면 되지 않겠어요? 해안가에 부동산을 잔뜩 소유한 사람이 아니라면 놀라 동동댈 이유가 없습니다. 아직은요.

그런데 잠깐만요. 바다 위뿐 아니라 땅 아래에도 얼음이 있습니다. 툰드라 밑에 있는 영구동토층이요. 툰드라에는 얼음이 엄청 많고, 세상에는 툰드라도 엄청 많습니다. 영구동토층마저 녹기 시작하면, 수천 년 된 유기물질인 툰드라 토탄이 분해되면서 엄청난 양의 메탄가스가 방출됩니다. 대기 온도는 올라가고, 산소 농도는 떨어지겠죠. 그러면 우리 모두가 질식하고 쪄 죽을 때까지 얼마나 걸릴까요?"

사람들은 때로 제가 좀 지나치다고 합니다. "저기, 마거릿." 그들이 말합니다. "그런 말은 좀 너무하지 않아요?" 벌거벗은 황제에게 벗었다고 말하는 일이 아기 고양이를 밟아 뭉개는 짓이라도 되는 것처럼 말이죠.

몽유병자를 꿈결에서 깨우는 것은 가혹한 일입니다. 누구나 이런 말을 듣고 싶어 합니다. 아무 일도 없고, 세상은 안전하며, 우린 모두 좋은 사람들이고, 아무것도 아무의 잘못도 아니야. 무엇보다 이런 말을 듣고 싶어 해요. 아무 걱정 없이, 또는 라이프스타일을 조금도 바꿀 필요 없이, 우리 좋을 대로 계속 지금처럼 살아도 무방해. 그래도 나쁜 일은 전혀 일어나지 않을 거야. 저도 그런 말을 듣고 싶어요. 그런데 문제는 그게 사실이 아니라는 겁니다. 따라서 지금은 좀 가혹해져야 할 때라고 생각합니다. 우리가 처한 상황은 단도직입이 아닌 방법으로는 표현할 도리가 없거든요.

제게는 오래전부터 기사를 신문 잡지에서 스크랩하거나 인터넷에서 다운받는 습관이 있습니다. 2003년에 나온 제 소설 『오릭스와 크레이크』는 지구온난화로 해수면이 높아져 뉴욕이 물에 잠기고, 기후가 아열대성으로 변해 뉴잉글랜드의 단풍 드는 가을이 사라져버린 머지않은 미래를 배경으로 합니다. 이 소설을 쓸 당시 저는 이런 현상들을 입증하는 기사들을 잔뜩 모았습니다. 혹시 누가 저를 헛소리꾼으로 욕할 경우에 대비해서요. 불과 몇 년 전이지만, 그때만 해도 그런 기사들을 과학 잡지나 신문의 과학 지면에서나 얻을 수 있었습니다. 일부러 찾아봐야 했죠.

하지만 지난해에는 기사들을 미처 따라갈 수도 없더군요. 아주 홍수가 났어요. 나쁜 소식들이 과학 잡지 지면에서 대중지 표지들로 옮겨 왔습니다. 『뉴스위크』만 해도 10월호에 지구온난화에 대한 양면 기사를 실었습니다. 한 기사는 '물고기를 위한 마지막 기회'를 외쳤고, 다른 기사는 개구리, 다른 기사는 산호, 다른 기사는 열대우림의 피해를 보도했습니다. 조지 W. 부시가 처음 대통령에 출마해 논란 많은 승리를 거둔 2000년 미국 대선 당시, 그의 경쟁자 앨 고어는 환경에 대한 급진적 견해들로 조롱을 받았습니다. 이제는 아닙니다.

나쁜 소식들 속에 더러 좋은 소식도 있습니다. 성공적인 생태계 복원 사업들. 친환경 삶을 지원할 신기술들. 모든 것이 매우 빠르게 일어나고 있습니다. 예컨대 우리는 주낙 어업으로 인해 멸종 위기에 처한 앨버트로스를 구할 방법을 압니다. 심지어 큰 비용이 들지도 않아요. 다만 그 돈이 없어서 문제입니다.

새와 동물을 비롯한 자연을 지키기 위한 기금 조성이 쉽지 않습니다. 사람들이 인간과 나머지 세계 사이의 연관성을 보지 못하기 때문입니다. 통유리에 둘러싸여 자라고, 모든 식료를 슈퍼마켓에서 얻고, 물이 수도꼭지에서 만들어진다고 생각하는 사람은 상황 판단에 애를 먹을 수밖에 없습니다. 뉴올리언스가 떠내려가거나, 자기 집의 전기가 끊어지거나, 오염된 시금치나 도시 상수도에 퍼진 대장균 때문에 본인이 죽기 전까지는 말이죠.

전체 자선 기부금 중 약 3퍼센트만이 동물과 관련된 일에 쓰이고, 그 3퍼센트 중 절반은 개와 고양이 같은 인간의 반려동물에게로 갑니다. 우리는 자연에게 주느니 차라리 빈민에게, 또는 심장재단과 신장재단이 있는 병원에 기부하는 편을 택합니다. 하지만 모두 아시다시피 환경이 망가지면, 지금처럼 환경이 전 지구적으로 망가지면, 빈민이 도저히 손쓸 수 없을 정도로 늘어나게 됩니다. 생각해보니 우리가 이미 그 단계에 있군요. 인간의 부(富)라는 것은 결국 모두 지구에 기반하니까요. 최근 누군가 매우 맞는 말을 했더군요. "경제는 환경의 전액 출자 자회사다." 지구를 망치는 것은 스스로를 망치는 것이고, 그렇게 되면 심장재단과 신장재단에 얼마나 많은 돈을 기부했는지는 중요하지 않게 됩니다. 어차피 그때는 누구에게도 심장과 신장이 없을 테니까요.

저는 통유리 안에서 자라지 않았습니다. 어렸을 때 저는 일종의 이중생활을 했습니다. 연중 절반은 북방 수림 지대에서 지내고, 나머지 절반은 도시에서 지냈어요. 당시에는 캐나다에 그렇게 사는 사람들이 지금보다 흔했습니다. 숲에 살 때 우리는 늘 텃밭을 일궜어요. 직접 기르는 것이 신선한 채소를 얻을 수 있는 유일한 방법이었거든요. 물고기도 직접 잡아서 먹었어요. 따라서 저는 음식이 어디에서 오는지에 대한 인식이 꽤 높았답니다.

저는 우리가 결정적인 시대에 살고 있으며 작은 선택들이 큰 차이를 만든다고 믿습니다. 그 믿음에 힘입어 최근 집과 사무실에서 실천할 녹색 협약을 작성하기 시작했습니다. 그러기에 앞서 제가 실제로 어떻게 살고 있는지부터 (다시 한번) 돌아볼 필요가 있었습니다. 이런 반성은 정말 놀라운 결과를 냅니다.

우리 집은 이미 꽤 많은 일을 했어요. 저에너지 자동차와 절전·절수 세탁기를 쓰고, 바다 생태를 위협하지 않고 소비할 수 있는 생선 목록을 만들어서 들고 다니며 식당과 생선 가게에서 꺼내 보고, 집에 있는 에어컨을 제거하고, 태양전지판을 설치하고, 유독성 세제들을 폐기하고, 재활용과 재사용을 생활화했습니다. 도서 제작 시 FSC 인증•을 받은 종이를 사용하는 운동에도 참여했어요. 하지만 점검할수록 우리가 해야 할 일들이 너무도 많다는 것을 깨달았습니다.

의식적인 녹색 생활은 종교 수련처럼 힘이 듭니다. 여기에도 교리문답이 있고 죄의 목록도 있어요. 손을 씻은 후 종이 타월 사용을 중지해 보세요. 에너지 낭비가 엄청나고 어차피 작동도 안 하는 온풍 핸드 드라이어도 피하세요. 할 수 있습니다. 손수건을 가지고 다니세요. 잃어버리면 몇 주 후 곰팡이 핀 가방 구석에서 발견하면 됩니다. 네, 쉽지 않은 일입니다. 하지만 좀 지나면 요령이 생깁니다. 모든 게 다 그렇듯

• 국제삼림관리협의회(Forest Stewardship Council)에서 삼림 자원과 야생동물 보호를 위해 만든 친환경 국제 인증이다. FSC 인증 종이는 삼림 훼손 없이 지속 가능한 방식으로 생산된 종이를 말한다.

습관이 무섭잖아요.

문제는 이 어려운 시도에 나서는 사람들이 느끼는 외로움입니다. 공적 지원이 거의 없고, 연방정부의 호응은 일절 없습니다. 개인들의 노력은 공공의 손실로 보람 없이 상쇄돼버립니다.

만약 소행성이 지구로 돌진해서 무시무시한 충돌이 일어난다면? 충돌로 인한 거대한 먼지구름으로 기후가 급변해 화재와 홍수가 지구를 뒤덮고 온 세상이 일거에 아수라장이 된다면? 그런데 만약 우리가 그것을 막을 방법을 알고, 우리에게 그것을 수행할 능력도 있다면요? 그럼 어떻게 될까요? 우리가 당장 필요한 조치를 취하겠죠? 현재 우리에게 일어나는 일도 소행성 충돌 못지않게 암울한 결과를 가져올 겁니다. 우리의 잘난 지도자들에게서 조금이라도 실속 있는 행동을 끌어내는 데 대체 뭐가 더 필요하죠? 그들은 점점 더 모래 속에 머리를 처박고 현실을 부정하는 타조가 되어갑니다. 그 모래는 이미 타르 모래입니다. 언제쯤이면 하퍼 총리는 그가 환경문제를 두고 이전 자유당 정부의 위선과 무대책에 혀만 차고 있는 것에 사람들이 넌더리를 낸다는 것을 깨달을까요? 언제쯤이면 우리가 그의 생각만큼 멍청하지 않다는 것을, 고작 혀 차는 소리로는 그 자신의 위선과 무대책을 은폐하지 못한다는 것을 알게 될까요? 상황이 급변하고 있어요, 하퍼 총리님. 그때는 지금이 아니에요. 지금의 집권당은 자유당이 아니라 당신의 보수당이에요. 지금 아무 대책이 없는 것은 이제 당신의 무대책이에요.

손 놓고 있다는 말은 부당하다고요? 하긴 청정대기법이 있네요. 대단치는 않지만 없는 것보다는 낫죠. 이 법을 충분히 휘둘러대시면 시간을 좀 벌 수 있을지도 모르겠습니다.

어쨌든 총리님이 약속 중 하나는 지키고 있습니다. 앨버타주를 둘러싼 방화벽을 세우겠다는 약속이요. 하지만 앨버타 주민도 그렇게 멍청하지는 않아요. 그 사람들도 지구 온도가 더 올라가면 가뭄과 물 부족이 닥친다는 걸 깨닫기 시작했거든요. 심지어 자신들도 안전하지 않다는 걸 말이죠. 열사병에 걸린 소들. 사람들이 필요로 하는 물과 제공 가능한 물 사이의 수급 불균형. 만약 화재가 방화벽 외부가 아니라 내부에서 일어난다면 어떻게 될까요? 그때는 어떻게 하죠?

캐나다는 오랫동안 녹색 국가로 인식돼왔습니다. 하지만 불행히도 과거의 명예에 안주해온 꼴만 됐습니다. 캐나다는 교토의정서에 따른 온실가스 감축 목표에 부합하지 못하고 있습니다. 조만간 더 나은 법이 제정될 거라는 가망이 있지만, 현 정부가 대기 질과 기후변화의 연관성을 파악하지 못하는 모양새라 안심이 안 됩니다. 대기 온도가 계속 올라가면 청정대기법이고 뭐고 소용없습니다. 지구가 더 뜨거워지면 공기가 더 나빠지고, 그러면 에어컨을 더 돌려야 하고, 그러면 지구가 더 뜨거워지고, 그러면 공기가 더 나빠진다는 말이 뭐가 어려워요? 이 중 대체 어떤 부분을 이해 못 하는 거죠?

이것이 유권자들이 받는 메시지입니다. 메시지가 있으면 그에 대한 대중의 반응이 있기 마련입니다. 어두운 전망만 있고 희망이 보이지 않으면 사람들은 자기가 할 수 있는 것은 아무것도 없다는 생각에 자포자기해버립니다. 또는 냉소적이고 탐욕적으로 변합니다. 이렇게 생각하는 거죠. 어차피 모두가 나락으로 떨어질 거라면 막판까지 누릴 만큼 누리고 즐길 만큼 즐겨나 보자.

흑사병에 대해 읽어보면 이해하는 데 도움이 될 겁니다. 중세에 처음 흑사병이 창궐해 떼죽음이 일어나자 사람들은 세상의 종말이 왔다고 생각했습니다. 반응은 다양했습니다. 일부는 안전한 곳으로 도망갔습니다. 역병이 창궐하는 도시들을 떠나 시골로, 다른 도시들로 달아났습니다. 그들은 자신이 병을 나르고 남들을 감염시킨다는 것을 알지 못했습니다. 일부는 비난의 대상을 찾았습니다. "마녀 또는 나환자 또는 유대인이 우물에 독을 풀었다" 또는 "신이 인간의 죄를 벌하려 보낸 재앙이다". 현대의 우리도 이런 책임 전가의 충동을 느낍니다. 에이즈 발발과 뉴올리언스 홍수에 대한 일부 우익의 반응에서 목격된 바 있습니다. 두 경우 모두 인간의 죄악과 신의 응징이라는 딱지를 붙이더군요. 늙은 당나귀의 닳아빠진 꼬리를 보는 듯했습니다.

흑사병 때 어떤 이들은 스스로에게 채찍질을 했고, 어떤 이들은 자리를 지키며 희생자들을 돌보다가 대개는 그들도 치명적인 결과를 맞았습니다. 사회질서가 무너지자 어떤 이들은 난동을 부리고, 약탈과 강간을 일삼고, 폭동을 일으켰습니다. 어떤 이들은 성에 자신을 격리하고 역병이 들어오지 않기를 빌었고, 어떤 이들은 최선을 다해 일상을 이어갔습니다. 하지만 적어도 "이건 음모야. 실제가 아니야"라고 말하는 사람은 없었습니다. 얼마 후면 아무도 지구온난화와 환경 재앙에 대해 그렇게 말하지 못할 겁니다. 이미 그렇게 말하는 소리들이 쏙 들어갔습니다.

그런데 모든 일에는 긍정적인 면이 있습니다. 흑사병이 유럽 인구의 3분의 1을 죽인 후 노동자의 임금이 상승했습니다. 농토가 방치된 덕에 다시 숲이 자랐습니다. 그 영향으로 소빙하기가 왔다는 설도 있습니다. 헐벗은 땅은 숲보다 열을 대기로 더 많이 반사하거든요. 흑사병은 남한과 북한 사이의 비무장지대처럼 야생동물에게는 축복이었습니다. 긍정적으로 보면요.

흑사병의 또 다른 부작용은 미술계에 내린 죽음의 낙진이었습니다. “죽음을 기억하라(Memento Mori)”라는 글귀와 함께 해골과 모래시계를 새긴 묘석, 각계각층의 시민이 해골 형상을 한 죽음과 함께 춤을 추는 ‘죽음의 무도(Danse Macabre)’ 그림. 흑사병의 영향으로 이런 것들이 대유행했습니다. 대량 감염이나 대재앙의 세상에서 재물과 개인 의료보험은 아무 도움이 되지 않을 겁니다.

우리와 흑사병 희생자들 사이에 차이가 있다면, 우리는 다가오는 운명을 피할 방도를 아주 모르지는 않는다는 겁니다. 문제는 우리의 지식 부족이 아니라 정치적 의지의 결여입니다.

변화는 소비자 개개인의 선택이 만드는 것이며, 거기서 정부는 빠져 있어야 한다고 말하는 이들도 있습니다. 공해를 일으키는 낙엽 청소기를 사는 것도, 매연을 뿜어내는 대형 차량을 모는 것도 다 개인의 선택이며, 반대로 양심적이고 친환경적인 선택을 하고, 그 선택을 위해 남보다 돈을 더 쓰겠다면(친환경은 돈이 더 들 때가 많아요) 그것 역시 개인의 선택이라는 거죠.

하지만 그것은 바람직한 친환경 선택을 하는 사람들을 벌주고 나머지는 눈감아주는 일입니다.

공기, 땅, 물은 공동의 재산이며 공동으로 보호해야 합니다. 자연이 보호되면 모두에게 혜택이 돌아가고, 보호되지 못하면 모두가 고통받습니다. 이 특수한 경기장을 평평하게 만들기 위한 입법이 필요합니다. 우리는 그것을 기다리고 있습니다, 하퍼 총리님. 너무 오래 기다리

다간 너무 늦고 맙니다. 그러면 끝장이에요.

이쯤에서 불필요한 불안감을 조성하지 말라는 불평이 나올 법도 합니다. 하지만 빌딩에 불이 났을 때는 경보를 울리는 사람이 좋은 사람입니다. 경보를 울립시다. 그리고 누군가 불 끄는 데 손을 보태기를 희망합시다. 그런 점에서 이 방에 있는 모두는 경보자입니다. 우리는 모두 불길을 본 사람들입니다.

옛이야기로 말을 맺겠습니다. 미다스왕은 신이 소원을 말하라고 했을 때 생각이 짧았습니다. 그는 그저 재물만을 원했어요. 그래서 자기 손이 닿는 것마다 금으로 변하게 해달라고 했습니다. 그래서 모든 것이 금으로 변했습니다. 음식도 먹으려 하면 금이 되고, 물도 마시려 하면 금이 됐습니다. 그는 굶어 죽었습니다.

세상에는 돈이 아닌 종류의 부도 많습니다. 지구상의 모든 것을 금으로 바꾸는 대신, 아직 우리에게는 금을 다시 예전의 4원소—생명에 필요한 것들—로 되돌릴 기회가 있습니다. 좋은 물, 맑은 공기, 건강한 토양, 깨끗한 에너지. 우리 모두가 남은 기회를 잘 이용하길 바랍니다. 아직 기회가 있을 때 잡아야 합니다.

생명의 나무, 죽음의 나무

›››‹‹‹

(2007)

삼림부 100주년을 기념하는 헌사를 하게 돼 영광입니다. 제 연설은 세 부분으로 구성됩니다. 각각이 뭔지도 알려드리죠. 무슨 말이 나올지 아실 수 있게요.

1부는 나무와 숲에 얽힌 제 배경을 소개합니다. 2부는 나무와 숲의 신화적·상징적 의미를 논합니다. 3부는 숲이 사라져가는 세상에서 우리가 처한 상황에 대해 말하고자 합니다. 우리는 실제로 얼마나 곤란한 처지에 놓여 있을까요? 그래서 어떻게 해야 할까요?

저는 삼림부와 오랜 인연이 있습니다. 숲과의 인연도 깊습니다. 딱히 제가 선택한 인연은 아니었지만요. 올 3월에 저는 우연찮게 오키나와에 머물고 있었습니다. 희귀종인 오키나와뜸부기를 보기 위해 섬 북부의 얀바루숲으로 향하는 길이었습니다. 결국 뜸부기는 보지 못했어요. 그런데 가는 길에 심각한 상태의 침엽수림을 봤습니다. 길게 늘어선 나무들은 죽었거나 죽어가고 있었습니다.

“감염이군요.” 제가 우리의 일본인 친구에게 말했습니다. “해충인가요?”

그랬습니다. 감염이었고, 해충이었습니다. 정확히 말하면 범인은 딱정벌레였습니다. (영국 진화생물학자 존 버던 샌더슨 홀데인[John Burdon Sanderson Haldane]의 말처럼 신은 딱정벌레를 유난히 좋아했던 것 같아요. 딱정벌레를 이렇게나 많이 창조한 걸 보면 말이죠. 그런데 홀데인이 언급하지 않은 것이 있습니다. 딱정벌레 중 많은 수가 나무를 먹어요.) 우리의 일본인 친구는 제가 병충해를 알아보자 화들짝 놀랐습니다. “어떻게 아셨어요?” 그가 물었습니다.

흠, 제가 평소에 잘 알아보는 게 하나 있다면 그건 병충해입니다. 제 아버지인 칼 애트우드 박사는 1930년대와 1940년대 초에 당시 명칭으로 국토수림부에 소속된 곤충학자였습니다. 우리 가족은 북부를 수없이 여행했고, 도로를 달리다가 문득 도로변에 차를 세우고 이렇게 외치곤 했습니다. “감염이야!” 우리는 방수포와 도끼를 꺼내 듭니다. 아버지는 방수포를 해충이 들끓는 나무 밑에 깐 다음 도낏자루로 나무 몸통을 두들겼습니다. 그러면 나뭇가지들에서 해충이(대개는 애벌레들이었어요) 비처럼 쏟아져 내렸어요. 벌레를 모으는 일은 어린 우리들 몫이었죠. 일이 끝나면 우리는 여행을 재개했습니다. 다음번 감염이 또 다시 우리를 끼이익 멈춰 세울 때까지 말이죠.

다른 가족들은 아이스크림콘을 사기 위해 멈췄지만 우리 가족은 해충을 잡으러 멈췄습니다.

당시 아버지의 전문 분야는 잎말이나방 유충과 잎벌이었고, 기회가 되면 텐트나방 유충도 상대했습니다. 남들이 장미를 꺾을 때 아버지는 텐트나방이 잔뜩 집을 지어놓은 가지들을 꺾어다가 애벌레 부케를 만들어 물 단지에 꽂아두는 버릇이 있었습니다. 하지만 새 잎사귀를 공급하는 것은 까먹어서 애벌레들이 먹이를 찾아 결연히 부케를 탈출해 벽을 기어오르고 천장을 가로지르다가 수프에 빠지곤 했어요. 우리 같은 꼬맹이들한테는 신나는 일이었죠. 특히 손님이 있을 때는요.

아버지가 일했던 퀘벡 북부의 그곳은 1937년 당시에는 오지였어요. 가장 가까운 타운이 티미스카밍이었죠. 그때 이미 제재소가 있었지만 아직 템벡• 소유는 아니었어요. 도로가 없어서 협궤 철도로만 접근이 가능했어요. 아버지는 너른 호숫가에 작은 곤충 연구실을 세웠어요. 일손을 몇 명 데리고 통나무로 직접 지었죠. 아버지는 할아버지가 작은 제재소를 운영하던 노바스코샤의 산간벽지에서 자랐고, 덕분에 도끼질의 달인이었습니다.

티미스카밍은 손을 타지 않은 야생은 아니었어요. 옛날 방식으로나마 벌목이 이루어지고 있었으니까요. 겨울에 벌목꾼들이 말을 몰고 왔고, 나무를 선별적으로 베어서 얼음 위에 끌어다 놓았어요. 봄에 얼음이 녹으면 방책 안에 모여 있는 통나무들을 예인선이 강 입구로 끌고 가서 하류로 떠내려 보냈어요. 이런 방식으로 통나무를 오타와 강가의 제재소로 운반했어요. 당시의 벌목꾼들은 개벌(皆伐)은 하지 않았습니다. 그때는 일정 지역의 임목을 일시에 모조리 베어낼 필요가 없었던 거죠. 제가 나이가 있다 보니 비록 아이 때였지만 옛날식 벌목을 실제

• Tembec, 캐나다의 목재 기업.

로 봤습니다. 가끔씩 예인선에서 탈출해 강을 떠도는 통나무들이 있었어요. 우린 그것들로 튼튼한 뗏목도 만들었어요.

제가 이 퀘벡의 오지로 처음 갔을 때가 1940년 봄이었어요. 생후 5개월 때였죠. 그때 저를 나르던 수단은 여행용 배낭이었습니다. 그때부터 저는 많은 시간을 숲에서 보냈습니다. 우리는 겨울에는 도시에서 살았어요. 벌레들도 겨울이면 휴면에 들어가니까요. 그랬다가 얼음이 사라지기 전인 4월에 수림 지대로 올라가서 때로는 11월까지 거기 머물렀어요. 거기는 그때쯤이면 이미 눈으로 덮여요.

아버지는 1944년까지 퀘벡 연구실을 운영하다가 수세인트마리로 옮겨서 거기에 곤충 연구실을 세웠고, 1946년에는 토론토대학교에서 임학(林學)을 가르치기 시작했습니다. 덕분에 저는 어린 시절의 일부를, 정확히 말하면 1940년대 후반의 매 겨울을, 낡은 동물학과 건물에서 병에 담긴 눈알들과 치명적으로 하얀 아프리카 바퀴벌레를 감상하며 보냈습니다. 그때는 이런 것들이 동물학의 상징이었어요. 제가 일곱 살 때 처음 쓴 소설의 주인공이 개미였던 건 우연이 아니었죠. 박진감 넘치는 작품이었다고 말하기는 어렵습니다. 애벌레와 번데기에게서 갈등 구조를 이끌어내는 데는 한계가 있으니까요. 하지만 유난히 맛있는 벌레를 포획하고, 물어뜯고, 죽여서 개미굴로 끌고 가는 나름 해피 엔딩 스토리였어요. 이후의 소설들도 이렇게 낙관적으로 끝냈으면 좋았을 걸 그랬다는 생각이 드네요.

아버지는 초창기 환경운동가였습니다. 완전 초창기였죠. 아버지는 감염을 막으려면 살충제를 일시에 광범위하게 살포해야 한다는 당시의 믿음에 의심을 품었습니다. 당시에는 그런 의심을 품는 건 자신에게 미치광이 낙인을 찍는 것과 다름없었어요. 하지만 많은 일들이 그렇듯 시간은 아버지가 옳았다는 걸 증명했습니다.

일주일 전 저는 1950년대 초 아버지의 대학원 제자였던 오리 룩스(Orie Loucks)로부터 편지를 받았습니다. 그는 자신의 석사 논문 복사본을 동봉했습니다. 논문 제목은 「1942~1943년 벌목에서 살아남은 퀘티코 경계수역 소나무 보호구역에 대한 연구」였습니다.

오리 룩스는 연구를 시작한 지 49년 만인 2002년, 보존 사업의 결과를 보기 위해 퀘티코-슈피리어 지역으로 갔습니다. 60미터 길이의 호숫가 보호구역이 '키가 18~21미터에 달하는 새로운 송림'이 조성되는 데 핵심적인 역할을 했습니다. 룩스는 그의 여행 일지에 우리 아버지의 영향이 그에게로, 이제는 그의 학생들에게로 대를 이어 전해지고 있다고 썼습니다. 이때는 아버지가 돌아가신 지 10년이 다 된 때였습니다. 우리가 살면서 내린 결정이 훗날 어떤 결과를 낳을지 항상 알 수 있는 것은 아닙니다. 삶의 많은 부분이 그렇습니다. 특히 삼림, 특히 캐나다 삼림의 경우가 그렇습니다. 이 나라 낙엽수림, 혼합수림, 침엽수림 지역들의 나무 대부분은 우리에 비해 매우 느리게 자라기 때문이죠.

여기서 『반지의 제왕』에 나오는 나무수염(Treebeard)의 말을 인용할까 합니다. 이 캐릭터는 나무를 돌보는 엔트족의 일원으로, 작중에서 나무를 닮은 인간 또는 인간을 닮은 나무로 설정돼 있습니다. 그는 이 나무 종족의 고유어인 고대 엔트어에 대해 이렇게 말합니다. "아름다운 언어지만 엄청나게 느려서 무슨 말을 하려면 시간이 오래 걸리지. 그래서 말하고 듣는 데 시간을 오래 들일 가치가 있는 것이 아니라면 우리는 굳이 고대 엔트어로 말하지 않는단다."

신화적 비유로 말하자면 삼림학은 고대 엔트어 연구라 할 수 있습니다. 나무에 대한 학문이자 나무들이 우리에게 무슨 말을 하는지에 대한 학문입니다. 나무들은 그들이 어디서 어떻게 자라는지를 통해 우리에게 그들의 이야기를 하고 세상에 변화들을 만듭니다. "나는 여기서 많은 것을 보고 듣는단다. (그리고 맡고 느끼지.) 여기 이곳 아-랄라-랄라-룸바-카만다-린드-오르-부루메." 나무수염은 말하던 중에 고대 엔트어 단어를 사용합니다. "미안하구나. 방금은 내가 그것을 부르는 이름의 일부야. 바깥 언어들로는 어떻게 부르는지 모르겠군. 그러니까, 우리가 딛고 있는 곳, 우리가 서 있는 곳, 우리가 청명한 아침을 마주하는 곳, 우리가 태양과 숲 너머의 초원과 말들과 구름을 생각하고, 세상의 전개에 대해 생각하는 이곳을 뭐라고 부르지?" 바깥 언어들에서 이 모든 것을 뜻하는 단어를 대라면 환경쯤 되지 않을까요? 그 비슷한 말이 되겠네요. 하지만 저는 '세상의 전개'가 더 맘에 들어요.

눈치채셨겠지만 우리는 이제 연설의 2부에 들어섰습니다. 신화와 상징에 대한 부분이요. 미로 같은 길들을 통과해 도착했습니다. 숲에서 방향감각을 잃고 같은 곳을 맴돌아본 분이라면 누구나 아시겠지만, 숲에서 길을 잃는 것이 미로 체험의 원조입니다. 이것만 기억해두세요. 물은 항상 위에서 아래로 흐릅니다. 제가 어렸을 때 배운 것 중 하나가 지나간 흔적을 남기는 방법이었습니다. 나무둥치의 양쪽에 모두 표시해야 합니다. 그래야 어느 지점에서 돌아봐도 내가 방금 있었던 곳을 알아볼 수 있어요.

호모사피엔스와 숲은 매우 오랜 관계이고, 항상 복잡한 감정을 수반하는 관계입니다. 어느 인류학적 기원설에 따르면 우리 조상들은 나무에서 내려왔고, 인류의 먼 친척 중 일부는 아직도 밤마다 높은 나뭇가지에 둥지를 짓습니다. 그편이 땅에 있는 것보다 야행성 포식자를 피하기 좋으니까요. 우리 중에 뱀, 고양이, 거미에 대해 비이성적 공포를 느끼는 사람들이 왜 그렇게 많을까요? 그들이 나무에 둥지를 튼 영장류를 공격할 수 있는 동물들이기 때문이라는 설이 있습니다. 또한 최근의 학설에 의하면, 우리 조상들이 숲을 떠난 이유가 대형 표범 크기의 고양잇과 맹수 디노펠리스(가짜 검치호)를 피하기 위해서였다고 합니다. 디노펠리스는 울창한 숲을 어슬렁대며 우리의 오스트랄로피테쿠스속 친척들을 전문으로 잡아먹었다고 해요.

인류 기원설의 또 다른 버전도 있습니다. 기후변화로 인해 숲이 줄고 탁 트인 열대초원으로 대체되면서 인류의 조상들은 판이하게 달라진 환경에 적응했습니다. 나무는 그늘을 제공하고 인류가 불을 길들인 뒤에는 땔감도 제공했기에 여전히 중요한 존재였지만, 우리 조상들은 나무로 완전히 둘러싸이는 것에 대한 공포를 갖게 됐을 겁니다. 나무들은 포식자에게 더없이 좋은 엄폐물이기 때문이죠.

경작지와 목초지와 잡목림이 있는 전원은 깊은 숲과 전혀 다릅니다. 근래에는 정글에 사는 피그미족을 제외하면 일부러 깊은 숲속에 사는 종족이 거의 없습니다. 북미 원주민은 해안을 따라 정착했고, 이동과 수송도 될 수 있는 대로 수로를 이용했습니다. 숲속에 그물 같은 산길이 있었지만 다른 대안이 없을 때나 그리로 다녔습니다. 뉴질랜드 원주민도 마찬가지로 해안에 붙어살았습니다. 깊은 숲에 대한 우리의 정서는 고금의 이야기들에 잘 나타나 있듯 불안과 공포로 점철돼 있습니다.

세계에서 가장 오래된 시문학으로 알려진 『길가메시 서사시』에는 우루크의 통치자 길가메시가 친구 엔키두와 함께 숲의 괴물 훔바바를 무찌르는 '영웅적' 전투가 나옵니다. 훔바바는 삼나무 숲의 수호자입니다. 길가메시는 도끼를 들고 숲으로 갔고, 훔바바는 격노했지만 결국 싸움에서 지고 무참히 살해당합니다. (더욱 괘씸한 것은 길가메시와 엔키두가 훔바바의 집에 초대받아 간 자리에서 살인을 저질렀다는 겁니다. 어느 문화권이든 손님이 주인을 죽이는 것은 도리가 아닙니다.) 길가메시는 삼목을 마구 베어 약탈품으로 가져옵니다. 나무 없는 평야에 건설된 우루크 시에서 삼목은 귀한 건축재였습니다. 태양신 샤마시는 이 결과에 흡족해했지만, 운명의 신 엔릴은 대노해서 길가메시에게 저주를 내립니다. 벌목을 둘러싼 갈등은 이때부터 오늘날까지 이어집니다.

옛날이야기에서는 숲을 베는 것이 금기 위반으로 등장할 때가 많습니다. 심지어 어떤 숲은 신성시됩니다. 그렇다면 숲이 어떤 신에게 봉헌됐다는 걸까요? 나무를 베도, 베지 않아도 누군가와 문제가 생깁니다. 야훼는 숲을 베길 원하고, 달의 여신 아스다롯은 숲이 서 있길 원합니다. 그리스신화에 등장하는 달의 여신 아르테미스는 숲의 여신이자 동물의 수호신이기도 합니다. 숲을 파괴하는 것은 대개는 목초지를 원하는 목부나 경작지를 원하는 농부의 편에 서서 야생동물을 공격하는 일입니다. 하지만 동물의 수호 여신을 너무 화나게 하면 무서운 후환이 따릅니다. 그녀는 역병을 보내는 신이기도 하거든요. 에볼라, 마르부르크병, 에이즈 같은 종간 전파 전염병들을 떠올려보세요. 서식지 파괴로 인해 원래의 숙주들이 사라지자 새로운 숙주들—우리들—을 찾아 이동한 병원체들 말이에요.

그리스신화에는 에리시크톤의 이야기도 있습니다. 그는 주위의 경고에도 불구하고 신성한 숲을 베어버립니다. 그의 도끼가 첫 번째 나무를 내리쳤을 때 피가 뿜어져 나왔습니다. 나무에 살던 님프 하마드리아데스의 피였죠. 그는 풍작과 수확의 여신 데메테르의 벌을 받아 채워지지 않는 굶주림에 시달리게 됩니다. 아닌 게 아니라 숲과 토양 비옥도 사이에는 밀접하고 복잡한 관계가 있습니다. 환경에서, 특히 언덕 지형에서 나무를 없애면 침수와 비바람에 의한 토양침식이 심해져 결과적으로 기근이 닥칩니다. 그리스인들은 이것을 이미 수천 년 전에 알았던 겁니다.

그리스 신전의 돌기둥은 나무를 형상화한 것이었고, 노르만양식 성당들의 둥근 천장도 나무를 본떠 만들었어요. 또한 세계의 많은 신화들에는 지상의 생명을 떠받치는 '세계수'나 '생명수'가 등장합니다. 기독교의 에덴동산에는 생명의 나무가 자랍니다. 아담이 지식나무의 선악과는 먹고 생명나무의 사과는 먹지 않은 걸로 유명하죠. 그게 우리가 똑똑하긴 해도 영생은 얻지 못한 이유라고 합니다.

하지만 모든 긍정적 상징에는 부정적 대응물이 있습니다. 생명의 나무가 있으면 죽음의 나무도 있습니다. 황무지를 읊거나 상징하는 시에는 흔히 나무가 죽었거나 아예 없는 땅이 등장합니다. 때로는 나무가 파괴돼 돌기둥이나 금속 기둥으로 대체된 모습으로 나오죠. 기독교에서 죽음의 나무는 십자가, 즉 죽음이 가해지는 죽은 나무로 대변됩니다. 『반지의 제왕』에서 나무들의 목자 엔트족은 선의 편에 서서 숲을 벌목한 마법사 사루만을 벌합니다. 하지만 톨킨의 세계관에는 선한 나무들뿐 아니라 사나운 나무들과 악한 나무들도 있습니다. 악한 나무들의 악한 마음이 숲 전체를 물들이기도 합니다. 그런 숲은 상대를 사로

잡아 자기들 안에 가둬버립니다. 『오즈의 마법사』에서 도로시도 나쁜 부류의 나무를 만납니다. 오즈로 가는 길에 있는 '싸우는 나무들'의 숲이 도로시 일행을 지나가지 못하게 막지만, 양철 나무꾼이 괴수 나무들에게 과감히 도끼를 휘둘러 길을 낸 덕분에 겨우 빠져나와요. 또한 '해리 포터' 시리즈에는 강력한 파괴자 '후려치는 버드나무'가 나옵니다. 나쁜 나무에도 다 화려한 족보가 있어요.

단테의 『신곡』은 미로 은유로 시작합니다.

우리 인생 여정의 한가운데서
나는 곧은 경로를 잃고
어두운 숲속을 헤매고 있었다.

얼마나 울창하고, 험하고, 뒤엉킨 숲이었는지
말로 다 할 수 없고
생각만 해도 그때의 두려움이 되살아난다!

추정컨대 이 숲은 과오와 죄, 정도(正道) 이탈을 상징합니다. 숲은 길을 잃고 헤매는 곳입니다. 옛날에는 숲에서 길을 잃는다는 것은 굶주림이나 추위로 죽거나 들짐승의 먹이가 되는 것을 뜻했습니다. 지금도 전혀 아니라고는 못 합니다. 오늘날은 숲에 가는 것을 『테디 베어의 피크닉(*The Teddy Bears' Picnic*)』을 구경하는 것쯤으로 생각하는데, 조심하세요. 그러다 본인이 테디 베어의 피크닉이 될 수 있어요. 너무 오래 얼쩡대면 충분히 가능성 있습니다.

셰익스피어의 숲은 단테의 숲만큼 무시무시하진 않지만 그렇다고 가볍고 밝지만도 않습니다. 때로는 『한여름 밤의 꿈』의 숲처럼 초인적 존재들이 사는 마법과 환상의 장소이기도 하지만, 때로는 자유 쟁취의 장소이기도 합니다. 예컨대 『뜻대로 하세요』의 아덴숲은 로빈 후드의 셔우드숲처럼 폭군에게서 도망쳤거나 추방된 사람들의 피난처입니다. 이때의 숲은 자연과의 교감, 문명의 부당함으로부터의 해방을 대변한다고 볼 수 있는데, 훗날 페니모어 쿠퍼의 '가죽 각반 이야기'가 이 전통을 물려받습니다. 하지만 도망자들은 강도와 살인자이기 쉽습니다. 그중 다수가 문학과 특히 민담에 잠복해 있어요. 다시 말하지만 숲은 포식자들의 영역입니다. 항시 이 점을 잊어선 안 됩니다. 빨간 망토 소녀가 늑대를 만난 곳도 어두운 숲속이었어요.

전형적인 '어두운 숲' 경험을 생생히 담은 문학이 케네스 그레이엄(Kenneth Grahame)의 고전 동화 『버드나무에 부는 바람』입니다. 원시림은 위험한 곳인데도 젊은 두더지 몰은 숲에 대한 경고를 무시하고 모험을 떠납니다.

> 이제는 사방이 죽은 듯 고요했다. 땅거미가 그를 향해 꾸준히, 빠르게 밀려와 앞뒤를 에워쌌고, 동시에 빛은 홍수가 꺼지듯 빠져나갔다. (…) [결국 몰은] 거기 드러누워 숨을 헐떡이고 몸을 떨면서 밖의 휘파람 같은 바람 소리와 후드득하는 빗소리를 들었다. 그는 비로소 여실히 깨달았다. 들판에 사는 다른 동물들과 산울타리가 이곳에서 맞닥뜨린 무서운 것, 그들에게 가장 어두운 순간을 안긴 것, 물쥐 래트가 그에게 경고했지만 소용없었던 것. 그건 바로 원시림의 공포였다!

넓은 평원에 사는 사람들, 또는 멀리 북쪽 수목한계선 너머에 사는 사람들은 청자라기보다 응시자입니다. 거기서는 무엇이 나를 잡으러 오든 들리기 전에 보이니까요. 하지만 숲에 사는 이들은 청자입니다. 그들에게는 닥쳐오는 것이 무엇이든 소리부터 들립니다. 바람 소리와 빗소리가 몰을 공포에 떨게 한 것은 그 때문이었습니다.

숲 보존의 중요성에 대한 생태학 보고서를 아무리 많이 읽는다 해도, 사실 우리는 내심 숲을 무서워합니다. 그리고 숲을 경외합니다. 우리의 이런 본능이 숲의 허구적 버전들을 계속해서 만들어냅니다. 『거울 나라의 앨리스』의 모든 이름이 사라지는 숲. 『반지의 제왕』에서 엘프가 다스리는 황금숲 로스로리엔. 여기에 잘못 들어가면 묶여버립니다. 그리고 아서왕 전설에서 마법사 멀린이 주문에 걸려 잠들어 있는 숲. 이런 숲들에 너무 오래 머물다가는 내가 누군지 잊게 됩니다. 숲이 매혹적으로 보여도 거기 들어설 때는 위험을 각오해야 합니다.

에드워드 오즈번 윌슨(Edward Osborne Wilson)은 그의 책 『생명의 미래』에서 우리와 숲의 관계를 흥미로운 방식으로 풀어냅니다. 인간은 어떤 종류의 장소를 선호할까? 윌슨은 부자들이 무엇을 하는지 보면 답이 나온다고 했습니다. 무엇이든 살 수 있는 사람들은 앞이 탁 트인 높은 곳에 집을 짓습니다. 내려다보이는 풍광에는 강이나 호수가 있고, 멀찍이 너무 빽빽하지 않은 숲이 있습니다. 사실 이것은 수렵채집인에게 이상적인 지형일 겁니다. 물가는 마실 물을 제공하고 사냥감을 유인합니다. 숲에는 동물들이 숨어 있지만 너무 가깝지 않고 사방이 훤히 보이니 안전합니다. 문명과 접촉하기 전의 호주 원주민이 엄청난 규모의 숲을 불태운 것도 아마 이런 이유에서일 겁니다. 하층식생에 대한 접근권과 너른 시야를 원했던 거죠. 병실 창밖에 이런 경치가 있으면, 하다못해 비슷한 그림이라도 걸려 있으면 환자의 회복이 여섯 배나 빨라진다는 연구 결과도 있습니다. 이런 전망이 우리에게 진정 효과를 주는 모양입니다. 그렇다면 우리에게 본능적으로 벌목을 좋아하는 성향이 있다는 건가요? 윌슨은 그럴 가능성에 무게를 둡니다.

우리가 이 성향에 완전히 굴복하면 우리 상황은 악화일로를 걷게 됩니다. 세상의 나무를 모두 베어버리면 우리도 망합니다. 인도에 이런 속담이 있습니다. "숲 다음은 문명, 문명 다음은 사막." 이 공식은 인류사에서 이미 수차례 현실화됐습니다. 숲의 파괴가 토양침식과 기근으로, 급기야 식인 행위로 이어진 이스터섬의 이야기는 많은 사례 중 하나일 뿐입니다. '지구의 허파'로 불리는 아마존 숲이 지구의 기후변화를 막는 데 중요하다는 얘기를 숱하게 듣습니다. 하지만 아마존은 계속 벌목되고 있습니다. 지구의 또 다른 허파 보르네오의 숲들도 빠르게 사라지고 있습니다. 길가메시의 도끼가 바삐 일하고 있고, 몇몇 신들이 흡족해합니다. 예를 들면 돈의 신들. 공짜를 홍보하고, 자연에게는 아무것도 갚지 않고 끝없이 뜯어 가도 된다는 망상을 판촉하는 사람들의 신. 하지만 동물의 수호신은 우리에게 짜증이 날 대로 났습니다. 여신의 경고 중 하나는 이겁니다. "세상에 공짜란 없어."

캐나다는 세계 최대의 북방 수림을 보유한 나라입니다. 캐나다의 역사는 나무와 벌목의 역사입니다. 초기 정착민은 나무를 닥치는 대로 뱄습니다. 산불이 무서워서, 목초지를 개간하기 위해서, 목탄을 만들어 유럽으로 수출하기 위해서. 우리는 여전히 베어 없애고 있습니다. 대개는 어리석고 무분별하게요. 우리는 여전히 무한함의 환상에 빠져 있습니다. 지금도 우리는 자연이 생산한 것은 그게 뭐든 본래 우리 것이고, 따라서 공짜라고 생각합니다. 우리는 아직도 이렇게 말합니다. 산불이 자연현상인 것처럼 개벌도 자연스러운 일 아닌가? 산불이 나도 일대가 죄다 타는데 그거나 마찬가지 아닌가? 왜 우리는 값을 매길 수 없이 귀한 천연림을 두루마리 휴지로 만들고 있을까요? 어떤 면에서는 게으름과 탐욕 때문이지만, 다른 면에서는 숲에 대한 우리의 오래된 양가감정, 즉 숲에 대한 두려움이 작용합니다. 우리가 언제까지 이럴 수 있을까요? 우리가 천연의 탄소 싱크•를 모두 파괴할 때까지? 가뜩이나 토양층이 얇고 취약한 북방을 바위투성이 황무지로 만들어버릴 때까지? 그 과정에서 지금껏 남은 종들마저 무더기로 멸종시키고, 우리 자신도 뜨거운 지구에서 타 죽을 때까지? 감자를 심지 않고 밭을 놀리는 대가로 농부에게 돈을 지급하듯, 조만간 나무를 베지 않는 대가를 지불해야 할지도 모릅니다. 그때까지 얼마나 남았을까요?

저는 쾌활한 사람이라서 한 줄기 희망을 말하길 좋아합니다. 이미 많은 대항 운동이 전개 중입니다. 세계야생동물기금(World Wildlife Fund)은 오래전부터 종을 보호하려면 서식지 보호가 필요하다는 인식하에 세계 곳곳의 삼림을 매입해왔습니다. 자연보호협회(Nature Conservancy)는 캐나다와 미국에서 적극 활동하며 작지만 매우 의미 있는 승리들을 거두고 있습니다. 옛날 방식의 벌목, 즉 숲의 피해를 최소화하는 선택적 벌목이 부활하고 있습니다. 예를 들어 현재 노바스코샤

• carbon sink, 대기에서 이산화탄소를 흡수해 저장하는 것을 말한다. 천연 탄소 싱크는 바다의 식물성 플랑크톤과 육상 식물의 광합성에 의해 일어난다.

에서는 한 불교 단체가 말을 이용해 한 그루씩 벌목하고 있습니다. 흥미롭지 않나요?

사람들이 숲을 무서워하는 이유 중 하나는, 특히 도시에서 자란 사람들의 경우, 숲에 익숙하지 않아서입니다. 조기교육의 가치가 점점 더 인정받고 있습니다. 일례가 영국에서 증가하는 '야외 교실(outdoor classrooms)'입니다. 아이들이 폐쇄적인 교실 환경을 벗어났을 때 학습 효과가 더 높은 걸로 나타났습니다. 어린아이에게는 자연에 대한 본능적인 관심이 있습니다. 어른들이 그 의욕을 꺾지만 않으면 말이죠. (캐나다에는 야외 교실이 몇 개나 있을까요? 지금 당장은 하나도 없습니다. 대신 우리에겐 여름 캠프가 있습니다.)

아시아에는 삼림욕이라는 표현이 있습니다. 정화와 휴식을 위해 숲속에 몸을 담근다는 뜻입니다. 두더지 몰처럼 숲을 두려워하는 대신 숲을 편안하게 느끼는 사람에게는 실제로 삼림욕 효과가 있습니다. 작가 클라이브 윌리엄 니콜(Clive William Nicol)은 세계에서 유일한 웨일스와 캐나다 출신의 귀화 일본인이자 가라데 유단자이자 열혈 환경 운동가입니다. 그는 일본에서 아판 우드랜드 트러스트(Afan Woodland Trust)라는 작은 삼림 신탁을 운영합니다. 이 신탁은 숲을 관리해서 거기서 전통 공예를 위한 목재와 다양한 약용 버섯과 일본인들이 '산채'라 부르는 것들을 얻습니다. 이 구상은 관리형 열대우림과 그늘 커피 농장과 비슷해요. 인간의 필요 충족과 자연 복원 및 유지를 함께 도모하죠.

아판 우드랜드 트러스트는 사람과 숲의 상호작용에 대한 연구들도 수행합니다. 그중 하나가 숲이 주는 혈압 정상화 효과를 측정하는 것입니다. 숲에 저혈압은 높이고 고혈압은 낮추는 효과가 있다고 합니다. 다른 연구에서는 학대 피해를 입은 어린이들이 참여했고, 결과는 놀라울 정도로 성공적이었습니다. 숲은 몸의 치유뿐 아니라 정신의 치유에도 효험이 있습니다.

'우드랜드 트러스트'라는 명칭은 중의적입니다. 우리에게 필요한 두 가지를 말합니다. 숲과 믿음. 우리는 숲에서 생경함과 두려움을 느끼는 대신 숲을 신뢰해야 합니다. 어쩌면 그것이 우리가 무분별한 파괴를 멈추고 우리 숲의 진면목을 알아보는 길일 것입니다. 숲은 태고의 고향이고, 천연의 공기정화장치이자 기후 냉각기이고, 종들의 피난처입니다. 숲은 우리를 태양으로부터 보호하고, 마음을 치유하고, 영혼을 위로하고, 세상을 열어줍니다.

엔트족 나무수염의 말을 다시 인용하며 말을 맺겠습니다. 우리의 구호로 삼아도 될 법한 말입니다. "한때 노래하는 숲이 있던 곳에 이제 그루터기와 가시덤불만 있다. 그동안 내가 게을렀다. 내가 팽개쳐두고 있었어. 멈춰야 해!"

리샤르드 카푸시친스키

›››‹‹‹

(2007)

리샤르드 카푸시친스키(Ryszard Kapuściński)가 세상을 떴다는 말을 듣고 나는 친구를 잃은 기분이었다. 아니, 그 이상이었다. 삶의 중추였던 인물을 잃은 기분이었다. 그는 복잡하고 곤란한 사건들에 대한 진실을 추상적인 용어들이 아닌 구체적인 말들로, 그것들의 색채와 냄새, 감촉과 질감, 심지어 날씨까지 속속들이 믿고 털어놓을 수 있을 듯한 몇 안 되는 사람 중 하나였다. 그렇다고 내가 생전에 리샤르드 카푸시친스키를 잘 알았던 것은 아니다. 멀리 있는 사람들에게까지 친구가 되어주는 능력은 그가 가진 귀한 자질이었다.

나는 카푸시친스키를 1984년에 처음 만났다. 당시 나는 가족—그레임 깁슨과 우리의 일곱 살 난 딸—과 함께 서베를린에 머물고 있었다. 베를린이 아직 그 유명한 베를린장벽으로 둘러싸여 있던 시절이었다. 나는 그곳에서 『시녀 이야기』를 시작했다. 현대판 전체주의에 대한 소설에 상응하는 분위기가 바로 문밖에 있었다. 일요일마다 동독 전투기들이 음속장벽을 깼고, 그 음속 폭음은 전투기가 언제라도 우리를 덮칠 수 있다는 것을 상기시켰다. 동쪽으로 뻗어 있는 소비에트 블록은 그때만 해도 바위처럼 견고해 보였다. 우리는 동독을 여행했고, 거기서 험상궂은 국경 수비대를 만났고, 매니큐어 같은 아이스크림과 『스마일리의 사람들』* 시대의 초콜릿을 먹었고, 체코슬로바키아로 넘어갔다. 그곳에서는 무슨 말이라도 제대로 하려면 공원 한가운데로 나가야 했다. 우리의 체코 친구들은 도청을 극도로 경계했다.

우리는 드디어 폴란드로 갔다. 거기는 전혀 딴 세상이었다. 폴란드는 옛날부터 무모할 만큼 용감한 것으로, 또는 용감할 만큼 무모한 것으로 유명했다. 특히 폴란드 기병대가 독일 탱크를 향해 돌격한 일화가 유명했다. 사실일 수도 아닐 수도 있지만 어쨌든 상징적인 이야기였다. 그 무모함 또는 저항 정신은 1984년의 바르샤바에도 여전했다. 택시 기사들은 달러를 내지 않으면 아무 데도 데려다주지 않았고, 작가들은 사미즈다트(samizdat)—비공식 간행물—를 한 아름씩 건넸다. 그들은 이런 지하출판물을 공산당작가동맹이라는 곳의 구내에 버젓이 보관했다. 우리가 바르샤바에 있을 때 비밀경찰에 의해 살해된 것으로 추정되는 사제의 시신이 발견됐다. 가톨릭 행진이 벌어졌고, 우리는 완강한 눈의 수녀들과 성난 결의에 찬 신부들과 그들을 따르는 군중을 보며 이렇게 생각했다. 이 정권은 얼마 남지 않았어.

그 후 우리는 정권 붕괴에 일조한 남자를 만났다.

• 존 르 카레(John le Carré)가 1979년에 발표한 냉전시대 배경의 첩보 소설.

카푸시친스키는 1978년에 『황제(*Cesarz*)』를 썼다. 이 책은 표면상으로는 에티오피아의 마지막 황제 하일레 셀라시에(Haile Selassie)와 그의 부패한 전제 정권의 몰락을 다룬다. 그렇게만 읽혀도 엄청난 책이다. 기자이자 문학가였던 카푸시친스키는 폴란드인 특유의 무모함을 자랑하며 스물일곱 건의 쿠데타와 혁명을 취재했다. 피난민의 물결이 분쟁을 피해 한 방향으로 흐를 때, 카푸시친스키는 매번 그 반대 방향으로, 분쟁의 한복판으로 향했다. 그는 에티오피아의 수도 아디스아바바로 들어갔고, 밤에 몰래 도시를 다니며 은거 중인 전직 조신들을 인터뷰해서 황제에 관한 일화들을 적었다. 그 일화들은 의도치 않게 웃긴 것(쿠션 담당은 황제가 의자에 앉을 때마다 그의 짧은 다리가 덜렁거리지 않도록 매번 정확한 두께의 쿠션을 황제의 발밑에 밀어 넣어야 했다)부터, 소름 끼치는 것(걸인들이 궁정 연회에서 남은 음식을 먹어치웠다가 눈알이 뽑히는 벌을 받았다)까지 다양했다.

하지만 나치 점령기와 소련 치하를 거치며 암호화한 언어로 말하는 데 익숙해 있던 폴란드인들에게 『황제』는 또 다른 차원의 의미로 읽혔다. 카푸시친스키 본인도 최근작 『헤로도토스와의 여행』에서 당시를 이렇게 회고했다. "단순하고 직선적이고 명백한 것은 아무것도 없었다. 제스처와 말마다 그 뒤에서 모종의 참조 표시가 떴고, 의미심장한 눈짓이 깜박였다." 특히 부패한 독재 정권끼리는 공통점이 많은 법이기 때문에, 『황제』는 빈사 상태의 폴란드 공산 정권에 대한 비판으로 읽힐 수 있었다. 이 책은 얼마 안 가 극화되어 무대에 올랐고, 각색에서 각색으로 이어지며 민중 시위의 불길이 일어나는 데 기여했고, 이 불은 결국 압제 정권을 무너뜨렸다. 『황제』는 전술로서 탁월했다. 공산주의자들은 이 책을 반대하기 어려웠다. 어쨌든 이 책은 그들이 맹렬히 혐오했던 정부 형태, 즉 군주제의 폐해에 대한 책이 아니던가?

『황제』는 1983년 영어로 번역됐다. 그 덕분에 1984년에 바르샤바에서 카푸시친스키를 만나 그와 악수를 나눌 때 우리도 그의 책을 읽은 뒤였다. 그는 비범한 세대의 일원이었다. 그 세대는 뛰어난 연출가이자 극작가인 타데우시 칸토르(Tadeusz Kantor)와 소설가 타데우시 콘비츠키(Tadeusz Konwicki)도 포함했다. 이들은 어릴 때 제2차 세계대전을 겪고 일당독재 공산 체제에서 성년을 맞았지만 그럼에도 놀라운 예술 작품들을 만들어냈다. 카푸시친스키 문학의 배경과 소재는 다양했지만 그 기저에 흐르는 테마들에는 일관성이 있었다. 공포와 억압, 사람들이 그것을 감당하거나 초월하는 방식, 구차한 상황들과 그것들이 왜곡되거나 선전되는 방법, 정치적 단일 문화들이 일삼는 숨 막히게 오래 끄는 고문, 그리고 자기 정신의 소유권에 대한 인간의 영속적 갈망. 이런 주제들은 카푸시친스키의 갑갑했던 청년 시절을 생각할 때 지극히 납득 가능한 것들이다.

카푸시친스키는 수줍고 매력적이고 소심한 사람처럼 보였다. 그레임은 그가 겉은 그래 보여도 속은 쇠처럼 냉정한 사람이라고 했다. 내가 보기에 그는 두 가지 다일 수밖에 없었다. 수줍음과 매력과 겸양이 그가 내전의 아수라장 한복판에서 총에 맞는 것을 막아주었고, 쇠 같은 냉정함이 애초에 그를 내전의 바리케이드 앞으로 돌진하게 했다.

그 시절 소비에트 블록에서 진정한 작가를 조우하는 일에는 늘 뭔가 초현실적인 면이 있었고, 카푸시친스키에게서 느낀 소심함도 부분적으로는 그런 초현실감에서 비롯됐을 수 있다. 정중한 공식 석상에는 발언뿐 아니라 발언하지 않았지만 알아들어야 하는 것도 있었다. "폴란드에는 어쩜 이렇게 아름다운 어린이 그림책이 많죠?" 어느 도서전에서 나는 다른 작가에게 물었다. "왜일지 생각해보세요." 그녀가 답했다. 그녀는 이 말로 어린이 그림책에는 문제가 될 만한 정치적 내용이 없기 때문이라는 설명을 대신했다.

1986년 1월, 카푸시친스키는 그가 1982년에 발표한 또 하나의 걸작 『샤들의 샤(*Szachinszach*)』의 영역판 출간을 기해 토론토에 왔다. 이 책은 이란 왕정의 극적 붕괴를 다룬다. 잔혹한 팔레비 정권은 악명 높은 비밀경찰 사바크(Savak)를 이용해 고문과 암살을 일삼았다. 이 책은 지금 다시 읽을 필요가 있다. 이 책은 현재 무슬림 세계에서 반복 전개되는 패턴들에 대한 놀라운 선견지명이 아닐 수 없다. 카푸시친스키는 하버프런트에서 열리는 국제 작가 시리즈 행사를 앞두고 불안해했다. 그는 본인의 영어가 낭독회를 할 만한 수준이 못 된다고 생각했다. 내게 그의 영어 목소리가 되어 책을 대독해달라는 요청이 왔다. 나는 영광이라고 말했다. 하지만 동시에 이런 생각이 들었다. 잠깐만! 리샤르드 카푸시친스키가 떤다고? 영어로 낭독하는 일 따위로? 그가 한 마디만 내뱉어도 모두가 환호해줄 안전하고 다정한 토론토에서? 콩고의 살인적 혼란, 온두라스에 떨어진 폭탄들, 혁명기 테헤란의 폭동을 겪은 사람이?

토론토 행사에서 접한 카푸시친스키의 긴장한 모습은 사랑스러웠다. 그 상황은 뭐랄까, 스코틀랜드 여왕 메리가 처형대로 향하며 모자가 비뚤어지지 않았는지 걱정하는 것과 닮아 있었다. 하지만 어쨌거나 타인의 긴장감은 우리가 섣불리 예측할 수 없는 영역이다.

카푸시친스키는 해외 특파원이었고, 그것도 오랫동안 폴란드의 유일한 해외 특파원이었기 때문에 동에 번쩍 서에 번쩍하는 사람으로 느껴졌다. 적어도 부패한 정치 구조가 무너지는 순간이나 재앙이나 유혈 사태에 관한 한 그랬다. 혼란이 있는 곳에 그도 있었다. 그가 1989~1991년에 붕괴 중인 소련을 여행한 기록인 『제국(*Imperium*)』에 그의 성격을 잘 보여주는 대목이 있다.

> (…) 인구 100만 명의 대도시가 중독됐다는 뉴스가 터졌다. (…) 격심하게, 위험하게, 치명적으로.
>
> "또 다른 체르노빌." 이 뉴스를 전해준 친구가 이렇게 덧붙였다.
>
> "그리로 가야겠어." 내가 대답했다. "표만 구해지면 내일 비행기로 간다."

카푸시친스키는 평생 여행을 갈망했다. 다만 재미를 찾는 평범한 관광객은 애써 피할 곳들로 떠나기를 갈망했다. 그런 맥락에서 그가 마지막 책 『헤로도토스와의 여행』에서 자기 분야의 대선배이자 원조인 세계 최초의 여행 작가를 소환한 것은 매우 적절해 보인다. 소환 대상은 바로 '역사의 아버지' 헤로도토스다. 카푸시친스키가 젊은 시절 무엇보다 희구했던 것은 '국경을 넘는 것'이었다. 그는 처음에는 폴란드 국경을, 다음에는 넘을 수 있는 모든 국경을 넘고자 했다. 그를 추동한 것은 온갖 형태의 인간성에 대한 끝없는 호기심이다. 헤로도토스처럼 그도 사람들의 말을 듣고 기록할 뿐 비판하지 않는다. 그의 일생은 탐색이었다. 미션보다는 탐색이었다. 그가 찾고자 한 것은 무엇이었을까? 일단은 이국적 정황들, 문화적 차이들, 전후 폴란드에는 너무나 결펍돼 있던 각양각색의 잡다함이었다. 그리고 그 너머의 것이었다. 그는 최악의 유혈 사태와 가학적 복수와 타락의 한복판에서도 인간 공통의 선을 찾아다녔다. 우리의 희망은 어디에 있는가? 어쩌면 그건 존엄성이었다. 어디서나 압제자들이 표적으로 삼지만, 결코 완전히 말살될 수는 없는 단순한 존엄성. '아니요'라고 말하는 품격.

그가 목격한 것들을 생각하면 카푸시친스키만큼 비관론으로 기울었을 법한 작가도 없다. 하지만 비관은 카푸시친스키가 자주 드러내던 감정이 아니다. 그가 자주 표한 것은 경이감이다. 세상에 그런 것들이, 찬란하면서 동시에 참담한 것들이 존재할 수 있다는 데 대한 경이감. 『헤로도토스와의 여행』의 끝부분에 이 한 문장이 있다. 튀르키예의 어느 박물관 내부를 묘사한 말이었지만, 우리 시대를 목격한 최고의 증인이었던 이 겸손한 남자의 묘비명으로 어울릴 법한 표현이다. 그래서 이 말을 그를 기리는 말로 여기에 놓고 간다.

우리는 어둠 속에, 빛으로 둘러싸인 어둠 속에 서 있다.

『빨간 머리 앤』

›››‹‹‹

(2008)

올해 4월 루시 모드 몽고메리(Lucy Maud Montgomery)의 소설 『빨간 머리 앤』이 탄생 100주년을 맞는다. 관련 기념사업들, 이른바 '애니리(The Annery)'가 한창이고, 그중 버지 윌슨(Budge Wilson)이 쓴 『빨간 머리 앤이 어렸을 적에』는 이미 출간됐다. 『빨간 머리 앤』의 '전편' 격인 이 책은 별나고 당돌하지만 사랑스러운 소녀 앤 셜리가 요란한 감탄사와 사과꽃과 주근깨와 실수 연발 속에 프린스에드워드섬 초록 지붕 집에 당도하기 전까지 어떻게 살아왔는지를 연대기적으로 풀어낸다. 또한 불룩 소매와 단추 부츠의 깁슨걸 시대•를 그린 TV 영화가 조만간 한 편 더 나온다. 바로 2009년에 방영 예정인 〈빨간 머리 앤: 새로운 시작

• 19세기 말 20세기 초 세기전환기의 미국 여성 세대를 말한다. 미국 일러스트레이터 찰스 깁슨(Charles Dana Gibson)이 묘사한 당대 여성들의 패션 스타일에서 비롯된 용어다.

(Anne of Green Gables: A New Beginning)〉이다. 이 드라마는 1919년의 무성영화, 1934년의 유성영화, 1956년의 TV 영화, 1979년의 일본 만화영화, 1985년의 CBC 미니시리즈, 1990~1996년 드라마 〈에이번리로 가는 길(Road to Avonlea)〉, 2000년 PBS 애니메이션의 계보를 잇게 된다. 여기에 〈초록 내장 앤(Anne of Green Gut)〉과 〈프랜 오브 더 펀디(Fran of The Fundy)〉 등 지금껏 등장한 패러디물까지 포함하면 끝도 없다.

여기에 더해 뉴 캐나디안 라이브러리(New Canadian Library) 출판사가 앤 초판본을 새로 냈다. 그런데 초판본의 오리지널 삽화들은 좀 심란하다. 일단 사람들의 머리통이 너무 작다. 특히 마릴라는 소두도 모자라 대머리처럼 그려놓았다. 에이번리 마을에서 일어난 동종 번식의 부작용을 의심하게 한다. 거기다 희한한 모습의 앤이 등장한다. 소녀보다는 메리 포핀스 꼭두각시 인형처럼 생겼는데 책의 끝에서는 어여쁜 드레스덴 도자기 인형으로 변신한다. 이렇게 결함이 많았던 앤의 원래 이미지는 이후 한 세기가 흐르면서 계속 수정됐다. 후속 삽화들에서 앤의 머리는 정상 크기로 돌아오고(때로는 너무 크다 싶다), 머리색도 훨씬 분명해진다.

하지만 여기서 끝이 아니다. 모든 부대 제품에 대한 저작권을 가진 빨간 머리 앤 저작권협회의 야망을 무시하지 말자. 앤 전집, 앤 편지지, 앤 연필, 앤 머그컵, 앤 앞치마, 앤 사탕, 앤 밀짚모자…… 음, 또 뭐가 있을까? 앤 레이스 내복? 앤 요리책? 아 참, 요리책은 이미 있다. 아니면 "이 비열하고 못된 자식아! 뭐가 어쩌고 어째?"라는 외침과 함께 석판이 머리통에 부딪혀 두 동강 나는 소리가 녹음된 앤 인형. 또는 "아줌마 미워요…… 미워요…… 미워요! 아줌마는 예의도 인정도 없는 사람이에요!"라고 울부짖는 앤 인형. 나는 항상 이 대목들이 좋았다.

어렸을 때 이 책을 읽지 않은 사람들을 위해 설명하자면(그런데 읽지 않은 사람이 있을까? 있다면 남자일 가능성이 높다), 『빨간 머리 앤』은 붉은 머리에 주근깨투성이인 열한 살 고아 소녀의 이야기다. 앤은 연락책의 착오로 에이번리 마을 초록 지붕 집으로 입양 가게 된다. 나이 많은 독신 남매 마릴라와 매슈 커스버트는 원래 농장 일을 도울 남자아이를 원했다. 하지만 열정과 상상력과 호들갑으로 똘똘 뭉친 앤이 내성적인 매슈 영감(오리지널 삽화에서는 산타클로스와 부랑자를 어정쩡하게 섞어놓은 모습으로 나온다)의 마음을 움직이고, 무뚝뚝하고 엄한 마릴라도 앤을 받아주자는 매슈의 뜻에 따르게 된다.

이후 앤이 펼치는 좌충우돌 모험, 심미적 과대망상, 분노발작과 막무가내 행동들이 웃음과 감동을 준다. 앤은 미운 오리 새끼 같은 어린아이에서 재능과 미모를 겸비한 백조로 자라난다. 중간에 일시적으로 머리를 초록색으로 물들이는 등의 부침을 겪기는 한다. 앤은 결국 마릴라뿐 아니라 에이번리 사람들 모두의 칭찬과 애정을 얻는다. 물론 딱 한 사람, 앤의 동급생이자 애증의 악역인 조시 파이는 제외다. 소설의 끝은 훈훈하면서도 슬프다. 착한 매슈 아저씨가 은행 파산으로 평생의 저금을 잃고 그 충격 때문에 심장마비로 세상을 뜨면서 '우리 시대의 앤'이 완성된다. 장학금까지 받았지만 앤은 대학 진학의 꿈을 포기한다. 적어도 당분간은. 대신 앤은 실명 위기에 처한 마릴라와 매각 위기에 처한 초록 지붕 집을 지키기 위해 마을에 남기로 한다. 여기가 사람들이 정말 많이 우는 대목이다.

『빨간 머리 앤』은 발간되자마자 엄청난 인기를 얻었다. "불멸의 앨리스 이후 가장 귀엽고 사랑스러운 허구의 아이다." 신경질적이고 냉소적인 마크 트웨인도 이렇게 내뱉었다. 이후에도 이 책의 인기는 식을 줄 몰랐고, 많은 아류를 낳았다. 앤의 문학적 후손 중 대표적인 예가 삐삐 롱스타킹과 세일러 문이다. 제멋대로지만 심하게 제멋대로는 아닌 소녀들. 우선 원작자인 몽고메리부터 『에이번리의 앤』 『레드먼드의 앤』 『앤의 꿈의 집』 등 여러 편의 속편을 썼다. 하지만 성장한 앤은 더는 같은 앤이 아니다. 제1차 세계대전이 터진 후의 에이번리도 더는 예전의 에이번리가 아니다. 어린이 독자로서 내게 이 후속작들은 『피터 팬』의 끝에서 어른이 되어버린 웬디처럼 느껴졌다. 알고 싶지 않았다.

『빨간 머리 앤』은 1908년에 처음 출판됐다. 내 어머니가 태어나기 1년 전이었다. 그러니까 내가 여덟 살에 처음으로 낄낄대고 훌쩍대며 읽었을 때 이 책은 젊은 마흔 살이었다. 책이 발간 80주년을 바라보던 1980년대에 나는 내 아이의 눈을 통해 다시 읽었다. 그때쯤 우리 가족은 실제로 프린스에드워드섬에 갔고, 샬럿타운에 머무르며 1965년부터 계속 상연 중이던 발랄하고 유쾌한 〈빨간 머리 앤〉 뮤지컬을 보았다. 뮤지컬은 정말 재미있었다. 다만 진짜 열한 살 소녀들과 함께 열한 살 소녀에 대한 쇼를 보는 것은 조금 다른 시각을 준다. 즉 그 즐거움 중 얼마간은 대리만족이었다.

우리는 앤 인형이나 요리책은 사지 않았고, 초록 지붕 집을 복제한 농장 주택에도 가지 않았다. 온라인 설명에 따르면 그곳은 셜록 홈스의 베이커 스트리트 셋집 못지않게 꼼꼼한 재현을 자랑한다. 앤이 길버트 블라이스의 머리통을 내려친 석판부터 앤의 퍼프소매 원피스들이 걸린 옷장과 앤이 도둑 누명을 썼던 브로치까지 없는 게 없다고 한다. 심지어 마차로 부지를 구경시켜주는 가짜 매슈 아저씨도 있다. 다만 진짜 매슈처럼 여성 방문객이 오면 허겁지겁 헛간으로 숨지는 않는 모양이다. 지금은 기회 있었을 때 이런 볼거리들을 더 많이 봐둘 걸 하는 마음이 든다. 하지만 이동 중에 20세기 초의 마을 학교는 구경했다. 작은 집 모양의 학교 안에는 앤이 정말로 썼을 것 같은 높다란 2인용 책상들이 줄지어 놓여 있었다.

'애너리' 관점에서 볼 때 우리는 미흡한 소비자였다. 하지만 섬은 뮤지컬을 보러 정말로 먼 길을 와서 인형, 밀짚모자, 책, 앞치마를 쓸어 담는 일본인 관광객들로 문전성시를 이루었다. 나는 뮤지컬을 볼 때만 해도 이 관광객들이 걱정스러웠다. 혹시 에그앤드스푼 레이스•가 그들에게 넘기 힘든 문화 장벽이 되진 않을까? 하지만 기우였다. 일본인은 취미를 하나 잡으면 지극히 철저하게 판다. 그날의 에그앤드스푼 레이스에 대해서도 일본인 방문객이 나보다 훨씬 더 많이 알고 있지 않았을까 싶다.

일본에서 앤의 인기는 상상을 초월한다. 그것이 내게는 미스터리였다. 납득이 되지 않았다. 그러다 일본에 갔을 때 일본인 청중에게 그들이 느끼는 앤의 매력을 직접 물어볼 기회가 있었다. 나는 그때 서른두 개의 답변을 받았다. 어느 맘씨 좋은 여성분이 일일이 받아 적고 타이핑해서 내게 보내주었다. 아래에 일부를 소개한다.

• egg-and-spoon race, 숟가락에 달걀을 올린 채 결승선까지 달리는 경주. 전통적으로 구미 문화권에서 학교 운동회나 마을 행사에 단골로 등장하는 게임이다.

이미 유명했고 인기 많았던 어느 일본인 작가가 『빨간 머리 앤』을 처음 일본어로 번역했다. 앤은 고아였고, 제2차 세계대전 직후 일본에도 전쟁고아가 넘쳐났기에 많은 독자들이 앤에게 동질감을 느꼈다. 앤은 사과꽃과 벚꽃을 열정적으로 좋아하는데, 이 중 벚꽃은 일본인들도 각별하게 생각하는 꽃이라서 앤의 미적 감수성마저 일본인들과 상통했다. 한편 앤의 붉은 머리는 지극히 이국적인 것으로 인식됐다. 20년쯤 전에는 심지어 일본 중년 여성들 중에도 파랑, 초록, 빨강, 주황으로 머리를 물들인 이들이 심심찮게 있었다. 앤은 그냥 고아가 아니라 일본의 전통적 사회계층에서 최하위에 해당하는 가난한 고아 소녀다. 그렇지만 앤은 일본 문화에서 가장 무서운 용을 물리쳤다. 그것은 권위적인 노부인이다. (사실 앤은 그런 용을 두 마리나 해치웠다. 고압적이고 독선적이지만 심성은 고운 레이철 린드 부인도 결국에는 앤의 수집 바구니에 들어왔으니까.)

앤은 고된 일에 대한 두려움이 없다. 공상에 빠져 자주 깜박할 뿐 일을 피하진 않는다. 앤은 자신보다 타인을 먼저 생각하는 바람직한 태도를 보인다. 그 타인이 나이 많은 사람들이라는 점에서 더욱 칭찬할 만하다. 앤은 시에 조예가 깊고, 물질주의의 조짐을 보이긴 해도(퍼프소매에 대한 갈망은 가히 전설적이다) 내면 깊은 곳에서는 다분히 영적이다. 무엇보다 젊은이의 욱하는 성질에 대한 일본의 금기를 깨는 앤의 행동이 인기의 비결이었다. 앤은 사람들이 자신을 모욕하면 발을 구르고 마주 욕을 날리며 보란 듯이 반항했고, 때로는 물리적 폭력도 불사했다. 대표적인 예가 석판으로 길버트의 머리를 내리친 일이다. 이것이 일본의 어린 독자들에게 엄청난 대리만족을 안겼을 게 분명하다. 사실 당시 앤의 어린 독자들 모두에게 그랬다. 과거의 아이들은 오늘날의 아이들보다 훨씬 억압받았다. 어린아이가 앤처럼 소란을 피웠다가는 우리 어머니의 표현에 따르면 '혼꾸멍(What For)'이 나거나 더 심한 경우에는 '혼찌검(Hail Columbia)'을 당하기 십상이었다. (나는 직접 당한 적이 없지만, '혼꾸멍'이나 '혼찌검'은 우리 어머니가 노바스코샤 시골에서 보낸 어린 시절의 이야기에 빠지지 않는 요소였다. 마을 학교와 교회 생활, 아동에 대한 태도에 관한 한 어머니의 이야기는 앤의 이야기와 놀랍도록 닮아 있었다.)

이것이 일본인들이 말한 앤의 인기 비결들이다. 이것보다 더 많았지만 내가 기억하는 것은 이게 전부다.

"하느님은 하늘에 계시고, 세상은 모두 평온하여라." 앤이 『빨간 머리 앤』의 마지막 부분에서 이렇게 속삭인다. 앤은 빅토리아시대 시들을 좋아한다. 따라서 앤이 자기 이야기를 마무리하며 로버트 브라우닝(Robert Browning)의 극시 「피파가 지나간다(Pippa Passes)」의 낙천적 주인공 소녀가 부르는 노래를 인용하는 것은 적절해 보인다. 앤 셜리 자체가 책 전반에 걸쳐 일종의 피파를 연기한다는 점에서 두 배로 적절하다. 피파는 견사방적 공장에서 노예처럼 일하는 이탈리아의 가난한 고아 소녀다. 그녀는 미천한 신분이지만 순수한 상상력과 자연에 대한 사랑을 지니고 산다. 피파처럼 앤도 남의 시선을 의식하지 않는 순수한 영혼의 소유자이며, 현실적이지만 따분한 에이번리 사람들에게 의도치 않게 즐거움과 상상력, 때로는 통찰을 안겨주는 존재다.

앤 셜리가 「피파가 지나간다」의 완독을 허락받았을 가능성은 희박하다. 피파의 주변 인물들은 건전한 것과는 거리가 멀다. 건전은커녕 행실이 심하게 추악하고 대놓고 성적이라서 이 극시가 처음 출판됐을 때 사회의 도덕적 공분을 일으켰을 정도다. 인물 중 한 명은 유부남의 정부이고, 다른 한 명은 피파를 타락시켜 매춘부로 만들려고 한다. 안타깝지만 브라우닝의 관점은 사실적이다. 실제로 앤 같은 고아 소녀들의 삶에는 앞날이랄 게 별로 없었다. 마릴라가 말한다. "이 아이가 그동안 얼마나 배고픈 천덕꾸러기로 살았을까요……. 고되고 가난하고 방치된 삶이었겠죠." 버지 윌슨이 자신의 '프리퀄'에서 그려낸 것이 바로 이 배고픈 천덕꾸러기의 삶이다. 당시의 고아들 중에는 영국의 바나도 고아원•이 캐나다로 실어 보낸 아이들—마릴라가 '런던 거리 아랍인들'이라 부르는 아이들—도 많았다. 이들을 포함해 당시 고아들의 삶에 대해 알려진 사실로 판단컨대, 현실의 통계학적 앤은 계속 궁핍하게 방치됐을 가능성이 크다. 하지만 어쨌거나 허구의 앤은 행운의 작용과 본인의 장점에 힘입어 커스버트 남매에게 구조됐고, 이로써 제인 에어와 올리버 트위스트로부터 『물의 아이들』의 꼬마 굴뚝 청소부 톰에 이르는 빅토리아시대 소설 속 구원받은 고아 대열에 합류한다. 우리는 이를 동화적 엔딩이라 부른다. 신화와 민담에서 고아들은 단지 탄압받는 아웃사이더로만 등장하지 않는다. 아서왕처럼 수련 중인 영웅이나, 신과 요정의 특별한 보호를 받는 존재로 등장하기도 한다. (앤에게도 어딘가 기묘한 면이 없지 않다. 사람들에게 종종 '마녀'라 불리는 것만 해도 그렇다. 몇 세기 전이었다면 앤 같은 여자는 실제로 화형당했을 수도 있다.)

• Barnardo Homes, 영국에서 집 없는 빈곤 아동들을 돌보기 위해 세운 자선단체 중 하나로 1866년 토머스 존 바나도가 창설했다.

하지만 허구 밖의 고아들은 착취의 대상이었을 뿐 아니라 죄의 결과물로서 기피와 멸시의 대상이었다. 몽고메리는 린드 부인이 마릴라에게 던지는 경고의 말을 빌려 당시의 세태를 전한다. 당시 고아들은 아버지가 누군지 모르는, 분개심과 심지어 범죄 욕구로 가득한, 남의 집에 '일부러' 불을 내는 짓을 하고도 남을 나쁜 씨들이었다. 이것이 몽고메리가 구태여 앤의 친부모를 교육 수준과 인품이 높고 적법하게 결혼한 부부로 설정한 이유다. 하지만 현실의 앤은 디킨스 풍의 비참한 삶을 살았을 것이다. 무급 가사 도우미라는 가혹한 아동노동과 사실상의 노예 생활. 그러고 보니 앤도 겪은 일이다. 앤도 초록 지붕 집에 오기 전에 쌍둥이가 세 쌍이나 있는 산간벽지의 어느 집에서 더부살이하며 딱 그렇게 살았다. 최악의 경우는 그런 집의 남자에게 강간당할 수도 있다. 만약 임신이라도 하면 그녀는 불명예스럽게 다시 고아원으로 보내져 거기서 또 다른 고아를 낳게 된다. 하지만 무일푼에 가족도 없고 평판마저 망친 소녀가 어떻게 아이를 부양할 수 있겠는가? 그리고 그 다음에는?

솔직히 말하자면 나는 심기가 사나울 때 더 심한 속편도 상상한 적이 있다. 그 속편의 제목은 『앤 타락하다』쯤 된다. 이 가상의 작품은 음울한 에밀 졸라 풍 서사문학으로, 퍼프소매 드레스를 사주겠다는 꾐에 빠진 어느 가난한 소녀의 성적 몰락과 이후 그녀가 악랄한 남성 고객들에게 겪는 학대의 연대기다. 그다음에는 부정하게 벌었지만 힘들게 모은 돈을 어느 사악한 마담에게 야금야금 갈취당하고, 알코올과 아편으로 시름을 달래다가 불치의 성병으로 온몸이 망가져 고통받는 삶이 이어진다. 마지막 장에는 오페라 〈라 트라비아타〉에서 영감을 얻은 폐병 기침과 추하고 이른 죽음과 이름 없는 무덤이 등장한다. 그녀의 예전 고객들이 쏟아내는 음탕한 농담 외에 이 심성 고왔던 말라깽이 아이의 죽음을 기리는 것은 아무것도 없다. 하지만 『빨간 머리 앤』의 주재자는 사실주의의 까칠한 회색빛 천사가 아니다. 무지갯빛 비둘기 날개의 소신(小神)이며 이 신은 희망 사항을 관장한다. 새뮤얼 존슨은 일찍이 재혼을 가리켜 희망이 경험을 이기는 일이라고 했다. 『빨간 머리 앤』도 경험을 무찌른 희망의 승리다. 『빨간 머리 앤』은 우리에게 삶의 진실이 아니라 소원 성취의 진실에 대해 말한다. 그리고 소원 성취에 대한 최대 진실은 대개의 사람들은 현실 파악보다 소원 성취를 훨씬 선호한다는 것이다.

이것이 『빨간 머리 앤』이 부단히 인기를 누리는 이유 중 하나다. 하지만 이것만은 아니었을 것이다. 만약 『빨간 머리 앤』이 그저 긍정적인 생각과 그 결과의 달달한 수플레에 불과했다면 '애너리'는 이미 오래전에 붕괴했을 것이다. 『빨간 머리 앤』을 20세기 전반의 수많은 '소녀 소설'과 구분 짓는 것은 그 기저에 깔려 있는 어두움이다. 그것이 『빨간 머리 앤』에 특유의 열광적인 에너지, 때로는 준(準)환각성 에너지를 부여하고, 여주인공의 이상주의와 분기탱천에 신랄한 설득력을 부여한다.

이 어두운 면은 작가 루시 모드 몽고메리의 숨겨진 삶에서 온다. 몽고메리의 일기 중 일부가 출판됐고, 전기도 몇 편이나 나왔고, 1975년의 TV 다큐드라마 〈로드 투 그린 게이블스(The Road to Green Gables)〉도 있다. 올해 10월에는 메리 헨리 루비오(Mary Henley Rubio)가 쓴 새로운 평전『루시 모드 몽고메리: 재능의 날개(*Lucy Maud Montgomery: The Gift of Wings*)』도 출간될 예정이라서 우리가 몽고메리의 숨겨진 삶에 대해 더 많이 알게 될 것 같다. 하지만 우리가 이미 아는 몽고메리의 삶도 충분히 안타깝다. 몽고메리 자신도 거의 고아처럼 컸다. 두 살도 되기 전에 모친이 사망했다. 부친은 딸을 외조부모가 있는 프린스에드워드섬의 캐번디시로 보내버렸고, 그렇게 그녀는 엄격한 장로교도 조부모의 손에서 컸다. 앤이 초록 지붕 집에 도착한 날 마릴라가 앤을 재운 추운 침실을 묘사한 표현—"말로 표현할 수 없게 엄격한, 뼛속까지 한기를 꽂아 넣는 차디찬" 방—은 의심의 여지 없이 조부모의 집에 대한 은유다. "저를 원치 않으시는군요! (…) 지금껏 아무도 저를 원하지 않았어요!" 앤의 애처로운 외침은 한 아이의 가슴에서 우러나온, 우주의 불공평함에 대한 분노의 항의다. 몽고메리도 앤처럼 두 노인에게 맡겨진 고아였지만, 앤처럼 두 노인을 자기편으로 만들지는 못했다. 마릴라와 매슈는 몽고메리의 희망 사항이었지 그녀의 현실은 아니었다.

남의 아기들을 돌봐야 했던 앤의 경험도 나빴지만—"행간의 의미를 읽을 줄 아는 눈치 빠른" 마릴라는 앤을 가엾게 여겼다—몽고메리 본인의 경험은 더 나빴다. 그녀가 멀리서나마 이상화했던 아버지는 서부로 이사해서 재혼했고, 몽고메리가 그리로 갔을 때 그녀가 기대했을 즐거운 가족 상봉은 일어나지 않았다. 대신 그녀는 사이 나쁜 계모의 아기를 돌보느라 학교도 제대로 다니지 못했다. 부친은 딸에게 관심이 없었다.

앤의 조숙한 독서 취향과 낭만적인 상상력은 우리가 몽고메리에 대해 아는 것과 비슷하다. 하지만 앤이 소녀 시절을 지나 길버트 블라이스와 결혼하는 후속편부터는 몽고메리와 길이 갈라진다. 몽고메리는 두 번의 진지한 관계를 거쳤다. 한 번은 사랑하지 않는 남자와 약혼했다가 파혼했고, 한 번은 상대를 열정적으로 사랑했지만 그가 무학의 농부였기에 차마 결혼하지 못했다. 그나마 농부는 독감으로 세상을 떴고, 그 후 그녀는 낭만적인 꿈들을 포기하고 병든 할머니를 돌보기 위해 캐번디시로 돌아갔다. 할머니가 세상을 떠나고 4개월 후 드디어 결혼했지만 그녀는 곧바로 재앙을 예감했다. 결혼식 조찬에서 자신의 장례식에 온 기분이 드는 것은 결코 좋은 징조가 아니다. 아니나 다를까 그녀의 결혼 생활은 순탄치 않았다. 남편 이언 맥도널드(Ewen Macdonald)는 목사였고, 몽고메리는 목사 부인에게 부과되는 여러 지루한 책무들을 수행해야 했다. 에이번리 마을의 인기 많은 앨런 부인과 달리, 몽고메리는 목사 부인의 책무에 적합한 사람이 결코 아니었다. 설상가상 남편이 당시에 '종교적 멜랑콜리'로 불렸던 증세를 보이기 시작했다. 오늘날에 임상적 우울증이나 양극성장애로 분류되는 정신 질환이었다. 몽고메리는 남편 수발에 점점 더 많은 시간을 바쳐야 했고, 나중에는 그녀 자신도 신경쇠약으로 고통받았다. 멀쩡했다면 그게 더 이상할 지경이었다. "아무도 날 원하지 않았어!"는 몽고메리 본인의 어린 시절이 그녀에게 부과한 짐이었고, 결국 극복하기 어려운 짐이 되고 말았다. 몽고메리가 창조한 허구의 세계는 자신에게 깊이 내재한 슬픔에서 도피하는 수단인 동시에 그것과 타협하기 위한 방편이었다.

『빨간 머리 앤』을 읽는 또 다른 방법이 있다. 소설의 진정한 주인공을 앤이 아니라 마릴라 커스버트로 상정하고 읽는 것이다. 앤은 소설 내내 많이 변하지 않는다. 키가 자라고, 머리가 '당근색'에서 '멋진 적갈색'으로 변하고, 마릴라의 내면에 잠자고 있던 패션 디자이너를 일깨운 덕분에 옷이 더 예뻐지고, 말이 줄고 신중해진다. 하지만 거기까지다. 앤 자신도 말하듯 그녀의 내면은 언제나 예전의 그 소녀다. 매슈도 원래의 매슈에서 변하지 않았고, 앤의 단짝 친구 다이애나도 변화가 없다. 오직 마릴라만이 책 초반부터 우리가 상상하지 못했던 면모를 드러낸다. 이후 그녀의 앤에 대한 사랑과 그 사랑을 표현하는 능력이 날로 커져간다. 진정한 마법적 변신은 미운 오리 새끼 앤이 백조가 된 변화가 아니라 마릴라에게 일어난 변화다. 앤은 딱딱하고 엄했던 마릴라로 하여금 자기 안에 오래 묻혀 있던 다정한 감정들을 결국 드러내게 하는 촉매제였다. 책의 시작에서는 앤이 말아놓고 울었지만, 끝으로 가면서 이 역할은 마릴라에게로 넘어간다. 레이철 린드 부인의 말처럼, "마릴라 커스버트가 말랑해졌어요. 바로 그거예요".

책 막바지로 가면서 마릴라는 눈물을 많이 보인다. 그중 한 대목에서 그녀는 이렇게 말한다. "네가 언제까지나 아이로 남아 있으면 좋겠다고 생각했어. 온갖 말썽을 다 부려도 말이야." 마릴라가 드디어 소원을 말한 것이다. 그리고 이제 그녀의 소원이 이루어졌다. 지난 100년 동안 앤은 변함없이 남았다. 다음 100년도 그래주기를 빈다.

앨리스 먼로: 짧은 평론

›››‹‹‹

(2008)

앨리스 먼로는 명실공히 우리 시대의 대표적 영어권 소설가 중 한 명이다. 먼로는 북미와 영국의 평단에서 최상급의 찬사를 한 몸에 받아왔고, 여러 문학상을 휩쓸었으며, 국제적으로 열렬한 독자층을 보유하고 있다. 작가들 사이에서도 그녀의 이름은 경건하게 일컬어진다. 최근에는 먼로의 이름이 작가들의 다양한 설전에서 적을 때리는 매로 소환되곤 한다. "이게 글이야? 앨리스 먼로 알지? 글은 그런 게 글이야!" 비판자들이 실제로 하는 말이다. 먼로에게는 더 유명하지 않은 게 이상하다는 말이 따라다닌다. 그녀가 아무리 유명해져도 이 말은 사라지지 않는다.

이 중 하루아침에 일어난 건 아무것도 없다. 앨리스 먼로는 1960년대부터 글을 썼고, 그녀의 첫 번째 단편집 『행복한 그림자의 춤』이 1969년에 나왔다. 열렬한 환영을 받은 최근작 『런어웨이』(2004)를 포함해 지금까지 먼로는 평균 9~10편의 작품을 담은 열두 권의 단편집을 출간했다. 먼로는 이미 1970년대부터 『뉴요커』에 꾸준히 글을 게재했다. 하지만 지금처럼 국제적 문호로 격상되기까지는 무척 오래 걸렸다. 그 이유 중 하나는 그녀가 쓰는 글의 형식에 있다. 먼로는 단편 작가다. 단편을 예전에는 '쇼트 스토리(short story)'로 불렀고, 지금은 주로 '쇼트 픽션(short fiction)'으로 부른다. 미국, 영국, 캐나다의 수많은 일류 작가들이 단편을 써왔건만 지금까지도 글의 길이와 중요성을 동일시하는 잘못된 경향이 만연하다.

이 경향 때문에 앨리스 먼로는 최근까지 주기적으로 '재발견당하는' 작가 중 한 명이었다. 적어도 캐나다 밖에서는 그랬다. 먼로는 미녀가 서프라이즈!를 외치며 튀어나오는 케이크 같았다. 그것도 몇 번이나 튀어나와서 그때마다 놀라게 하는 케이크. 독자들은 그녀의 이름을 거리의 불 밝힌 광고판에서 보지 않는다. 독자들은 마치 우연처럼 또는 운명처럼 그녀와 마주치고, 빠져든다. 그리고 비로소 경이와 흥분과 찬탄이 터져 나온다. 앨리스 먼로라는 작가 대체 뭐야? 왜 나만 몰랐던 거지? 이렇게 끝내주는 작가가 언제 하늘에서 뚝 떨어졌지?

하지만 앨리스 먼로는 하늘에서 뚝 떨어지지 않았다. 이 표현 자체가 그녀와 어울리지 않는다. 그녀의 작중 인물들이라면 너무 신화적이고 가식적이라고 느낄 말이다. 먼로는 온타리오주 남서부의 휴런 카운티에서 났다.

온타리오는 오타와강부터 슈피리어호의 서쪽 끝까지 뻗어 있는 캐나다의 거대한 주다. 거대한 만큼 다채로운 땅이지만 남서부 온타리오는 그중에서도 독특한 곳이다. 화가 그레그 커노(Greg Curnoe)가 남서부 온타리오를 소웨스토(Sowesto)라고 불렀는데 이것이 약칭이자 별명이 됐다. 커노는 소웨스토를 상당히 흥미로운 곳이자 영적 어두움과 기묘함에 싸인 곳으로 보았고, 많은 이들이 이에 공감했다. 또 다른 소웨스토 출신 작가 로버트슨 데이비스는 생전에 "나는 내 고향 사람들의 어두운 습속을 안다"라고 말하곤 했다. 앨리스 먼로도 그것을 잘 안다. 소웨스토의 밀밭에서는 심상찮은 표지판을 심심찮게 마주친다. 신을 만날 준비를 하라. 아니면 파멸을 맞을 각오를 하라. 그런데 거기서는 두 가지가 반대가 아니라 동의어로 느껴진다.

소웨스토의 서쪽 끝에 휴런호가 있고, 남쪽으로는 이리호가 있다. 이 지역은 넓은 강줄기들이 굽이굽이 흐르며 종종 범람하는 전체적으로 평평한 농경지이고, 선박 운송과 수력발전에 힘입어 19세기에 강가를 따라 다수의 크고 작은 타운들이 성장했다. 각각의 타운에는 붉은 벽돌로 지은 시청(흔히 탑이 있다), 우체국 건물, 다양한 교파의 교회들, 중심가, 우아한 집들이 늘어선 주택 지역, 그리고 빈민이 사는 또 다른 주택 지역이 있다. 각각에는 오랜 기억들과 감추고 싶은 비밀들을 가득 지닌 가족들이 산다.

소웨스토에는 19세기에 일어난 악명 높은 도널리가(家) 학살 사건의 현장이 남아 있다. 아일랜드의 구교와 신교 간 정치적 갈등이 이곳 이민자 사회에 그대로 옮겨 왔고, 그로 인해 불거진 불화가 끝내 일가족이 무참히 살해당하고 그들의 집이 불타는 참극을 낳았다. 무성한 자연, 억눌린 감정들, 점잖은 겉모습, 숨겨진 성적 욕망, 폭력의 분출, 끔찍한 범죄, 오랜 원한, 기괴한 풍문……. 이 중 어느 것도 먼로가 그리는 소웨스토와 멀리 있지 않다. 그녀의 작품은 부분적으로는 지역의 현실을 반영한 것이기 때문이다.

신기하게도 소웨스토는 작가를 많이 배출했다. 왜 신기하냐면, 앨리스 먼로의 성장기였던 1930년대와 1940년대는 캐나다 출신이, 그것도 온타리오 남서부의 작은 타운 출신이 세상에서 진지한 대접을 받는 작가가 되겠다고 하면 남들이 웃던 때였기 때문이다. 1950년대와 1960년대까지도 캐나다에는 변변한 출판사조차 없었고, 있다 해도 영국과 미국에서 소위 문학이면 뭐든 수입하는 교재 출판사들이 대부분이었다. 하지만 라디오방송은 있었다. 실제로 앨리스 먼로는 1960년대에 편집자이자 방송인 로버트 위버(Robert Weaver)가 제작한 〈앤솔러지(Anthology)〉라는 CBC 라디오 프로그램을 통해 처음 이름을 알렸다.

하지만 분야를 불문하고 국제적으로 알려진 캐나다 작가는 거의 없었고 문명(文名)에 대한 갈망이 있는 사람이면 먼저 이 나라를 떠나는 게 상책이던 시절이었다. 물론 애초에 그런 갈망 자체가 민망하고 남부끄러운 것이었다. 예술을 한답시고 노닥대는 것은 도덕적이고 책임감 있는 성인이 할 일이 못 됐다. 문필이 어엿한 생계 수단이 될 것으로 생각하는 사람은 없었다.

취미 삼아 수채화나 시에 가볍게 손대는 것은 약간이나마 이해받는 경우가 있긴 했다. 그나마도 모두에게 해당되는 경우는 아니었다. 먼로가 「칠면조 철(The Turkey Season)」에서 묘사한 부류의 남자들이라면 또 모를까. "타운에 동성애자들이 있었다. 사람들은 그게 누군지도 알고 있었다. 웨이브 머리에 높은 목소리의 우아한 도배장이. 그는 자신을 실내장식가라 불렀다. 목사 미망인의 뚱뚱하고 버릇없는 외동아들. 그는 심지어 제빵 대회에도 나갔고, 코바늘로 식탁보도 떴다. 교회에서 오르간을 연주하는 침울한 음악 교사. 그는 고함과 신경질로 성가대 학생들을 통솔했다." 또는 시간이 남아도는 여성이 예술을 취미로 삼거나 가난한 여성이 박봉의 유사 예술로 입에 풀칠을 할 때는 있었다. 먼로의 이야기에는 이런 여자들이 자주 나온다. 그녀들은 피아노 연주에 열중하거나 신문에 가십 칼럼을 쓴다. 때로는, 이게 더 비극적인데, 작지만 진짜 재능을 가진 여자들도 나온다. 「메네스텡(Meneseteung)」의 알메다 로스가 그런 경우다. 하지만 그들에게 재능은 있어도 여건은 없다. 작중 알메다는 1873년 『공물(*Offerings*)』이라는 시집을 낸 무명 시인이다.

> 지역신문 『비데트(*Vidette*)』는 그녀를 '우리의 여류 시인'으로 불렀다. 그녀의 직업과 성별에 대한, 또는 두 가지의 예측 가능한 결합에 대한 존경과 경멸이 섞여 있는 표현이었다.

이야기 초반에 알메다는 가족이 죽은 독신 여성으로 소개된다. 그녀는 혼자 살면서 평판을 지키며 자선 활동을 한다. 그러다 끝부분에서 아편 성분이 함유된 진통제를 다량 복용하는 바람에 그만 댐으로 막아 놓았던 예술의 강이 범람해 그녀의 이성적인 자아를 쓸어 가버린다.

> 심지어 시들이. 그렇다, 또다시 시들이, 아니, 한 편의 시가 떠올랐다. 이게 시상이 아니면 뭐겠는가? 모든 것을 포함하는 시, 다른 모든 시들, 그녀가 지금껏 썼던 시들을 한낱 하찮은 시행착오로, 아니 넝마로

만들어버릴 한 편의 위대한 시. (…) 그 시의 이름은 그 강의 이름이다. 아니, 강 자체다. 메네스텅강. (…) 알메다는 자신의 마음의 강과 식탁보를 깊이, 깊이 들여다본다. 코바늘로 뜬 장미들이 떠가는 것이 보인다.

이것이 옛날 소웨스토의 작은 타운에 살았던 예술가—부득이하게 무명일 수밖에 없었던 예술가—의 운명인 듯했다. 그들에게 주어진 선택은 둘 중 하나였다. 체면의 필요에 의해 강요된 침묵, 또는 정신이상에 근접한 기벽.

캐나다의 대도시로 이주하면 자신의 동류를 몇 명 더 발견하겠지만, 소웨스토의 작은 타운에서는 혼자뿐이다. 그럼에도 존 케네스 갤브레이스, 로버트슨 데이비스, 메리언 엥겔(Marian Engel), 그레임 깁슨, 제임스 리니(James Reaney)는 모두 소웨스토 출신이다. 앨리스 먼로는 한동안 서부 해안에 살다가 소웨스토로 돌아왔고, 지금은 그녀의 단편들에 등장하는 여러 시골 타운의 원형인 윙엄에서 멀지 않은 곳에 산다.

먼로의 작품을 통해 소웨스토의 휴런 카운티는 포크너의 요크나파토파 카운티• 못지않은 전설의 땅으로 등극했다. 탁월한 작가가 고향을 찬양하면 일어나는 일이다. 다만 두 경우 모두 찬양은 딱 맞는 말이 아니다. 그보다는 해부가 먼로의 작품에서 일어나는 일에 더 가까울지 모르겠다. 하지만 해부는 너무 임상적이다. 그보다는 강박적 조사, 고

• Yoknapatawpha County, 미국 작가 윌리엄 포크너가 작품의 무대로 삼은 곳으로, 미시시피주 북부에 위치한 가상의 지역이다.

고학적 발굴, 정확하고 상세한 회고, 누추하고 비열하고 앙심이 깔려 있는 인간성의 밑면 탐색, 에로틱한 비밀의 발설, 사라진 불행에 대한 향수, 인생의 충만함과 다양성 향유 등을 모두 합한 것으로 불러야 한다. 이 조합을 뭐라고 불러야 할까?

먼로의 유일한 장편소설 『소녀와 여자들의 삶』(1971)은 성장소설 또는 발전소설이라 부르는 부류에 속한다. 즉 일종의 '젊은 소녀 예술가의 초상'이다. 이 소설의 끝에 인상적인 구절이 나온다. 주빌리라는 작은 타운에 사는 소녀 델 조던은 이제 사춘기라는 강을 건너 여성과 작가라는 약속의 땅에 입성한 뒤 자신의 청소년기를 다음과 같이 회상한다.

> 그때는 언젠가 내가 주빌리를 이렇게 탐하게 되리라고는 생각하지 못했다. 크레이그 종조부가 젠킨스 벤드에서 게걸스럽고 엉뚱하게 카운티의 역사를 기록했던 것처럼 나도 이곳의 일을 적어내고 싶어질 줄은 몰랐다.
>
> 나는 명단들을 만들었다. 타운 중심가를 따라 늘어선 가게와 업체들과 그 소유주들의 명단, 타운 사람들의 성씨 명단, 묘지 비석의 이름들과 그 아래 비문들…….
>
> 우리가 그런 작업들에서 추구하는 정확성은 광적이고 처절하다.
>
> 어떤 명단도 내가 원하는 것을 담을 수 없었다. 내가 원한 것은 하나도 빼놓지 않은 모든 것이었기 때문이다. 말과 생각의 모든 겹, 나무껍질이나 벽에 떨어지는 모든 빛, 모든 냄새, 길에 팬 모든 구멍, 모든 고통, 모든 균열, 모든 망상을—찬란하며 영원하게—가만히 한데 붙잡

아두는 것이었기 때문이다.

이는 평생을 바친다 해도 벅찬 과업이다. 그럼에도 이것이 앨리스 먼로가 이후 35년 동안 놀랍도록 충실하게 수행한 과업이었다.

앨리스 먼로는 1931년 앨리스 레이들로(Alice Laidlaw)로 태어났다. 그녀는 대공황 때 어린아이였고, 캐나다가 제2차 세계대전에 참전하던 1939년에 여덟 살이었고, 전후 시기에 온타리오주 런던의 웨스턴온타리오대학교에 재학했다. 엘비스 프레슬리가 처음 스타로 떴을 때 스물다섯의 젊은 엄마였고, '꽃의 아이들' 히피 혁명과 1968~1969년 여성운동 도래기에 서른여덟 살이었고, 이때 첫 책의 출간을 보았다. 1981년 그녀는 50세를 맞았다. 그녀의 단편들은 주로 이 시기, 1930년대부터 1980년대까지를 배경으로 한다. 또는 그보다도 전이었던 선조들이 기억하는 시대를 다룬다.

먼로 본인의 한쪽 혈통은 스코틀랜드 장로교파였다. 그녀의 선조는 18세기 후반 에든버러의 문인이었으며 로버트 번스(Robert Burns)의 친구였던 제임스 호그(James Hogg)로 거슬러 올라간다. 호그의 저작 『어느 면죄된 죄인의 비망록과 고백(*The Private Memories and Confessions of a Justified Sinner*)』은 먼로 작품의 타이틀로도 이질감이 없다. 먼로의 반대편 혈통에는 영국성공회 교도가 있다. 이들에게는 만찬 때 에티켓에 어긋난 포크를 사용하는 것도 죄악에 해당한다. 먼로의 사회계층에 대한 예리한 인식, 그 겹겹을 구분하는 자질구레한 것들과 비웃음들에 대한 예리한 인식은 솔직히 그녀의 장로교 배경에 기인한다. 이에 그녀의 작중 인물들은 습관적으로 자신의 행동·감정·동기·양심을 혹독하게 검열하고, 그것들의 결핍을 자책한다. 소웨스토의 소도시 문화 같은 전통적인 개신교 문화에서 용서는 쉽게 얻어지지 않는다. 거기서는 처벌이 잦고 가혹하며, 잠재적 치욕과 망신이 구석구석 도사리고 있고, 누구도 잘못을 쉽게 모면하지 못한다.

하지만 이 전통은 믿음으로만 면죄된다는 교리도 포함한다. 즉 은총은 우리 쪽의 아무 행동 없이 우리에게 내린다. 먼로의 작품에는 은총이 넘쳐난다. 하지만 이상하게 위장하고 있다. 무엇도 예측할 수 없다. 감정이 분출한다. 선입견이 무너진다. 경악할 일이 생긴다. 악의적 행위가 긍정적 결과를 내기도 한다. 구원은 가장 예상치 못한 순간에 기이한 형태로 온다.

하지만 먼로의 글에 대해 이런 선언을 하는 순간, 거기에 대해 어떤 분석·추론·일반화를 하는 순간, 우리는 먼로의 이야기 속에 자주 등장하는 냉소적 해설자를 마주하게 된다. 그 해설자는 본질적으로 이렇게 말한다. 네가 뭔데? 네가 무슨 권리로 나에 대해, 혹은 다른 누구에 대해 뭐라도 안다고 생각하는 건데? 또는 『소녀와 여자들의 삶』을 다시 인용하자면, "사람들의 삶은 (…) 따분하고, 단순하고, 놀랍고 불가해하다. 주방용 리놀륨을 깐 깊은 동굴이다". 여기서 핵심 단어는 불가해다.

먼로가 1978년에 낸 단편집은 세 가지 제목으로 출판됐다. 캐나다에서는 시건방진 인간을 타박할 때 쓰는 말을 제목으로 삼았다. 『넌 도대체 네가 뭐라고 생각하니?(*Who Do You Think You Are?*)』였다. 영국에서는 무난하고 단순하게 『로즈와 플로(*Rose and Flo*)』로 출판됐고, 미국에서는 『거지 소녀(*The Beggar Maid*)』라는 낭만적인 제목을 달았다. 이 아리송한 제목의 책에는 로즈라는 공통의 주인공이 등장하는 단편들이 실려 있다. 주인공 로즈는 핸래티라는 시골 타운의 더 가난한 지역에서 아버지와 새어머니 플로의 손에 자라고, 장학금으로 대학에 진학하고, 자신보다 높은 계층의 남자를 만나 결혼했다가 나중에 그에게서 도망치고, 더 나중에는 배우가 된다. 아직 플로가 살고 있는 고향 핸래티에서 이는 대죄이고 수치다. 『넌 도대체 네가 뭐라고 생각하니?』도 여주인공의 형성 과정을 다룬 또 다른 성장소설이자 또 다른 예술가의 초상이다.

모조품은 무엇이고 진품은 무엇일까? 어떤 감정과 행동 방식과 말이 진솔한 것이고, 어떤 것이 겉치레이고 가식일까? 아니, 두 가지가 분리될 수는 있을까? 먼로의 인물들은 이런 문제들을 자주 생각한다.

예술만이 아니다. 삶에도 같은 문제가 있다. 핸래티 사회는 타운을 가로지르는 강에 의해 둘로 나뉜다.

> 핸래티에는 의사와 치과 의사와 변호사에서 시작해 공장노동자와 짐마차꾼으로 내려오는 사회구조가 있다. 강 건너 웨스트핸래티의 계층은 공장노동자와 주물 일꾼들에서 시작해 하루 벌어 하루 사는 비정규 밀주업자와 매춘부와 좀도둑의 대가족들로 이어진다.

타운의 양편이 서로를 야유할 권리를 주장한다. 플로는 타운의 잘사는 쪽으로 건너가 장을 본다. 하지만 "사람들을 보고, 그들을 엿듣기 위한 목적도 있다. 그녀가 즐겨 엿듣는 사람들 중에는 변호사 데이비스의 부인, 성공회 교구 목사 헨리스미스의 부인, 수의사 매케이의 부인 등이 있었다. 플로는 집으로 돌아와 그들의 경박한 말투를 흉내 내곤 했다. 그녀는 그들을 어리석고 겉만 번지르르하고 자화자찬에 찌든 괴물들로 묘사했다".

그러다 로즈가 대학에 진학해 여교수의 집에 하숙하고, 웨스트코스트 백화점 체인을 소유한 거부의 아들 패트릭과 약혼해서 중상류층의 삶을 접하게 되자 이번에는 로즈의 눈에 플로가 괴물이 된다. 로즈는 내적으로 분열한다. 패트릭이 로즈의 고향 집으로 인사를 오고, 이 방문은 로즈에겐 재앙이다.

> 그녀는 셀 수 없이 많은 차원으로 수치심을 느꼈다. 그녀는 음식과 장식용 백조, 비닐 식탁보가 수치스러웠고, 플로가 이쑤시개 통을 건네자 인상을 쓰며 깜짝 놀라는 패트릭의 암울한 속물근성이 수치스러웠고, 플로의 주눅과 위선과 허세 섞인 모습이 수치스러웠고, 무엇보다 자기 자신이 수치스러웠다. 심지어 무슨 말을 해야 할지, 말투가 자연스럽게 나올지도 알 수 없었다.

하지만 패트릭이 그녀의 고향과 가족을 흉보기 시작하자 로즈는 "모종의 의리와 방어 의식의 막이 (…) 지난날의 모든 기억을 단단히 둘러싸는" 것을 느낀다.

이런 분열된 소속감은 먼로의 계층 의식뿐 아니라 소명 의식에도 적용된다. 먼로가 지은 허구의 세계에는 예술과 술수와 허세와 과시를 경멸하는 조연들이 등장한다. 그들의 적대적 태도와 그들이 야기하는 자괴감이야말로 먼로의 주인공들이 맞서 싸워야 하는 대상이다. 먼로의 주인공들은 뭐라도 창조하기 위한 자기해방에 매진한다.

이와 동시에 먼로의 주인공들은 예술의 인위성에 대한 경멸과 예술에 대한 불신을 어느 정도 조연들과 공유한다. 무엇에 대해 써야 하는가? 어떻게 써야 하는가? 예술은 어디까지가 진짜이고, 어디까지가 그저 사람들을 흉내 내고, 사람들의 감정을 조종하고, 인상이나 쓰는 싸구려 트릭 보따리일까? 주제넘은 추정 없이 남에 대해 무엇을 단언할 수 있을까? 설령 그 대상이 허구의 인물이라 해도? 무엇보다 이야기의 끝을 어떻게 맺어야 할까? (먼로는 종종 하나의 결말을 내놓은 다음 그것을 의심하거나 수정한다. 또는 아예 철회해버린다. 가령 「메네스텅」의 마지막 단락에서 화자는 이렇게 말한다. "내가 오해한 걸지도 몰라.") 글쓰기 행동이야말로 교만한 행동이고, 펜이야말로 부러진 갈대가 아닐까? 먼로의 많은 단편들, 「내 유년기의 친구(Friend of My Youth)」「격정(Carried Away)」「황야의 역(A Wilderness Station)」「미움, 우정, 구애, 사랑, 결혼(Hateship, Friendship, Courtship, Loveship, Marriage)」 등에는 작성자의 허영이나 허위, 심지어 악의를 드러내는 편지들이 등장한다. 편지 쓰기조차 때로 이렇게 기만적인데 하물며 쓰기 자체는 어떨까?

이 갈등은 늘 먼로를 떠나지 않는다. 예컨대 「목성의 달들(The Moons of Jupiter)」에서 작중 예술가들은 성공하지 못해도 벌을 받고, 성공을 해도 벌을 받는다. 작중 여성 작가가 자신의 아버지를 생각하며 이렇게 말한다.

아버지의 말이 들리는 듯했다. 흐음, 『매클린스』에 너에 대한 언급이 전혀 없더라. 하지만 만약 내 기사가 났다면 아버지는 이렇게 말하겠지. 흐음, 그 논평기사에 대해서는 별생각 없었어. 아버지의 말투는 유머러스하고 너그럽겠지만 언제나처럼 내게 정신적 황량함을 안길 것이다. 내가 아버지에게 받은 메시지는 간단했다. 명성은 노력의 대가이자 사죄할 이유다. 명성을 얻든 얻지 못하든 비난을 면할 수 없다.

'정신적 황량함'도 먼로가 상대하는 강적 중 하나다. 먼로의 인물들은 숨 막히는 관습, 남들의 독한 기대, 부과된 행동 규범, 온갖 종류의 입막음, 정신적 압박에 맞서 가능한 모든 방법으로 투쟁한다. 선한 일을 행하지만 진정성도 감동도 없는 사람과 행실은 나쁘지만 자기 감정에 충실하고 자신에게 민감한 사람 중에서 선택하라면 먼로의 여성은 후자를 선택할 가능성이 높다. 심지어 전자를 택할 경우도 그녀는 나중에 자신의 약삭빠름과 교활함과 간교함과 요망함과 사악함을 논한다. 먼로의 작품에서 정직은 최선의 방책이 아니다. 정직은 방책 자체가 아니다. 정직은 공기 같은 필수 요소다. 그녀의 등장인물들은 어떻게든 그것을, 적어도 어느 정도는, 확보해야 하며 그렇지 못할 경우 침몰을 예감한다.

진정성을 향한 투쟁은 섹스라는 전선에서 가장 치열하게 벌어진다. 섹스 문제에는 침묵과 숨김이 규준인 사회들이 대개 그렇듯, 먼로의 사회도 높은 에로틱 전하를 띤다. 이 전하는 인물들 각각을 에워싸고 네온 그림자처럼 퍼져나가 풍경, 방, 사물을 밝힌다. 먼로의 펜 끝에서는 흐트러진 침대 하나가 그 어떤 적나라한 성교 묘사보다 더 많은 말을 한다. 심지어 정사나 밀회가 주 내용이 아닌 이야기에서도 남자와 여자는 긍정적이든 부정적이든 늘 서로를 남자와 여자로 인식하고, 성적 호기심 또는 성적 혐오감을 느낀다. 여자들은 다른 여자들의 성적 매력을 즉각 알아차리고, 그것을 경계하거나 선망한다. 남자들은 과시하고, 멋 부리고, 십적대고, 유혹하고, 경쟁한다.

먼로의 인물들은 향수 가게의 개처럼 좌중의 성적 화학작용에 대한 경계를 게을리하지 않는다. 자신의 본능적 반응뿐 아니라 남들 사이의 끌림까지 예리하게 감지한다. 그들은 사랑에 빠지고, 욕정에 빠지고, 배우자 몰래 바람을 피우고, 그것을 즐기고, 성적 거짓말을 하고, 불가항력적 욕망이라는 미명 아래 수치스러운 짓을 저지르고, 사회적 절박함에 기반해 성적인 계산을 한다. 이런 과정들을 먼로처럼 철저하게, 그리고 가차 없이 파헤친 작가도 드물다. 성적 경계를 허무는 것은 먼로의 여성들에게 분명히 짜릿한 일이다. 하지만 침범을 하려면 일단 울타리가 정확히 어디인지부터 알아야 한다. 먼로의 세계는 꼼꼼히 정의된 경계들이 바둑판처럼 얽혀 있다. 손, 의자, 눈길……. 이 모든 것이 가시철망과 부비트랩과 비밀 통로로 뒤덮인 관목 숲의 복잡한 내부 지도를 이룬다.

먼로 세대의 여자들에게 성적 표현은 해방이자 출구였다. 하지만 어디에서 벗어나는 출구일까? 먼로가 「칠면조 철」에서 탁월하게 묘사한 거부와 경멸에서 벗어나는 출구다.

> 릴리는 남편이 술을 마시면 근처에도 못 오게 한다고 말했다. 마저리는 자신이 출혈로 죽다 살아난 이후로는 남편을 근처에도 못 오게 한다고 했다. 절대로. 릴리는 남편이 뭐라도 시도할 때는 술을 마셨을

때뿐이라고 금방 덧붙였다. 나는 남편의 접근을 막는 것이 자존심 문제라는 것은 눈치챘지만, '근처'가 '섹스'를 의미한다는 것은 생각지도 못했다.

릴리나 마저리 같은 나이 든 여자들에게 섹스를 즐기는 것은 굴욕적 패배였을 것이다. 반면 「거지 소녀」의 로즈 같은 여자들에게는 자부심, 축하, 승리의 문제다. 이들의 뒤 세대, 성(性)혁명 이후 세대 여자들에게 섹스 향유는 그저 의무가 되고, 완벽한 오르가슴은 또 하나의 필수 이수 항목이 된다. 향유가 의무가 될 때 우리는 '정신적 황량함'의 땅으로 돌아온다. 하지만 성적 탐험에 한창인 먼로의 인물은 정신적 혼란과 수치심과 고통을 겪고, 심지어 잔인하고 가학적인 면을 보인다. 먼로 단편의 일부 커플들은 현실의 일부 커플들처럼 서로를 감정적으로 고문하는 데서 즐거움을 얻는다. 이는 황량함과는 거리가 멀다.

먼로의 후기 단편들에서는 섹스가 덜 충동적이고 더 계산적으로 일어난다. 예를 들어 「곰이 산을 넘어오다(The Bear Came Over the Mountain)」의 그랜트에게 섹스는 감정 거래라는 위업 달성의 결정적 요소다. 그의 사랑하는 아내 피오나는 치매 판정을 받은 뒤 요양원에서 어느 남자 치매 환자와 사랑에 빠진다. 이 남자의 완고하고 현실적인 아내 메리언이 남자를 집으로 데려가버리자 피오나는 상심해서 식음을 전폐한다. 보다 못한 그랜트는 메리언을 찾아가 남편을 다시 요양원에 보내라고 부탁하지만, 메리언은 요양원 비용이 너무 많이 든다며 거절한다. 그랜트는 메리언이 외로운 여성이며 성적으로 접근 가능하다는 것을 간파한다. 그녀의 얼굴은 주름졌지만 몸은 여전히 매력적이다. 그랜트는 노련한 세일즈맨처럼 거래 성사를 위한 행동을 개시한다. 먼로는 섹스가 영예도 고통도 될 수 있다는 것을, 동시에 협상 카드도 될 수 있다는 것을 잘 안다.

먼로가 다루는 사회는 기독교 사회다. 이 기독교는 전방에 드러나기보다 전반적 배경을 형성한다. 「거지 소녀」의 플로는 "경건하고, 명랑하고, 은근히 외설적인 훈화들로" 벽을 잔뜩 장식한다.

주님은 나의 목자시니

주 예수 그리스도를 믿으라 그리하면 네가 구원을 얻으리라

플로에게 그것들이 왜 있을까? 심지어 플로는 독실한 사람도 아닌데? 그것들은 사람들에게 달력처럼 으레 있는 것들이었다.

기독교는 '사람들이 가진 것'이며, 캐나다에서는 미국처럼 종교와 국가가 분리됐던 적이 한 번도 없다. 공적 지원을 받는 학교들에서 기도와 성경 읽기는 일과였다. 이 문화적 기독교는 먼로에게 풍부한 소재를 제공했을 뿐 아니라, 먼로의 이미지 형성과 스토리텔링에서 가장 특징적인 패턴 중 하나와 연결돼 있다.

기독교의 중심 교리는 서로 이질적이고 배타적인 두 가지 요소로 구성된다. 그것은 신성과 인간성이다. 이 두 가지가 그리스도 안에 욱여들어갔지만 서로를 없애지는 않았다. 결과는 반신반인도 아니고 위장한 신도 아니었다. 즉 신은 전적으로 인간이 됐으면서 동시에 전적으로 신으로 남았다. 초기 기독교회는 그리스도는 그저 인간이라는 믿음

과 그리스도는 단지 신이라는 믿음 모두를 이단으로 선포했다. 따라서 기독교 신앙은 양자택일의 분류 논리를 거부하고, 동시 선택의 미스터리를 수용하는 데 의존한다. 논리적으로는 A이면서 A가 아닐 수 없지만, 기독교는 그럴 수 있다고 말한다. 'A이면서 A가 아닌' 공식은 기독교에 필수적이다.

먼로의 이야기들 중 다수가 정확히 이런 방식으로 귀결된다. 또는 이런 방식의 귀결에 실패한다. 여러 예가 있지만 가장 먼저 떠오르는 것은 『소녀와 여자들의 삶』에 나오는 교사다. 고등학교에서 흥겨운 오페레타들을 연출하던 그녀는 강에 빠져 자살한다.

> 벨벳 스케이팅 의상을 입은 미스 패리스…… 활기찬 미스 패리스……. 발견되기 전 엿새 동안 어디에도 항의하지 않는 엎드린 자세로 와와나시강을 떠다녔던 미스 패리스. 이 그림들을 함께 걸 수 있는 그럴듯한 방법은 없다. 하지만 만약 마지막 그림이 진실이라면 나머지 그림들은 바뀌어야 하지 않을까? 어쨌든 이제 그들은 함께 있을 수밖에 없게 됐다.

먼로에게는 무언가가 진실일 수도, 진실이 아닐 수도, 그럼에도 진실일 수도 있다. 「다르게(Differently)」에서 조지아는 자신의 회한에 대해 생각한다. "그건 진짜지만 정직하지 못해." 「사랑의 진행(The Progress of Love)」의 화자는 이렇게 말한다. "내가 그것을 지어냈다니 도무지 믿기지 않는다. 너무나 진실 같으면 진실인 것이다. 이것이 내가 그들에 대해 믿는 것이다. 나는 한시도 믿기를 멈춘 적이 없다." 세상은 불경한 동시에 신성하다. 그냥 통째로 삼킬 수밖에 없다. 세상에는 언제나 우리가 알 수 있는 것보다 알려져야 할 것이 많다.

「내가 너에게 말하려 했던 것(Something I've Been Meaning to Tell You)」이라는 단편에서 에트는 여동생의 애인이었던 난잡한 바람둥이가 여자들에게 던지는 눈빛을 두고 이렇게 말한다. "모든 공허함과 차가움과 잔해를 통과해 끝없이 아래로 내려가는 심해 잠수부처럼, 자신이 염원하는 오직 한 가지를 향해서, 해저에 놓인 루비처럼 작고 귀하고 찾기 힘든 것을 찾아내기 위해서 강하하는 인간처럼 보인다."

먼로의 이야기들은 이처럼 미심쩍은 탐색자와 손때 묻은 술책으로 넘쳐난다. 하지만 다음과 같은 통찰도 풍부하다. 어느 이야기, 어느 인간 안에도 위험한 보물이, 값을 매길 수 없는 루비가 있을 수 있다. 어느 마음에도 염원이 있을 수 있다.

오래된 균형

>>><<<

(2008)

캐나다의 생태주의 작가 어니스트 톰프슨 시튼(Ernest Thompson Seton)은 21세 생일에 기묘한 청구서를 선물로 받았다. 그것은 그의 부친이 그를 키우면서 지출한 비용을 모두 기록한 장부였다. 거기에는 그가 태어난 병원이 청구한 분만 비용도 있었다. 더 이상한 것은 지불자가 어니스트로 돼 있다는 것이었다. 나는 한때 시튼의 부친이 웃기는 사람이라고 생각했다. 그런데 지금은 이런 생각이 든다. 만약 그가 원칙적으로 맞는다면? 우리는 존재한다는 것만으로 누군가에게 또는 무언가에 빚지고 있는 것은 아닐까? 만약 그렇다면 우리는 무엇을 얼마나 빚졌을까? 누구에게? 무엇에? 그리고 어떻게 갚아야 할까?

2008년 매시 강연(Massey Lectures)의 연사로 선정됐을 때, 나는 강연을 잘 모르지만 그래서 더 흥미가 동하는 주제를 탐구할 기회로 삼기로

했다. 나는 빚을 논하기로 했다.

다만 부채 관리도, 수면 부채•도, 국채나 월간 예산 관리에 대한 것도 아니다. 대출도 재산이라는 주장도, 쇼핑중독 자가 진단 방법도 아니다. 그런 자료는 서점과 인터넷에 차고 넘친다.

도박 빚, 마피아 복수극, 악행이 딱정벌레 환생으로 이어지는 인과응보 이야기, 콧수염을 배배 꼬는 음흉한 채권자가 집세를 안 냈다며 미녀에게 원치 않는 성관계를 강요하는 막장 드라마 등 더 무시무시한 빚들을 다루지도 않는다. 그런 것들이 언급될 수는 있겠지만 그게 주제는 아니다. 내 주제는 인간의 구상물, 즉 상상의 산물로서의 빚이다. 그리고 그 구상물이 어떻게 인간의 게걸스러운 욕망과 사나운 공포를 반영하는 동시에 증폭하는지에 대한 것이다.

앨리스터 매클라우드(Alistair Macleod)에 따르면 작가는 결국 본인의 걱정거리에 대해 쓴다. 여기에 이렇게 넛붙이고 싶다. 작가는 본인이 헷갈리는 것에 대해서도 쓴다. 이번 주제는 내게 가장 걱정스럽고 헷갈리는 것 중 하나다. 그것은 돈과 서사(또는 이야기)와 종교적 신념이 종종 엄청난 폭발력을 내며 교차하는 연결부에 대한 것이다.

어려서 궁금했던 것은 어른이 돼서도 계속 궁금하다. 적어도 내 경우는 분명히 그렇다. 내가 성장기를 보낸 1940년대 후반의 사회에는 절대로 질문해서는 안 될 것이 세 가지 있었다. 그중 하나가 돈이었다. 특히 누가 얼마나 버는지 묻는 것은 금기였다. 두 번째는 종교였다. 종교

• sleep debt, 적정 수면 시간을 채우지 못하는 것.

를 화제에 올렸다가는 이단 재판으로 직행하거나 더 심각한 결과를 초래했다. 세 번째는 섹스였다. 나는 생물학자들 사이에서 살았다. 덕분에 섹스는, 적어도 곤충들의 짝짓기쯤은 집에 돌아다니는 교재들에서 쉽게 찾아볼 수 있었다. 산란관 정도는 전혀 낯선 말이 아니었다. 따라서 금지된 것들에 대한 소싯적의 불타는 호기심이 내 경우에는 남은 두 개의 금기 영역에 집중됐다. 그건 바로 금융과 신앙이었다.

처음에는 이 두 가지가 별개의 범주로 보였다. 보이지 않는 신의 것들이 있는가 하면, 너무나 물질적인 카이사르의 것들도 있었다. 후자는 금송아지의 형태를 취했다. 금송아지는 당시 토론토에는 흔치 않았다. 또한 돈의 형태를 취했다. 이 돈에 대한 사랑이 모든 악의 근원이었다. 하지만 다른 한편에는 내가 즐겨 보던 만화책의 주인공 스크루지 맥덕(Scrooge McDuck)이 있었다. 맥덕은 『크리스마스 캐럴』의 개과천선한 구두쇠 에버니저 스크루지의 이름을 딴 오리다. 이 오리는 다혈질에 인색하고 교활한 억만장자다. 부호 맥덕에게는 금화로 가득한 거대한 풀장이 있는데, 그 안에서 맥덕과 그가 입양한 조카들이 진짜 풀장처럼 첨벙대며 놀았다. 스크루지 삼촌과 아기 오리 세쌍둥이에게 돈이란 만악(萬惡)의 근원이 아니라 재미난 장난감이었다. 이 중 어떤 관점이 맞는 관점일까?

1940년대의 아이들도 대개는 얼마간의 용돈을 받았다. 용돈에 대해 왈가왈부하거나 용돈을 지나치게 밝히는 것은 물론 금기였지만, 어른들은 우리가 어릴 때부터 돈 관리를 배우기를 기대했다. 나는 여덟 살 때 처음으로 일한 대가로 보수를 받았다. 제한적이나마 나는 이미 돈에 익숙했다. 일주일에 5센트씩 용돈을 받았는데 그 돈이면 지금보다 훨씬 많은 충치를 야기할 수 있었다. 사탕에 쓰고 남은 돈은 한때 립톤 차통이었던 양철통에 모았다. 알록달록한 인도풍 디자인이었다. 코끼리, 화려한 베일을 쓴 귀부인, 터번을 두른 남자들, 사원과 돔, 야자수, 말할 수 없이 새파란 하늘. 페니 동전의 한 면에는 나뭇잎이, 반대 면에는 왕의 머리가 있었다. 나는 희소성과 예쁨에 따라 동전의 급을 정했다. 당시 재위 중이었던 조지 6세는 가장 흔하게 통용됐기에 나의 작은 속물적 저울에서는 하급에 속했다. 거기다 조지 6세에겐 턱수염도 콧수염도 없었다. 털이 좀 있는 조지 5세도 여전히 유통되고 있었다. 운이 좋으면 완전 털보인 에드워드 7세도 드물게 얻어걸렸다.

나는 페니들이 아이스크림콘 같은 상품과 교환된다는 것은 알았다. 하지만 그게 비행기 카드, 우유병 뚜껑, 만화책, 각종 유리구슬 등 내 또래 아이들이 사용하는 다른 통화 단위들보다 우월하다고는 생각하지 않았다. 통화의 범주는 달라져도 원칙은 같았다. 희귀하고 예쁘면 값이 올라간다. 환율은 아이들이 직접 정했다. 물론 실랑이가 엄청나게 일어났다.

그러다 일한 대가로 보수를 받게 되면서 모든 것이 바뀌었다. 시간당 거금 25센트를 받는 일로, 눈을 헤치고 아기 유모차를 미는 일이었다. 아기를 산 채로, 그리고 너무 얼지 않은 채로 데려오기만 하면 25센트를 받았다. 내 인생에서 모든 페니가 동등한 가치를 갖게 된 것은 바로 이때였다. 동전에 누구의 머리가 새겨져 있는지는 상관없었다. 이는 내게 중요한 교훈을 주었다. 금융거래에서 심미적 고려는 곧 망하는 지름길이다. 젠장!

내가 돈을 많이 벌어들이자 은행 계좌를 만들라는 말이 나왔다. 그래서 나는 립톤 차통을 졸업하고 빨간 통장을 취득했다. 이제 왕의 머리가 새겨진 페니 동전들과 나머지들(구슬, 우유병 뚜껑, 만화책, 비행기 카드)의 차이가 분명해졌다. 구슬은 은행에 넣을 수 없었다. 그러나 돈은 안전하게 보관하기 위해 은행에 넣도록 권장되었다. 나는 돈이 위험할 만큼 많이(예컨대 1달러) 모이면 은행에 예치했다. 험악한 인상의 출납원이 해당 금액을 통장에 잉크와 펜으로 기록했다. 이렇게 숫자들이 이어지다가 마지막 숫자는 '잔액'이라 불렸다. 내가 이해할 수 있는 용어는 아니었다. 그때까지 나는 양팔저울도 본 적이 없었다.

어쩌다 한 번씩 내 빨간 통장에 가욋돈이 나타나곤 했다. 내가 맡기지 않은 금액이었다. 그건 '이자'라고 불렸다. 돈을 은행에 넣어둔 대가로 내가 '번' 돈이라고 했다. 나는 그것도 이해하지 못했다. 가욋돈이 생기는 것은 분명히 '흥미로운'* 일이었다. 그러니까 그렇게 부르는 게 분명해. 하지만 내가 실제로 번 돈이 아니라는 것도 분명했다. 나는 은행의 아기를 눈 속에 밀어준 적이 없었다. 이 미스터리한 금액들은 대체 어디서 온 것일까? 요정이 빠진 치아를 가져가는 대신 베개 밑에 놓고 가는 5센트 동전. 그 동전을 낳는 상상의 장소와 같은 곳일 게 분명했다. 어디에도 위치하지 않지만 우리 모두 믿는 척해야 하는 곳. 믿지 않으면 치아 하나당 5센트라는 거래가 더는 성사되지 못하는 경건한 가공의 영역.

하지만 베개 밑의 5센트만큼은 진짜였다. 은행 이자도 진짜였다. 현금화해서 진짜 페니로, 다음에는 사탕과 아이스크림콘으로 만들 수 있

* interest는 '이자'와 '흥미롭다'라는 뜻을 모두 가지고 있다.

으니까. 하지만 어떻게 허구가 실제 사물들을 만들어낼 수 있지? 『피터 팬』 같은 동화를 통해서 나는 사람들이 더는 요정을 믿지 않게 되는 순간 요정들이 떨어져 죽는다는 것을 알았다. 만약 내가 더는 은행을 믿지 않게 되면 은행도 끝날까? 어른들은 요정은 실제가 아니지만 은행은 실제라고 말했다. 과연 그럴까?

이렇게 나의 금융 수수께끼가 시작됐다. 그리고 그 수수께끼는 아직 풀리지 않았다.

지난 반세기 동안 나는 많은 시간을 대중교통을 타고 다니며 보냈다. 그때마다 광고를 읽었다. 1950년대에는 거들과 브래지어, 데오도런트와 구강 세정제 광고가 많았다. 오늘날은 이런 광고들은 사라지고 다른 광고들로 대체됐다. 심장 질환, 관절염, 당뇨병 등의 질병 광고들. 금연을 돕겠다는 광고들. 항상 여신 같은 여성이 등장하는 TV 시리즈 광고들(하지만 알고 보면 염색약과 피부용 크림 광고일 때가 많다). 도박중독자용 상담 전화 광고들. 그리고 채무 변제 서비스 광고들. 특히 마지막 종류의 광고들이 많다.

채무 변제 광고들 중 하나는 어린아이를 데리고 해맑게 웃는 여성을 보여준다. 캡션에는 이렇게 쓰여 있다. "이제는 내가 책임져요. (…) 추심 전화가 멈췄어요." 두 번째 광고는 이렇게 말한다. "돈으로 행복을 살 수 없다고요? 빚은 관리하기 나름이에요." 세 번째는 이렇게 조잘댄다. "빚이 있다고 인생이 끝나진 않아요!" 네 번째는 이렇게 지저귄다. "아직 해피 엔딩이 남아 있어요!" 이 광고들은 청구서들을 카펫 아래에 쓸어 넣고 납부한 체하는 동화적 믿음에 영합한다. 다섯 번째는 이렇게 묻는다. "혹시 누가 미행하나요?" 이런 광고는 재수 없게도 꼭 버스 끝에 붙어 있다. 채무 변제 광고는 빚을 연기처럼 사라지게 해주겠다는 약속이 아니다. 채무자가 부채를 통합해서 조금씩 갚아나가는 한편 애초에 그런 적자 인생을 낳은 무절제한 소비 행동을 고치도록 돕겠다는 뜻이다.

이런 광고가 왜 이렇게 많을까? 빚진 사람이 전례 없이 많아서? 매우 가능성 있는 얘기다.

거들과 데오도런트의 시대였던 1950년대의 광고인들은 상상 가능한 최악의 불안 요인이 몸뚱이라고 믿었다. 몸뚱이가 제한 없이 출렁대는 것도 모자라 사방에 악취를 뿜고 다니면 낭패였다. 몸은 내게서 도망칠 수 있는 것이며, 따라서 억압해야 할 대상이었다. 그러지 않았다가는 몸이 빠져나가서 망신살 뻗칠 짓들을 저지를 수 있었다. 대중교통에서는 절대 언급할 수 없을 깊고 성적인 망신. 하지만 이제는 상황이 딴판이 됐다. 성적 일탈은 연예 산업의 일부이며, 따라서 더는 질책과 죄의식의 대상이 아니다. 요란하게 광고되는 질병 중 하나에 걸리지 않는 한, 몸은 더 이상 불안의 본산이 아니다. 대신 이제 근심거리는 장부의 차변이 됐다.

그럴 만한 이유가 있다. 신용카드가 1950년에 처음 도입됐다. 1955년 캐나다의 가구당 평균 소득 대비 부채 비율(DTI)은 55퍼센트였고, 이것이 2003년에 105.2퍼센트가 됐다. 이후 수치는 계속 올라갔다. 미국에서는 2004년에 114퍼센트였다. 다시 말해 엄청나게 많은 사람들이 버는 것보다 더 많이 쓰고 있다. 정부들도 마찬가지다.

미시 경제 차원에서 말해보자. 나는 요즘 18세 이상, 특히 대학생들

사이에 빚이 전염병처럼 만연해 있다는 말을 들었다. 신용카드 회사들이 학생들을 집중 겨냥하고, 학생들은 결과를 따져보지 않고 한도까지 소비해버린 뒤 높은 이자율의 갚을 수 없는 빚에 묶여 허덕이게 된다는 이야기였다. 신경학자들에 따르면 청소년기의 뇌는 성인의 뇌와 상당히 다르며, 장기적 선구매 후지불 셈법에 능하지 못하다. 따라서 카드사들의 현행 마케팅은 미성년자 착취나 다름없다.

이번에는 저울의 반대편 끝을 보자. 최근 '서브프라임 모기지(비우량 주택담보대출)'라고 불리는 대출 상품을 둘러싼 부채 피라미드가 붕괴하면서 세계 금융계가 뒤집어졌다. 대중은 잘 모르는 이 다단계 대출 방식을 아주 간단히 요약하면 이렇다. 대형 대출업체들이 월 이자를 감당할 수 없는 저소득층에게 모기지 상품을 마구 판매한 다음, 이 사기성 부채들을 수익성 있는 상품으로 포장해서 금융기관들과 헤지펀드들에 팔아넘겼다. 이는 청소년 대상 신용카드 발급 술책과 비슷하지만, 그 규모와 파급 효과는 비할 수 없이 크다.

미국에 있는 내 친구 하나가 다음과 같은 글을 썼다.

"내가 거래하던 곳은 은행 세 군데, 모기업체 한 군데였다. 거대 은행인 뱅크원이 다른 은행 두 곳을 매입했고, 현재 모기지 업체를 인수하려 한다. 모기지 업체는 이미 부도났고, 오늘 아침 마지막 남은 은행도 문제가 심각한 것으로 드러났다. 지금 그들은 모기지 업체를 두고 재협상을 시도 중이다. 첫 번째 질문. 자기 회사가 부도날 판인데 왜 지급불능으로 신문에 대문짝만하게 실린 회사를 사들이려는 걸까? 두 번째 질문. 대출업체들이 모두 도산하면 채무자들이 빚에서 벗어나게 될까? 융자를 사랑하는 미국인의 원통함은 상상하기 힘들 정도다. 미국 중서부의 주택지구들이 죄다 내 고향 동네처럼 변했다. 빈집들과 무릎 높이로 자란 잔디와 벽을 덮은 덩굴. 아무도 자기 소유를 인정하려 들지 않는 곳. 뿌린 대로 거두기 직전의 내리막길."

까마득한 옛날부터 있던 이야기다. 그럼에도 우리는 여전히 머리를 긁적인다. 대체 어쩌다 이런 일이 일어난 걸까? 내가 자주 듣는 대답은, "탐욕 때문이죠". 이것도 맞는 말이지만, 그 과정의 깊은 미스터리를 밝히는 데는 미흡하다. '빚'이 무엇이기에 우리를 이토록 악착같이 괴롭히는 걸까? 공기처럼 빚도 우리를 온통 둘러싸고 있다. 하지만 공기처럼, 공급에 차질이 생기지 않는 한 우리는 거기에 대해 생각하지 않는다. 어느샌가 우리는 부채를 우리의 집단 부양에 불가결한 것으로 여기게 된 게 분명하다. 호황기에 우리는 빚을 타고 헬륨 풍선에 탑승한 것처럼 떠다닌다. 우리는 점점 더 높이 올라가고, 풍선은 점점 더 커진다. 그러다 뭔가가 풍선을 바늘로 푹! 찌르면 홍이 깨지고 우리는 가라앉는다. 그럼 이 바늘의 본질은 무엇인가? 내 또 다른 친구는 이렇게 말하곤 했다. "비행기가 하늘에 떠 있는 유일한 이유는 사람들이 비행기가 날 수 있다고 믿기 때문이다. 비행기를 떠받치는 집단 환상이 사라지는 순간, 비행기는 땅으로 곤두박칠치게 된다." '빚'도 이와 비슷하지 않을까?"

다시 말해 어쩌면 빚은 우리가 그것을 상상하기 때문에 존재하는지 모른다. 이 상상이 구체화한 형태들과 이 형태들이 우리의 현실에 미치는 영향, 이것이 바로 내가 탐구하려는 것이다.

부채에 대한 우리의 태도는 우리의 문화 전반에 깊이 내장된 것이다.

영장류학자 프란스 드 발(Frans de Waal)이 말했다. 문화는 "지극히 강력한 수정 인자라서 우리의 모든 행동과 상태에 영향을 미치고, 인간 실존의 핵심을 관통한다". 어쩌면 심지어 더 기본적인 패턴들도 수정되고 있을지 모른다.

인간의 모든 행동-선행, 악행, 추행-을 호모사피엔스사피엔스라는 라벨을 붙인 뷔페 탁자에 늘어놓는다고 상상해보자. 이 뷔페는 예컨대 거미라는 라벨이 붙은 뷔페와는 많이 다르다. 이것이 우리가 청파리를 잡아먹는 데 많은 시간을 쓰지 않는 이유다. 개 뷔페와도 다르다. 이것이 우리가 분비선 냄새로 소화전에 영역 표시를 하거나 쓰레기봉투를 코로 뒤지며 돌아다니지 않는 이유다. 인간 뷔페에도 물론 음식들이 있다. 다른 모든 생물종처럼 우리의 동인도 식욕과 배고픔이기 때문이다. 뷔페의 다른 접시들에는 덜 구체적인 두려움들과 욕망들도 담겨 있다. 이를테면 '날고 싶다' '너와 성교하고 싶다' '전쟁은 부족들을 통합한다' '뱀이 무섭다' '죽으면 무슨 일이 일어날까?' 등.

어쨌거나 뷔페 위의 모든 것은 예외 없이 기본 인간 패턴들-우리가 원하는 것, 원치 않는 것, 동경하는 것, 경멸하는 것, 사랑하는 것, 미워하고 두려워하는 것-에 근거하거나 연결된 것들이다. 일부 유전학자들은 심지어 '인간 모듈론'을 주장한다. 마치 우리가 스위치처럼 껐다 켰다 할 수 있는 기능 회로 뭉치들로 구성된 전자장치인 것처럼. 유전적으로 결정된 우리의 신경 배선이 실제로 이렇게 별개의 모듈들로 이루어져 있는지 여부는 현재 실험과 논쟁의 대상이다. 하지만 어느 경우든 나는 이렇게 생각한다. 인식 가능한 행동 패턴 중 오래된 것일수록, 즉 우리에게 명백히 오래전부터 있었던 것일수록 인간다움에 필수적일 수밖에 없고, 그것의 문화적 변형이 많을 수밖에 없다.

'인간 본성'이 깡통에 욱여넣은 불변의 통조림이라는 뜻은 아니다. 후생유전학에 따르면 유전자는 처한 환경에 따라 다양한 방식으로 발현되거나('켜지거나') 억제된다. 내 말은 만약 유전자에 연결된 기본 설정(특정 빌딩블록이나 초석으로 불러도 무방하다)이 없다면 우리 세계를 채운 기본 인간 행동들의 수많은 변형들은 결코 생겨나지 않았을 거라는 뜻이다. 〈에버퀘스트(Everquest)〉 같은 온라인 게임을 보라. 때로는 거래를 통해서, 때로는 다른 플레이어들과의 단체 미션을 통해서, 또 때로는 다른 성을 공격하는 방법으로 토끼 장수부터 성주 기사까지 차근차근 신분 상승을 꾀한다. 이는 우리가 애초에 사회적 동물이 아니라면, 위계를 아는 종족이 아니라면 상상할 수 없는 행동들이다.

그럼, 우리를 사방으로 둘러싼 '빚의 불꽃놀이'의 기저에는 어떤 오래된 내적 초석이 있을까? 어째서 우리는 고생스러운 변제 과정에도 불구하고 선뜻 미래를 저당 잡혀 현재의 이득을 얻으려고 할까? 우리가 앞날에 있을지 모를 허탕과 실패를 미리 생각하지 않고, 일단 과일을 손에 잡히는 대로 따서 배 터지게 먹어치우도록 프로그래밍됐기 때문에? 글쎄, 부분적으로는 그럴 수도 있겠다. 우리는 대개 물 없이 72시간, 음식 없이 2주를 버티지 못한다. 그러니 지금 당장 낮은 곳에 달린 과일을 따 먹지 않으면, 6개월 뒤에도 살아남아 자신의 자제력과 만족지연(delayed gratification)을 자축할 수 있으리란 보장이 없다. 이런 맥락에서 신용카드는 대출업체에게 맡아놓은 당상이다. 우리의 '일단 따먹고 보자'는 태도는 노후대책 저축이 고안되기 훨씬 전, 어쩌면 수렵채집 시절에 선택된 인간 행동의 변종일 가능성이 높기 때문이다. 그때는 손에 든 새 한 마리가 덤불에 있는 새 두 마리보다 가치 있고, 입에 쑤셔 넣은 새 한 마리는 그보다 더 가치 있던 때였다. 그런데 정말 이것이 장기적 고통과 바꾼 단기적 이득이기만 할까? 빚은 우리의 탐욕에서 생겨난 것일까, 아니면 보다 너그럽게 생각해서, 우리의 필요에서 비롯된 것일까?

나는 빚과 신용거래의 발생에 불가분하게 관여한 또 하나의 오래된 내적 초석이 있다고 본다. 그것은 바로 우리의 공평 감각이다. 좋게 봤을 때 이는 인간의 감탄할 만한 특성이다. 공평 감각의 밝은 면은 '선행은 선행으로 돌아온다'는 낙관이다. 우리에게 이런 공평 감각이 없다면, 우리에게 빌린 것은 갚는 것이 공평하다는 인식도 없을 것이다. 그렇다면 돌려받을 보장이 없는데 누가 바보같이 남에게 뭐라도 빌려주겠는가? 거미는 청파리들을 다른 거미들에게 배당하지 않는다. 오직 사회적 동물만이 배당에 몰두한다. 공평 감각의 어두운 면은 불공평 감각이다. 이 감각은 자신이 불공평하게 굴 때는 흡족함을, 자신이 불공평한 일을 당했을 때는 분노와 복수심을 낳는다.

아이들은 복잡한 투자 수단에 관심을 두거나 동전과 지폐의 가치에 대한 감을 얻기 훨씬 전인 4세쯤부터 "이건 불공평해!"라고 말하기 시작한다. 동화 속 악당이 단단히 벌을 받으면 환호하고, 그런 응징이 일어나지 않으면 답답해한다. 용서와 자비는 올리브와 안초비에 대한 입맛처럼 후천적으로 습득되는 것이며, 용서나 자비를 부정적으로 보는 문화에서는 형성되지 않는다. 어린아이들은 악당을 나무통에 넣고 못 박아서 바다에 밀어 넣으면 우주의 균형이 회복되고 사악한 힘이 시야에서 사라진다고 믿는다. 그리고 밤에 편히 잠들게 된다.

공평함에 대한 관심은 나이가 들면서 정교해진다. 일곱 살이 지나면 어른들이 부과하는 규칙들 각각의 공평함이나 (대개는) 불공평함을 낱낱이 따지는 법리적 단계가 온다. 이 나이에도 공평 감각이 기이한 형태를 띠기도 한다. 예를 들어, 1980년대에 아홉 살 어린이들 사이에서 요상한 의식이 유행했다. 내용은 이렇다. 차를 탔을 때 창밖을 보다가 폴크스바겐 비틀이 지나가면 옆자리 친구의 팔을 때리며 "펀치버기, 노 펀치백(Punch-buggy, no punch-backs)!" 하고 외친다. 폴크스바겐 비틀을 먼저 봤다는 것은 다른 아이를 때릴 권리가 생겼다는 뜻이고, "노 펀치백!"이라는 단서를 붙이는 것은 맞은 아이에게는 앙갚음을 할 권리가 없다는 의미였다. 하지만 만약 내가 이 방어 주문을 외치기 전에 상대방이 먼저 "펀치백!"을 외치면 보복 펀치가 허용된다. 여기서 돈은 중요하지 않다. 돈으로 펀치를 면할 수 없다. 여기서 쟁점은 상호주의 원칙이다. 펀치는 다른 펀치를 부르며, 번개 같은 속도로 면책조항을 삽입하지 않으면 반드시 받을 것을 받게 된다.

이 펀치버기 의식에서 4000년 된 함무라비법전의 핵심인 렉스 탈리오니스(Lex Talionis)를 감지하지 못했다면 눈치가 없는 사람이다. 렉스 탈리오니스의 또 다른 이름은 성경의 표현을 빌린 '눈에는 눈 이에는 이' 법이다. 대략적으로 말해 렉스 탈리오니스는 '피해자가 입은 피해와 같거나 같은 정도의 피해를 가해자에게 입히는 보복의 법칙'을 말한다. 펀치버기의 경우 마법의 보호 조항을 잽싸게 적용하지 않는 한, 펀치를 펀치로 상쇄한다. 이런 종류의 면책 방법을 오늘날 계약과 법률의 세계에서, 특히 '전술한 바에도 불구하고' 따위의 문구로 시작하는 조항들에서, 흔히 볼 수 있다.

우리 모두는 공짜 펀치나 공짜 런치를 바란다. 우리는 공짜라면 뭐든 좋아한다. 하지만 마법의 주문을 장착한 경우가 아니라면 뭐라도 공짜로 얻을 가능성이 희박하다는 것도 안다. 이렇게 펀치는 다른 펀치를 부르기 마련이라는 것을 우리는 어떻게 알았을까? 초기 사회화–유치원에서 찰흙을 놓고 실랑이를 하다가 때리고 깨무는 싸움으로 번졌을 때 깨닫는 것–의 결과일까, 아니면 인간 뇌에 내장된 템플릿일까?

후자의 경우를 살펴보자. '빚' 같은 정신적 구상물이 존재하려면 몇 가지 전제 조건이 필요하다. 그중 하나는 앞서 말한 공평 개념이다. 여기에는 등가 개념이 딸려 있다. 우리가 머릿속에서 끝없이 가동하는 스코어시트나 원한 집계나 복식부기 프로그램의 차변과 대변을 동일하게 맞추려면 어떻게 해야 할까? 조니에게 사과가 세 개, 수지에게 연필 한 자루가 있다고 치자. 사과 한 개당 연필 한 자루면 괜찮은 교환 조건일까? 아니면 나중에 사과나 연필을 더 얹어줘야 할까? 모든 것은 조니와 수지가 각각의 거래 품목에 어떤 가치를 부여하는지에 달려 있고, 이는 다시 그들이 얼마나 배고픈지와 필기도구가 얼마나 필요한지에 따라 달라진다. 공정하게 인식된 거래라면 양편은 균형을 이루고, 아무런 빚도 발생하지 않는다.

심지어 무생물계도 균형을 향해 분투한다. 이것을 다른 말로 정적 평형 상태라고 한다. 어릴 때 학교에서 했던 실험을 떠올려보자. 반투과성 막을 사이에 두고 한쪽에는 소금물, 다른 한쪽에는 담수를 담는다. 그런 다음 소금물의 염화나트륨이 담수로 이동해 양쪽의 염도가 같아지는 시간을 측정한다. 또는 어른이 됐을 때 했던 실험을 떠올려 보자. 차가운 발을 애인의 따뜻한 다리에 얹었을 때 내 발은 따뜻해지는 대신 애인의 다리는 식는 것을 느꼈을 것이다. (직접 해보는 건 좋은데 내가 시켰다고는 하지 마세요.)

많은 동물들이 '더 작은 것'과 '더 큰 것'을 분간한다. 사냥하려면 이 능력이 반드시 필요하다. 분에 넘치는 일에 나서는 것은 치명적일 수 있다. 씹을 수 없는 것은 물어뜯으면 안 된다. 태평양 연안의 독수리의 경우 자기 덩치에 비해 너무 무거운 연어를 잡았다가는 물로 끌려 들어가 죽을 수 있다. 독수리는 일단 먹잇감을 덮치면 단단한 표면에 내려앉기 전에는 발톱을 풀 수 없기 때문이다. 아이와 함께 동물원 맹수 우리에 가본 적 있는가? 그랬다면 치타 같은 중간 덩치의 고양잇과 동물이 당신에게는 관심 없고 아이를 사납게 노리는 것을 봤을지 모른다. 치타에겐 당신이 아니라 아이가 한 끼 크기이기 때문이다.

적이나 먹잇감을 가늠하는 능력은 동물의 왕국에서 흔한 특성이다. 특히 영장류의 경우 먹이가 분배되는 상황에서 그 크기와 질의 차이를 따지는 능력이 무시무시할 정도다. 2003년『네이처』지에 에모리대학교 여키스국립영장류연구소(Yerkes National Primate Research Center)의 프란스 드 발과 조지아주립대학교의 인류학자 세라 F. 브로스넌(Sarah F. Brosnan)이 꼬리감는원숭이를 대상으로 수행한 실험들이 소개됐다. 일단 연구진은 원숭이가 자갈을 주워주면 오이 한 조각을 주는 훈련을 시행했다. 그런 다음 원숭이들 중 한 마리에게는 오이 조각 대신 포도알을 주었다. 원숭이들에게 포도는 오이보다 가치 있다. "자갈과 오이 교환을 스물다섯 번 연속 반복해도 원숭이들은 매번 행복하게 오이 조각을 받습니다." 드 발 박사가 말했다. 그러다 한 마리에게만 오이 대신 포도가 주어지자, 즉 한 원숭이는 등가의 일을 해서 더 높은 봉급을 받는 불공평한 상황이 발생하자 상황이 급변한다. 오이를 받은 원숭이들이 성을 내며 자갈들을 우리 밖으로 내던졌고, 급기야 거래에 불응했다. 아무것도 하지 않는 원숭이가 포도를 받는 일이 발생하자 상황은 더 나빠졌다. 원숭이들 대부분은 심하게 화를 냈고, 일부는 먹기를 거부했다. 원숭이들의 파업 투쟁이었다. 원숭이들의 메시지는 분명했다. **불공정한 포도 분배를 일삼는 경영진은 물러가라!** 거래 행위와 자갈/오이 환율은 훈련된 결과지만, 분노는 자발적인 것으로 보였다.

예일대 경영대학원의 경제학자 키스 첸(Keith Chen)도 꼬리감는원숭이를 대상으로 실험에 들어갔다. 그는 원숭이들이 동전 모양의 금속을 돈처럼 사용하게 하는 데 성공했다. 자갈이 동전으로 바뀌었고, 다만 반짝일 뿐이었다. 첸이 말했다. "이 실험의 기본 목표는 우리의 경제 행동에서 어떤 측면이 태생적인지, 어디까지가 뇌에 깊이 각인돼 내려온 것인지 파악하는 것입니다." 이 문제는 거래 같은 명백히 경제적인 행동에만 그치지 않는다. 공동의 목적—가령 꼬리감는원숭이의 경우는 다람쥐를, 침팬지의 경우는 부시베이비를 사냥하는 것—을 위해 협동해야 하는 사회적 동물에게는 반드시 필요한 것이 있다. 바로 공동 노력의 결과물을 분배하는 방식이다. 그 방식은 참가자들에게 공평하다고 인정된 것이어야 한다. 공평은 평등과 같지 않다. 예컨대 체중이 40킬로그램인 열 살 아이의 접시와 체중 90킬로그램에 키가 198센티미터인 어른의 접시에 같은 양의 음식이 놓이는 것이 과연 공평할까? 침팬지 중 성질이나 덩치 면에서 가장 강한 놈이 대개 더 많이 얻겠지만, 사냥에 참가한 모두가 얼마간의 대가를 받는다. 이는 칭기즈칸이 정복과 살육과 약탈의 결과를 그의 동맹과 군대에게 배당할 때 썼던 원칙과 크게 다르지 않다. 정권을 잡은 정당의 선심 공세와 편파주의에 새삼 질겁하는 사람들은 이 점을 명심할 필요가 있다. 나누지 않으면 그들은 필요할 때 함께 있어주지 않는다. 최소한 오이 몇 조각은 쥐여줘야 하고, 그들의 경쟁자들에게 포도를 주는 일을 피해야 한다.

공평성이 완전히 결여되면 침팬지 집단의 구성원들은 반란을 일으킨다. 적어도 다음번 집단 사냥에는 참여하지 않을 공산이 크다. 영장류는 서열이 있는 복합적 공동체를 이루고 상호작용을 하는 사회적 동물인 만큼, 각자의 주제에 맞는 처신이나 반대로 주제넘은 행태에 매우 민감하다. 제인 오스틴의 소설 『오만과 편견』에는 서열 의식과 계급의식으로 똘똘 뭉친 속물 귀족 레이디 캐서린 드버그가 등장한다. 이 레이디 캐서린조차 꼬리감는원숭이와 침팬지에 비하면 아무것도 아니다.

침팬지는 거래 대상을 먹이에 국한하지 않는다. 그들은 상호 이익을 위한 호의 거래, 다른 말로 호혜적 이타주의를 행한다. 침팬지 A가 침팬지 B를 도와 함께 침팬지 C를 공격한다. A는 다음번엔 자신이 도움을 받을 것으로 기대한다. 만약 A가 도움이 필요할 때 B가 돕지 않으면, A는 격분해 악을 쓰며 성질을 부린다. 그들 사이에 일종의 내적 거래 장부가 작동하는 양상이다. A는 B가 자신에게 빚을 졌다는 것을 온전히 감지한다. B 역시 그것을 감지한다. 또한 침팬지 사회에도 명예 부채(debt of honor)가 존재하는 것으로 관찰된다. 코폴라의 영화 〈대부〉를 관통하는 메커니즘과 다를 바 없다. 폭행을 당해 얼굴이 망가진 딸의 아버지가 마피아 보스를 찾아가 복수를 부탁하고 목적을 달성한다. 하지만 아버지는 이 호의는 반드시 갚아야 할 빚이며, 이 빚이 결국에는 자신을 불법적인 일에 끌어들일 것임을 잘 안다.

로버트 라이트(Robert Wright)는 1994년 역작 『도덕적 동물』에 이렇게 썼다.

> 호혜적 이타주의는 인간 정서뿐 아니라 인간 인지의 질감까지 빚은 것으로 짐작된다. 진화심리학자 레다 코스미데스(Leda Cosmides)는 게임이 사회적 교환의 형태로 제시됐을 때, 특히 게임의 목적이 상대의 속임수를 알아내는 것일 때, 사람들이 난해한 논리 퍼즐도 곧잘 푼다는 것을 알아냈다. 이는 '부정행위 탐지' 모듈이 호혜적 이타주의를 관장하는 여러 정신 기관 중 하나임을 암시한다. 앞으로 어떤 모듈들이 더 발견될지는 두고 볼 일이다.

우리는 거래와 교환이 적어도 상대방 입장에서 공명정대하기를 바란다. '부정행위 탐지 모듈은 '공정행위 평가' 모듈의 동시 존재를 전제한다. 예전에 아이들이 운동장에서 외치던 구호가 있다. "사기꾼은 절대 번성하지 못해!" 사실이다. 우리는 부정행위자를 가혹하게 비판한다. 이는 부정행위자가 번성하는 데 부정적 영향을 미친다. 다만 슬픈 사실은 비판도 부정행위자가 잡혔을 때나 가능하다는 것이다.

『도덕적 동물』에서 라이트는 1970년대에 미국 정치학자 로버트 액설로드(Robert Axelrod)가 주최한 컴퓨터게임 대회에 대해 말한다. 프로그램들끼리 연달아 경합을 붙여 끝까지 살아남는 프로그램을 가리는 대회였고, 어떤 행동 패턴이 생존에 가장 적합한지 파악하는 것이 이 대회의 목적이었다. 프로그램은 다른 프로그램을 '만나면' 상대에 협력할지, 공격이나 부정행위로 대응할지, 게임을 거부할지 결정해야 했다. 라이트는 이렇게 설명한다. "이 경합의 맥락에는 인류 및 선행인류 진화의 사회적 맥락이 멋지게 반영돼 있었다. 이 대회는 규칙적으로 상호작용 하는 수십 명의 개체들로 구성된 작은 사회였다. 각 프로그램은 다른 프로그램들이 이전의 만남에서 자신과 협력했는지 여부를 '기억'했고, 그에 따라 행동을 조정했다."

이 대회에서 팃포탯(Tit for Tat)이라는 프로그램이 우승했다. 팃포탯은 팁포탭(Tip for Tap)에서 유래한 표현이다. 두 표현 모두 '치면 때린다', 즉 '받은 대로 돌려준다'라는 의미다. 팃포탯의 게임 전략은 아주 단순했다. '처음 만난 프로그램과는 무조건 협력한다. 그다음부터는 상대 프로그램이 이전 만남에서 했던 대로 한다. 협력은 협력으로 갚고, 배신은 배신으로 갚는다.' 게임이 진행되면서 이 팃포탯 프로그램이 가장 높은 득점을 했다. 연속으로 호구가 되지는 않겠다는 전략 덕분이었다. 상대가 나를 속이면 다음번에 협력을 보류했기 때문이다. 또한 지속적인 사기꾼이나 착취자들과 달리, 이 전략은 남들이 모두 등을 돌리는 바람에 실격되는 운명을 맞지도 않았고, 배반의 확산 사태에 휘말리지도 않았다. 이 프로그램은 식별 가능한 '눈에는 눈' 원칙에 따라 작동했다. 남이 너에게 하는 대로 하라. (이는 우리가 아는 황금률, 즉 '남에게 대접받고자 하는 대로 남을 대접하라'와는 다르다. 황금률은 훨씬 지키기 어렵다.)

다만 팃포탯이 우승한 컴퓨터 프로그램 대회에서는 모든 플레이어에게 가용 자원이 동등하게 주어졌다. 처음 만났을 때는 일단 우호적으로 대하고 차후에는 상대가 했던 대로 대응하는 전략, 즉 선은 선으로, 악은 악으로 갚는 전략은 경기장이 평평할 때만 승리 전략이 될 수 있다. 이 대회에서는 참가 프로그램이 남보다 우수한 무기체계를 보유하는 것은 허락되지 않았다. 만약 참가자 중 하나에게 전차나 칭기즈칸의 이중 곡선 활이나 원자폭탄 같은 이점이 허용됐다면 팃포탯은 실패했을 것이다. 기술적 우위를 가진 플레이어가 단독으로 상대들을 말살하거나, 노예로 삼거나, 그들에게 불공평한 거래 조건을 강제할 수 있기 때문이다. 실제로 이것이 긴긴 인류사에서 반복되어온 일이다. 전쟁에서 승리한 자들이 법을 만들었고, 승자의 법은 그들이 꼭대기를 차지한 계층적 사회구조를 정당화함으로써 불공평을 명예의 사당에 안치했다.

스크루지

>>>><<<

서문

(2009)

찰스 디킨스는 1843년에 『크리스마스 캐럴』을 썼다. 디킨스는 이때 이미 『픽윅 클럽 여행기』로 이름을 알리고 『올리버 트위스트』 『니컬러스 니클비』 『오래된 골동품 상점』 『바너비 러지(*Barnaby Rudge*)』로 명성을 다진 유명 작가였다. 더구나 디킨스는 이 모든 것을 30세 이전에 해냈다. 실로 엄청난 행보였다. 지금까지 어떤 작가도 이렇게 빠른 속도로 글을 쓰고 그렇게 젊은 나이에 그렇게 수준 높은 작품을 낸 적이 없다.

『크리스마스 캐럴』은 디킨스가 빚을 갚기 위해 단 6주 만에 쓴 책이라고 한다. 그래서 욕심 많은 대금업자를 그렇게 실감 나게 묘사할 수 있었을까? 그는 이 중편소설을 가벼운 읽을거리—독자에게 여흥과 위락을 선사할 크리스마스 동화, 또는 유령 이야기—로 소개했다. 이 이야기는 동화 특유의 전통적인 삼중 구조를 가진다. 세 가지 크리스마스 유령. 스크루지의 세 가지 시대(과거, 현재, 미래). 또한 이 이야기는 빛이 어둠을 이기고, 선과 조화가 득세하고, 고약한 늙은 영혼(스크루지 영감)뿐 아니라 위험에 처한 무고한 생명(꼬마 팀)도 구원받는 동화적 결말을 보여준다.

그런데 디킨스의 은밀한 의도는 따로 있었다. 한때 이 작품의 가제였던 '쇠망치(The Sledgehammer)'가 암시하듯, 그의 의도는 그가 열중했던 사회정의를 향한 작은 문학적 봉기였다. 그는 이 작품에서 탐욕과 빈곤을 대비시키고, 개인적 박애의 확산이라는 해독제를 제안했다. 조지 오웰도 언급했듯, 디킨스는 사회적 부당함에 격노하는 사람이었지만 전면적 정치혁명을 촉구하는 사람은 아니었다.

하지만 이 중 어느 것도 『크리스마스 캐럴』의 주인공 에버니저 스크루지의 압도적인 장수와 인기를 설명하지는 못한다. 스크루지는 햄릿처럼, 자신을 낳은 원작에서 독립한 캐릭터들 중 하나다. 『크리스마스 캐럴』을 읽지 않은 사람은 있어도 스크루지를 모르는 사람은 없다.

이유가 뭘까? 내가 불멸의 스크루지를 처음 접한 것은 언제였으며, 어째서 나는 스크루지라면 사족을 못 쓰게 되었나? 날 때부터 스크루지를 알았던 것처럼 느껴진다. 1940년대 어린 시절 라디오에서 읽어주던 『크리스마스 캐럴』을 들은 게 처음이었을까? 그랬을 가능성이 높다. 그때는 라디오 시대였으니까. 아니면 잡지에서 처음 접했을까? 당시는 내가 잡지에서 온갖 것을 접하던 때였으니까. 형형색색의 잡지 광고에서 밖을 응시하던 가늘고 교활하지만 반짝이는 눈. 이 점에 있어서 스크루지는 일종의 반(反)산타클로스, 즉 산타클로스의 어두운 쌍둥이였다. 뚱뚱하고 쾌활하고 둥글고 빨갛고 선물을 베푸는 하나와, 깡마르고 파리하고 음침하고 결코 베풀지 않는 다른 하나. 하지만 책의 끝부분에서 스크루지는 개과천선해서 칠면조 고기를 사고 밥 크래칫의 봉급을 올려주는 일종의 산타로 거듭난다. 이는 언젠가는 산타도 쪼그라들고 오그라들어서 최악의 경우 스크루지로, 책의 첫 장에 등장하는 심술궂은 영감탱이로 변할 수 있다는 섬뜩한 가능성을 제기한다. 생각해보라. 원래 산타는 나쁜 아이의 양말에 선물 대신 석탄을 넣고 가는 징벌자의 면모도 가지고 있다. 요즘에는 많이 언급되지 않지만 이 석탄 덩이들은 최악의 상황에 대비한 산타의 뒤통수치기용 무기고에 엄연히 쌓여 있다. 양말에 석탄을 넣는 산타는 비열한 영감이었을 때의 스크루지와 닮았다.

어찌 됐든, 디즈니 만화의 스크루지 맥덕을 알게 된 일곱 살 무렵에는 나도 '스크루지'란 이름이 의미하는 바를 잘 알고 있었다. 거기에는 맥덕의 늙고 교활한 껍데기 속에 다정하고 관대한 맥박이 뛰고 있다는 깨달음도 포함돼 있었다. 아기 오리 세쌍둥이가 스크루지 삼촌이라면 좋아 죽는 것이 분명한 신호였다. 맥덕은 장난치고 놀 때는 어린 조카들 못지않게 유치하게 행동했기 때문에 웃기기도 엄청 웃겼다.

이것이 원작의 스크루지를 이해하는 한 가지 열쇠다. 그는 마음속으로는 어린아이이다. 우리가 『크리스마스 캐럴』에서 처음 만나는 그는 겉은 늙은이지만 상처 입은 아이이다. 스크루지를 쓰면서 디킨스는 자기 내면을 깊이 파고들었고, 자신의 창조물에 자신의 숨겨진 고통을 상당량 투영했다. 디킨스는 자신의 인생에서 가장 절망적이었던 시기, 그의 무책임한 아버지가 채무자 감옥에 갇히고 어린 그가 학교를 떠나 구두약 공장에서 일하며 궁핍한 가족을 부양해야 했던 시절을 결코 잊은 적이 없었다. 그 시절이 영원히 이어지진 않았다. 하지만 한 아이에게는 현재가 곧 영원이다. 아버지의 재정적 불상사가 야기한 낯선 지옥에 떨어진 당시의 어린 디킨스에게는 구조의 가능성이 영영 보이지 않았다.

『크리스마스 캐럴』에서 가장 마음 아픈 순간은 꼬마 팀의 죽음이 아니다. 눈물샘을 자극하긴 하지만 아니다. 아무도 애도하지 않는 미래 스크루지의 쓸쓸한 죽음도 아니다. "벗겨 가고 훔쳐 갈 것을 노리는 자들만 있을 뿐, 지키는 사람도 울어주는 사람도 챙기는 사람도 없는 주검." (객관적인 사람은 송장이 어떤 수의를 입었는지 주위에 누가 서 있는지가 뭐가 중요하냐고 하겠지만, 디킨스에게는 무척 중요한 일이었다.) 그렇다, 『크리스마스 캐럴』에서 가장 눈물을 자아내는 부분은 과거의 크리스마스 유령이 스크루지에게 보여주는 첫 번째 장면이다. 유령은 '친구들에게 따돌림당하는 외톨이 소년'이었던 어린 날의 스크루지를 보여준다. 스크루지 소년은 크리스마스를 맞아 나들 집으로 떠난 뒤 칙칙하고 낡은 기숙학교에 홀로 남아 있다. 다행히 어린 스크루지에게도 친구가 몇 명 있지만, 그들은 상상의 친구들이다. 그들은 오직 책에만 존재한다. 그런데 몇 년 후를 보여주는 두 번째 장면에서는 이 친구들마저 사라지고 절망만이 그 자리를 채우고 있다.

비참한 곳에 방치되고 잊힌 의지가지없는 아이의 모습을 한 외로움. 이것이 스크루지가 연기한 디킨스의 악몽이다. 노년까지 이어진 스크루지의 구두쇠 성향을 낳은 것은 바로 이 악몽이다. 스크루지의 어린 누이가 학교에 와서 그에게 집에 가자고 했던 순간도 아니었고, 스크루지가 페지위그 씨의 수습생으로 일하던 시절의 다사다난함도 아니었다. 스크루지의 유명한 욕설 "망할 성탄!(Bah! Humbug!)"에는 이런 뜻이 있다. "나는 인간적 나눔과 행복의 가능성 따위 믿지 않아. 인생에서 가장 중요한 시기에 내게는 허락되지 않았던 것들이야." 환대와 박애라는 크리스마스 정신은 사기에 불과했고, 스크루지의 어린 시절이 그 명백한 증거였다. 얼마쯤은 디킨스의 어린 시절도 그랬다. '누추하기 짝이 없는 학교'는 구두약 공장이었고, '아들을 방치하는 무정한 아버지'는 빚지고 감옥에 가면서 아들에게 고통을 안긴 아버지였다. 스크루지의 심장은 여물기도 전에 시들어버렸다. 디킨스의 심장이 그렇게 될 뻔했기 때문이다.

구두약 공장 시절로 인해 디킨스는 평생 두 가지 충동 사이에서 갈등을 겪었다. 하나는 파산에 대한 공포였다. 이 공포는 그를 광적으로 돈벌이에 주력하게 했다. 다른 하나는 아량을 베풀려는 욕망이었다. 만약 과거에 누군가 관대함을 베풀었다면 어린 디킨스는 구두약 공장의 노동을 면했을지 모른다. 디킨스는 작중 인물들을 쌍으로 설정하기를 좋아한다. 『두 도시 이야기』의 쌍둥이처럼 닮은 두 남자 찰스 다네이와 시드니 카턴이 대표적인 예다. 둘은 정반대의 쌍둥이다. 도덕적 이상주의자 대 냉소적 건달. 우리는 이런 설정을 멜로드라마로 느낀다. 영웅과 악당의 대립은 더는 우리에게 현실감을 주지 못한다. 하지만 디킨스는 스크루지를 통해 이 상반된 두 가지를 하나로 결합한다. 스크루지는 영웅도 악당도 아니지만 두 가지 모두다. 또한 우리가 이해할 만한 내적 갈등을 겪는 한 개인이다. 어쩌면 이것이 스크루지가 오늘날까지 누리는 인기의 비결일 것이다. 스크루지와 함께라면 우리는 굳이 선택할 필요가 없다. 그뿐만이 아니다. 스크루지의 두 반쪽은 돈과 관련된 우리의 두 가지 상반된 충동에 해당한다. 돈을 긁어모아

독차지하려는 욕망과 남들과 나누려는 욕망. 스크루지와 함께라면 우리는 두 가지를 다 하는 대리만족을 얻는다.

『크리스마스 캐럴』에는 어린 디킨스의 '가엾은 아이' 아바타가 하나 더 등장한다. 바로 밥 크래칫의 아들 꼬마 팀이다. 독자에 따라서는 꼬마 팀을 지나치게 감상적인 설정으로 본다. 팀은 지독하게 착하다. 빅토리아시대 사람들은 '세상에 과분할 만큼 착하다'라는 표현을 자주 썼다. 하지만 그들이 말하는 종류의 '착함'은 질병으로 인한 수동성이었다. 즉 일찍 죽을 아이들에게 하는 말이었다. 디킨스는 이미 『오래된 골동품 상점』에서 어린 넬의 죽음을 써서 국제적 집단 통곡 사태를 일으킨 전력이 있었다(디킨스에 따르면 그도 넬을 죽일 때 흐르는 눈물을 주체할 수 없었다고 한다). 어린 팀을 더 간단하고 더 간접적인 방식으로 보내버리며 연민을 일으키는 것쯤 디킨스에게는 일도 아니었다. 하지만 팀은 구조될 수 있는 아이다. 과거에 구조되지 못했던, 또는 너무 늦게 구조됐던 스크루지와는 다르다. 그리고 스크루지 본인이 구조자가 될 수 있다. 어린 시절 그에게 아무도 베풀지 않았던 구원의 관대함을 이제 그가 팀에게 베풀 수 있다. 그는 '제2의 아버지'가 될 수 있다. 그것은 디킨스 본인은 결코 가져보지 못했던, 그래서 그가 그렇게 반복적으로 만들어냈던 자애롭고 유능하고 재정적으로 든든한 아버지다.

『크리스마스 캐럴』의 마지막에서 스크루지는 유령 셋이 모두 왔다 간 뒤 참회의 눈물을 흘린다. 눈물은 디킨스의 세계관에서 늘 긍정적인 신호다. 크리스마스 아침이 밝고, 거리에 종소리가 울려 퍼진다. 자신이 죽지 않았음을 깨달은 스크루지는 자신은 천사처럼 행복할 뿐 아니라 학동(學童)처럼 신난다고 외친다. 이 학동은 어떤 학동을 말하는 걸까? 춥고 눅눅한 교실에 홀로 남겨지고 절망에 빠져 있던 어릴 적의 스크루지는 분명히 아니다. 그보다는 스크루지가 되지 못했던 즐거운 학동, 하지만 이제 팀을 통해 대리 경험하는 즐거운 학동이다.

우리 시대는 영혼의 구원에 대한 언급을 피하는 시대다. 대신 지연된 깨달음과 치유 과정을 즐겨 말한다. 어쩌면 스크루지도 그런 맥락에서 이해하는 것이 최선일지 모른다. 하지만 우리의 해석이 무엇이든, 스크루지는 문학 캐릭터를 위한 유일하고 진정한 시험을 통과했다. 즉 그는 오늘날까지 새롭고 생생하게 남았다. 스크루지는 죽지 않는다! 티셔츠에 어울릴 문구다. 그렇다. 그는 살았고, 우리는 그와 함께 기뻐한다.

글 쓰는 삶

›››‹‹‹

(2009)

아, 맞다. 글쓰기. 삶. 언제? 어디서? 어떻게? 그것이 문제다. 삶을 살 수도 글을 쓸 수도 있지만 두 가지를 동시에 하기는 어렵다. 삶은 글의 주제가 되기도 하지만 원수이기도 하니까. 다음이 그 예다.

월요일: 딸이 우리를 눈 덮인 숲속의 작은 집에서 다시 토론토로 데려다주었다. 그 집을 얻은 건 부분적으로는 집필을 위해서였다. 하지만 우리는 아무것도 쓴 게 없었다. 대신 이전 주인의 그림들이 벽에 남긴 허연 자국들을 수채화 크레용으로 칠했다. 우리는 새 모이통들을 채워 놓고 겨울새들을 구경했다. 박새, 동고비, 큰솜털딱다구리, 황금방울새. 너무 열중하면 침을 흘리게 되는 최면성 취미였다. 우리는 스노슈즈를 신고 산책을 나갔다. 그는 겅중대며 걸었고, 나는 헉헉대며 걸었다. 나는 진작 보냈어야 할 굼벵이 메일*을 열두어 통 썼다. 나를 강박하는 것

들은 또 있었다. (1) 가을에 나올 소설 마무리. (2) 조류 관찰에 관한 글. (3) 기타 미루고 있는 일들. 강박이야말로 용기의 대부분이다.

화요일: 이른 아침이었다. 친구 콜린까지 가세해서 우리는 현관을 지나 문밖의 차까지 한 줄로 늘어섰다. 우리가 해마다 가는 보급소에서 바리바리 실어 온 식량—메이플시럽 베이크드빈스—을 나르기 위해서였다. 글 쓰는 삶에서 해마다 사흘씩 잡아먹는 연례행사다. 새로 산 쿠진아트••는 어떻게 쓰는 건지 모르겠다. 원래 쓰던 것이 지난해 고장 나는 바람에 당근 샐러드 기근을 맞았다. 이번 주 화요일의 강박. 나의 작은 금속제 레시피 박스는 대체 어디로 갔을까? 누군가 슬쩍해서 이베이에 팔았나? 박스에는 나 아니면 읽지 못할 메모들이 가득하다. 맥아머핀과 기타 등등. 읽을 수 있으면 읽어봐라, 이 레시피 박스 도둑아. 나는 생각했다. 알 만한 사람들 모두에게 물어보았다. 멍한 표정들만 돌아왔다.

2009년의 일기를 시작했다. 딱 2주 늦게. 그래도 첫 부분에 그림을 멋지게 그려 넣었다. 영화표도 하나 붙였다. 〈프로스트 vs 닉슨(Frost/Nixon)〉이다. 순서가 맞는지 모르겠다.

수요일: 오늘은 글을 좀 썼다. 토요일에 있을 다른 작가의 생일 파티를

• 원문은 달팽이처럼 느리다는 의미의 '달팽이 메일(snail mail)'이다. 이메일에 대비되는 개념으로, 재래식 우편을 말한다.

•• Cuisinart, 채소 다지는 기계.

위한 연설문. 이 관계는 내가 지금처럼 사회의 기둥이 아니었고 우리 모두가 다소 격정적이었던 1960년대 말, 1970년대 초로 거슬러 올라간다. 민감한 문제가 아닐 수 없다. 나는 5분 남짓 분량의 연설문을 써서 반려자에게 보여주었고, 반려자는 스나이더 총 부분은 빼라고 조언했다. 레시피 박스에 대한 강박이 심해졌다. 딸에게 전화했다. 그거 본 적 있니? 딸이 말했다. "벌써 물어보셨잖아요." 레시피 박스의 분실이 심각한 절필감•을 부르고 있었다. 조앤 아코첼라(Joan Acocella)의 책을 읽기 시작했다. 저자에 따르면 절필감은 20세기 미국의 주작이다. 더는 절필감에 시달리지 않기로 작심했다. 이 작심은 도움이 되지 않았다.

목요일: 피를 뽑으러 갔다. 별일은 아니고 기본적인 건강검진이었다. 늘 그렇듯 병에다 오줌을 누는 시험에선 떨어진 것 같다. 은행에 갔다. 생일 파티 연설문을 고쳐 썼다. 더 재밌고 덜 끔찍하게. 마감이 닥친 일이 또 있다. 「다섯 예언(Five Predictions)」의 구상에 들어갔다. 「다섯 예언」은 좋은 목적—『바다코끼리(*The Walrus*)』라는 캐나다 잡지—의 기금 마련 행사를 위한 글이다. 잡지 이름이 왜 바다코끼리일까? 잘 모르겠다. 다만 바다코끼리 정령이 최고로 강하기 때문이 아닐까 싶다. 예를 들어 조개보다는 강할 테니까. 그뿐만 아니라 바다코끼리의 성기로는 최상급 개썰매경기용 채찍을 만든다. 잡지 이름을 정할 때 편집진이 그걸 알고 정한 건지는 모르겠다.

• writer's block, 작가가 더는 아이디어가 떠오르지 않거나 동기부여가 되지 않아 애를 먹는 상황을 말한다. '글길 막힘' 또는 '작가의 벽'이라고도 한다.

어쨌거나 『바다코끼리』는 훌륭한 탐사보도 기사들을 낸다. 나도 그 점에 대찬성이다. 내 글 제목을 예언이라 한 것은 내게 신통력이 있기 때문이다(진짜로 그렇다는 건 아니다. 내 책 『돈을 다시 생각한다』가 하필 2008년 10월 금융위기가 터졌을 때 딱 출간됐고, 그 오싹한 타이밍 때문에 내가 점쟁이라는 말들이 나왔다). 내 「다섯 예언」은 두루마리처럼 돌돌 말아 크리스털 병에 봉한 다음 일주일 뒤 열릴 만찬회에서 경매에 부칠 예정이다. 오늘의 강박. 무엇을 예언해야 할까? 토론토의 어느 잡지가 내가 노랗게 화장하고 보라색 립스틱을 바른 섬뜩한 사진을 게재한 것이 사태를 더 키웠다. 어느 못된 신문 평론가는 그 사진이 가위손 에드워드 같다고 했다. 틀린 말은 아니었다.

레시피 박스는 여전히 행방이 묘연하다. 나는 그것을 기한을 넘긴 탐조 글을 아직도 시작하지 못한 핑계로 이용했다.

금요일: 폭설이 왔다. 그럼에도 매일 나가는 아침 산책을 나갔다. 물건들을 샀다. 명색이 '집필용'인 눈 덮인 숲속의 작은 집에 깔 욕실 매트도 샀다. 다른 작가의 생일 축하 연설문을 다시 고쳐 썼다. 반려자에게 읽혔다. 그가 좋다고 했다. 하지만 미심쩍다. 많은 이메일에 답했다. 이메일만 없으면 내가 글쓰기에 얼마나 더 매진할 수 있을지 생각해봤다.

토요일: 연설문을 또다시 고쳐 썼다. 눈을 헤치고 작가의 생일 파티에 갔다. 외투 보관소에서 다들 부츠를 벗고 실내용 구두로 갈아 신었다. 캐나다의 익숙한 겨울 장면이다. 작가들이 많이 왔다. 우리 모두 약간 가위손 에드워드를 닮았다. 겨울 코트 때문에 『전쟁과 평화』의 인물들

처럼 보이는 몇 명을 제외하면 그랬다. 삶은 점점 고별사가 되어간다. 연설을 마쳤다. 반응이 나쁘지 않았다. 파티에 온 소설 편집자를 만나 언제쯤 내게 최종 피드백을 줄 수 있을지 협의했다. 나는 급할 것 없다고 했다(거짓말). 눈을 헤치고 집에 왔다. 오늘 몇 보나 걸었는지 만보기를 봤다. 새로운 강박이다. 레시피 박스는 아직도 없다. 혹시 (내 것보다 크고, 깔끔하고, 나무로 만든) 어머니의 레시피 박스를 물려받은 일이 내 레시피 박스를 증발시킨 건 아닐까? 난 생각했다. 이게 광기가 거짓말하는 방법이다.

일요일: 반려자가 진눈깨비와 진창의 아비규환을 뚫고 운전했다. 우리는 눈 덮인 숲속의 작은 집으로 돌아왔다. 차에 미끄럼 방지 장치가 있어서 다행이다. 새 모이통을 다시 채워줘야 할 때에 딱 맞춰 도착했다. 탁자부터 놓았다. 내가 어디서든 뭐라도 실제로 쓸 수 있게. 이메일 접속에 실패했다. 불행을 가장한 축복이다. 숲은 아름답고, 어둡고, 깊다. 글은 왜 써야 하나?

월요일: 수압이 떨어져서 물이 안 나왔다. 펌프를 시도해봤지만 소용없었다. 반려자가 기계실에 들어가봤더니 천장에서 뜨거운 물이 분출하고 있었다. 반려자가 꼭지들을 잠그긴 했지만 우리는 파이프가 동파될까 봐 무서웠다. 전문가가 와서 동파는 아니고 땜질이 좀 부실했던 것뿐이라고 했다. 파이프를 수리했다.

이 구사일생에 고무된 나머지 나는 예언 작성에 성공했다. 모두 합해 다섯 페이지. 원고가 크리스털 병에 들어가지 않을까 봐 걱정됐다.

흰색과 파란색의 눈 덮인 차도를 따라 산책을 나갔다. 해가 분홍색과 노란색으로 지고 있었다. 캐나다 화가 아서 리스머(Arthur Lismer)의 그림처럼. 사슴 발자국을 찾아봤지만 아무 데도 없었다.

화요일: 여동생이 사슴이 있는 곳에 대한 정보를 들고 방문했다. 잃어버린 레시피 박스에 있던 레시피로 만든 맥아 머핀도 가져왔다. 동생은 레시피 박스는 집안의 가보라면서 상실의 의미를 이해해주었다.

도시로 돌아왔다. 여백을 많이 주고 11폰트로 예언을 출력했다. 여백을 잘라내고 원고를 주황색 라이스페이퍼에 말아서 실링 왁스로 봉한 다음, 봉인을 깨지 않고 병에서 꺼낼 수 있게 끈을 붙였다. 그리고 병에 넣었다. 할 일 목록에서 예언을 지웠다.

레시피 박스를 다시 한번 찾아봤다. 레시피 박스가 오래된 유기농 귀리 스낵바와 은행 통조림과 함께 서랍 뒤에 떨어져 있는 것을 발견했다. 레시피 박스를 다시 찾아 감개무량하다. 난 아직은 미쳐가지 않아! 글 쓰는 삶에 대한 글을 써달라는 이메일을 받았다. 레시피 박스의 구출과 함께 막혔던 글길도 뚫렸기에 나는 당장 앉아서 착수했다. 자, 결과를 보라. 1208단어, 120분. 이제 나는 탐조에 관한 글도 쓸 수 있다. 아마도.

Burning Questions

››› 2부 ‹‹‹

2010 — 2013

예술은 우리의 본성

작가가 정치적 대리인? 정말?

(2010)

독자에게 바치는 기도

미지의 독자여, 그대가 누구든
그대가 가까이 있든 멀리 있든, 현재의 사람이든 미래의 사람이든, 심지어 과거의 혼령이든
나이가 많든 적든, 아니면 인생의 중반에 있든
남성이든 여성이든, 또는 이 가상의 양극을 잇는 연속선상의 어디에 위치하든
종교가 무엇이든, 종교가 있든 없든, 정치적 견해가 무엇이든, 정치색이 있든 없든
키가 크든 작든, 머리가 풍성하든 벗겨지기 시작했든, 건강하든 아프든,
골프 선수든 카누 선수든 축구 팬이든, 어떤 스포츠를 하고 어떤 취미에

빠져 있든
그대가 작가이든, 독서 애호가이든, 아니면 교육제도의 강제에 따라 원치 않은 독자가 된 학생이든
그대가 어떤 방식으로 읽든, 종이책으로 읽든 전자책으로 읽든
욕조, 기차, 도서관, 학교, 교도소, 비치파라솔 아래, 카페, 옥상 정원, 손전등으로 밝힌 이불 속, 기타 무수히 많은 장소 중에서 그대가 읽는 곳이 어디든
우리 작가들이 말을 거는 상대는 언제나 바로 그대, 미지의 존재이자 유일무이한 존재인 그대입니다.
오 독자여, 영원히 살기를! (그대 개별 독자는 영원히 살지 않겠지만, 이렇게 말해야 재밌고 듣기 좋으니까요.)
우리 작가들은 그대를 상상할 수 없지만 그럼에도 상상해야 합니다.
그대가 없다면 글쓰기란 의미도 목적도 없는 활동이 되고 맙니다.
글쓰기는 읽을 자유가 존재하는 미래를 상정하기에 본질적으로 희망의 행위입니다.
미지의 독자여, 우리는 마술처럼 그대를 만들어내고 불러냅니다. 보세요, 그대는 존재해요! 그대가 방금 여기서 그대의 존재에 대해 읽었다는 것 자체가 그대가 존재한다는 증거입니다.

바로 이것이 우리가 말하려는 것이다. 2010년 7월 10일에 내가 이 말들을 쓸 수 있었다는 사실, 그리고 여러분이 종이와 화면을 통해 지금 이 글을 읽을 수 있다는 사실.

이것을 기정사실로, 당연지사로 받아들이지 말자. 이것은 모든 정부

들과 기타 단체들―각양각색의 종교 단체들, 정치 단체들, 압력 단체들―이 이용하고, 통제하고, 검열하고, 편집하고, 자기들 입맛에 맞게 비틀고, 추방하고, 없애려 드는 바로 그 과정이다. 저들이 그 욕망을 어느 정도나 시행할 수 있는지가 자유민주주의부터 폐쇄적 독재국가까지의 눈금선에 매겨지는 척도 중 하나다.

'인덱스 온 센서십(Index on Censorship)'의 표현의자유상(Freedom of Expression Awards) 제정 10주년 기념 특집호 발행은 주목할 만한 행사이고, 중요한 사건이다. 인덱스 온 센서십은 그동안 국제PEN과 더불어 서적 말소, 저널리스트 살해, 신문 폐간, 출판사 폐쇄, 소설가 제소 등 우리의 쓰기/읽기 공유 활동을 막는 행위에 대한 주요 증인이자 기록천사로 활약해왔다.

두 단체는 말의 위력을 제외하면 어떠한 권력도 휘두르지 않는다. 말의 위력은 때로 '도의적 권유'로 불린다. 따라서 두 단체 모두 말의 유통이 상당히 자유로운 사회에서만 존재할 수 있다. '상당히 자유로운'이라고 말한 것은, 무엇이 합법적으로 공개 또는 출판될 수 있는지에 대해 아무런 제한도 두지 않는 사회는 존재한 적이 없기 때문이다. 또한 누구나 원하는 말을 마음대로 할 수 있는 나라란 비방이나 모욕을 당해도 법적으로 호소할 데가 없는 나라라는 뜻이기도 하다. '거짓 증언'은 적어도 언어만큼 오래됐을 것이고, 거기에 대한 금지법도 마찬가지일 것이다.

검열의 역사 또한 결코 짧지 않다. 혐오 발언, 아동 포르노, 신성모독, 외설, 반역 등을 벌하는 동서고금의 다양한 법들을 떠올려보라. 이 법들에 빠짐없이 붙어 있는 것이 정당성이다. 공공질서 유지, 무고한 사람들 보호, 종교적 관용 및/또는 정통성 강화 등. 그리고 알다시피 이는 끝이 없는 밀당이다. 금단과 허용 사이의 균형 잡기이고, 현재진행형인 열린 민주주의에 대한 리트머스 테스트다. 기압계의 파란 용액처럼 이 균형은 끊임없이 유동적이다.

'정치적 대리인으로서의 작가'에 대한 글을 써달라는 요청을 받았다. 어려운 일이다. 나는 작가들을 딱히 정치적 대리인으로 보지 않기 때문이다. 정치적 동네북이라면 모를까. 정치적 대리인은 의도적으로 선택한 행위이자 본질적으로 대단히 정치적인 행위를 암시하는데, 모든 작가가 이렇게 행동하지는 않는다. 오히려 많은 작가들이 정치에 있어서 벌거벗은 황제를 본 아이처럼 행동한다. 그들은 황제의 나체를 언급한다. 주제넘고 싶어서도, 찬물을 끼얹고 싶어서도 아니다. 단지 그들 눈에 옷이 보이지 않기 때문이다. 더구나 그들은 사람들이 왜 자신에게 고함치는지 몰라 어리둥절해한다. 위험한 종류의 순진함일 수는 있지만 흔한 일이다. 소설 『악마의 시』의 저자에게 파트와•의 사형 언도가 내려졌을 때 누구보다 놀란 사람은 저자 살만 루슈디(Salman Rushdie) 본인이었다. 루슈디는 그저 자신이 무슬림 이민자들을 문학적 지도에 올리고 있다고 생각했다!

물론 작가들도 여러 종류다. 저널리스트와 논픽션 작가들은 종종 의도적으로 정치적 대리인이 되어 글을 쓴다. 다시 말해 권력층에게 불편한 사실들을 공론화해서 특정 목적의 성공을 도모한다. 수많은 멕시

• fatwah, 이슬람 율법 해석에 따른 종교적 법령.

코 저널리스트들처럼 길에서 총격을 받거나, 러시아 탐사보도 언론인 안나 폴리코프스카야(Anna Politkovskaya)처럼 자기 집에서 피살되거나, 미국의 바그다드 침공 당시의 알자지라 방송인들처럼 공대지 미사일을 맞는 작가들은 대개 이런 부류의 작가들이다. 이 죽음들은 문제적 개인들을 침묵시키는 동시에 입을 떼고 싶은 유혹을 느끼는 이들에게 경고 메시지를 보냄으로써 반대 의견을 잠재우기 위한 것이다.

정부 차원의 언론 탄압은 이제 인터넷 때문에 그 서슬이 얼마간 둔화됐다. 권력은 탐사보도 언론인의 명줄을 상징적으로 또는 실질적으로 끊어놓을 수 있다. 하지만 전하고자 하는 욕구는 인간의 오랜 욕구다. 지금까지 누구도 까마득한 옛날부터, 적어도 성경 시대부터 내려온 이 욕구를 전적으로 진압하지 못했다. 성경에 욥이라는 거부가 나온다. 어느 날 갑자기 욥의 가족에게 차례차례 재앙이 닥치는데 그때마다 누군가가 전령이 되어 이 소식을 욥에게 전한다. "오직 나 홀로 살아남아 그대에게 알리러 왔습니다." 전하고자 하는 욕구는 알고자 하는 욕구와 균형을 이룬다. 우리는 이야기를 원하고, 진상을 원하고, 자초지종을 원한다. 우리는 상황이 얼마나 나쁜지, 상황이 우리에게 영향을 미칠지 알고 싶다. 하지만 무엇보다 우리는 마음을 정하고 싶다. 사건의 진상을 알지 못하면 어떻게 거기에 대해 유효한 견해를 가질 수 있겠는가?

참 또는 거짓. 이것이 우리가 보도 저널리즘과 정치 논픽션에 적용하는 양대 범주다. 하지만 나는 주로 픽션과 시를 쓴다. 따라서 내가 가장 염려하는 것은 이 두 종류의 글쓰기에 대한 억압이다. 우리가 기자들에게 기대하는 것은 정확성이다. 소설과 시의 '사실성'은 이와 종류가 다르다. 이렇게 생각해보자. 소설의 디테일에 타당성이 결여되고 표현의 매력과 이야기의 개연성이 떨어지면 미지의 독자들을 잃게 된다.

소설가, 시인, 극작가들은 예로부터 다양한 의도를 작품에 드러냈다. 사회의 핵심 신화들을 재현하기, 귀족층에 영합하기, 자연에 거울을 비추고 그 안에서 인간의 본성을 찾기 등. 그러다 낭만주의 시대를 지나며 이른바 '작가의 도리'라는 당위가 부상했다. 그 당위는 첫째, 글을 통해 집권자들에 저항하는 것이었다. 이에 따라 당대의 기득권은 누가 됐든 부패한 압제자로 상정됐다. 둘째, 학대를 폭로하는 것이었다. 일례로 디킨스는 『니컬러스 니클비』에서 불우 아동을 착취하는 다서보이스홀 학교를 통해 당대의 악덕 기숙학교들을 고발한다. 셋째, 박해받는 소외계층을 대변하는 것이었다. 『레 미제라블』로 대표되는 이 접근법은 이후 수많은 대하소설을 낳았다. 그리고 넷째, 『톰 아저씨의 오두막』이 노예제 폐지를 대변했던 것처럼 특정 대의를 옹호하는 것이었다.

소설가나 시인이 항상 이런 의도를 가지고 글을 써야 한다는 뜻은 결코 아니다. 소설을 그것이 내세우는 대의의 타당성이나 '정치적 정당성'으로 판단하는 것이야말로 검열로 이어지는 사고방식이다.

혁명은 종종 젊은 작가들을 잡아먹는 결과를 낳았다. 권력투쟁의 승자들이 한때 허용됐던 작품들을 이단으로 선언하는 일이 비일비재하기 때문이다. 내 모태 공산주의자 친구가 최근 자기 부모의 공산주의 그룹을 두고 한 말처럼, "그들은 언제나 작가들에게 가혹했다".

혁명가, 수구 반동, 종교적 정통파, 또는 각종 대의의 열성 지지자들에게 소설과 시는 수상쩍은 것이며 부차적인 것이다. 많은 이들이 글쓰기를 대의에 봉사하는 도구로 취급한다. 만약 작품이나 작가가 선을 지키지 않거나 나아가 대놓고 선을 넘을 경우 해당 저자는 기생충으로 매도되거나 배척당한다. 또는 처리된다. 파시스트들에 의해 재판도 없이 총살당해 암매장된 에스파냐의 위대한 시인 로르카(Federico Garcia Lorca)처럼.

하지만 소설가와 시인에게는 글쓰기 자체가 직업이자 예술이며, 글쓰기 자체가 가장 중요하다. 이는 설사 다른 충동이나 영향력이 글쓰기에 개입할 때도 변함없다. 자유에 다가가는 사회란 인간의 광범위한 상상력과 자유분방한 발언이 허락되는 곳이다. 작가에게 무엇을 어떻게 쓰라고 참견하지 못해 안달 난 사람들은 어디에나 있다. 그중 일부는 토론회에 패널로 나와 '작가의 역할'이나 '작가의 도리'를 논한다. 마치 글쓰기 자체는 경박한 소일거리에 불과하다는 듯이. 애국심 고취, 세계 평화 함양, 여성의 지위 향상 등 뭐라도 대외적인 역할과 도리를 갖다 붙일 수 없는 글쓰기는 아무 가치가 없다는 듯이.

글쓰기가 이런 이슈들에 관여할 수도 있다. '할 수도 있다(may)'는 것만이 자명하다. '해야 한다(must)'를 들먹이는 것은 불길하다. must는 나와 그대, 작가와 미지의 독자의 유대를 끊는다. 지금 책장이나 화면에서 말을 걸어오는 목소리가 아니면 독자가 달리 어디에 마음을 두겠는가? 만약 작가가 이 목소리를 특정 단체의 충직한 꼭두각시로 취직시켜버리면, 독자가 어떻게 그 목소리에 믿음을 갖겠는가? 그 단체가 설사 훌륭한 단체라 해도 마찬가지다.

이런 맥락으로 인덱스 온 센서십과 국제PEN은 may라는 단어를 옹호하고 must라는 단어에 반대한다. 이 단체들은 작가들이 각자의 목소리를 자유롭게 쓰고, 독자들이 자유롭게 읽을 수 있는 열린 공간을 옹호한다. 이런 맥락으로 내가 이 단체들을 위해 뭔가를 쓰게 되어 기뻤다. 비록 결과물이 그들이 염두에 두었던 것과 딱 맞진 않겠지만.

문학과 환경

›››‹‹‹

(2010)

오늘 이곳 도쿄에서 열리는 국제PEN 세계대회에 연사로 서게 된 것을 영광으로 생각합니다.

억압적 정부들이 부과된 침묵보다 더 욕망하는 것도 없습니다. 발언의 부자유는 차마 말할 수 없는 것들을 양성합니다. 비밀주의는 권력의 주요 도구일 뿐 아니라 만행의 주요 도구입니다.

이런 이유로 그동안 많은 저널리스트를 비롯해 각종 분야의 작가들이 피격당하고, 투옥되고, 추방당하고, 요즘 표현을 빌리자면, 사라졌습니다. 또한 같은 이유로 그동안 많은 신문사와 출판사들이 문을 닫았습니다. 뉴미디어도 표적이 되고 있습니다. 지난해 사상 처음으로 PEN 아메리카가 인터넷 작가에게 공로상을 수여했습니다. 그 사람은 미얀마의 블로거 나이 폰 라트(Nay Phone Latt)입니다. 그는 미얀마의 실정을 너무 정확히 게재한 죄로 징역형을 언도받고 수감됐습니다.

우리는 모든 악행은 결국 만천하에 드러나게 돼 있고 진상은 언제고 낱낱이 밝혀진다고 생각합니다. 하지만 현실은 기대와 다른 경우가 많습니다. 우리에게 알려지지 않은 피해자들이 수도 없습니다. 조지 오웰의 미래 소설 『1984』에서 심문자 오브라이언이 불쌍한 윈스턴 스미스를 고문하며 말하듯, 후세는 그의 정당성을 입증하지 못할 겁니다. 후세는 그에 대해 알지도 못할 테니까요. PEN은 이렇게 강제로 침묵당한 이들에게 (픽션이든 논픽션이든) 글을 통해 목소리를 빌려주려 애쓰다가 비난의 포화를 맞고 있는 세계 곳곳의 작가들을 지원합니다. 이때의 포화는 진짜 총격일 때도 많습니다. 저는 PEN의 회원인 것이 자랑스럽습니다. 여러분 모두 그러실 것으로 믿습니다.

여러분, 혹시 제가 작가의 의무에 대한 설교를 늘어놓을까 봐 떨고 계시나요? 참 이상하죠? 사람들은 걸핏하면 작가들에게 작가의 도리에 대해, 즉 써야 할 것과 쓰지 말았어야 할 것에 대해 설교하려 듭니다. 기회가 오면 이때다 하고 작가를 몹쓸 사람 취급해요. 자기들이 생각하기에 작가가 응당 냈어야 할 책이나 에세이를 내지 않았다는 이유로요. 세상에는 정부를 비난하듯 작가들을 비난하는 풍조가 있습니다. 마치 작가에게 공권력 같은 물리적 권력이 있다는 듯이 말이에요. 작가는 그 권력을 사회 개선을 위해 쓸 의무가 있으며, 작가가 게으르고 비겁하고 부도덕한 악당이 아니라면 반드시 그 의무를 다할 거라고 설교합니다. 그러다 사실 작가에게는 그런 힘이 없다는 것을 알게 되면, 그때는 설교자가 뭐라고 할까요? 그 경우 작가는 경박하고 무의미하고 방종한 나르시시스트, 일개 엔터테이너, 기생충 등으로 매도되기 십상입니다.

그럼 작가에게는 책임이 없나요? 설교자들이 묻습니다. 작가라면 선하고 가치 있는 일로 본분을 다해야 하지 않나요? 그런 다음 설교자는 작가에게 요구되는 선하고 가치 있는 일들을 줄줄이 읊어댑니다. 생전에 커트 보니것(Kurt Vonnegut)은 학생들의 질의 편지들에 이런 고무도장을 찍었습니다. "네가 써라, 에세이." 이 문장으로 티셔츠를 찍으면 대박 날 것 같아요. 작가들만 입는 티셔츠요. 단어만 바꾸면 됩니다. "네가 써라, 책." 이게 더 좋겠네요. "네가 써라, 가치 있는 책."

선하고 가치 있는 일의 목록은 최근에는 '환경'으로 부르는 것을 포함합니다. 오늘날 우리는 '환경'에 닥친 위기들을 턱밑까지 의식하며 삽니다. 이 위기들은 빙하와 해빙(sea ice) 감소에 따른 해수면 상승과 지구 기온 상승에 따른 기상이변부터 공기 오염과 수질 오염, 우리가 가공식품을 통해 부지불식간에 아이들에게 먹이는 화학물질, 동식물의 끝없는 멸종 행진, 농지 황폐화와 수산자원 감소, 이런 환경 변화들이 촉발하고 촉진할 것이 확실시되는 질병 발생의 위험에 이르기까지 그 종류와 영향이 매우 광범위합니다. 이 주제들 모두 '환경'이라는 바구니에 담을 수 있고, 이에 대한 글들 모두 '문학'으로 칭할 수 있습니다. 이미 많은 작가들이 이 문제들에 집중하고 있습니다. 오늘날의 신문에는 기름 유출, 식품 오염, 산불, 멸종 위기, 돌연변이 미생물, 폭염, 홍수 소식이 빠지지 않습니다.

강연 제목에 '문학'이 들어가니 여러분은 아마 제가 픽션에 대해, 스토리텔링에 대해 말하겠구나 생각하셨을 겁니다. 그렇습니다. 인간의 모든 소통은 모종의 스토리텔링을 수반합니다. 우리는 시간 속에 살아가고, 시간은 사건의 연속입니다. 그리고 단기기억과 장기기억을 모두 잃지 않는 한 우리는 자신과 남들을 서사 형태로 묘사합니다. 하지만 오늘은 픽션 작가들이 쓰는 종류의 이야기나 서사로 주제를 국한하려 합니다. 이 이야기들과 우리가 '환경'이라 부르는 이 모호한 것은 어떻게 상호작용 할까요? 또 어떻게 상호작용 해야 할까요? 둘 사이에는 어떤 관계가 있을까요?

짧게 답하면 이렇습니다. 만약 우리에게 '환경'—우리가 호흡하는 공기, 마시는 물, 먹는 음식—이 없다면 어떤 문학도 없을 겁니다. 우리 자체가 존재하지 않을 테니까요. 사람은 대개 물 없이 사흘이면 죽습니다. 우리가 호흡하는 산소가 처음부터 지금처럼 지구 대기의 많은 부분을 차지했던 건 아닙니다. 산소는 녹색식물이 만든 것이고, 녹색식물이 지금도 만들고 있는 것입니다. 따라서 우리가 식물을 모두 없애버리면 우리도 없어집니다. 지구 온도가 더 올라가면 우리 행성은 살 수 없는 곳이 됩니다. 모든 생명체가 해당되진 않겠죠. 바다가 끓어 없어지지 않는 한 일부 심해 생물들은 분명히 살아남을 겁니다. 하지만 인류는 도리 없이 사라집니다.

이런 이유로 환경 보존은 문학 존속의 전제 조건입니다. 환경을 지금과 비슷하게라도 보존하지 못하면 여러분과 저의 글쓰기, 모두의 글쓰기는 그저 무의미해질 뿐입니다. 그걸 읽을 사람이 아무도 남지 않을 테니까요.

사이언스 픽션에 반복되는 테마 중 하나가 한때는 지적 생명체가 살았지만 심한 환경 변화로 인해 이제는 모두가 멸종해버린 행성의 발견입니다. 보통 이런 이야기 속 우주 탐험가들은 사라진 문명을 설명해 주는 타임캡슐이나 기록을 발견하고, 그것을 또 영락없이 해석해냅니다. 아주 간단하죠? 이런 형태의 이야기의 원조는 (적어도 서구 전통에서는) 플라톤의 아틀란티스 문명에 대한 우화일 겁니다. 플라톤에 의하면 아틀란티스는 고도의 문명을 자랑했지만 신들의 분노로, 또는 자연의 불가항력에 의해 종말을 맞았습니다. 그러다 19세기의 고고학적 발견들이 이 '잃어버린 문명'이 실존했을 가능성에 불을 붙였습니다. 이때 그저 전설로만 여겼던 여러 고대 문명들이 실제로 많이 발굴됐거든요. 덩굴에 덮여 있던 중앙아메리카의 마야 유적, 한때는 신화적 도시였던 트로이의 흔적, 태평양 한복판 이스터섬에 늘어선 불가사의한 거대 석상의 발견이 대표적인 사건들이었죠.

우리들도 조만간 잃어버린 문명이 될까요? 우리의 책과 이야기들이 궁극적으로 타임캡슐이 되어 미래 고고학자나 우주 탐험가들에게 발견될까요? 우리 앞에 놓인 경로들을 내려다보면—제가 경로가 아니라 경로들이라고 하는 이유는 미래란 유일무이한 미래가 아니라 수없이 가능한 미래들이기 때문입니다—절로 이런 공상에 빠지게 됩니다. 이제 우리의 소설들을 납 상자에 넣어서 뒷마당에 파묻어야 할까요? 배려 있는 행동이잖아요. 미래에 외계 탐험가들이 왔을 때 뭐라도 캐낼 것을 남겨둬야죠. 관에 우리가 애용했던 일상품을 넣어달라는 조항을 유언장에 넣는 것도 배려 있는 일이 되겠네요. 저는 제 토스터나 노트북 같은 21세기의 유물 몇 점과 함께 묻혀서 미래의 우주 탐험가들에게 뭔가 논문 쓸 거리를 주고 싶어요. 어쩌면 그들은 우리의 산업기술 시대 제품들을 기이한 종교의식에 쓰는 물건들로 생각할지도 모릅니다. 어떤 면에서는 뭐 틀린 생각도 아니네요.

인류 문명의 종말에 대한 침울한 성찰은 이쯤에서 멈추고, 이제 반대 방향을 볼까요? 과거를 봅시다. 애초에 우리는 어떻게 '문학'이란 것을 가지게 됐을까요? 그것은 어디서 왔고, 과거에 어떤 쓸모가 있었으며, 오늘날도 여전히 같은 쓸모를 가지나요? 그리고 이런 질문들이 '환경'과는 어떤 관계가 있을까요? 문학은 우리가 '예술'로 부르는 분야에 속한 반면, '환경'은 우리가 '자연'으로 부르는 분야에 속하지 않나요? 그리고 이 둘은 정반대의 것들 아닌가요? 이편의 예술은 인위적이며 상징적인 것이고, 저편의 자연은 우리가 거기서 뭔가를 만들어낼 수 있을 때만 유용한 원자재 덩어리 아닌가요? 벽돌과 트럭과 집, 또는 그림과 책과 영화의 재료가 될 수 있을 때만요.

하지만 저는 예술과 자연이 그렇게 대단히 분리돼 있다고 생각하지 않습니다. 예술은 원래 자연과 뒤얽혀 있었고 애초에 자연에서 나왔으며, 특히 문예는 한때 인간 종(種)의 존속에 결정적인 도움을 주었다는 것이 저의 전제입니다. 저는 이 문제를 두 갈래로 고려하고 싶습니다. 한편에는 구술이나 문자를 통한 스토리텔링이 있고, 다른 한편에는 이야기의 기록과 전파 방법으로서의 글쓰기 자체가 있습니다.

먼저, 스토리텔링. 서사 행위라고도 하죠. 저와 함께 과거로 시간여행을 떠나실까요. 도시와 마을이 있기 전으로, 농경이 시작되기 전으로요.

스토리텔링에는 두 가지가 요구됩니다. 언어와 상징적 사고. 이 두 능력은 아주 오래됐습니다. 최근 연구에서 네안데르탈인이 확실히 언어를 보유했던 것으로 밝혀졌습니다. 네안데르탈인에게는 장례 의식과 음악과 신체 장식도 있었을 것으로 보입니다. 또한 네안데르탈인이 우리와 별개의 종이며 우리의 출현으로 멸종했다는 이전의 주장과 달리, 인류는 네안데르탈인의 염기서열 일부를 공유한다고 합니다. 만약 우리와 네안데르탈인이 교접해서 둘의 유전자를 모두 지닌 번식력 있는 후손을 낳았다면, 우리와 네안데르탈인은 사실 같은 종의 하위집단들이었던 거죠. 그렇다면 우리와 네안데르탈인이 분기하기 전의 공통 조상 때부터 언어 사용과 상징적 사고가 있었을 겁니다. 또는 적어도 그것을 가능케 할 패턴들을 보유했을 겁니다.

이처럼 언어와 상징적 사고는 까마득히 오래됐습니다. 개체발생은 계통발생을 반복한다. 이것이 생물학이 주문처럼 외는 말입니다. 배아의 발육 과정은 해당 종이 밟아온 진화 과정의 요약판이라는 뜻입니다. 인간 배아의 초기 단계에서 아가미와 꼬리 같은 것이 잠깐 생겼다 없어지는 것은 그런 이유라고 합니다. 그런데 배아가 아가미와 꼬리는 만들어도 예술을 만들지는 않습니다. 하지만 5세 미만 아동의 행동을 생각해봅시다. 아이는 말을 거는 사람들에 둘러싸여 있을 경우 언어를 쉽게 습득합니다. 아동은 노래를 하고 춤을 추고, 시각적 이미지들을 만들고, 놀랄 만큼 이른 시기부터 이야기를 듣고 전하는 능력을 보여줍니다. 다시 말해 아동은 예술가가 하는 것을 모두 합니다. 차이가 있다면 아동 대부분은 이런 활동들을 어른처럼 직업적으로 하지 않는다는 것뿐입니다. 하지만 우리는 모두 평생 어떤 식으로든 음악, 시각예술, 스토리텔링에 관여합니다. 우리가 아는 종교들도 모두 이런 요소들을 포함합니다. 예술은 우리와 동떨어져 있는 것이 아닙니다. 마음대로 시작하고 마음대로 폐기할 수 있는 것이 아닙니다. 예술은 우리에게 내장돼 있는 듯합니다. 우리는 예술을 위해 프로그래밍됐다고 할까요. 관찰 연구에 의하면 예술은 자연의 반대가 아닙니다. 인간에게 예술은 본성입니다. 우리 존재의 밑바탕을 이룹니다.

그런데 왜죠? 다른 생물들은 예술 없이도 완벽히 잘 지내잖아요. 우리가 아는 한, 말들에게는 서사시도, 팝스타도, 회화도 없습니다. 인간 예술은 유전 성분일까요? 그렇게 생각하는 이들은 인간의 예술성을 진화 적응으로 봅니다. 인간이 홍적세에 수렵채집인으로 살았던 길고 긴 세월 동안 선택되고 개발된 속성이라는 거죠. 이 속성이 당시의 생존에 유리했을 겁니다. 그렇지 않다면 우리의 진화 과정에서 탈락됐겠죠. 서사를 만들고 전파하는 능력, 다시 말해 언어를 이용한 상황 전달 능력을 보유한 집단이 그렇지 못한 집단에 비해 얼마나 유리한 고지에 있었을지 쉽게 상상할 수 있습니다. 이 능력이 있으면 나이 많은 구성원이 어린 구성원에게 재앙(조지 삼촌이 어쩌다 악어에게 잡아먹혔는지)을 경고하고, 성공 비결(사촌 아널드가 어떻게 영양을 잡아먹었는지)을 전수할 수 있습니다. 그러면 젊은 세대가 모든 것을 처음부터 다시 익힐 필요가 없지요. 어떤 것이 먹을 수 있는 식물이고 어떤 것이 독이 있는지는 생사를 가르는 지식이었고, 가르쳐주는 사람이 없는 이들은 오래 살기 어려웠을 겁니다.

악어 밥 신세를 모면하는 방법을 듣는 것이 악어가 많은 환경에서는 엄청나게 유용하지 않았겠어요? 저도 누군가에게 들은 비법 하나를 여러분과 공유하겠습니다. 혹시 알아요? 필요할 때가 있을지? 악어는 단거리는 매우 빠르게 주파하지만 코너는 후딱 돌지 못합니다. 그러니까 도망갈 때 직선으로 뛰지 말고 지그재그로 뛰세요.

그리고 퓨마가 출몰하는 곳에서는 조깅하지 마세요. 먹이로 오해받을 수 있습니다. 제가 방금 한 말은 엄연한 사실이지만 여러분이 지금 당장 필요한 것이 아니라며 바로 까먹으셔도 할 말 없습니다. 이 방에 퓨마는 없으니까요. 하지만 만약 제가 브리티시컬럼비아에 사는 앤이라는 젊은 여성에 대한 이야기를 한다면 어떨까요? 어느 날 앤이 자전거를 타고 가는데 퓨마가 뒤에서 덮쳤다면? 퓨마가 앤의 어깨에 이빨을 박고, 앤이 퓨마를 떨치려 몸부림치고, 자전거를 타고 앞서 가던 앤의 친구 제인이 돌아보았고, 앤의 몸부림을 본 제인이 급히 달려와 퓨마의 코를 내리치는 장면을 생생히 묘사한다면 어떨까요? 얻어맞은 퓨마는 앤을 놓아줍니다. 보세요, 저는 해피 엔딩을 좋아한다니까요. 만약 제가 여기에 퓨마의 뜨거운 입김과 초록색 눈, 앤의 피와 제인의 공포를 추가한다면 어떨까요? 이왕 하는 김에, 제가 퓨마로 분장하고 다른 둘은 앤과 제인을 맡아서 이 사건을 고스란히 연기하고, 여기에 악기와 노래와 춤을 가미한다면, 어떨까요? 그 경우는 여러분이 쉽게 까먹을 가능성이 훨씬 낮을 겁니다. 아닌 게 아니라 뇌과학자들에 따르면 우리는 단순 사실을 나열할 때보다 이야기로 구성해 들려줄 때 정보를 훨씬 잘 흡수합니다. 이야기는 빠르게 신경 회로를 만듭니다. 이야기는 세상에다 우리를 '각인'합니다. 이것이 수많은 사람들이 이야기를 중시하는 이유일 겁니다. 예를 들어 우리 아이들은 학교에서 무슨 이야기들을 배울까요? 명예훼손 소송에 휘말리는 일 없이 실존 인물에 대해 이야기하려면 어떻게 해야 할까요?

먼 옛날, 우리에게 서사 능력이 필요해진 것은 환경 때문이었습니다. 환경—우리를 제외하고 우리를 둘러싼 모든 것—은 거대하고, 힘들고, 복잡하고, 때로 가혹했습니다. 하지만 동시에 삶의 원천이기도 했습니다. 그때는 이야기와 이야기 소재 사이에 거리가 거의 존재하지 않았습니다. 책도 없었고, 아늑하게 앉아서 전쟁과 살인과 사람을 잡아먹는 야행성 괴물에 대해 읽을 안락의자도 없었습니다. 그때의 이야기는 모닥불이 만드는 작고 환한 동그라미 안에서 전달됐고, 거기는 당장은 안전할지 몰라도 그때뿐이었습니다. 이야기에 있는 위험이 세상에도, 우리 바로 옆에도 있었습니다. 불빛 동그라미 바로 밖, 동굴 입구 바로 밖에 도사리고 있었습니다.

이야기의 효과는 막강했습니다. 이야기에 보호기제가 내장되기 시작한 것은 어쩌면 당연한 일입니다. 예를 들어 초자연적 존재가 이야기에 등장하게 됩니다. 마땅한 대우와 존경을 해주면 성공적인 사냥으로 우리에게 보상하거나 적어도 우리를 잡아먹지 않을 존재요. 사실 '초자연적'이란 말에는 어폐가 있습니다. 그것이 자연과 동떨어진 존재는 아니었으니까요. 오히려 처음에는 자연에 있거나 자연을 이루는 것들이었습니다. 환경에 있는 모든 것, 심지어 돌과 나무도 정령이 깃든 존재였고, 이 정령들은 제대로 대접받지 못할 경우 우리에게 등을 돌리고 치명적인 불운을 안길 수 있었습니다. 한 가지 설에 의하면, 최초의 이야기 형태는 이승(화자와 청자 모두가 실재하는 현시점의 현실)과 저승(과거나 조상의 세계나 망자의 세계)을 오간 여행담이라고 합니다. 이런 여행을 행하는 사람들은 한때 '샤먼'이라 불렸습니다. 이들의 임무는 무아지경에 들어가 탈혼 상태로 이승에서 저승으로 건너가고 거기서 다른 정령들—조상과 동식물과 삼라만상의 정령들—과 교감해서 공동체에 소용이 될 지식이나 힘을 얻어 오는 것이었죠. 이런 의식은 대개 역경의 시기에, 가령 기근이 닥쳤거나 전염병이 돌 때 수행됐다고 합니다. 이것이 이야기의 기능 중 하나입니다. 우리에게 주어진 선택들에 대해, 우리가 취할 수 있는 조치들에 대해 말해주는 것.

우리가 아는 많은 문화들이 한때 이런 의식의 변형들을 포함했습니다. 지금까지도 자연물 경외의 전통을 지키면서 거기에 번영의 복을 비는 문화들도 많습니다. 그린란드에는 예전 방식의 수렵 생활로 회귀한 공동체가 있습니다. 이들은 일각고래를 각별하게 대합니다. 첫 고래는 그냥 보내주고, 필요 이상으로 잡지 않습니다. 이 관습을 지키지 않을 경우 고래가 그들의 배은망덕에 분노해 다시는 돌아오지 않을 거라고 믿습니다.

자, 우리는 이런 이야기들을 오랜 세월 구전하다가 언제부턴가 문자로 기록하기 시작했습니다. 그러다 다른 이야기들, 지금의 우리가 '창작'이라고 부르는 새로운 이야기들도 만들어내기 시작했습니다. 우리가 이야기를 '적어둔' 형태로 보존하고 생성하는 기술들에 의지하면서부터 애초에 이야기들을 낳았던 환경과 점점 멀어지게 됐다는 주장이 있습니다.

하지만 이야기 기록 기술들도 자연에서 나왔어요. 쓰기 위해서는 먼저 문자, 즉 상징체계가 필요했습니다. 때로 문자는 소리를 적는 기호였습니다. 이때는 소리 기호들을 연결해 단어를 만들었죠. 또 때로는 문자 자체가 단어나 사물을 상징했습니다. 고대 이집트 문자와 중국 문자를 비롯한 많은 문자들이 이렇게 사물을 본떠 만든 상형문자입니다. 어떤 학자들은 모든 문자가, 심지어 영어의 ABC도, 자연에 있는 형상들에 기초했다고 합니다.

구어는 우리가 어렸을 때 수월하게 습득합니다. 하지만 읽기와 쓰기는 사정이 다릅니다. 둘 다 상당량의 공부를 요합니다. 피아노 연주처럼 읽기와 쓰기는 우리에게 이미 있는 역량들을 필요조건으로 하며, 그 자체로 '자연 발생'하지 않습니다. 반드시 훈련을 통해 얻어지는 것들입니다. 뇌 연구에 따르면 읽기에 관여하는 신경 회로가 동물의 족적 밟기 같은 추적 행위에 쓰는 신경 회로와 같다고 합니다. 숙련된 추적자가 동물이 남긴 흔적을 읽듯이 독자는 이야기를 읽습니다. 즉 등장인물들을 둘러싼 일련의 사건과 행동들을 따라갑니다. 족적과 흔적들은 여우의 뒤 밟기와 잠복을, 그리고 토끼의 죽음을 이야기해줍니다.

신기하고도 시사적인 사실이 있습니다. 뇌에서 읽기를 관장하는 영역과 쓰기를 관장하는 영역이 서로 다른 곳에 위치한다는 것입니다. 그래서 뇌졸중 후유증을 앓는 환자 중에 쓸 수는 있지만 자신이 방금 쓴 것도 읽지 못하는 경우가 드물게 발생한다고 해요. 읽기가 추적에 쓰는 신경 회로에 기반한다면, 쓰기는 어디에 기반할까요? 많은 동물 종들이 서로 소통하는 데 시각적 표지와 신호를 사용합니다. 쓰기도 같은 맥락일까요? 잘 모르겠습니다. 다만 최근의 연구 결과들은 쓰기 능력의 토대가 우리가 한때 생각했던 것보다 훨씬 오래전에 형성됐음을 보여줍니다.

어쨌든 인류는 쓰기라는 도구를 개발하기 훨씬 전부터 스토리텔링을 했고, 알려진 바에 따르면 쓰기의 최초 용도는 시와 서사를 적기 위해서가 아니라 물자의 확산과 거래를 기록하기 위해서였습니다. 즉 회계 업무에 이용됐습니다. 그러다 농경이 식량 생산의 주요 수단이 되고, 인구가 증가하고, 계층구조가 생겨나면서 이 도구는 필수 불가결한 것이 됐습니다. 얼마 안 가 상업 거래뿐 아니라 고대 바빌로니아의 함무라비법전처럼 법을 기록하는 데도 쓰였습니다. 또한 고대 중국 유물 중에 갑골문(甲骨文)이라는 것이 있습니다. 거북 껍데기나 짐승 뼈에 새긴 글을 말하는데, 미래의 일을 점친 내용을 적은 것입니다.

기록과 점복이라는 이 두 가지 기능이 아직도 쓰기 행위에 내재합니다. 암기나 구술과는 대조적으로, 뭔가를 적는 행위는 어떤 면에서 그것을 동결해버립니다. 시간 속에 딱 멈춰 세우죠. 그리고 생각해보세요. 이 적기와 동결은 기록 대상의 의미도 한정해버립니다. 법 체제에서는 좋은 일일 겁니다. 그런데 동시에 이것은 여러 가지 해석, 여러 가지 '읽기'가 가능한 애매한 텍스트를 생성하는 일이기도 합니다. 문자를 향유하는 사람들이 극소수였던 시대에는 두루마리나 명판에 물리적으로 쓰는 능력과 그것을 읽어내는 능력, 즉 그것을 다시 목소리로 바꾸고 그것의 의미를 해석하는 능력이 깊은 존경과 두려움의 대상이었습니다. 따라서 쓰기/읽기 능력을 가진 사람들은 엄청난 권세를 누렸고, 때로는 초능력이나 심지어 악마적 힘을 가진 존재로 취급받았습니다. 이때에 비하면 위신이 많이 떨어졌지만 지금도 때로 작가들은 비슷한 종류의 힘을 행사하는 존재로 여겨집니다. 분서(焚書)는 작가에 대한 존경과 공포를 동시에 드러내는 행위입니다. 무해한 책을 불사를 충동을 느낄 사람은 없으니까요.

친애하는 작가 여러분, 이야기를 들려주고 이해하는 천부적 능력, 이는 우리가 깊은 과거로부터 물려받은 것입니다. 이 능력은 우리가 혹독한 자연환경과 상호작용 한 결과입니다. 우리가 읽고 쓰는 것을 가능하게 하는 신경 프로그램 또한 같은 환경에서 왔습니다. 우리가 자연에 붙박여 살던 시대는 세대수로 따지면 아주 먼 옛날도 아닙니다. 그럼에도 우리는 여기에 와 있습니다. 이 방에 있는 우리 모두와 지구인 대부분이 점점 더 인공적인 환경에 살고, 거기서 우리는 동물을 영혼을 가진 동료 생명체가 아니라 기계로 대합니다. 지금 우리에게 일어나는 거의 모든 일과 (전기에 심히 의존하는 이 행사를 비롯해) 우리가 하는 거의 모든 일은 우리가 만든 기술이 없다면 존재하지 않았을 일입니다. 그런데 이 기술들이 우리에게 전력과 음식과 물을 공급하는 정도가 급격한 현대화와 급증하는 인구를 따라가지 못하는 형편입니다.

더한 비극은 우리가 의존하는 생물학적 세계를 고갈시키는 것이 바로 이런 고효율 기술들이라는 겁니다. 이 기술들은 자연을 착취하기 위해 구축된 기술들입니다.

우리는 어떻게 해야 할까요? 기술 문명 이전으로 돌아가 대자연 속에서 살 수는 없습니다. 우리는 이미 그 능력을 잃었습니다. 옷, 공구, 불 없이 단 며칠이면 우리는 모두 죽은 목숨입니다.

위기일발로 치닫는 지금의 상황에 대해 우리 작가들은 어떤 이야기를 전할 수 있을까요? 어떤 종류의 이야기가 우리가 속한 인류 공동체에 도움이 될까요?

말하기 어렵습니다. 저도 모르니까요. 다만 이건 압니다. 우리가 희망을 놓지 않는 한(우리는 아직 희망을 놓지 않았습니다) 우리는 계속 이야기를 할 것이고, 우리에게 시간과 재료가 있는 한 우리는 그것을 계속 적어나갈 겁니다. 이야기를 하고, 듣고, 전달하고, 거기서 의미를 끌어내려는 바람은 우리 인간에게 내장된 것이기 때문입니다. '환경', 그리고 앞서 언급한 환경에 닥친 온갖 위기들. 우리 작가들이 나서서 이것들을 다루게 될까요? 다룬다면 어떻게요? 설교 투의 경고를 통해서? 인류에게 주어진 최선의 선택을 착실히 실천하는 서사를 통해서? 아니면 다른 주제의 이야기에다 배경으로 깔아서?

이미 추세가 생겼습니다. 극한 상황의 생존기들이 인기예요. 우리가 늘 좋아했던 이야기지만 실제로 극한 상황이 닥쳐옴에 따라 더 좋아하게 됐죠. 일단 재난물이 대세입니다. 요즘 재난물이 다루는 재난은 전쟁이나 뱀파이어나 화성인의 침략이 아니라 가뭄과 홍수 같은 자연재해입니다. 이에 적응하는 사람들이나 덜 낭비하는 삶을 살려고 애쓰는 사람들을 다룬 긍정적인 이야기들도 있습니다.

물론 우리가 이 주제들을 직접적·노골적으로 다루지는 않을 겁니다. 아마도 우리는 우리가 여전히 사랑이나 전쟁이나 노화에 대한 이야기를, 고릿적부터 반복되어온 주제들, 인간의 욕망과 공포에 대한 이야기를 한다고 생각하겠죠. 하지만 의도적이든 아니든 '환경'을 이야기 속에 엮어 넣게 될 겁니다. 이야기꾼들은 늘 그들의 물리적·사회적 세계에 애착했고, 그들의 이야기는 세상의 변화와 함께 변해왔으며, 지금의 우리 세계는 급변하고 있기 때문입니다.

우리가 쓸 이야기는 필연적으로 이 변화들을 반영하게 됩니다. 그러다 때로는 우리가 현대판 샤먼 무아경과 영적 여행을 통해 이계(異界)에서 뭔가를 건져내게 될지도 모르죠. 그 뭔가가 설명서는 아닐 겁니다. 설명서 같은 건 없어요. 그보다는 부적에 가까울 겁니다. 우리를 보호하는 부적이요. 효험이 있을지는 모르지만요. 아니면 위험 목록일 겁니다. 아니면 우리가 세상을 보는 방식을 바꾸기 위한 주문일 겁니다. 아니면 우리가 다시 동물과 대화하고 식물의 지시를 받게 될지도 모르겠습니다. 우리의 은유들이 어떤 형태를 띠게 될지 누가 알겠어요?

앨리스 먼로

>>><<<

(2010)

앨리스 먼로의 출생지인 온타리오주 윙엄에 가면, 타운 한복판에 먼로를 기념하는 조형물이 있다. 청동 소녀가 청동 잔디밭에 엎드려 청동 책을 읽는 조형물이다. "꽤 괜찮은데요." 소녀도, 청동도 아닌 두 여성이 조형물을 보며 말한다. 한 사람은 앨리스 먼로 본인이고, 나머지 한 사람은 나다. "아주 좋아요." 그들의 말투는 흡사 커튼 천을 탐색하는 여성들의 말투다. 조심스럽게, 가늠하는, 절제된, 말투.

이 동상이 있는 타운은 과거 앨리스 먼로에게 최초의 증오 메일을 보낸 곳이기도 하다. "증오 메일의 내용이 뭐였나요?" 내가 묻는다.

"사람들은 내가 책에 자기들을 썼다고 생각했어요." 먼로가 말한다.

"그러셨나요?"

그녀가 나를 힐끗 본다. "사람들은 늘 그렇게 생각하죠."

그러다 어떻게 이런 반전이 일어났을까? 세상에, 청동 동상? (돈이 남아돈다. 먼로의 인물들이 중얼댄다. 쓸데없어!) 그뿐인가? 앨리스 먼로 문학 정원? 아마도 타운 박물관이 주관하는 '앨리스 먼로의 윙엄' 투어? 그리고 『뉴요커』 지에 실린 단편들, 하드커버와 페이퍼백의 많은 책들. 세 차례의 캐나다총독문학상과 두 차례의 길러상을 비롯한 화려한 수상 내역. 거기다 이번 맨부커상 인터내셔널 부문은 먼로의 문학적 업적 전체에 수여된 것이다! 처음에는 앨리스가 '문학적 업적'을 갖게 될 거라고 누가 생각이나 했을까?

그것은 긴 여정이었다. 앨리스 먼로는 온타리오주 남서부에서 자랐다. 그녀의 성장기는 1930년대의 대공황 시대와 1940년대의 전쟁 시대였다. 캐나다에서도 예술의 호황기는 아니었다. 먼로는 당시에는 흔치 않았던 문학 배출구 중 하나를 통해 재능을 처음 연마했다. 그것은 바로 CBC 라디오의 〈앤솔러지〉 프로그램이었다. 〈앤솔러지〉는 장편소설보다 시와 단편을 장려하고 구어의 가치와 힘에 주목하도록 가르쳤다. 사람들이 무슨 악담을 하는지만 중요한 게 아니라 그들이 말하는 방식도 중요하다. 사람들이 몰래 무엇을 하는지만 중요한 게 아니라, 무엇을 얼마나 겸연쩍어하며 입는지도 중요하다. 아일랜드 소설가 윌리엄 트레버(William Trevor)의 인물들처럼 그녀의 인물들도 좁은 경계 안에서 격하게 살아간다. 먼로는 남들이 빈약한 소재로 여길 만한 것들에서 장면과 시대를 만들고, 거기서 인물들이 자연 발생한다.

하지만 좁은 경계는 버티지 못한다. 현실은 뭉개지고 인식은 녹아내린다. 먼로의 이야기들에는 불안이 서식하고, 조마조마한 순간들로 넘쳐나고, 벼랑 끝을 걷는 어지럼증과 메스꺼움이 배어난다. 먼로의 주인공은 자신의 이중 동기에 직면한다. 즉 예술 창조에 뜻을 두면서도 그것을 하는 자신을 비웃는다. 진정한 자아로 성장하기 위해 장소의 제약에서 벗어나지만 그 자아를 남겨두고 왔다는 것을 깨달을 뿐이다. 또는, 자신의 '본래' 터전에 뿌리내리지만 오히려 거기서 성장이 짓밟히고 꺾인다. 주인공은 과거를 낱낱이 기억한다. 그때의 폭력과 학대와 반목을 생생히 기억한다. 그와 동시에 한때 자기 피부처럼 친밀했던 풍경이 세월에 의해 거리감을 입고 중립적으로 변해버린 것을 본다. 하지만 그 변화는 반전될 수 있다. 세월이 낡은 벽지처럼 벗겨져 그 밑의 생생하고 놀랍도록 선명한 패턴이 드러날 수도 있다.

앨리스 먼로는 체호프와 자주 비교되지만, 어쩌면 세잔과 더 닮았다고 할 수 있다. 이들은 사과를 그리고, 그리고 또 그린다. 이 지독히 익숙한 사물이 낯설어지고 어둠 속에 빛나며 신비로워질 때까지. 하지만 그것은 여전히 사과로 남는다. 결국 먼로는 모종의 신비주의자가 아닐까? 조지 허버트(George Herbert)가 말했다. "그대는 작은 것들에도 위대하게 임하시며, 어떤 것에도 작게 임하심이 없다." 앨리스 먼로에게도 해당되는 말이다.

("아유 제발," 앨리스의 목소리가 들리는 것 같다. "적당히 좀 해요! 허버트는 하느님에 대해 말한 거잖아요! 저 동상이면 하루치로 충분하지 않아요?! 그나저나 저거 청동인 건 확실해요?")

『선물』

>>><<<

서문

(2012)

선물은 손에서 손으로 전해진다. 선물은 전달을 통해 존속한다. 주는 사람과 받는 사람 모두에게 새로운 영적 삶을 일으키고, 이를 통해 선물 자체도 재활하고 재생한다.

선물 주기와 예술의 관계를 탐구한 루이스 하이드(Lewis Hyde)의 명저 『선물(*The Gift*)』도 마찬가지다. 『선물』은 절판된 적이 없다. 입소문과 선물을 통해 가지각색의 예술가들 사이로 지하 기류처럼 움직인다. 이 책은 내가 작가와 화가와 음악가 지망생들에게 어김없이 추천하는 책이다. 이 책은 입문서가 아니다. 입문서는 넘쳐난다. 이 책은 예술가가 하는 일의 본질에 대한 책이자 예술 활동과 우리의 지극히 상업적인 사회의 관계를 다룬 책이다. 작문, 그림, 노래, 작곡, 연기, 영화제작에 뜻이 있는 사람이라면 『선물』을 읽기 바란다. 여러분이 제정신을 유지하는 데 도움이 될 것이다.

이 책을 쓸 때 루이스 하이드는 자신이 얼마나 중요한 작업을 하고 있는지 알았을까? 어쩌면 그는 그저 본인의 관심 주제를 탐색 중이었을지 모른다. 그 관심사를 짧게 말하면 이렇다. 우리 사회의 시인들은 왜 좀처럼 부유하지 않은가? 그리고 하이드는 자신이 중요한 원류를 찾아냈다는 것을 깨닫지 못한 채 이 탐색으로 드러난 많은 지류들을 즐기고 있었을 것이다. 편집자가 그에게 누구를 독자층으로 생각하느냐 물었을 때 하이드는 딱 꼬집어 말하지 못하고 그저 '시인들'로 만족한다고 했다. 그가 2006년판 서문에 썼다시피 "그것은 편집자들이 원하는 대답이 아니었다". "그들은 차라리 '망자의 소식을 찾는 견주들'을 선호한다." 하지만 하이드가 말하듯 "기쁘게도 『선물』은 결국 시인들의 공동체 너머에서 청중을 찾아냈다". 이는 광대함에 대한 절제된 표현이다.

내가 루이스 하이드를 처음 만난 것도 『선물』을 접한 것도 1984년 여름이었다. 한창 『시녀 이야기』를 쓸 때였다. 그해 봄에 나는 포위당한 도시와 소비재 천국을 합쳐놓은 묘한 곳에서 『시녀 이야기』 집필을 시작했다. 당시 서베를린이라 불리던 곳이었다. 그곳은 20세기의 부패한 공산주의와 고삐 풀린 배금주의의 충돌이 가장 첨예하게 드러났던 곳이었다. 하지만 나는 그해 7월에는 다른 곳에 있었다. 당시 우후죽순 생기던 여름작가학교 중 하나에 참석하기 위해 워싱턴주 포트타운센드에 있었다. 그 한적한 곳에서는 모든 것이 목가적이었다.

루이스 하이드도 그 여름학교의 교사였다. 그는 나비 수집 취미를 가진 상냥한 젊은 시인이었고, 수줍어하며 내게 『선물』 한 권을 선물했다. 그는 책에 이렇게 서명했다. "지금까지 우리 모두에게 많은 것을 선사해준 마거릿에게." 나는 이 말의 애매모호함이 좋다. '많은 것'에는 시와 소설들부터 '대상포진'과 '불안 초조'에 이르기까지 어느 것이라도 포함될 수 있었다. 선물이라는 단어 자체도 애매모호하다. 트로이의 목마가 낳은 속담을 생각해보라. '선물을 들고 오는 그리스인을 조심하라.' 아담이 받은 사과는 또 어떤가. 백설 공주가 받은 독이 든 사과와 메데이아가 연적을 태워 죽이는 데 사용한 결혼 선물을 생각해보라. 선물의 이런 이중성이 루이스 하이드의 책이 다루는 것 중 하나이기도 하다.

『선물』은 1983년에 처음 출간됐다. 당시의 부제는 '상상력, 그리고 재산의 에로틱한 삶(Imagination and the Erotic Life of Property)'이었다. 내가 가진 빈티지 페이퍼백의 표지에는 셰이커교도가 그린 사과 바구니 그림이 있다. 이 그림에 대해 하이드는 저자 주(註)로 다음과 같은 설명을 달았다.

> 셰이커교도는 예술을 영적 세계가 내려주는 선물로 믿었다. 노래·춤·그림 등을 향한 정진은 '선물을 받기 위한 노력'으로 이해됐고, 그들의 창작품은 공동체 내에서 선물로 회람됐다. 셰이커 예술가들은 '매개자'로만 불릴 뿐, 우리에게 이름이 알려진 경우는 소수에 불과하다. 일반적으로 교회 장로들에게 외에는 이름을 알리는 것이 금지돼 있기 때문이다.

이 주에 딸려 있는 저작권 표시는 〈사과 바구니〉 그림의 출처를 이렇게 밝히고 있다. "〈사과 바구니〉는 셰이커 커뮤니티 주식회사의 허락하에 게재되었음." 아이러니하다. 이에 따르면 선물 주는 사람들의 공동체는 이제 주식회사가 됐고, 그곳의 선물들은 이제 우리를 둘러싼 상품 시장에 속한 재산으로 변했다. 하이드의 질문 중 하나는 이것이다. 예술 작품은 선물로서 또는 상품으로서 취급 방식에 따라 달라지는가? 나는 〈사과 바구니〉의 경우는 아니라고 본다. 허락이라는 단어는 돈이 오가지 않았음을 암시한다. 확단할 순 없지만, 어쨌거나 셰이커법은 예술품의 상업적 거래를 금한다. 하이드의 그림 선택은 의미심장하다.

그림 자체도 교훈적이다. 사과 바구니는 사실적으로 묘사돼 있지 않다. 바구니는 유리처럼 투명하고, 사과들은 공중 부양 하듯 바구니 안에 떠 있다. 사과는 빨간색도 아니고 금색인데, 뚫어져라 보면 사과들이 납작한 그림에서 삼차원 형체로 변하면서 녹은 금박 같은 것이 사과 속에서 빛을 발한다. 따라서 이 그림은 선물(바구니 전체) 안의 선물(사과들) 안의 또 다른 선물(빛나는 에너지)을 보여준다. 각각의 사과는 필시 각각의 셰이커교도를 대변할 것이다. 각자 내면의 선물로 따뜻하고 은은하게 빛나지만, 사과들의 크기가 모두 같기 때문에 누구도 공동체에서 두드러지지 않는다. 사과들을 한데 담고 있는 용기, 즉 투명한 바구니는 짐작건대 최초의 감상자들에게 신의 은총을 의미했을 것이다. 하이드는 책 표지를 대충 선택하지 않았다.

원래의 표지 그림과 거기 딸려 있던 주는 유지되지 못했다. 『선물』의 최신판 표지는 다른 그림이 장식하고 있고, 주는 삭제됐다. 어찌 됐든 〈사과 바구니〉 그림과 설명은 하이드가 제기하는 큰 질문들을 효과적으로 요약한다. '예술'의 본질은 무엇인가? 예술 작품은 환금 가치가 있어서 감자처럼 사고팔 수 있는 상품인가, 아니면 실질적 가격을 매길 수 없는, 다만 자유롭게 주고받는 선물인가?

만약 예술 작품이 오직 선물일 뿐이라면 그 창작자들은 이 물질적 세계에서 어떻게 먹고살아야 할까? 대중이 주는 보답의 기증품으로 연명해야 할까? 탁발승이 시주 그릇에 시주를 받는 것처럼? 아니면 예술가는 셰이커 공동체처럼 신념을 공유하는 공동체에만 존재해야 할까? 문예창작학과들이 이런 공동체의 세속적 버전에 해당할까? 현행 저작권법에서 이 문제를 타진해보자.

창작물이나 그 판권이 시장에서 거래된다는 것은, 창작자에게 해당 작품을 아무나 복제하지 못하게 막을 권리와 판매 금액의 일부를 취할 권리가 있다는 뜻이다. 이 권리는 상속될 수도 있다. 그러다 창작자의 사망 이후 일정 세월이 지나면 권리가 소멸하고, 저작권 소멸 후에는 해당 작품이 '크리에이티브 코먼스(creative commons)'로 넘어가 누구나 자유롭게 원하는 대로 이용할 수 있게 된다. 이것이 『오만과 편견, 그리고 좀비』라는 소설이나 콧수염을 단 〈모나리자〉 엽서가 존재하는 이유다. 선물이 항상 원래 취지에 맞게 이용되지는 않으니까.

하이드는 이 점을 비롯한 많은 문제들에 대한 답을 찾기 위해 전방위적으로 탐구한다. 탐구 대상은 다음을 망라한다. 경제 이론, 부족의 선물 관습에 대한 인류학 연구, 선물의 사용과 오용에 관한 민간설화, 에티켓 가이드들, 고대 장례 의식들, 어린이 속옷 등을 위한 마케팅 전략, 장기 기증 절차들, 종교 의식들, 고리대금의 역사, 포드사가 치명적 결함이 잠재된 차종의 리콜 여부를 결정하기 위해 수행한 손익 분석 등등.

이어지는 장들에서 하이드는 예술과 돈의 매듭에 대해 무척 고뇌했던 두 작가의 사례를 제시한다. 먼저 월트 휘트먼(Walt Whitman)은 후하다 못해 자아와 우주의 경계를 지우는 수준에 이를 정도였다. 내가 소멸해버리지 않는 선에서 나를 얼마큼이나 나눠줄 수 있을까? 그런가 하면 에즈라 파운드(Ezra Pound)는 돈이 예술가에게 미치는 불공평하고 뒤틀린 영향에 집착한 나머지 이탈리아의 파시즘에 동조하게 됐다. 파운드의 눈에는 당시의 파시즘이 돈은 무엇이어야 하며 (돈이 나무는 아니지만) 어떻게 길러져야 하는지에 대한 그의 별난 이론을 일부나마 입증해주는 것처럼 보였다. 이 장의 제목은 '에즈라 파운드와 식물화폐 이론'이다. 이는 파운드가 신랄한 반(反)유대주의자가 된 과정에 대해 내가 읽은 몇 안 되는 설명 중 하나다. 파운드의 생애 말기에 앨런 긴스버그•가 관대한 구원처럼 그를 방문한 이야기는 몹시 감동적이며, 이는 하이드의 선물 이론에 대한 또 하나의 실질적 예증이다.

『선물』은 30여 년 전에 처음 출간됐다. 퍼스널 컴퓨터가 막 나왔을 때였다. 전자책도 인터넷도 소셜미디어도 없던 때였다. 이것들이 모두 생활의 일부가 된 지금, 선물 주기가 공동체의 창조와 강화에 미치는 영향을 탐구한 하이드의 책이 어느 때보다 시의적절해졌다.

지금까지 많은 사람들이 소셜사이트의 수익모델을 두고 고심했다. 이것으로 어떻게 돈을 벌 것이며, 번 돈을 어떻게 지급받을 것인가? 막후에서 e결정권을 행사하고, 무형의 e상품들을 나타나거나 사라지게 하는 사람들도 급여를 받아야 한다. 그럼에도 인터넷상의 모든 것에

• Allen Ginsberg, 유대계 미국 시인.

대해 '무료'일 것을 요구하는 인터넷의 속성도 난제였다. 하지만 하이드가 책에 상술했듯 자고로 선물 교환은 상호주의를 요구하고, 상호주의에 의해 존속한다. 따라서 리트윗•은 리트윗으로 갚아야 하고, 게시된 열정은 남들의 열정과 교환되며, 조언을 공짜로 제공한 사람은 필요할 때 자신도 공짜 조언을 제공받을 것을 기대한다. 하지만 선물이 만들어내는 이런 유대와 의무를 모두가 원하거나 이해하는 것은 아니다. 사실 완전히 공짜인 점심은 없다.

만약 내가 인터넷에서 돈을 지불하지 않고 음악이나 영화를 훔쳤다면, 다시 말해 인터넷에서 뭔가를 '얻어낸' 다음 그것을 정신적 가치는 있지만 금전적 가치는 없는 선물로 치부했다면, 나는 그 선물이 내 손에 도달하는 데 매개체가 되어준 창작자에게 무엇을 얼마나 빚진 걸까? 감사의 말 한 마디? 진지한 관심? e시주 그릇에 넣는 라테 한 잔 값의 e팁?

분명한 답은 그것이 결코 '공짜'는 아니라는 것이다. 저작권 분쟁이 확산되면서 이런 이슈들에 대해 엄청난 디지털 잉크가 쏟아졌다. 분명히 말하지만 해결책의 일부는 신세대 e청중에게 선물의 이치를 교육하는 것이다. 선물은 주는 사람이 선택권을 행사할 때 선물이다. 무언가를 주인의 의지에 반해서, 또는 주인이 모르는 사이에 가져가는 것은 '절도'라고 부른다. 하지만 그 경계가 흐릿할 때도 있다. 하이드도 언급하다시피 고대 그리스 세계에 온갖 종류의 이동을 관장하는 신 헤르메스가 괜히 있었던 게 아니다. 매매, 여행, 연락, 속임수, 거짓말과 농담,

---

• retweet, 다른 사람의 트위터 게시물을 자신의 계정에 게재하는 일.

문호 개방, 비밀 누설, 그리고 절도. 모두 '웹'이 특히나 잘하는 것들이다. 하지만 헤르메스는 사물의 위치 변경에 대해서는 아무 도덕적 가치를 두지 않는다. 그는 단지 그 변화를 촉진할 뿐이다. 정보의 고속도로와 샛길을 이용하는 사람들이 알든 모르든 인터넷을 주재하는 신은 헤르메스다.

내가 만난 『선물』의 독자들은 모두 이 책에서 통찰을 얻었다고 말했다. 그들은 본인의 예술 활동에 대한 통찰뿐 아니라, 일상을 너무 넓게 차지하고 있어서 오히려 자세히 볼 틈이 없었던 문제들에 대한 통찰을 얻었다고 했다. 누군가 나를 위해 문을 잡아주면 나는 그 사람에게 고맙다는 말을 빚진 걸까? 내 정체성을 다지려면 크리스마스를 가족과 함께 보내야 할까? 만약 동생이 신장을 기증해달라고 부탁하면 즉각 그러겠다고 해야 할까, 아니면 동생에게 수천 달러를 청구해야 할까? 범법 행위를 요구받는 입장이 되기 싫으면 마피아의 선물은 사양하는 게 좋지 않을까? 내가 정치인인데 로비스트에게 포도주 상자를 받아도 될까? 다이아몬드는 정말 여자의 '베스트 프렌드'인가? 아니면 현금화가 불가능한 격정적인 손등 키스에 더 가치를 두어야 할까?

한 가지는 보증할 수 있다. 『선물』을 읽기 전의 당신과 읽은 후의 당신은 같지 않을 것이다. 이는 이 책이 선물로서 가지는 위상이기도 하다. 선물은 단순한 상품은 할 수 없는 방식으로 영혼을 변화시키니까.

『브링 업 더 보디스』

›››‹‹‹

(2012)

오, 튜더여! 튜더 왕가 이야기는 질리는 법이 없다. 이들의 일화로 책장이 꽉꽉 차고 이들의 기담에 바쳐진 영화만도 한 무더기다. 그들의 못된 행각들, 권모술수와 음모와 배신들. 우리가 튜더 시대의 암투, 투옥, 고문, 화형에 싫증날 때가 오기나 할까?

소설가 필리파 그레고리(Philippa Gregory)는 불린 자매—'정부' 메리와 '요부' 앤—를 매우 흡인력 있게 그렸고, TV 시리즈 〈튜더스〉는 교회 지정학을 실감 나게 담았다. 다만 시대착오적인 속옷들이 튀어나오는 것은 아쉽다. 헨리 8세가 매번 반항적이고 음울한 낭만파에 절대로 살찌지 않는 미남자로 등장하는 것도 문제다. 이는 역사 왜곡이다. 하지만 역사적 사실처럼 씩씩대고, 끙끙대고, 썩은 다리에서 고름을 질질 흘리는 왕보다는 근사한 섹스 신을 선사한다.

나도 튜더 왕가라면 사족을 못 쓴다. 그래서 힐러리 맨틀(Hilary Mantel)

의 부커상 수상작 『울프 홀』을 단숨에 읽었다. 이 책은 무자비한 기회주의자 토머스 크롬웰을 주인공으로 한 맨틀의 연작 중 첫 번째다. 그리고 이번에 두 번째 책 『브링 업 더 보디스(*Bring Up the Bodies*)』•가 나왔다. 이 책은 『울프 홀』이 끝난 곳에서 사체들을 주우며 시작한다.

이 책의 시작은 여름이다. 헨리 8세와 그의 궁정은 시모어 가문의 근거지인 울프 홀로 옮겨 가 있고, 그곳에서 왕은 고지식하고 정숙한 제인 시모어에게 눈독을 들인다. 어린 제인이 다음번 왕비가 될 운명이다. 토머스 크롬웰은 죽은 딸들의 이름을 붙인 매들을 날리고 있다. "그의 자식들이 하늘에서 떨어지고 있다." 맨틀은 이렇게 시작한다. "그는 말을 타고 지켜본다. 그의 뒤로 잉글랜드 땅이 끝없이 펼쳐지고, 금빛 날개의 매들이 각자 핏발 선 시선으로 강하한다. (…) 여름 내내 이랬다. 잘려 나간 사지들이 정신없이 쌓였다." 그리고 우리는 토머스 크롬웰의 깊고, 어둡고, 미로 같지만 기이하게 객관적인 마음속으로 들어간다.

역사적으로 크롬웰은 난해한 인물이다. 바로 이 점 때문에 맨틀이 그에게 관심을 가졌을 가능성이 크다. 사실로 알려진 것이 적을수록 소설가가 운신할 폭이 커진다. 크롬웰은 미천한 신분으로 태어나 폭력적인 환경에서 자랐고, 젊은 시절 용병과 상인으로 외국을 떠돌다가 잉글랜드 절대 권력의 최고 대리인 자리에 올라 나라의 재정과 국정을 좌지우지했으며, 그 과정에서 자신을 은밀히 증오하고 경멸하는 정적

• 한국어판은 『튜더스, 앤 불린의 몰락』이라는 제목으로 나왔다. 원제 '브링 업 더 보디스'는 '반역자들을 호송하라'라는 뜻의 당시 영국의 법률 문구다.

들을 양산했다. 특히 귀족들이 그를 미워했다. 압제자 스탈린에게 그의 오른팔이 되어 피의 숙청을 지휘한 베리아가 있었다면 헨리 8세에게는 크롬웰이 있었다. 그는 왕이 사냥을 나간 사이 궂은일을 처리하고 참수형을 주관했다.

크롬웰은 종교개혁의 편에 있던 앤 불린을 왕비 자리에 올렸고, 그녀의 편을 들었다. 앤이 어리석게도 그를 제거할 마음을 먹기 전까지는. 그러자 크롬웰은 앤의 적들과 연대해 그녀의 몰락을 주도했다. 『브링 업 더 보디스』는 그가 이 과정에서 뿜어내는 강철 같은 주도면밀함을 생생히 보여준다. 그는 두려움의 대상이었고, 명석했다. 특히 사실과 모욕에 대한 기억력이 뛰어났고, 복수를 생략하는 법이 결코 없었다.

크롬웰은 항상 혹평을 받았던 반면, 헨리 8세는 엇갈린 평가를 만들어냈다. 헨리의 젊은 시절은 황금 꽃밭이었다. 그는 르네상스 왕자, 만능 스포츠맨, 시인 , 빼어난 춤꾼, "풍속의 거울이자 예절의 본보기"• 등등이었다. 하지만 그는 점점 살기등등하고 탐욕스러운 미치광이 폭군이 되어갔다. 찰스 디킨스의 입에서도 좋은 소리가 나오지 않았다. 디킨스는 『찰스 디킨스의 영국사 산책(*A Child's History of England*)』이라는 기발한 작품에서 헨리 8세를 "최악의 깡패, 인간성의 수치, 영국 역사의 피고름 같은 얼룩"으로 불렀다. 디킨스에 따르면 헨리 8세는 말년에 "비대하고 흉물스럽게 변했고, 다리에는 커다란 구멍이 있었고, 모든 의미에서 혐오스러워 가까이 가는 게 끔찍할 정도였다". 헨리 8세의 병이 정확히 무엇이었을지 21세기 의사들이 경쟁하듯 진단을 내놓았다.

• The glass of fashion and the mould of form, 셰익스피어의 『햄릿』에 나오는 표현이다.

전에는 헨리가 매독 환자였을 것으로 여겨졌지만, 지금은 당뇨가 유력해 보인다. 거기다 마상 창술 시합 중에 사고를 당해 뇌손상을 입었을 가능성도 있다. 이 사고는 크롬웰을 기절초풍하게 만든다. 헨리가 후계자 없이 죽으면 또다시 내전이 시작될 게 뻔하기 때문이다. 어찌 됐든 튜더가는 장미전쟁을 끝내고 잉글랜드에 평화를 가져왔고, 평화는 크롬웰이 추구하는 것이다. 맨틀은 이것을 크롬웰이 획책한 수많은 피바람의 칭찬할 만한 동기 중 하나로 보았다.

평화는 안정적인 왕에게 달려 있다. 이런 점에서 크롬웰은 몹시 버거운 일을 떠맡은 셈이다. 이미 책의 초반부터 헨리왕은 정신은 혼미해지고, 몸은 불어나고, 침을 흘리기 시작한다. 왕의 피해망상이 점점 커져가는 와중에 플랜태저넷 가문은 몰래 음모를 꾸민다. 크롬웰은 이를 정확하게 간파한다. 그는 자기 인식이 강한 화자이고 매사 확고한 견해를 보인다. 한스 홀바인(Hans Holbein)이 그린 초상화에서처럼, 크롬웰은 "어두운 의도들을 양모와 모피로 숨기고 손으로는 마치 목을 조르듯 서류를 움켜쥔다". 그의 아들조차 그에게 대놓고 살인자처럼 생겼다고 말하고, 다른 초상화가들도 비슷한 인상을 포착한다. "그들이 어디서 시작하든 최종 인상은 같다. 즉 그에게 원한을 샀다면 야음에 그와 만나지 않는 게 좋다."

하지만 크롬웰도 부드러운 구석이 있고, 남들의 부드러운 구석도 잘 본다. 그는 그저 어둡기만 한 게 아니라 깊다. 또한 우리는 그를 통해 위험한 독재 정권으로 추락하는 느낌을, 그 질감을 경험한다. 그곳에서는 권력이 제멋대로 날뛰고, 사방이 첩자고, 말 한마디만 잘못해도 목이 달아난다. 어쩌면 이는 민주국가들이 지하 감옥으로 가득한 독재의 세계로 도로 미끄러지고 있는 우리 시대에 던지는 경고다.

크롬웰의 주적인 앤 불린은 다른 픽션에서처럼 여기서도 영악한 요녀로 나오지만, 죽음을 앞둔 시점에는 "뼈 한 다발의 작디작은 몸집"으로 쪼그라든다. 그녀는 비난보다는 동정의 대상일까? 크롬웰에게는 아니다. "그녀는 잉글랜드를 위협할 적으로 보이지 않는다. 하지만 외모란 기만적이다. (…) 앤의 지배력이 계속됐더라면 지금 처형대에 서 있는 사람은 어린 메리였을 것이고, 그 또한 (…) 잉글랜드의 거친 도끼날에 목이 떨어질 신세가 됐을 것이다." 앤은 파워 게임의 법칙을 알고 있었지만 게임을 충분히 잘하지 못했고, 결국 패배했다. 덕분에 크롬웰이 승자였다. 당분간은.

크롬웰은 여러 해석이 가능한 인물이고, 맨틀의 특기에 딱 들어맞는 인물이다. 맨틀은 착한 사람들의 편을 든 적이 없으며, 음침한 의도들을 다루는 데 익숙하다. 맨틀은 작은 캔버스―현재의 영국을 배경으로 한 소설들―에서 시작했다가 대형 화폭의 역사소설로 옮겨 갔다. 그녀는 1992년에 출간한 『혁명 극장』에 프랑스혁명의 주요 인물들을 대거 등장시켰을 뿐 아니라 엄청난 조연진과 반전을 거듭하는 상호작용들을 포진했다. 맨틀은 『울프 홀』과 『브링 업 더 보디스』에서도 같은 재능에 의존한다. 헨리왕의 궁정에는 수많은 사람들이 도사리고 있고, 그들 모두 나름의 잇속을 챙기거나 참수의 도끼를 피해 다닌다. 독자가 이들의 뒤를 빠짐없이 따라가게 하는 것은 보통 재능이 아니다.

역사소설 쓰기에는 난관이 많다. 다수의 등장인물과 그럴듯한 속옷은 그중 단 두 가지에 불과하다. 사람들은 어떤 말씨를 써야 할까? 16세기 어휘는 못 알아들을 것이고, 현대 속어는 못 들어줄 것이다. 맨틀은 표준영어를 선택한다. 거기에 때로 추잡한 농담을 가미하고, 서술에는 주로 현재시제를 사용한다. 이런 장치들이 크롬웰의 밀계와 맨틀의 플롯이 전개될 때 우리에게 현장감을 준다. 의복·가구·도구 등 디테일은 어디까지 제공해야 페이지를 틀어막고 이야기를 지연하는 일이 없을까? 고증에 충실한 화려한 직물과 생생한 질감으로 독자가 장면을 상상할 수 있을 정도면 충분하다. 맨틀은 살인 사건 공판이나 왕실 결혼처럼 독자의 관심을 끄는 부류의 질문들에는 대체로 답이 후한 편이다. 드레스는 어땠고, 신부는 어때 보였나? 실제로 누가 누구와 동침했나? 때로 맨틀은 지나치게 많이 공유한다. 하지만 문학적 창의성은 그녀를 배신하지 않는다. 맨틀은 어느 때 못지않게 능란하고 언어적으로 노련하다.

우리가 역사소설을 읽는 이유는 『햄릿』을 계속 보는 이유와 같다. 중요한 건 '무엇'이 아니라 '어떻게'다. 우리는 플롯을 알지만 등장인물들은 플롯을 모른다. 맨틀은 크롬웰이 안전을 확보한 듯한 시점에 남겨두고 책을 끝낸다. 앤 왕비뿐 아니라 그를 저주하던 네 명이 방금 참수됐고, 더 많은 이들이 무력화됐다. 비록 '여우가 집에 간 사이 닭장이 누리는 평화'에 불과하지만 잉글랜드는 평화를 목전에 두었다. 하지만 사실 크롬웰은 아슬아슬한 줄타기를 하고 있고, 그의 적들은 무대 뒤에 모여 불평을 토하고 있다. 책은 처음처럼 피에 젖은 닭털들의 이미지로 끝난다.

하지만 책의 끝이 이야기의 끝은 아니다. "결말이란 없다." 맨틀이 말한다. "그렇게 생각한다면 당신은 결말의 실체에 대해 기만당한 것이다. 결말은 모두 시작이고, 이것도 그중 하나다." 이 결말이 우리를 연작의 마지막 책으로, 헨리의 다음 왕비들과 크롬웰의 다음 책략들로 이끌 것이다. 크롬웰을 "파내려면" 얼마나 많은 복잡 미묘한 가래질이 필요할까? 그는 "기민하고, 통통하고, 접근이 어려운" 수수께끼다. 독자여, 참을성 있게 기다려보자.•

• 힐러리 맨틀은 2020년 초 '토머스 크롬웰' 시리즈의 마지막 편인 『거울과 빛(*The Mirror & the Light*)』을 출간했다.

레이철 카슨 기념일

›››‹‹‹

(2012)

2009년 나는 '미친 아담' 3부작의 두 번째 소설 『홍수의 해』를 출간했다. 상시 사용 가능 영역인 '가까운 미래'를 배경으로 한 이 책에서 레이철 카슨(Rachel Carson)이 성자로 등장한다.

물론 많은 이들에게 그녀는 이미 성자지만, 이 책에서는 공식 성자다. 이 책에 등장하는 '신의 정원사(God's Gardeners)'라는 유사종교 집단은 환경과 성경을 동시에 숭배한다. 이들에게도 성자들이 필요했다. '신의 정원사'는 신성한 자연 세계에 대한 헌신을 기준으로 성자들을 선정했고, 그 성자들의 행적은 동물 친화적인 시를 쓴 경우[「생쥐에게(To a Mouse)」를 쓴 18세기 농민 시인 로버트 번스 성인]부터 멸종 위기 종을 구한 경우[산악고릴라 보호에 앞장선 다이앤 포시(Dian Fossey) 성인]까지 다양하다.

하지만 내가 선택한 제1호 성자는 단연 레이철 카슨이었다. 카슨은 시성을 받을 자격이 충분했고, 이제 성인품에 올랐다. '신의 정원사'의 공식 성인 명부에서 그녀는 새들의 성녀 레이철이다.

올해 레이철 카슨의 기념비적 저서 『침묵의 봄』이 출간 50주년을 맞았다. 많은 이들이 이 책을 20세기 환경 서적 중 가장 중요한 책으로 꼽는다. 이 책은 20세기에 인간이 병충해 방제의 목적으로 만들어 대대적으로 사용한 무수한 화학약품이 생물권을 파괴하는 독이 된 현실을 적나라하게 고발했다. 레이철 카슨은 이때 이미 미국에서 가장 존경받는 생태주의 작가였고, 해당 분야의 선구자였다. 카슨은 일반 독자들도 쉽게 이해할 수 있게 과학을 설명하는 방법을 알았다. 또한 뭔가를 구하려면 먼저 사랑해야 한다는 것도 알았다. 카슨이 저술한 모든 것에서 자연 세계에 대한 그녀의 사랑이 빛을 발한다. 그녀는 『침묵의 봄』이 풍차를 향한 자신의 마지막 돌격이 되리라는 것도 알았다. 그래서 자신이 가진 수사학적 무기들을 골고루 연마했고, 연구들을 광범위하게 종합했다. 그런 다음 단순하면서도 극적인 프레젠테이션과 방대한 통계자료를 결합했고, 환경보호를 위한 구체적 실천이 시급하다는 사회적 합의를 끌어내는 데 성공했다. 이 책의 영향은 엄청났다. 많은 단체들, 입안들, 정부 기관들이 이 책에서 영감을 받았으며 그 핵심 통찰들은 오늘날까지 주효하게 남아 있다.

이 책은 찬사를 받은 만큼이나 맹렬한 저항에 부딪혔다. 맹공의 선두에 선 것은 거대 화학 회사들과 그들에게 고용된 과학자들이었다. 레이철 카슨의 과학적 신뢰성뿐 아니라 개인적 평판까지 무너뜨리려는 다양하고 많은 시도들이 잇따랐다. 그녀는 광신도였고, '동물 애호가'였으며, 현대사회를 병충해와 작물 파괴와 치명적 질병으로 가득한 중세로 후퇴시키려는 위험한 반동분자였다. 하지만 『침묵의 봄』은 살충제의 전면 금지를 부르짖은 적이 없다. 다만 비참한 결과를 낳는 기존의 초토화 정책들 대신 신중한 검사와 정보에 기반한 사용을 주장했다.

카슨에 대한 인신공격의 대부분은 20세기 중반의 여성관—약한 정신 능력, 지나친 감상주의, '히스테리' 경향—에 기초한 젠더 차별적 비방이었다. 일례로 전 미국 농무부 장관 에즈라 태프트 벤슨(Ezra Taft Benson)이 황당한 의문을 제기했다. 그는 사적인 편지에서 카슨이 매력적인데도 미혼인 걸 보면 "필시 공산주의자"일 것이라고 썼다. (대체 무슨 뜻일까? 공산주의자는 자유연애에 탐닉한다는 뜻일까, 아니면 섹스를 배격한다는 뜻일까?)

레이철 카슨은 이 모든 것을 꿋꿋이 견뎌냈다. 비방에 굴하지 않고 품위와 존엄과 용기로 맞섰다. 얼마나 많은 용기가 필요했는지는 얼마 안 가 분명해졌다. 그녀는 암으로 투병하다 1964년 초에 세상을 떴다. 이로써 『침묵의 봄』은 그녀의 임종 유언이 됐고, 더한 영향력을 얻었다.

『침묵의 봄』은 세계적인 선풍을 일으켰을 뿐 아니라 우리 가족에게도 적잖은 파문을 몰고 왔다. 내 아버지는 숲을, 특히 캐나다 북부 대부분을 뒤덮은 침엽수림을 파괴하는 해충 침습을 연구하는 곤충학자였다. 아버지는 1930년대 내내 삼림 곤충학자로 일하며 살충제 혁명의 도래를 보았다. 처음에는 기적과 같았을 것이다. 살충제에 내성 있는 곤충은 아직 없었고, 1차전의 결과는 싹쓸이 압승으로 보였다. 약품 제조업체들은 해충 문제에 대한 화학적 해법을 강력히 밀어붙였다. 그 대상은 삼림 해충에 그치지 않았다. 사과·면화·옥수수를 비롯한 각종 작물의 해충, 질병 매개 곤충, 짜증 나는 모기, 노변 야생화로 확대됐고, 결국은 모든 벌레와 원치 않는 곳에 자라는 모든 것으로 번졌다. 약품 살포는 싸고, 효과적이고, 인간에게 안전합니다. 쓰지 않을 이유가 있나요?

일반 대중은 약품 회사들의 홍보를 믿었다. 마시지만 않으면 사람에게 안전해요. 1940년대 우리 어린 시절의 즐거움 중 하나는 플리트건을 휘두르는 것이었다. 플리트건은 DDT 살충제를 담은 분무기인데, 그걸 뿌리면 실제로 어느 벌레나 죽었다. 우리는 플리트건을 들고 집파리를 추적 암살하거나 장난삼아 서로를 쏘면서 뿌연 DDT 입자들을 흡입했다.

신종 화학물질에 대한 이런 안일한 태도는 다음 10년 동안에도 변함이 없었다. 1950년대 후반 내가 캠프 상담사로 일할 때 캠프장은 모기 때문에 소독약을 정기적으로 살포했다. 세계 곳곳의 마을들과 야영지들도 마찬가지였다. 소독약 살포 후에는 토끼들이 나타나 맴을 돌며 뛰고 발작적으로 경련하다가 풀썩 엎어졌다. 살충제 때문일까? 설마. 그때는 우리가 아직 암은 물론이고 간 손상과 신경 손상에 대한 연구들도 읽기 전이었다. 하지만 연구는 이미 진행 중이었고, 레이철 카슨은 그것을 읽고 있었다.

1950년대 말에 이르러 아버지는 광범위한 약물 살포에 반대하는 입장을 취했다. 아버지가 내세운 이유도 『침묵의 봄』이 상술한 이유들과 같았다. 첫째, 전면 '융단 살포'는 목표 곤충뿐 아니라 목표물에 기생하는 적들도 한꺼번에 죽였고, 곤충뿐 아니라 다른 생명체들도 함께 죽였으며, 그 생명체들뿐 아니라 거기에 의지해 먹이를 얻는 모든 것을 죽였다. 집중 살포의 결과는 숲의 죽음이었다.

둘째, 살충제 살포 후 일부 곤충들은 살아남아 내성 유전자를 후대에 전하고, 얼마 안 가 조상보다 압도적으로 강한 후손이 득세하고, 그들을 죽이기 위해 더욱 독성이 강한 살충제가 개발된다. 이 악순환이 되풀이되다가 결국에는, 카슨의 표현에 따르면, 화학약품이 치명적인 독이 되어 우리를 포함한 모든 것을 깡그리 죽여 없애게 된다.

아버지는 음침한 농담을 하듯 그렇게 되면 곤충들이 우리가 뿌려대는 어떤 것에도 꿋꿋이 적응해서 급기야 지구를 접수하게 될 거라고 했다. (이때는 아직 아버지가 병원에서 생기는 다중내성 슈퍼버그나, 에볼라와 마르부르크 같은 종간 전파 바이러스나, 이미 우리 삶을 교란 중이었던 외래종들에 대해서는 알지 못하던 때였다. 하지만 그들의 침투가 시간문제일 때였다. 아버지는 입버릇처럼 미래에는 아무것도 남지 않을 거라고 했다. 바퀴벌레와 풀만 빼고. 그리고 개미. 어쩌면 민들레도.)

이는 당시의 오빠와 나처럼 어리고 감수성 풍부한 10대들에게 그다지 유쾌한 전망이 아니었다. 유쾌하진 않았지만 완충 효과는 있었다. 1962년에 『침묵의 봄』이 나왔을 때 우리는 마음의 준비가 돼 있었다.

하지만 사람들 대부분은 그렇지 못했다. 이 책이 야기한 충격은 상상을 불허한다. 햇살의 결정체이자 건강의 넥타르로 믿었던 오렌지 주스가 알고 보니 독약이었다는 말을 듣는 기분과 비슷했을까?

그때는 지금처럼 냉소적인 시대가 아니었다. 사람들은 여전히 대기업들을 신뢰했다. 담배 브랜드들은 잭 베니(Jack Benny) 같은 스타를 후원하는 친밀하고 가족적인 이름들이었고, 코카콜라는 하얀 장갑을 낀 처녀들이 순수한 입술로 홀짝이는 건전함의 대명사였다. 화학 회사들은 날마다 그리고 모든 면에서 전 세계인의 삶을 향상시키는 혁신 기업으로 여겨졌다. 공평하게 말하자면 완전히 틀린 말은 아니었다. 흰색 가운의 과학자들은 발견의 깃발 아래 우리를 이끌고 무지와 미신의 군대와 싸우는 십자군으로 보였다. 과학적 혁신은 그게 뭐든 '진보' 또는 '발전'이었고, 진보와 발전은 항상 바람직한 것이었으며, 필연적으로 앞과 위만 향할 예정이었다. 이 믿음에 의문을 품는 것은 선함, 아름다움, 진실에 이의를 제기하는 것이었다.

그런데 이런 때에 레이철 카슨이 비밀을 폭로했다. 우리가 그동안 속아왔다고? 단지 살충제에 대해서만이 아니라 진보와 발전과 발견에 대해서도? 전부 다 거짓이었다고?

그러니까 이것이 『침묵의 봄』의 핵심 교훈 중 하나였다. 진보라는 명찰이 붙은 것들이 반드시 좋은 것은 아니다. 다른 교훈도 있었다. 사람과 자연을 가르는 경계는 우리의 인식에만 있을 뿐 실재하지 않는다. 즉 우리 몸의 내부는 우리를 둘러싼 세상과 연결돼 있고, 우리의 몸에도 생태계가 있어서, 그리로 들어가는 것—우리가 먹거나 흡입하거나 마시거나 피부로 흡수하는 것—은 우리에게 심대한 영향을 미친다. 지금은 이것이 당연한 상식이 됐기 때문에 일반의 생각이 이와 달랐던 시대를 상상하기 쉽지 않다. 세상은 레이철 카슨 이전과 이후로 나뉘었다.

카슨 이전의 자연은 그저 '그것(it)'이었다. 자연은 몰인격하고 무의식한 힘이었다. 더 심하게는 악의적인 힘이었다. 이빨과 발톱을 있는 대로 세우고 인류를 괴롭히지 못해 혈안이 된 흉포한 자연. 그리고 야수 같은 자연에 맞서 싸우는 의식과 지성을 갖춘 '우리'가 있었다. 우리는 급이 높은 존재였고, 따라서 우리에게는 자연을 말처럼 길들이고, 적처럼 진압하고, 여성의 가슴 선이나 남성의 이두박근처럼 '개발'할 권한이 있었다. 저개발은 수치였다! 우리는 자연의 자원을 이용할 수 있었고, 그 자원은 무진하다고 믿었다.

세 가지 사고방식이 '문명 대 야만'의 이분법적 구상의 주원료가 됐다. 첫 번째는 성서적 지배주의였다. 창세기의 조물주가 인간이 동물을 지배한다고 선포했고, 일부는 이를 동물을 몰살해도 좋다는 허락으로 해석했다. 두 번째는 기계 은유의 영향이었다. 기계 은유는 시계의 발명을 시작으로 언어 공간을 잠식하며 18세기 계몽 시대에 서구 전체로 퍼져나갔다. 이 사고방식에 따르면 우주는 무정한 기계이고, 생명체들 역시 영혼도 의식도 심지어 감정도 없는 기계이며, 따라서 고통을 느끼지 않기 때문에 마음대로 남용해도 무방했다. 오직 인간에게만 영혼이 있었고, 이 영혼이 인체라는 기계에 내재했다(혹자는 영혼이 깃든 곳을 뇌하수체로 보았다). 그러다 20세기에 들어와 과학자들은 영혼은 버리고 기계만 챙겼다. 이상하리만치 오랫동안 학계는 동물에게 인간의 감정을 부여하는 것을 인간중심주의의 영향으로 보았다. 그런데 역설적이게도 이는 현대 생물학의 할아버지 찰스 다윈에 대한 정면 반박이었다. 다윈은 늘 생명의 상호 연계성을 주장했고, 어느 견주나 농부나 사냥꾼 못지않게 동물의 감정에 눈뜬 인물이었다.

세 번째 사고방식은 (이번에도 역설적이게도) 사회진화론*에서 나왔다. 이 학설에 따르면 인간은 높은 지능과 고유의 감정 덕분에 동물보다

적자(適者)가 됐고, 따라서 인간은 생존 투쟁에서 승자가 될 자격이 있으며, 따라서 자연은 전면 '인간화된' 환경으로 대체되는 게 마땅했다.

하지만 레이철 카슨은 이 이원론에 이의를 제기했다. 우리가 우리에 대해 어떤 견해를 갖든 '우리'는 '그것'과 별개가 아니었다. 우리는 자연의 일부였고, 오직 그 안에서만 살 수 있었다. 그렇지 않다는 생각은 자멸적 망상이었다.

> '자연 통제'는 자연이 인간의 편의를 위해 존재한다고 생각했던 구시대적 생물학과 철학에 기인한 오만함이 낳은 문구다. 응용곤충학의 개념들과 관행들은 대부분 과학의 석기시대로 거슬러 올라간다. 너무나 원시적인 사고방식이 현대의 가공할 무기들로 무장했고, 그것으로 곤충을 공격함으로써 결과적으로 지구 초토화에 나섰다. 이것이 현재 우리의 무섭게 박복한 상황이다.

사실 위의 '석기시대'라는 비유에는 어폐가 있다. 석기시대를 무시하지 말자. 실제 석기시대 사람들은 카슨이 맞서야 했던 20세기 석학들에 비하면 생명의 전일성에 훨씬 부합하는 삶을 사는 사람들이었다. 비유야 어떻든 결론은 유효하다. 가진 도구가 오로지 망치뿐이라면 모든 문제를 못으로 보는 법이다. 카슨은 책 후반부에서 문제 해결을 위한 새로운 도구들과 방법들을 탐색했다. 이제 세상이 그녀를 따라잡고

• social Darwinism, 다윈의 생물진화론을 사회학에 도입한 학설. 자본주의 착취와 인종차별, 제국주의 침략을 정당화하는 데 쓰였다.

있다.

자연에 대한 전일적 관점이 돌아오고 있다. 그 토대는 이미 있었다. 그것은 계몽주의의 시계 장치 모델에 반발해서 일어난 낭만주의였다. 미국의 경우 자연 남용에 대한 우려는 페니모어 쿠퍼와 헨리 데이비드 소로(Henry David Thoreau)로 거슬러 올라간다. 시어도어 루스벨트도 초창기 환경보호론자였다. 시에라클럽•이 1892년에 설립됐고, 카슨의 시대에는 거대한 풀뿌리 조직으로 성장해 있었다.

『침묵의 봄』이 그처럼 화제가 된 배경에는 이미 광범한 인기를 누리고 있던 자연 관련 활동들, 특히 조류 관찰 취미의 영향도 있었다. 탐조는 1934년 로저 토리 피터슨(Roger Tory Peterson)의 『야생 조류 도감(*Field Guide*)』 출간을 계기로 일대 붐을 맞았다. 한때 난해한 지식을 요했던 자연 탐험은 이제 열정적 아마추어들이 접근 가능한 범위로 들어왔다. 이후 수십 년 동안 탐조가들은 뒷마당과 들판과 숲을 누비고, 네트워크를 형성하고, 자료를 수집하고, 자신들의 발견을 공유했다.

이런 아마추어 자연학자들이 조류의 개체 수 감소를, 특히 독수리와 매, 물수리 같은 맹금류의 개체 수가 줄어드는 것을 알아챘다. 그리고 이제 그 이유가 밝혀졌다. DDT가 먹이사슬의 정점에 있는 알파 포식자들의 몸에 축적돼 여러 부작용을 일으킨 탓이었다. 맹금류의 경우 알껍데기가 얇아져 새로운 세대가 부화하지 않았다. 이는 레이철 카슨이 『침묵의 봄』에서 밝힌 내막의 일부에 불과했다. 하지만 평범한 관찰

• Sierra Club, 미국에서 금광 개발로 인한 삼림 훼손을 막기 위해 시작된 세계에서 가장 오래된 환경운동 단체 중 하나.

자들도 확인할 수 있는 일부였다. 한때 대륙의 하늘을 수놓던 흰머리 독수리들은 다 어디로 갔을까? 독수리는 나머지 모두에게서 엎어지면 코 닿을 곳에 있었다. 만약 어떤 화학물질이 새들을 몰살하고 있다면 그것이 사람에게는 좋을까? 환경에 어마어마하게 들이붓고 있는 다른 많은 화학물질들은? 이런 공론화를 본격적으로 개시한 것이 레이철 카슨의 책이었다. 그리고 공론화는 많은 긍정적 결과를 냈다. 이제는, 적어도 내막을 아는 사람이라면, 아무도 살충제나 제초제 같은 화학약품을 1940~1950년대에 그랬듯 대량으로 살포하는 것을 진지하게 옹호하지 않는다.

레이철 카슨이 살아 있다면 지금의 우리에게 무슨 말들을 했을지 궁금하다. 베트남전쟁 때 미군은 베트남 정글들을 말려 죽일 독성 고엽제 에이전트 오렌지(Agent Orange)를 태평양 너머로 무지막지하게 실어 날랐다. 카슨이 이를 봤다면 뭐라고 했을까? 인류가 파멸의 낭떠러지로 향한다고 경고하지 않았을까? 이때 파괴된 정글들은 여태 회복되지 않았고, 당시 고엽제에 노출됐던 수많은 군인과 민간인이 아직도 후유증으로 고통받고 있다. 하지만 카슨의 경고는 거기서 끝나지 않았을 것이다. 에이전트 오렌지의 해양 유출에 따른 결과를 상상해보라. 바다 남조류의 죽음은 곧 지구적 재앙이다. 지구 대기권 산소량의 50~80퍼센트를 해조류가 만들어내기 때문이다.

2010년 멕시코만에서 원유 유출 사고가 발생했을 때, 이를 수습한답시고 화학 분산제를 살포했다. 이때 카슨이 있었다면 뭐라고 했을까? 의심의 여지 없이 말렸을 것이다. 실제로 당시에 많은 전문가들이 말렸지만 미국 정부와 영국 석유 회사는 이를 강행했다. 빠르게 녹고 있는 북극 빙하에 대해서는 뭐라고 했을까? 그레이트베어 우림을 통과해 태평양에 이르는 송유관을 건설하는 계획에 대해서는?

카슨이 살아 있다면 자신이 뿌린 희망의 신호들도 봤을 것이다. 카슨 덕분에 사람들이 문제의 일부에라도 경각심을 갖게 됐다. 하지만 개인이 모든 문제를 놓치지 않고 파악하기란 어렵다. 우리의 첨단 기술 문명은 구멍투성이고 그 누출물들이 우리에게 떨어지고 있다. 우리가 혁신을 할수록 우리가 호흡하고, 먹고, 피부로 흡수하는 화합물의 목록이 길어진다. 폴리염화비페닐, 염화불화탄소 냉매, 다이옥신 등은 유해성이 밝혀져 얼마간 통제되고 있지만 여전히 많은 유해 화학물질들이 환경에 만연하고, 해마다 우리가 알지 못하는 새로운 화학물질들이 여기에 가세한다.

하지만 대개의 사람들은 본인이 직접 피해자가 되지 않는 한, 보이지 않는 독성을 걱정하는 데 많은 시간을 쓰지 않는다. 인간은 단기적 종이다. 인류사의 대부분을 그렇게 살았다. 대개의 사냥꾼과 약탈자처럼 우리도 기회가 있을 때마다 포식했다. 하지만 우리의 보금자리인 지구를 망치는 일을 멈추지 않으면 우리는 정말로 단기적 종으로 끝난다. 내 아버지의 암울한 예언처럼 바퀴벌레가 지구를 접수하게 된다. 환경운동가들을 악마로 만드는 일—레이철 카슨에게 일어났고 지금도 계속 일어나는 일—은 이 운명을 바꾸는 데 하등 도움이 되지 않는다.

긍정적인 변화도 있다. 인식이 높아졌다. 환경 단체들로 가는 기부금 비중은 여전히 초라하지만, 그래도 이제는 인류 최대의 질문에 답하는 것을 목적으로 하는 단체들이 많아졌다. 그 질문은 이것이다. 우리가 지구에서 살아남을 방법은 무엇인가? 수많은 지역 단위, 국가 단위 환경 단체들이 피라미드를 이루고 그 위에 그린피스, 세계자연기금, 버드라이프 인터내셔널(Birdlife International) 같은 국제단체들이 있다. 이들 덕분에 지금의 우리는 카슨의 시대에 비해 지구 생명의 자초지종에 대해 훨씬 많이 안다. 해류가 어디로 흐르는지, 숲이 어떻게 영양분을 보충하는지, 바닷새 무리들이 어떻게 해양 생물을 풍요롭게 하는지를 안다. 우리는 1940년대 이후 어류 자원의 90퍼센트를 파괴했다. 하지만 해양 공원 지정으로 회생을 도모 중이다. 우리는 새들이 어디에 둥지를 트는지, 그들이 계절이동을 하며 어떤 위험을 헤쳐나가는지 안다. 우리는 서식지 보존의 중요성을 알고, 체계적으로 보호지역을 지정해나가고 있다. 국제자연보전연맹(IUCN)의 중요조류서식지(IBA) 지정도 그중 하나다.

하지만 방대해진 지식에 비해 공동의 정치적 의지는 강하지 않다. 변화를 향한 에너지와 보존 활동은 앞으로 풀뿌리 네트워크에 기댈 수밖에 없고, 지금도 대부분 거기서 나온다.

최근에 레이철 카슨의 뜻을 잇는 듯한 상품을 보았다. 버그어솔트(Bug A Salt)는 소금을 실탄으로 사용해서 파리를 잡는 장난감 소총이다. 창안자는 크라우드펀딩으로 무려 50만 달러의 자금을 모았다. 벌레를 쏘고 싶은 사람들이 어지간히 많은 모양이다. 1940년대에 철부지들이었던 우리가 플리트건을 좋아했던 것처럼.

버그어솔트의 친환경 판촉 포인트는 두 가지다. 건전지가 필요 없다. 살충제를 사용하지 않는다. 이 아이디어가 광활한 숲을 대대적으로 덮치는 병충해에 대한 해법이 될 것 같지는 않다. 괜히 소금만 엄청나게 낭비하지 않으면 다행이다. 그렇다 해도 성(聖) 레이철은 그 핵심

가치에 박수를 보내줄 것이다. 어떤 새도 버그어솔트로 인해 침묵당할 일은 없을 테니까.

미래 시장•

>>><<<

미래에 대해 우리가 하는 이야기들

(2013)

우리의 미래—내세가 아니라 지구상에서 맞이하는 실제 미래—가 밝게 손짓하는 것이었던 때가 있었습니다. 그게 언제였죠? 아마도 19세기? 이때 빛나는 미래를 예견하는 유토피아문학이 쏟아져 나왔습니다. 일일이 나열하려면 며칠이 걸립니다. 아니면 1930년대? 이때 사이언스 픽션 잡지뿐 아니라 일반 잡지들에도, 1933~1934년 시카고 세계박람회(박람회의 부제는 '진보의 세기'였습니다)에도, 유선형 고능률의 약속들로 가득했습니다. 토스터도 그중 하나였죠. 당대인들은 조만간 우리가 플래시 고든••처럼 딱 붙는 옷을 입고 광선총을 쏘고, 초소형 개인용 제트 추진 비행체를 타고 핑핑 날아다니게 될 것으로 신나게 믿었

• futures market, 금융 용어로는 선물(先物) 시장을 뜻한다.

•• Flash Gordon, 미국 만화가 알렉스 레이먼드(Alex Raymond)의 동명 SF 만화(1934)의 주인공.

습니다.

오늘날도 비슷한 약속들이 등장합니다. 다만 초점이 생명공학 쪽으로 옮겨 갔죠. 사람들은 옷을 코디하듯 자녀의 유전자를 선택하고, 영생까지는 아니어도 최소한 현재보다는 수명이 대폭 연장되는 미래가 머지않았다고 말합니다. 심지어 우리 뇌를 데이터로 바꾸고 컴퓨터에 업로드해서 우주로 쏘아 올리는 것을 좋은 아이디어로 생각하는 사람들도 있습니다. 우주 공간에서 육신 없는 복제물이 되어 영원히 떠도는 거죠! 육신이 없으면 어때요! 어차피 우리는 차이를 못 느낄 건데요! 다른 복제물이 내 서버의 플러그를 뽑기 전까지는 말이죠. 이런 부류의 명랑 판타지와 별개로, 지금의 우리는 미래를 상당히 불길하게 바라봅니다. 허리케인 샌디, 기후변화, 항생제가 듣지 않는 돌연변이 질병의 발생, 생물권 고갈, 해수면 상승, 대기 중 메탄 농도 증가 등을 겪으며 우리는 더 이상 미래를 놀이공원 유람으로 상상하지 않습니다. 미래는 수렁 속 고투에 더 가까워 보입니다.

그러다 또 다른 미래 지향 아이템으로 좀비 아포칼립스가 떴습니다. 좀비 미래가 사람들의 마음을 제대로 휘어잡은 양상입니다. 적어도 대중문화에서는 그렇습니다. 유전공학과 수명 연장과 마인드 업로딩처럼, 좀비 밈들도 우리와 육신, 우리와 죽음의 관계를 다룹니다. 사실 이 문제가 우리의 뇌리를 장악한 것이 어제오늘의 일은 아닙니다. 자의식을 가진 종의 숙명이라 할까요. 다만 이번에는 주객이 전도됐습니다. 좀비나 좀비 피해자가 되는 것이 죽음을 극복하고 영생을 얻는 개념이 아니라, 죽음에 사로잡히고 죽음에 압도당하는 개념이 됐어요. 좀비에게 쫓기는 인간의 모습은 내 죽음이 나를 쫓는 사냥을 형상화합니다.

제가 좀비에 관심을 갖게 된 이유요? 남들은 다 아는 듯한 좀비의 매력을 저만 느끼지 못했기 때문입니다. 이럴 때는 연구가 답이었습니다. 나는 무엇을 놓치고 있는가? 제가 좀비 전문가 나오미 올더먼(Naomi Alderman)과 공동으로 웹소설 플랫폼 왓패드(wattpad.com)에 연재했던 「행복한 좀비 해돋이 집(The Happy Zombie Sunrise Home)」이 그 연구의 일부였습니다. 이야기 자체는 꽤 재미있었지만 불행히도 이 작품은 재미에 걸맞은 관심을 끌지 못했습니다. 훗날 이 제목이 제 묘비명이 되지나 않으면 다행이죠. 일단 지하에 들었으면 거기 머물러 있으라는 뜻으로요. 가능성이 농후해요.

문학이나 영화 같은 플롯 기반 커뮤니케이션의 세계에서 사람은 좀비 외에도 다양한 괴물들로 변신할 수 있습니다. 그리고 어떤 괴물이든 괴물로 둔갑하는 것은 사람에게 일말의 이점을 제공합니다. 대개는 이런저런 초능력이 생기거든요. 하지만 좀비가 되면 반대로 힘이 저하됩니다. 좀비 아포칼립스의 바닥을 파헤치려면, 다시 말해 해당 서사의 서브텍스트를 파악하려면, 뜯어서 비교하기가 필요합니다. 그래서 저는 먼저 (a) 다양한 유형의 문학적 괴물들—대개는 고전문학에서 온 것들—을 전반적으로 조망하고, (b) 그중에서 최근의 현상이면서 우리의 미래와도 상관있는 좀비 전염병을 집중적으로 살펴보려 합니다.

좀비의 형태와 기능을 논하기에 앞서, 먼저 미래에 대한 제 소견을 개진하고자 합니다. 레이먼드 카버를 본떠서 이 부분에 다음과 같은 부제를 붙여도 좋을 듯합니다. '미래에 대해 말할 때 우리가 말하는 것은?' 단답형을 원한다면 이에 대한 답은 '현재'입니다. 우리가 이어갈 수 있는 건 현재뿐이기 때문입니다. 놀라운 정보를 하나 알려드릴까요? 미래는 사실 존재하지 않습니다. 따라서 누구나 입맛에 맞게 만들 수 있어요. 과거와 달리 미래는 팩트체크가 불가능하니까요. 소설가에게는 축복이고, 주식 거래인에게도 좋은 일입니다. 사실 무슨 일이 일어날지 소상히 예측할 수 없다는 것은 모두에게 유리한 일입니다. 예지력은 우리에게서 자유의지를 빼앗을 뿐입니다. 자유의지가 인간의 착각이든 뭐든 우리가 매일 아침 침대에서 빠져나오는 데 절대적으로 필요해요.

올가을 초 비행기에서 영화를 보았습니다. 저는 비행기를 타면 영화를 즐겨 봅니다. 〈쿵푸팬더〉도 비행기에서 본 영화인데 혹시 못 봤다면 추천합니다. 다른 비행 때는 갑자기 미래에 대한 진지한 탐구욕이 솟아서 〈맨인블랙 3〉을 선택했습니다. 줄거리는 이렇습니다. 'MIB의 제이 요원은 [당연한 말이지만 미래에서 과거로] 시간여행을 해서 1969년으로 간다. 거기서 젊은 시절의 케이 요원을 만난다. 둘이 의기투합해서 외계인 흉악범들이 미래를 파괴하는 것을 막는다.' 선택한 영화(보호자 감독 시 어린이 관람 가능 등급)에 접속하는 과정에서 저는 몇 개의 유쾌한 광고에 노출됐습니다. 허버트 마셜 매클루언(Herbert Marshall McLuhan)과 같은 지역에 살면서 법적 음주 가능 연령을 맞았던 사람답게 저는 광고를 즐겨 봅니다. 매클루언은 1940년대 후반의 인기 광고들을 분석한 심리적·사회적·문학적 미디어비평 『기계신부』(1951)로 명성을 얻었습니다. 이 책에서 제가 특히 좋아했던 장은 '깊은 위안(Deep Consolation)'입니다. 이 제목은 제임스 조이스식 말장난으로, 숨은 뜻은 시신 매장입니다. 1940년대에는 이런 조이스식 말장난이 유행했습니다. 책에 있는 광고에서 한 젊은 여자가 비 내리는 창밖을 봅니다. 여자의 태평한 표정은 '비 와도 문제없어. 내가 다 알아서 했으니까'라고 말합니다. 무엇을 파는 광고일까요? 클라크 메탈 그레이브 볼트(Clark Metal Grave Vault). 이게 뭐냐고요? 관을 넣는 금속 통입니다. 생긴 것도 관처럼 생겼어요. 여기에 관을 넣어서 묻으면 비가 내려도 시신이 젖지 않는다는 겁니다. 업체가 잡지 광고 비용을 감당할 정도면 당시 꽤 팔리는 상품이었던 게 분명해요.

매클루언이 첨부한 관련 기사들의 제목은 이렇습니다. "너무 보송해." "방수라는 말에 눈물도 말랐어요." "빈틈없는 브랜드에 몰리는 시신들." 매클루언의 메시지는 이겁니다. 매드맨•이 지배하는 광고 만능 시대에는 팔지 못할 게 없으며 사지 못할 것도 없다. 그는 망자를 그런 장치에 '안치'한다는 발상이 얼마나 실없는 생각인지 보여주고자 했습니다. 여러분, 미생물학적 견지에서 거기서 무슨 일이 일어날지 정말 몰라요? 그런데 그게 바로 광고의 요지였어요. 죽음을 피상적 겉치레로 덮어서 명백한 지식을 회피하고 흐리는 것. 망자가 어떤 의미로는 여전히 살아 있어서 자신의 방부 처리된 유해를 위해 물 샐 틈 없는 노력을 기울여준 데에 깊이 감복할 거라는 동화를 강요하는 것. 적어도 망자의 수의는 비에 젖지 않겠죠.

그러다 제가 좀비에 눈뜨게 됐고, 1970년에는 〈살아 있는 시체들의 밤(Night of the Living Dead)〉도 보았죠(이 B급 영화가 좀비 호러 장르를 개창한 기념비적 작품이 될지 누가 알았겠어요?). 그러자 관 모양의 값비싼 깡통

• Mad Men, 1960년대 미국 뉴욕의 광고업계를 풍자한 드라마의 제목.

에서 더 불길한 서브텍스트가 보이더군요. 어쩌면 클라크 메탈 그레이브 볼트의 목적은 시신을 비바람에서 보호하는 게 아닐지도 몰라요. 어쩌면 진짜 목적은 망자를 가둬두는 것, 망자가 땅을 파고 나와 좀비로 돌아다니는 것을 막기 위한 것일지도 몰라요. 이게 더 가능성 있지 않나요? 돈을 걸라면 걸 수도 있어요.

반면 제가 비행기에서 본 광고는 당당한 미래지향적 광고였습니다. 개인의 주식 거래를 대행하는 회사의 광고였거든요. 광고는 제게 현재는 중요하지 않으니 가능함의 일부가 되라고 말했습니다. 중요한 것은 '다음번', 즉 미래다. 지금은 서막일 뿐이다. "과거는 서막일 뿐이다"라는 셰익스피어의 말을 변용한 겁니다. 하긴 지금이 서막일 뿐이라면, 우리가 미래에 도착했을 때는 미래가 지금이니까 미래도 서막이잖아요. 그럼 미래도 하찮은 것이잖아요. 즉 중요한 건 오로지 다음번뿐이고, 그렇게 다음만이 무한정 이어지겠죠. 그렇게 따지면 주식 매입은 영원히 실재하지 않는 무언가에 투자하는 게 됩니다.

2011년 크리스마스 무렵 『캐비닛 매거진(*Cabinet Magazine*)』이 제게 종말 예언을 주제로 제작한 매력적인 달력을 보냈습니다. 세상의 종말은 지금껏 뻔질나게 예언됐지만 들어맞은 적은 한 번도 없습니다. 다음은 종말 달력의 보도 자료 중 일부입니다.

> 고대 마야의 장주기력에서 현 주기가 끝나는 2012년 12월 21일이 오면 세상이 끝난다고 합니다. 물론 지구 종말을 예언한 일이 이번이 처음은 아닙니다. 이에 따라 『캐비닛 매거진』은 비운의 독자 여러분께

짧게나마 남은 시간에 대한 안내서를 제공합니다. 이 특대형 벽걸이 달력은 열두 가지 점치는 방법을 보여주는 게르트 & 베르그스트롬의 그림들을 실었으며, 기존의 휴일들을 무시하는 대신 종말 예언의 역사에서 중요한 의미를 가지는 60여 개의 날짜를 표시했습니다. 혜성, 외계인, 홍수, 돌아온 메시아 등이 등장하는『최후의 달력(*The Last Calendar*)』은 다가오는 해의 모든 날들을 당신과 함께하다가 2012년 12월 21일에 당신과 함께 끝납니다.

달력이 보여주는 점술 중 일부는 친숙하고(가령 동물의 내장을 관찰하는 것) 어떤 것은 생소했습니다. 커피 찌꺼기로 점치기? 찻잎 점은 들어봤지만…… 커피? 그러다 감자점술(potato-mancy)에 이르렀습니다. 감자로 점을 치는 거죠. mancy는 그리스어로 예언을 뜻합니다. 이 단어에서 manic(정신없는)과 maniac(광적인)이 유래했습니다.『포브스』지와는 달리 고대 예언자들은 발광에 가까운 무아경에서 미래를 보았기 때문이죠. 감자점술 사진에는 작은 막대기가 두 다리처럼 꽂혀 있는 뒤틀린 모양의 감자들이 있었습니다.

잡지사가 지어낸 거야. 저는 생각했습니다. 그렇기도 하고 아니기도 했습니다. 인터넷 검색—현대판 신탁 받기—을 해보니 감자점술에 대한 항목이 두 가지 떴습니다. 첫 번째는 '아브라카다브라 포럼' 사이트였습니다. 거기서는 감자점술을 이렇게 설명했습니다. "파란 감자를 하나 선택해서 여기다 싶은 느낌이 올 때까지 칼을 이리저리 움직여보다가 칼을 넣을 지점이 여기다 싶으면 감자를 두 동강 낸다. 어떤 패턴이 보일 때까지 감자의 단면을 응시한다. 감자를 염료에 담그는 것이 도움이 될 수 있다. 영감에 따라 패턴을 해석한다." 저는 직접 해볼 생각이 없지만 여러분은 한번 해보세요. 또 아나요? 글이 막혔을 때 효험이 있을지? 몇 날 며칠 감자 단면만 노려보다 보면 막혀 있는 원고로 돌아가는 것이 더 행복하겠다 싶을 수도 있어요.

두 번째 설명은 위키아•에서 가져왔습니다.

> 감자 에너지의 달인들을 감자점술사라고 부른다. (…) 일설에 의하면 이들은 '검은 감자'로 알려진 물체에서 힘을 끌어낸다. 짐작건대 이 물체는 모든 행성의 핵심에 하나씩 존재하며, 종족 전체가 위험에 처한 위기의 시기에 한 감자점술사가 모든 감자점술사들의 힘을 불러 모아 행성의 중심에서 새카맣게 탄 감자를 들어 올려 적에게 투척한다. 비등점 이상으로 과열된 감자는 막을 수 없으며 접촉 시 폭발한다.

요즘 세상이 심히 수상하니 앞으로 감자점술을 전수하는 워크숍이 우후죽순 생기다가 잘하면 유사종교 집단으로 성장하지 말란 법도 없습니다. 그 사교의 자금줄은 프리토레이••가 되지 않을까요? 아니면 더 순수파인 케틀칩스•••가 배후로 나설까요? 어찌 됐든 감자의 위상이 높아지면 장사에 좋은 일이니까요. 프랜차이즈 기회도 있어요. 현재는 서막일 뿐이라는 거 잊지 마세요. 중요한 것은 다음이고, 다음에는 그

• Wikia, 현재는 팬덤(Fandom)으로 변경되었다.

•• Frito-Lay, 미국 스낵류 식품 회사.

••• Kettle Chips, 미국 오리건주 세일럼에 있는 포테이토칩 제조사.

다음 번 다음이 있습니다.

과거에는 점술이 중요했고, 그만큼 많고 다양했습니다. 옛날에 왕들은 예언자를 고용했고, 그들과 애증 관계에 있었습니다. 일단 왕들은 나쁜 소식을 원치 않았습니다. 희소식을 바랐죠. 하지만 가짜 희소식도 원치 않았습니다. 어느 쪽이든 왕의 악행을 비난하는 예언자는 눈엣가시였습니다. 지금의 세계에서도 다르지 않습니다. 왕이 다른 이름으로, 이를테면 기업 회장으로 불리는 것만 빼면요. 이들이 듣기 싫어하는 소식은 미국 중서부 곡창지대를 말리는 기후변화와 바다를 파괴하는 유독성 폐기물 유출 같은 문제들에 관한 소식입니다.

하지만 예언자만이 현재와 미래의 매개자는 아니었습니다. 고대에는 새의 비행, 유성, 『주역』 같은 점술서, 타로 카드와 별자리로도 길흉을 점쳤습니다. 이 중 별점은 지금도 일간지에서 열심히 점괘를 팔고 있습니다. 물론 고대 그리스의 신탁은 애매모호하기로 유명했습니다. 대개는 두루뭉술하게 상대가 듣고 싶어 하는 말을 해주면서, 만약에 대비해 약삭빠르게 빠져나갈 구멍들을 깔았죠. 이래저래 미래 예측은 부질없는 것이란 생각이 듭니다.

이제 약속대로 좀비 얘기를 해볼까요. 좀비의 원조는 아이티 부두교로 알려져 있습니다. 부두교에서 좀비는 복어의 신경독을 함유한 약물에 의해 의지와 기억을 빼앗긴 사람들을 뜻했습니다. 피해자들은 가짜로 매장됐다가 인지를 잃은 노예가 됐죠. 좀비가 되면 자신이 누구인지 전혀 기억하지 못했고, 당연히 내일 무슨 일이 있을지에 대한 걱정도 없었습니다.

하지만 1968년 영화 〈살아 있는 시체들의 밤〉을 필두로 쏟아진 현대 좀비물의 좀비들은 부두교 주술의 좀비와 많이 다릅니다. 우선 기원이 불분명한 전염병이 발생하고, 여기 감염되면 미친개나 뱀파이어처럼 남을 물어뜯고, 이 물어뜯기를 통해 병이 전염됩니다. 감염자는 일단 죽어서 생사의 문턱을 넘고, 소생하면서 다시 문턱을 넘습니다. 되살아나서 하는 일이라고는 살아 있는 사람들을 물어뜯는 것밖에 없고, 결과적으로 전염병이 일파만파 퍼집니다.

설화 모티프의 응용이 대개 그렇듯, 현대 좀비의 형상화도 여러 설화 모티프들을 떼어다 조립한 결과입니다. 그중 일부는 14세기 흑사병 시대에 영감을 받은 미술에서 왔습니다. '죽음의 무도' 모티프가 연상되는 좀비 무리의 움직임, 푸르데데한 피부 같은 섬뜩한 색들, 썩은 이빨, 살점이 넝마처럼 늘어진 해골, 너덜너덜한 누더기 등. 이것이 클라크 메탈 그레이브 볼트에 망자를 넣고 한참 후에 열었을 때 보게 될 모습이겠죠. '죽음의 무도' 모티프가 말하는 바는 이렇습니다. 죽음은 만인에게 평등하다. 죽음은 왕자와 군인, 부자와 빈자를 가리지 않고 찾아온다. 좀비 아포칼립스도 비슷한 주장을 합니다. 좀비 세계에 계급이란 없으며 재력도 아무 의미가 없습니다.

좀비 아포칼립스 형상화에 쓰이는 재료 중에는 최근 것들도 있습니다. 즉, 좀비화가 사회 붕괴와 물적 기반 파괴를 야기하는 집단 현상을 은유할 때가 많습니다. 2002년 영화 〈28일 후(28 Days Later)〉가 대표적이죠. 이 영화의 감염자들은 〈워킹 데드(The Walking Dead)〉의 좀비들과는 다르지만, 사회 붕괴 시나리오와 폐허와 시체 장면들은 매우 흡사합니다.

왜 우리는 이런 이미지들을 지척에 두게 됐을까요? 사실 우리의 20세기는 내내 이런 이미지들의 범벅이었습니다. 다음의 묘사를 들어보세요. "(…) 보이는 것은 이것뿐이다. (…) 시체, 쥐, 낡은 깡통, 낡은 무기, 소총, 폭탄, 다리, 부츠, 두개골, 탄약통, 나무와 주석과 쇠와 돌 조각들, 썩어가는 몸뚱이들과 곪아터진 머리들이 사방에 흩어져 있다." 좀비 아포칼립스 영화의 촬영장을 묘사한 것이 아닙니다. 시인 존 메이스필드(John Masefield)가 묘사한 제1차 세계대전 전장의 모습입니다. 20세기 사람이면 누구나 이런 이미지에 익숙합니다. 20세기 중반과 제2차 세계대전을 겪은 사람에게는 더 생생한 장면들입니다. 직접 겪지 않았다면 사진을 통해서라도 많이 봤을 겁니다. 특히 죽음의 수용소들과 거기서 풀려나는 시체 같은 사람들을요. 중세의 흑사병이 흑사병 미술을 낳고 삶의 소진을 상징하는 해골과 모래시계를 새긴 비석을 유행시켰듯, 20세기에 일어난 두 차례의 거대한 참화가 오늘날 유행하는 좀비 아포칼립스 형상화의 기저가 됐다고 분명히 말할 수 있습니다.

이후 이 죽음의 이미지 보따리가 알베르 카뮈의 1947년 작 『페스트』가 대표하는 여러 재난 소설과 재난 영화의 플롯과 결합했습니다. 기둥 플롯은 대량 감염의 발생과 전파, 사면초가에 몰린 소수 생존자들의 투쟁입니다. 외젠 이오네스코(Eugène Ionesco)의 희곡 『코뿔소』와 포르투갈 작가 주제 사라마구(José Saramago)의 소설 『눈먼 자들의 도시』, 1956년 영화 〈외계의 침입자(Invasion of the Body Snatchers)〉와 1953년 영화 〈화성에서 온 침입자(Invaders from Mars)〉가 떠오를 겁니다. 일각의 해석에 따르면, 이 중 특히 1950년대의 작품들은 일종의 정치적 은유라고 할 수 있습니다. 나치즘과 공산주의 같은 끔찍한 이데올로기가 세균처럼 퍼져서 사람들의 마음을 잠식하고, 소수의 저항자들만 남아서 싸우거나 고초를 겪는 상황에 대한 은유요.

좀비 이야기의 화자는 아직 감염되지 않았지만 고립된 소수입니다. 다른 종류의 괴물들과 달리 감염은 대량 발생이 특징입니다. 뱀파이어 하나가 야음을 틈타 잠옷 차림의 미녀들을 유혹하거나 늑대인간 하나가 숲에 숨어 있다가 지나는 나그네들을 뜯어 먹는 것과는 차원이 다릅니다. 좀비 무리의 위험성은 '무리'라는 데 있습니다. 좀비는 뱀파이어나 늑대인간과 달리 강하지도 빠르지도 않아요. 약하고 느립니다. 하지만 수가 많죠. 비록 얼이 빠져서 맥없이 어기적대며 다니지만, 멀쩡한 사람이 이들을 이기기는 힘들어요. 〈워킹 데드〉 같은 몇몇 최근작에서는 (전개에 필요해서) 좀비가 똑똑해지기도 하고, 심지어 영화 〈웜 바디스(Warm Bodies)〉에서는 좀비들이 불가능한 일—섹시해지는 것—을 해내기도 합니다. 하지만 다시 인간이 됐기 때문에 가능한 일이었습니다. 넘지 못할 선은 있는 법이에요.

자, 초심으로 돌아가봅시다. 예상치 못한 곳에 좀비 무리에 대한 빼어난 묘사가 있었어요. 내용은 이렇습니다.

> 겨울 새벽의 갈색 안개 아래로
> 군중이 런던 브리지 위를 흘러갔다, 너무나 많이.
> 죽음이 이렇게나 많은 사람을 파멸시켰을 줄은 몰랐다.
> 짧고 뜸한 한숨들을 내쉬며
> 각자 자기 발치에 시선을 고정한 채
> 언덕을 올랐다가 킹윌리엄 스트리트로 흘러갔다.

세인트 메리 울노스 교회의 둔탁한 종소리가
아홉 시의 마지막 아홉 번째 종소리가 울리는 곳으로.
거기서 나는 아는 사람을 보고 불러 세웠다. "스텟슨!
자네 밀레 해전•에서 나와 같은 배에 있었지!
자네가 작년에 자네 마당에 심은 시체는
이제 싹이 나기 시작했나? 올해에는 꽃이 필까?
아니면 갑작스러운 서리가 화단을 망쳤나?
아 그럼 이제 개는 멀리 두게. 개가 인간의 친구지만
놔두면 발톱으로 시체를 다시 파내고 말테니!"

위는 T. S. 엘리엇이 1922년에 발표한 시 「황무지(The Wasteland)」의 제1부 '죽은 자의 매장(The Burial of the Dead)'의 일부분입니다. 여기에는 무리 지어 느릿느릿 다리를 건너는 온전히 죽지 못한 사람들이 나옵니다. 이 시에 단테의 『신곡』에서 인용한 "죽음이 이렇게나 많은 영혼을 파멸시켰다"라는 말이 나옵니다. 의식 없이 움직이는 떼거리가 등장합니다. 시체가 소생하고 흙을 뚫고 발아한다는 내용과 전쟁에 대한 언급도 있습니다. 밀레는 전투였고 스텟슨은 전우였습니다. 하지만 이제 그는 살아 있는 시체 중 하나일 뿐입니다.

그런데 오늘날 좀비가 왜 이리 인기일까요? 왜 아이들이 좀비로 분장하고 단체로 좀비처럼 걷는 걸까요? 콜슨 화이트헤드(Colson Whitehead)의 『제1구역』의 인기를 생각해보세요. 나오미 올더먼이 제

• 기원전 3세기 중엽 로마와 카르타고 간에 벌어진 제1차 포에니전쟁 중 두 번째 해전.

작에 참여한 운동 앱 〈좀비 런(Zombies Run)〉의 인기를 생각해보세요. 좀비가 그저 훌라후프처럼 지나가는 유행이 아니라면, 그것이 의미하는 바는 무엇일까요? 인간의 상상이 만들어낸 괴물은 모두 전적으로 은유입니다. 대왕오징어는 인간의 상상 밖에서도 실재하지만, 뱀파이어나 좀비는 그렇지 않습니다. 따라서 좀비는 우리가 생각하는 좀비의 의미를 의미합니다. 그럼 우리가 생각하는 좀비의 의미는 무엇일까요?

우선, 좀비의 이점은 무엇일까요? 좀비가 되면 뭐가 좋죠? 표면적으로는 없습니다. 좀비화는 인생에 하등 보탬이 되지 않습니다. 다른 괴물의 이점과 의미와 단점을 생각해봅시다. 유명한 괴물 중 몇 가지만 외모순으로 따져보겠습니다. 일단 그렌델은 영국의 영웅 서사시 『베오울프』에 등장하는 야생의 식인 괴물입니다. 원래는 과묵한 괴물인데, 존 가드너(John Gardner)가 원작을 멋지게 개작한 『그렌델』에서는 탐구심 많고 농담을 즐기는 존재로 나옵니다. 그렌델의 이점은 힘이 엄청 세다는 것이고, 단점은 팔이 잘 뜯어진다는 겁니다. 그는 저주를 받고 영혼이 병든 존재입니다. 그는 카인의 후예, 타락의 결과, 원죄 등을 대변합니다. 그는 타락한 인간성의 화신입니다.

메리 셸리(Mary Shelley)의 『프랑켄슈타인』에서 프랑켄슈타인 박사는 완벽한 인간을 창조하려다 실패합니다. 실패의 결과물인 말 많은 괴물은 자기 사연을 직접 서술하는 화자이면서 동시에 엄청난 독서가입니다. 처음부터 음침하고 악의적으로 등장하는 영화판 프랑켄슈타인 괴물들과 혼동하면 안 됩니다. 이 인공 생명체는 힘이 지나치게 세고, 산을 끝내주게 타고, 추위를 느끼지 않는다는 이점을 갖고 있습니다. 단점은 아무도 그를 좋아하지 않는다는 거죠. 여자 친구를 사귈 수 없기에 그는 몹시 외롭습니다. 그 역시 병든 부분은 마음입니다. 그는 창조자에게 버림받고 치명적인 마음의 상처를 입었습니다.

프랑켄슈타인의 괴물은 타락한 인간성보다 현대인을 상징합니다. 그는 전기의 원리로 작동합니다. 영화에서 봤다시피 프랑켄슈타인 박사는 과학 장치들로 시체의 신경계에 전기 자극을 가해 그를 만들어 냅니다. 그는 신이 아닌 인간의 창조물입니다. 괴물과 프랑켄슈타인의 관계는 아담과 창조주의 관계를 연상시킵니다. 따라서 이 괴물은 형이상학적 성찰을 제공합니다. 나는 누구인가? 누가 나를 만들었는가? 나의 창조자는 왜 나를 버렸는가? 이 괴물의 의미는 19세기에 일어난 신앙의 위기, 특히 금기를 깨는 과학적 발견들에 직면한 충격과 결부돼 있습니다. 그렌델도 프랑켄슈타인의 괴물도 병을 옮기거나 스스로를 복제할 수 없습니다. 둘 다 위협적인 존재이지만 전염병은 아닙니다. 둘은 인간이 변신한 것이 아닙니다. 내 남자친구가 어느 날 그렌델이 되지는 않아요. 그리고 둘 다 문명을 파괴하지 않습니다.

그럼 이번에는 인간의 변신으로 생겨나서 감염으로 제 상태를 퍼뜨리는 괴물들에 대해 알아봅시다. 대표적으로 세 가지가 있습니다.

1. 늑대인간: 동물 둔갑은 역사가 매우 깊습니다. 그 기원은 샤먼이 주술적 무아경에 들어가 동물로 변신하던 원시시대로 거슬러 올라갑니다. 둔갑의 목적은 동물의 정령들과 교감해 부족의 사냥 성공을 도모하는 것이었습니다. 농경이 수렵을 대체하면서 이런 주술 행위는 밀려나다가 나중에는 악마 숭배로 배척당했습니다. 하지만 변신에 대한 믿음은 만연해 있었고, 변신 대상 동물은 곰, 늑대, 바다표범, 뱀, 사슴, 거

위, 백조, 달팽이 등을 망라합니다.

늑대인간 역시 유럽과 북미의 민간전승에 편재했고, 종류도 다양했습니다. 퀘벡의 루가루(Loup Garou)는 부활절 영성체에 3년 연속으로 불참한 인물이었고, 따라서 종교적 의미를 띠었습니다. 설화에 따르면 십자가상을 녹여 만든 탄환, 또는 그냥 은으로 만든 탄환에 맞아 죽으면 늑대인간이 인간의 모습을 되찾는다고 합니다. 이는 몸에 서려 있던 악령이 떠나고 영혼이 구원받는 것을 암시합니다. 로버트 루이스 스티븐슨의 『지킬 박사와 하이드 씨』는 현대판 늑대인간 이야기입니다. 다만 변신 원리는 무아경이나 마법이 아니라 화학입니다. 늑대인간에 필적하는 질병을 굳이 꼽자면 광견병입니다. 하지만 늑대인간의 발현 상태—체모 증가와 통제 불능의 행동—가 단지 남성 사춘기의 징후를 대변할 수도 있습니다. 요즘은 자유로이 울부짖을 영역을 주장하는 데 있어 남녀가 따로 없긴 하지만요.

늑대인간이어서 좋은 점은 야생의 자유, 체력 증강, 예리한 감각, 난동을 부려도 혼나지 않는 것 등입니다. 늑대인간은 교활합니다. 인간의 모습일 때는 온전한 서사 능력을 구사합니다. 근작에는 늑대인간이 자기 사연을 직접 서술하는 경우도 많습니다. 늑대인간은 자기 질병을 퍼뜨릴 수 있고, 무리 지어 이동하며 짝짓기도 합니다. 하지만 늑대인간은 집단 현상은 아닙니다.

2. 뱀파이어: 특정 조건이 충족될 경우 영생을 누린다는 이점이 있습니다. 뱀파이어는 사람들을 홀립니다. 특히 나른하게 누워 있는 여자들에게 성적 매력을 발산해 그녀들이 들이댄 목에 쉽게 송곳니를 박아 넣습니다. 이들은 희생자와 피를 교환함으로써 더 많은 뱀파이어를 만

들어냅니다. 단점은 햇빛에 약하다는 것입니다. 원작 『드라큘라』의 뱀파이어는 입 냄새가 지독합니다. 저주받은 영혼이지만, 심장에 말뚝을 박는 방법으로 영구 퇴치가 가능한 존재로 나옵니다.

뱀파이어로 연상되는 질병은 결핵입니다. 결핵의 증상을 볼까요. 입 냄새가 나고, 입으로 피를 흘리고, 몸이 야위고 얼굴이 창백해지고, 소모열 홍조와 나른한 상태를 오가고, (19세기의 믿음에 따르면) 성감이 고조됩니다. 일각에서는 19세기 말 브램 스토커의 『드라큘라』 같은 뱀파이어물과 헨리 제임스(Henry James)의 『나사의 회전』 같은 유령물이 성행한 이유를 성적 억압에서 찾습니다. 대놓고 성적인 내용이 있는 책은 양서 시장에 출판할 수 없었던 당시 상황도 영향을 미쳤을지 모릅니다.

뱀파이어는 『드라큘라』에서 소규모 감염을 일으키는 능력을 보여줍니다. 하지만 그 능력은 전염병 전파보다 특정 주거지역을 장악하는 정도에 그칩니다. 앤 라이스의 '뱀파이어 연대기'에서 보듯 뱀파이어는 달변가라는 점도 주목할 만합니다. 또한 그들은 매우 교활하고, 대개 부유합니다. 수백 년씩 살면서 부를 축적했기 때문이죠. 뱀파이어에도 종교적 함의가 있습니다. 악마적 존재라서 십자가상을 들이대면 공격을 못 하거든요. 하지만 구원받을 길이 없지는 않습니다. 뱀파이어의 심장에 말뚝을 박아 넣으면 그 영혼이 구원을 받는다고 해요. 한때는 이 방법이 자살자에게도 쓰였습니다.

3. 좀비: 뱀파이어와 비교하면 좀비의 몰골은 얼마나 비참한가요! 좀비는 역겨운 모습인 데다 약해빠지고 느려터졌습니다. 그들은 생각과 언어를 잃었고, 허약한 신음 외에 아무 소리도 내지 못합니다. 늑대인간과 뱀파이어에겐 종교적 차원이라도 있고 영혼이나 정신이 어딘

가에 깃들어 있지만, 좀비는 그저 몸뚱어리뿐입니다. 어차피 누구에게도 영혼이 없어 보이는 시대인데 좀비에게 영혼이 있을 리 만무하다는 뜻일까요? 아니면 자의식, 즉 자아가 없으면 영혼도 없다는 뜻일까요? 어쨌든 좀비는 결코 자기 사연의 서술자가 될 수 없습니다. 기억도 기록도 못 하기 때문이죠. 이런 좀비가 시사하는 바는 무엇일까요?

몇 가지 추측을 해보자면 이렇습니다.

첫째, 이전의 괴물들은 과거에서 왔습니다. 늑대인간은 수렵채집사회에서 유래했고, 그렌델은 이교와 기독교의 경계에 도사리고 있고, 뱀파이어는 호사스러운 옷과 망토를 두른 귀족이자 지주이고, 프랑켄슈타인의 괴물은 과학과 결합한 계몽주의의 산물입니다. 하지만 좀비 아포칼립스는, 그 시각적 이미지는 과거의 끔찍한 사건들에서 차용했을지 몰라도, 지난 이야기가 아니라 미래의 이야기입니다. 아포칼립스란 원래 성경에서 계시록을 부르는 말입니다. 말 그대로 이미 일어난 일이 아니라 앞으로 닥쳐올 일을 뜻합니다. 따라서 좀비 아포칼립스의 매력은 우리가 현재를 얼마나 나쁘게 보든 미래는 그보다 더 비참할 거라는 데 있습니다. 즉 상대적으로 현재를 좋아 보이게 하는 거죠.

둘째, 비슷한 맥락인데요, 혹시 본인이 못생겼다고 생각하시나요? 그럼 만약 내가 좀비가 되면 얼마나 더 못생겨질지 생각해보세요. 모발은 물론이고 지금까지 치아에 투자한 것도 다 허사가 됩니다. 이 생각만으로도 자신의 '아름다움이 영원한 즐거움'*으로 느껴질 겁니다.

셋째, 뱀파이어가 결핵을 은유했듯 좀비도 질병의 은유라면? 그럼 좀비는 어떤 질병에 해당할까요? 알츠하이머병이나 치매에 가깝습니다. 기억력 손상 때문에 자기가 누군지 모르는 사람들, 그냥 두면 정처 없이 헤매고 다닐 사람들의 비중이 역사상 지금처럼 높았던 적은 없었습니다. 이 맥락에서 보면 좀비는 정신 줄을 놓고 주변의 진을 빼는 노인들의 겁나는 증가세에 반응해서 우리의 집단무의식이 토해놓은 존재가 아닐까요? 일각에서는 정크푸드가 뇌손상을 수반하는 당뇨를 불러 치매 위험을 높인다고 합니다. 아하! 질병 매개체를 찾은 건가요!

넷째, 그런데요, 좀비 아포칼립스의 구성원들은 대부분 젊습니다. 노인들이 아니에요. 그렇다면 혹시 좀비 무리는 시위대의 이면을 상징하는 게 아닐까요? 시위대는 둘로 갈립니다. 이집트의 봄, 월가 점령 시위, 최근의 런던 폭동 등을 조직한 젊은 시위자들이 있는가 하면, 거기 끼어들어 상점 파손과 차량 방화로 평화 시위를 폭력화하는 이른바 블랙블록(Black Bloc) 무리가 있습니다. 능동적 형태. 우리는 이 사회에 어떠한 미래도 소유 지분도 없다. 그래서 우리는 거기에 항의한다. 수동적 형태. 우리는 이 사회에 어떠한 미래도 소유 지분도 없다. 그래서 우리는 거기서 손을 떼고 슬로모션으로 떼 지어 다니며 공격한다.

나오미 올더먼은 2011년 11월 영국 문예지 『그랜타』에 기고한 「좀비의 의미(The Meaning of Zombies)」에서 다음과 같이 말했습니다.

뱀파이어는 경제 호황기에 인기를 끄는 경향이 있는 반면(1980년대와

• "아름다움은 영원한 즐거움(A thing of beauty is a joy forever)"이라는 존 키츠(John Keats)의 시구를 인용한 것이다.

1990년대 초에 전성기를 누린 『뱀파이어와의 인터뷰』를 생각해보라), 누더기를 걸치고 단체로 휘적휘적 걷는 좀비는 긴축기에 주목을 받는 경향이 있다. 조지 로메로(George Romero) 감독의 〈시체들의 새벽(Dawn of the Dead)〉이 1970년대 불황기에 우리에게 왔고, 아니나 다를까 오늘날 좀비들이 대대적 르네상스를 맞고 있다. 좀비 아포칼립스는 문명의 죽음이다. 다음의 질문에 대한 답만이 중요해지는 순간이다. 내게 먹을 것이 있는가? 내게 총이 있는가? 우리는 이것을 판타지를 통해 연습하고, 바닥까지 상상하고 싶어 한다. 특히 경제 위기 시기에는 더 그렇다. 현대인은 도시에 산다. 식량 생산지에서 멀리 떨어져 있고, 이웃은 타인이다. 좀비는 도시 빈민이라는 소름 끼치는 군중이다. 그들은 무언가를 향해 기를 쓰고 손을 뻗는다. 만약 무언가를 건넸다가는 순식간에 그들의 먹이가 된다. 좀비는 우리가 매일 출퇴근길에 마주치는 대체 가능한 익명의 사람들이다. 그들에게서 인간성을 느낄 수 없다.

인지 소실에도 나름 이점이 있습니다. 다른 변신체들은 자아·기억·언어를 유지하고 있으며, 따라서 자신이 무엇을 잃었는지 압니다. 하지만 좀비는 기억과 예지가 없기 때문에 당연히 거기 따르는 걱정·의심·불안 등의 정신적 고통 없이 영원한 현재에 머무릅니다. 그들에겐 어떠한 목표도 책임도 없습니다. 〈좀비 잼버리(The Zombie Jamboree)〉라는 옛 노래의 표현처럼, 섬뜩하게 태평합니다. "등을 맞대고, 배를 맞대고, 우리는 아랑곳없고 우리는 개의치 않아……."

좀비에게는 과거와 미래가 없습니다. 따라서 시간 밖에 존재합니다. 그들 자체는 죽음의 상징이지만, 죽음은 시간과 붙어 있는 거라서 그들은 역설적으로 죽음 밖에서 삽니다. 어떤 면에서 좀비는 기묘하게 축복받은 존재입니다. '기묘하게'가 중요합니다. 어쩌면 좀비 아포칼립스는 두려움의 대상이 된 미래로부터의 탈출일지 모릅니다. 우리 시대에 유령처럼 드리운 기후변화와 사회 붕괴의 전망이 실현되는 현실적인 미래로부터 벗어나 전혀 현실적이지 않아서 위안이 되는 무시무시한 미래로 가는 탈출이요.

제가 1960년대에 처음 청중과 질의응답 세션을 갖기 시작했을 때 사람들은 이렇게 묻곤 했습니다. "언제 자살할 생각이세요?" 저는 여성 시인이었고, 실비아 플라스(Sylvia Plath)의 망령이 아직 떠돌던 시대였고 자살이 필수로 여겨졌습니다. 여권운동 초기에는 이런 질문이 왔습니다. "남자들을 증오하세요?" 1980년대가 되자 사람들이 글쓰기 과정에 대해 묻기 시작했습니다. 1985년 이후에는 『시녀 이야기』에 대해 말하고 싶어 했고, 그건 지금도 그렇습니다. 국가가 여성의 신체를 관리하는 정책에 대해 제가 정곡을 좀 세게 찌른 모양입니다.

그런데 최근에는 이런 질문이 들어옵니다. "희망이 있나요?" 제 대답은 "언제나 희망은 있죠"입니다. 희망은 내장형입니다. 그리고 잘 옮습니다. 희망이 있는 곳에 희망이 더 많아집니다. 희망이 있는 사람들은 노력하기 때문입니다. 미래에 우리 모두에게 필요한 것은 노력뿐입니다. 어쩌면 이것이 좀비의 진정한 의미일지 모릅니다. 그들은 우리입니다. 다만 희망을 뺀 우리를 보여줍니다.

여러분에게 희망이 깃들기를 기원합니다.

내가 『미친 아담』을 쓴 이유

>>><<<

(2013)

『미친 아담』은 왜 쓰셨어요? 내가 가끔 받는 질문이다. 1924년, 에베레스트에 오르는 이유를 묻는 질문에 등반가 조지 맬러리(George Mallory)가 한 말을 인용하고 싶다. "산이 거기 있으니까요." 『미친 아담』은 거기 있어야 했다. 앞서 나온 두 책 『오릭스와 크레이크』(2003)와 『홍수의 해』(2009)가 모두 미결로 끝나기 때문이다. 그러니 『미친 아담』이 와서 열린 결말을 닫아야 했다. 적어도 어느 정도는 닫아야 했다.

앞의 두 책은 다양한 인간 집단들의 행보를 따라간다. 두 책 모두 이 집단들이 같은 시점, 같은 지점에 모이면서 끝난다. 『미친 아담』은 그 지점에서 시작해 남은 이야기를 이어간다. 앞의 두 책에서 숨겨져 있던 인물의 과거도 여기서 밝혀진다. 그 인물은 바로 젭이다. 젭은 전편에서 가두 패싸움의 대가이자 소형 동물 찜 요리의 달인으로 등장했는데, 이번에 새로이 뛰어난 도둑이자 해커이기도 한 것으로 밝혀진다.

이 책이 독일에서 발간되면 제목이 '젭의 이야기'가 될 것이다. '미친 아담'은 독일어로 번역하기 불가능하고, 실제로 젭의 사연이 주된 내용이니까. 하지만 당연히, 홍보 전단의 흔한 문구처럼, "그게 다는 아니다". 예를 들어 『홍수의 해』에서 젭에 대해 떠돌던 소문들의 진위도 밝혀진다. 그가 정말로 곰 한 마리와 자신의 부조종사를 잡아먹었을까? 딱 봐도 '신의 정원사'와는 어울리지 않는 루선이란 여자와는 대체 어떤 사이길래 단체에 데려왔을까? 평화주의 신학자이며 땅속 요정이 만든 것 같은 카프탄 셔츠를 걸치고 다니는 아담 1과는 정확히 어떤 관계일까?

원래는 아담과 젭의 이야기를 『홍수의 해』에 넣으려고 했다. 하지만 거기에는 들어갈 자리가 없어서 할 수 없이 다음 책에 넣어야 했다. 파격적이었던 『홍수의 해』 북 투어 과정—음악 공연과 연극 공연과 조류 보호 캠페인과 결합한 투어—을 론 만(Ron Mann) 감독이 〈홍수에 뒤이어(In the Wake of the Flood)〉라는 다큐멘터리 영화로 만들었다. 이 영화의 마지막에 카메라가 『미친 아담』을 써 내려가는, 아니 쳐 내려가는 내 모습을 잡는다. 젭은 길을 잃었다. 내가 키보드를 두드린다. 그는 나무 밑에 앉았다. 그러자 화면에서 그가 길을 잃고, 그가 나무 밑에 앉는다.

미친 아담(MaddAddam)이라는 단어는 팰린드롬(palindrome)이다. 즉 앞으로 읽으나 뒤로 읽으나 똑같은 거울 단어다. (왜 d를 두 번씩 넣었느냐고? 이유는 두 가지다. 먼저 지적인 변명을 하자면, 유전자 접합에 쓰는 복제 DNA 느낌을 내고 싶었다. 하지만 이건 내가 제목을 정한 다음에 만들어낸 이유다. 직접적인 이유는 이렇다. 이미 Madadam이라는 도메인명이 있었다. 내 책의 제목이 나중에 행여 포르노 사이트의 이름이 될까 봐 겁났다. 전례가 없던 일도 아니다.)

다른 이유는 이렇다. 작중에서 미친 아담은 무소불위의 권력을 휘두르는 기업 정권에 대항해 바이오 테러리즘을 벌이는 저항 조직의 이름이다. 이 조직은 멸종마라톤(Extinctathon)이라는 온라인 게임을 운영하는 그랜드마스터의 코드명에서 이 이름을 땄다. "아담은 살아 있는 동물들에게 이름을 지어주었고, 미친 아담은 죽은 동물들에게 이름을 지어줍니다. 게임을 하시겠습니까?'" 단어 자체로 보나 문맥으로 보나 미친 아담의 실체—그게 단수든 복수든—는 무언가에 화가 나 있음을 알 수 있다. 아니면 미쳤거나. mad는 둘 다를 뜻한다. 또는 미친 짓을 벌일 만큼 화가 났거나. 마지막 것이 정답으로 드러난다.

멸종마라톤은 참가자들이 최근에 멸종된 종들—멸종된 종은 지금도 많지만 미래에는 더 많다—의 이름을 알아맞히는 게임으로, 『오릭스와 크레이크』의 주요 인물인 지미와 글렌이 고등학교 때 하던 폭력적 또는 엽기적인 컴퓨터게임들 중 하나다. 둘은 이 게임을 위해 코드명을 사용한다. 글렌의 코드명이 바로 '크레이크'다. 그렇다, 우리가 아는 바로 그 크레이크다. 크레이크는 유전자조작으로 신인류를 창조하고, 자신의 이름을 따서 신인류를 '크레이커들'이라고 부른다. 신인류는 구인류(우리)처럼 지구를 파괴하는 실수를 저지르지 않도록 설계됐다. 크레이커들은 모두가 균등하게 아름답다. 이들의 몸에는 자외선 차단제와 곤충 퇴치제가 내장돼 있어서 의복, 목화 재배, 양 사육, 유독성 염료를 발명할 필요가 없다. 산업혁명 자체가 필요 없다. 이들의 가르랑거리는 소리에는 자가 치유 효과가 있다. 이들은 채식주의자라서 토끼처럼 잎을 먹고, 고기를 역겨워한다. 따라서 축산이나 양계도 시작할 이유가 없다. 이들은 일정한 발정기에 집단적으로 교미하며, 성적 질투나 거부를 경험하지 않는다. 전쟁과 침략이라는 개념도 알지 못한다.

하지만 크레이커들은 구인류와 붙어서는 승산이 없다. 구인류는 이들을 죽이거나 착취하려 든다. 이에 크레이크는 환희이상(BlyssPluss)이라는 성적 쾌감 증강용 알약을 개발해서 거기에 치명적인 바이러스를 심고, 이를 이용해 구인류의 대부분을 박멸하는 방법으로 문제를 해결한다. 이 알약을 복용한 사람들은 실제로 환희를 얻고, 그 이상도 얻게 된다. 이 바이러스는 일단 활성화되면 접촉만으로도 감염이 일어나 무서운 속도로 퍼져나간다.

크레이크의 오랜 친구 지미만이 이 전염병에서 살아남아 신인류 크레이커들의 수호자가 된다. 크레이커들은 그들이 창조된 곳인 달걀 모양 돔을 떠나 인류가 없어진 '멋진 신세계'로 나간다. 한편 크레이크와 지미가 모두 사랑한 여자가 있었는데, 그녀는 과거 포르노 사이트의 성 착취 아동이었고, 그때의 코드명이 오릭스다. 크레이크와 오릭스가 죽은 후 지미는 자기 이름을 눈사람(Snowman)으로 바꾼다. 존재하면서 존재하지 않고, 사람이면서 사람이 아닌 설인(Abominable Snowman)에서 따온 이름이다. 우리는 이렇게 『오릭스와 크레이크』의 주인공 눈사람을 만나게 된다. 그는 나무에 살면서 크레이커들을 지켜보고, 그들을 위한 신화를 창조한다. 그가 만든 신화 속에서 크레이커들의 창조자는 크레이크이고(여기까지는 사실이다), 크레이크는 오릭스라는 여신의 도움을 받으며, 오릭스 여신은 신인류와 동물들의 상호 관계를 관장한다. 거기에는 바이러스 대유행 이후 급증한 갖가지 유전자 변형 동물들도 포함된다. 녹색 발광 토끼, 이식을 위한 인간 모발이 자라는 모헤어양(Mo'Hair), 너구리와 스컹크를 섞어 순하게 만든 너구컹크(rakunk), 사자와 양의 혼종인 사자양(liobam) 등. 특히 돼지구리(pigoon)가 비중 있게 등장한다. 돼지구리는 체내에 여러 개의 인간 신장뿐 아니라 인간의 대뇌피질 조직까지 가진 장기이식용 돼지다. 일반 돼지들도 똑똑하지만 이 돼지구리들은 지능이 끝내주게 높다.

『오릭스와 크레이크』는 지미가 세 명의 인간 낙오자를 우연히 발견하고, 이들을 믿을 수 있을지 없을지 결정의 기로에 서면서 끝난다. 인간들은 그에게는 친구일지 몰라도, 크레이커들에게는 치명적일 수 있다. 어떻게 해야 할까?

『홍수의 해』는 두 여성의 여정을 따라간다. 한 명은 슬럼 범죄와 시크릿 버거(무슨 고기가 들었는지 아무도 모른다)로 점철된 비참한 삶을 살다가 아담 1과 '신의 정원사' 단체에 의해 구출된 토비이고, 다른 한 명은 엄마를 따라 '신의 정원사'에 들어와 살게 된 소녀 렌이다. 두 사람은 각자 '물 없는 홍수'에서 살아남는다. '물 없는 홍수'는 '신의 정원사'가 바이러스 대유행을 부르는 코드명이다. 렌은 다시 엄마를 따라 '신의 정원사'를 떠난 뒤 우여곡절 끝에 비늘꼬리(Scale and Trails)라는 고급 섹스 클럽에서 댄서로 일하고, 토비도 '신의 정원사'가 불법화된 뒤 외모와 이름을 바꾸고 새론당신 스파(AnooYoo Spa)에서 일한다. 그리고 '물 없는 홍수'가 닥쳤을 때 각자의 직장에 숨어 있었던 덕분에 감염을 면하고 탈출한다. 이렇게 『홍수의 해』의 끝에서 토비와 렌은 지미와 맞닥뜨린다. 지미는 발 부상 때문에 정신마저 혼미한 상태에서 총을 쏠지 말지 갈등한다. 달이 뜬다. 악랄한 고통공들(Painballers)은 일단 나무에 묶어놓았지만 안심할 수 없고, 크레이커들이 다가오고 있고, 인간에게 적대적인 돼지구리들이 숲을 돌아다닌다. 이제 어떻게 될까? 이 장면에서 책이 끝나고 우리는 궁금하다.

『미친 아담』이 그다음을 이야기한다.

이것이 내가 『미친 아담』을 쓴 이유들이다. 전편들에 내재한 이유들이자 줄거리에 관련된 이유들이다. 무엇보다, 더 쓸 생각이 있다면 모를까 이야기를 맺지 않고 방치하는 것은 부당하다. 나는 셜록 홈스를 읽으며 자랐고, 항상 홈스 이야기가 하나만 더 있으면 좋겠다고 생각했다. 그것이 원작자가 죽은 지 오래됐는데도 사람들이 계속 홈스 이야기를 쓰는 이유일 것이다.

하지만 책을 쓰는 데는 다른 이유들도 있다. 플롯보다는 내용과 관련된 이유들. 우리는 기이한 시대에 살고 있다. 한편에서는 온갖 생물학, 로봇공학, 디지털 기술이 매순간 발명과 발전을 거듭하며 한때 불가능이나 마법의 영역에 있었던 위업들을 실현하고 있다. 하지만 다른 한편으로 우리는 우리의 생물학적 터전을 숨 막히는 속도로 파괴하고 있다. 또 다른 한편으로는 수 세기 동안 서구에서 찬양과 홍보의 대상이었던 민주주의가 첨단 감시 기술과 기업 자본의 힘에 의해 안에서부터 붕괴하고 있다. 현재 인간 사회는 세계 인구의 단 1퍼센트가 전체 부의 80퍼센트를 장악한 극단적 가분수 피라미드를 이룬다. 이는 본질적으로 위태로운 구조다.

이것이 우리가 이미 살고 있는 세상이다. '미친 아담' 3부작은 여기서 몇 걸음 더 나간 후 탐색에 들어갔을 뿐이다. 우리에게는 이미 미친 아담의 세계를 실현할 연장이 있다. 우리는 과연 그것을 사용하고 말 것인가?

『일곱 개의 고딕 이야기』

>>><<<

서문

(2013)

덴마크의 50크로네 지폐에는 이자크 디네센(Isak Dinesen)의 초상화가 있다. 초상화 아래의 서명은 카렌 블릭센(Karen Blixen)이다. 이것이 그녀의 본명이다. 모국인 덴마크에서는 이 이름으로 알려져 있다. 초상화 속 그녀는 60세 정도에 챙이 넓은 모자를 쓰고 모피 칼라를 두른 매우 농염한 모습이다.

나는 열 살 때 『라이프』 지의 화보 사진에서 이자크 디네센을 처음 보았다. 그때 내가 받은 인상은 디네센의 평전을 쓴 세라 스탬보(Sara Stambaugh)가 받은 인상과 비슷했다. "1950년경 나는 『라이프』 지 과월호를 뒤적이던 중 우연히 덴마크의 카렌 블릭센 남작 부인에 대한 기사를 봤습니다. 그때의 흥분을 지금도 잊을 수 없습니다. 크고 반짝이는 흑백사진들 속에서 그녀의 정체성은 그저 드러나는 것을 넘어 숫제 찬양받고 있었습니다. 그중에서도 특히 기억나는 사진이 있습니다. 화려하고, 터번을 쓰고, 앙상하게 마른 그녀가 연극적인 포즈로 창을 마주한 사진이었죠."

어린 내 눈에 사진 속 인물은 동화에 나오는 마법의 생명체 같았다. 적어도 천 살은 된 듯한, 믿을 수 없이 나이 든 여자. 화려한 착장에 당대의 화장법에 충실했음에도, 그 효과는 카니발 분위기였다. 변장한 멕시코 해골 같았다. 하지만 그녀의 표정에는 총기와 냉소가 빛났다. 그녀는 자신이 뿜어내는 엽기적 인상까지는 아니어도 다분히 기묘한 분위기를 즐기는 듯했다.

이것이 이자크 디네센이 단편집 『일곱 개의 고딕 이야기』(1934)에서 의도했던 분위기였을까? 그중 「엘시노어의 저녁 식사(The Supper at Elsinore)」에서 데 코닝크 집안의 세 남매는 살아 있는 메멘토 모리(죽음의 상징)로 묘사된다. "오빠의 용모 못지않게 두 자매의 모습에서도, 독특한 분위기의 미모로 유명했던 집안 내력을 한눈에 실감할 수 있었다. 심지어 벽에 걸려 있는 세 남매의 어린 시절 초상화마저 눈길을 사로잡았다. 다만 세 사람의 머리에서 가장 두드러진 특징은 전반적으로 해골을 떠올리게 한다는 것이었다."

이자크 디네센은 『라이프』 지의 사진을 찍을 당시 이미 투병 중이었다. 하지만 9년 후 뉴욕을 마지막으로 방문했을 때도 당당함은 여전했다. 그녀는 최고의 명사 대접을 받았고, E. E. 커밍스와 아서 밀러를 포함한 유명 작가들이 그녀에게 경의를 표했다. 그녀가 참석하는 자리에는 인파가 몰렸고, 더 많은 사진들을 낳았다. 그 후 3년 만에 그녀는 당연히 미리 알고 있었을 죽음을 맞았다. 지금 생각하면 그녀의 현란한 자기표현은 새로운 의미를 지닌다. 다른 사람 같았으면 죽음을 앞둔 투병 시기에는 한때 빼어났던 미모가 망가진 모습을 카메라로부터 숨기고 은둔을 택했을지 모른다. 하지만 디네센은 세간의 스포트라이트에 자신을 온전히 노출시켰다. 혹시 그녀는 자신의 문학을 지배한 모티프 중 하나-거의 확실한 죽음에 맞선 용감하지만 부질없는 제스처-를 직접 체현하고 있었던 건 아닐까? 솔깃한 추측이다.

뉴욕은 디네센의 마지막 무대로 어울리는 곳이었다. 1934년에 그녀가 『일곱 개의 고딕 이야기』로 미국을 사로잡으며 인기를 얻은 곳이 바로 뉴욕이었다. 당시 이 책은 단편집은 판매가 저조하고, 작가가 무명이며, 이야기 자체도 괴이하고 시대정신에 맞지 않는다는 고루한 이유로 출판사들에게 퇴짜를 맞았다. 그러다 결국 해리슨 스미스 & 로버트 하스라는 미국의 작은 출판사가 출간을 결정했다. 단, 조건이 있었다. 유명 소설가 도로시 캔필드(Dorothy Canfield)의 서문을 달아야 하고, 작가에게 선인세를 지불하지 않는다는 조건이었다. 카렌 블릭센은 도박을 했고, 그 제안을 받아들였다. 그리고 도박에서 이겼다. 『일곱 개의 고딕 이야기』는 모두의 예상을 깼다. 무엇보다 '이달의 북클럽(Book of the Month Club)'의 선택을 받았다. 대대적인 관심과 대량 판매를 보장받는 일이었다.

이제는 카렌 블릭센이 조건을 내걸 차례였다. 그녀는 이자크 디네센이라는 필명을 쓰기로 했다. 디네센은 결혼 전 성이고, 이자크는 '웃음'을 뜻하는 이름 아이작(Isaac)의 덴마크어 버전이다. 창세기에서 아브라함의 아내 사라가 노령에 예상치 못한 늦둥이를 낳고 기뻐서 붙인 이름이었다. 블릭센의 미국 출판사는 필명을 쓰지 말 것을 권했지만 소용없었다. 그녀는 다중성을 띠기로 작정했다. (그녀는 이를 통해 남성 또는 적어도 중성이 되고자 했다. 장점보다 단점이 많은 '여류' 작가의 새장에 갇히고 싶지 않았던 걸까.)

작명은 적절했다. 카렌 블릭센의 작가 데뷔는 사실상 늦고 예상치 않은 일이었다. 그녀는 1931년 파산 상태로 아프리카에서 덴마크로 귀국했다. 결혼은 파경을 맞았고, 그녀의 아프리카 커피 농장은 빚에 넘어갔고, 연인이었던 영국 귀족 출신 맹수 사냥꾼 데니스 핀치 해턴은 경비행기 사고로 사망했다. 엄밀히 말해 『일곱 개의 고딕 이야기』가 그녀의 첫 책은 아니었다. 갓 스무 살 때 처음 단편집을 낸 후 그녀는 글쓰기 대신 결혼과 아프리카를 선택했다. 하지만 그 삶은 이제 끝났다. 마흔여섯 살의 그녀는 적막함과 절박함을 동시에 느꼈을 것이다. 하지만 그것만 느낀 건 아니었다. 그녀는 창의적 에너지로 끓어오르고 있었다.

그녀는 『일곱 개의 고딕 이야기』를 압박감 속에서 빠른 속도로 썼고, 무엇보다 덴마크어가 아닌 영어로 썼다. 잠재 독자들을 생각하면 영어 출판 시장이 더 크다는 실리적인 이유에서였다. 하지만 분명히 더 깊은 동기가 있었다. 블릭센은 워낙 영어에 능통했다. 성장기부터 영어로 책을 읽었을 가능성이 높다. 그렇다면 그때 영어로 무엇을 읽었을까? 다시 말해 무엇이 그녀가 '스토리(story)'가 아닌 '테일(tale)'•을 쓰도록 이끌었을까? 초서의 『캔터베리 이야기』? 늙은 아낙들의 이야기••? 동화?

• 둘 다 '이야기'라는 뜻이지만 'story'가 역사(history)처럼 사실적인 서사의 느낌이라면, 'tale'은 동화(fairy tale)처럼 환상적 구비 서사의 느낌을 지닌다.

•• old wives' tales, '속설'을 뜻하는 표현. 아널드 베넷(Arnold Bennett)의 소설 제목이기도 하다.

셰익스피어 희곡이자 훗날 디네센의 단편집 제목이 된 『겨울 이야기』?

빅토리아시대에는 '스토리'와 '테일'을 분명히 구분했다. '테일'에서는 『일곱 개의 고딕 이야기』의 「원숭이(The Monkey)」에서처럼 여자가 남들이 뻔히 보는 앞에서 원숭이로 변해도 무방하지만, 주류 단편에서는 곤란하다.

사실적인 '스토리'에 비해 '테일'은 이야기 안에 화자와 청자가 함께 있는 경우가 빈번하다. 세상에서 가장 유명한 이야기꾼 셰에라자드는 죽음을 면하기 위해 왕에게 끝없이 이야기를 들려준다. 디네센은 「노르데르나이의 홍수(The Deluge at Norderney)」에서 이 스토리텔링 상황을 재현한다. 용감한 귀족들이 소작농 가족을 홍수에서 구하고 대신 그곳에 남는다. 밤이 깊어가고 물은 시시각각 차오른다. 이들은 서로를 격려하고 시간을 잊기 위해 차례로 각자의 사연을 털어놓는다. 새벽에 구조선이 와서 그들을 구할 수도 있지만 그들이 먼저 물에 휩쓸릴 가능성이 높다. 디네센은 다음과 같이 이야기를 맺는다.

> 널빤지 사이로 가느다랗게 신선하고 깊은 파란색이 보였고, 그 위로 작은 불빛이 붉은 얼룩처럼 번졌다. 동이 트고 있었다.
> 노파가 남자의 손에서 천천히 손을 풀더니 손가락 하나를 자기 입술에 댔다.
> "이야기를 하던 셰에라자드는," 노파가 말했다. "아침이 밝아오는 것을 보고는 조용히 입을 닫았습니다."

『일곱 개의 고딕 이야기』는 이야기꾼으로 가득하다. 그리고 다수의 이야기가 겹쳐 있거나 동시에 진행하는 '프랙털 박리' 구조와 '멀티 체임버' 구조로 가득하다. 이는 『천일야화』나 보카치오의 『데카메론』 같은 고전문학이 전형적으로 취했던 방식이다. 예를 들면 이렇다. 「꿈꾸는 사람들(The Dreamers)」에서 배에 탄 두 남자가 각자의 삶을 이야기하며 시간을 보낸다. 이 단편은 이렇게 이야기 속에 이야기가 있는 '액자' 구조다. 그러다 이야기들 중 하나가 다른 화자가 등장하는 다른 이야기로 이어지고, 이것이 또 다른 이야기로 열리고, 이것이 다시 첫 번째 이야기와 맞물린다. 셰에라자드의 경우처럼, 이때 이야기 행위와 이야기 속 사건들은 대부분 밤에 일어난다.

하지만 『일곱 개의 고딕 이야기』는 고전문학 방식이라기보다 작가들이 고전문학의 '테일' 방식을 애용했던 19세기 말과 20세기 초의 문학 지형을 반영한다. 카렌 블릭센은 1885년에 태어났다. 로버트 루이스 스티븐슨이 첫 번째 단편집 『신(新) 아라비안나이트』를 출간한 지 3년 후였다. 스티븐슨은 이 책으로 '테일' 작법의 시대를 열었다. 이 작법은 빅토리아시대 후기와 에드워드 시대에 단편과 장편을 가리지 않고 유행했고, 이 유행은 제1차 세계대전 발발 시점까지 이어졌다. 스티븐슨만이 아니었다. 아서 코넌 도일, 몬터규 로즈 제임스, 헨리 제임스[『나사의 회전』 「밝은 모퉁이 집(The Jolly Corner)」], 오스카 와일드(『도리언 그레이의 초상』), 초기의 허버트 조지 웰스(『타임머신』 『모로 박사의 섬』), 브램 스토커(『드라큘라』), 헨리 라이더 해거드(『그녀』), 조지 듀 모리에[『트릴비(*Trilby*)』]를 비롯한 많은 영어권 이야기꾼들이 앞다투어 유령과 접신을 다루면서 이른바 환상문학의 전성기가 도래했다. 훗날 호르헤 루이스 보르헤스(Jorge Louis Borges), 이탈로 칼비노(Italo Calvino), 레이 브래드버리(Ray Bradbury) 등도 같은 우물의 물을 마셨다.

이 중 스티븐슨이 디네센에게 가장 중요한 영향을 미쳤다. 디네센은 서재에 스티븐슨의 전집을 소장하고 있었고, 「꿈꾸는 사람들」의 등장인물 중 하나에 스티븐슨의 작품에 나오는 이름(올랄라)을 붙임으로써 그의 영향을 명시했다. 「꿈꾸는 사람들」은 '테일' 전통의 모티프들을 여럿 이용한다. 예컨대 『호프만의 이야기(*Les Contes d'Hoffmann*)』의 뮤즈를 닮은 다중 정체성의 여주인공도 등장하고, 『트릴비』에서 음치 소녀 트릴비의 정신을 조종하는 최면술사 스벵갈리의 거울 이미지 같은 음흉한 마법사도 등장한다.

『일곱 개의 고딕 이야기』를 통틀어 가장 지배적인 모티프 두 가지는 스티븐슨의 초기 작품에서 왔다. 하나는 스티븐슨의 「해변 모래언덕 위의 별장(The Pavilion on the Links)」에서 가져온 '임박한 파멸에 맞선 용기 있는 행위 또는 최후의 승부수' 모티프이고, 다른 하나는 「드 말레트루아 경의 문(The Sire de Malétroit's Door)」에서 가져온 '젊은이들의 성적 운명을 조종하려 드는 노인' 모티프다. 스티븐슨의 이야기들에서는 만사형통으로 끝나지만, 디네센의 변주들에서는 일이 순조롭게 풀리지 않는다. 「시인(The Poet)」의 늙은 후원자는 두 젊은 연인의 운명을 가지고 놀다가 총에 맞고, 연인은 처형될 위기에 처한다. 「원숭이」에서는 늙은 고모가 조카의 동성애를 은폐하기 위한 결혼을 설계하고, 이를 위해 강간뿐 아니라 소름 끼치는 환생까지 동원된다. 「피사로 가는 길(The Roads Round Pisa)」에서는 늙은 백작이 불필요한 결투에 휩쓸리고, 결국 스트레스로 인한 심장마비로 죽는다. 또한 「노르데르나이의 홍수」에서는 늙은 남작 부인이 중매한 결혼이 주례자 추기경의 정체가 밝혀지는 바람에 무효가 될 판인 데다 이제 하객들마저 모두 죽게 생겼다. 디네센은 명예의 영적 유효성을 주장함으로써 낭만주의를 긍정하는 동시에 뒤엎는다. 해피 엔딩? 그게 그렇게 쉬울 줄 알아? 그녀는 우리에게 이렇게 말하는 것 같다.

스티븐슨의 『신 아라비안나이트』의 단편들처럼, 그리고 현대 낭만주의 관행들처럼, 디네센의 이야기들도 대개는 먼 옛날과 머나먼 곳에 위치한다. 다만 스티븐슨에게는 이 선택이 주로 심미적인 것이었고, 디네센의 경우는 의미의 층이 한 겹 더 있다. 그녀는 빅토리아시대와 에드워드 시대의 '테일' 작법 황금기를 광대한 만 너머에서 돌아보는 사람이다. 그 만은 풍파와 난파로 끝난 그녀의 인생 전반기에 해당하는 세월의 만이며, 이전 두 세기를 지배한 믿음과 관습들이 촘촘히 짜놓은 사회구조를 일거에 박살 내버린 제1차 세계대전이 파놓은 만이다.

디네센에게는 사라진 나라가 보인다. 그녀는 그곳을 세심함과 애정을 가지고 묘사한다. 거기에는 편협함, 속물주의, 억눌린 삶 같은 불쾌한 측면들도 포함돼 있다. 그곳으로 돌아갈 방법은 스토리텔링밖에는 없다. 그 나라는 영원히 사라졌고, 다만 회자될 뿐이다. 그녀의 작품은 금욕적이고 명민한 노스탤지어의 맥이 관통하고, 그녀가 종종 배치하는 냉소적 거리감에도 불구하고 특유의 애가(哀歌) 느낌을 잃지 않는다.

그럼에도 디네센이 창작 과정에서 느꼈을 즐거움과 그녀가 이날까지 독자에게 제공해온 즐거움은 결코 적지 않다. 『일곱 개의 고딕 이야기』는 주목할 만한 커리어의 서막이었고, 이자크 디네센을 20세기의 주요 작가 반열에 올렸다. 제임스 조이스가 『젊은 예술가의 초상』의 끝에서 미노스의 미로 설계자 다이달로스를 불러냈듯—"옛날의 아버지

여, 옛날의 장인(匠人)이여"—앞으로 많은 독자와 작가들이 이자크 디네센을 부르게 될 것이다. "옛날의 어머니여, 옛날의 이야기꾼이여, 지금 그리고 영원히 저를 도우소서."

『라이프』 지의 사진 속에서 그녀가 우리의 시선을 당당하게 마주한다. 생생한 눈빛과 화려한 치장의 불가사의한 해골의 모습으로.

『닥터 슬립』

›››‹‹‹

(2013)

스티븐 킹(Stephen King)의 최신작 『닥터 슬립』은 킹 특유의 조합을 제대로 보여주는 사례다. 블라디미르 나보코프(Vladimir Nabokov)에 따르면, 살바도르 달리는 "사실 어렸을 때 집시에게 납치된 노먼 록웰•의 쌍둥이 형제였다". 그런데 사실은 세쌍둥이였다. 세 번째 아이는 바로 스티븐 킹이다.

록웰 풍의 소도시적 흔들의자, 도어매트가 깔린 옛날 집, 다정한 가족주치의, 정겨운 괘종시계. 모든 것이 실물과 똑같이 아늑하고 생생하게 그려져 있다. 록웰 못지않게 킹도 디테일에 정통하다. 심지어 상표명까지 속속들이 안다. 다만 여기서는 뭔가가 크게 잘못돼 있다. 흔들의자가

• Norman Rockwell, 미국의 삽화가이자 화가로, 중산층과 소시민의 소박한 일상을 담은 그림들로 유명하다.

나를 잡으러 온다. 주치의는 푸르데데한 몰골로 보아 죽은 지 꽤 됐다. 집에는 유령이 출몰하고, 도어매트 아래는 정체 모를 것들로 북적인다. 그리고 달리 선생께는 죄송하지만, 시계가 녹아내리고 있다.

『닥터 슬립』은 킹이 1977년에 발표한 문제적 소설 『샤이닝』의 속편으로, 정신감응 초능력, 이른바 '샤이닝'을 지닌 소년 대니가 악령 들린 호텔에서 살아남은 이후의 이야기를 담고 있다. 대니는 사악한 망령에 홀린 아빠 잭 토런스의 도끼질과 콜로라도주 오버룩 호텔에 서식하는 악귀들을 간신히 따돌리고, 시계가 자정을 울리고 호텔의 보일러가 폭발해 지옥 불처럼 악의 세력을 태워버리기 바로 직전에 그야말로 간발의 차이로 호텔을 탈출한다. 이때 침대 밑에서 가슴 졸이던 독자들도 함께 숨을 돌렸다.

『닥터 슬립』에서 대니는 어른이 됐지만 '샤이닝' 능력은 여전하다. 그는 과거의 트라우마 속에 알코올중독과 씨름하며 정처 없이 산다. (기억하는가? 그의 아버지에게도 같은 문제가 있었다.) 그러다 겨우 마음을 잡고 치료 모임에도 나가고 호스피스 병원에 취직도 한다. 그는 자신의 재능을 이용해 임종을 앞둔 환자들이 그들의 허송한 삶과 화해하고 편히 떠날 수 있게 도우면서 닥터 슬립이라는 별명을 얻는다. 이것은 그의 어릴 적 별명인 '닥(doc)'의 연장이다.

여기에 또 다른 마법의 아이가 등장한다. 아이의 이름은 아브라. 그렇다. 책이 친절히 짚어주듯 '아브라카다브라'•가 연상된다. 아브라의

• abracadabra, 마법사들이 흔히 사용하는 주문. 고대 아람어로 '말한 대로 이루어지리라'라는 뜻이다.

샤이닝 능력은 심지어 댄을 능가한다. 그녀는 일찍이 요람에 있을 때 9·11 참사를 예측해 부모를 놀라게 했고, 이후 자신의 생일 파티 때 숟가락을 죄다 천장에 들러붙게 해서 주위에 경악을 안긴다.

두 샤이너는 영적 소통을 통해 서로를 발견하고, 어린 아브라에게 위험이 닥치자 둘이 힘을 합한다. 아브라는 트루낫(The True Knot)이라는 방탕하고 향락적인 패거리의 타깃이 되는데, 이 패거리는 샤이닝 능력이 있는 아이들을 찾아내 그들의 영적 기운, 이른바 '스팀'을 들이마시며 수명을 연장한다. (이는 스팀 펑크•에 대한 매우 새로운 변주다.) 트루낫은 심하게 오래 살아온 족속인데, 이는 『드라큘라』와 『그녀』를 아는 우리에게는 좋은 징조가 아니다. 이들은 레저 차량을 타고 행락객으로 위장해 시골을 배회하면서 희생자를 납치하고, 고문하고, 그들의 정기를 흡입한다. 공급이 달릴 때를 대비해 스팀을 통에 보관하기도 한다. 이 족속은 스팀이 떨어지면 옷만 남기고 증발해버리기 때문이다. 『오즈의 마법사』의 사악한 서쪽 마녀가 녹아 없어질 때처럼.

트루낫의 지도자는 로즈 더 해트(Rose the Hat)라는 미모의 여자이고, 이 여자의 연인은 크로우대디(Crow Daddy)라는 남자다. [가재(crawdaddy)에서 따온 이름일 것이다. 킹은 말장난과 거울 단어를 좋아한다. 『샤이닝』에 나왔던 섬뜩한 경고 레드럼(REDRUM)••이 기억난다.] 킹의 등장인물 이름들은 인물을 반영할 때가 많다. 댄 앤서니 토런스가 좋은 예다. 댄은 사자 굴

• steam punk. 현대의 전기 기술을 배제하고 19세기식 증기 기반 기계문명을 가상의 배경으로 하는 SF의 하위 장르.

•• 거꾸로 읽으면 살인(MURDER)이 된다.

(den)을, 앤서니는 마귀의 유혹을 이겨낸 성 안토니오를, 토런스는 폭우(torrent)를 떠올리게 한다. 한편 로즈는 동정녀 마리아의 부정적 버전인 불길한 로사 미스티카•다. (일단 로즈는 처녀가 아니다.)

트루낫 집단이 본영으로 삼은 오버룩(Overlook) 호텔로 말하자면, 이 이름에는 적어도 세 개의 층이 있다. 명백한 층(호텔은 일대를 '굽어본다'), 반쯤 명백한 층(악당들이 뭔가를 '간과한다'), 그리고 깊숙이 내재해 있는 층. 나는 마지막 층이 '네잎클로버와 내가 사모하는 사람'에 대한 옛날 노래••와 상관있지 않을까 추측한다. 킹의 선악 배치는 대개 음양 원리를 따른다. 즉 어떤 선인 안에도 더러운 티끌이 있고, 어떤 악인 안에도 실낱같은 빛이 있다. 심지어 트루낫 같은 악의 무리조차 서로에게는 다정하다. 하지만 이들을 인간으로 볼 수 있을지는 의문이다. 신참 하나가 묻는다. "나는 아직 인간인가요?" 그러자 로즈가 답한다. "그게 중요해?"

썩은 엑토플라즘을 뿜는 뱀파이어 말들이 나를 덮친다 해도 나로 하여금 소설의 결말을 발설하게 할 수는 없다. 하지만 믿어달라, 장담컨대 미스터 킹은 프로다. 이 책이 끝날 때쯤 여러분의 손가락은 도끼에 잘려 뭉툭해져 있을 것이고, 여러분은 슈퍼마켓 계산대에 줄 서 있는 사람들을 곁눈으로 살피게 될 것이다. 그들이 돌아서는 순간 허옇게 흡뜬 눈을 마주하게 될지도 모른다.

• Rosa Mystica, '신비의 장미'라는 뜻으로 원래 성모마리아를 뜻하는 단어였다.

•• 1920년에 나온 이래 수없이 리바이벌되고 만화나 응원가로도 쓰이는 〈나는 네잎클로버를 찾고 있어요(I'm Looking Over a Four Leaf Cover)〉라는 노래를 가리키는 듯하다.

킹의 독창성과 기량은 세월이 흘러도 느슨해지는 기미가 없다. 『닥터 슬립』은 그의 최고작들의 덕목을 모두 가지고 있다. 그 덕목들은 무엇인가? 첫째, 킹은 지하 세계의 믿을 만한 가이드다. 독자들은 그를 따라 위험! 출입금지(더 문학적으로 표현하자면, 이곳에 들어오는 자, 모든 희망을 버려라)라고 적힌 문이란 문을 모두 통과하게 된다. 독자들은 이미 안다. 그들이 경험할 지옥 투어에는 대충이 없다는 것을. 낭자하지 않을 선혈이 없을 것이며, 날카롭지 않을 비명이 없을 것이다. 하지만 독자는 킹이 자신을 살려서 내보내주리란 것도 안다. 그리스신화에서 쿠마에의 무녀가 아이네이아스에게 말했듯, 지옥에 들어가는 것은 쉽지만 거기서 돌아오는 것은 어렵다. 무녀는 안다. 그곳에 가봤기 때문이다. 그리고 어떤 의미에서는, 그러니까 우리의 직관에 의하면, 킹도 그렇다.

둘째, 킹은 미국 문학의 원뿌리에서도 정중앙에 있다. 이 뿌리는 청교도들과 그들의 마녀 신앙으로, 너새니얼 호손과 에드거 앨런 포와 허먼 멜빌과 『나사의 회전』의 헨리 제임스로, 그리고 레이 브래드버리 같은 보다 최근의 사례들로 곧장 내려온다. 미래에는 사람들이 이런 제목의 논문을 쓰게 될 것이다. 「『주홍 글씨』와 『샤이닝』에 나타난 미국의 청교도적 신(新) 초현실주의」 또는 「미국 역사를 압축해놓은 구조물로서의 멜빌의 고래잡이배 피쿼드호와 킹의 오버룩 호텔」.

일각에서는 '호러'를 하위문학 장르로 백안시한다. 하지만 사실 '호러'는 모든 문학 형식 중에서 가장 문학적인 것에 속한다. 호러 작가들은 널리 읽힌다(그중에서 킹의 인기가 발군이다). 호러 이야기들은 다른 호러 이야기들을 만든다. 오버룩 호텔은 현실 세계에서는 사례를 찾을 수 없다. 하지만 킹의 등장인물들이 보는 것들을 일부나마 '보는' 사람들은 있다(참고 서적을 원한다면 올리버 색스의 『환각』을 권한다). 비현실의 현실성과 현실의 비현실성을 의심하는 것이 '호러' 쓰기의 기능 중 하나다. 예컨대 '본다'는 정확히 무엇을 의미하는 걸까?

하지만 호러라는 장치의 밑을 파보면 『닥터 슬립』은 가족에 관한 이야기다. 댄과 아브라의 생물학적 가족, 알코올중독자 모임이라는 '좋은' 가족, 트루낫이라는 '나쁜' 가족. 특히 『닥터 슬립』은 좋은 가족에게 바치는 일종의 사랑 노래다. 킹이 주요하게 다루는 죄목은 남성 친척에 의한 아동 학대와 여성, 특히 모성•에 대한 비인간적 취급이다. 정당한 분노와 파괴적 분노 모두 가족에 초점을 둔다. 닥터 슬립이 어린 아브라에게 말하듯 "있는 건 가족 이야기밖에 없다". 이것이 킹 소설에서 서사적 접착제로 기능한다. 또한 가족은 미국 호러의 본산이며, 이는 호손의 「굿맨 브라운(Young Goodman Brown)」과 포의 「어셔가의 몰락(The Fall of the House of Usher)」으로 거슬러 올라가는 전통이다.

킹은 다음에 무엇을 쓸까? 혹시 아브라가 성장해서 작가가 되고, 자신의 '샤이닝' 능력을 이용해 남들의 마음과 영혼을 직감하는 이야기? 물론 그것도 킹의 섬뜩하게 빛나는 은유에 대한 또 다른 해석이다.

• 원문은 'mothers'다. 여기서 모성은 여성이 가지는 재생산 능력을 말한다.

도리스 레싱

›››‹‹‹

(2013)

위대한 도리스 레싱(Doris Lessing)이 작고했다. 문학 경관의 단단한 바위 같았던 인물들이 이렇게 속절없이 소멸하는 것은 매번 모두에게 충격을 안긴다.

내가 레싱을 처음 접한 것은 1963년 파리의 어느 공원 벤치에서였다. 당시 나는 학생이었고, 바게트와 오렌지와 치즈로 연명하고 있었고, 위병을 앓았고, 그래서 걸핏하면 화장실로 뛰었다. 낮에는 호스텔 출입이 통제됐기 때문에 내 친구 앨리슨 커닝햄과 나는 공원에서 시간을 때웠다. 앨리슨이 엎드려 있는 나를 달랠 겸 『금색 공책』(1962)을 읽어주고 있었다. 당시 우리 같은 무리에서 선풍을 일으킨 책이었다. 그때 우리가 읽고 있는 책이 장차 시대의 아이콘이 될 줄 어떻게 알았겠는가?

우리가 주인공 애나 울프의 삶에서 결정적 순간에 막 이르렀을 때

경찰이 와서 공원 벤치에 누워 있는 것은 불법이라고 알려주었다. 우리는 비스트로•와 또 한 번의 흥미로운 화장실 체험을 향해 서둘러 철수했다. (참고: 이때는 제2세대 페미니즘이 일어나기 전이었다. 피임약이 보편화되기 전이었고, 미니스커트가 등장하기 전이었다. 따라서 우리에게 애나 울프는 두 눈이 번쩍 뜨이는 경험이었다. 작중 애나가 하는 일들, 생각하는 일들은 우리가 청소년기를 보낸 토론토의 식탁머리에서는 들어보기 힘든 것들이었고, 따라서 몹시 대담하게 느껴졌다.)

1963년에 우리가 몰래 읽던 또 다른 여성은 시몬 드 보부아르였다. 하지만 우리 같은 식민지 출신 소녀들의 어린 시절은 빳빳이 풀 먹인 페티코트와는 거리가 멀었고, 대단히 프랑스적이지도 않았다. 우리는 차라리 제국의 변방에 살던 졸부의 딸과 더 공통점이 많았다. 레싱은 1919년 이란에서 태어나 영국 식민지였던 로디지아(지금의 짐바브웨)의 대농장에서 자랐고, 두 번의 결혼 실패 후 장래도 전망도 없이 도망치듯 영국으로 갔다. 우리 식민지 소녀들이 장래도 전망도 없이 유럽으로 내뺐던 것처럼.

레싱의 에너지 중 일부는 변방 출신이라는 배경에서 왔을 것이다. 바퀴가 회전할 때 불꽃이 튀는 곳은 가장자리다. 또한 그녀의 성장 배경은 타자들의 입장과 역경에 대한 통찰을 주었다. 그리고 자신이 영원히 주변인에 머무를 것이며, 언제까지나 '진짜 영국인'은 되지 못할 것임을 알았다. 그것을 안다면 잃을 것도 적다. 그래서인지 도리스는 무엇을 하든 혼신을 다해서 했다. 한때 스탈린 사상에 빠졌던 것처럼

• bistro, 싼 음식을 파는 작은 주점.

일시적인 오판을 하기도 했다. 하지만 실패에 대비해 여러 패를 잡거나 공격에서 사정을 봐주는 일은 결코 없었다. 그녀는 언제나 전부를 걸었다.

만약 20세기 작가들을 새긴 '큰 바위 얼굴'이 있다면, 거기에 도리스 레싱도 반드시 들어갔을 것이다. 에이드리언 리치(Adrienne Rich)처럼 레싱도 견고했던 젠더 격차의 성문이 무너지던 순간에 위치했고, 거기서 중추적 역할을 했다. 여성들이 자유와 선택의 증가에 대처해야 했고, 동시에 반동적 공격에도 맞서야 했던 때였다.

레싱은 가장 기본적인 의미에서 정치적이었고, 권력이 여러 형태로 발현하는 것을 예리하게 식별했다. 그녀는 또한 영적이었다. 특히 이슬람 신비주의인 수피즘(Sufism)의 신자가 된 후 인간됨에 따르는 한계와 함정을 탐구했다. 작가로서의 그녀는 독창적이고 용감했으며, '아르고스의 카노푸스(Canopus in Argos)' 시리즈를 써서 사이언스 픽션으로 영역을 넓혔다. 이때만 해도 사이언스 픽션은 '주류' 소설가가 손대기에는 떨떠름한 것이었다.

다른 한편으로 레싱은 매우 현실적인 사람이기도 했다. 2007년 노벨문학상 수상 소식을 들었을 때 "그럴 리가!" 하고 외쳤다는 유명한 일화가 있다. 레싱 이전에 노벨문학상을 받은 여성은 열 명밖에 없었고, 그녀는 수상을 전혀 기대하지 못했다. 기대하는 게 없다는 것은 그 자체로 일종의 예술적 자유였다. 자신을 귀한 몸으로 생각하지 않으면 그렇게 행동할 필요도 없으니까. 대신 마음대로 뛰어다니며 한계를 시험할 수 있다. 한계 너머로의 탐험, 이것이 도리스 레싱의 한결같은 관심사였다. 무명작가가 직면하는 벽을 실증하기 위해 한시적으로 '제인 소머스(Jane Somers)'라는 가명을 사용한 것도 그녀가 벌인 유명한 실험 중 하나다. ('제인 소머스'의 소설은 출판사들로부터 도리스 레싱의 어설픈 모방이라는 평을 들었다. 레싱으로서는 엄청 뜨끔한 평이 아닐 수 없었을 것이다.)

나는 시몬 드 보부아르는 실제로 만난 적이 없다. 어릴 때는 상상만 해도 오금이 저리는 일이었다. 하지만 도리스 레싱은 실제로 만난 적이 있다. 그것도 여러 번. 그 만남들은 모두 문학적 맥락에서 일어났고, 매번 그녀는 젊은 여성 작가가 바랄 수 있는 최고의 선배였다. 친절했고, 도움과 관심을 아끼지 않았고, 영국 내 비영국인 작가들의 위치에 대해 남다른 이해를 갖고 있었다.

나이가 들면서 우리는 두 가지 중 하나로 희화된다. 여성 작가들은 젊은 여성 작가들에게 악녀 크루엘라 드빌 아니면 착한 마녀 글린다이다. 지금까지 나도 내 몫의 크루엘라들을 만났다. 하지만 레싱은 글린다들 중 한 명이었다. 그녀는 여성 작가들의 귀감이었을 뿐 아니라, 머나먼 오지 출신 작가들의 좋은 본보기였다. 그녀는 너무나 뚜렷이 보여주었다. 아무 배경이나 기반이 없는 사람도 재능과 용기가 있다면, 역경과 맞서 싸울 뚝심이 있다면, 그리고 약간의 행운이 따라준다면 작가가 오를 수 있는 최고봉에 오를 수 있다는 것을.

어떻게 세상을 바꾸죠?

>>><<<

(2013)

'세상을 바꿀 방법.' 콘퍼런스의 제목을 처음 봤을 때 저는 세 가지 의문이 들었습니다. 첫째, '변화'란 무엇을 뜻할까? 둘째, '방법'은 무슨 뜻일까? 셋째, '세상'이란 무엇일까?

그러다 두 번째 공개 토론회의 일원으로 콘퍼런스에 참가했을 때 토론자들이 이 세 가지 질문에 대해 다양한 답을 가지고 있다는 사실을 알게 됐습니다. 대부분은 '변화'를 사회 변화 측면에서 정의했고, 자신이 말하는 변화는 그게 뭐든 더 나은 방향의 변화일 것으로 상정했습니다. 그날 첫 번째 공개 토론회가 현재 상황의 각종 잘못을 논하는 데 할애됐기 때문에 현장에는 긍정적 변화에 대한 편향이 팽배했습니다. 하긴 권위자나 정치인 중에서 세상을 더 나쁘게 만들 의도를 자백할 사람은 거의 없을 겁니다. 심지어 히틀러의 유대인 수용소, 스탈린의 강제 노동 수용소 굴라크, 마오쩌둥의 대기근 등 20세기 최악의 재앙들도 처음에는 몇 가지 장애만 극복하고 정권이 싫어하는 사람들만 제거하면 모든 것이 한없이 좋아지리라는 유토피아적 미래의 기치 아래 시작됐습니다. 누군가 유토피아적 전면 변화를 제시할 때면 늘 대두하는 문제가 있습니다. 동의하지 않는 사람들은 어떻게 할 것인가? 이것이 긍정적 변화를 외치는 모든 방안의 어두운 측면인 동시에, 저를 포함한 일부 사람들이 진보라는 단어의 일상적 사용을 염려하는 이유입니다. 누구를 위한, 무엇을 위한 진보일까요? 제 소설 『시녀 이야기』의 등장인물인 리디아 아주머니의 말처럼, 어떤 이들에게 좋은 변화는 늘 다른 이들에게는 나쁜 변화였지 않나요? 모두에게 좋은 변화가 의도된 적이 있기는 한가요? 모두에게 긍정적인 변화가 있기는 할까요? 있기를 바라야죠.

콘퍼런스의 논제는 대체로 사회문제였고, 따라서 콘퍼런스에서 제시된 '방법'들—긍정적 변화를 이끌어낼 다양한 도구들—은 인간 제도에 대한 개조였습니다. 한편 '세상'이라는 단어는 주로 도시, 현대, 서구, 인간 세계를 뜻하는 말로 이해됐습니다. 거기가 콘퍼런스의 발언자들과 참석자들이 주로 사는 곳이었으니까요.

패널 토론은 대개 사회주의, 자본주의, 과두제 같은 정치 체제들의 상대적 장단점에 집중됐습니다. 사회는 어떻게 배열되고 관리되어야 하는가? 부는 어떻게 창출되고 분배되어야 하는가? 이에 결부된 질문들도 이어졌습니다. '우리의' 가치 체계는 파산했는가? 이제는 어떤 종류의 신념 체계가 가능할까? 한편으로는 거대 기업들의 영향과 통제를 받고 다른 한편으로는 인터넷으로 연결된 익명 집단들의 통제와 영향을 받는 이 시대에, 한때 금과옥조였던 자유·개인·민주주의는 어떻게 재해석되어야 할까? '국가(nation)'는 여전히 진지하게 받아들여질 개념인가? 우리의 현 상황에서 '도덕성'은 어떤 의미를 갖는가? 드론과 미니캠과 위성을 통한 전면적 감시가 거의 실현됐는데, 이는 바람직한가? 다시 말해 범죄의 발생 시점을 염탐해서 범죄를 원천 차단하는 기술이 지구적 규모의 빅 브라더로 변해서 어떠한 반대 의견도 질식시킬 사악한 무기로 드러날 가능성은 없을까?

물론 이 질문들 모두 토론할 가치가 충분합니다. 하지만 그 방에는 아무도 언급하려 하지 않는 거대한 코끼리가 한 마리 있었습니다. 오늘날 우리가 직면한 가장 시급한 문제는 다른 게 아니라 생명과 생물학적 삶에 없어서는 안 될 것들에 대한 문제입니다. 우리의 물리적 실존, 다시 말해 지구상에서의 존속에 필수적인 요소들의 공급에 관한 문제입니다. 이는 이념적인 문제가 아니라 물리적인 문제입니다. 이 문제가 지금 당장 구체적이고 실질적인 방식으로 강구되지 않는 한, 어떤 논의와 논쟁도 요점을 벗어난 일일 뿐입니다. 안 그랬다간 논의를 할 인간 자체가 남아 있지 않을 것이기 때문입니다. 설령 생존자들이 있다 해도 그들은 음식과 거처를 찾아 헤매느라 바쁘겠죠. 그때는 지금의 문명은 이미 녹아 없어졌을 테니까요.

옛날 옛적, 이런 우려의 목소리를 내던 사람들은 광신도·과격분자·미친 교수 등으로 간주됐고, 현행과 현상에서 이익을 얻는 사람들은 이런 메신저들을 바보로 만드는 데 물불을 가리지 않았습니다. 1962년 레이철 카슨이 『침묵의 봄』을 출간했을 때 농약을 생산하는 거대 화학 회사들은 그녀의 직업적 평판과 개인적 평판 모두를 파괴하기 위해 엄청난 시간과 에너지와 돈을 쏟아부었습니다. 1972년에 로마클럽•은 매사추세츠공과대학이 수행한 미래 예측 프로젝트의 결과를 『성장의 한계』라는 책으로 발간했습니다. 이 보고서는 현재의 무분별한 경제성장, 환경오염, 자원 고갈이 계속될 경우 산업 문명이 21세기 중에 붕괴할 것으로 예측했습니다. 이 보고서에 대한 공격은 카슨의 경우보다는 점진적으로 진행됐지만, 그 누적 효과는 1990년대까지 보고서의 신뢰도에 적잖은 흠을 냈습니다.

반박은 여전히 맹렬합니다. 하지만 현재 카슨과 로마클럽의 예측은 사실로 드러나고 있습니다. 이탈리아 물리학자 우고 바르디(Ugo Bardi)는 2008년 『오일 드럼(*Oil Drum*)』의 기사 「카산드라의 저주(Cassandra's Curse)」••에서 다음과 같이 말했습니다.

> 요즘에는 재앙을 예언하는 사람들이 돌에 맞아 죽지 않는다. 그런 일이 있다 해도 흔하진 않다. 마음에 들지 않는 생각을 파괴하는 일은 이제 보다 교묘한 방식으로 이루어진다. 『성장의 한계』를 향한 흑색선전과 그 성공은 프로파간다와 도시 괴담의 힘을 여실히 보여준다. 이들은 세상에 대한 대중의 인식을 좌지우지한다. 이들은 나쁜 소식을 거부하는 우리의 선천적 경향을 이용한다. 이런 경향 때문에 세상은 '성장의 한계' 연구에서 나온 임박한 파멸의 경고를 묵살하는 쪽을

• The Club of Rome, 1968년에 서유럽 정재계와 학계의 저명인사들이 결성한 국제 비영리 비정부 미래연구기관.

•• 그리스신화에서 트로이 공주 카산드라는 아폴론의 분노를 사서 예언 능력은 있지만 아무도 그녀의 말을 믿지 않는 저주를 받는다. 과학적 예측이나 명백한 신호에도 불구하고 이를 부인하거나 무시하는 세태를 지칭한다.

택했고, 그렇게 우리는 30년 이상을 허송세월했다. 이제 우리가 경고를 귀담아듣기 시작했다는 징후들이 보인다. 하지만 이미 너무 늦었을 수도 있고, 우리가 여전히 손을 놓고 있을 수도 있다.

최근의 경고들은 레이철 카슨 같은 외로운 과학 저널리스트나 로마클럽 같은 지식인 그룹에서 나오지 않습니다. 바로 미국 국방부에서 나옵니다. 딱히 나무와 산토끼를 사랑하는 사람들의 집단은 아니죠. 2004년 미국 국방부는 부시 행정부에 제출한 비밀 보고서에서 기후변화가 테러리즘보다 더 심각한 위협이며 세계를 무정부 상태로 몰아넣을 수 있다고 경고했습니다. 세계은행도 비슷한 입장을 냈습니다. 세계은행입니다, 여러분, 극단주의 환경 광신도 집단이 아니라요. 포츠담 기후영향연구소(Potsdam Institute for Climate Impact Research)가 심혈을 기울여 작성하고 2012년 세계은행이 발행한 연구 보고서 「온도를 낮추자: 지구 온도 4도 상승을 반드시 막아야 하는 이유(Turn Down the Heat: Why a 4° Centigrade Warmer World Must Be Avoided)」는 다음과 같은 결론을 내립니다.

지구온난화가 섭씨 4도 상승까지 진행할 수 있다는 위기감이 고조되는 가운데, 지구온난화 압박이 (기후와 관련 없는) 사회적·경제적·인구적 압박들과 결합함에 따라 사회 시스템 임계점 초과의 위험이 커지고 있다. 한계 상황에 이르면 대응 조치를 지원할 기존 기관들은 효력을 잃거나 심지어 붕괴할 가능성이 높다. 일례로 저지대 국가들의 해수면 상승이 통제적·적응적 이주가 어려운 수준으로 진행돼 결과적으로 해당 섬이나 지역을 완전히 유기할 수밖에 없는 사태에 이를 수 있다. 또한 폭염, 영양실조, 해수 침투에 따른 식수 악화 등의 보건 악재들이 의료 시스템에 과중한 부담으로 작용해 결국 더는 대응이 불가능해져 사회 혼란이 야기될 수 있다.

기후 영향의 성격과 규모에 대해 온전히 알지 못하는 이 같은 불확실성을 고려할 때, 지구 온도 4도 상승에 대응이 가능하리라는 확신도 없다. 4도 세계에서는 지역사회와 도시와 나라들에 극심한 붕괴·손상·혼란이 닥치고, 이런 위험의 대부분이 불평등하게 확산될 것이다. 빈곤층이 최대 피해자가 될 것이며, 지구 공동체의 분열과 불평등이 지금보다 더 심화될 것이다. 4도 상승 예측은 결코 실현돼서는 안 되며, 온도를 반드시 낮춰야 한다. 오직 신속한 국제 협력과 선행 조치들만이 이를 달성할 유일한 방법이다.

로마클럽 보고서와 세계은행 보고서 모두 지구온난화가 인류에 미치는 영향에 초점을 맞추고 있으며, 해수면 상승, 기상이변, 사막화와 같은 온난화 결과들에 집중합니다. 이 보고서들에 크게 부각되지 않았지만 인류의 운명에 결정적 영향을 미칠 요인이 두 가지 더 있습니다.

첫 번째는 메탄가스의 대기 중 방출입니다. 방출원도 다양합니다. 영구동토층도 그중 하나입니다. 영구동토층 해빙이 진행되면 식생이 부패하고, 메탄수화물이 녹아 엄청난 양의 메탄가스가 방출됩니다. 메탄가스의 지구온난화 효과는 이산화탄소의 스물다섯 배에 달합니다. 앤드루 웡(Andrew Wong)이 『얼터너티브스 저널(*Alternatives Journal*)』 1월호에 썼듯 알래스카만 해도 "빙하의 후퇴와 영구동토층 해빙이 이전에 생각했던 것보다 50~70퍼센트 더 많은 메탄을 방출하고 있습니다".

두 번째 요인은 산소 생성에 중차대한 역할을 하는 해조류입니다. 약 19억 년 전 남세균•이 번성하기 전에는 지구 대기에 산소가 희박해서 철에 녹이 나지 않을 정도였습니다. 오늘날 우리가 들이마시는 산소의 50~80퍼센트를 다양한 해조류가 생산합니다. 바다를 죽이는 것은 우리 스스로를 죽이는 것과 같습니다. 간단히 말해 우리가 숨을 쉬지 못하게 됩니다.

우리의 물리적 환경은 인간 생활의 기반이자 사회체제의 기반입니다. 이제 이 물리적 환경이 급변하면서 많은 문제를 일으키고 있습니다. 이 문제들의 관점에서 저는 '변화', '방법', '세상'을 극히 원초적인 방식으로 정의하고자 합니다. '세상'이란 총체적 세상을 말합니다. 즉 기체, 액체, 고체로 이루어진 물리적 공간을 의미합니다. 우리가 살아가는 공간이자 우리의 사회적 공간들을 에워싼 공간이죠. '변화'는 물리적 변화입니다. 즉 물과 공기와 땅과 기후에 일어나는 변화를 의미합니다. '방법'이란 우리의 물리적 공간에 영향을 미칠 긍정적 물리적 개입과 부정적 물리적 행동의 조합을 의미합니다. 우리가 물리적 공간을 보존해서 목숨을 부지하려면, 우리의 오래된 방식 중 일부는 바꿔야 합니다. 그리고 현재 하는 일 중 일부는 멈춰야 합니다.

• cyanobacteria. 남조류로 부르기도 한다. 엽록소로 광합성해서 생장하며 그 과정에서 산소를 생산하는 세균이다.

다시 물어보죠. '어떻게 세상을 바꿀 것인가?' 앞의 정의들에 의하면 이 질문은 거의 언어도단입니다. 표면상 터무니없는 질문이에요. 세상을 바꾼다는 것 자체가 불가능한 과제니까요. 우리—작고 보잘것없는 개체들—는 우리의 능력을 그 정도까지 과대평가하지 않습니다. 우리는 우리 개개인에게 세상을 바꿀 힘이 있다고 생각하지 않으며, 설사 그런 힘이 있다 해도 제정신인 사람이라면 우리에게 그 힘을 제대로 쓸 지혜가 없다는 것을 압니다. 우리 각각에게 어떤 명령이든 들어주는 마법의 지팡이가 주어진다고 칩시다. 그렇다 해도 우리가 과연 어떤 명령을 어떻게 내려야 할지 알 수 있을까요? 대개의 소원 설화들에서처럼, 우리가 재앙을 부르는 선택을 하지 말란 법이 없습니다.

한편 세상은 인간의 개입 없이 벌써 여러 차례의 변화를 거쳤습니다. 온난기가 있었고 한랭기가 있었습니다. 대륙들이 충돌하는가 하면 분리되기도 했습니다. 이 모든 일에 우리는 손가락 하나 까딱하지 않았습니다. (참, 우리는 그때 있지도 않았죠.) 그런데 말이죠, 최근에는 세상이 인간에 의해 변화되고 있습니다. 우리가 등장하기 전에는 세상 변화의 동인이 다양했습니다. 그중 주된 동인은 태양 활동이었습니다. 하지만 지구에 일단 생명이 출현한 다음에는 생명체들이 직접 변화에 가담하기 시작했습니다. 지구 환경에 영향을 미쳤던 생명체가 단지 인간만은 아니었습니다. 19억 년 전에 해조류가 대기 중에 산소를 더하며 대기 구성을 바꾸기 시작했고, 이후 이끼와 버섯부터 선충, 개미, 비버, 벌, 코끼리에 이르는 무수히 많은 생물체들이 그들의 환경을 자신에게 맞게 바꿨습니다. 인간도 지구에 출현한 뒤로 댐을 만들고, 굴을 파고, 건축물을 세웠습니다. 그러다 이제 호모사피엔스는 화석연료가 제공하는 값싼 에너지를 동원해서 유례없는 규모로 지구를 들쑤시고 있고, 이것이 예기치 않은 결과들을 야기하고 있습니다.

그럼, 맞네요, 우리가 세상을 바꿀 수 있네요. 우리는 세상을 이미 바꾼 적이 있고, 지금도 계속해서 바꾸고 있습니다. 그리고 그 변화를 지금 일부라도 되돌릴 수 없다면 그 여파로 우리는 유사 이래 전례 없는 위기에 직면하게 됩니다.

콘퍼런스의 다른 연사들과 달리 저는 학자가 아닙니다. 재계 인사도 아닙니다. 저는 그저 작가 나부랭이, 남의 보석을 훔치는 좀도둑, 잘 알지도 못하는 일에 끼어드는 참견쟁이입니다. 저는 주로 소설을 쓰고, 때로 '사이언스 픽션' 또는 '사변소설'이라 부르는 것을 씁니다. 어쨌든 우리의 미래, 지구상의 삶, 가능성의 영역을 다루는 소설들입니다. 이런 부류의 소설을 통해 저는 현재의 사실과 동향을 조망하고, 그것을 미래에 투사해서 그 결과를 추정합니다. 이런 소설의 존재 이유를 대라고 한다면, 이런 소설이 작게나마 전략적 도구 역할을 한다고 말하고 싶네요. 이런 소설이 말하는 바는 이겁니다. 우리가 가는 길이 향하는 곳은 여기예요. 여기가 종착지가 될 판이라고요. 그래도 정말 이 길로 가고 싶어요? 그게 아니라면 길을 바꿔요.

이런 부류의 소설을 쓰는 사람은 쉼 없이 변화를 숙고합니다. 좋은 방향의 변화, 나쁜 방향의 변화. 한때는 가당치 않아 보였지만 그럼에도 일어난 변화들. 이를테면 인터넷 세상의 도래. 또는 한때는 당장 일어날 듯했지만 끝내 실현되지 않은 변화들. 이를테면 개인용 미니 제트기 여행. 우리 코앞에 닥쳤지만 아직 모면할 기회가 남아 있을지 모를 재앙들. 이를테면 지구적 핵전쟁. 그리고 거의 불가피한 재앙들. 대표적으로 기후변화.

물론 소설가는 허구의 이야기가 전문입니다. 하지만 '세상을 바꿀 방법' 같은 현실적인 주제도 다룹니다. 필연적으로 이런 주제는 아직 일어나지 않은 시간, 미래를 배경으로 합니다. 이런 주제를 논할 때는 다음을 먼저 묻는 것도 나쁘지 않습니다. 우리(인류)가 어떤 종류의 이야기 안에 있다고 생각하는가? 이에 대한 답이 어느 정도 결과를 좌우하거든요. 만약 우리의 이야기가 희극(웃긴다는 의미의 희극이 아니라 특정 서사구조를 일컫는 고전적 의미의 희극)이라면? 그럼 '우리'는 좌충우돌하다가 모든 것이 파멸에 이르는 듯한 순간을 맞지만 결국에는 기백, 투지, 지략, 사랑, (그리고 어쩌면) 데우스 엑스 마키나•의 조합으로 장애를 모두 극복하고 승리자로 우뚝 서게 됩니다. 그리고 모든 또는 대부분의 등장인물들이 한데 모여 성대한 잔치를 여는 것으로 이야기가 끝나죠. 하지만 만약 우리의 이야기가 비극이라면? 그럼 우리는 자신의 지혜와 우월성에 도취해 제 결점들을 보지 못하고 명백한 것들을 간과하다가 결국 가장 높은 곳에서 추락해 수치스러운 종말을 맞습니다. 그 후에는 아마 우리와는 무관한 존재들이 우리가 한때 우리의 것이라고 믿었던 왕국 또는 세상 또는 행성을 접수해서 우리보다 더 훌륭하게, 더 조화롭게 살게 되겠죠.

만약 우리의 이야기가 멜로드라마라면 어떨까요? 이 경우 우리는

• deus ex machina, '기계로 온 신'이라는 뜻. 고대 그리스 극에서 파국이 일어나기 직전 기계장치를 타고 내려온 신이 상황을 해결하는 연출 기법을 말한다. 지금은 극이나 소설에서 상황을 극적으로 반전시키는 행운이나 사건을 일컫는다.

두 가지의 혼재를 맛보게 될 겁니다. 롤러코스터 같은 흥망성쇠. 어쩌면 이편이 현실에 더 가깝겠네요.

이 세 가지 이야기 구조 중 우리의 실상에 가장 가까운 것은 무엇일까요? 신문 기사들을 보면 비극과 멜로드라마가 답인 듯합니다. 소수의 강한 영혼들만이 희극이라고 답할 겁니다. 이런 해피 엔딩파는 거의 예외 없이 지략(또는 기술)을 통한 구원을 제시합니다. 우리가 지략(또는 기술)을 이용해 파놓은 무덤에서 탈출하는 유일한 방법도 지략(또는 기술)이라는 거죠. 이제는 데우스 엑스 마키나 또는 눈먼 행운에 희망을 전부 거는 사람은 없습니다. 물론 아직도 몇몇은 자비로운 외계인에 대한 희망을 놓지 못하고 있지만 말입니다.

우리 이야기의 종류를 정했다면, 아니, 정확히 말해 추측을 시도했다면, 이제 이야기의 범위를 좀 더 좁혀볼까요.

천지개벽 이야기의 세계에는 양자택일의 숭엄한 전통이 있습니다. 세상이 지금보다 훨씬 좋은 곳이 되거나 훨씬 나쁜 곳이 되거나. 전자의 예는 「요한계시록」의 새 예루살렘입니다. 활기 넘치는 도시와 맑은 물줄기와 아름다운 음악이 있는 곳입니다. 후자의 예도 「요한계시록」에 있습니다. 그곳은 종말의 4기수•가 날뛰고, 피의 비가 내리고, 온 세상이 전쟁의 불길에 휩싸이는 파괴의 장입니다.

전자는 흔히 '유토피아'로 불립니다. 이런 이야기는 현재의 개탄스

• Four Horsemen of the Apocalypse, 「요한계시록」에서 말하는 종말의 네 가지 징후인 질병, 전쟁, 기근, 죽음.

러운 상황에서 시작해서, 작가가 도입한 다양한 책략과 장치를 통해 현재의 결함이 제거되는 가상의 시나리오를 보여줍니다. 이런 이야기의 도덕적 궤적은 위를 향합니다. 다시 말해 이때의 인류는 천국을 향해 움직입니다. 한때 사람들은 지구를 이룬 4원소(흙, 물, 공기, 불)의 층과 지구를 둘러싼 제5원소(Quintessence)의 층 너머에 천국이 있다고 믿었습니다. 유토피아는 우리가 향유하고 싶어 하는 것들을 두루 갖춘 곳으로 등장합니다. 예컨대 개인적 자유, 맛있고 건강한 음식, 아름다운 자연경관, 우호적인 동물들, 친절과 미모를 겸비한 사람들, 긴 수명, 즐겁고 위험 부담 없는 섹스, 매력적인 옷, 질병과 기근의 부재, 신기하게도 거짓말쟁이와 사기꾼과 도둑과 살인자가 없는 사회, 전쟁 없는 태평성대 등.

후자는 '디스토피아'로 불립니다. 디스토피아는 오늘날 우리가 체감하는 것보다 상황이 훨씬 더 나빠진 곳입니다. 디스토피아의 도덕적 궤적은 아래를 향합니다. 그곳은 우리가 혐오한다고 생각하는 것이 모두 있는 세상입니다. 예컨대 전체주의 체제, 고문, 굶주림, 소름 끼치는 음식, 우리를 미워하는 이들의 수중에 있는 대량살상무기, 끔찍하고 대개는 강압적인 섹스, 고약한 냄새, 저급하고 피상적인 획책들, 자연 파괴, 불협화음 등 우리가 역겨워하는 모든 것.

때로 우리 소설가들은 사람들 대다수가 현실로 인정하는 세상을 그릴 때조차 '사이언스 픽션'을 쓴다는 비난을 받습니다. 하지만 어쩌면 지금은 사이언스 픽션이 우리를 쓰고 있는 것인지도 모릅니다. 다시 말해 소설가가 먼저 상상한 기술이 실제로 발명되고 그 기술이 세상에 변화를 만들었다면, 소설가가 기술을 만들고 변화를 만들었다고 볼 수 있지 않나요? 인간의 욕망과 공포의 내역은 매우 오래됐고 크게 변동이 없습니다. 우리는 오래전부터 새처럼 날기를 원했고, 이제 날아다닙니다. 딱히 새처럼은 아니지만요. 그리고 폭격기나 드론 등 우리의 비행 능력이 낳은 결과들이 모두 긍정적인 것도 아니지만요.

각각의 기술은 양날의 검입니다. 한쪽 날은 우리가 원하는 대로 자르지만, 반대쪽 날은 우리의 손가락을 베죠. 우리가 사는 세상은 불과 500년 전 사람에게는 마법의 세상입니다. 하지만 우리는 마법사와는 거리가 멉니다. 우리가 병에서 지니를 풀어놓을 수 있을지는 몰라도, 지니를 병에 도로 욱여넣는 것은 현재로서는 우리의 능력 밖입니다. 우리는 통제 불능의 소용돌이를 창조했고, 그 안에 살고 있으며, 만약 그것이 멈추면 끔찍한 혼돈과 난장판이 닥칩니다. 전기가 모두 나가고 기차와 차가 운행을 멈추면 어떤 일이 일어날지 상상해보세요. 현재 인류의 대부분은 도시에 사는데, 도시에서는 단 며칠 만에 식량이 바닥날 겁니다. 그럼 어떻게 될까요? 우리는 우리가 구축한 기묘한 메커니즘 안에 있고, 여기서 빠져나갈 방법을 알지 못합니다. 이 메커니즘에 근본적 개선이 이루어지지 않을 경우 종국에는 이것이 우리를 배 속에 넣은 채로 스스로를 잡아먹고 말 겁니다.

우리의 해결책은 무엇일까요? 우리는 어떤 긍정적 변화를 만들 수 있을까요? 제가 자주 듣는 몇 가지 가능성은 다음과 같습니다.

우선, 과학과 기술입니다. 인간 지능이 결국 해법을 찾을 것으로 기대하는 사람들이 분명히 있습니다. 우리는 우리에게 닥칠 종말을 예견하고, 거기에 우리가 관여한 부분을 분석할 만큼 똑똑합니다. 이렇게 똑똑하니까 우리가 추적해온 끔찍한 추세를 완화하거나 심지어 뒤집을 장치들을 고안할 수도 있지 않을까요? 어쩌면요. 사실 현재 많은 사람들이 그 일에 매진하고 있습니다. 튜브 모양의 고효율 태양열 발전기, 밤에도 태양열 충전이 가능한 배터리, 고성능 풍력발전 터빈, 수상 도시 건설을 위한 릴리패드 공법, 파동을 이용하는 파력발전, 대기에서 이산화탄소를 포집하는 기술, 에너지 방향을 바꾸는 입자를 대기 중에 방출해서 냉각 효과를 얻는 방안, 저렴한 담수화와 수질 정화 기술 등 연구 분야는 끝이 없습니다. 과연 이 기술들이 충분히, 그리고 제때에 개발되고 배치될 수 있을까요?

그리고 이 기술들을 구축하고 수송하기 위해 더 많은 에너지 – 석유, 천연가스, 석탄 – 를 소비해야 한다는 사실은 어떤가요? 화석연료 기업들의 대대적인 로비는요? 이런 기업들이 자신들의 이윤과 힘과 영향력에 지장을 줄 발명들을 환영할 리 없습니다.

그렇다면 누가 이 발명들에 자금을 대야 할까요? 두 가지 가능성이 있을 뿐입니다. 민간 기업 또는 정부. 하지만 후자는 전자에 좌지우지됩니다. 학계와 재계가 스스로 말하듯, 진정으로 사심 없는 과학이란 이제 거의 불가능합니다. 잠재적 기부자가 새로운 발명에 대해 가장 먼저 하는 질문은 그것이 지구를 구할지가 아니라 돈을 많이 벌어줄지 여부입니다.

친환경 건축 기준, 에너지 효율 강화를 위한 건물 재정비, 고속도로 주행속도 저감, 철도 여행 활성화. 모두 단기적 에너지 절약 방안들이고, 효과도 소소합니다.

기존 시스템에 땜질하는 식의 조치들로는 인구학적 시한폭탄이라는 작금의 거대 문제를 감당하지 못합니다. 모두가 언급을 피하는 방안의 또 다른 코끼리는 바로 급증하는 세계 인구입니다. 또한 지구상 모두가 삶의 수준 향상을 욕망합니다. 이해 못 할 바도 아니죠. 하지만 우리 행성에는 행성인 모두가 미국인의 평균적 생활수준을 누릴 만큼의 자원이 없습니다. 만약 부유층의 소비는 줄이고 빈민의 소비는 늘려서 모두가 평균치에 접근하게 한 다음, 그 평균치를 반으로 줄인다면? 인구가 안정적이라면 모를까, 인구가 곱절로 늘면 소비 총량과 그에 따른 에너지 소비 총량은 그대로입니다.

그렇다고 인구 억제를 언급했다가는 분노의 질타가 쏟아질 겁니다. 각종 종교 지도자들은 발언자를 사악한 존재로 낙인찍을 것이고, 다른 이들은 인종차별주의자나 대량 학살을 획책하는 인간으로 취급하겠죠. 사람은 많이 태어날수록 좋다, 이건가요? 하지만 다음에 일어나는 일들은요? 인구 증가에 따른 갖가지 결과들—자원 전쟁, 기근, 과밀과 영양실조로 인한 질병들 등—에는 아무도 아랑곳하지 않는 듯합니다. 그리고 그 모든 아기들은 누가 낳나요? 한번 맞혀보세요.

다보스 세계경제포럼을 포함한 많은 이들이 여성 교육을 생활수준 향상의 열쇠로 보고 있습니다. 교육받은 여성은 더 적은 자녀를 두고, 자녀에게 더 많은 투자를 하고, 자신이 속한 사회에 더 많이 기여합니다. 여성 교육에 대한 반대는 여성 교육으로 가장 혜택을 볼 법한 지역들에서 가장 심합니다. 곳에 따라서는 여성이 지역사회에 기여하는 꼴을 보느니 차라리 그들을 죽이겠다는 태도를 보입니다.

기술 해법과 교육 해법에 더해 세 번째 방법이 있습니다. 정치적 해법입니다. 국제적 차원에서 탄소 배출 규제를 위한 합의를 도출하려는 시도는 지금까지는 참담한 실패에 그쳤습니다. 아무도 총대를 메려 하지 않습니다. 누구도 '경제성장'을 희생하고 대중의 분노를 무릅쓸 생각을 하지 않습니다. 대개의 사람들은 자신에게 즉각적 위협이 닥치지 않는 한, 무대책에 따른 결과를 외면하기에 급급하죠. '여기는 안 돼, 지금은 안 돼, 나는 안 돼'가 팽배해 있습니다.

국가적 차원의 노력은 가망성이 좀 있습니다. 실제로 일부 정부들은 친환경 정책에 열심입니다. 지역 차원에서도 다양한 환경 정화와 환경 복원 사업들이 어느 정도 성공을 거두고 있습니다. 하지만 한 곳의 이득은 다른 곳의 손실로 상쇄되기 쉽습니다. 현장과 일선에서 고투하는 사람들에게는, 우리의 생존이 걸린 생물다양성을 조금이라도 보존하려는 노력이 시시포스의 바위처럼 느껴질 때가 많습니다. 이 바위는 언덕 위로 밀어 올리기 무섭게 다시 굴러떨어집니다.

아마도 인류 최대의 실패는 현대의 실패일 겁니다. 우리는 나머지 세계와의 연을 끊어버렸고, 모두는 나머지 모두와 연결돼 있다는 것을 깨닫지 못했습니다. 우리는 자연의 일부입니다. 자연과 별개가 아닙니다. 하지만 막대한 돈이 암 치료법 같은 멀어지는 무지개들로 계속 향하고 있습니다. 애초에 대부분의 암은 우리가 우리 몸에 쏟아붓는 산업 화합물과 부산물 때문에 생긴 것 아니었나요? 또한 불로장생의 꿈과 우리 뇌를 컴퓨터에 업로드해서 우주로 발사하겠다는 야망에도 막대한 돈이 투입됩니다. 반면 생물권의 기능 보존을 위한 필사의 노력에는 우리 부의 티끌만큼, 기부금 전체의 3퍼센트 미만만이 찔끔찔끔 떨어질 뿐입니다.

여기서 '기능'이라 함은, 생물권이 우리의 존속이 가능한 방식으로 가능한다는 것을 의미합니다. 전체적으로 봤을 때 대자연에게 우리가 필요할까요? 아뇨. 우리가 지구를 생명 전체에 부적당한 곳으로 만드는 게 빠를까요, 인간만 살지 못할 곳으로 만드는 게 빠를까요? 당연히 후자입니다. 우리가 아무리 발악을 해도 적어도 일부 곤충, 규조류, 혐기성 미생물, 심해 오징어에는 못 당합니다. 어쩌면 자연은 우리의 멸종을 기다릴 겁니다. 그럼 우리에겐 자연이 필요한가요? 결단코 필요합니다. 인간이 호흡하지 않고 사는 방법을 개발하지 않는 한 그렇습니다. 화학과 물리학은 흥정이란 게 없습니다. 항상 장부를 착착 맞춥니다. 열이 증가해서 에너지가 발생했다면 거세진 바람과 높아진 파도의 형태로 방출되어야 하고, 증발로 올라가는 게 있으면 폭우와 눈보라로 내려오는 게 있습니다. 우리에게 익숙했던 지구는 이제 기후변화로 빠르게 변하고 있습니다. 2010년 환경운동가 빌 매키번(Bill McKibben)이 『우주의 오아시스 지구』에서 경고한 덜 친절하고 더 불안정한 새로운 행성이 이미 우리 코앞에 다가와 있습니다. 우리가 할 수 있는 것은 최선을 다해 거기에 적응하는 것입니다. 사는 규모를 줄여서, 우리가 촉발한 맹렬한 소모의 과정을 되돌리거나 최소한 중단해야겠죠. 아니면 현대사회의 붕괴에 뒤따를 비참함을 감당하든지요.

최근에 지역 생산자 직거래 시장에서 생선을 파는 캐나다 원주민 남성과 말을 나눴습니다. 제가 얼룩말홍합 얘기를 꺼냈어요. 얼룩말홍합은 화물선의 평형수•를 통해 유입된 외래종인데, 현재 엄청나게 증식

• 화물을 내린 선박이 평형 유지를 위해 배의 탱크에 채우는 바닷물을 말한다. 짐을 적재할 곳에 도착하면 현지 바다에 쏟아버린다.

해 파이프를 틀어막고, 해변을 뒤덮고, 먹이를 싹쓸이해 토착 어종의 씨를 말리는 등 오대호 환경을 파괴하는 골칫거리가 되었습니다. 저는 그 원주민 어부에게 물었습니다. 이 문제를 해결하려면 어떻게 해야 할까요? 당연히 어부는 걱정이 많았습니다. 그의 생계와 직결된 문제니까요. 하지만 그는 미소만 지었습니다. "자연이 알아서 할 겁니다."

나는 어부의 말을 자연이 얼룩말홍합을 없애줄 거라는 의미가 아니라 결국 새로운 균형이나 질서가 부상할 거라는 의미로 이해했습니다. 그렇다면 어부의 말이 맞습니다. 자연은 항상 그랬으니까요. 그 결과가 우리의 바람과 다를 수는 있지만, 어차피 자연은 인간의 바람 따위 신경 쓰지 않습니다. 물리학과 화학은 기회를 두 번 주지 않습니다.

하지만 우리 입장에서는 희망을 포기할 수 없어요. 우리는 두 번째 기회를 갈망합니다. 우리의 종교적 우화와 설화와 영화는 두 번째 기회들로 넘쳐납니다. 우리는 무언가를 간절히 바라면 그것이 실현된다고 믿습니다.

이제 우리가 인류의 미래 생존을 간절히 빌어야 할 때가 온 듯합니다. 그것을 정말로 원한다면, 우리가 자찬해 마지않는 인간 지능을 이용해 미래를 벌 수 있을지도 모릅니다.

Burning Questions

››› 3부 ‹‹‹

2014 — 2016

무엇이 주(主)가 되는가

번역의 땅

›››‹‹‹

(2014)

빈프리트 게오르크 제발트(Winfried Georg Sebald) 기념 강연회에 연사로 초대해주신 노리치 이스트앵글리아대학교에 감사드립니다.

제발트는 독자들 사이에 팬덤을 형성하며 흠모와 존경을 받고 있습니다. 그는 20세기 핵심 작가의 반열에 들어 마땅한 문학가입니다. 무엇보다 그는 사실과 창작을 섞고 인용들까지 만들어내는 방식으로 문학 형식으로서의 소설을 뒤흔들었습니다. 그의 접근법은 소요학파 방식입니다. 어떤 면에서는 메니푸스 풍자이고, 어떤 면에서는 캐나다 문학비평가 노스럽 프라이(Northrop Frye)가 말한 병리적 해부이고, 또 어떤 면에서는 사적인 사색입니다. 제발트가 소설에서 한 것을 저는 이 강연에서 해보려 합니다. 이 강연의 제목이 제게 제발트를 모방할 권한을, 제발트처럼 소요하고 우연의 발견을 따르고 수시로 방향을 전환하고, 그래요, 그처럼 특이할 권한을 부여합니다.

제발트는 17세기 노리치의 작가이자 의사였던 토머스 브라운(Thomas Browne)에게 관심을 두었습니다. 맞습니다, 토머스 브라운. 노리치 시장에서 돼지 바비큐와 훈제 생선과 최상급 소시지를 수심에 잠긴 얼굴로 굽어보는 우아한 동상의 주인공이요. 여기서 저의 첫 번째 방향 전환이 있겠습니다. 브라운의 대머리 치료 처방은 구운 두더지와 꿀을 머리에 비비는 것이었습니다. 이 방법을 대형 제약 회사들에 추천합니다. 과거에도 전해오는 민간요법을 상업화해서 짭짤하게 성공을 거두지 않았나요. 사례금은 필요 없습니다.

저는 항상 『아서왕의 검(*The Sword in the Stone*)』의 마법사 멀린에게 모종의 동류의식을 느꼈습니다. 멀린의 반려동물이 올빼미이기 때문만은 아니에요. 그에게 필요한 물건들을 대령하는 보이지 않는 정령 도우미들이 있기 때문입니다. 그가 "모자"라고 말하면 모자가 나타나는 거죠. 딱 맞는 모자는 아닐지 몰라도 모자는 모자입니다. 이런 현상을 묘사하는 보다 허세적이고 문학적인 방법도 있습니다. 예컨대 조지 엘리엇의 『미들마치』에 등장하는 촛불/거울 마술이 있습니다. 거울에 촛불을 들이대면 거울 표면의 무작위한 스크래치들이 하나의 패턴으로 정렬하는 거죠. 패턴 두 개도 가능해요. 더 놀라운 얘기를 해드릴까요? 제가 번역을 주제로 하는 제발트 강연 요청을 수락하자마자 우편물 투입구에서 제발트가 직접 쓴 편지들이 기적처럼 툭 떨어졌어요. 『리틀 스타(*Little Star*)』라는 문학지에 담겨서 말이죠. 제발트가 그의 전담 번역가 마이클 헐스(Michael Hulse)에게 보낸 편지들이었는데, 무슨 내용이었냐면! 세상에나! 번역에 관한 내용이었어요! 저는 외쳤습니다. "감사합니다. 보이지 않는 마법의 도우미들이여, 촛불/거울이여. 이제 이 편지 중 하나를 제발트 강연에 삽입해서 청중에게 오줌을 지릴 만큼의 감동을 안길 수 있게 됐습니다! 또는 치마에. 또는 뭐가 됐든 옷을 대표하는 아이템에."

이것이 바로 그 편지입니다.

19.ix.97

마이클에게

빌이 마지막 장은 자네에게 직접 보내라고 하더군. 그래야 자네가 킹스린으로 가기 전에 처리할 수 있을 거라면서.

안 그래도 걱정을 많이 했다네. 이 페이지들이 특히나 어렵지 않을까. 자네가 원고와 씨름하면서 적어도 한 번 이상 내게 저주를 퍼부었을 게 분명해. 어쩔 수 없는 일이지만 '인용' 단락들의 미세한 결들이 번역에는 많이 상실된 것 같아. 어제저녁까지도 'Wehwirtshaft'(14페이지)에 맞는 표현을 찾아 머리를 쥐어짰지만, 별 소득이 없었네.

오늘 아침에 3페이지의 나방 목록을 수정했어. 원래 목록의 두 가지는 (본문 내용과 달리) 어쩐지 좀 소소한 것 같아서. 영국 나방 관찰가들의 심기를 건드리고 싶지도 않고 말이야. 영국에 나방 관찰가들이 좀 많아야지. 맞게 수정한 건지 확인하려고 베클스에 있는 목수에게 전화를 걸었어. 전에 몇 번 나를 데리고 나방 관찰을 나간 적이 있는 사람인데, 그만 그의 부인에게서 슬픈 소식을 들었지 뭔가. 그 친구가 지난달에 자기 차 안에서 가스를 마시고 자살했다는 거야. 세상일이란 참 이상하지 않나? 혹시 자네가 노픽의 반대편 끝에서 노리치로 와줄 시간이 된다면, 나는 10월 2일까지 이곳에 있을 예정이야.

평안을 빌며.

보셨다시피 당시 W. G. 제발트는 노퍽에 살고 있었습니다.

촛불/거울 현상 같은 우연한 발견을 또 하나 말씀드리겠습니다. 정확히 30년 전인 1983~1984년, 저는 가족과 함께 노퍽에서 가을, 겨울, 봄을 보냈습니다. 제발트가 『토성의 고리』에서 너무나 유려하게 그려냈던 지역에 직접 살았던 거죠. 그의 글이 대개 그렇듯 『토성의 고리』도 덧없음에 대한 일종의 명상입니다. 이때 우리는 15세기에 지어진 웅장한 성 니콜라스 성당이 증언하듯 한때는 번성한 항구였지만 지금은 갯벌에 면한 작은 포구에 불과한 블레이크니에 머물고 있었어요. 안개, 바람 부는 바다, 거기에 잠겨버린 마을들, 꼬불꼬불한 뒷길들, 한때는 부유했지만 지금은 퇴색한 사유지들. 우리는 『토성의 고리』에서 그것들에 대해 읽기 전에 그것들 사이에서 살았습니다. 그리고 우리는 노리치시를 배회했습니다. 노리치의 줄리언(Julian of Norwich)이 제 소설 『홍수의 해』 마지막 장의 수호성인으로 등장하는 것이 우연은 아닙니다. 제가 이 여성 은둔자에 대해 알게 된 것도 이때였으니까요.

우리가 블레이크니를 선택한 것은 그곳 해안이 영국에서 손꼽히는 탐조 지역 중 하나였기 때문입니다. 시베리아에서 부는 질풍을 타고 많은 희귀종 새들이 해안을 따라 염습지와 갯벌로 날아들었어요. 우리의 또 다른 프로젝트는 글쓰기였어요. 애초의 포부는 각자 소설을 한 편씩 쓰겠다는 것이었는데, 유감스럽게도 이 계획은 수포로 돌아갔습니다. 우리 중 아무도 책을 쓰지 못했어요.

제 경우에는 노퍽의 실패가 우리가 세낸 집에 살던 유령들의 영향이 아니었나 싶어요. 마을 사람들이 그러더군요. 그 집이 13세기에 수녀들이 운영하던 나병 요양소였고, 유령들이 출몰한다고요. 수녀 유령들이 좋아하는 거실뿐 아니라, 식당에는 호탕한 기사 유령도 있다고 했어요. 술이 있는 곳이니 기사 유령이 머물기에 딱이죠. 거기다 부엌에는 머리 없는 여인도 한 명 갇혀 있다고 하더군요. 머리 없는 여인들은 보통 거기 있으니까요.

우리가 집주인(런던에 사는 교구 목사였어요)에게 따져 물었더니 주인이 껄껄 웃더라고요. "하하하, 마을 사람들 말을 들으셨군요." 그러더니 지그시 쳐다보며 묻더군요. "유령을 보셨나요?" 주인은 머리 없는 여인 얘기는 일축했어요. 머리 없는 여인은 어느 미국인에게 딱 한 번 스치듯 목격된 게 전부라면서요. 그 미국인은 여인의 뿌리를 찾겠다며 셰리주가 몇 잔이 필요하든 머리 없는 여인을 적어도 한 명은 보고야 말겠다고 작심한 사람이었대요. 목사는 수녀 유령들에 대해서는 불가지론을 고수했어요. 하지만 솔깃해하긴 했어요. 자기 어머니가 수녀 유령를 본 적이 있다나요. 우리는 호탕한 기사 이야기는 접어뒀습니다. 그런데 어느 날 저녁 우리가 기사와 딱 마주쳤지 뭐예요. 그의 정체는 옆 건물의 펍에서 나와 호탕한 기사들이 흔히 그러듯 바깥을 배회하다가 돌아오는 길을 잃어버린 술꾼으로 밝혀졌습니다.

제가 겪은 심각한 글 막힘 현상은 이 영적 존재들이 저의 창작 주파수를 방해한 탓이라는 의심을 해봅니다. 그게 아니라도 이유는 많았어요. 원래는 낮에 바닷가의 자갈박이 코티지에서 수동 타자기로 글을 쓸 작정이었는데, 이 타자기 키가 'L'을 칠 때마다 엉키는 겁니다. 그러면 'L'이 포함된 단어를 피하게 되잖아요. 이게 여간 번거롭지 않아요. 섹시한 남자 주인공에게 혀짤배기소리를 내게 할 수는 없잖아요. "사낭해요." 그는 용정에 가등 찬 건드러진 몽소리로 송상였다. "내 머리엔 그대의 매홍정이고 강미로운 입숭에 키스하고픈 생강방에 업써."• 이게 되겠어요?

그뿐만이 아니에요. 코티지의 난방 수단은 작은 벽난로 하나였는데, 제가 다루기에는 역부족이었어요. 크고 축축한 장작에 불을 붙일 재간이 있어야죠. 거기다 바닥도 돌바닥이어서 제 생애 최초의 동창(凍瘡)을 거기서 겪었지 뭐예요. 그래서 수녀가 출몰하는 본채의 거실로 돌아가 활활 타는 벽난로에다 얼음 박인 발을 녹이곤 했습니다. 동창이 생긴 것을 알았을 때 저는 감격했습니다. "이건 분명…… 그래! 동창이야!" 저는 환호했습니다. "마침내! 이 얼마나 디킨스적인가!"

제 절필감을 드높인 것이 또 있었습니다. 그 집에 스코틀랜드 여왕 메리에 대한 낭만주의 역사소설들이 있었어요. 여름철 방문객들이 놓고 간 것이었는데, 한눈팔게 하는 데 최고였어요. 글이 잘 써지지 않을 때 기분 진작용으로는 스코틀랜드의 메리 여왕 얘기만 한 게 없거든요. 혼자 이렇게 웅얼댈 수 있잖아요. "적어도 나는 참수당할 때 가발이 벗겨질 걱정은 하지 않아도 되잖아."

하지만 제 창작 실패의 주된 원인은 제가 에스파냐어를 못 한다는 데 있었습니다. (보세요, 결국에는 화제가 돌고 돌아서 언어 이슈로 온다니까요.) 이때 제가 쓰려던 소설의 배경이 멕시코였거든요. 대체 어쩌자고 그런 구상을 했던 걸까요? 저는 에스파냐어만 모르는 게 아니라 나와틀, 마야, 사포텍, 미스텍, 오토미, 토토나카, 초칠, 첼탈, 마자후아, 마자텍, 와

• 원문은 다음과 같다. "I wuve you," he said wustfully, in his wow, wiwting tones. "I wong to kiss your awwuring, wuscious wips."

스텍, 촐, 치난텍, 푸레페차, 믹세, 틀라파넥, 타라후마라 부족의 언어에 대해서도 아는 바가 없었습니다. 이 언어들 중 절반은 셰익스피어 시대 런던의 영어 사용자보다 많은 사용자를 보유하고 있어요. 소설을 쓰기 위해 이 언어들에 모두 통달할 필요는 없었지만 한두 가지 정도는 알아야 도움이 됐거든요. 요즘이라면 인터넷 강의를 듣겠지만, 이때는 인터넷 이전 시대였습니다. 블레이크니에서 미스텍 언어를 배우는 건 쉬운 일이 아니었어요.

블레이크니 자체도 다른 종류의 번역 함정들로 가득했습니다. 아이들은 새로운 언어와 억양을 쉽게 흡수합니다. 우리의 여섯 살배기 딸이 노퍽 사투리를 학교 친구들과 구분하기 어려운 수준으로 구사하는 데 불과 몇 주밖에 걸리지 않았고, 이후 노골적인 캐나다 말씨를 가진 부모는 끝없이 당혹감을 주는 존재일 뿐이었습니다. "엄마, 아빠." 딸이 타박했어요. "팬티가 뭐야! 속바지라고 해!" 블레이크니 타운에서는 그레임이 걸스카우트 모임에 아이를 데리러 오는 유일한 남자라는 점도 상황에 도움이 안 됐어요. 아, 민망해라! 머리에 스카프를 두른 수십 명의 노퍽 엄마들 사이에 뻘쭘하게 끼어 있는 키 크고 수염을 기른, 딱 봐도 넋이 나간 캐나다 남자라니.

하지만 외국인이라서 용서되는 것도 많아요. 때로는요. 그리고 어떤 종류의 외국인이냐가 중요해요. 적어도 우리는 미국인이 아니었어요! 프랑스인도 아니었어요! 우리가 정확히 어디 출신인지 분간하는 사람은 없었어요. 그곳 사람들의 마음속에 있는 캐나다는, 있기는 할지 모르겠지만, 지도 위의 허옇게 비어 있는 거대한 공간이니까요. 더구나 영국처럼 사투리가 지역과 배경을 세세히 대변하는 나라에서 어느 사회계층에 속해 있는지 불분명하다는 것은 퇴박맞는 일 없이 마을의 누구와도 허물없이 말할 수 있다는 뜻이었고, 우리가 딱 그렇게 지냈어요.

이제 진지한 주제로 넘어갈까요. 소설가에게는 모든 일이 진지한 일이지만요. 책은 오로지 언어로만 이루어지기 때문에 등장인물이 '팬티'라고 하느냐 '속바지'라고 하느냐에 많은 것이 결정됩니다. "무엇을 읽으십니까, 왕자님?" 폴로니어스의 질문에 햄릿은 정확히 "말, 말, 말"이라고 대답해요. 그래요, 언어의 소금 광산에서 뼈 빠지게 일하는 우리에게 주어진 연장은 이것이 유일합니다. 말. 사운드트랙도 없고, 독자의 상상 외에는 시각효과도 없습니다. 따라서 말의 풍부함과 다양성은 우리에게 지극히 중요합니다. 말의 내용—플롯, 묘사, 인물—만이 아니라 말의 방식도 중요합니다. 어조와 말투, 화자의 지위와 출신 문화와 세대, 누가 누구에게 말하는지 등. 언어에 따라서는 상대의 위치가 나보다 높은지, 같은지, 낮은지에 따라 인사말도 달라지거든요. 거기다 속어와 경어의 선택 문제가 있고, 속어와 경어에도 정도와 단계가 있으며, 시대마다 어법이 달라집니다.

이 모든 것이 인물에도 영향을 받습니다. 화자가 『모히칸족의 최후』의 모히칸인지, 『워터십 다운』의 토끼인지, 『샬롯의 거미줄』의 돼지인지에 따라 말이 달라지고, 같은 『반지의 제왕』에서도 호빗인지, 오크인지(오크족은 문법이 엉망이에요), 고귀한 종족인 엘프인지에 따라 달라집니다. 말과 늑대와 뱀파이어와 『마도요의 마지막(*Last of the Curlews*)』의 마도요도 말하는 방식이 각기 다릅니다. 선택의 여지는 끝도 없습니다.

작가가 선택의 문제로 애를 먹는다면, 번역가는 열 배나 더 애를 먹습니다. 그 외에도 번역가에게는 여러 무거운 책임이 따릅니다. 어느 작가의 작품을 다른 언어권의 독자가 조금이라도 파악할 기회는 오로지 번역가에게 달려 있습니다. 번역가의 임무는 정확한, 또는 충분히 정확한 텍스트를 만드는 것입니다. 또한 번역한 언어로도 가독성 있는 텍스트를 만드는 것입니다. 나아가 흥미진진하고, 웃기고, 가슴 아픈 곳들을 똑같이 흥미진진하고, 웃기고, 가슴 아프게 옮기는 것입니다. 이런 종류의 쌍두 공중 곡예는 누구의 두뇌로도 벅찬 일입니다. 따라서 글이 써지지 않는 날 작가가 위안을 얻는 방법은 "적어도 나는 스코틀랜드의 메리는 아니잖아!" 말고도 또 있습니다. "적어도 나는 내 빌어먹을 책들을 번역할 필요가 없잖아!"

저는 제가 때로 번역가들에게 악몽이라는 걸 알기 때문에, 제가 저의 빌어먹을 책들을 번역하는 사람이 아니라는 점에 두 배로 감사합니다. 때로는 뺄 게요. 저는 언제나 번역가들에게 악몽입니다. 저는 (번역이 불가능한) 말장난과 (번역하기 난감한) 농담을 즐겨 쓰고, 특히 유전자 조작 생물과 상상의 소비재 영역에서 신조어를 잔뜩 만들어냅니다. 제가 살인에만 역점을 두면서 의젓한 표준영어만 쓴다면 번역가에게 얼마나 좋을까요? 플롯 위주의 책들이 번역하기에는 가장 쉽다고 들었습니다. 하지만 그 영역에도 함정은 있습니다. 뼛속까지 미국적인 작가 레이먼드 챈들러의 소설이 프랑스어로 번역되면 그의 로스엔젤레스가 이상하게도 (예컨대) 매그레 경감•이 사는 파리의 우범지대와 비슷해지거든요. 파리에는 비가 자주 온다는 것만 빼면요.

그럼 번역가에게 어떤 대안이 있을까요? 독자가 책이 애초에 그들

• Jules Maigret, 벨기에 소설가 조르주 심농(Georges Simenon)의 추리소설에 등장하는 형사.

의 언어로 쓰였다고 느낄 만큼 매끄러운 천의무봉의 번역을 원하시나요? 두 가지 언어를 완벽히 구사했던 작가 메이비스 갤런트(Mavis Gallant)는 같은 단락을 첫 번째 언어로 읽은 다음 두 번째 언어로 다시 읽었을 때 둘의 차이를 느끼지 못한다면 좋은 번역이라고 했습니다.

아니면, 다채로운 원어 문구들을 포함하고 있어서 우리가 사실상 매우 색다른 문화와 장소를 접하고 있다는 것을 알려주는 번역을 원하시나요? 칭가치국•이 당신을 그의 '위그왐'으로 초대하길 원해요, 아니면 그의 '뾰족 천막'으로 초대하길 원해요? 그가 당신을 '토마호크'로 죽이는 게 좋아요, 아니면 '불쏘시개 쪼개는 데 적합한 작은 손도끼'로 죽이는 게 좋아요? 노르웨이어 '예토스트(gjetost)' 또는 '브루노스트(brunost)'를 '냄새가 고약하고 밤색으로 캐러멜화한 염소젖 치즈'라고 해야 할까요, 그냥 '브라운 치즈'라고 해야 할까요? 아니면 풍미를 위해 원어를 유지하는 게 나을까요? 조지프 보이든(Joseph Boyden)의 소설 『오렌다(*The Orenda*)』에 나오는 오지브웨족의 단어 '오렌다'의 뜻을 영어로 설명하려면 문단 하나가 필요해요. (대충 설명하자면 '북미 원주민이 만인과 만물에 깃들어 있다고 믿었던, 특히 샤먼에게 강력히 존재한다고 믿었던, 신령하고 신비스러운 힘'을 뜻합니다.) 이 단어의 뜻을 소설 본문에 녹여 넣는 게 좋을까요, 아니면 원어를 유지하고 책 뒤에 용어 해설을 붙이는 게 좋을까요? 이런 질문들이 번역가를 밤새 깨어 있게 합니다.

최근 저는 밴프 센터(Banff Centre for Arts and Creativity)에 보름 정도 머무르며 그곳의 연례 문학 번역가 세션에 참여했습니다. 번역가들이 작

• Chingachgook, 『모히칸족의 최후』에 나오는 추장.

업 중인 텍스트의 작가와 짝을 지었습니다. 제 짝은 이집트에서 온 아주 명석한 청년이었는데, 그는 『페넬로피아드』를 아랍어로 번역 중이었습니다. 그는 제게 단어 목록을 내보였습니다. "이건 옛말인가요, 신조어인가요, 속어인가요, 경어인가요, 아니면 작가님이 지어낸 말인가요?" 그는 계속 물었습니다. 모든 게 중요했습니다.

저는 어쩌다 이런 것들에 골몰하며 평생을 보내게 됐을까요? 대신에 (예컨대) 돼지 체내에 인간 콩팥을 배양하는 방법을 연구할 수도 있었잖아요? 범위를 넓혀서 묻자면, 우리는 어쩌다 이렇게 됐죠? 여기서 '우리'란 말을 다루는 사람들을 의미합니다. 그러니까 작가와 번역가 모두를 뜻해요.

우리는 모두 언어 없이 태어납니다. 태어나면 엄청 빨리 습득하지만요. 일단 문자의 바다에 도착하면 우리는 어린 시절의 많은 부분을 번역하는 데 보냅니다. "그게 무슨 말이야? 이건 무슨 뜻이야? 저기 있는 저건?" 사람들 중 일부는 필요한 말을 일찌감치 습득해버리고 이후에는 거기에 대해 크게 머리를 쓰지 않고 살아갑니다. 하지만 말을 다루는 사람들은 평생 말로 골치를 썩습니다.

좁은 문으로 들어가기를 힘쓰라. 문은 좁고, 길은 대개 뒤틀려 있고, 동기는 모호하고, 위험은 과하고, 우연은 행운일 뿐이지만, 힘겨운 수습 시절과 수없이 망친 원고를 거쳐야 하겠지만, 결국에는 전설적인 종이 왕국의 산해진미에 (요즘으로 치면 디지털 나라의 잔칫상에) 입성하게 될지니. 다음은 제가 밟아온 작은 길을 소개하겠습니다.

제 유년기는 제2차 세계대전 기간과 겹칩니다. 저는 이 시기를 퀘벡 북서부의 미개간지에서 보냈습니다. 우리 가족은 봄부터 가을까지는 나무와 곰과 흑파리와 아비새 사이에서 살았어요. 마을도 타운도 아니었죠. 이동할 때는 배 아니면 산길을 이용했어요. 전기도, 수돗물도, 학교도, 가게도, 극장도, 영화관도, 텔레비전도 없었어요. (아 참, 그때는 텔레비전이 아예 없었어요.) 나중에는 기본 기능만 갖춘 라디오가 한 대 있었어요. 때로는 감이 멀었지만 라디오에서 프랑스어가 들렸어요. 퀘벡주였으니까요. 또 때로는 단파를 타고 신기하게도 러시아어가 들렸어요. 우리 가족은 겨울에는 오타와시에 머물렀어요. 거기서는 라디오 수신이 잘됐어요. 그때 우리가 라디오에서 듣던 것 중에 이런 게 있었습니다.

위이오오위이오오. 봉봉봉봉, 봉봉봉봉. 봉. 봉. 봉. 봉. 봉. 봉. 여기는 런던, 북아메리카 나와라, 오버. 여기는 BBC 뉴스.

아이가 물어보지 못한 질문. "저 사람들 왜 저렇게 말해?" "런던이 뭐야?" 대답하기 더 어려운 질문. "BBC가 뭐야?"

라디오에서 이런 것도 흘러나왔어요.

메어지 도츠 앤드 도지 도츠 앤드 리들 램지 다이비
어 키들리 다이비 투, 우든 슈?•

• 1943년에 나온 〈메어지 도츠(Mairzy Doats)〉라는 노래로, 당시 유행하던 '노벨티 송(novelty song)'의 하나다. 노벨티 송은 단순한 멜로디에 의미 없는 음절이 반복되는 것이 특징이다. 이 노래의 경우 다음의 문장을 엉망으로 써놓은 느낌을 준다. '암말은 귀리를 먹고 귀리를 먹고 꼬마 양은 아이비를 먹지. 새끼 염소도 아이비를 먹지, 너는 어때?'

이런 것도요.

치커리 칙, 찰-라, 찰-라
첵-알-라 로미 인 어 바나니카
볼리카, 월리카, 모르겠어?
치커리 칙은 나란 걸?

이것들은 다 무슨 언어들일까요? 어린이 청취자는 궁금할 따름이었고, 그 점에서는 어른 청취자도 예외가 아니었어요. 첫 번째 노래는 해독이 가능한 퍼즐이고, 두 번째 노래는 난센스입니다. 아이들은 이렇게 일찍부터 어떤 말들은 그저 헛소리에 불과하다는 사실을 알아버립니다! 이것이 아이들이 에드워드 리어•를 좋아하는 이유입니다. "저기 간다! 저기 간다! 어둠 속에 빛나는 코를 가진 '동(Dong)'이 간다!" [저는 '동'은 좋아했지만 빨간 코 순록 루돌프는 맹렬히 싫어했고, 지금까지도 그 혐오감이 남아 있어요. 왜 그럴까요? (내게 쓰는 메모: 여기에 대해 더 생각해보기)]

라디오 밖 세계에서도 의미 없는 말들의 향연은 이어집니다. 거기에 루이스 캐럴이 쓴 불멸의 '앨리스' 시리즈를 빼놓을 수 없죠.

지글저녁에 호리나긋한 토브들이
멀은밭을 빙빙돌고 들파버렸네

• Edward Lear, 영국의 시인이자 아동문학가. 대표작으로 『난센스의 책(*A Book of Nonsense*)』이 있다.

보로고브들은 다 불쌍가련하고
엄뚱한 래스들은 빽빽 울짖었네•

다행히 작중 인물이 이 부분에 대해 약간의 해석을 제공하는데, 문제는 그 인물이 달걀이라는 겁니다. 하지만 보통 달걀이 아니라 번역가의 투지를 가진 달걀이었어요.

"내가 쓰는 단어는," 험프티 덤프티••가 몹시 깔보는 투로 말했다. "내가 선택한 의미만 의미해. 그 이상도 이하도 아니야."

"문제는," 앨리스가 말했다. "당신이 단어들의 뜻을 그렇게 마음대로 바꿔도 되는지예요."

"문제는," 험프티 덤프티가 말했다. "무엇이 주가 되느냐야. 그게 다야."

저는 험프티 덤프티의 교훈을 마음에 새겼습니다. 그럼 물어볼게요! 무엇이 주가 되어야 하죠? 우리가 작가로서 단어들의 의미를 확장하는 걸까요, 아니면 작가는 단지 언어의 도구일 뿐일까요? 언어가 컴퓨터처럼 나를 프로그래밍하는 걸까요, 아니면 『템페스트(*The Tempest*)』의 주인공 프로스페로가 마법을 휘두르듯 내가 언어를 휘두르는 걸까요?

• 『거울 나라의 앨리스』에 나오는 난센스 시 「재버워키(Jabberwocky)」의 첫 연이다. 마틴 가드너의 『주석 달린 앨리스(*The Annotated Alice*)』(W. W. Norton & Company, 2000)에 실린 루이스 캐럴의 해설을 참고해 옮긴이가 '임의로' 해석했다. 번역자마다 다른 버전의 시가 나온다.

•• Humpty Dumpty, 영국의 전래 동요집 『머더구스 동요(*Mother Goose's Nursery Rhymes*)』에 나오는 달걀의 이름이다. 담벼락에서 떨어져 깨지는데, 『거울 나라의 앨리스』에서도 사람처럼 거대한 모습으로 담벼락에 앉아 있다.

두 가지 사이에 차이가 있긴 한가요? 인지 발달 연구의 선구자인 장 피아제(Jean Piaget)가 아이들에게 몸에서 생각에 쓰이는 부분이 어디냐고 물었을 때 아이들은 "내 입"이라고 대답했습니다. 말 없이 생각이 가능할까요? 말이 우리의 생각을 규정할까요? 만약 그렇다면 특정 언어로는 분명히 표현할 수 없는 생각을 다른 언어로는 할 수 있을까요? 프랑스산 수제 고급 소금에 쓰여 있는 문구를 그 서정적 인상까지 고스란히 영어로 옮길 수 있을까요? "건강을 주는 태양 광선이 쪽빛 바다에 장밋빛으로 비쳐 들 때, 늙은 소금 채집자는 바람이 애무하는 해변에서 섬세한 소금 결정체를 한 알 한 알 고르며 그의 오랜 소명을 다합니다……." 아뇨, 옮기기 힘들어요.

내게 쓰는 메모: 여기에 대해서도 더 생각해보기

퀘벡 북부의 숲으로 돌아가봅시다. 그때 우리 집, 정확히 말해 우리 통나무집의 언어는 영어였습니다. 하지만 우리 주변에는, 물론 멀리 떨어진 주변이었지만, 프랑스어의 반그늘이 드리워져 있었습니다. 프랑스에서 쓰는 프랑스어는 아니고 퀘벡에서 쓰는 프랑스어, 즉 퀘벡어였죠. 퀘벡어는 고유의 억양과 어휘를 가지고 있으며, 주알(joual)* 이라고 불리는 지극히 토착적인 방언을 포함합니다. 프랑스 프랑스어와 퀘벡 프랑스어는 욕설도 상당히 다릅니다. 퀘벡어 욕설은 종교적 용어를 많이 포함하는 것이 특징이죠. 예를 들어 발등에 뭐가 떨어졌을 때 프랑스에서는 "메르드!"라고 하지만 퀘벡에서는 "바템!"이라고 합니다.** 우

* 프랑스어권 캐나다인이 쓰는 프랑스어 방언.

** 메르드(merde)는 '똥'을, 바템(baptême)은 '세례식'을 가리킨다.

리가 살던 지역은 퀘벡주와 온타리오주 경계선에 걸쳐 있었어요. 그래서 근처-영국 기준의 '근처'와는 다릅니다. 이때의 '근처'란 숲이 시작되기 전 마지막 벽지 마을입니다-에 있는 타운에서는 사람들이 프랑스어와 영어의 혼합어인 프랑글레(Franglais)로 때웠어요. 프랑글레는 표현은 좀 한정적이지만 대신 모두가 알아들어요. 마신(ma'chine) 같은 두루뭉술한 단어 하나면 웬만한 생활용품은 다 커버됩니다. 사람만 빼고 다요.

또한 퀘벡어에는 영어에서 온 단어들이 많아요. 흑파리와 모기의 땅에서 없어선 안 될 방충망 현관을 뜻하는 스크랭포슈(scrinporch), 배관 시설이 없을 때 놓는 옥외 변소를 뜻하는 바쿠스(backouse) 등. 이런 단어 유입은 공평한 겁니다. 영어 단어의 상당수가 애초에 프랑스어에서 왔으니까요. 잉글랜드 왕 윌리엄 1세가 프랑스 사람이었던 거 아시죠? 최근에 누군가 재미있는 지적을 했더군요. 영어에서 가축을 가리키는 말들-소(cow), 돼지(pig), 양(sheep)-은 주로 앵글로색슨어에서 온 반면, 가축의 고기를 가리키는 말들-소고기(boeuf/beef), 돼지고기(porc/pork), 양고기(mouton/mutton)-은 프랑스어에서 왔어요. 농사는 누가 짓고 잔치는 누가 벌였는지, 누가 누굴 정복했는지 대충 짐작이 가지 않나요? 또 주제에서 벗어났네요. 제가 경고했죠. 두서없을 거라고.

북부 변방에서 어린 시절을 보내며 제가 가장 먼저 읽은 것들 중에는 프랑스어 표지판도 있었습니다. 좁고 가파른 도로에는 '감속(Petite Vitesse)'과 '우측통행(Gardez le Droit)'. 각진 목재로 지은 우체국에는 '바닥에 침을 뱉지 마시오(Défense de Crârcher sur Le Plancher)'. 그리고 두 명

이상 모일 법한 곳마다 놓여 있던 아이스박스와 '코카콜라를 마셔요(Buvez Coca-Cola)'. 시리얼 상자 뒷면에도 영어와 프랑스어가 모두 있어서 유익했어요. 저는 상자에 적힌 프랑스어를 판독하며 많은 시간을 보냈습니다. '어린이 여러분! 상품을 타세요!(Hé! Les enfants! Gagnez!)' 상자 뚜껑을 모아서 받는 경품은 영어로나 프랑스어로나 같았지만 왠지 프랑스어일 때 더 근사해 보였어요. 대개 그렇지 않나요. 수제 소금처럼 말이에요.

제게 번역해줄 사람이 없었기에 저는 언어 몰입을 경험하지 않았어요. 어린 시절의 비(非)몰입이 제게 어떤 영향을 미쳤을까요? 제게 그것은 바깥에 적어도 한 개 이상의 다른 언어적 우주가 존재한다는 신호였습니다. 여기 있는 제게는 불분명하지만 거기 있는 남들에게는 자명한 것들이 있다는 신호요. 작가가 글을 쓰는 동기 중 하나는 글쓰기 행위를 통해 다양한 미스터리에 대한 답을 찾는 것입니다. 작가에게 뜻밖의 발견이 없으면 독자에게는 재미가 없습니다. 저는 그렇게 믿습니다. 이것이 제가 미리 초안을 잡지 않는 한 가지 이유입니다. 다른 이유는 체계적이지 못한 정신머리입니다.

저는 일찍부터 책을 읽었어요. 비가 올 때는 달리 할 일이 없었거든요. 다행히 우리의 작은 집에는 책이 많았습니다. 아동 도서는 많지 않았지만, 악마는 한가한 눈에 어김없이 읽을거리를 찾아주기 마련이죠. 그렇게 저는 순진무구한 나이에 델(Dell) 출판사의 살인 미스터리들을 탐독하게 됐습니다. 여기서 유용한 경고 나갑니다. 붉은 잠옷을 입은 금발 여인을 조심하세요. 이브닝 백에 권총을 넣어가지고 다녀요. 또는 그런 여자에게는 살인자들이 파리처럼 꼬여요. 괜히 근처에 있다가 총에 맞습니다.

하지만 저의 판독을 요하는 것이 프랑스어 시리얼 상자와 살인 미스터리만은 아니었습니다. 당시 전성기를 누리던 만화 신문이 있었습니다. 만화에서 시골뜨기들은 'have not' 대신 'h'aint'를 썼고, 캣천재머 키즈•는 "What's up?"을 독일어 말씨로 "Vot's up?"이라고 했습니다. 그 밖에 별별 캐릭터와 말씨들이 다 있었어요. 그중 다수가 문장부호로 욕을 했고, 읽는 사람이 거기다 실제 욕설을 넣어서 읽었죠. 하지만 우리 가족은 욕을 하지 않는 가족이었어요. 부득이한 경우 "빌어 잡수실 너희 아빠가" 또는 "너희 엄마의 헤일컬럼비아(잔소리) 때문에"라고만 했습니다. 그래서 저는 욕설을 만화에서만, 글로만 봤고 실제로 들어보진 못했어요. 지금은 욕설 어휘력이 번역가에게 필수가 됐습니다. 현대의 글에는 욕이 워낙 많이 나오니까요. 하지만 예전엔 그렇지 않았습니다. (욕설만 금지돼 있었을 뿐, 만화 페이지마다 지금 보면 인종차별과 여성 혐오에 해당하는 개그로 도배돼 있었어요. 하지만 거기에 대해서는 아무도 아무 생각이 없었죠.)

그다음엔 섹스가 있었죠. 『채털리 부인의 연인』은 미국에서는 1959년, 캐나다에서는 1960년에야 해금됐습니다. 법원 판결들로 음란물 규제가 풀리기 전에는 사람들이 별표로 사랑을 나눴습니다. "그렇게 그들은 하나가 되어 ***했다." 이런 식으로요. "피해자는 목이 졸

• Katzenjammer Kids, 독일 유머 작가 빌헬름 부슈(Wilhelm Busch)의 작품을 바탕으로 1897년부터 1940년대까지 연재된 만화. 두 장난꾸러기 소년이 주인공이며, '캣천재머(Katzenjammer)'는 원래 독일어로 '고양이 울음소리'를 뜻하지만 현재는 '숙취'란 뜻으로도 쓰인다.

렸지만 더 이상의 개입•은 없었다." 신문에서 쓰던 흥미로운 완곡어법 중 하나였죠. "엄마, 이게 무슨 뜻이야?" "엄마 바빠. 나중에 물어봐." 신문에서 아동 성추행범(child molester)이라는 용어를 처음 봤을 때 저는 그것이 어린이 두더지잡이(child mole-ster)인 줄 알았어요. 두더지를 잡아주고 돈을 받는, 아이들에게 허용된 직업인 줄 알았어요. 대단히 엉뚱한 발상만은 아니었던 것이, 제가 그때 벌레를 모으는 사람을 많이 봤거든요.

수수께끼 같은 단어들의 또 다른 원천은 당시 유행했던 사이언스 픽션 잡지들이었습니다. 이때는 퉁방울눈의 외계 괴물 시대였어요. 그래서 이야기들에 스크램블 게임에서 고득점을 보장하는 Q, X, Y를 포함하는 용어들이 많이 나왔어요. 오빠와 나는 좋아하는 우주 외계인들에게 기괴한 이름을 붙이는 데 달인이었습니다. 그것들로 우리만의 책을 만들었죠. 자, 유용한 정보 나갑니다. 해왕성으로는 산책 나가지 마세요. 거기는 동물, 식물, 복합체 가리지 않고 모든 것에 Q 또는 X 또는 Y가 들어 있는 데다 치명적이에요.

이런 배경으로 저는 사춘기에 접어들 무렵 이미 언어적 스크램블드 에그를 잔뜩 탑재한 상태였습니다. 훗날 신조어 제조자로 활약할 만반의 준비를 갖춘 셈이었죠. 우리는 체계적인 어학 교육은 받지 못했어요. 어학원 같은 것은 없었고, 배워도 필기로만 배웠고, 무엇보다 우리에겐 욕과 섹스의 어휘에 접근할 기회가 없었어요. 『마담 보바리』의 발췌문 몇 개만 제공됐어도 프랑스어가 얼마나 더 흥미로웠을지 생각

• 'interfere with(~에 간섭하다)'가 '성추행하다'라는 의미로 쓰였다.

해보세요. 마르티알리스•의 통렬한 경구 몇 개만 주어졌어도 라틴어가 얼마나 더 재미있었을까요! 하지만 현실은 그렇지 못했어요. 카이사르가 이걸 정복하고 저걸 타도했다는 자화자찬을 3인칭으로 웅얼대는 동안 우리는 교과서의 밀로의 비너스에게 양팔을 그려 넣었어요. 프랑스어 시간에는 시종일관 우리 숙모의 펜이 책상 위에 복합과거와 대과거와 전미래로 놓여 있었지요.

우리는 트리니다드 출신 인도 남성에게 라틴어를 배웠고, 폴란드에서 이민 온 여성에게 프랑스어를 배웠어요. (전후 시대였으니까요.) 독일어는 점심시간에 불가리아 여성에게 배웠고요. 우리가 치즈 샌드위치를 우적우적 먹는 동안 이 불행한 여자분은 독일어의 여격(dative)을 열정적으로 읊었어요. 그러다 대학에 갔고 거기서 앵글로색슨어와 중세 영어가 제가 해독해야 것들의 목록에 추가됐어요. 이때 배운 말들이 삶에 도움이 됐냐고요? 조금은요. 비록 프랑스에 처음 갔을 때 커피를 주문하지도 화장실이 어디냐고 물어보지도 못했지만요. 라신••의 희곡에는 그런 문장이 없었거든요.

그리고 얼마 후(지질학적 시간으로는 눈 깜짝할 새니까요) 제가 쓴 책들이 다른 언어들로 번역되기 시작했습니다. 이 일을 최초로 감행한 출판사 중 하나가 프랑스의 그라세(Grasset)였는데, 프랑스 측과 퀘벡 측 사이에 전쟁이 벌어졌습니다. 제 책은 앞서 말한 퀘벡 북부의 숲을 배경으로 했기 때문에 퀘벡의 배급사 입장에서는 지역어를 사용하는 게

• Marcus Valerius Martialis, 고대 로마의 풍자시인.

•• Jean Baptiste Racine, 17세기 프랑스의 시인이자 극작가.

자존심 문제였어요. "너무 프랑스적이면 안 돼요." 그가 말했어요. "아비티비강은 불로뉴숲이 아니에요." 하지만 그가 대안으로 제시한 문구들에 대해 프랑스 측에서는 이렇게 말했어요. "이건 프랑스어가 아니에욧!" 고등학교 때 폴란드인 프랑스어 선생님이 제 작문에 대해 늘 하시던 말씀이었죠.

지난 세월 저의 많은 모험들은 번역가들과 함께한 모험이었습니다. "이거 웃긴 거예요, 안 웃긴 거예요?" 그들이 묻습니다. 설명하긴 어렵지만 "둘 다요". 그럼 그들은 이렇게 말합니다. "아, 앵글로색슨식 유머로군요." 다크하다는 뜻이겠죠? 그렇게 받아들일래요. "그래놀라가 뭐예요?" 제 최초의 중국어 번역가가 물었습니다. "스마일 버튼은 또 뭔가요?" 그래놀라가 뭔지 몰랐다면, 그걸 모른다는 것을 모르는 채로 또 어떤 것들을 몰랐을까요?

어슐러 K. 르 귄의 미래 세계에 살면 참 신날 것 같아요. 거기서는 앤서블•이 모든 것을 즉각 번역해주니까, 은하에서 은하로 이동하면서 맘껏 새로운 언어들과 새로운 현실 인지 방식들을 경험할 수 있잖아요. 영어처럼 명사 위주인 언어는 동명사에 치우친 언어들과 만나면 어려움을 겪습니다. 우리는 고체들의 세계에 살고 있나요, 아니면 과정의 세계에 살고 있나요? 여러분은 어떻게 생각하세요? 아니, 어떻게 말하세요?

하지만 우리는 여기 지구에 있습니다. 우리에겐 앤서블이 없습니다.

• ansible, 사이언스 픽션에 등장하는 가상의 장치로, 먼 거리에 있는 사용자들을 실시간으로 소통하게 해주는 빛보다 빠른 통신 시스템.

대신 우리에겐 번역가들이 있습니다. 번역가들이 더 나아요. 왜냐하면 기계와 달리 그들은 어감을 인식할 수 있고, 각자의 해석을 창조할 수 있으니까요. 지금까지 여러 훌륭한 번역가들과 함께 일할 수 있어 영광이었습니다. 그들의 눈과 귀를 통해 제 작품을 보는 것은 제 작품에, 심지어 저에게도 새로운 차원들을 더했습니다. W. G. 제발트가 그의 번역가에게 한 말이 제 마음입니다. "이보다 나은 결과는 있을 수 없다고 생각합니다. 당신이 이 일에 쏟았을 긴 시간과 엄청난 노력에 진심으로 감사드립니다."

감사합니다, 번역가 여러분. 작가로서 우리는 여러분의 손에 달려 있습니다. 독자로서 우리는 여러분이 열어주지 않았다면 잠겨 있었을 문으로 들어가고, 여러분이 아니었으면 침묵했을 목소리들을 듣습니다. 창작 자체처럼 여러분의 일도 인간 소통의 가능성에 대한 믿음에 기반합니다. 그것은 결코 작지 않은 희망입니다.

헤어지기에 앞서 다시 한번 감사합니다. 메르시 비앵(Merci bien). 망에 착(Mange Tak). 아 셰이넴 당크(A sheynem dank). 무차스 그라시아스(Muchas gracias). 필렌 당크(Vielen Dank). 메그웨치(Megwich). 그라치에(Grazie). 그리고 이누이트족의 나쿠르미크(Naqurmiik).

아름다움에 대하여

›››‹‹‹

(2014)

여자아이들은 꽤 이른 나이부터 아름다움과 얽힌다. 거기에는 미의 개념("너 정말 예쁘다!"), 탐미와 연계된 사물("거울 속의 너를 봐"), 심지어 미적 현혹에 대한 금기("저건 엄마 립스틱이야. 손대면 안 돼")도 포함된다. 아이에게 아름다움은 어딘지 마법적이다. 아름다움은 분홍색이다. 반짝반짝 빛나고 아른아른 빛난다. 아이에게 아름다움은 입을 수 있는 것이다. 처음으로 동화 속 공주의 발레리나 드레스를 입은 다섯 살배기들은 대개 벗기를 거부한다.

하지만 아이들이 배우는 아름다움에는 이상한 점들도 있다. 우유 짜는 여자와 신사가 나오는 머더구스 동요에서 신사는 여자의 외모를 칭찬한 뒤 그녀의 경제적 형편을 묻는다. "제 얼굴이 제 재산이죠." 여자가 대답한다. "그럼 난 당신과 결혼할 수 없소." 남자가 말하자 여자는 "누가 물어봤어요?"라고 받아치며 남자의 콧대를 꺾는다. 하지만 아이의 마음에 질문들이 남는다. 이게 무슨 뜻일까? 얼굴이 재산이라니? 얼굴이 탈착이 가능해? 만약 얼굴을 떼어서 팔아버리면 그 밑에는 뭐가 남는데?

나 또한 어렸을 때 얼굴 분리 가능성에 대한 궁금증을 품었고, 거기에는 '아름다움은 겨우 피부 한 꺼풀 차이'라는 유명한 격언의 영향이 컸다. 이 말은 파티에서 다른 여자애가 나보다 예쁜 옷을 입고 왔을 때 어른들이 분위기 무마용으로 하던 말이었다. 아름다운 외관보다 아름다운 정신이 더 동경할 가치가 있다는 뜻이었다. 『미녀와 야수』에서 야수가 멋진 화술과 다감함과 근사한 궁전의 조합으로 미녀의 사랑을 얻었듯이. 하지만 우리 소녀들은 이 조합이 남자들에게만 유효하다는 것을 알아챘다. 이야기의 제목이 '심히 수수하지만 맘씨 좋고 부유한 아가씨와 야수'가 아니라는 점에 주목할 필요가 있다.

내적 아름다움이 우월하다는 개념도 우리 예비 공주들에게는 위로가 되지 않았다. 아름다움이 피부 한 꺼풀에 불과하면 어때? 우리 소녀들은 꺼풀을 경멸하지 않았다. 경멸은커녕 아름다운 외관을 원했다. 그래서 다른 여자애들이 우리를 선망하길 원했다. 그 반대는 싫었다. 거기다 보아하니 지저분한 부엌데기에서 숨 막히는 미녀로 변신하려면 초자연적인 대모와 죽여주는 드레스가 명백히 필요했다. 하지만 마법과 패션이 있어도, 그 두 가지가 만날 엉덩이가 없으면 얘기 끝이었다.

참, 구두도 잊지 말자. 구두도 엄청 중요했다.

미녀가 주인공인 동화에 다른 여성 캐릭터들도 있었다. 사악한 마녀, 가짜 신부, 못된 언니들. 이들은 하나같이 못생겼다. 또는, 백설 공주의 사악한 계모처럼, 적어도 여주인공만큼 빛나지는 않았다. 우리가 한시라도 이들의 관점에서 생각해본 적이 있었던가? 약 오르게 사랑스러운 여주인공을 보면서 그들이 느꼈을 자괴감을? 언젠가부터 아이들이 바비 인형의 외관을 일부러 망가뜨리는 일이 자주 발생했다. 다락방 트렁크에서 머리털이 뽑히고, 보라색 매직펜 문신으로 뒤덮이고, 양팔이 떨어져 나간 바비가 심심찮게 발견된다. 한때 이들의 주인이었던 소녀가 자신이 신데렐라의 기준에 미치지 못한다는 생각에, 마치 공감 주술 의식의 반대 버전처럼, 자기 인형에다 화풀이를 한 건 아닐까? 이렇게 화난 소녀들은 훗날 메이크업 주말 강좌, 패션 컨설팅, 일품 손톱 관리로 자존감을 회복했을까? 어쩌면. 하지만 가능성은 낮다.

우리가 어릴 때 책에서 배운 미의 개념의 긍정적 측면은 아름다움이 출세에 도움이 된다는 것이었다. 그러다 좀 더 커서 그리스신화에 본격적으로 빠졌을 때 아름다움에 부정적 측면도 있다는 것을 깨달았다. 지나치게 아름다우면, 가학적이고 막돼먹은 신들의 반갑지 않은 관심을 끌게 된다. 미녀에게 주목한 신이 남신이면 미녀는 쫓기는 신세가 된다. 결과는 페르세포네처럼 납치당해 지하 세계로 끌려가느냐, 레다처럼 백조로 변한 제우스에게 겁탈당해서 알을 낳느냐 중 하나다. 이런 운명을 피하는 방법은 나무나 강으로 변하는 것뿐이다. 이는 우리가 원하던 토요일 밤의 데이트가 아니었다.

미녀에게 주목한 신이 여신이면, 미녀는 대회의 상품이 되거나 불같은 질투의 대상이 된다. 전자의 예가 트로이의 왕자 파리스와 사랑에 빠져 스파르타 왕인 남편을 버리는 바람에 트로이전쟁의 빌미가 되고 마는 헬레네이고, 후자의 예는 너무 매력적이었던 탓에 미의 여신 아프로디테의 분노를 산 프시케다. 하지만 '심하게 아름다움'은 그다지 공감을 일으키지 못한다. 이는 '심하게 부유함'과 같다. 하지만 남의 아름다움이나 부유함을 견디지 못하는 사람들이 있나는 것을 알아야 신상에 이롭다. 현실 세계에서도 부러움은 여러 결과를 빚고, 그중에는 앙심과 적의도 있다.

따라서 1950년의 10대 소녀들에게는 얼마나 아름다운 것이 너무 아름다운 것인지가 중요한 문제였고, 나도 그때부터 그런 문제들을 생각하기 시작했다. 중요한 고려 사항이 또 있다. 어떤 종류의 아름다움이 최고인가? 외면적 아름다움이라 해서 한 가지는 아니기 때문이다. 『플레이보이』 같은 남성 잡지의 미녀들은 『보그』 같은 여성 잡지의 미녀들과 다르다. 헤어스타일 같은 피상적 디테일은 매년 달라져도 그 차이는 변하지 않는다.

왜 아름다움은 두 가시로 갈라졌을까? 남성 잡지는 남자들이 원하는 여성의 이미지를 보여준다. 다산의 상징인 풍만한 가슴과 엉덩이, 응종을 암시하는 유혹적인 미소, 도발 또는 '파는 얼굴'을 신호하는 과도한 화장. 이들은 신붓감이 아니다. 이들은 돈이나 성교로 쉽게 얻을 수 있는 대상이다. 하지만 『보그』의 모델들만큼이나 이들도 인위적 구상물이다. "이렇게 싸 보이려면 돈이 많이 들어요." 언젠가 미국 가수 돌리 파턴(Dolly Parton)이 한 말이다. 그녀는 정곡을 찔렀다. 화보 촬영 시 매춘부 룩은 귀부인 룩만큼이나 세심한 조명을 요한다.

이에 반해 여성 패션 잡지는 여성 본인이 원하는 자신의 모습, 여성이 라이벌 제압용이나 귀찮은 구애자 퇴치용으로 원하는 모습을 주로 다룬다. 우아한 옷을 떨쳐입은 호리호리한 몸매와 냉랭한 얼굴, 뾰로통한 입과 정교한 화장, 따분해하는 도끼눈과 심지어 위협적인 이맛살.

이런 이미지들에 담긴 냉담함은 자기방어와 관계있을까? 신데렐라의 목적은 욕망의 대상이 되는 것이다. 하지만 자신의 욕망을 드러내서는 안 된다. 그랬다가는 불리해진다. 갖지 못한 무언가를 바라는 것은 사람을 취약하게 만든다. 그 무언가가 사랑의 대상일 때는 특히 그렇다. 욕망은 사람을 유혹하기 쉽게 만든다. 유혹에 취약한 소녀들은 쉽게 망신을 사고, 결과적으로 남들의 조롱거리가 되거나 더 나쁜 일을 겪기 쉽다.

따라서 환심을 사려는 미소는 금물이다. 무표정한 여자는 주위에 철벽을 친다. 그것은 이런 신호를 내보낸다. 이 여자를 볼 수는 있지만 만질 수는 없다. 이 여자는 당신을 필요로 하지도, 좋아하지도 않는다. 이 여자는 궁정 연시에 등장하는 '잔인한 정인(Cruel Mistress)'처럼 자기 자체로 충분하다. 사치스러운 의복과 고급스러운 화장도 같은 신호를 보낸다. 당신은 나를 살 수 없어. 내가 직접 부르는 값이 아니라면 말이야. 그리고 그 값은 매우 높을 거야. 나는 이미 아쉬운 것 없이 가졌거든.

이는 잠재적 연애 대상자에게 보내는 메시지다. 다른 여자들, 즉 경쟁자들에게 보내는 메시지는 이렇다. 나는 너희에게 동경의 대상이야. 나를 부러워해. 아 참, 그리고 만약 내가 너희를 내 교제 범위에 끼워준다면 영광으로 알고 감지덕지해.

고대 이집트인들은 악기(惡氣)에 대항하는 보호책으로 얼굴에 색을 칠했다. 그리고 이 주문에 사용되는 물건들, 즉 화장품은 그 자체로 힘을 발했다. 한편 고대 그리스인들에게 비범한 아름다움은 적어도 반신반인의 지위와 맞먹었다. 농염한(glamorous), 매력적(charming), 매혹적(fascinating), 황홀한(entrancing), 고혹적(enchanting). 이 단어들의 어원은 모두 초자연적 현상과 닿아 있다. 아름다움이 한 꺼풀이든 아니든, 저주이든 축복이든, 오만하든 매혹적이든, 현실이든 고안된 환상이든, 아름다움에는 마법의 힘이 있다. 적어도 우리의 상상 속에서는 그렇다.

그리고 이것이 립글로스 튜브들이 수없이 그리고 끊임없이 팔려 나가는 이유다. 우리가 여전히 요정을 믿는다는 뜻이다.

스트로마톨라이트의 여름

›››‹‹‹

(2014)

여름! 그런데 내가 보낸 일흔다섯 번의 여름 중에 어느 여름이 좋을까? 휴런호의 어느 섬에서 열린 소년 캠프에서 웨이트리스로 일했고, 방울뱀을 처음 먹어봤던 1957년의 여름? 아니면 밴쿠버의 어느 카드 테이블에 앉아서 시험 답안용 공책에다 『먹을 수 있는 여자』를 집필 중이었던 1965년의 여름? 아니면 우리가 생후 3개월 된 아기를 데리고 퀘벡 북부 삼림지대의 통나무집에서 지냈던 1976년의 여름? 그때 우리는 아기를 설거지통에서 목욕시켰다.

아니면 좀 더 최근은 어떨까? 2012년 여름, 우리는 드디어 어드벤처 캐나다(Adventure Canada) 탐사 여행단과 함께 캐나다 북극해의 북서항로를 통해 동쪽으로 항해했다. 우리가 초반에 들렀던 곳 중 하나가 최근에 발견된 스트로마톨라이트 지대였다. 스트로마톨라이트는 19억 년 전 지구 대기에 처음 산소를 공급했던 남조류가 화석화한 암석을 말하며, '스톤 매트리스'라는 뜻이다. 실제로 화석들이 둥근 돌베개처럼 생겼다. 하지만 횡단면의 모습은 얇은 층이 수없이 겹쳐진 페이스트리를 닮았다.

우리는 함께 승선한 지질학자의 인솔과 북극곰 출현에 대비해 탐사에 늘 함께하는 사냥총의 보호를 받으며 낮게 드리운 붉은색, 노란색, 주황색의 나뭇잎을 헤치고 나아갔다(그곳은 이미 가을이었다). 우리는 큰까마귀들이 지켜보는 가운데 구명조끼를 벗고 거대한 화석 이랑들을 기어올랐다. 눈앞에 스트로마톨라이트가 수없이 널린 해변이 펼쳐졌다. 어떤 것들은 쐐기 모양으로 네 동강이 나 있었다. 그 묵직한 조각 하나면 좋은 살인 무기가 되겠다는 생각이 들었다. 세 번째 이랑의 가장자리로 몰래 접근하면 총 든 사람들뿐 아니라 모두의 눈을 피할 수 있겠다는 생각도 들었다.

그날 밤 저녁 식사 자리의 화제는, 선상의 화제가 흔히 그렇듯, 살인이었다. 어떻게 여기서 들키지 않고 누군가를 살해할 수 있을까? 나의 40년 반려자 그레임 깁슨에게 완벽한 살인 계획이 있었다. 살인은 내륙에서 이루어져야 한다. 선상의 시체는 눈에 금방 띄기 때문이다. 또한 긴 일광 시간과 북적대는 탐조가 무리들을 고려할 때, 피해자를 배의 난간 너머로 밀어버리는 것도 방법이 될 수 없다.

피해자는 혼자 여행 온 사람이어야 하고, 승객 중 누군가와 친해지기 전인 여행 초기에 살해당해야 한다. 살인자는 자신이 계속 선실에 있었던 것처럼 꾸며야 한다. 그레임에게는 이 밖에도 암살을 위한 실용적인 팁들이 넘쳐났고, 나는 그와 심각하게 척지는 일은 절대로 없어야겠노라 다짐했다.

'스톤 매트리스'가 너무나 도발적인 문구라서 나는 그 제목으로 이야기를 쓰지 않고는 배길 수가 없었다. 나는 선상에서 당장 작업에 착수했고, 이야기의 첫 부분을 동료 승객들에게 들려주었다. 다들 이야기가 어떻게 전개될지 꼭 알고 싶어 했고, 나는 이야기를 완성해서 출간하겠노라 약속했다.

그리고 정말로 이야기를 완성해서 정말로 출판했다. 처음에는 『뉴요커』 지에 발표했고, 이번에 새로 출간되는 단편집에 수록했다. 단편집의 제목은—놀라지 마시라—바로 『스톤 매트리스(*Stone Mattress*)』다.

살해 도구는 지금 부엌 식탁에 있다.

카프카

>>><<<

세 번의 조우

(2014)

열아홉 살 때인 1959년, 저는 프란츠 카프카의 작품에 대한 에세이를 썼습니다. 11페이지, 페이지당 32행, 행당 평균 13단어. 32×13×11. 약 4500단어짜리 에세이였죠. (컴퓨터가 없던 암흑기에 우리는 이렇게 단어 수를 셌습니다.) 저는 이 단어들을 하나하나 수동 타자기로 쳤습니다. 오타를 긁어내고, 펜으로 고쳐 쓰고, 다시 타이핑한 자국들로 지저분한 페이지들이 당시의 제 타이핑 실력을 적나라하게 보여줍니다. 타이핑도 서툴면서 이리 공들인 걸 보면 제가 카프카에 많이 빠져 있었나 봅니다. 기억하기로는 정말 그랬습니다. 이유가 뭐였을까요?

지금 그때의 에세이를 다시 읽다 보니 궁금해집니다. 사람들이 카프카처럼 다층적 의미를 가진 작가와 씨름할 때 흔히 벌어지는 일인데, 그때 저의 진짜 주제는 작품의 작가가 아니었습니다. 에세이의 작가, 즉 저 자신이었습니다. 자신의 예술적 관심사에 강박적으로 집착하는 사뭇 심각하고 현학적인 초보 작가. 저는 일단 첫 단락을 밝은 톤으로 시작합니다. "카프카는 20세기를 선도하는 문학 혁신가 중 한 명이다." 1959년은 20세기가 반만 지났을 때였지만 어쨌든 틀린 말은 아닙니다. 첫 단락의 나머지도 그리 나쁘지 않아요. "그의 이름은 조이스와 릴케 같은 이름들에 연결돼 있을 뿐 아니라, 사뮈엘 베케트와 알베르 카뮈 같은 현대 실험주의자들의 조상을 논할 때도 자주 언급된다. 우리(one)가……." 어머나, 'one'이라니! 이렇게 고답적일 수가! 'we'라고 썼어야 하려나요? 아마도요. 하지만 저는 그러지 않았습니다.

"우리가 카프카의 일견 소박하면서도 묘하게 불편한 산문을 한 페이지만 읽어도 그 이유를 알게 된다. 그가 전달하는 감정은 명백히 직접적이지만 그것에 대한 설명, 그것을 분석하려는 노력은 「사냥꾼 그라쿠스(Der Jäger Gracchus)」의 정처 없는 방랑처럼 종종 덧없고 막연해 보인다." 이 말도 얼추 맞습니다. 그런데 어쩐지 이 에세이를 쓰는 열아홉 살의 소녀야말로 얼마 안 가 공허함과 모호함의 늪에 빠질 것 같지 않아요? 의심은 빗나가지 않습니다.

아니나 다를까 열아홉의 저는 예술가 카프카를 신경증 환자 카프카로부터 분리해야 한다는 취지의 섣부른 진술을 시작으로 덧없음과 막연함에 빠져듭니다. 당시에 제가 애호하던 주장이었죠. 당시 저는 예술적 산물을 그 생산자와 연결하는 것이 싫었거든요. 훌륭한 작가들은 다 광기가 있었다는 둥, 그게 아니면 적어도 키츠·셸리·포처럼 극도로 예민했다는 둥. 저는 이런 말들이 싫었습니다. 노이로제가 유행이었나? 슬프게도 제게는 광기가 결여돼 있었거든요. 남들이 진지한 예술성의 징표로 인식해줄 신경쇠약의 도래를 열심히 기다렸건만, 제게는 실현되지 않았습니다. 그럼 나는 수준 이하의 작가가 될 운명이란 말인가? 아무래도 그런가 봐. 이런 생각을 했던 기억이 납니다.

이렇게 작가 카프카를 인간 카프카에게서 떼어놓은 다음, 저는 카프카의 주요 모티프라고 생각하는 것들을 꾸역꾸역 읊어나갑니다. (1) 신, 아버지, 배지나 제복을 갖춘 관료 등 권위자와 자신의 관계. (2) 그의 주인공들이 이런 권위자에 직면해서 겪는 취약성, 죄책감, 무력감. 하지만 여기에는 카프카에 대한 새로운 분석이랄 게 없습니다. 전체적으로, 심지어 에세이의 끝부분에도 저만의 소감은 변변히 없습니다. 에세이 제목은 「프란츠 카프카의 작품 세계」였지만, 이때의 저는 막상 거기서 무엇을 이해해야 할지 몰랐던 것 같아요.

저는 열아홉의 제가 논리의 갈피를 잃고 해매는 것을 지켜봅니다. 아버지-권위주의 모티프를 들먹였다는 것은, 카프카의 작품과 그의 개인사를 다시 붙이겠다는 뜻인가요? 카프카는 평생 강압적인 아버지와 갈등을 겪은 것으로 유명하거든요. 하지만 저는 이 쟁점을 비껴갑니다. 그뿐만이 아닙니다. 저는 카프카가 살았던 역사적 시기(제1차 세계대전 이전, 도중, 이후 시대. 카프카는 히틀러가 뮌헨 폭동을 일으킨 직후인 1924년에 사망했습니다), 그를 둘러싼 지리적 위치와 문화적 환경(체코슬로바키아와 중부 유럽), 그리고 (체코어를 쓰는 프라하의 독일계 유대인이었던 그의 처지와 결코 무관하지 않았을) 그의 취약하고 고립된 정체성에 대한 쟁점들도 모두 피해 갑니다.

제가 놓친 것은 이게 다가 아닙니다. 에세이에는 당시에 제가 아는 게 없어서 쓰지 못한 것들도 있습니다. 가령 이런 것들이요. 미하엘 하네케(Michael Haneke) 감독의 2009년 영화 〈하얀 리본〉—감독의 말에 따르면 '악의 뿌리'에 관한 영화—이 그랬듯, 카프카는 권위적이고 가학적이며 억압적인 가족 구조를 통해 권위적이고 가학적이며 억압적인 국가 구조를 고발했습니다. 또한 카프카는 요제프 로트(Joseph Roth)와 브루노 슐츠(Bruno Schultz) 같은 동시대 중부 유럽 유대인 작가들과도 연결돼 있었습니다. 하지만 1959년의 저는 두 작가 모두 몰랐어요. 저는 카프카의 단편 「유형지에서(In der Strafkolonie)」를 언급하면서 선견지명이라는 표현조차 쓰지 못했습니다. 『소송』과 『성(城)』에 담긴 관료주의적 전체주의 악몽들이 앞으로 닥칠 독일 나치즘과 소련 국가사회주의의 참상을 미리 보여주었다는 말도 하지 못했죠.

열아홉 살의 제게 진정한 예술이란 플라토닉한 추상 세계에 존재하는 것이었고, 현실과 아무 접점 없이 지구 위를 떠도는 것이었습니다. 이렇게 믿으면 제가 그때 쓰고 있던 어두컴컴한 소설들에 제 전 남자친구들을 투입했다는 것을 인정할 필요가 없었어요.

그러다 저는 진정한 예술에 대한 카프카의 견해를 잡을 기회를 놓쳤습니다. 카프카의 유명한 단편들 중 몇 편은 사실상 진정한 예술과 예술가에 대한 것이었는데, 저는 그것도 몰랐던 거죠. 예를 들어 「가수 요제피네 혹은 쥐의 족속(Josefine, die Sängerin oder Das Volk der Mäuse)」의 요제피네는 노래 실력이 별로라서 쥐 관중에게 경멸을 받지만 노래를 멈추지 않습니다. 「유형지에서」는 유죄 선고 자체가 형 집행입니다. 무수한 바늘이 작동하는 기계장치가 죄수의 몸에 죄목을 새기며 그를 심판합니다. 또한 「단식 광대(Ein Hungerkünstler)」는 처음에는 열광적인 관심을 받지만 대중이 그의 단식에 흥미를 잃자 방치된 상태로 결국 굶어 죽고 맙니다. 광대는 죽어가면서 자신이 단식하는 이유는 완벽한 음식을 찾지 못해서라고 말합니다. 심지어 카프카의 가장 유명한 단편 「변신(Die Verwandlung)」-주인공 그레고르 잠자가 어느 날 아침 잠에서 깨어 흉측한 벌레로 변해 있는 자신을 발견하는 이야기-도 예술가가 물질 만능의 현실 앞에 느끼는 자괴감과 박탈감을 보여준다고 볼 수 있습니다. (훗날 저는 다른 카프카 팬과 함께 잠자가 정확히 어떤 벌레로 변한 건지 따져봤습니다. 지네 종류는 아닌 듯했습니다. 문제의 벌레는 다리가 많고, 갑각이 있고, 힘없이 펄럭이는 더듬이가 있었으니까요. 우리는 바퀴벌레 종류일 것으로 판단했습니다.)

이제 시간을 빨리 감아서 1984년으로 가볼까요. 25년이 지났고 저는 이제 마흔넷이고, 가족과 함께 서베를린에서 살고 있습니다. 기쁘게도 주(駐)체코 캐나다 대사관의 후원으로 카프카의 도시 프라하를 방문할 기회가 왔고, 우리는 그 기회를 잡았습니다. 당시 체코슬로바키아는 통제가 삼엄한 소련 위성국이었습니다. 사람들은 건물 안이나 차 안에서 사회를 비판하는 것을 피했습니다. 예를 들면 연탄 사용에 따른 공기 오염 수준이 살인적이라느니 하는 얘기요. 곳곳이 도청되고 있다고 봐야 했습니다. 공원 한복판 정도만 안전해 보였어요. 우리가 호텔 방에 이르자 벨보이가 샹들리에를 가리키더니 손짓을 하며 우리를 한 구석으로, 숨겨진 마이크에 소리가 잡히지 않는 우묵한 곳으로 불러 모았습니다. 그러더니 달러 환전을 원하는지 물었습니다. (호텔 방의 전구가 나가면 우리는 샹들리에 밑에 서서 불평했습니다. 그러면 전구가 신속히 교체됐어요.) 우리는 처음에는 한적한 술집들에 잘 차려입은 매력적인 독신 여성들이 많은 것을 보고 놀랐습니다. 나중에 알고 보니 그들은 도시를 방문하는 비즈니스맨들에게 콜걸인 척 접근해서 기밀을 캐내는 정보원들이었습니다. 블타바강의 유서 깊은 카를 다리를 장식했던 바로크 조각상들도 모두 사라졌습니다. 당시 정권이 말살하려는 시대를 떠올리게 하는 것이니까요. 예수의 열두 제자가 등장해 정시를 알려주는 천문시계로 유명한 구시가지 광장은 사실상 텅 비어 있었습니다.

도시 위로 프라하성이 어둡고 을씨년스럽게 떠올라 있었습니다. 카프카의 『성』이 생각났습니다. 그것은 단지 추상적인 상징이 아니었습니다. 실제의 성이었습니다. 카프카가 죽었을 때 『성』은 미완으로 남았고, 이후 지금까지도 평단은 작품의 의미를 궁리 중입니다. 성의 답답한 미로 속을 헤매는 주인공 K가 찾고 있던 것은 무엇일까? 그 상황에서 자신을 도와줄 관리? 이 책은 관료주의의 무도함에 대한 비판일까? 아니면 K도, 베케트의 주인공처럼, 존재를 드러내는 법이 없지만 그럼에도 거기 존재하는 신을 찾고 있었던 걸까? 1959년 열아홉의 저라면 아마 카프카의 성과 관계있거나 아니면 맥락이라도 통하는 여러 문학적 성들을 거론했겠죠. 예를 들어 독일 낭만주의 고딕 양식의 음울한 성들, 에드거 앨런 포의 「붉은 죽음의 가면(Masque of the Red Death)」에 나오는 성(엄밀해 말해 이 경우는 성이 아니라 대사원이었습니다), 월터 스콧의 『아이반호』에서 처녀들을 감금하고 유대인들을 고문하는 악명 높은 토퀼스톤성, 죽지 않는 자들이 출몰하는 불길한 드라큘라의 성 등. 19세기 사람들에게 성은 그다지 신나고 유쾌한 장소가 아니었습니다. 귀족들의 고압적이고 무자비한 폭정과 연결된 곳이었어요.

카프카의 복잡한 은유와 물리적으로 묶인 프라하성은 여전히 그곳에 있었지만, 막상 카프카는 프라하에서 거의 지워진 상태였습니다. 우리가 카프카에 대해 물으면 시민들은 두려움 속에 고개를 저었습니다. 그의 책은 어떤 것도 구할 수 없었습니다. 우리는 거리 모퉁이에서 카프카의 작품을 일부러 큰 소리로 읽는 젊은이가 있다는 말을 은밀히 전해 들었습니다. 대담한 행동이 아닐 수 없었어요. 그때까지 체포되지 않았다는데, 당국이 무해한 미치광이로 치부한 걸까요? 카프카가 거주했던 곳들을 가봤지만, 그렇게 세계적인 작가를 배출한 서구의 도시라면 당연히 붙였을 법한 기념 명판 하나 없었습니다. 제 배우자 그레임 깁슨은 대학에서 '근대 유럽 문학 속 정의와 벌'이라는 과목을 가르친 적이 있었습니다. 그의 수업은 도스토옙스키·카프카·베케트 같은 작가들로 넘쳐났고, 학생들은 그의 수업을 '절망학 개론'이라고 불렀습니다. 그레임은 악조건에도 불구하고 한밤에 카프카의 프라하 탐험에 나섰습니다. (저는 아이를 보느라 가지 못했어요.) 그레임은 미리 알아낸 첫 번째 주소지로 갔습니다. 열린 문으로 긴 계단이 보였고, 계단 위에서 짧은 가죽 바지를 입은 하이킹 동호회 회원들이 흥겹게 떠들고 있었습니다. 건물 관리인이 있길래 그레임이 물었습니다. "카프카?" 여자가 답했습니다. "노, 노, 노, 노."

그레임은 떠나는 척하다가 다시 갔습니다. 건물 밖에 보수공사를 위해 세워놓은 비계가 있었고, 그는 조심스레 비계를 타고 올라갔습니다. 위에서 퍼런 불빛이 새어 나왔습니다. 그는 2층 창문 높이까지 올라가 안을 들여다보았죠. 작은 방을 꽉 채우다시피 한 거대한 남자가 소파에 잠들어 있었습니다. 퍼런빛은 깜빡이는 텔레비전 불빛이었고, 화면에는 방송이 끊겨 있었어요. "카프카적•이야." 우리는 이 경험을 이

• Kafkaesque, '부조리하고 음울한'이라는 뜻으로 쓰이기도 한다.

렇게 평했습니다. 카프카라면 이런 경험을 여러 관점에서 향유했겠죠?

카프카와의 세 번째 조우는 먼젓번과 몹시 달랐습니다. 다시 빨리 감기를 해보죠. 이번에는 1990년대 후반으로 갑니다. 베를린장벽은 이미 허물어졌고, 소련은 붕괴했고, 냉전도 이미 종식됐고, 바야흐로 쇼핑이 제2의 섹스였습니다. 우리는 다시 프라하를 찾았습니다. 이번에는 서구 스타일의 문학 축제에 참여하기 위해서였습니다. 이제 도시는 관광객으로 붐볐고, 각종 보헤미안들의 핫스폿이 되어 있었고, 나중에 알았지만 세계의 부동산 시장에서 암약하는 러시아 마피아의 격전지이기도 했습니다. 프라하는 제2차 세계대전의 참화에서 살아남았고, 히틀러가 도시의 아름다움에 반한 덕분에 대대적 파괴를 면했습니다. 휘황하게 불 밝힌 프라하는 동화 속의 도시 같았습니다. 카를 다리의 조각상들도 제자리로 돌아왔고, 한때 귀신의 집 같았던 프라하성은 관광의 중심이 됐고, 구시가 광장은 수공예 박람회로 성황이었습니다. 악단까지 와서 디즈니 만화영화 〈백설 공주와 일곱 난쟁이〉의 노래 〈야호, 야호, 우리는 일하러 간다(Hi ho, hi ho, it's off to work we go)〉를 연주했고, 끝없이 늘어선 부스들은 구경에 여념 없는 쇼핑객들로 인산인해를 이루었습니다.

우리는 이번에는 지도로 무장했고, 지도 위에다 우리가 아는 카프카 관련 주소들을 모두 표시해놓았습니다. 그리고 카프카가 살던 시절에는 거리와 건물이 어떤 모습이었을지 상상하며 이곳저곳을 돌아다녔습니다. 카프카 동상은 아직 없었지만(지금은 있어요), 관광 명소의 기념품 가게마다 다양한 카프카 상품들이 즐비했습니다. 카프카 성냥갑, 카프카 엽서, 카프카 손수건, 카프카 책자, 카프카 미니 조각상, 심지어 카프카 트럼프까지.

자신이 이렇게 기념의 대상이자 돈벌이의 수단이 된 것을 알면 카프카는 어떤 생각을 할까요? 제 생각에 그는 웃었을 것 같습니다. 제가 열아홉에서 예순 살 사이에 카프카에 대해 알게 된 것 중 가장 의외였던 것이 뭔지 아세요? 카프카는 자기 작품 상당수가 엄청나게 웃기다고 생각했어요. 『소송』이 웃기다고? 「단식 광대」가 웃겨? 「유형지에서」가 웃겨? 음, 그래요. 어떤 견지에서 보면 웃기죠. 그리고 당시는 훗날 히틀러가 출현해 현실 세계에서 어떤 일들을 벌일지 몰랐던 때였으니까요.

어쨌든 우리는 카프카 기념품 모음에서 다소 기괴한 인상을 받았습니다. 아니, 카프카적 인상이라고 해야겠죠. 하지만 이 경우는 음울한 카프카가 아니라 보다 익살맞은 카프카, 또는 적어도 보다 쾌활한 카프카였어요. 만약 제 1959년 에세이를 21세기의 두 번째 10년에 접어든 지금 다시 쓴다면 저는 이런 면의 카프카에 더 중점을 두렵니다. 제 눈이, 늙고 반짝이는 제 눈이 진지함을 잃은 까닭일까요? 그럴지도 모르죠. 어쨌거나 저는 카프카가 1912년에 쓴 「산으로의 소풍(Der Ausflug ins Gebirge)」이라는 짧은 산문을 소개하며 말을 맺고자 합니다. "아무도 오지 않아. (…) 아무도 나를 돕지 않아"라는 하소연으로 시작한 뒤 카프카는 이렇게 말합니다.

(…) 한편으론 아무도 아닌 패거리가 차라리 더 나을지 몰라. 어쩌면 나는 아무도 아닌 패거리와 소풍 가는 걸 더 좋아할지도 몰라. 그럼 어때. 당연히 산으로 가야지. 달리 어디로 가겠어? 아무도 아닌 패거

리가 어찌나 서로를 밀치고, 팔들을 들어서 걸치고, 서로의 뒤꿈치를 밟아가며 복작대는지 몰라. 당연히 이들은 모두 연미복 차림이야. 우리는 신나게 걸어가고, 팔다리 사이와 우리들 틈새로 바람이 불어와. 산에서 우리의 목청은 점점 커지고 자유를 만끽해! 우리에게서 노래가 터져 나오지 않았다는 게 신기할 정도야.

이런 카프카도 있습니다. 고립되고 박해받는 K가 아닌 카프카, 이름 없이 익명의 군중에 섞여 있지만 자유로워서 거의 노래 부를 지경인 그가 있습니다. 하지만 '거의'일 뿐입니다. 카프카는 언제나 '거의'만 허용해요. 삶에서처럼 문학에서도, 여자들과도 그는 어느 한곳에 머무를 줄 모릅니다. 그를 딱 꼬집어 정의할 방법은 없습니다.

미래 도서관

›››‹‹‹

(2015)

미래 도서관 프로젝트•의 첫 번째 참여 작가가 된 것은 크나큰 기쁨이었습니다. 케이티 패터슨(Katie Paterson)이 시작한 이 공공 예술 프로젝트는 시간의 본질에 대한 묵상인 동시에 문자언어에 대한 헌사입니다. 또한 이 프로젝트는 말의 시간여행을 돕는 물리적 기반—이 경우는 종이—을 기리고, 글쓰기 자체를 타임캡슐로 삼자는 제안입니다. 말을 적는 작가와 그 말을 받는 독자는 항상 시간으로 분리돼 있으니까요.

첫 번째 저자가 된다는 것에는 몇 가지 불리한 점이 있습니다. 첫째,

• Future Library Project, 2014년에 노르웨이 오슬로 근교의 숲에 나무 1000그루를 심고, 이후 100년간 매년 한 명씩 작가 100명을 선정해 이들의 작품을 미공개 상태로 보관했다가 2114년에 100년간 조성한 숲을 이용해 출판하겠다는 프로젝트다. 스코틀랜드 예술가 케이티 패터슨이 창안했고 주관한다. 애트우드가 초대 선정 작가였으며, 2019년에는 아시아 최초로 우리나라 소설가 한강이 올해의 작가로 선정돼 프로젝트 측에 「사랑하는 아들에게」라는 제목의 미공개 원고를 전달했다. 매해 작가들이 기부하는 작품은 특별히 설계된 방에 보관되며, 2114년에 출판되기 전까지 오직 저자명과 작품명만 공개되고 내용은 철저히 비밀에 부쳐진다.

저는 아직 노르웨이의 실제 숲을 보지 못했습니다. 그러니 거기에 대해 뭐라 평할 수 없습니다. 저는 미래 도서관의 장서실에 들어가 다른 저자들의 이름과 그들이 기증한 작품들의 제목을 볼 수도 없습니다. 아흔 번째 저자, 아흔다섯 번째 저자 등 먼 훗날의 저자들은 그들의 봉인된 상자가 열리고 그들의 작품이 출판되는 것을 보게 될 것이고, 그 책을 읽는 사람들이 동시대인이 될 겁니다. 하지만 제 작품을 읽을 사람들은 100년이나 떨어진 미래에 있습니다. 그들의 부모도 아직 태어나지 않았고, 그들의 조부모도 아직 세상에 없을 가능성이 높습니다. 이 미지의 독자들에게 어떻게 다가가야 할까요? 그들은 제가 살았던 세상, 제가 미래 도서관에 맡긴 작품의 토대가 되었던 세상에 대해 무엇을 이해하게 될까요? 그리고 그때는 말의 의미가 어떻게 변해 있을까요? 언어 자체는 지각의 암석처럼 압력과 변형에 약하니까요.

사이언스 픽션은 공간여행—저자가 한 번도 본 적 없고, 어쩌면 인간의 상상에만 존재하는 장소들로의 여행—을 재료로 하는 예술입니다. 시간여행도 비슷합니다. 미래 도서관의 경우 저는 제 원고를 시간 속으로 떠나보냅니다. 그곳에 제 책이 도착하기를 기다리는 인류가 남아 있을까요? '노르웨이'가 있을까요? '숲'이 있을까요? '도서관'이 있을까요? 기후변화, 해수면 상승, 삼림 해충의 습격, 범지구적 유행병을 포함해 오늘날 우리를 괴롭히는 온갖 위협들에도 불구하고 이 프로젝트의 모든 요소들이 미래에도 계속 존재할 것으로 믿는 것은 분명 희망의 행동입니다.

어릴 때 저도 단지에 보물을 담아 땅에 묻곤 했습니다. 나중에 누군가 그것들을 발굴하는 상상을 하면서요. 저도 텃밭을 일구다가 비슷한 것들을 캐내곤 했으니까요. 녹슨 못, 옛날 약병, 도자기 조각들. 한 번은 캐나다 북극 지방에서 나무를 깎아 만든 작은 인형을 발견했습니다. 거기는 나무가 자라지 않는 지역이니 그 나무는 유목(流木)이었을 겁니다. 미래 도서관이란 그런 것입니다. 한때는 있었지만 이제는 과거로 사라진 삶들의 편린을 담은 용기가 될 겁니다. 하지만 종류 불문 모든 글쓰기는 사람의 소리를 보존하고 전달하는 방법입니다. 펜, 인쇄기 잉크, 붓, 침, 끌이 만든 글쓰기 자국들은 악보의 음표들처럼 죽어 누워 있을 뿐입니다. 독자가 거기 도착해서 목소리를 회생시키기 전까지는 말이죠.

오랜 세월 침묵하던 제 목소리가 100년 후에 갑자기 깨어난다고 생각하니 기분이 참 묘합니다. 아직은 세상에 체현되지 않은 미래의 손이 그것을 봉인된 함에서 꺼내 첫 페이지를 열 때, 그 목소리는 가장 먼저 무슨 말을 하게 될까요?

제 텍스트와 아직 존재하지 않는 독자의 만남이란 언젠가 제가 멕시코의 동굴 벽에서 붉은 손바닥 자국을 보았던 경험과 비슷하지 않을까 생각합니다. 그 손도장은 3세기 넘게 봉인돼 있었습니다. 지금의 누가 그 흔적의 정확한 의미를 판독할 수 있겠어요? 하지만 그것의 일반적 의미는 범지구적입니다. 어떤 인간이든 그 의미를 읽을 수 있습니다.

그 손자국은 이렇게 말합니다. 안녕. 여기에 내가 있었어.

『시녀 이야기』를 회고하며

›››‹‹‹

(2015)

『시녀 이야기』가 올해 출간 30주년을 맞았습니다. 벌써 그렇게 오래됐다니 놀랍고 감회가 새롭습니다. 지난 30년간 이 책은 대략 40개국에서 출판됐고, 약 35개 언어로 번역됐습니다. '대략'이라고 말하는 것은 지금도 계속 출간되고 있기 때문입니다.

시작은 이처럼 광대하지 않았습니다. 적어도 영어권 나라들의 첫 비평들은 그저 그랬어요. 『시녀 이야기』는 그다지 훈훈한 책이 못 됩니다. 우리가 발랄하고 용감하고 정의로운 여주인공과 사랑에 빠져서 그녀가 하는 모든 것을 응원하게 되는, 그런 종류의 책이 아닙니다. 『오만과 편견』과는 달라요. 아니나 다를까 『뉴욕 타임스』에 실린 평이 좋지 않았습니다. 『뉴욕 타임스』에게 '디스'당하는 것은 작가에게 치명적입니다. 출판사들이 길에서 나를 피하게 됩니다. 나를 보면 잽싸게 길을 건너가 숨어버립니다. 문제의 비평가는 저명한 미국 소설가이자 에세이스트 메리 매카시(Mary McCarthy)였습니다. 그녀는 『시녀 이야기』를 좋아하지 않았습니다. (전반적으로 매카시는 흡족해하는 일이 드물어요. 저만 그녀의 마음에 들지 못한 건 아니에요.)

매카시의 서평은 다소 앞뒤가 맞지 않았습니다. 훗날 『뉴욕 타임스』 지로부터 듣기로는, 당시 매카시가 뇌졸중을 겪은 지 얼마 안 됐을 때였는데 신문사가 서평을 의뢰한 시점에는 그 사실을 몰랐다고 합니다. 하지만 매카시는 신용카드•를 경계해야 한다는 점에는 저와 의견을 같이했습니다. 신용카드는 우리가 심하게 그리고 전적으로 의지하게 되면 너무나 쉽게 우리를 통제하는 수단으로 변질될 수 있기 때문이죠. 1970년대에 대중화하기 시작한 신용카드는 1985년 당시에도 꽤 신문물이었습니다. 심지어 이때는 인터넷 시대도 아니었고 디지털 서명 따위 모를 때였어요!

하지만 신용카드에 대한 공감대와는 별개로, 메리 매카시는 『시녀 이야기』를 억지스러운 이야기로 여겼습니다. 그런 역행적인 일은 진취적인 미국에서는 결코 일어날 수 없다는 거죠. 그리고 표현의 창의성도 떨어진다고 했습니다. 1962년에 욕조 안에서 그녀의 소설 『그룹(*The Group*)』을 몹시 흥미롭게 읽었던 기억이 있는 저로서는 그녀의 비판이 상당히 뼈아팠습니다. 하지만 제가 혹평을 받은 것이 이때가 처음도 아니었고, 마지막도 아니었습니다. 이런 말이 있죠. "나를 죽이지 못한 것은 나를 더 강하게 만든다." 다만 때로 성격을 버려놓기는 합니다. 방

• 『시녀 이야기』에서 여성들의 신용카드가 개인 식별 수단으로 전용되면서 여성이 피지배계급으로 종속된다.

금 눈치채셨다시피 말이죠.

하지만 험난한 출발 이후, 다른 논평들이 등장했습니다. 요약하면 이렇습니다. 영국에서는 잘 짜인 이야기라는 평이 나왔습니다. 영국 비평가들은 그것이 영국에서 실제로 일어날 법한 이야기인지에 대해 크게 개의치 않았습니다. 그들은 17세기에 이미 청교도 내전을 치렀고, 그런 일이 조만간 또 일어날 걸로는 전망하지 않았습니다. 한편 캐나다에서는 초조한 질문이 대두했습니다. "설마 여기서도 그런 일이 일어날까?" 사실 이건 캐나다인들이 자주 하는 질문입니다. 캐나다인들은 자기 나라를 악의 없는 털북숭이 소인들이 천진난만하게 맥주를 마시고 하키와 파이프 담배를 즐기며 걱정 근심 없이 파티 하는 곳으로 생각하기 때문이죠. 사악한 모르도르의 눈에 띄지 않은 사각지대, 그래서 트롤과 오크족과 나즈굴 따위가 쳐들어올 리 없는 호빗의 나라로 말이에요.

반면 미국 비평가들은 "우리에게 남은 시간이 얼마나 될까?"라고 물었습니다. 1985년에도 이미 재앙의 조짐이 명백했거든요. 조짐이 실제로 벽에 등장하기도 했어요. 캘리포니아주 베니스비치의 방파제에 어느 익명의 손이 스프레이 페인트로 "여기서는 시녀 이야기가 이미 현실이다"라고 써놓은 겁니다. 이후 이 책은 로스엔젤레스타임스도서상을 받았고, 영국의 부커상 후보에 올랐으며, 캐나다의 총독문학상을 비롯해 많은 상을 수상했습니다. 이 책의 장점을 높이 산 사람들이 있기는 있었던 거죠.

그때부터 지금까지 『시녀 이야기』는 쉼 없이 팔리고 있습니다. 이 책이 대를 이어 사람들을 겁먹게 하기 때문인 것으로 보입니다. 일부는 이 책을 고등학교 과정에 넣으려 하고, 그러면 다른 일부가 과정에서 빼려고 합니다. 내용에 섹스가 있는 것이 문제가 되기도 하고, 이 책이 반(反)기독교적이라는 일부의 오해 때문이기도 합니다. 하지만 이는 기독교에 대한 일부의 뒤틀린 시각을 보여줄 뿐입니다. 이 주제에 대해서는 나중에 더 폭넓게 다루도록 하겠습니다.

이 책은 이후 영화, 오페라, 발레극, 다수의 연극으로 제작됐고, 앞으로 그래픽노블과 TV 시리즈로도 만들어질 예정입니다. 하지만 최고의 찬사는 따로 있습니다. 사람들이 핼러윈에 '핸드메이드'로 분장하고, 다른 사람들은 그게 뭔지 안다는 것! 섬뜩한 붉은 드레스의 시녀가 핼러윈 분장의 세계에서 클링온•, 미니마우스, 헐크, 원더우먼과 어깨를 나란히 하게 됐다는 것! 이것만큼 가슴 벅찬 일도 없습니다!

이제 본론으로 들어가봅시다. 저는 이 소설을 다양한 각도에서 논해달라는 요청을 받았고, 그렇게 해보려 합니다. 이 소설이 창조되던 시대적 맥락에 대해, 제가 어떻게 그리고 왜 이 소설을 쓰게 됐는지에 대해, 이 소설에 미친 문학적·역사적 영향에 대해, 그리고 소설의 세계관을 세울 때 제가 한 선택들에 대해 말하겠습니다. 그다음에는 그 세계관을 오늘날에, 지금 우리가 있는 시간과 공간에 대입해보려 합니다. 이 소설의 내용이 우리 시대에도 부합하나요? 그렇다면 무엇이, 그리고 어째서요? 소설이 예언이 될 수 있나요? 아니라면 왜 아닐까요?

짧은 연설에 담기에는 벅찬 주문입니다. 하지만 소매를 걷어붙이고 착수해보겠어요. 진짜 소매 말고요. 비유적으로 말한 겁니다.

• the Klingons, 〈스타트렉〉에 등장하는 외계 종족.

먼저 실화를 하나 들려드리죠. 옛날에, 그러니까 20년쯤 전에 저와 제 배우자 그레임 깁슨이 캐나다작가조합 온타리오 지부를 위한 파티를 열었을 때입니다. 배경 정보를 덧붙이자면, '온타리오'는 캐나다의 주(州)이고, '캐나다'는 인구 규모가 멕시코시티쯤 되는 나라입니다. 캐나다작가조합은 1970년대 초에 그레임과 제가 설립했습니다. 당시 캐나다에는 출판 에이전트가 없어서 작가들은 전적으로 출판사들의 처분에 의존했고, 출판사들은 다른 작가들이 선금으로 얼마를 받는지 등에 대해 작가들을 속였습니다. 지금은 상황이 많이 달라졌지만, 그렇다 해도 '전문 작가'라는 직종이 도박꾼과 스타트업 사업가와 카드 마술사를 합쳐놓은 것이라는 점은 여전한 사실입니다. 작가는 제자리를 지키려면 엄청나게 빨리 뛰어야 합니다. 노후대책을 원한다면 작가는 되지 않는 게 좋습니다. 작가의 삶은 스물세 살 컨트리 가수의 삶만큼 힘들어요. 대부분의 작가는 본업이 따로 있습니다.

그때 우리 파티에 온 작가들 중에 35세의 젊은 여성이 있었는데, 심장마비가 올 것 같다며 도움을 구했습니다. 그녀는 전에도 심장마비를 겪은 적이 있기 때문에 여차하면 큰일 날 상황이었습니다. 우리는 사람들을 거실에서 몰아냈고, 제가 911에 전화하는 동안 그레임은 여성과 함께 심호흡을 했습니다. 얼마 안 가 젊고 건장한 남성 구급대원 두 명이 응급처치 도구들을 가지고 도착했습니다. 몸들이 근육으로 터질 것 같더군요. (구급대원들은 근육질이어야 합니다. 그래야 쓰러진 사람들을 이리저리 나를 수 있어요.) 대원들은 우리를 방에서 내쫓고 응급처치에 착수했습니다. 그런데 그들 사이에 다음과 같은 대화가 오갔습니다.

구급대원 1: 여기가 누구 집인지 알아?

구급대원 2: 몰라. 누구 집인데?

구급대원 1: 마거릿 애트우드 집이야!

구급대원 2: 마거릿 애트우드가 아직 살아 있어?!

젊은 여성은 다행히 심장마비가 아닌 걸로 밝혀졌습니다. 그녀의 말을 인용하자면 "자몽만 한 가스 덩어리"가 문제였습니다. 우리 집에 오게 돼 너무 흥분한 탓이었대요.

이 말을 하는 이유요? 다음과 같은 주지의 사실을 입증하는 사례거든요. '고등학교에서 배우는 작가들은 당연히 다 죽은 사람들이다.' 『시녀 이야기』가 고등학교 커리큘럼에 들어간 지 꽤 되다 보니 제가 여태 살아 있는 것을 알면 놀라는 사람들이 많습니다. 때로는 저도 놀랄 지경이에요. 명성의 효과가 이렇게 무섭습니다. 대단한 명성도 아닌데 말이죠. 정말로 대단하면 호박 틀이 생겨요. 호박 틀은 주로 만화책 뒷면에 광고되는 물건으로서, 자라는 호박에 끼우면 엘비스 프레슬리 머리통을 닮은 오이를 얻을 수 있습니다. 가지에도 쓸 수 있어요. 제 명성은 아직 이 수준에는 이르지 못했어요.

『시녀 이야기』를 쓰기 시작한 때는 제가 호박 틀을 꿈도 못 꿀 때였어요. 여러분 중 일부는 태어나지도 않았고, 다른 일부는 고작 10대였을 때입니다. 그때로 시간여행을 떠나볼까요.

먼저 제 소개부터. 저는 제2차 세계대전 발발 직후인 1939년 11월에 태어났습니다. 이것이 뜻하는 바는 제가 히틀러와 스탈린을 역사책에서만 읽은 게 아니라 직접 기억하는 세대라는 것입니다. 1949년에는 열 살이었고, 막 출판된 조지 오웰의 『1984』를 페이퍼백으로 읽었어요. 제가 열다섯 살이었던 1955년에 엘비스 프레슬리가 TV로 데뷔했고요. 저는 1960년에 스물, 1970년에 서른, 1980년에 마흔이 됐습니다. 저는 제 책의 등장인물에 대해서도 이런 차트를 만듭니다. 즉 세계사적 사건들이 일어났을 때 그들이 몇 살이었는지 따져봅니다. 우리의 개인사는 바깥 세계에서 일어나는 일들과 상호작용 하기 때문입니다.

1984년은 히피운동과 여성해방운동 같은 사회적 행동에 대한 역풍이 불던 작은 반동의 시대였습니다. 음악 측면으로는 후기 디스코 시대였죠. 비트족과 실존주의자들과 포크 가수들과 비틀스의 뒤를 이어 1968년경에 히피족이 갑자기 등장했습니다. 히피운동 직전에 피임약, 팬티스타킹, 미니스커트가 출현했어요. (이 세 가지는 연결돼 있습니다. 특히 팬티스타킹과 미니스커트는 불가분의 관계입니다.) 여성해방운동은 1969년경에 일어나기 시작했습니다. 그때 저는 그곳에 없었습니다. 저는 뉴욕시에서 멀리 떨어진 캐나다 앨버타주의 에드먼턴에 있었죠. 아직 인터넷이 없던 시절이라서 당시의 동정을 주로 친구들이 보낸 편지로 들었습니다. 저는 히피로 활약하기에는 나이가 많았지만 실존주의, 포크송, 검정 아이라이너는 제대로 거쳤습니다. 그것을 잊지 마세요!

바야흐로 제2세대 페미니즘이 시작됐습니다. 첫 번째 움직임이 일어난 것은 19세기 후반에서 20세기 초반이었고, 그때의 여성운동가들은 서프러제트•로 불렸습니다. 그들의 목표가 참정권, 즉 여자들도 투표할 권리였기 때문이죠. 여성이 투표권을 얻기 무섭게 대공황이 닥쳤

• suffragette, 여성 참정권 운동가. suffrage는 '투표권'이라는 뜻이다.

습니다. 집으로 돌아가라, 여자들이여. 일자리는 남자들에게 내놓고 돌아가라. 그 와중에 어밀리아 에어하트(Amelia Earhart)가 여성 비행사로는 최초로 대서양을 횡단했고, 당시 잡지소설계를 주름잡던 모험심 강한 왈가닥 주인공들의 모델이 됐습니다. 그러다 제2차 세계대전이 터졌어요. 공장으로 가라, 여자들이여. 군수물자를 생산하고, 귀여운 이두박근을 뽐내는 '리벳공 로지'• 포스터의 주인공이 되어라. 전쟁이 끝나자 메시지는 다시 바뀌었습니다. 집으로 돌아가라, 여자들이여. 일자리는 남자들에게 내놓고 돌아가라. 그대들이 가질 것은 네 명의 아이들과 식기세척기, 교외 주택, 두뇌를 포기하는 대신 얻는 '더없는 충만함'이다. 한편 전쟁에서 돌아온 남자들은 안정을 찾지 못했습니다. 그들은 예전의 자유를 그리워했고, 생사의 위기에서 맛봤던 아드레날린을 그리워했습니다. 그러자 휴 헤프너••가 피리를 불며 그들을 불러 모았습니다. 왜 가정이란 틀에 박혀 있어야 해? 교외 주택단지는 지루해! 처자식을 버리고 여기 와서 같이 놀자! 그래서 그들은 그렇게 했습니다. 이때의 세태가 TV 시리즈 〈매드맨〉에 고스란히 담겼습니다.

이 무렵 사회심리학자 베티 프리던(Betty Friedan)의 『여성성의 신화』가 나왔고, 저는 이 책을 1964년에 밴쿠버에서 읽었습니다. 이 책은 여성들의 지적 능력을 부정하고 그들을 가정이라는 수용소에 가두려는 1940년대 후반과 1950년대 미국 사회에 대한 항의였습니다. 여

• Rosie the Riveter, 제2차 세계대전 중 공장과 조선소 등에서 일하며 전쟁에 나간 남자들의 빈 자리를 메우던 여성들을 대변하는 문화적 아이콘.

•• Hugh Hefner, 『플레이보이』 창업주.

기 그 수용소에 대한 패러디로 유명한 것이 1955년 『월간 하우스키핑(*Housekeeping Monthly*)』에 실렸다고 '전해지는' 「좋은 아내 가이드(The Good Wife's Guide)」라는 기사예요. 다음은 그중 일부입니다.

> 남편이 늦게 귀가해도, 당신 없이 저녁을 먹으러 나가거나 유흥업소에 가더라도 절대 불평하지 마세요. 대신 스트레스와 압박감으로 가득한 그의 세계를 이해하려 노력하세요. (…) 그가 저녁 식사 시간에 늦어도, 심지어 밤새 들어오지 않아도 불평하지 마세요. 그가 그날 겪었을 일에 비하면 이런 속상함은 사소한 것에 불과해요. (…) 그의 행동에 대해 따져 묻거나 그의 판단이나 성실성에 의문을 품지 마세요. 기억하세요. 그는 집안의 주인이고, 따라서 언제나 그의 의지를 공정함과 진실성을 가지고 행사할 거예요. 당신에겐 그에게 의문을 제기할 권리가 없어요. (…) 좋은 아내는 언제나 자신의 분수를 안답니다.

'로마 노예의 행동 강령' 또는 '서기 1000년도 농노 지침'으로 불러도 어색하지 않을 내용입니다.

프리던의 『여성성의 신화』는 대학 교육을 받았음에도 너희의 진짜 학위는 미시즈(Mrs)라고 세뇌당했던 미국 여성들의 심금을 울렸습니다. 하지만 캐나다의 젊은 여성들에게는 이런 '집안의 주인' 세뇌가 크게 힘을 쓰지 못했습니다. 우리는 문화적으로 후미진 곳에 살았고, 여전히 하늘을 나는 말괄량이 어밀리아 에어하트의 날개 아래 있었습니다. 거기다 우리에겐 『샤틀레인(*Chatelaine*)』이라는 여성 잡지가 있었죠. 이 잡지의 편집자였던 도리스 앤더슨(Doris Anderson)은 아버지가 가족을 버린 후 어머니가 운영하는 하숙집에서 자랐기 때문에 가장의 '공정함과 진실성' 운운하는 홍보에 포섭될 기회가 전혀 없었습니다. 그녀는 1969년 여권운동이 일어나기 훨씬 전부터 다양한 여성 이슈를 정면으로 다뤘고, 매 단계에서 잡지사 남성 경영진과 싸워야 했습니다. 그녀와 달리 경영진은 '공정함과 진실성' 홍보에 몹시 열심이었거든요. 마치 로마 시대 귀족들처럼 말이죠.

드디어 1970년대가 됐습니다. 페미니즘의 땅에 일대 파란이 일었습니다. 유색인종 여성들이 그들의 정치적·사회적 소외를 항변했고, 레즈비언도 마찬가지였습니다. 글로리아 스타이넘(Gloria Steinem)이 미국 최초의 여성주의 잡지 『미즈(*Ms*)』를 창간했고, 많은 간행물이 그 뒤를 따랐고, 그 추세가 이어졌습니다. 캐나다에서는 젊은 여성 작가들이 모든 젠더의 작가들이 공정한 출판의 기회와 보수를 받는 공간을 만드는 데 주력했습니다. 이들은 잡지사와 출판사를 창립하고, 작가 순방, 문학 축제, 대학의 입주 작가 프로그램, 도서관들과 제휴한 공공 대출권• 도입 등의 인프라를 구축해가며 모든 전선에서 싸우고, 싸우고, 또 싸웠습니다. 당시 우리는 남성 동료들을 적보다는 전우로 보았습니다.

1980년대 초반에 이르자 1970년대의 일부 페미니스트 투쟁가들 사이에 피로감이 찾아들었습니다. 이들이 잠시 노를 내려놓은 사이 이때다 하고 종교적 우파가 반격을 개시했습니다. 그들은 1950년대로의 회

• public lending rights, 도서관에서 책이 대출될 때 저자가 저작권료를 받을 권리. 책 판매의 기회를 잃는 데 대한 작가의 재산적 손실을 보상하기 위한 제도로, 1946년 덴마크에서 처음 시작됐다.

귀를 원했습니다. 적어도 1950년대 '좋은 아내 가이드'의 부활을 꾀했습니다. (로큰롤은 건너뜁시다.) 다만 그들이 원하는 1980년대판 '가이드'는 처음부터 거기 깔려 있었던 청교도적 도그마를 더욱 강화한 '가이드'였습니다. 그들은 밀턴이 『실낙원』에서 천명한 "남자는 오직 신만을, 여자는 남자 안의 신을 받드는" 도그마를 주창했고, 거기서 여자들은 성 바울의 주장처럼 오직 출산을 통해서만 구원받을 수 있었죠. 이 도그마는 나치가 여성에게 강요한 3K, 즉 '자녀(Kinder), 부엌(Küche), 교회(Kirche)'와 거북할 정도로 닮아 있었습니다.

제가 히틀러에 대해 한 말을 기억하시나요? 저는 제2차 세계대전 문학의 애독자였고, 히틀러가 『나의 투쟁』을 통해 나치즘 정견을 꽤 일찍부터 피력했음을 알고 있었습니다. 이 책은 당시에는 뜬구름 잡는 소리로 간주됐고, 독일인들도 처음에는 그를 미치광이로 여겼습니다. (딱 맞는 말입니다.) 그래서 히틀러는 정권을 잡을 때까지 자신의 진짜 의도를 숨기다가 이후 본색을 드러내 민주정을 초토화하고 애초에 하겠다고 했던 것들에 착수했습니다.

그래서 저는 두 가지를 믿게 됐습니다. (1) 광신자가 뭔가를 하겠다고 하면 기회가 왔을 때 결국 한다. (2) "여기서는 있을 수 없는 일이야"라는 말은 누가 하든 틀린 말이다. 역사가 거듭 증명했듯 여건만 갖춰지면 어디서든 어떤 일이든 일어날 수 있습니다. 여기에 하나 더 추가할래요. (3) 권력은 부패하기 마련이며, 절대 권력은 절대 부패한다.• 이 역시 수많은 역사적 사례들로 증명됐습니다.

• 영국 역사가 존 액턴(John Emerich Edward Dalberg-Acton)이 한 말이다.

이리하여 저는 『시녀 이야기』를 쓰기 시작했습니다. 메모 형태로 시작했다가 1984년 봄 본격적인 집필에 들어갔습니다. 당시 우리는 서베를린에 머물고 있었습니다. 베를린장벽이 무너지기 전이었고(이 일은 1989년에 일어났습니다), 조만간 무너질 거라는 어떠한 조짐도 없던 때였습니다. 스파이들이 각축하던 냉전시대 서독을 느끼고 싶다면 존르 카레의 『팅커, 테일러, 솔저, 스파이』를 권합니다. 앨릭 기니스(Alec Guinness) 주연의 TV 시리즈 버전도 있어요. 같은 시기 동독의 분위기가 궁금하다면 영화 〈타인의 삶(The Lives of Others)〉을 권합니다. 아주 실감 나요.

따라서 당시의 서베를린은 여러모로 『시녀 이야기』를 시작하기에 걸맞은 곳이었습니다. 집필을 마친 것은 1985년 봄이었습니다. 그때 저는 앨라배마대학교 터스컬루사 캠퍼스에 영문학 방문 교수로 있었습니다. 터스컬루사는 또 다른 이유들로 소설을 끝맺기에 좋은 곳이었습니다. 그곳에도 부자유가 있었지만 일부에게만 해당됐습니다. 그 일부는 주로 피부색이 검은 사람들과 자전거 이용자들이었습니다. ("여기서 자전거 타지 마세요." 사람들이 제게 말했어요. "사람들이 당신을 공산주의자로 생각해 도로 밖으로 밀어버릴지 몰라요.") 당시 이 두 도시는 동전의 양면과 같았습니다.

『시녀 이야기』는 두 가지 사변적 질문에 대한 제 나름의 답을 제시합니다. (1) 만약 미합중국이 독재국가나 전제국이 된다면, 어떤 종류의 정부가 될 것인가? (2) 만약 여성의 자리는 가정인데 여성이 집을 나와 다람쥐처럼 사방을 돌아다닌다면, 그들을 다시 가정에 몰아넣고 거기 머물게 할 방법은 무엇인가?

제가 책에 담은 (1)에 대한 답은 이렇습니다. 신정 일치 독재 정권이 될 것이다. 예컨대 이란 같은. 이란은 제가 1978년에 방문한 직후에 일어난 이슬람혁명으로 신정국가가 됐습니다. 제가 1984년에 방문했던 폴란드, 체코슬로바키아, 동독 같은 공산주의 독재국가는 되지 않을 것 같았어요. 당시 저는 자유민주주의를 내세운 전제주의 정부는 용어상 모순이라고 생각했습니다. 하지만 1950년대 미국을 휩쓴 매카시즘을 생각하면 딱히 그렇지도 않습니다. 거기다 현대는 디지털 감시의 시대입니다. 전제주의 체제는 이렇게 엎어지면 코 닿을 곳에 있습니다.

(2)에 대한 답, 즉 여자들을 다시 가정을 몰아넣을 방법은 간단했습니다. 역사를 100년 전으로 돌리면 됩니다. 100년까지 돌릴 필요도 없습니다. 여자들의 일자리를 뺏고, 은행 계좌와 신용카드 동결을 통해 돈에 대한 접근을 막으면 됩니다. 아 참, 여성이 최근에 얻어낸 시민권도 잊지 맙시다. 거기에는 투표권, 재산 소유권, 자녀 양육권 등이 포함됩니다. 시민권 박탈을 위해서는 법을 바꿔야 합니다. 어떤 사람들은 걸핏하면 '법치주의'를 들먹이는데, 지독히 불공평한 법도 많다는 것을 기억해야 합니다. 유대인의 시민권을 박탈한 나치의 뉘른베르크법도 법이었습니다. 미국의 도망노예법도 당시 의회가 제정한 엄연한 법이었습니다. 미국 남부 노예들의 문해(文解)를 금지했던 법령도 법이었고, 악랄했던 로마의 농민세법도 법이었습니다. 말하자면 끝이 없습니다.

저는 『시녀 이야기』를 쓸 때 한 가지 규칙을 정했습니다. 인류가 역사상 한 번도 해본 적 없거나, 시행할 기술이 없었던 일은 책에 넣지 않는다. 다시 말해 없었던 일을 지어내지 않기로 했습니다. 역사적 선례들을 에필로그에서 확인할 수 있습니다. 이 책의 에필로그는 본문의 시점으로부터 수백 년 후에 일어난 강연의 형식을 취합니다.

저는 이 소설의 공간적 배경을 매사추세츠주 케임브리지로 설정했습니다. 이유는 다음과 같습니다.

저는 1961~1963년과 1965~1967년에 하버드에 다녔고, 재학 중에 페리 밀러(Perry Miller)의 강의들을 들었습니다. 밀러는 프랜시스 매시슨(Francis Otto Matthiessen)과 더불어 미국 문학과 미국 문명을 학문 분야로 정립하는 데 중요한 역할을 한 인물이죠. 제가 밀러의 문하에서 처음 공부한 내용은 17세기의 뉴잉글랜드, 이른바 청교도 시대였습니다. 그때까지 제가 공부했던 초기 미국 문학은 포, 멜빌, 에머슨, 소로, 디킨슨, 휘트먼, 헨리 제임스 등의 19세기 문학이 다였기에 그의 강의는 제게 개안에 가까웠습니다. 밀러의 전문 분야였던 17세기 뉴잉글랜드 청교도 사회는 자유민주주의와는 거리가 멀었습니다. 민주주의는 커녕 일종의 신정체제였죠. 그 체제는 청교도의 종교적 자유만 보장했을 뿐, 나머지 모두의 자유를 막았습니다. 예컨대 퀘이커교도는 교수형 대상이었습니다. 제 조상 중 일부도 이때의 청교도였기에 저는 자연히 그들의 역사에 빨려 들었습니다.

17세기 청교도 사회 하면 떠오르는 것이 1692년에 일어난 세일럼 마녀재판 광풍입니다. 더구나 이때 마녀로 몰린 여성 중 한 명이 제 조상이었습니다. 우리 할머니가 월요일마다 하시던 말씀에 따르면 그렇습니다. (할머니는 수요일에는 했던 말을 모두 부인했습니다.) 따라서 저로서는 더욱 흥미가 동할 수밖에 없었죠. 세일럼 마녀사냥 사건은 이후 비슷한 광풍들의 대명사가 됐습니다. 그중 대표적인 것이 1950년대의 공산주의자 색출 광풍인 매카시즘이죠. 아서 밀러는 매카시즘 광풍이 한창일 때 세일럼 마녀사냥을 소재로 한 희곡『시련』을 발표했습니다. 이것이 제가『시녀 이야기』를 (살아서 제 소설을 읽었다면 많이 웃었을) 페리 밀러 교수에게, 그리고 제 조상일 수도 있는 메리 웹스터(Mary Webster)에게 헌정한 이유입니다. 메리는 세일럼 마녀재판 당시 교수형에 처해졌는데 교수형이 성공적이지 못해 다음 날 아침에도 살아 있었습니다. 저처럼 호기심에 아무 데나 목을 내미는 사람이 물려받기 딱 좋은 강한 목이 아닐 수 없습니다.

앞서 말했듯 저는 세상에 일어난 적이 없거나 가용 기술로 실현할 수 없는 일은 책에 담지 않았습니다. 저는 루마니아의 차우셰스쿠 독재 정권, 히틀러가 폴란드를 비롯한 점령국에서 벌인 아동 강탈, 나치 친위대를 위한 일부다처 정책, 아르헨티나의 군부독재 등 다양한 역사적 사건들을 참고했습니다. 미국 노예에게 강요된 문맹, 초기 모르몬교, 중세의 집단 교수형(모두가 줄을 당기면 죄책감도 공유되니까?)에서도 영감을 얻었습니다. 제물로 바쳐진 사람을 손으로 찢어 죽였던 고대 그리스의 디오니소스 숭배 의식도 참고했습니다. 몇 가지 예만 말하자면 그렇습니다.

'시녀' 의상은 1940년대 '올드 더치 세제(Old Dutch Cleanser)'의 패키지 삽화를 참고했습니다. 얼굴을 가리는 하얀 모자와 풍성한 치마의 여인이 어릴 적의 제게 충격적인 인상을 남겼거든요. 여기에 19세기 중반 여성 패션의 대표 아이템이었던 얼굴 가리개 보닛도 참고했습니다. 계급별 복색을 규정한 중세의 사치금지법을 참고해서 색 구분도 만들었습니다. 예컨대 푸른색은 순결을, 붉은색은 죄와 정열을 나타냅니다. 중세와 르네상스 시대의 기독교 화가들이 적용한 구분과도 비슷합니다.

작중의 전체주의국가 길리어드의 사회구조를 모든 남자가 모든 여자보다 우월한 지위를 가지는 절대적 남존여비 구조로 생각하는 분들이 많은데, 그건 그렇지 않습니다. 길리어드는 젠더 구분에 따른 독재라기보다 전제주의(專制主義) 또는 전체주의(全體主義) 체제입니다. 따라서 고위층 남성의 아내도 남편보다는 낮지만 높은 지위를 누립니다. 또한 하층민 남성은 고위층 여성보다 낮습니다. 이는 역사상 흔하게 작동했던 방식입니다. 길리어드에서는 고위층 남성만 가임기 여성을 한 명 이상 가질 수 있습니다. 즉 출산을 위한 '시녀'를 따로 둘 수 있습니다. 이 역시 현실에 분명히 있는 일입니다. 본부인이 가정에서 지배권을 행사하고, 다른 젊은 아내들은 그녀의 처분을 따릅니다. 고위층 남성은 이들 모두에게서 자식을 얻습니다. 능력이 되면요. 하층민 남성은 '경제부(econowife)' 한 명으로 만족해야 합니다. '경제부'는 하층민 남성의 아내를 말하는데, 고위층에서 여러 여성이 분담하는 일-본부인의 대외적 사교 기능, 정부와 첩의 섹스 기능, 하녀의 가사노동-을 혼자 다 해야 합니다. 제가 『시녀 이야기』의 세계관을 이렇게 정한 것은 이것이 현실 세계에 종종 있는 일이기 때문입니다.

문학도 『시녀 이야기』에 여러모로 영향을 미쳤습니다. 일단 제목을 제가 좋아하는 작품 중 하나인 초서의 『캔터베리 이야기』에서 땄습니다. '이야기'가 'history'가 아닌 'tale'인 데는 이유가 있습니다. 이야기에 제목이 붙는 시점은 사건이 일어난 지 수백 년이 지난 시점이고, 따라서 당시에 정확히 어떤 일이 일어났고 그들이 정확히 어떤 사람들이었는지 확고하게 전해줄 사람이 아무도 없는 시점이기 때문입니다. 이는 역사가들이 자주 겪는 문제입니다. 기록에는 공백들이 있습니다. '시녀 이야기'도 마찬가지입니다.

두 번째 문학적 영향은 아시다시피 성경에서 왔습니다. 성경은 하나의 책이 아니라 여러 두루마리 기록의 모음집으로 시작된 매우 복잡한 작품입니다. 코덱스 북—책등이 있고 거기에 책장을 엮어서 넘기며 볼 수 있게 만든 오늘날의 책 형태요—이 개발되자 비로소 '비블리아(biblia, 작은 책들)'가 하나의 책으로 묶였고, 그때서야 성경이 하나로 통합된 작품의 외양을 갖추게 됐습니다. 각 부분이 각기 다른 시기나 시대에 각기 다른 사람에 의해 쓰였기 때문에 성경에는 엇갈리는 메시지들이 수두룩합니다. 과부·고아·빈민·피지배민 등에게 매우 호의적인 메시지들이 있는가 하면, 정반대 분위기의 메시지들도 뽑아낼 수 있습니다. 예컨대 적들을 풀 한 포기 남김없이 초토화하고 그들을 자식까지 잡아먹는 처지로 만들겠다는 저주도 등장합니다. 사실 지금껏 많은 이들이 이런 메시지들에 더 열광했죠.

『시녀 이야기』의 길리어드는 여성(과 하층민 남성)을 통제하고 파워 엘리트를 떠받치기 위해 이른바 성경 문자주의•를 동원합니다. 혹시 성경 문자주의를 기독교의 본질로 생각하는 사람이 있다면, 심각한 착각이라고 말해주고 싶습니다. 책에서 '시녀'가 주기도문을 자신의 처지에 맞게 해석하는 것을 볼 수 있습니다. 따라서 이 책을 '반기독교'로

• Biblical literalism, 성경의 가르침을 문자 그대로 이해하는 방식. 근본주의 기독교의 성경 해석 방식을 지칭한다.

규정하는 사람들을 보면 상당히 당황스럽습니다. 어느 종교에나 긍정적인 접점과 부정적인 접점이 있습니다. 아우슈비츠 생존자인 제 오랜 친구 패니 실버만(Fanny Silberman)도 "누구에게나 선악이 공존한다"고 말했습니다. 길리어드가 악이라고 해서 선이 없다는 뜻은 아닙니다. 이 점은 여러분의 판단에 맡깁니다.

또 다른 문학적 영향은 19세기 후반과 20세기 초반의 유토피아와 디스토피아 세계관에서 왔습니다. '유토피아'는 현실보다 나은 사회에 대한 문학적 묘사를 말합니다. 19세기 후반에 유토피아문학이 유행했고, 유토피아문학의 대다수가 이때 배출됐습니다. 의학, 기술, 재화의 제조와 유통 등의 분야에서 수많은 혁신이 쏟아지던 시대였기 때문에 사람들이 호시절의 지속을 낙관하지 않을 이유가 없었죠. 이 시대 영어권 유토피아문학의 하이라이트는 윌리엄 모리스(William Morris)의 『에코토피아 뉴스』와 에드워드 벨러미(Edward Bellamy)의 『뒤돌아보며』입니다. 그러다 불행히도 제1차 세계대전이 발발했고 유럽은 갈기갈기 찢어졌습니다. 얼마 후에는 제2차 세계대전이 일어나 이미 너덜너덜한 유럽이 더 누더기가 됐죠. 두 번의 대전 사이에 독일의 히틀러, 이탈리아의 무솔리니, 소련의 스탈린이 유토피아 건설을 표방하며 등장하더니 기존의 지옥 같던 현실보다 더 지옥 같은 디스토피아만 안겼습니다. 이후로는 유토피아를 그럴싸하게 쓰기가 몹시 어려워졌고, 대신 디스토피아문학이 득세했습니다. 하이라이트는 올더스 헉슬리의 『멋진 신세계』와 조지 오웰의 『1984』 등입니다. 이들 작품에 대한 제 견해가 궁금하시다면, 제 책 『나는 왜 SF를 쓰는가(*In Other Worlds*)』에서 따분할 만큼 자세히 썼습니다.

『시녀 이야기』는 문학적 디스토피아—우리 세계보다 못한 세계—에 속하고, 따라서 그 형태에서 유토피아/디스토피아 전통의 영향을 받았습니다. 저는 10대 때 유토피아/디스토피아 소설을 탐독했고, 나중에 대학원에서도 공부했습니다. 언젠가는 직접 시도해볼 운명이었죠. 그리고 했습니다. 1980년대에는 이런 종류의 소설이 유행하지 않았기 때문에 살짝 미친 짓이긴 했습니다. 그런데 오늘날은 디스토피아가 널렸습니다. 젊은 작가들이 앞날에 느끼는 낭패감 때문일까요?

이렇게 현재로 왔습니다. 사람들은 제게 다음의 두 질문을 자주 던집니다.

1. 『시녀 이야기』가 집필 당시인 1980년대 중반보다 오늘날에 더 부합한다고 생각하세요?
2. 같은 질문의 다른 버전: 『시녀 이야기』가 예언이라고 생각하세요?

감질나는 답변밖에 드릴 수 없는 질문입니다. 첫 번째 질문에는 이렇게 답하고 싶습니다. 이 책이 지금에 더 부합하는지 여부는 저로서는 말하기 어렵습니다. 다만 많은 사람들이, 특히 미국인들이 이 책을 현실 비판으로 여기는 것은 분명합니다. 2012년 미국 대선 때 이 책의 제목이 소셜미디어의 밈이 됐고, "공화당에게 『시녀 이야기』는 공약이 아니라고 말해줘요"와 "『시녀 이야기』가 온다" 따위의 문구를 넣은 포스터들이 돌았습니다. 왜일까요? 같은 해에 어느 공화당 상원의원 후보가 입을 열어 이런 소신을 드러냈습니다. "'진짜' 강간이면 임신이 되지 않는다." '진짜' 강간의 경우 여성의 체내에서 임신을 막는 방어 반응이 일어나기 때문이랍니다. 즉 '진짜' 강간이 따로 있고, 겉보기와 느낌만 강간인 '가짜' 강간이 따로 있다는 얘기죠. 이 발언은 마녀재판을 제대로 연상시켰습니다. 마녀재판에서는 여성을 묶어서 물에 던진 뒤에 여성이 익사하면 무죄를 인정해주고 떠오르면 유죄로 판단해 화형에 처했습니다. 이래저래 죽는 건 마찬가지였죠.

일반화해서 말하자면 이렇습니다. 전제 정권은 늘 여성의 생식능력에 과도한 관심을 두었습니다. 사실 인간 사회는 늘 거기에 관심이 많았습니다. 누가 아기를 가질 것인가, 어떤 아기가 '합법적'인 아기인가, 어떤 아기는 살려두고 어떤 아기를 죽일 것인가(고대 로마의 경우 아버지가 결정했습니다), 낙태를 허용할 것인가 말 것인가, 허용하면 임신 몇 달까지 허용할 것인가, 여성이 원치 않거나 부양할 수 없는 아이를 낳도록 강제해야 하는가 등등. 일반적으로 수렵채집사회는 간격을 두고 아이를 낳았고 먹일 수 없는 아이는 유기했지만, 농경사회는 다산을 장려했습니다. 농사를 짓고 노예 노동을 공급하려면 출산율이 높아야 했으니까요. 그러다 전쟁 수행 인력이 필요해지자 출산을 정말로 장려했습니다. 나폴레옹이 '총알받이(cannon fodder)'라고 부른 가외의 몸뚱어리들을 보급해야 했기 때문이죠. 히틀러는 제1차 세계대전으로 총알받이가 고갈되자 아이를 많이 낳은 어머니들에게 메달을 나눠주었습니다. 반면 스탈린은 집단농장 정책의 실패로 먹일 수 있는 입보다 먹는 입이 많아지자 산아제한 수단으로 낙태를 허용했습니다.

따라서 출산과 아동 강탈에 대한 지배층의 집착을 두고 물어야 할 진짜 질문은 이것입니다. 퀴 보노(Cui bono)? 그 일로 누가 이득을 보는가? 추리소설의 단골 질문이죠.

『시녀 이야기』 세계의 상위 계층에는 아기가 귀합니다. 그래서 정권이 아기들을 부모로부터 강탈해 아기를 원하는 상위 계층에게 분배합니다. 이런 만행의 역사적 선례는 넘쳐납니다. 예를 들어 아르헨티나 군벌은 반정부 인사로 의심받는 여성들의 아기를 빼앗은 후 엄마들을 고문하고 살해했습니다. 아일랜드의 수녀들은 미혼모의 아기를 빼앗고 수녀원에 맡겨진 아기들을 빼돌려 부유하고 자식 없는 미국인들에게 팔아넘겼습니다. 멀리 볼 것도 없습니다. 1940년대와 1950년대의 북미에서도 엄마에게는 아기가 출산 중에 죽었다고 하고 실제로는 신생아를 매매하는 일이 적지 않았습니다.

또한 『시녀 이야기』 세계의 지도층은 성경을 뒤져서 유리하게 써먹을 것들만 파내는 집단이며,• 이들에 따르면 아기가 생기지 않는 것은 여자들의 잘못입니다. 여기에도 역사적 선례가 넘쳐요.

그럼 이 이야기는 처음 출간됐을 때보다 지금에 더 부합하는가? 유감스럽지만 저는 그렇다고 봅니다. 여성의 몸을 국유재산으로 보려는 작당 모의가 오늘날 훨씬 더 많이 목격된다는 점에서 어쩔 수 없이 그렇습니다. 제 나이의 사람이 보기에 그런 작당은 히틀러적인 것은 물론이요, 지극히 스탈린적입니다. 혹시 저만 그렇게 느끼나요? 참고로 징병제는 남성의 몸을 국유재산으로 취급하는 제도라고 할 수 있습니다. 이 또한 생각해볼 문제입니다.

두 번째 질문. 이 소설은 예언서인가? 그렇지 않습니다. 어떤 소설도

• 성경에서 야곱의 아내 라헬은 늙도록 자식이 없는 것을 자신의 탓으로 여겨 자신의 시녀에게 남편의 아이를 낳게 한다.

예언일 수 없습니다. 지나고 보니 맞는 말이 됐을 뿐이죠. 누구도 미래를 예측할 수는 없습니다. 변수가 너무 많고 미지의 요소들이 너무 많기 때문이죠. 여럿이 아무리 면밀히 판을 짜도 일은 언제나 빗나갈 수 있습니다. 경험에 따른 추측과 그럴듯한 예상은 할 수 있지만, 거기까지입니다.

지금까지 저는 『시녀 이야기』에 대한 많은 것들을 털어놓았습니다. 그 혈통과 기원, 과거와 현재를 말씀드렸습니다. 하지만 『시녀 이야기』의 미래만큼은 여러분의 손에, 독자들의 손에 달려 있습니다. 어떤 책이 됐든 책의 미래는 독자가 결정합니다. 작가는 책을 쓰고 나면 그것에 대한 통제권을 포기하고 기차역에서 손을 흔들어 작별을 고할 뿐입니다. 그러면 책은 미지의 땅들과 미지의 마음들을 향해 여행을 떠납니다. 자기를 좋아하는 사람들과 싫어하는 사람들을 만나게 됩니다. 어느 책에나 일어나는 일이죠. 이렇게 오랫동안 이렇게 많은 사람들이 이 책을 좋아했다는 것만이 늘 놀라울 따름입니다.

우리는 이중으로 부자유하다

›››‹‹‹

(2015)

윌리엄 블레이크는 "새장에 갇힌 울새 한 마리가 온 천국을 분노에 떨게 한다"라고 했다. 존 밀턴은 『실낙원』 제3권에서 인류와 자유의지에 대한 신의 생각을 이렇게 전한다. "충분히 설 수 있게 했으나 타락하겠다면 그것도 제 자유다." 셰익스피어는 『템페스트』에서 칼리반의 입을 빌려 "자유여, 축제여!"라고 노래했다. 잠깐, 그때 칼리반은 술에 취해 있었고 지나치게 낙관적이었다. 사실 칼리반의 선택은 자유가 아니라 폭군에 대한 복종이었다.

우리는 항상 이 '자유'를 이야기한다. 그런데 우리가 말하는 '자유'는 무엇을 뜻할까? "자유는 한 가지만 있는 게 아니다." 『시녀 이야기』에서 리디아 아주머니•가 강제로 '시녀'가 된 여자들에게 이렇게 설교한

• 『시녀 이야기』에서 '아주머니(Aunt)'는 시녀들의 통솔자이자 감시자를 가리키는 호칭이다.

다. "할 자유와 하지 않을 자유. 무정부 시절에는 할 자유였지만, 지금 여러분에게 주어진 자유는 하지 않을 자유다. 그것을 과소평가하지 말도록."

울새는 새장 안에서 안전하다. 고양이에게 먹히거나 창문을 들이박을 위험이 없다. 먹이도 넉넉하다. 하지만 원하는 대로 날아다닐 수 없다. 이것이 하늘의 새들을 분노하게 하는 것이다. 그들은 동료의 비행 선택권에 제약이 가해지는 것에 반대한다. 울새는 자연에서 살아야 한다. 거기가 울새가 속한 곳이다. 울새는 '할 자유', 즉 능동적 자유를 누려야 한다. 수동적인 '하지 않을 자유'가 아니라.

울새들에게는 그게 맞는다. 블레이크 만세! 울새에겐 그렇고, 그럼 우리에게는? 안전한 새장? 아니면 위험한 야생? 평안과 타성과 무료함이냐, 아니면 활기와 짜릿함과 모험이냐. 우리는 인간이고, 따라서 복잡한 동기를 가진 존재이기 때문에 두 가지 모두를 원한다. 하지만 대개는 번갈아 원한다. 때로는 짜릿함에 대한 욕망이 선을 넘어 범죄행위로 이어지고, 때로는 안전에 대한 갈망이 자기 감금으로 이어진다.

정부는 안전에 대한 우리의 욕망을 너무나 잘 알고 우리의 공포를 이용한다. 정부가 이런저런 새로운 규칙이나 법을 들이댈 때마다, 이런저런 염탐 활동을 가동할 때마다 그게 모두 우리의 '안전'을 위한 것이라는 말을 얼마나 많이 들었던가. 하지만 우리는 안전하지 않다. 우리 중 많은 수가 해마다 토네이도·홍수·폭설 같은 기상재해로 죽지만 이 경우 정부는 자신의 역할을 고발과 비난, 책임 회피, 유감 표명, 소소한 긴급 지원으로 확 제한한다. 우리는 적국 첩자의 손에 죽는 경우보다 자동차 사고나 미끄러운 욕조 때문에 죽는 일이 더 많지만 그런 종류의 죽음으로는 공황 상태를 끌어내기 쉽지 않다. 자동차와 욕조는 진화론적으로 너무 최근의 것이라서 우리가 그에 대한 깊은 신화를 미처 개발하지 못했다. 하지만 악의 있는 인간과 결합하면 두 가지 모두 치명적으로 무서워질 수 있다. 미치광이가 모는 차에 들이받히거나 차에서 마피아의 총격을 받기라도 하면 큰일이다. 한편 욕조 살해의 전례는 아가멤논의 최후로 거슬러 올라간다. 호메로스의 서사시에서 트로이전쟁의 영웅 아가멤논은 목욕 중에 아내에게 무참히 살해당한다. 최근에는 앨프리드 히치콕이 영화 〈사이코〉에서 욕조 살해를 업데이트한 샤워 살해를 선보였다. 하지만 복수심에 불타는 아내나 미치광이가 없을 때의 자동차와 욕조는 그저 거기 멍하니 있을 뿐이다.

우리가 정말로 두려워하는 것은 갑작스럽고, 폭력적이고, 예측 불가한 사건이다. 굶주린 호랑이의 습격에 맞먹는 것. 어제의 끔찍한 호환(虎患)은 공산주의자였다. 특히 1950년대에는 덤불마다 하나씩 도사리고 있었다. 듣기로는 그랬다. 오늘날의 호환은 테러리스트다. 이 호랑이에 당하지 않으려면 각종 경계 조치가 필요하다. 듣기로는 그렇다. 이런 견지에 장점이 없는 것은 아니다. 그런 위협들이 어느 정도는 실재하기 때문이다. 그럼에도 극약 처방이 과연 질병을 넘어설지는 의문이다. 우리를 속박하거나 죽여서 우리의 자유를 제한하려는 타인의 욕망으로부터 자신을 방어하기 위해 우리는 우리의 자유를 얼마나 희생해야 할까?

과연 그 희생이 효과적인 방어책이 될까? 자유를 빼면 우리가 더 안전해질까? 그렇지 않다. 오히려 우리의 부자유만 심화될 가능성이 높다. 우리는 우리의 수호자를 자청하는 이들에게 열쇠를 넘기고, 그들은 부득이 우리의 간수가 된다. 감옥이 따로 있는 게 아니다. 자기 의지에 반해 갇혔고, 나올 수 없는 곳이라면 거기가 어디든 감옥이다. 내 운명이 전적으로 당국의 처분에 달려 있다면 더욱 그렇다. 어떤 당국인지는 상관없다. 우리가 우리 사회를 통째로 감옥으로 만들고 있는 걸까? 그렇다면 수감자는 누구이고 간수는 누구인가? 그리고 그 결정은 누가 하는가?

인류는 아주 오래전부터 자유와 부자유의 경계를 탐색해왔다. 한때는 자유를 대체하는 것이 구속이 아니라 죽음이었다. 수렵채집인으로 보낸 수만 년 동안 우리에겐 비밀번호도 감옥도 없었다. 사람들은 작게 무리 지어 살면서 모두가 서로를 뻔히 알았고, 낯선 사람은 곧 혐의자였다. 감옥으로 쓸 건물 자체가 없었기에 감옥에 갇히는 사람도 없었다. 만약 누군가가 무리에 위협이 될 경우, 예를 들어 누군가가 광기에 사로잡혀 식인 욕구를 드러내는 경우, 과거에는 피해를 막기 위해 그를 죽이는 것이 무리의 의무였다면 지금은 그를 가두는 것이 사회의 의무다. 감금이라는 처벌 수단을 동반한 사법제도는 일단 영속적 건축물을 전제한다. 지하 감옥이 없다면 누군가를 감옥에 처넣을 수도 없다.

농경의 도래 이후 자유를 대체할 것은 죽음이 아니라 노예화가 됐다. 이제는 집단에 위협적인 사람들을 죽이는 것보다 노예로 삼아 부리는 것이 더 바람직해졌다. 노예들에게 땅을 갈게 하면 잉여 식량을 생산해서 부를 축적할 수 있었다. 호메로스의 서사시에서 트로이전쟁의 남자 포로들은 절벽 아래로 던져졌지만 고대 이스라엘의 영웅 삼손은 두 눈이 뽑힌 뒤 당나귀처럼 방아를 돌리는 노예가 됐다.

노예의 수익성이 인정되자 자연히 수요공급의 법칙에 따라 노예시장이 번성했다. 이제 사람들은 전쟁에서 패한 편에 있을 때는 물론이고, 자칫 엉뚱한 때에 엉뚱한 곳에 있어도 노예가 될 수 있었다. 예를 들어 재수 없이 길에서 노예 약탈자 무리를 만났을 경우.

중세에는 지배계급 누구나 성을 원했고, 모든 성에는 지하 감옥이 있었다. 어둡고, 음침하고, 춥고, 절망적이고, 쥐가 들끓는 지하 감옥. 어쨌든 영화 속 이미지는 그렇다. 지하 감옥은 지위의 상징이었다. 세도깨나 부리는 사람이라면 지하 감옥이 있었다. 그 용도는 다양했다. 마녀들을 화형식 때까지 잡아두기도 했고, 범법자들에게 쇠고랑을 채워놓기도 했다. 후자의 경우는 바로 교수형에 처하는 게 더 경제적이긴 했지만 어쨌든 그랬다. 왕좌를 다투는 정적을 반역자로 몰아 목을 치고 싶을 때도 증거를 충분히 조작하는 동안 일단 거기에 구금했다. 지하 감옥은 부를 축적하는 데도 요긴한 수단이었다. 외국 귀족을 억류하면 몸값 수익이 짭짤했다. 거래는 간단했다. 지하 감옥을 소유한 자가 현금을 두둑이 받아내면 포로는 자유를 얻는다. 반대 버전도 있다. 눈엣가시인 정적을 격리할 목적으로 외국의 지하 감옥 소유자에게 돈을 지불하기도 했다.

이런 식으로 수백 년이 이어졌고 근대까지 왔다. 19세기에 이르러 자유와 부자유가 오늘날의 형태를 띠기 시작했다. 그에 앞서 '자유'의 개념이 18세기 계몽주의 시대에 구체화됐다. 미국독립전쟁• 시기의 농

• 영국과 북미의 열세 개 식민지 사이에 1775년부터 1783년까지 벌어진 전쟁. 전쟁의 결과 열세 개 식민지가 미국이라는 이름으로 독립했다.

민은 억압받지 않을 자유를 위해 투쟁한다고 생각했겠지만, 사실상 그들은 영국에 세금을 내지 않을 자유를 위해 싸우고 있었다. 프랑스 혁명가들은 처음에는 자유, 평등, 박애의 기치를 내걸었다. 귀족의 억압에서 벗어나는 것을 포함하는 숭고한 이념이었다. 하지만 단기적으로 혁명은 낭패로 돌아갔고, 수천 개의 잘린 머리와 독재자 나폴레옹을 낳았다.

하지만 일단 낭만주의 화신 바이런(George Gordon Byron)이 자유를 노래하자 이젠 되돌릴 방법이 없어졌다. 즉 사상으로서의 자유가 아예 자리 잡았다. 바이런의 서사시 「시용의 죄수(Prisoner of Chillon)」가 낭만적인 이유는 자유를 빼앗긴 사람을 읊었기 때문이다. 1789년 영국 군함 바운티호에서 선상 반란을 일으킨 플레처 크리스천은 바이런의 시에서는 폭정에 항거하고 자유를 외친 인물로 나온다. 바이런 자신도 정치적 자유를 되찾기 위해 오스만제국에 대항해 독립진쟁을 일으킨 그리스 편에서 싸우다가 목숨을 잃었다. 19세기와 20세기 혁명가들이 흔들던 깃발에는 '신과 나의 권리'• 대신 '자유'가 새겨졌다. 예컨대 미국 남부 노예의 노예제로부터의 자유, 남미인의 에스파냐로부터의 자유, 러시아인의 차르 압제로부터의 자유, 노동자들의 자본주의 착취로부터의 자유, 여성의 가부장제로부터의 자유. 가부장제는 여성에게 어린아이의 권리만을 허용하면서 어른의 의무를 부과했다. 그리고 마침내 나치즘과 철의 장막으로부터의 자유.

글쓰기의 자유, 출판의 자유, 표현의 자유는 아직도 많은 나라에서 얻

• Dieu et mon droit, 영국 왕가의 문장에 적힌 문구.

지 못한 자유이며, 이를 위한 투쟁이 지금도 많은 순교자를 내고 있다.

수많은 사람들이 자유를 위해 기꺼이 목숨을 바쳤다. 이렇게 어렵게 얻어낸 자유를 어째서 여러 서방국가의 시민들은 찍소리 없이 때로는 기꺼이 포기했던 걸까? 대개는 공포 때문이다. 그리고 공포는 여러 형태를 취한다. 때로는 그것이 급여를 못 받을지 모른다는 공포로 귀결된다. 기차가 제시간에 다니고 내 일자리가 보장되는 한, 어딘가에서 누군가가 '엄지 매달기' 고문을 당하고 있다 해서 법석을 떨 이유가 있을까?

그렇게 '엄지 매달기' 고문이 본격화하면 다른 종류의 공포가 자리 잡는다. 엄지손가락을 보전할 유일한 방법은 개구리 연못의 수면 아래에 납죽 엎드려 있는 것이다. 괜히 머리를 들거나 크게 울어대는 건 금물이다. 우리는 아무런 '허튼짓'도 하지 않으면 어떠한 나쁜 일도 일어나지 않을 것으로 믿는다. 하지만 '허튼짓'은 매우 유동적인 범주다.

나쁜 일은 결국 일어난다.

하지만 그때쯤에는 이미 자유언론에는 재갈이 물려 있고, 독립적 사법부는 전부 해체돼 있고, 독립적 작가·가수·예술가도 남김없이 진압돼 있을 것이므로 우리를 방어해줄 거라곤 전혀 남아 있지 않을 것이다. 지금 우리가 알아야 할 한 가지가 있다면 바로 이것이다. 아무 책임감도, 견제 장치도, 균형 감각도 없는 전제주의 체제는 가공할 권력 남용을 만들어낸다. 이는 예외 없는 법칙이다.

하지만 지금은 이것들도 모두 구식이 됐다. 브루탈리즘, 거들먹대는 독재자들, 대대적 병력 과시, 노골적인 유니폼들. 모두 20세기 중반을 떠올리게 한다. 현대 서방세계 정부들의 시민 통제는 훨씬 은밀하고 불분명한 방식으로 이루어진다. 군홧발보다는 장화 발이다. 지금의 정치 지도자들은 식별 태그, 바코드, 인식 번호, 분류, 기록 같은 기업형 축산업의 기법들을 우리에게 적용한다. 거기에는 물론 개체 수 조절도 포함된다.

여기서 감옥 시스템으로 돌아가보자. 이상주의가 단명하고 사라진 감옥은 더 이상 범법자가 갱생하는 교화소도, 회개하는 근신소도 아니다. 그저 사람들을 보이지 않게 치워두는 창고가 됐다. 심지어 영리 관점에서 보면 더 많은 범법자를 양산하는 장치가 됐다. 감옥 정원을 꽉꽉 채우고 비용은 납세자들에게 뜯어내는 것이 한결 이익이다.

미국에서는 젊은 흑인 남성들이, 캐나다에서는 젊은 원주민 남성들이 감옥의 인구학적 구성에서 주류를 이룬다. 우리에게 이보다 더 효과적이고 비용 면에서 효율적인 범죄 억제책은 없는 걸까? 교육 기회 확대나 일자리 창출이 더 낫지 않을까? 하지만 기득권의 심중에는 다른 계획이 있을지 모른다. 공포의 대상을 만들어내고 그들이 우리 사이를 활개 치고 다니게 함으로써, 어떤 비용을 들여서라도 저들을 잡아 가두는 것이 낫겠다는 여론을 일으키는 것. 이것이 기득권에게는 더 유리할지도 모른다.

디지털 기술 덕분에 사람들을 영리 목적으로 사육하는 가축처럼 취급하는 것이 어느 때보다 쉬워졌다. 이제 신용카드 없이는 차를 빌리거나 호텔 방을 잡거나 물건을 살 수 없다. 신용카드는 움직이는 족족 디지털 흔적을 남긴다. 우리는 사회보장카드•, 건강보험증, 운전면허

• social security card, 시민의 개인 식별 시스템이라는 차원에서 우리의 주민등록증에 해당한다.

증, 은행 카드, 수많은 패스워드 없이는 개체로서 인정받지 못한다. 우리에게는 '신원'이 필요하고, 그 신원은 디지털 방식으로 증명된다. 사용자의 번호와 암호 즉 사용자 인식 데이터는 모두 비공개여야 한다. 하지만 지금쯤 모두 알다시피 디지털 세계는 체처럼 줄줄 새고 있고, 인터넷 보안은 다음번 조직적 해커나 내부 데이터 도둑이 등판하기 전까지만 유효하다. 러시아 정부가 기밀문서에 다시 타자기를 사용하는 데는 다 이유가 있다. 보안 구역에서 서류 더미를 이고 지고 달아나는 것이 메모리스틱을 밀반출하는 것보다 훨씬 어렵기 때문이다.

그럼 어떻게 해야 할까? 윌리엄 깁슨의 '뉴로맨서' 3부작의 시민에게는 지금의 우리처럼 인식표가 붙어 있다. 그런데 일부는 공식 기록이 없는 상태로 용케 감시망을 피해 존재한다. 어떻게? 둘 중 하나다. 있던 기록을 지웠거나 바꿨거나. 아니면 애초에 기록이 생기지 않도록 피했거나. 하지만 사회가 요구하는 신원 없이 살려면 뛰어난 민첩성과 엄청난 생존 기술을 보유해야 한다. 다리 밑에서 사는 것은 가능해도 집에서 사는 것은 불가능하다.

우리 대부분은 이중으로 부자유하다. 우리의 '할 자유'는 승인과 감독을 받아야 하는 것들에 한정돼 있고, 우리의 '하지 않을 자유'는 우리를 죽음으로 내몰 많은 것들로부터 우리를 보호하지 못한다. 욕조는 시작에 불과하다. 대기와 물에 퍼진 유독성 화학물질에서 벗어날 자유? 홍수와 가뭄과 기근을 겪지 않을 자유? 결함 있는 자동차로부터 무사할 자유? 매년 수십만 명의 목숨을 앗아 가는 잘못된 약물 처방을 받지 않을 자유? 기대하기 어렵다.

하지만 나쁘기만 한 건 아니다. 모든 기술은 양날의 도구다. 데이터가 새는 구멍들로 가득한 인터넷도 말은 일사천리로 전파한다. 덕분에 전보다 권력 남용을 밝히기가 쉬워졌고, 청원에 동의하고 항의의 목소리를 내기가 쉬워졌다. 물론 그 자유도 양면적이다. 내가 서명한 탄원이 내 정부가 나를 공격하는 증거로 이용될 수 있다.

이솝우화 중에 왕을 원했던 개구리 이야기가 있다. 신은 왕을 내려달라고 청하는 개구리들에게 통나무 하나를 던져주었다. 통나무는 물에 둥둥 떠다닐 뿐 아무것도 하지 않았다. 개구리들은 한동안은 만족했지만 이내 불평을 늘어놓으며 더 활동적인 통치자를 보내달라고 했다. 귀찮아진 신은 그들에게 황새를 보냈고, 황새는 개구리들을 몽땅 먹어치웠다.

우리의 문제는 서방세계 정부들이 점점 통나무 왕과 황새 왕을 합친 불쾌한 조합이 되어가고 있다는 것이다. 사찰하고 통제할 자유를 행사하는 데는 능하고, 시민에게 이전에 누렸던 자유를 허용하는 데는 서툰 정부. 보안법을 고안하는 데는 능하지만 그 부작용에서 우리를 보호하는 데는 서툰 정부. 그 부작용에는 없는 문제도 있다고 하는 긍정 오류도 포함된다. "당신이 첩자가 아니라는 증거를 대봐." 내 정체를 정하는 사람은 누구인가? 누구라도 내 데이터를 바꿀 수 있는 사람.

디지털 기술이 삶을 엄청 편하게 만들어준 것은 사실이다. 일단 클릭하라, 그리하면 얻으리라. 하지만 이제는 우리가 그동안 할양했던 영토를 일부라도 탈환해야 할 때가 아닐까? 블라인드를 내리고, 염탐을 차단하고, 사생활 개념을 복구할 때. 오프라인으로 전환할 때.

먼저 나설 사람? 맞다. 그럴 줄 알았다. 쉽지 않은 일이다.

단추냐 리본이냐, 그것이 문제로다

›››‹‹‹

(2015)

등장인물에게 음식을 먹이는 소설가가 있는가 하면 그렇지 않은 소설가도 있다. 가령 디킨스는 호사스러운 연회에 탐닉하고, 대실 해밋(Dashiell Hammett)은 술만 허용한다. 어떤 소설가는 가구나 그림이나 건축에 집착하고, 다른 소설가는 그건 무시하는 대신 악기나 꽃꽂이나 개들에 열중한다. 반려동물과 메뉴, 욕조와 커튼, 건물과 정원 모두 소유자의 정신을 반영한다. 적어도 책에서는 그렇다.

옷도 마찬가지다. 어떤 작가에게 모자는 그저 모자일 뿐 더 이상의 의미가 없지만, 다른 작가는 장갑 하나, 깃털 하나, 핸드백 하나에도 심오한 의미를 부여한다. 의상을 뺀 헨리 제임스, 특히 연보라색 장갑의 여성들이 없는 헨리 제임스는 상상할 수 없다. 마찬가지로 구두와 우단 소매에서 단서를 찾지 않는 셜록 홈스도 없다.

나는 소설을 읽을 때 옷에 주목한다. 누군가 드레스를 입었다면 무은 색인지 알고 싶다. 이건 시작에 불과하다. 첨단 패션인가, 구닥다리인가? 섹시하게 가슴골을 드러낸 옷인가, 조신하게 리본을 턱 밑까지 묶은 옷인가? 그 밑에는 무엇을 입었을까? 슈미즈? 슬립? 크리놀린?• 고래수염으로 만든 코르셋? 경우에 맞지 않게 과하게 차려입었나? 혹시 여자 옷을 입은 남자는 아닐까? 만약 그렇다면 티가 나는가? 어쨌거나 이 드레스가 여자에게 또는 남자에게 매력을 더하는가, 아니면 짜증을 유발하는가? 아니면 독자에게 웃음을 주는가? 구두는 어떤가?

무엇보다 중요한 것은, 시대 고증이 정확한가? 신부들이 검은색을 가장 선호하던 시대에 갑자기 흰색 웨딩드레스를 입은 여성이 등장하면 의상에 민감한 독자는 깊이 상처받는다. "이때는 양방향 스트레칭 거들이 아직 발명되지 않았던 때란 말이야!" 독자들은 외친다. 그러고는 저자에게 조롱하는 편지를 쓴다. 소설의 착장 실수와 고증 실패를 힐난하는 데 주력하는 웹사이트도 많다. "이 멍청이가 버슬 스커트를 페플럼 스커트랑 헷갈려!" 그들은 참지 않는다.

나도 이런 투의 편지를 보낼까 고려했던 적이 있다. 하지만 실제로 보낸 적은 없다. 받은 적은 분명히 있다. 사실 기성복보다는 버터 제조법에 대한 지적이 많았다. 하지만 종류는 달라도 적용되는 원칙은 같다.

나는 소설 속 의상을 깐깐하게 따진다. 무엇이 이런 집착을 낳았을까? 옷이 많지 않았던 성장기 탓이라고 본다. 그때는 전쟁 때라 옷감이 귀했다. 당시의 잡지를 검색해보면 칼라를 뒤집어 달거나 옷단에 빳빳한 리크랙 리본을 대는 등, 낡은 블라우스를 새것처럼 만드는 기법들

• crinoline, 스커트를 부풀어 보이게 하는 버팀대.

을 다룬 기사가 많다. 옷감 선택의 기준은 아름다움이 아니라 견고함이었다. 무조건 오래가야 했다. 자연히 옷감은 두껍고 거칠었다.

내 경우는 예쁜 옷이 더욱 드물었다. 내가 어렸을 때 우리 가족은 한 해의 반 이상을 캐나다 북방 수림 지대에서 보냈기 때문이다. 거기서는 치마를 입는 것도 바보짓이었다. 나는 갈색과 고동색이 주를 이루는 오빠의 옷을 물려받아 입었다. 도시에서 지낼 때는 당시의 두툼하고 불편한 체크무늬 치마, 보풀이 잔뜩 일어난 니트 카디건, 더운 날 입는 원피스 두 벌로 때웠다. 뭐가 더 필요해? 하나는 빨고, 하나는 입으면 되지. 이것이 어머니의 논리였다. 어머니는 옷 쇼핑을 싫어해서 피할 수 있는 한 피했다.

나는 어머니와 달랐다. 나는 유혹에 약했다. 세상에는 생일 파티가 있었다. 거기서는 아이들이 러플과 리본으로 카스티야 왕녀처럼 꾸미고 모였다. 또 세상에는 동화도 있었다. 거기서는 의상이 플롯에 핵심적 역할을 했다. 우리는 신데렐라가 누더기 변장을 벗어 던지고 다이아몬드로 수놓은 드레스의 도움을 받아 자신의 멋진 내적 정체를 드러내며 그간의 박해자들을 이겨먹는 장면에서 환호했다. 우리는 여전히 그 장면에 환호한다. 필요한 게 그거였어? 드레스? 요정 대모들을 불러줘요!

동시에 나는 종이 인형의 세계를 통해 할리우드의 화려한 삶을 접했다. 당시 종이 인형 중에는 베로니카 레이크 같은 1940년대 영화배우를 모티프로 삼은 것들이 많았다. 스타들에게는 옷이 많았다. 쇼핑할 때 입는 맵시 있는 정장과 그에 걸맞는 모자, 오후의 사교 행사를 위한 화려한 드레스, 작은 베일이 달린 모자와 어울리는 칵테일드레스(나는 칵테일이 뭔지는 몰라도 칵테일드레스가 뭔지는 알았다), 원피스 수영복, 수영장에서 나와 일광욕 의자에 누워 시원한 음료를 마실 때 쓰는 거대한 햇빛 차단용 모자. 스타들은 때로 테니스도 쳤지만, 나랑 놀 때는 자주 하지 않았다. 테니스복은 지루했기 때문이다. 하지만 저녁 모임에는 빼놓지 않고 갔다. 반짝이는 바이어스컷 이브닝드레스를 입고, 팔꿈치까지 올라오는 긴 장갑을 낀 그들은 그림같이 예뻤다. 장갑은 종이 탭을 접어서 인형에 고정시키기가 쉽지 않았다. 하지만 꼭 필요했다. 만일의 경우 풀로 인형에다 붙일 수 있지만, 그러면 도로 떼어내기 힘들었다. 부주의하게 팔이 떨어진 인형들이 속출했다.

영화배우들이 저녁 모임에 도착한 다음 무엇을 하는지는 몰랐다. 다만 무엇을 하든 그녀들에게는 에스코트하는 남자가 필요했다. 남자 인형에는 처음부터 내의가 단단히 그려져 있었고, 속옷 위로 성기의 암시는 전혀 없었고, 딸려 있는 옷도 한정적이었다. 검은색 연미복, 평범한 정장 두어 벌, 그리고 몇몇 초라한 스포츠웨어. 다시 말해 남자 인형은 옷을 입히는 재미가 없었다. 프랭크 시내트라에게서 노래를 빼고 프레드 애스테어에게서 춤을 빼면 뭐가 남겠는가? 그저 똑같은 실크해트를 쓴 똑같이 생긴 남자들일 뿐이다. 남자들은 훗날 로큰롤과 히피가 등장할 때까지 18세기의 공작새 시대로 돌아가지 못했다. 하지만 그때는 이미 나의 종이 인형 시절이 훌쩍 지나가버린 뒤였다.

1950년대로 접어들면서 디올의 뉴룩(New Look)이 패션을 장악했다. 이 패션은 '여성성의 회귀'를 내세웠다. 각진 어깨 패드가 특징이었던 실용적이고 진지한 트위드 정장은 가고, 크리놀린으로 종처럼 부풀린 치마와 튤처럼 얇고 하늘하늘한 직물이 그 자리를 대신했다. '앙증맞다(dainty)'라는 말이 자주 쓰였고, 단추와 리본에 대한 노래가 유행했고, 남자들이 전쟁에서 돌아왔고, 여자들은 그들을 위해 일자리를 내줘야 했고, 베이비붐이 시작됐다.

이 시절의 나는 재봉틀로 옷을 직접 만들어 입었다. 내 세대의 대다수가 그랬다. 우리는 아이를 봐주고 모은 돈을 옷에 썼다. 직접 재봉질을 한 이유는 그편이 싸게 먹히기도 했지만 그래야 남들과 똑같지 않게 입을 수 있어서였다. 당시에는 선택의 폭이 좁았다. 옷 만들기는 성공할 때도 실패할 때도 있었다. 내 디자인 콘셉트 중 몇몇은 나보다 충실히 사회화된 여자애들은 떠올리기 힘든 독창성을 뽐냈다. (당시 토론토에서 '독창적'은 '요상한'과 동의어였고, '다르다'는 비난이었다.) 정말로 무명천을 주황색으로 염색해서, 거기다 리놀륨 판화로 삼엽충 무늬를 찍어서, 그걸로 던들 스커트를 만들어 입었느냐고? 그랬다. 학교 친구들 중에 그걸 기괴하게 생각한 애들은 없었느냐고? 왜 없었겠는가.

1956년은 어깨끈 없는 야회복이 대유행하던 때였다. 그런 드레스는 내장 와이어로 모양이 잡혀 있어서 안에 누가 들어가든 가슴 부분이 툭 튀어나왔다. 돌발 사고의 여지가 다분했다. 다시 말해 너무 격렬한 로큰롤은 가슴 노출을 야기할 수 있었다. 또한 드레스가 몸에 딱 맞지 않으면 드레스 안에서 몸만 빙글 돌아가 와이어 가슴이 등판이 될 수도 있었다. 내 친구에게 실제로 일어났던 일이다. 최악은 드레스와 나 사이에 공백이 생기는 것이다. 내 배우자에게 들은 일화가 있다. 다른 커플과 더블데이트를 할 때였는데, 남자애가 자동차에 숨겨놓은 위스키를 너무 많이 마셨고, 결국 그날 밤 댄스파티가 끝나고 요기하러 간 레스토랑에서 자기 파트너의 '공백'에다 토했다. 여자애의 눈물과 남자애의 신음으로 엉망이 된 밤이었고, 싹트던 로맨스는 엎어졌다.

나는 어깨끈 없는 드레스는 만들 생각도 하지 않았다. 나는 내 한계를 알고 있었다. 하지만 모조 진주를 박은 보디스에 분홍색 튤을 붙인 드레스를 만든 적은 있다. 드레스는 펑퍼짐했지만 그런대로 괜찮았고, 내 여동생의 말에 따르면 청소용 천으로 제2의 삶도 꽤 오래 누렸다고 한다. 어머니는 직물과 관련된 일에는 무덤덤했다. 우리가 어머니의 1930년대 커트벨벳 이브닝드레스를 입고 놀면서 옷을 망치든 말든 신경 쓰지 않았다. 어떻게 그럴 수 있었을까!

이쯤에서 내 소설 속 인물들의 복장에 대해 얘기해보자. 복장 설정에는 언제나 조사가 필요하다. 최근의 이야기라면 조사할 것이 상대적으로 적지만 그래도 대조 검토는 필수다. 이에 비해 미래 이야기를 쓸 때는 선택이 열려 있다고 볼 수 있다. 하지만 이 경우에도 복장이 맥락에 맞아떨어져야 한다. 올더스 헉슬리의 『멋진 신세계』 속 지피카믹닉스•나 오웰의 『1984』에 나오는 청소년 반성연맹(Anti-Sex League)의 진홍색 허리띠를 잊을 사람이 있을까?

과거는 타국이다.•• 그곳의 옷은 시간 속에 얼어붙어 있다. 먼 과거로 갈수록 조사할 것들이 늘어난다. 어디서부터 시작할까? 20세기 초의 경우 잡지와 우편 주문용 카탈로그가 매우 유용한 자료다. 신문도 쓸모 있다. 특히 사교란에는 결혼식이나 축하연에 참석한 유명 인사들

• Zippicamiknicks, 여성용 원피스형 속옷.

•• 영국 작가 레슬리 하틀리(Leslie Poles Hartley)의 소설 『중개자(*The Go-Between*)』의 첫 문장 "과거는 타국이다. 그곳에서 사람들은 다르게 산다(The past is a foreign country; they do things differently there)"를 인용한 표현.

의 착장을 일일이 설명해놓았다. (똑같이 유명인들이 참석해도 장례식의 경우는 예외다.) 패턴 북과 옛날 사진도 유용하다. 때로는 사진보다 그림이 자료로 더 효과적일 때도 있다. 부유층이 부와 위상을 뽐내는 수단으로 초상화가 유행하던 시절, 사람들은 자신의 호화로운 옷과 보석이 그림에 더없이 세밀하게 담기기를 원했다.

『그레이스』는 19세기 중반 캐나다 킹스턴 교도소를 배경으로 한다. 이를 위해 나와 내 조사원들은 패션 화보집과 기록들을 샅샅이 뒤지는 한편 기록물 보관소의 자문을 구했다. 당시 여자들은 눈 오는 겨울에 어떤 부츠를 신었는가? 그때 붉은 플란넬 페티코트가 있었는가? 교도소 죄수복은 어땠나? 파란색과 흰색 줄무늬가 들어가 있다는 것을 결국 알아냈는데, 알아내기까지 사료를 엄청 파헤쳐야 했다.

19세기에는 여자들이 옷차림에 너무 신경 쓰면 선행에 힘쓰지 않고 경박하게 군다는 훈계가 따랐다. 하지만 얼마나 신경을 쓰는 게 너무 신경을 쓰는 걸까? 지체 높은 여성은 품위 유지를 위해 얼마간 신경을 쓰지 않을 수 없었다. 영국에서는 점잖은 부인들이 애스콧 경마장에 가서 세련된 고급 매춘부들을 보고 그들의 차림을 따라 입었다. 미국 소설가 이디스 워턴(Edith Wharton)에 따르면 뉴욕의 귀부인들은 파리에서 드레스를 사들인 다음 유행을 밝히는 여자로 보이지 않으려고 일부러 한 시즌 묵혔다가 입었다. 무엇을 입느냐에 따라 평판이 올라갈 수도 떨어질 수도 있었다.

더욱이 옛날에는 복장 때문에 목이 날아갈 수도 있었다. 성경 시대에는 노예가 베일을 쓰면 사형이었다. 하느님이 단지 무화과나무잎과 모피 옷에만 관심이 있었던 건 아니다. 하느님은 남녀 간 복장 도착을 좋아하지 않았다. 술을 다는 위치와 모직과 리넨의 혼방 비율에도 관심이 있었다. 이 점에서 하느님과 1956년의 우리 가정 선생님은 공통점이 많았다.

치장은 인간의 아주 오래된 관심사다. 문신에서 가발과 귀걸이, 버슬 엉덩이와 빅토리아 시크릿까지 우리는 먼 옛날부터 우리 몸을 장식해왔다. 복장이 그 사람을 말해주진 않아도, 그 사람이 자신을 어떻게 생각하는지에 대한 유용한 힌트는 될 수 있다. 소설에서 이는 지극히 중요하다. 우리가 셜록 홈스를 사랑하는 것이 그의 추리력 때문만은 아니다. 그의 사냥 모자 때문이기도 하다.

혹시 여러분도 이런 디테일에 집착하는가? 당당해져도 좋다. 그래서 만약 내가 양방향 스트레칭 거들에 대해 실수하면, 모쪼록 내게 힐난의 편지를 보내주기 바란다.

가브리엘 루아

아홉 부분으로 논함

(2016)

1. 서론

나는 열여섯 살 때 가브리엘 루아(Gabrielle Roy)의 작품을 처음 읽었다. 1956년이었고, 나는 토론토 교외 어느 고등학교의 졸업반이었다.

제2차 세계대전이 끝난 지 10년밖에 되지 않았지만, 우리에게는 이미 아득한 역사처럼 느껴졌다. 홀로코스트를 포함해 그 전쟁에 관한 많은 것들이 의도적으로 묻혔다. 냉전 체제가 시작됐다. 서독은 이제 서방의 동맹국이었고, 눈치껏 대해야 할 상대였다. 반면 전시에 연합국이었던 소련은 이제 적이었고, 미소 짓는 스탈린 아저씨는 사악한 빅 브라더가 됐다. 전시의 사고방식과 문화 요소들은 배급 기록부와 함께 무더기로 폐기됐다. 전후 경제 호황으로 소비재 산업이 화산 폭발처럼 일어났다.

1950년대 초, 가정의 행복을 선전하는 이미지가 성행했다. 여성을 산업 현장에서 몰아내고 그 자리를 전쟁에서 돌아온 남자들에게 내주기 위해서였다. 베이비붐이 본격화했고, 기업 광고주와 정치인들이 합심해서 네 자녀, 자동 식기세척기, 교외의 복층 주택을 시대의 이상으로 밀었다. 시몬 드 보부아르의 『제2의 성』이 1949년에 출판되고 1953년에 번역됐지만, 제2세대 페미니즘은 아직 어디에도 보이지 않던 때였다. 적어도 나 같은 고등학생들에게는 보이지 않았다. (보부아르의 책은 1963년 베티 프리던의 『여성성의 신화』가 나오기 전까지 우리 세대에게 흡인력을 갖지 못했다. 더구나 우리는 이 책들을 우리 자신이 아니라 어머니와 할머니 세대의 이야기로 느꼈다.)

우리 또래의 남자애들도 고통받는 재향군인 세대가 아니었다. 군복을 벗고 회색 양복의 월급쟁이가 된 윗세대 남자들은 전쟁의 아드레날린이 끊어진 후유증에 시달렸다. 이미 그들은 역시 참전 용사였던 휴 헤프너의 유인작전에 넘어가 교외의 집과 아내를 떠나 플레이보이 버니랜드로 유입되고 있었다.

이에 비해 우리 세대, 즉 1950년대의 10대들은 이른바 '초기 베티와 베로니카• 시대'로 흘러드는 중이었다. 아치 코믹스가 그리는 현실이 그나마 우리가 우리 것으로 느끼는 현실이었다. 노처녀 선생들, 웃기는 대머리 교장, 소녀들은 브라우니를 굽고 소년들은 냠냠대며 배를 문지르는 가정 시간. 섹스는 아치의 머리 위에 그려진 하트가 대신했다. 표현은 거기까지였다. 사랑과 결혼이 마차와 말처럼 함께 가던 시대였다.

• Betty and Veronica, 미국 만화 출판사 아치 코믹스(Archie Comics)의 만화 시리즈. 대비되는 성격의 두 소녀가 아치라는 소년을 두고 경쟁하는 삼각관계의 전형을 보여주며, 여성 캐릭터를 두 부류로 유형화하는 경향을 대변한다. 삼각관계의 대결 구도를 부르는 표현으로도 쓰인다.

아직 누구도 말에게는 의견을 물어볼 생각을 하지 않던 때였다.

한편 더 넓은 세상에서는 원자폭탄에 의한 절멸의 공포가 우리 머리 위를 음산하게 맴돌았고, 매카시즘이 사회복지나 노동자 권리를 입에 올리는 것을 반역적 공산주의 선동으로 만들었다. 헝가리혁명이 소련의 탱크에 의해 진압되는 것을 보며 우리 모두 공산주의가 얼마나 흉포한 것인지 실감할 수 있었다. 1930~1940년대에 대유행했던 구호들은 이때쯤 싹 들어갔다. '노동계급'이나 심지어 '세계 평화'를 언급만 해도 의심의 눈초리가 따라붙었다. B급 영화의 세계에서는 화성인이 지구를 침공하고 우리 뇌를 장악해서 동료 시민에게 해코지하게 하는 내용이 인기였다. 바깥은 이처럼 공산주의자가 들끓고, 내부라고 다르지 않다는 암시였다. 그들은 어디에나 있었다.

이러니 1945년에 나온 가브리엘 루아의 명저 『싸구려 행복』이 1950년대의 예민한 교육자들에게 얼마나 불온하게 비쳤을까. 1947년 미국판은 권두 면지부터 '노동계급'을 냅다 언급했고, 무엇보다 소설이 사회경제적 불평등을 집중 조명했으며, '공정사회'를 기다리는 이상주의자 캐릭터도 등장했다. 루아 이후 이런 구호가 이처럼 눈에 띄는 자리에 등장한 것은 1968년 자유당 당수 피에르 트뤼도(Pierre Trudeau)가 총리에 집권한 다음이었다. (소득 균등화와 일자리 창출 테마들이 다시 각광받는 오늘날 돌이켜 생각하면 묘한 일이지만, 어쨌든 모두가 겁쟁이였던 1950년대에는 상황이 그랬다.)

2. 마담 비아체크에게 가브리엘 루아를 배우다

가브리엘 루아의 작품 가운데 막상 우리의 고등학교 커리큘럼에 들어간 작품은 『싸구려 행복』이 아니라 『작은 쇠물닭(*La Petite Poule d'Eau*)』이었다. 아무래도 당시의 냉전 정세 때문이었다.

루아의 소설은 불문학 기말고사의 지정 도서 중 하나였고, 기말고사 점수는 대학 진학 여부에 지대한 영향을 미쳤다. 우리는 깐깐한 선생님 마담 비아체크의 지도하에 단어 하나하나까지 들이팠다. 성에서 알 수 있듯 마담 비아체크는 프랑스인도 퀘벡인도 아니었다. 그녀는 폴란드인이었다. 당시 교육받은 폴란드인들에게는 프랑스어가 제2언어였다.

말하자면 이렇다. 캐나다의 영어권 학생들이 교실 가득 모여서, 매니토바 태생의 프랑스어권 작가가 쓴 책을 교재로 삼아서, 나치 독일과 러시아의 침략을 피해 캐나다로 이주한 후 우여곡절 끝에 토론토 교외의 심심한 중산층 동네에 정착한 폴란드인 여성의 가르침 아래 비록 발음은 엉망이었지만 즐겁게 프랑스어를 공부했다.

우리에게 임박한 것은 나치 돌격대나 소련 공산당의 침공이 아니라 금요일 밤의 로큰롤 파티였다. 우리는 불가리아인 독일어 교사와 트리니다드 출신 인도계 라틴어 교사가 감독하는 가운데 체육관을 떼 지어 점령하고 앞뒤로 흔들고 좌우로 굴렀다. 캐나다에서 학생과 교사의 인종 다양성은 별난 일이 아니었다. 우리 고등학교만 해도 스코틀랜드의 후예를 자부했지만 학생 중 일부는 중국인이었고 얼마간은 아르메니아인이었다. 이런 대중없는 혼합이야말로 지극히 캐나다적인 것이었고, 가브리엘 루아가 충실히 포착한 것이었다. 루아는 특정 인간 집단에 대한 지역적·사회학적 탐구가 유행하기 훨씬 전부터 캐나다인의 삶을 탐구했고, 그녀가 탐구한 삶의 면면 중 하나가 바로 인종 다양성이었다.

하지만 우리가 가브리엘 루아의 책에 접근한 방식은 심히 프랑스적이었다. 우리는 고전적 텍스트 해석, 즉 작품 자체에 대한 '자세히 읽기(close reading)'를 행했다. 우리는 문장구조들을 풀어내는 데 치중했고, 작가에 대해서는 파고들지 않았다. 당시에는 영문학에서도 이런 텍스트 중심 신비평(New Criticism)이 대세였고, 따라서 작가가 처했던 시대적 맥락은 분석에서 배제됐다. 가령 우리는 『캐스터브리지의 시장』에 대한 모든 것을 배웠지만 작가인 토머스 하디의 일생에 대해서는 아무것도 몰랐다(하디의 음울한 인생을 생각하면 차라리 다행이었는지도 모른다).

문학비평에서 이렇게 작가의 생애를 배제하는 것이 당시에는 일반적이었지만 지금은 매우 신기한 일이다. 특히 가브리엘 루아의 인생사가 『작은 쇠물닭』의 주인공 루지나 투지냥의 이야기만큼이나 흥미롭기에 더 그렇다. 가브리엘 루아는 누구인가? 루아가 작가가 된 과정은? 영문학이든 불문학이든 유럽 작가 일색인, 정확히 말하자면 이미 죽은 유럽 남성 작가들이 지배하는 고등학교 커리큘럼에 루아의 작품이 포함된 까닭은 무엇인가? 영문학 쪽에는 여성 작가가 두어 명 있었지만 마찬가지로 죽은 사람들이었다.

그런데 캐나다의 생존 여성 작가가 우리의 커리큘럼에 떡하니 들어가 있었다. 이 놀라운 사실조차 아무 언급 없이 지나갔다. 프랑스어 시간에 우리의 관심을 독점한 것은 공포의 받아쓰기였고, 젠더와 국적, 계급과 식민주의, 개별 작가가 처했던 삶의 정황 같은 것들은 아직 날개 아래 숨어 있었다. 이런 것들이 문학비평의 무대 위로 날아오르려면 10년은 더 있어야 했다.

이런 때에 가브리엘 루아를 선택한 미지의 현자들에게 나름의 이유가 있었을 게 분명하다. 가브리엘 루아는 어떻게 그들의 심사를 통과했을까?

3. 가브리엘 루아는 매우 유명했다

짧게 답하자면 가브리엘 루아가 워낙 유명했기 때문이다. 우리는 루아의 명성을 직접 경험하지 못했지만 루아를 선택한 교사들의 세대는 그녀의 명성에 익숙했다.

루아를 그토록 유명하게 만든 책은 첫 소설인 『싸구려 행복』이었다. 프랑스어 원본은 제2차 세계대전이 막바지에 접어들던 1945년 몬트리올에서 출판됐다. 1947년 영어 번역판이 『틴 플루트(*The Tin Flute*)』라는 제목으로 나왔고, 당시 출판계의 실세였던 미국문학조합(Literary Guild of America)이 이 책을 이달의 책으로 선정했다. 책은 일약 베스트셀러에 올랐다. 초판 판매 부수가 70만 부에 달했다. 오늘날에도 듣기 힘든 숫자다. 문학작품으로는 특히 이례적이었다. 곧이어 프랑스에서도 엄청난 성공을 거두며 캐나다 소설로는 처음으로 프랑스의 명망 있는 페미나상을 수상했고, 캐나다 총독상도 수상했다.

영화 제작 계약이 체결됐고, 책이 12개 언어로 번역됐고, 가브리엘 루아는 세계 문단의 명사로 등극했다. 유명세가 얼마나 대단했던지 루아는 언론과 팬들의 성화에 못 이겨 도망치다시피 매니토바로 돌아왔다. 루아의 성공은 캐나다 작가로는 전례 없는 규모였다. 1944년에 소설 『땅과 하늘(*Earth and High Heaven*)』을 발표해 캐나다 작가로는 최초로 『뉴욕 타임스』 베스트셀러 1위에 오른 그웨설린 그레이엄(Gwethalyn Graham)의 성공을 뛰어넘는 것이었다.

4. 어느 정도는 신데렐라 이야기

루아의 인기 중 일부는 신데렐라 스토리 같은 그녀의 인생 때문이었다. 루아는 무일푼에서 거부로 일어섰다. 하지만 루아에겐 요정 대모가 없었다. 그녀는 고초를 딛고 성공했고, 캐나다인들은 그 점에 공감했다. 그들도 고초를 겪으며 일어났기 때문이다. 더구나 문학적으로도 고초가 유행이었다. 포효하는 1920년대는 우리에게 『위대한 개츠비』 같은 부와 방탕의 이야기들을 주었지만, 더러운 1930년대는 존 스타인벡의 『분노의 포도』처럼 비참한 빈곤을 생생히 담은 책들을 낳았다. 로맨스 소설을 제외하면 소설에서 부자들이 종적을 감추고 대신 '민중'이 들어섰다. 가브리엘 루아는 작품뿐 아니라 인생마저 시대와 맞아떨어졌다.

루아는 위니펙의 프랑스어 사용 지역인 생보니파스에서 태어났다. 부모는 모두 캐나다연방 수립 후 경제 호황을 따라 매니토바주로 이주한 사람들이었다. 부친은 원래 뉴브런즈윅주의 아카디아인*이었고, 모친은 퀘벡주 출신이었다. 부친인 레옹 루아는 정치적으로 자유당원이었고, 1896년 윌프레드 로리에(Wilfred Laurier)가 이끄는 자유당이 정권을 잡자 연방정부의 이민국 직원으로 고용돼 매니토바주 외국인 이민자들의 정착을 지원했다. (하지만 루아의 부친은 정권으로 흥하고 정권으로 망한 경우였다. 1915년 총선에서 보수당이 승리하자 레옹 루아는 연금 수령에 필요한 복무 기간을 6개월 남기고 해고되고 만다.)

---

* 아카디아는 뉴브런즈윅의 프랑스 식민지 시절 명칭이다. 이곳의 프랑스계 사람들은 지금도 자신을 아카디아인이라 부르며, 퀘벡인과 구분되는 정체성을 가진다.

루아의 가족은 부유하진 않았지만, 찢어지게 가난하지도 않았다. 레옹 루아는 일자리를 잃기 전 생보니파스의 신흥 개발 지역이었던 데샹보 거리에 큰 집을 지었다. 이 집이 루아의 1955년 자전적 소설집 『데샹보 거리』[영역판의 제목은 『부자들의 거리(*Street of Riches*)』]의 공간적 중심이 됐다.

루아의 부모가 낳은 열한 명의 자녀 중 여덟 명이 살았고, 루아는 그 중 막내였다. 루아는 내 어머니의 생년과 같은 1909년에 태어났고, 마흔을 막 넘겼을 때 엄청난 명성을 얻었다. 루아가 다섯 살 때 제1차 세계대전이 발발했고, 아홉 살 때 끝났다. 그녀가 열 살이었던 1919년 스페인독감이 지구를 휩쓸어 전 세계적으로 2000만 명의 목숨을 앗아갔다. 캐나다에서도 5만 명이 죽었다. 당시 캐나다 인구가 약 830만 명이었던 것을 감안할 때 엄청난 숫자였다.

루아의 어린 시절은 천연두가 아직 치명적인 질병이던 때였다. 결핵, 디프테리아, 백일해, 홍역, 파상풍, 소아마비도 마찬가지였다. 유아 사망률도, 임산부 사망률도 높았다. 이때는 아기를 갖는 것과 아기인 것이 지금보다 위험한 일이었다는 점에 주목할 필요가 있다. 루아의 작품에서 아기들이 중요한 비중을 차지하기 때문이다.

1919년은 캐나다 노동사에서 가장 중요한 사건으로 첫손에 꼽는 위니펙 총파업이 일어난 해이기도 했다. 루아의 정치적 성향—진보주의, 평등주의, 피착취 계층에 대한 공감—은 이렇듯 그녀를 둘러싼 시대적 사건들뿐 아니라 거기에 대한 가족의 태도로부터 영향을 받아 인생 초반부터 형성된 것이었다.

루아의 가족은 프랑스어 사용자였지만, 당시의 법에 따라 루아는 이

중언어 교육을 받았다. 1870년에 매니토바 주정부가 수립됐을 때는 이중언어 체제였지만 이후 수십 년 동안 공용어로서 프랑스어의 위상이 떨어졌고, 급기야 1916년 가브리엘 루아가 일곱 살 때 주정부가 공교육에서 영어만을 공용어로 인정하는 법을 통과시켰다. (프랑스어를 사용하는 주민들은 이 조치에 깊이 분개했고, 주의 설립 원칙에 대한 중대한 배신으로 여겼다.) 하지만 루아는 12년 동안 수녀회에서 운영하는 생조제프 학교에 다녔다. 영어와 프랑스어를 모두 가르치는 학교였다. 덕분에 루아는 두 언어를 유창하게 구사했고, 영문학과 불문학 모두에 접근할 수 있었다. 미래의 소설가에게 이는 엄청난 이점이었다.

루아가 고등학교 졸업 후에 택한 진로는 당대의 젊은 여성들이 많이 택하던 길이었다. 그녀는 교사 양성 과정인 노멀 스쿨(Normal School)에 들어갔고, 시골 공립학교의 교사가 됐다. 당시에는 젊은 여성이 택할 수 있는 직업이 많지 않았다. 루아가 스무 살이었던 1929년에 시작된 대공황 시기에는 더욱 그랬다. 이후 위니펙에 있는 영어권 학교로 이직하면서 그녀는 다시 부모의 집에서 살게 됐다.

루아는 교사로 버는 돈을 모았다. 하지만 다른 여성들처럼 결혼 자금으로 모은 건 아니었다. 그녀는 배우의 꿈을 안고 유럽으로 건너갔다.

교사로 일할 때도 루아는 연극배우 활동을 병행했다. 당시 캐나다에는 세미아마추어 '소극장'이 성행했다. 루아는 몰리에르 서클(Cercle Molière)과 위니펙 소극장에서 프랑스어와 영어로 연기했다. 그녀는 연기에 열정을 두었고, 일부 비평가들의 호평에 힘입어 직업 배우가 될 수 있으리라는 희망을 품었다. 루아의 젊은 시절 사진을 보면 충분히 이해가 간다. 그녀는 1930년대 은막의 미녀 배우들처럼 높은 광대뼈와 조각 같은 이목구비를 자랑했다. 연극 활동과 동시에 루아는 글을 썼고, 그중 몇 편을 지역 간행물 또는 전국 간행물에 발표했다.

1937년, 루아는 떠날 준비를 마쳤다. 당시 그림, 연기, 음악, 문예 등 예술에 뜻을 둔 미국인과 캐나다인이 꿈꾸는 여정이고 수십 년 전부터 있던 관행이었다. 예술가 지망생에게는 지평을 넓힐 필요가 있었고, 당시에 그것은 유럽행을 의미했다. 유럽은 예술을 진지하게 여기는 땅이었다. 또는 그렇다는 신화가 있었다. (내가 젊은 예술가였던 1960년대 초에도 같은 풍조가 있었기 때문에 잘 안다.)

가족의 반대에도 불구하고—집에 남아 늙은 홀어머니를 돌보는 것이 미혼 딸의 도리 아냐?—루아는 결연히 유럽으로 떠났다. 그녀가 처음 도착한 곳은 파리였는데 그곳에는 겨우 두어 주 머물렀다. 내 추측으로는 그녀의 '지방' 사투리와 그로 인해 북미 프랑스어권 사람들을 향한 속물주의 때문이 아니었을까 싶다. 루아는 영국으로 건너갔다. 당시는 영국제국이 아직 건재했을 때였기에 캐나다인이 영국에 들어가는 것은 어렵지 않았다. 루아는 런던에서 매니토바의 동향인들을 포함한 젊은 국외자들과 어울렸고, 연극과가 생긴 지 막 2년 된 길드홀예술대학(Guildhall School of Music and Drama)에 등록했다.

길드홀이 영국 최고의 연극 학교는 아니었지만 그럼에도 루아에겐 벅찼던 모양이다. 그 경험이 루아처럼 열정적이고 야심 찬 사람에게 어떤 기분을 안겼을지 상상하기 쉽지 않다. 다만 캐나다의 아마추어 극단과 영국의 연극계는 천양지차였고, 배우의 나라 영국에서 연기자의 꿈을 유지하기란 쉽지 않았을 것이다. 파리와 런던이라는 당대의 문화 수도들에서 루아는 변방 출신의 한계를 빠르게 인식할 수밖에 없었다. 사실 매니토바는 변방 중에서도 변방이었다. 매니토바. 거기가 어딘데? 캐나다. 거기는 또 어디야? 내 경험상 1970년대까지도 이것이 영국 식민지였던 신흥국을 대하는 세상의 태도였다. (스코틀랜드, 아일랜드, 웨일스의 태도는 그렇지 않았지만 루아가 여행한 곳은 거기가 아니었다.)

그래서 루아는 박물관 구경과 연극 관람과 시골 여행 등 젊은 관광객이 으레 하는 일들을 하는 틈틈이 차선책에 매달렸다. 그것은 저작 활동이었다. 인생을 모방하는 재능은 무대에 설 때만큼이나 소설을 쓸 때도 유용하다. 거기다 그녀에겐 이미 글을 출판해본 경험이 있었다. 그녀는 파리의 한 유력 잡지에 세 편의 글을 내는 데 성공했다. 하지만 역설적이게도 루아가 자신의 천직이 작가라는 것을 깨닫고 성공 가능성을 확신한 곳은 영국이었다.

1939년이 됐다. 많은 사람들의 예견대로 제2차 세계대전이 임박했다. 루아는 마지막으로 프랑스를 방문했다. 이번에는 파리가 아니라 지방을 여행했다. 그리고 그해 4월 대서양을 건너 귀국길에 올랐다. 하지만 더욱 거세진 가족의 압박에도 불구하고—실컷 놀았으니 이제는 연로한 어머니를 봉양해야 하지 않겠어?—그녀는 생보니파스로 돌아가지 않았다. 대신 몬트리올에 정착해 길고 고된 무명작가의 길을 본격적으로 걷기 시작했다. 그녀의 고생은 5년 뒤 『싸구려 행복』의 대성공이라는 결과로 이어졌다.

5. 신 시티, 몬트리올

당시 몬트리올은 캐나다에서 뉴욕시에 견줄 만한 유일한 도시였다. 캐나다 금융의 중심지였고, 번화하고 세련되고 여러 언어를 쓰는 국제도시였다. 웅장한 빅토리아시대 건축물들이 A급 재즈 뮤지션들이 드나드는 휘황한 나이트클럽의 세계와 공존하는 문화의 장이었다. 그런가 하면 술이 흐르고 매춘이 성행하고 시정 부패로 얼룩진 환락의 도시이기도 했다.

이에 대면 토론토는 작은 지방 도시였다. 청교도적 분위기가 지배하는 억눌리고 경직된 곳이었다. 그곳에는 누가, 언제, 무엇을 마실지 같은 것들을 규정하는 이른바 '청색법(blue laws)'의 서슬이 퍼랬다(대개는 아무도, 어디서도 마실 수 없었다). 오타와는 캐나다의 수도였지만 심지어 토론토보다도 따분했다. 당시 밴쿠버는 작은 항구에 지나지 않았고, 핼리팩스도 마찬가지였다. 위니펙은 19세기 말 캐나다 횡단철도가 완공됨에 따라 밀과 소 같은 서부 생산물의 기착지로 발돋움하며 대도시 등극의 영예에 도전했지만, 그 영예는 오래가지 못했다. 이때 캘거리와 에드먼턴은 기찻길의 작은 역에 불과했다. 몬트리올은 달랐다. 몬트리올은 만개한 꽃이었다. 하지만 흠 없는 장미보다 곪아가는 백합에 가까웠다.

그리고 그곳에 가브리엘 루아가 있었다. 루아는 비판적 아웃사이더의 눈으로 도시를 탐색했다. 그녀는 프리랜서로 힘겹게 생계를 이었다. 같은 시기 『몬트리올 스탠더드(*Montreal Standard*)』에서 기자로 일하며 저작 활동을 겸했던 메이비스 갤런트와는 처지가 많이 달랐다. 1940년대 초 전쟁 기간에 루아는 『르 주르(*Le Jour*)』와 『라 레뷰 모데른(*La Revue Moderne*)』을 비롯한 여러 간행물에 글을 냈다. 『농업회보(*Le Bulletin des Agricultures*)』에도 기고했는데, 잡지의 이름 및 독자층과 달리 농업 전문지가 아니라 일반 대중지였다. 루아는 『농업회보』에 오늘날

'탐사 보도'라고 불릴 법한 연재물을 여러 편 썼다. 그녀는 이렇듯 다양한 잡지에 '르포르타주'—시사 문제를 다룬 논픽션—만이 아니라 개인적 감상과 논평을 담은 수필을 냈고, 뛰어난 논증 능력을 보여주는 에세이들도 기고했다.

이런 투고 활동이 루아를 도시의 내밀한 삶에, 특히 지저분하고 부도덕한 면에 눈뜨게 했다. 그녀는 몬트리올에서도 특히 하층부에 예리한 시선을 던졌고, 그곳의 비참한 밑바닥 인생들을 지근거리에서 목격했다. 그녀도 나름대로 수수한 환경에서 자랐다. 하지만 도시의 슬럼에서 살아본 적은 없었다. 그녀의 가족도 아버지가 세상을 떠난 후 내핍 생활을 경험하긴 했지만, 이곳에서 목격하는 궁핍함에는 비할 바가 아니었다.

1945년 휴 매클레넌(Hugh MacLennan)의 소설 『두 개의 고독(*Two Solitudes*)』이 출간된 이후, 캐나다를 서로 소통하지 않는 두 부류—프랑스어 사용자와 영어 사용자—로 분열된 사회로 보는 관점이 유행했다. 하지만 몬트리올에는 제3의 고독이 있었다. 그것은 유대인 사회였다. 이 세 번째 집단은 머지않아 모디카이 리클러가 문학적으로 심도 있게 대변하게 된다. 루아가 첫 소설을 쓰던 당시 리클러는 생위르뱅 지역에서 자라던 10대 소년이었다. 리클러처럼 루아도 제3의 고독의 층을 알아보았다. 그녀는 부유한 특권층이 사는 웨스트마운트 바로 아래에 위치한 슬럼 지역 생탕리의 극빈을 직접 목격했다. 가난 역시 인종과 종교 못지않은 분리 인자였다. 그녀가 『싸구려 행복』에 담은 거대한 분리는 언어적 분리만이 아니었다. 그것은 계층적 분리였다.

6. 『싸구려 행복』, 그 매력과 강점

『싸구려 행복』은 전통을 과감히 탈피한 소설인 동시에 프랑스어권과 영어권 독자 모두에게 친숙한 가닥들로 엮어나간 소설이었다. 이 소설은 애국심, 신앙심, 여성의 위치, 그리고 이른바 '노동계급'의 역할 같은 통념들에 이의를 제기했다.

이 책은 시대를 앞서갔지만 독자들을 두고 갈 정도로 멀리 앞서가지는 않았다. 시대 비평은 아끼지 않았지만 등장인물들에 대한 도덕적 판단은 유보했다. 힘든 시기와 힘든 사람들을 그렸지만 때로 시선을 누그러뜨리고 약간씩의 감정이입을 허용했다.

『싸구려 행복(*Bonheur d'Occasion*)』이라는 제목은 프랑스어로 여러 겹의 의미를 갖는다. 보뇌르(bonheur)는 '행복'이다. 도카지옹(d'occasion)은 '낡은' 또는 '중고'를 뜻한다. '흥정', '운', '기회'라는 뜻도 있다. 즉 이 제목은 초라한 행복이자 요행수를 의미한다. 이는 소설의 주인공인 가난한 라카스 가족의 삶에 일어나는 결정적 사건들을 묘사하는 말이다. 그들은 아무리 작고 비루한 기회라도 운명이 접근을 허용하기만 하면 뭐든 낚아채려 발버둥 친다.

영어권 출판사들은 이 모든 의미를 쟁여 넣을 짧고 산뜻한 제목을 찾기 힘들다는 결론을 내렸다. 현명한 판단이었다. 그들이 선택한 제목은 작중에서 중요한 의미를 갖는 물건인 『틴 플루트』였다. 틴 플루트는 어린 다니엘이 몹시 가지고 싶어 하는 장난감인데, 싼 물건이지만 궁핍한 어머니에게는 그마저도 사줄 여유가 없다. 결국 다니엘은 백혈병 진단을 받고 병원에서 죽어갈 때에야 간절히 원하던 플루트를 받게 된다. 하지만 이때는 그가 플루트에 흥미를 잃은 후였다. 엄청 많은 인물이 등장하는 이 소설에서 상당수의 인생이 이렇게 흘러간다.

모든 소설에는 그것을 낳은 시대가 있다. 『싸구려 행복』은 전시에 태어났다. 돈이 짤랑대지만 모두에게 짤랑대지는 않았다. 대공황의 여파가 아직 성성했고, 그동안 수많은 삶이 그것 때문에 꺾여나갔다.

루아는 인물들의 이름을 허투루 짓는 법이 없다. 모든 이름에는 반쯤 숨겨진 의미가 있다. 이름의 기원을 추적하는 사이트에 따르면, 소설의 중심에 있는 가족의 성씨인 라카스(Lacasse)는 참나무를 뜻하는 고대 프랑스어 단어에서 왔다. 참나무는 견고하고 유용한 나무다. 그래서 라카스는 '상자 제작자'를 떠올리게 한다. 또한 카세(casser)는 '부수다'라는 프랑스어 동사다. 라카스 가족은 그간의 모진 역경에도 살아남을 정도의 견고함은 보유했지만, 어쨌든 사방이 막힌 상자에 갇혀 있다. 또한 그들은 망가진 가족이다. 그들은 질주하기는커녕 절뚝인다. 그것도 모자라 설 자리를 잃어간다.

라카스 부부는 열두 명의 자녀를 두었다. 작중에서 열한 명으로 시작했다가 한 명이 죽어서 열 명이 되지만, 이내 한 명이 더 태어나 다시 열한 명이 된다. 아이들 아버지의 이름은 아자리우스다. 당시의 프랑스어권 캐나다에서도 흔한 이름은 아니다. 진정 효과가 있는 허브의 이름이면서 성경 속 인물의 이름이다. 프랑스어판 성경의 「다니엘서」에서 불타는 용광로에 던져진 세 젊은이 중 한 명의 이름이 아자리아(Azariah)였다.

영어판 성경에는 '아자랴의 기도(Prayer of Azaraiah)'가 출처가 불분명하다는 사유로 빠져 있지만, 가톨릭 성경에는 「다니엘서」 3장 23절 다음에 등장한다. 그중 이런 내용이 있다. "주께서는 저희를 무도한 원수들이자 가증스러운 주의 반역자들의 손에 넘기셨으며, 불의한 왕과 세상에서 가장 사악한 자들에게 넘기셨습니다. 이제 저희는 입을 열 수도 없습니다. 저희는 주의 종들과 주를 경배하는 이들에게 수치와 치욕이 되었습니다. 그러나 저희를 완전히 버리지 마소서."

가브리엘 루아의 인물 이름들은 아이러니를 품는 경향이 있다. 아자리우스 라카스도 이름과 달리 전혀 성경적 영웅이 아니다. 영웅은커녕 이 일 저 일 전전하며 새로운 건수로 한몫 잡겠다는 꿈에 젖어 사는 부질없는 몽상가다. 그는 생탕리의 다른 남자들과 노닥거리며 허송세월하고 가정도 등한시하며 일자리에도 붙어 있지 못한다. 장녀 플로랑틴의 말처럼 그를 따를 운은 없었다.

하지만 이름의 유래에 대한 내 분석이 맞는다면, 라카스 가족의 가장은 사악하고 불의한 왕의 손에 매서운 시련을 겪고 있는 사람이다. 소설의 맥락에서 불의한 왕은 몬트리올의 부유한 권세가들, 즉 전시에는 생탕리 남자들에게 목숨을 포함한 모든 것을 요구하고 그 대가로 부당함과 불평등만을 분배하는 사회 시스템의 조종자들이다. 군에 자원한 생탕리의 한 남자가 이 점을 언급한다. 남자는 부유한 영국인들이 사는 웨스트마운트를 보며 다음과 같이 생각한다.

> 높다란 울타리, 구불구불한 자갈길, 호화로운 파사드의 저택들을 바라보며 그는 생각했다. 저들은 낼 것을 다 내고 있을까?
> 윤기가 흐르는 돌이 강철처럼 단단하고 불가해하게 반짝였다. 그때 문득 그는 자신의 주제넘음과 순진함이 얼마나 터무니없는 것인지 느꼈다. (…) "이 세상에 네 목숨보다 싼 것은 없어. 하지만 우리는 너

와 달라. 우리, 돌, 쇠, 강철, 은, 금, 우리는 값나가는 것들이야."

이런 불의한 왕들이 생탕리의 남자들에게 요구하는 것이 그들의 팔다리와 목숨이라면, 여자들에게 요구하는 것은 무엇일까? 한마디로 말해 아기들이다. 다만 아무 아기들이 아니라 혼인 관계에서 태어난 아기들. 사회는 고아들을 부양할 마음은 없었다.

퀘벡에서는 이때가 '요람의 복수(la revanche de berceaux)' 시대였다. '요람의 복수'란 제1차 세계대전 이전에 퀘벡에서 생겨난 용어로, 프랑스계 캐나다인들이 영국계보다 빨리 번식한다면 영국계를 인구수로 압도해서 과거 뉴프랑스•의 몰락과 영국의 지배를 응징할 수 있다는 이론을 일컫는 말이다. 이 논리에 따라 퀘벡의 교회와 행정 당국 모두 다산을 공식적으로 장려하고, 이상화하고, 촉구했다. 열, 열둘, 열넷, 또는 그 이상의 자녀를 둔 가정이 칭송받았고, 다자녀 어머니는 프랑스어권 가톨릭 공동체에 대한 의무를 다하는 여성으로 여겨졌다.

자신의 몸과 건강과 자녀의 건강을 사회에 지불한 사람들은 빈곤층의 가임 여성들이었다. 그중 시골 빈민의 현실은 얼마 후인 1965년 마리클레르 블레(Marie-Claire Blais)의 소설 『에마뉘엘의 삶의 한 계절(*Une Saison dans la Vie d'Emmanuel*)』에서 집중 조명됐다. 하지만 헐벗은 농촌에 비해 인구밀도가 높은 도시 슬럼에 사는 여성들의 희생이 특히 컸다. 아기들은 마땅한 보살핌과 격식 없이 태어났다. 공중보건이 제도화되

• New France, 북아메리카에 있던 프랑스 식민지를 뜻한다. 17세기에 프랑스는 퀘벡과 루이지애나를 중심으로 식민지를 크게 확보했지만 18세기에 경쟁자 영국에게 북미 식민지를 모두 잃었다.

기 전이었고, 병원은 비용 때문에, 그리고 수치심 때문에 꺼려졌다. 병원이 빈민에게 비용을 면해주곤 했지만 그런 환자들은 자선 대상으로 멸시받았다. 생탕리의 아기들은 병원보다는 주로 집에서 산파의 도움으로 태어났다.

이 점에서도 작중 라카스 가족의 어머니인 로즈안나가 당시의 상황을 대변한다. 그녀는 병원을 피한다. 로즈안나라는 이름 자체가 어머니를 뜻한다. 로즈는 성모마리아를 상징하는 신비의 장미(rosa mystica)라는 용어에서 왔고, 안나는 성모의 어머니인 성 안나에서 왔다. 로즈안나의 삶은 전적으로 가족에게 바쳐진 삶이다. 그녀는 아이들을 먹일 음식과 재울 곳을 마련하려 노예처럼 몸을 혹사하지만 끼니도 잇기 힘든 형편이다. 가족은 겨우 연명하면서 수준 이하의 비좁은 거처들을 전전한다. 가족이 셋집에서 쫓겨나면 더 싼 곳을 찾아나서는 사람도 로즈안나다.

하지만 로즈안나의 노력에는 감사가 따르지 않는다. 그녀의 큰 아이들, 특히 빈둥대는 장남 외젠은 그녀의 등골만 빼먹는다. 그녀가 가계에 보탬이 돼줄 것을 부탁하자 아들은 오히려 분개한다.

때로는 로즈안나도 주저앉아 자신의 비참한 신세를 한탄한다. 가족이 무너지고 그녀가 기댈 곳은 어디에도 없는데 이제 어떻게 해야 할까? 아이들이 너무 많다 보니 그녀는 어린 자식들에게 제대로 신경을 쓰지 못한다. 어린 다니엘의 다리가 시퍼렇게 멍든 것을 보고 마침내 아이를 병원에 데려갔을 때 의사는 그녀를 질책하며 영양실조에 대한 훈계를 늘어놓는다. 어린 딸 이본은 어서 커서 결혼하고 싶으냐는 질문에 천만에, 수녀가 될 작정이라고 한다. 놀라울 것 없는 반응이다. 수녀는 여성이 끝없이 출산해야 하는 삶 대신 택할 수 있는 거의 유일한 대안이었다. 노멀 스쿨에 들어가 교사가 될 수도 있지만 그건 형편이 허락할 때의 얘기였다.

소설의 또 다른 여성 주인공은 로즈안나의 장녀 플로랑틴이다. 다시 말하지만 루아는 인물의 이름을 허투루 짓지 않는다. 플로랑틴(florentine)의 주된 의미는 '개화'다. 아니나 다를까 소설 속 플로랑틴은 열아홉의 아리따운 소녀다. 플로랑틴은 납작하고 잘 부서지는 페이스트리의 이름이기도 하다. 이 의미들이 플로랑틴의 외양과 태도를 묘사한다. 그녀는 매우 말랐고, 남들에게 두려움과 불안감을 숨기기 위해 오만방자한 태도를 취한다.

또한 플로랑틴에는 피렌체 주민이라는 뜻이 있다. 이는 15세기 말 피렌체의 사보나롤라가 벌인 '허영의 소각'•을 떠올리게 한다. 작중 플로랑틴의 주요 특징이 바로 얄팍한 허영심이다. 그녀는 거울에 비친 모습과 남들의 눈에 비친 모습으로 존재한다. 그녀는 '15센트'라는 간이식당에서 일하면서 수입의 일부를 어머니에게 주고 나머지는 몸치장에 쓴다. 싸구려 화장품, 싸구려 향수, 싸구려 장신구. 그녀는 남자들의 애를 태우다 거절하는 공상을 실행에 옮기다가 자신이 사랑에 빠지고 만다. 하지만 이 사랑은 자만과 허욕으로 점철된 사랑이다. 그녀가 정말로 원하는 것은 정복과 소유이기 때문이다.

『폭풍의 언덕』에서처럼, 그리고 1940년대에 인기 있었던 『트루 로

• Falò delle Vanità, 1497년 피렌체에서 이뤄진 예술품 소각 사건. 피렌체의 산마르코 수도원장 사보나롤라가 메디치 가문을 누르고 신정체제를 구축한 뒤, 교회의 부패와 르네상스 운동을 비판하며 사치품을 몰수해 불태운 사건이다.

맨스(*True Romance*)』 잡지의 사연들처럼, 플로랑틴에게도 두 명의 구혼자가 있다. 한 명은 『폭풍의 언덕』의 린턴에 해당한다. 그는 플로랑틴보다 신분이 높고, 선량한 이상주의자 청년이지만 그녀가 이성적으로 끌리는 상대는 아니다. 다른 한 명은 어설픈 바이런식 낭만과 냉소, 히스클리프 풍의 신분 상승 야망을 합쳐놓은 쓸모없는 놈팡이다. 여기서 플롯이 갈라진다. 『폭풍의 언덕』의 놈팡이는 적어도 여주인공에게는 헌신했지만, 『싸구려 행복』의 놈팡이는 그녀를 농락해놓고 발을 뺀다.

그렇게 플로랑틴은 첫 번째 도덕적 타락—소설에서는 반(半)강간처럼 묘사된다—으로 임신한다. 범인은 장 레베스크(Jean Lévesque)다. 이 이름도 범상치 않다. 퀘벡에서 장이라는 이름은 늘 세례자 요한을 생각나게 한다. 세례자 요한이 누구인가? 광야의 은둔자이자 유대 왕비 헤로디아•를 규탄했던 여성 혐오자로 유명하다. 또한 레베스크는 유명한 주교의 이름이다. 다른 등장인물의 말을 빌리자면 장은 여자들을 좋아하지 않는다. 따라서 그는 가망 없는 패다. 설사 플로랑틴이 치욕스럽게 내뺀 장의 행방을 알아낸다 해도 달라질 건 없다.

루아는 임신 사실을 알게 된 플로랑틴의 정신 상태를 공포라는 단어로 표현했다. 플로랑틴은 공포로 제정신이 아니다. 망신과 파멸이 그녀를 똑바로 노려보고 있다. 그녀의 임신이 알려지면 가족의 마지막 남은 자존심마저 땅에 떨어진다. 거기다 도움받을 곳도 없다. 당시에 미혼모를 위한 사회적 지원이란 없었다. 낙태 수술은 불가능했기에(불

• 유대의 왕 헤롯이 이복동생의 아내였던 헤로디아와 결혼하자 세례자 요한은 이를 비판하다가 옥에 갇히고, 헤로디아와 그녀의 딸 살로메의 계략에 따라 결국 목이 잘린다.

법이었다), 그런 생각은 플로랑틴의 머리에 아예 떠오르지도 않았다.

당시에 임신한 소녀는 교회가 운영하는 '미혼모의 집'으로 보내질 때가 많았다. 그 경우 가족은 이웃들에게 딸이 친척 집에 갔다고 했지만 그게 무슨 뜻인지 모두가 알았다. 미혼모의 아기는 태어나자마자 엄마와 분리돼 입양 가거나 고아원으로 갔다. 아기를 낳은 소녀는 평판을 잃고 그 여파로 일자리조차 구할 수 없어 결국 소설에서 일부 남자들이 습관처럼 찾는 하급 매춘부로 추락하는 일이 허다했다. 플로랑틴이 제정신이 아닌 것도 당연하다.

19세기 소설들에는 농락당한 후 때로는 임신하고 때로는 그렇지 않은 채로 버림받는 허구의 소녀들이 넘쳐난다. 이들이 처하는 상황도 다양하다. 구빈원, 정신병, 매춘, 굶주림, 자살. 그런 여자들은 벌을 받아야 했다. 심지어 소녀가 실제로 '타락한' 것이 아니라 덫에 걸리듯 곤경에 처한 경우에도 결과는 다르지 않았다. 조지 엘리엇의 『플로스강의 물방앗간』에 등장하는 매기 툴리버도, 이디스 워턴의 『기쁨의 집』에 등장하는 릴리 바트도 모두 토머스 하디의 테스처럼 파국을 맞는다.

하지만 우리의 굳센 플로랑틴은 살아남겠다는 의지가 강했고, 결국 스스로 해결책을 강구해낸다. 그녀는 자신의 곤경을 아무에게도 알리지 않은 채 또 다른 구혼자—착하긴 한데 섹시하지 않은 남자—를 찾아가고, 그를 사랑하지 않지만 그의 청혼을 받아내는 데 성공한다. 이 구원자의 이름은 에마뉘엘이다. 이 이름 역시 예사롭지 않다. 그는 자원입대해서 해외 파병을 앞두고 있었기에, 플로랑틴은 아이를 위한 아빠뿐 아니라 참전 가족 수당까지 확보하는 일거양득의 효과를 누린다. 그녀는 상대적으로 안락한 삶을 얻는다. 구원이 전쟁의 모습으로 그녀에게 온다. 그녀의 행복은 이류(二流)에 불과하지만 행복은 행복이다. 드디어 그녀는 새 코트를 산다.

『싸구려 행복』을 통해 루아가 이룬 업적 중 하나는 진부한 경건함을 배격한 것이다. 루아는 정직하고 심성 고운 농부에 대한 환상이 없다. 로즈안나의 모친은 시골 사람이지만 인정머리 없고 남을 헐뜯지 못해 안달인 괴물이다. 그저 음식에만 후할 뿐이다. 도덕적인 빈민도 루아의 타입이 아니다. 빈민은 미덕을 가지기에는 너무 쪼들린다. (로즈안나가 기도하는 장면이 있다. 다른 소설이었다면, 또는 더 옛날 소설이었다면 이 대목에서 로즈안나에게 성인의 환영이 임했겠지만, 대신 그녀는 묵직한 달러 뭉치의 환영을 본다.) 로즈안나의 끈덕진 인내만큼은 정말 놀랍지만, 사실 그녀도 처량한 골칫거리다.

이 소설에서 도덕적으로 고결하다고 할 만한 유일한 인물은 중산층이면서도 겸손한 에마뉘엘이다. 하지만 그도 자신만의 이상주의에 사로잡혀 있다. 특히 플로랑틴을 이상화한다. 에마뉘엘은 일종의 부자의 빈민가 탐방에 나섰다가 플로랑틴을 알게 됐다. 다시 말해 이 불쌍한 얼간이는 사회적 양심에 고통받았고, 그 때문에 생탕리의 막다른 인생들과 어울리게 됐고, 결과적으로 신분에 처지는 결혼을 한다. 당연히 그의 가족은 이 결혼을 기뻐하지 않는다.

루아는 '가난한 사람들'에 대한 기존의 통념을 거부하는 동시에 그들이 사회로부터 더 나은 대접을 받아야 함을 시사했다. 이 점이 소설의 성공 요인 중 하나였다. 또한 출판 시점도 시의적절했다. 전쟁이 끝나가고 있었고, 거기서 살아남은 사람들은 보다 공정한 부의 분배를 논할 준비가 돼 있었다.

하지만 아마도 『싸구려 행복』의 최대 공헌은 여권 신장의 영역에 있었을 것이다. 루아가 페미니즘의 언어를 사용한 것은 아니다. 참정권 운동이었던 제1세대 페미니즘은 당시에 이미 구시대의 것이었고, 성해방을 주장하는 제2세대 페미니즘의 언어는 아직 발명되기 전이었다. 따라서 루아는 말하기보다 보여주어야 했고, 이에 부응해 잔인한 동시에 부당한 상황을 드러내 보였다. 어떻게 한 사람에게 그렇게 많은 아이들을 낳고, 먹이고, 부양할 것을 기대하는가? 심지어 아무 지원도 없이? 퀘벡 시민들은 루아의 눈을 통해 주 정책의 실체를 보았고, 퀘벡 밖의 수십만 독자들도 경악했다.

제2세대 페미니즘이 영어권 북미에서 시작되기 전에 퀘벡에서는 이미 다른 형태로 진행 중이었다. 1960년대의 '조용한 혁명'•이 여성의 출산에 대한 교회의 결정권을 깼다. 자녀를 열 명 넘게 둔 가정의 딸들이 어머니를 본받기를 거부했다. 퀘벡의 여성운동이 북미의 어느 곳보다 일찍, 강하게, 소리 높게 일어난 것은 우연이 아니다. 퀘벡에는 반발할 것이 더 많았다. 퀘벡의 출생률은 북미 대륙에서 가장 높았다가 수십 년 만에 최저로 떨어졌다. 이는 다른 문제들을 야기했다. 하지만 그건 별개의 이야기다.

7. 차기작 증후군

첫 소설의 기록적 대성공이 작가에게 항상 축복은 아니다. 두 번째 소

• Quiet Revolution, 퀘벡주에서는 영어권에 저항해 언어와 종교를 지키려는 의지와 전통이 강했다. 1960년대에 그 부작용으로 쌓여온 퇴행적 가톨릭 관습과 전근대적 방식을 타개하고자 하는 움직임이 일었는데, 이것을 '조용한 혁명'이라 부른다.

설에 거는 대중과 평단의 숨 막히는 기대 때문이다. 이런 문제도 있다. 먼젓번 소설을 통해 당대의 기조를 너무나 정확히 짚어낸 경우, 그 시대가 지난 후에는 무엇을 해야 할까? 『싸구려 행복』에 대한 흥분이 가라앉고 1940년대 말이 되자 반공산주의 기류가 일었다. 루아에게 부와 명성을 안겨준 소재는 이제 효력을 잃었다. 『싸구려 행복』 이후 루아가 쓴 두 소설도 '힘없는 민중'에 관한 것이었지만, 이번 힘없는 민중은 몬트리올의 도시 빈민이 아니었다.

두 소설 중 첫 번째는 내가 1956년에 힘들여 읽은 『작은 쇠물닭』이다. [영역판 제목은 『쇠물닭이 둥지를 트는 곳(*Where Nests the Water-Hen*)』이었다. 제목만 들으면 테니슨 풍의 꽃향기가 느껴지지만 내용은 전혀 그렇지 않다.] 루아는 유럽으로 떠나기 전 짧게 교사 생활을 했던 매니토바주 오지의 쇠물닭 지역•을 소설의 배경으로 삼았다.

『싸구려 행복』처럼 『작은 쇠물닭』도 프랑스어 제목이 훨씬 적합하다. 프랑스어로 풀(poule)은 '암탉'이고, 이는 성경에서 무리를 불러 모으는 어미 닭을 떠올리게 한다. 이 모성적 단어는 소설의 주인공 루지나 투지냥을 제대로 묘사한다. 큰 쇠물닭이 아니라 작은 쇠물닭인 것도 중요하다. 소설이 그리는 세계는 작은 세계다.

루지나(Luzina)는 아자리우스처럼 흔치 않은 이름이다. 내 짐작에 루아가 이 이름을 택한 것은 '빛'을 뜻하는 루스(Luz) 때문이 아닐까 한다. '빛의 여인(Our Lady of Light)'은 성모마리아의 별칭이고, 작중에서 루지

• 영어로는 워터헨(Waterhen) 지역이라 한다. 매니토바호로 흘러드는 워터헨강 유역을 말하며, 강에 동명의 섬도 있다.

나는 빛을 도입하는 사람이다. 그녀는 매니토바의 벽지에서 자라는 아이들에게 자신보다 나은 삶을 열어주려는 마음에서 그곳에 교육의 기회를 끌어오려 애쓴다. (결국 정부에서 교사를 파견하고 그녀의 소원이 이루어지는 듯했지만, 그로 인해 그녀는 아이들을 떠나보내는 대가를 치른다.)

『작은 쇠물닭』은 『싸구려 행복』에 비해 다정하고, 포근하고, 향수를 불러일으키는 작품이다. 1950년대 온타리오주의 교육 당국이 어째서 루아의 데뷔작을 10대들에게 바람직하지 않은 책으로 봤는지 이해하지 못할 바도 아니다. 작품의 사회정의에 대한 시각은 차치하더라도, 플로랑틴의 원치 않는 임신은 당시 학부모들의 항의 편지와 교실의 키득거림과 마담 비아체크의 난처함으로 이어졌을 게 분명하다.

『작은 쇠물닭』이라고 임신이 등장하지 않는 건 아니다. 루지나는 매년 임신한다. 이는 우리 세대의 젊은 여성 독자들에게 끔찍한 전망이었다. 당시는 효과적인 피임법이 보편화되기 전이었다. 우리도 고양이처럼 줄줄이 아이를 낳게 될까? 하지만 루지나는 연이은 임신을 태연히 받아들인다. 출산은 그녀에게 매년 한 차례씩 문명지로 여행하고, 지평을 넓히고, 도시에서 쇼핑할 기회를 준다.

루아의 다음 책은 1954년에 나온 『알렉상드르 슈느베르(*Alexandre Chenevert*)』다. 이번 책도 소시민이 주인공이다. 하지만 주인공이 너무 많은 면에서 소시민적인 탓에 독자들이 그를 흥미롭게 여기려면 노력이 필요하다. 루아의 시도는 용감하다. 루아는 주인공을 심리적·물리적으로 협착한 상황에 위치시키고, 그에게 전후 모더니티의 소음들−도처에 붙은 광고들, 신문을 뒤덮은 나쁜 뉴스, 질병과 불황의 공포−을 퍼붓는다. 알렉상드르에게는 어떤 즐거움도 없다. 결혼 생활도 권태롭고,

모처럼 시골로 떠난 휴가도 불안한 무료함으로 끝난다. 설상가상 그는 암에 걸리고, 고통스럽게 죽는다. 책이 끝날 때쯤에야 그는 인간적 연민에 대한 통찰을 얻는다.

나는 『알렉상드르 슈느베르』도 힘들여 읽었다. 이 작품을 톨스토이의 『이반 일리치의 죽음』에 연계할 수 있을까? 하지만 거기에 대면 많이 모자란다. 아니면 마셜 매클루언과 결부시킬 수 있을까? 매클루언의 1951년 작 『기계신부』는 알렉상드르가 마지못해 속해 있는 지구촌과 광고의 세계를 루아보다 몇 해 먼저, 루아보다 해학적으로 파헤쳤다. 하지만 어쨌든 루아의 시도와 공감, 모던한 문체와 면밀한 관찰에 박수를 보내며, 이제 루아 문학의 다음 단계로 서둘러 넘어가고자 한다. 이번 내용은 예술가의 형성과 역할에 관한 것이기에 훨씬 흥미롭다.

8. 예술가의 초상들

1955년부터 1966년까지 11년 동안 루아는 예술가가 창조되는 과정을 탐색한 세 권의 책을 출판했다. 『데샹보 거리』(1955), 『비밀의 산(*La Montagne Secrète*)』(1961), 『전지전능한 할머니가 죽었다』•(1966).

이 중 두 번째 책인 『비밀의 산』은 캐나다 북방 수림 지대를 주제이자 배경으로 삼아 그곳의 사냥꾼이자 독학 화가인 피에르 칼도레의 영적 성장을 담았다. 스위스 태생 화가 르네 리샤르(René Richard)를 모델로 한 작품이다. 리샤르도 루아처럼 대초원 지대와 북방에서 살아봤

• 원제는 『알타몽의 길(*La Route d'Altamont*)』이다.

고, 이미 유명한 화가였을 때 이미 유명한 작가였던 루아를 만나 친구가 됐다. 이 책을 다음과 같이 표현해도 심한 비약은 아닐 듯하다. 루아는 이 책을 통해 초기 프랑스어권 캐나다 문학에 등장하는 멋지고 용감한 쿠뢰르 드 부아•(비버를 추적하고 포획하는 사람)가 멋지고 용감한 예술가(아름다움을 추적하고 포획하는 사람)로 변신하는 과정을 그려냈다.

이 책 역시 시대를 담는다. 북방과 자연은 이미 수 세대 전부터 작가와 화가들을 사로잡았던 테마들이었다. 그러다 팔리 모왓(Farley Mowat)이 『사슴부족(*People of the Deer*)』(1952)이라는 걸출한 기록문학을 통해 이 테마들에 대한 새로운 시각을 부여했다. 이에 비하면 루아는 북방 자체보다는 주인공이 그 환경에서 겪는 심미적이고 신비적인 경험들, 그리고 그 경험들이 예술로 바뀌는 과정에 더 매료됐다.

루아가 『비밀의 산』 전후로 발표한 『데샹보 거리』와 『전지전능한 할머니가 죽었다』는 서로 연결된 작품들이다. 크리스틴이라는 화자를 공유하는 두 작품은 일명 '젊은 여성 예술가의 초상' 문학 범주에 속한다. 이 모티프는 『데샹보 거리』에서 열리고, 『전지전능한 할머니가 죽었다』에서 비스듬하게 확장된다. 루아는 두 작품에서 자전적 주인공 크리스틴의 이야기 여정을 이어가며 서사 선물들을 사람에서 사람으로, 세대에서 세대로 전달한다.

이 책들은 '여성 작가의 자기 소재화'라는 문학 전통을 따른다. 여성

• coureur de bois, 프랑스어로 '숲속을 달리는 사람'이라는 뜻이다. 17~18세기에 북미 내륙에서 활약했던 모피 무역상 겸 탐험가들을 지칭한다. 이들은 위험을 무릅쓰고 원주민 부락을 찾아다니고 내륙을 탐험하며 비버 가죽을 구했으며, 이들이 누리는 이익과 모험은 당대의 많은 사람을 사로잡았다.

이 글을 쓴 지는 꽤 오래됐지만, 그들이 여성 작가의 형성기에 대한 소설을 쓰기 시작한 것은 흔히 성장소설이나 교육소설이라고 불리는 교양소설(Bildungsroman)이 인기를 끌면서부터였다. (생각해보라. 제인 오스틴의 여주인공 중 작가는 한 명도 없다. 조지 엘리엇의 여주인공 중에도 없다.)

이후에도 여성 작가의 반자전적 소설들은 '소녀소설'의 옷을 입고 발표될 때가 많았다. 이런 작품들에서 주인공으로 나오는 예술적 소양이 다분한 '문학소녀'의 원조는 아마도 『작은 아씨들』(1868)의 조(Jo)일 것이다. 호주 작가 마일스 프랭클린(Miles Franklin)의 소설 『나의 화려한 인생(*My Brilliant Career*)』(1901)의 시빌라 멜빈과 루시 모드 몽고메리의 『뉴문의 에밀리(*Emily of New Moon*)』(1923)의 에밀리도 명백히 조의 후손들이다. 특히 에밀리는 앨리스 먼로가 여성 작가 탄생기를 『소녀와 여자들의 삶』이라는 그녀만의 버전으로 완성하는 데 영감을 제공했다. 캐나다 문학의 또 다른 대모 마거릿 로런스(Margaret Laurence)의 버전들은 단편집 『집 안의 새(*A Bird in the House*)』(1970)와 『예언자들(*The Diviners*)』(1974)에서 만날 수 있다. 메이비스 갤런트의 경우는 자전적 이야기인 '리넷 뮤어(Linnet Muir)' 시리즈에 본인의 형성을 압축적으로 담았다. 프랑스어권 캐나다에서 여성 작가 탄생기에 가장 몰두한 여성 작가를 꼽자면 마리클레르 블레가 있다.

캐나다에는 여성 작가 탄생기가 왜 이렇게 많을까? 20세기 전반의 캐나다에는 예술가 성향의 젊은 여성들이 자신의 작가 재능을 타진해 보는 동기가 대략 세 가지 있었다. 일단 그들에게 주어진 선택의 폭이 좁았다. 교직, 비서직, 간호직, 양재, 여러 형태의 가사 지원, 재봉 정도가 여성에게 주어진 진로였다. (저널리즘 분야에도 일자리 기회가 있었지만 뉴스 보도 업무에는 접근하기 어려웠다.) 둘째, 캐나다의 많은 지역이 변방 환경에 있었다. 이 여건이 예술 활동에 대한 특정 성향을 낳았다. 남자들은 농업, 어업, 공학, 탐사, 벌목, 의학, 법률 같은 실용적인 것들에 종사해야 했다. 예술—꽃 그림, 아마추어 연기, 시 창작 등—은 진지하게 몰두하지 않는 선에서 여자들의 취미로 허용됐다. 특히 글쓰기는 여유 시간에 집에서도 할 수 있는 일이었다.

세 번째 요인은 세계에, 그리고 캐나다에도, 이미 가시적인 성공을 거둔 여성 작가들이 존재했다는 점이다. 영국에는 버지니아 울프와 캐서린 맨스필드(Katherine Mansfield)가 있었고, 미국에는 이디스 워턴, 마거릿 미첼(Margaret Mitchell), 캐서린 앤 포터(Katherine Anne Porter), 클레어 부스 루스(Clare Boothe Luce), 펄 S. 벅(Pearl S. Buck)이 있었다. 이 중 벅은 노벨상까지 수상했다. 캐나다에는 루시 모드 몽고메리, 마조 드 라 로슈(Mazo de la Roche)가 있었다. 프랑스에서는 시도니가브리엘 콜레트(Sidonie-Gabrielle Colette)가 국가 산업의 일부라 해도 무방할 인기를 누렸다. 그녀의 삶이 곧 작품의 주제였다. 글쓰기가 여학생들에게 적극 권장되지는 않았지만, 이미 많은 여성이 거기서 성공을 이루었기 때문에 불가능의 영역으로 간주되지도 않았다.

루아의 작가적 성장기라 할 수 있는 『데샹보 거리』는 루아의 아동기와 청소년기였던 1910년대와 1920년대를 시간적 배경으로, 당시 루아의 가족이 살았던 생보니파스의 어느 거리를 공간적 배경으로 한다. 표면적으로 이 단편집은, 적어도 처음 몇 편은 글쓰기에 대한 내용이 아니다. 그보다는 루아의 자전적 화자이자 주인공 소녀인 '크리스틴'이 사는 동네에서 일어나는 다양한 인간사들을 담고 있다.

이 거리는 다차원적이다. 흑인 하숙인들이 있고, 이탈리아계 이민자 가족이 있고, 비탄에 잠긴 네덜란드인 구혼자가 있다. 이민국 공무원인 크리스틴의 아버지는 이주민의 정착을 돕는다. 이주민도 두 부류다. 두호보르파•와 루테니아인••. 이 풍경은 여느 폐쇄적인 프랑스어권 공동체와는 거리가 멀다. 오히려 열여덟 편의 단편으로 장편의 성장 서사를 구성한 책 자체처럼, 느슨하게 짜여 있다. 유동적이고, 다국어 사회이고, 고락과 애환이 공존한다. 이는 가장 너그러운 형태의 다문화주의다.

책의 끝부분에 있는 단편 「연못의 목소리」에서 이제 열여섯 살이 된 크리스틴은 수없이 책을 읽었던 다락으로 올라가 창밖을 바라본다. 그리고 깨닫는다. 루아는 작가가 소명을 받는 순간을 그동안 여러 작품에서 여러 허구적 버전으로 제시했고, 다음이 그중 하나다.

> 나는 그때 알았다. 내가 나중에 무엇이 되어야 하는지가 아니라, 그것이 되기 위해 내가 길을 떠나야 한다는 것을. 나는 다락에 있으면서 동시에 멀리 미래의 외로움 속에 있는 기분이 들었다. 그리고 저기서, 아득히 멀리서 내가 내 자신에게 길을 보여주는 기분이었다. 그렇게 문득 글을 써야겠다는 생각이 들었다. 무엇을 왜 써야 하는지는 전혀 알지 못했다. 그저 내가 글을 쓰리라는 것만 알았다. 그건 갑작스러운 사랑과 비슷했다. 아직은 아무 할 말이 없지만 뭔가 말할 것을 가지고

• 18세기에 러시아정교회에서 독립한 교파.

•• 동유럽 루테니아 지역에 사는 동슬라브계 민족.

싶었다.

크리스틴은 이 깨달음을 오래 고생해온 어머니에게 알리고, 어머니는 예상했던 반응을 보인다. "엄마는 화난 기색이었다."

엄마들은 충분히 그럴 수 있다. 하지만 이 엄마는 거기서 그치지 않고 걱정을 늘어놓는다.

> "글 쓰는 건 고달파." 엄마가 서글프게 말했다. "글 쓰는 게 세상에서 가장 뼈 빠지는 일일 거다. 진짜로 글을 쓴다는 건 말이야, 너를 반으로 쪼개는 것과 같아. 한쪽은 살려고 버둥대고, 다른 한쪽은 구경하고 저울질해.
>
> 엄마가 말을 이었다. "일단은 재능이 있어야 해. 그게 없으면 마음만 찢어져. 그런데 재능이 있어도 끔찍한 건 똑같아. 왜냐면 말이 좋아 재능이지, 사실은 명령도 그런 명령이 없어. 세상에는 아주 이상한 재능도 있어. 별달리 인간적이지 않은 재능 말이야. 누가 그런 재능을 좋아하겠니. 그런 재능은 불운이 닥치는 것과 비슷해. 남들과 멀어지게 해. 사람을 거의 모두로부터 고립시키고 말아."

아아, 독이 든 재능을 타고난 저주받은 시인이여. 이때는 작가가 저주받은 운명까지는 아니어도 적어도 사제의 운명을 짊어진 시대였다. 『젊은 예술가의 초상』의 주인공 스티븐 디덜러스가 그랬듯, 창조되지 못한 인류의 양심을 주조하는 예술의 사제. 여성 예술가의 상황은 이보다 훨씬 나빴다. 여성 예술가는 도와주는 아내도 없이 혼자였다. 크리스틴의 엄마는 젠더는 거론하지 않는다. 크리스틴도 언급하지 않는다. 그러나 글쓰기에 드는 시간을 고려할 때, 언급하지 않는다고 모르는 일은 아니니다. 하지 않은 말이 머리 위를 맴돈다.

하지만 어린 크리스틴은 엄마의 경고를 받아들이지 않는다.

> 그래도 나는 모든 것을 차지하고 싶었다. 쉼터처럼 따뜻하고 진정한 삶을 원했고, 또한 그 삶의 반향들을 포착할 시간을 원했다. 길에서 잠시 지체하고, 그랬다가도 남들을 따라잡고, 그들을 다시 만나 즐겁게 외칠 시간을 원했다. "나 여기 있어요. 오는 길에 내가 여러분을 위해 무엇을 찾아냈는지 보세요! 나를 기다렸나요? 나를 기다려주지 않을래요? 제발 기다려주세요!"

이런 행복하고 이원적인 미래는 보장돼 있지 않다. 적어도 이 이야기에서는 그렇다. 비록 가브리엘 루아 본인은 생전에 모든 것을 차지하는 데 성공했지만. 어느 정도는.

9. 가브리엘 루아, 미래의 메신저

가브리엘 루아는 작중 인물들의 이름을 중요하게 생각했다. 그런 의미에서 루아 본인의 이름에 대한 단상으로 이 글을 마무리하고자 한다. 루아는 프랑스어의 '왕(roi)'과 발음이 같다. 높은 위상이 느껴진다. 또한 가브리엘이라는 이름은 대천사 가브리엘에서 왔다. 전령사들의 전령사다. 가브리엘 천사는 '좋은' 소식을 전한다. 동정녀 마리아에게 그녀가 예상치 못한 아기, 하지만 범상치 않은 아기를 갖게 될 거라는 소식을 전한 것도 가브리엘 천사다. 하지만 그는 세상의 종말이 온다는 '나쁜' 소식도 전한다.

작가의 역할이란 무엇일까? 시대마다 요구하는 것이 다르고, 작가마다 염두에 두는 바가 다르다. 루아가 『싸구려 행복』에서 보여준 작가의 역할은 현재에게 내리는 미래의 수태고지였다. 루아가 절망의 바닥에 떨어진 로즈안나 앞에 나타나 "앞으로는 형편이 필 것이다"라고 말하는 상상을 해보라. 기분이 좋아진다.

루아의 다른 책들에도 제각기 미션이 있다. 루아는 커튼을 열어 사람들에게 있는 줄도 몰랐던 창문들을 보여준다. 매니토바의 외딴 오지, 평범한 남자의 평범한 삶, 자기 고향 땅의 지금은 사라졌지만 한때 치열했던 거리들, 예술가의 다양한 여정 등. 그리고 그녀는 독자에게 창밖을 내다볼 것을 요청한다. 그 풍경의 빈약함, 가혹함, 생경함을 있는 그대로 이해하고 나아가 공감할 것을 요청한다. 가브리엘 천사는 모든 소통의 천사들 위에 있고, 소통은 루아가 중히 여겼던 소양이었다.

캐나다가 2004년에 발행한 20달러 지폐의 뒷면에는 가브리엘 루아의 말이 프랑스어와 영어로 쓰여 있다. "예술이 없다면 우리가 서로에 대해 조금이라도 알 수 있을까?"

아니, 알 수 없다. 정치적으로 갈가리 분열된 우리 사회를 생각하면 더욱 그렇다. 데이터 수집과 과학의 분화와 특화가 한계에 달하면서 그 반동으로 마침내 우리가 인간에 대한 보다 전일적 관점으로 돌아서고 있는 지금, 루아의 비전은 그 어느 때보다 우리에게 유의미하다.

셰익스피어와 나

›››‹‹‹

어느 폭풍 같은 사랑 이야기

(2016)

"가장 좋아하는 작가는 누구예요?" 사람들이 이런 난감한 질문을 던질 때마다 저는 이렇게 납합니다. "셰익스피어요." 여기에는 몇 가지 교활한 이유가 있습니다. 첫째, 적어도 영어권 문학에서는 아무도 반박할 사람이 없어요. 우리가 아는 플롯, 캐릭터, 무대, 요정, 욕설의 너무나 많은 부분이 셰익스피어에게서 왔습니다. 둘째, 살아 있는 작가를 대면 다른 살아 있는 작가들이 삐칩니다. 셰익스피어는 죽었으니 안전해요. 물론 다른 죽은 작가들도 삐칠 수는 있는데, 그렇다고 그분들이 셰익스피어가 저의 1순위 선택인 것을 크게 탓하진 않을 겁니다. 셋째, 셰익스피어는 애매합니다. 그가 진정으로 무엇을 생각하고 느끼고 믿었는지에 대해 알려진 바가 거의 없을뿐더러, 그의 희곡들 자체도 미꾸라지 빠져나가듯 파악하기가 어렵습니다. 미꾸라지를 구석으로 모는 데 성공했다 싶은 순간 우리의 공든 해석은 어느새 보이지 않는 구멍으로 빠져나가버리고, 우리는 머리만 긁다 끝납니다.

이러한 이유로 셰익스피어는 무한히 해석될 수 있으며, 실제로 무한히 해석돼왔습니다. 파시스트 『리처드 3세』도 나왔고, 캐나다 원주민 버전의 『맥베스』도 나왔고, 북극을 배경으로 한 『템페스트』도 나왔습니다. 프로스페로가 여성인 『템페스트』도 있어요. 그때는 이름이 프로스페라였고, 헬렌 미렌(Helen Mirren)이 연기했습니다. 18세기 사람들은 코델리아가 죽지 않고 만사형통하는 『리어왕』을 선호했습니다. 18세기에 『템페스트』가 오페라로도 나왔는데, 그때는 거의 이 오페라 버전만 상연됐어요. 오페라 버전은 셰익스피어 원작 내용의 3분의 1만 사용했고, 칼리반에게 시코락스라는 자매가 있고, 미란다에게도 도린다라는 자매가 있어요. 도린다에게도 결혼할 사람이 있어야 하니까 젊은 남자도 한 명 더 나와요. 이 남자는 여자를 보면 죽는다는 이유로 프로스페로의 동굴에 갇혀 지내요. 우리 주변에 이런 남자들 꼭 있지 않나요.

요점은 이겁니다. 사람들은 오랫동안 셰익스피어를 거듭 개작해왔고, 종종 묘한 결과물을 낳았습니다.

저 역시 셰익스피어를 개작한 적이 있고, 묘한 결과물을 낳았습니다. 올해 셰익스피어 400주년—탄생 400주년인지 사망 400주년인지 물어보신다면 답은 '사망'입니다—을 기념하여 현재 호가스 셰익스피어 프로젝트(Hogarth Shakespeare Project)가 진행 중입니다. 프로젝트를 소개하자면 이렇습니다. 영국의 호가스 출판사가 열두어 명의 다양한 작가들을 순차적으로 지명하고, 지명된 작가들이 셰익스피어 희곡을 하나씩 선택해 21세기에 맞게 소설로 개작합니다. 소설이 해당 희곡의 내용을 촘촘하게 반영할지 느슨하게 반영할지는 작가 마음입니다.

제가 선택한 희곡은 『템페스트』이고, 제가 쓴 소설의 제목은 『마녀의 씨』입니다. '마녀의 씨'는 외딴섬에 도착한 프로스페로가 거기 사는 '괴물' 칼리반을 노예로 삼은 뒤 그를 욕할 때 쓰는 말 중 하나입니다.

제가 『마녀의 씨』를 쓸 때 어떤 선택들을 했는지 설명하기에 앞서, 과거 셰익스피어와 엮였던 내력에 대해 좀 말씀드릴까 합니다. 자, 그럼 시간의 어두운 심연 속으로, 제 젊은 시절로 돌아가볼까요. 멀지 않아요. 마지막 빙하기 직후 선사시대쯤에 해당합니다.

그 시절 여성 시인들은 여류(poetesses)로 불렸고, 여학생은 가정 수업을, 남학생은 상업 수업을 들었지만, 라틴어는 둘 다 배울 수 있었습니다. 제가 고등학교에 다닐 때였습니다. 토론토 교외의 평범한 동네에 있는 리사이드 고등학교, 그곳이 제가 셰익스피어와 처음으로 조우한 곳입니다.

딩시에는 캐나다 온타리오주 내 모든 중고교의 5년제 커리큘럼이 하나로 정해져 있었어요. 캐나다는 두 세기 동안 영국제국의 식민지였고, 캐나다인들은 영국 본위의 사고방식에 머물러 있었어요. 그래서 당시의 영문학 커리큘럼에는 오늘날의 학생들은 학을 뗄 만한 것들도 꽤 있었어요. 5년 동안 토머스 하디 소설을 두 권이나? 정말? 행운을 빌어요! 거기다 조지 엘리엇의 진지하기 짝이 없는 『플로스강의 물방앗간』도 있었어요. 19세기 영문학이 많은 비중을 차지했는데, 섹스가 없었기 때문이죠. 적어도 본문에 대놓고는 없었고, 작품에 따라 행간에 뜨거운 사연이 좀 녹아 있는 경우는 있었습니다. 하지만 그런 부분들이 수업 중에 설명되는 일은 결코 없었고, 우리는 그런 부분들에 대해서는 그저 막연히 알 뿐이었어요. 토론토 공원의 숲에 나쁜 남자들이 있는 건 알지만, 그들이 정확히 어떻게 나쁜지는 몰랐던 것과 비슷했죠.

우리는 셰익스피어 희곡을 1년에 적어도 한 편은 수강했어요. 뭐가 제일 먼저였을까요? 『줄리어스 시저』였어요. 단순한 플롯에 암살과 전투 장면은 있지만 본문이든 행간이든 섹스는 눈을 씻고 찾아도 없습니다. 그래서 교육 당국의 눈에 10대에게 적합했던 거죠. 하지만 학년이 올라가면서 우리는 『십이야』 『베니스의 상인』 『햄릿』도 들었고, 나중에는 『맥베스』까지 갔어요. 제 기억에는 고등학교 때 『로미오와 줄리엣』과 『한여름 밤의 꿈』도 배웠던 것 같아요. 대학 때 배운 것과 헷갈리는 건지도 모르겠습니다. 설마 당시 교육 당국이 감수성이 예민한 10대에게 첫사랑에 목숨을 버리는 생각을 주입할 만큼 무모하진 않았겠죠. 우리는 배운 희곡들에 나오는 유명하고 긴 대사들을 암기해서 시험 때 그대로 써야 했어요. 구두점까지 완벽하게요. 정작 셰익스피어는 구두점을 배우들에게 대사 전달 방식을 지시하는 용도로 썼을 뿐 구두법에 그다지 목매지 않았거든요.

암기는 과거에 학교에서 널리 쓰던 방법이었습니다. 그러다 암기 위주 학습은 자라나는 마음을 심히 제약한다는 판단하에 중단됐습니다. 그런데 마침 필요한 때에 이 방식이 부활했습니다. 사실 외워두면 일상에 유용한 것도 많거든요. 병원 대기실에서 "내일, 내일, 또 내일이 / 하루하루 하찮은 잔걸음으로 기어간다. / 기록된 시간의 마지막 순간을 향하여"•를 멋들어지게 읊을 수 있으면 좋지 않겠어요?

• 『맥베스』에 나오는 대사. 맥베스가 아내의 죽음 앞에서 자신의 죽음도 머지않음을 예견하며 인생의 덧없음을 토로하는 내용이다.

그리고 요즘처럼 온갖 정치적 협잡들을 접할 때, 뭐라도 웅얼댈 게 있으면 속을 가라앉히는 데 좋잖아요.

맙소사, 저자는 좁은 세상을 거상(巨像)처럼
짓밟고 서 있는데, 하찮은 우리는
저자의 우람한 다리 밑에서 우리의 치욕스러운
무덤 자리나 두리번대며 찾아다니는 신세로군.
나는 저게 정말 저자의 머리털인지 아니면
그저 머리통에 붙여놓은 털인지도 궁금해.
인간은 때로 자기 운명의 주인이 되어야 하건만
우리의 데이터마이닝 시대에는 그게 어려워.
친애하는 브루투스, 이는 우리의 팔자 탓이 아니라
디만 우리 자신의 탓일세. 우리는 서생에 불과하고,
그래서 선거 자금을 댈 만큼 부자가 아니라서
우리에게 떠넘겨진 운명에 만족할 수밖에 없다네.
아아 애통하여라, 이런 날을 맞게 되다니!•

이런 방식으로 몇 주씩 계속할 수 있어요. 약강오보격 무운시(弱強五步格 無韻詩)••의 격랑에 한번 휩쓸리면 멈추기가 어렵거든요.

• 지은이가 『줄리어스 시저』에 나오는 대사를 패러디해서 트럼프가 당선됐던 2016년 미국 대선을 풍자한 내용이다.

•• iambic pentameter, 서양 운문 형식의 일종으로, 운을 지켜야 하는 구속이 없어서 서사시나 시극에 많이 쓰인다. 셰익스피어의 시극도 여기에 속한다.

제가 셰익스피어 연극 공연을 처음 본 것도 고등학교 때였습니다. 1950년대의 토론토에 얼 그레이 플레이어스(Earle Grey Players)라는 셰익스피어 전문 극단이 있었습니다. 영국에서 예술이 딱히 국가적 우선순위가 아니었던 1940년대에 캐나다로 건너왔다가 발이 묶여버린 영국 배우들이 만든 소규모 극단이었습니다. 이들은 고등학교들을 돌며 공연을 했는데, 그해 졸업반의 커리큘럼에 있는 희곡을 무대에 올렸기 때문에 어딜 가나 관객의 집중력 하나는 끝내줬습니다. 문제의 희곡에 대한 필기시험을 앞둔 학생들이 초조하게 손톱을 물어뜯으며 관람했으니까요. 이 극단에서 얼 그레이 씨가 남주인공을 도맡아 했고, 얼 그레이 부인이 여주인공을 도맡았습니다. 거트루드, 칼푸르니아, 레이디 맥베스 등. 연극에 관심 있는 학생이 단역으로 참여하기도 했습니다. 군중이나 군대의 일원으로요. 하지만 의상은 본인이 직접 가져와야 했죠. 〈맥베스〉에는 체크무늬 깔개, 〈줄리어스 시저〉에는 침대 시트가 자주 동원됐습니다. 우리 대부분에게는 이것이 셰익스피어를 책이 아닌 무대에서 보는 첫 경험이었습니다. 운 좋은 경험이었어요. 비록 그때는 농지거리로 삼았지만요. 가령 우리는 햄릿을 오믈렛으로 바꿔 촌극을 했고, 『맥베스』의 마녀들처럼 낄낄댔고, 서로에게 도롱뇽 눈알• 샌드위치를 먹였어요. 그 밖에도 그 나이 특유의 치기 어린 장난을 많이 했어요.

제가 이 얼 그레이 극단을 소설에 넣지 않고 배겼겠어요? 『고양이 눈』(1989) 44장에 나옵니다. 거기서 〈맥베스〉를 공연하는 극단으로 나와요. 그들에게 불멸성을 부여할 필요를 느꼈어요. 부분적으로는 제가

• 『맥베스』에서 세 마녀가 맥베스의 앞날을 예언하며 마법의 가마솥에 넣어 끓이는 재료 중 하나.

아마추어 연극을 좋아하기 때문입니다. 아마추어 무대는 셰익스피어의 극작가로서의 저력을 확인하는 실험대예요. 다시 말해, 셰익스피어는 어떤 공연에서도 살아남습니다. 심지어 맥베스의 머리(행주로 싼 양배추)가 무대 아래 오케스트라로 굴러떨어지는 참사에도 망하지 않아요. 제가 본 공연 중에 실제로 있었던 일이에요. 머리가 예상치 못하게 튀어 오른 데는 이유가 있었어요. 맥베스가 막판 혈투에서 목이 잘리는 장면에서 머리로 쓸 양배추가 신선하지 못하고 물컹한 것을 본 소품 담당이 그만 탱탱한 새 양배추로 바꿔놓은 겁니다. 하지만 양배추는 원래 물컹해야 했어요. 그래야 만족스런 퍽! 소리와 함께 바닥에 안착할 거 아닙니까. 저는 (당연히) 이 에피소드도 『고양이 눈』에 넣었어요. 현실이 이렇게 풍부하게 소재를 제공하는데 뭐 하러 힘들게 지어내요?

역시 1950년대에 스트랫퍼드 셰익스피어 축제(Stratford Shakespearean Festival)가 온타리오주의 한 타운에서 시작됐습니다. 이 타운의 이름도 때마침 스트랫퍼드였어요. 이 스트랫퍼드에는 심지어 에이번이라는 강도 있었어요.• 처음에는 타운의 유지들이 축제 신설을 반대했다고 합니다. 당시 열차 교통의 중심지이자 양돈업 중심지로 유명했던 그곳의 위상이 퇴색될까 염려한 것 같아요. 예술가를 자처하는 허랑방탕한 무리들이 타운을 메우는 것을 원치 않았던 거죠. 하지만 예술적 본능이 득세했고, 이 축제는 이제 타운의 주요 소득원이 됐습니다. 물론 돼지도 여전히 중요합니다. 혹시 TV 시리즈 〈슬링스 앤드 애로우스

• 셰익스피어는 영국 워릭셔주에 있는 스트랫퍼드어폰에이번(Stratford-upon-Avon)에서 태어났다.

(Slings and Arrows)〉•를 아시나요? 제가 적극 추천하는 드라마인데, 팬이라면 거기 의미심장하게 등장하는 '돼지 트럭'을 기억하실 겁니다. 드라마에 나오는 허구의 버비지 축제가 현실의 스트랫퍼드 축제라는 뜻은 아닙니다. 어쨌든 그렇다고요.

우리는 거의 매년 진짜 스트랫퍼드 축제에 갑니다. 저는 최고의 셰익스피어 연극 중 일부를 그곳에서 봤습니다. 하이라이트는 크리스토퍼 플러머(Christopher Plummer)가 프로스페로로 분한 〈템페스트〉였습니다. 콜름 포어(Colm Feore)가 열연한 〈리어왕〉도 못지않게 좋았습니다.

이 축제는 현재 63년째 이어지고 있습니다. 정말 대단하죠. 초대 총감독은 타이론 거스리(Tyrone Guthrie)였고, 처음에는 연극을 거대한 텐트 안에서 상연했어요. 첫 작품은 1953년 앨릭 기니스가 출연한 〈리처드 3세〉였습니다. 그 공연을 보지 못한 것이 한입니다! 불행히도 당시 저는 열세 살이었고, 전화기들을 수놓은 펠트 플레어스커트와 레브론 파이어 앤드 아이스 립스틱에 정신이 팔려 있던 때였습니다. 〈리처드 3세〉 같은 것들은 아직 제 수준 저 너머에 있었습니다.

그 직후 〈오셀로〉가 무대에 올랐고, 장소는 역시 텐트였습니다. 저는 이것도 보지 못했습니다. 하지만 당시 열아홉 살이던 제 배우자 그레임 깁슨은 그곳에 있었습니다. 아흔이 넘어 잘 듣지 못하는 할아버지를 모시고 공연을 보러 갔다고 합니다. 무대에서 오셀로가 두 손을 모아 들고 잠든 데스데모나를 향해 살금살금 다가갈 때였습니다. 그레임

• 캐나다의 코미디 드라마로, 셰익스피어 연극 축제를 운영하는 연극인들의 이야기를 담고 있다. 2003~2006년에 시즌 3까지 방영됐으며, 첫 시즌에 축제 총감독이 돼지고기를 실은 트럭에 치여 죽는다.

의 할아버지가 본인은 속삭인다고 생각했지만 사실은 우레 같은 소리로 외쳤습니다. "이제 저놈이 저 여자 목을 졸라 죽여!"

그 소리에 텐트가 전율했고, 무대 위에서 오셀로는 까치발로 멈칫했고, 침대보 밑에서는 데스데모나가 눈에 띄게 움찔했습니다. 하지만 다음 순간 오셀로는 상황과 자신을 재빨리 수습하고 목 조르기를 재개했습니다. 이게 바로 연기죠!

셰익스피어는 제 작품 여기저기에 불쑥불쑥 등장합니다. 『고양이 눈』에만 나오는 게 아닙니다. 예를 들어 「거트루드가 받아치다(Gertrude Talks Back)」라는 글에는 햄릿이 어머니 거트루드 왕비를 힐난하는 '이 그림을 좀 보시라' 장면이 나옵니다. 하지만 여기서는 불쌍한 거트루드가 참고만 있지 않습니다. 불퉁대는 10대 아들의 엄마로 사는 것은 쉽지 않아요. 특히 냄새나는 양말을 시커멓게 쌓아놓고 사는 아들이면 더요. 혼자 고고한 척하는 남편의 아내로 사는 것만큼 힘들어요. 그리고 「호레이쇼의 설명(Horatio's Version)」이라는 글에서는 햄릿의 친구 호레이쇼가 죽지 않고 살아남아 그의 관점에서 본 사건의 진상을 전해요. 이 글들은 제 단편집 『굿 본스(*Good Bones*)』와 『텐트(*The Tent*)』에 실려 있습니다.

그리고 리처드 3세는 저의 최근 단편집 『스톤 매트리스』에 등장합니다. 해당 단편은 「저승에서 돌아온 자(Revenant)」이고 주인공은 개빈입니다. 개빈은 1960년대에는 젊고 늠름한 시인이었지만, 지금은 레이놀즈라는 젊은 여성과 결혼한 괴팍한 노인입니다.

저는 리처드 3세 캐릭터를 사랑합니다. 그는 전형적인 모사꾼입니다. 그는 자신의 살기등등한 간계와 장난을 관객과 나눕니다. 얼마나 가깝게 나눴냐고요? 런던에 복원해놓은 글로브 극장•에 가보시면 실감할 수 있어요. 무대가 엄청 가까워요. 배우와 관객이 얼굴을 맞대고 침 튀기며 말할 수 있을 정도예요. 모사꾼이 다 그렇듯 리처드도 머리를 너무 굴린 게 패착이었습니다. 개빈도 마찬가지입니다. 저는 개빈도 사랑합니다. 그는 불쾌한 늙은이지만 아직 원기왕성합니다. 그는 '꺼져가는 빛에 분노'••합니다. 존 키츠가 말했듯 셰익스피어는 착한 이모젠을 창조할 때만큼이나 악인 이아고•••를 창조할 때도 행복했습니다. 저도 그렇습니다. 문학작품의 등장인물이 배우자감이나 룸메이트감이 되지 못한다는 이유로 문학을 배척하는 사람들은 핵심을 벗어나도 한참 벗어난 사람들입니다.

이야기에 개빈과 레이놀즈가 공원으로 〈리처드 3세〉 야외 공연을 보러 가는 장면이 있습니다. 이 장면에서 레이놀즈는 낙천적이고 현실적으로 행동하는 반면 개빈은 심술을 부립니다.

> 공원은 활기가 넘쳤다. 아이들은 뒤편에서 프리스비를 하고, 아기들은 울어대고, 개들은 짖어댔다. 개빈은 연극 프로그램을 샅샅이 읽었다. 누가 허세에 전 쓰레기 아니랄까 봐. 연극은 시작이 지연되고 있었다. 조명에 일시적인 문제가 있다는 안내가 나왔다. 모기들이 들러

• Globe Theatre, 1599년에 버비지 형제(The Burbage brothers)가 세운 극장으로 셰익스피어의 초연 극장이며 주공연장이었다.

•• 딜런 토머스의 시 「저 어두운 밤을 순순히 받아들이지 마세요(Do not go gentle into that good night)」라는 시에 나오는 구절.

••• 이아고는 『오셀로』에서 오셀로를 파멸로 몰아가는 악인이고, 이모젠은 『심벌린』에서 어리석은 남편을 결국 뉘우치게 하는 현숙한 공주다.

붙었다. 개빈이 모기들을 때려댔고, 레이놀즈는 스프레이 살충제를 꺼내 들었다. 진홍색 레오타드 차림에 돼지 귀를 붙인 어릿광대가 트럼펫을 불자 사람들이 일제히 입을 다물었다. 이어서 작은 폭발음과 함께 목에 주름진 칼라를 두른 인물이 갑자기 공원 매점 방향으로 튀어나갔다. 무언가를 찾나? 무언가를 잊었나? 연극이 시작됐다.

리처드 3세의 유골이 어느 주차장 땅 밑에서 발굴되는 영상이 나왔다. 일종의 서막이었다. 유해 발굴은 실제로 있었던 일이다. 개빈도 TV에서 리처드 3세의 유골이 520년 만에 발견됐다는 뉴스를 보았다. DNA 증거와 두개골 상흔들을 조사한 결과, 발견된 유해는 리처드 3세의 것으로 드러났다. 서막 영상은 침대 시트 같은 하얀 천에 투사됐다. 진짜 침대 시트일지도 몰라. 예술 예산이란 게 뻔하잖아. 개빈이 낮은 소리로 레이놀즈에게 아는 척을 했다. 레이놀즈가 발꿈치로 그를 쿡 찔렀다. "당신 목소리, 당신 생각보다 커." 레이놀즈가 속삭였다.

지지직대는 확성기에서 녹음된 소리가 흘러나왔다. 엘리자베스 시대 약강오보격 무운시를 본뜬 형편없는 시였는데, 관객이 곧 보게 될 연극은 사실 리처드의 부서진 두개골 안에서 사후에 펼쳐지는 이야기임을 알렸다. 카메라가 두개골에 난 구멍을 클로즈업하더니 그 구멍을 통과해 두개골 안으로 훅 들어갔다. 그러고는 깜깜해졌다.

침대 시트가 홱 날아가자, 눈부신 조명 아래 리처드가 나타났다. 악행과 위선, 호령과 매도를 위한 만반의 준비를 갖춘 모습이었다. 그의 등에는 터무니없이 큰 혹•이 붙어 있었다. 혹은 흡사 어릿광대처럼 빨간색과 노란색 줄무늬였다. (…) 혹의 크기는 의도적이었다. 연극의 내적 핵심은 결국 이 설정에 있었다. ("외적 핵심이 아니라?" 개빈이 코웃음 쳤다.) 혹은 리처드의 무의식을 상징하는 것이었고, 따라서 거대할 수밖에 없었다. 감독은 관객이 거대한 왕좌와 거대한 혹 따위를 쳐다보면서 젠장 저게 다 뭐냐고 어이없어하겠지만 대사를 듣지 못할 정도로 어이없지는 않을 거라고 생각한 게 분명했다.

그래서 리처드는 거대한 크기와 요란한 색의 비유적 혹을 달고 있는 것으로 모자라, 뒷자락이 5미터나 늘어진 예복을 입었다. 그리고 거대한 멧돼지 머리를 뒤집어쓴 시종 두 명이 그 옷자락을 들고 있었다. 리처드의 문장(紋章)에 있는 멧돼지들과 세트였다.

리처드의 형 클래런스 공작이 익사형을 당하는 거대한 포도주 술통도 등장했고, 배우들만큼 키가 큰 검들도 등장했다. 런던탑의 두 왕자••를 질식시켜 죽이는 장면은 『햄릿』에 등장하는 연극처럼 무언극으로 진행됐다. 두 개의 거대한 베개가 시체나 통돼지 구이처럼 들것에 실려 들어왔는데, 행여 관객이 핵심을 놓칠세라 베개 커버는 리처드의 혹처럼 빨간색과 노란색이었다.

제가 이런 연극을 실제로 본 적은 없습니다. 하지만 상연만 한다면 번개같이 달려갈 겁니다.

이제, 드디어, 호가스 셰익스피어 프로젝트에서 제가 한 일을 말씀드리죠. 일단 요 네스뵈가 『맥베스』를 맡았고, 지넷 윈터슨이 『겨울 이

• 리처드 3세에게는 선천성 척추측만증이 있었고, 이것이 유골의 신원 확인에도 중요한 단서가 됐다.

•• 리처드가 왕위 찬탈을 위해 런던탑에 가둔 형 에드워드 4세의 어린 아들들을 말한다.

야기』를 개작했고, 앤 타일러가 『말괄량이 길들이기』에 도전했고, 하워드 제이컵슨이 『베니스의 상인』과 붙었습니다. 저는 『템페스트』를 잡았습니다. 『템페스트』는 저의 제1지망 작품이었습니다.

그런데 막상 잡고 나니 불안감이 밀려왔습니다. 셰익스피어 희곡을 소설 형태로 재해석하는 것은 벅찬 도전입니다. 셰익스피어는 거인이며, 영어와 연극과 영문학에 어느 작가도 따라가지 못할 지대한 공헌을 했습니다. 또한 셰익스피어는 변덕스럽고 다층적이며, 만인의 공감을 끌어내면서도 미꾸라지처럼 포착하기 어렵고, 악명 높은 변신의 귀재라서 매번 극화될 때마다 세대가 바뀔 때마다 새로운 방식과 변형과 해석들을 입습니다. 셰익스피어를 간파하는 것은 벽에 젤리를 박겠다는 것과 같습니다. 셰익스피어를 다시 쓴다? 이건 신성모독입니다! 누구든 그것을 시도하는 자는 분노한 셰익스피어 순수주의자들의 집중포화를 받고 지옥의 맛을 보게 될 겁니다.

그렇다고 시도하지 않는 것도 셰익스피어 추종자의 도리는 아니죠. 셰익스피어 본인도 이미 있는 민담과 플롯들을 차용하고 재구성하는 데 달인이었습니다.

저는 이전부터 『템페스트』에 대해 생각했고, 『템페스트』에 대해 쓰기도 했습니다. 제가 작가와 글쓰기에 대해 쓴 책이 있습니다. 제목도 『글쓰기에 대하여』입니다. 이 책에 마술사이자 사기꾼으로서의 예술가를 논한 장이 있습니다. 장의 제목은 '유혹: 프로스페로, 오즈의 마법사, 메피스토와 그 무리들(Temptation: Prospero, the Wizard of Oz, Mephisto & Co.)'입니다. 이들 모두 환상술사(illusionist)입니다. 예술가들이 그렇듯이요.

오즈의 마법사처럼 꽤 유능한 마술사지만 사기꾼은 아닌 프로스페로. 정말 그럴까요? 저는 이 책에서 프로스페로에 대해 다음과 같이 썼습니다.

> 프로스페로는 자신의 능력 – 마술과 환술 – 을 단지 오락이 아니라 (오락을 위해 사용한 적도 있지만) 도덕적·사회적 진보의 취지로 사용한다. 프로스페로가 신 행세를 했다고도 볼 수 있다. 프로스페로를 부정적으로 본다면 그는 폭군이다. 칼리반은 그를 폭군으로 부른다. 약간의 비약을 하자면 프로스페로는 구원을 운운하며 사람들을 고문하는 종교재판장와 비슷하다. 또한 그는 칼리반에게서 섬을 빼앗았으니 강탈자다. 그에게서 대공 지위를 찬탈한 그의 동생과 다를 바 없다. 사악한 주술사로 불러도 할 말이 없다. 적어도 칼리반은 그를 주술사로 부른다. 우리(관객)는 프로스페로의 행동을 선의로 해석하고 그를 자비로운 전제군주로 보는 경향이 있다. 대개는 그렇게 본다. 하지만 칼리반은 그를 간파한다.
>
> 프로스페로는 마법 없이는 통치할 수 없다. 마법이 그의 권력의 원천이다. 칼리반의 표현에 따르면 프로스페로는 마법 서적을 빼면 시체다. 따라서 그의 마술사적 면모에는 처음부터 사기꾼의 요소가 존재한다. 요컨대 그는 여러 가지로 해석이 가능한 인물이다. 어쩌면 당연하다. 어쨌거나 그는 예술가니까. 극이 끝난 뒤 프로스페로는 무대에 다시 등장한다. 그래서 자신이자 자신을 연기한 배우로서, 자신을 창조한 작가이자 그를 가지고 논 막후 조종자로서, 관객에게 에필로그를 전한다. 프로스페로이자 그를 연기한 배우이자 그의 대사를 쓴 셰

익스피어가 이런 말로 관객의 관용을 구한다. "여러분도 죄를 용서받고 싶으시다면, 여러분의 관대함으로 저를 놓아주십시오." 예술과 죄악의 동일시는 새삼스러운 일이 아니다. 프로스페로는 자신이 무언가를 도모했다는 것을, 그리고 그 무언가가 죄책감을 수반하는 일임을 알고 있다.

저는 이 에필로그가 항상 찜찜합니다. 프로스페로를 괴롭힌 죄책감은 무엇일까요?

제가 호가스 프로젝트에 착수하며 가장 먼저 한 일은 희곡을 다시 읽는 것이었습니다. 읽고 또 읽었어요. 다음에는 영화와 연극 영상을 닥치는 대로 입수해서 봤어요. 다음에는 옥스퍼드클래식판의 각주를 읽었어요. 거기에 제가 꼭 알아야 할 것들이 있었어요. 일단 음식들부터요. 예를 들어 피그넛(pig-nut)은 무엇일까요?

올해가 셰익스피어 타계 400주년이니만큼 저는 누군가 셰익스피어 요리책을 낼 것으로 확신합니다. 뱅쿼의 유령이 등장했던 연회에서 맥베스 부부가 낸 요리는? 존 폴스태프 경•이 좋아했던 음식은? (많음. 탄수화물 과다.) 『십이야』의 토비 벨치 경이 말한 "케이크와 에일"은 정확히 무엇을 뜻하는 걸까요?

아마도 케이크는 튜더 치즈케이크의 일종인 '메이드 오브 아너

• Sir John Falstaff, 셰익스피어 희곡 『헨리 4세』에 등장하는 허풍쟁이 늙은 기사.

(Maids of Honour)'였을 겁니다. 에일은 '에일 와이프•'가 빚은 보리술을 뜻했을 거고요. 그때는 뭐든 지극히 소규모로 양조됐으니까요.

저는 늘 소설과 연극의 등장인물들이 무엇을 먹고 마시는지에 관심이 많습니다. 특히 『템페스트』에는 먹을 게 많이 언급됩니다. 다만 대개는 매우 창의적인 조리법을 요하는 음식이긴 합니다.

다른 인물들에게 노예나 괴물로 취급받는 칼리반은 섬의 원주민입니다. 그는 수렵 채집 생활을 하며 물고기, 게, 열매, 피그넛(제가 알아낸 바에 따르면 감자처럼 땅속에 뿌리혹이 자라는 식물입니다), 어치 둥지(목적은 새알이었겠죠), 개암열매, 마모셋(원숭이의 일종. 아마 잡아먹기도 하고, 남은 걸로 모자도 만들고 했을 듯합니다), 스카멜(이것의 정체는 아직 미궁입니다)을 주로 먹었습니다. 다시 말해 이것이 폐위당한 밀라노 대공 프로스페로와 그의 딸 미란다가 바다를 표류하다 도착한 섬에서 12년 동안 먹은 음식입니다. 매우 기본적인 음식이죠. 이를테면 후추나 버터도 없고 빵도 없습니다. 한시바삐 밀라노로 돌아가고 싶었던 프로스페로의 마음을 알 것도 같습니다.

『템페스트』에 나오는 음식은 사실 이게 다가 아닙니다. 비록 마술이 빚은 환상에 불과하지만요. 이 환상 음식은 "몇몇 이상한 형체들이 뱅큇(banquet)을 들여와" 악당들—프로스페로의 찬탈자 동생 안토니오, 나폴리 왕 알론소, 형을 죽이려는 알론소의 동생 세바스찬—에게 같이 먹을 것을 청하는 장면에서 등장합니다.

• ale-wife, 중세 영국에서 가정에서 여성이 빚던 에일 맥주를 판매하기 시작하면서 에일 하우스가 생겼고, 에일 하우스의 주인을 에일 와이프로 부르게 됐다. 우리의 주모와 비슷한 개념이다.

'뱅큇' 하면 우리는 격식 있게 둘러앉아 먹는 호화로운 잔치, 다시 말해 튜더 왕가가 '연회(feast)'로 불렀을 법한 행사를 떠올립니다. 하지만 루스 굿먼(Ruth Goodman)의 『튜더 입문서(*How to Be a Tudor*)』에 따르면 뱅큇은 원래 칵테일 리셉션에 가까웠습니다. 즉 돌아다니며 먹는 가벼운 식사 자리인 거죠. 유행에 민감한 사람이면 자신만의 모노그램을 새긴 포크를 들고 다니며 음식을 찍어 먹기도 하고요.

어쨌든 프로스페로의 원수들이 이때다 하고 배를 채우려 할 때, 천둥소리와 함께 하르피이아•로 변신한 공기 정령 아리엘이 나타나고 뱅큇은 사라집니다. 아리엘이 그들의 죄상을 밝히고, 그들은 프로스페로의 주문에 걸려 실성해버립니다.

우리 모두 이런 파티에 가본 적 있지 않나요? 훈제 연어 카나페를 입에 반쯤 가져갔을 때 내 과거의 누군가가 나타나 내 흑역사를 신나게 들추면서 나를 돌아버리게 했던 일이 누구에게나 한 번쯤 있지 않나요? 뱅큇에 갈 때 이 점을 조심하세요.

지금쯤 슬슬 궁금해지지 않나요? 셰익스피어의 『템페스트』 '뱅큇'은 어땠을까? 기억하세요. 이때 아직 알감자는 없었습니다. 토마토도 없으니 미니 피자도 없다고 봐야죠. 아 참, 죄송하지만 커피도 없습니다. 그래요, 케이크와 에일로 때워야겠군요.

이렇게 기초 조사를 마친 후 저는 몇 가지 기본적인 결정을 내려야 했습니다. 소설의 공간적 배경을 어디로 할 것인가? 알다시피 『템페스트』는 환상을 다룹니다. 동시에 다른 셰익스피어 작품들처럼 복수나

• harpy, 그리스신화에 나오는 인간 여자의 얼굴을 한 괴물 새.

용서냐의 이야기입니다. 감옥에 관한 것이기도 합니다. 생각해보세요. 극중 거의 모든 인물이 이런저런 사정으로 길든 짧든 한 번쯤은 감금되는 신세가 됩니다. 이것이 제가 소설에 감옥을 넣은 이유입니다.

『템페스트』에서 마법사이자 밀라노 대공인 프로스페로는 반역자 동생과 나폴리 왕의 획책으로 추방당하고 어린 딸 미란다와 함께 바다를 떠돌다가 외딴섬에서 살게 됩니다. 12년 후 '상서로운 운명의 별'이 그의 적들을 섬 근해로 지나가게 합니다. 그러자 프로스페로는 공기 정령 아리엘을 시켜 폭풍 환상을 만들어내 일행의 배를 난파시키죠. 프로스페로의 적들, 그를 도왔던 늙은 충신 곤살로, 알론소의 아들 페르디난드는 섬에 상륙한 뒤 프로스페로가 아리엘을 통해 행하는 다양한 마법으로 조종당합니다. 프로스페로의 의도대로 결국 페르디난드와 미란다는 사랑에 빠지고, 적들은 넋이 나간 상태로 고난을 겪다가 용서받습니다. 한편 칼리반은 섬에 표류한 두 놈팡이—주정뱅이 집사와 광대—를 만납니다. 셋이 의기투합해 프로스페로를 죽일 작전을 꾸미지만 오히려 프로스페로가 부리는 요괴들에게 혼쭐납니다. 마지막에는 프로스페로의 종이었던 아리엘도 속박에서 풀려나고, 모두들 배에 올라 나폴리로 향합니다. 그리고 프로스페로가 연극에서 걸어 나와 관객에게 자신을 이만 놓아달라고 간청하죠. 셰익스피어 희곡 중 가장 아리송한 결말이라 할 수 있습니다.

『템페스트』는 극도로 복잡합니다. 플롯에 구멍도 많지만, 셰익스피어의 어느 작품보다 아름다운 시구들로 넘쳐납니다. 『템페스트』는 시간이 흐르면서 매우 다양한 해석을 낳았습니다. 섬이 그 자체로 마법의 섬인가? 섬은 감옥인가? 재판소인가? 프로스페로는 현명하고 선한 인물인가, 아니면 성질 사나운 인간인가? 미란다는 상냥하고 순수한 존재인가, 아니면 내숭을 떨면서 칼리반을 학대하고 비방하는 영악하고 냉혹한 여자인가? 칼리반은 프로이트가 말한 인간의 원시적 본능을 대변하는가? 그는 인간의 악한 본성인가? 그는 프로스페로의 어두운 그림자인가? 그는 자연인인가? 식민 지배의 피해자인가? 해석하기에 따라 이 밖에도 더 많은 칼리반들이 가능합니다.

또한 『템페스트』는 일종의 뮤지컬입니다. 어느 셰익스피어 희곡보다 노래와 춤과 음악이 많이 등장합니다. 극중 주된 뮤지션은 아리엘이지만 칼리반의 음악적 재능도 못지않습니다.

하지만 무엇보다 『템페스트』는 제작자/감독/극작가의 상연 활동을 다룬 작품입니다. 즉 섬에서 일어나는 일은 특수 효과를 완비한 연극입니다. 이 연극 안에 여신들의 가면극이라는 또 다른 연극이 들어 있습니다. 『템페스트』는 셰익스피어의 다른 어떤 희곡보다 명백하게 연극과 연출과 연기를 소재로 삼고 있습니다.

어떻게 이 모든 요소를 현대화해서 한 편의 소설에 충실히 녹여낼 것인가? 그게 가능은 할까? 이것이 제가 알아내려는 것이었습니다.

『마녀의 씨』의 시간적 배경은 2013년이고, 공간적 배경은 실제 스트랫퍼드 셰익스피어 축제에서 멀지 않은 캐나다의 어느 지역입니다. 소설의 첫 장면은 〈템페스트〉 비디오의 1막 1장입니다. 연극은 교도소에서 제작됐으며, 교도소의 수감자들이 연극을 녹화한 영상을 시청하고 있습니다. 이때 갑자기 교도소 폭동의 소리가 납니다. 봉쇄!

소설의 배경 설명으로 넘어가볼까요. 12년 전, 메이크시웨그 연극 축제를 총지휘하는 예술 감독이었던 필릭스 필립스는 부하 직원 토니와 토니의 친구이자 정치인인 샐 오낼리의 계략으로 총감독 자리에서 쫓겨났습니다. 이후 그는 변두리 판잣집에서 세상을 등지고 살아왔습니다. 그는 세 살 때 죽은, 살아 있다면 현재 열다섯 살일 딸 미란다의 영혼이 자신과 함께한다고 믿습니다. 미란다는 그의 유일한 혈육이었습니다. 그는 고독감을 이기기 위해 플레처 교도소의 재소자들에게 연극을 가르치며 셰익스피어 희곡들을 무대에 올립니다. (실제로 교도소에는 비슷한 교육 프로그램들이 존재합니다.)

그러던 중 이곳에도 '상서로운 운명의 별'이 뜹니다. 여기서는 어느 영향력 있는 여성이 '상서로운 별'이 되어 필릭스의 적들을 교도소로 불러들이는 역할을 합니다. 고위 관료들이 교도소의 연극 프로그램을 시찰하러 오는데, 시찰단에 그동안 출세를 거듭한 토니와 샐이 끼어 있었던 거죠. 필릭스는 적들을 함정에 빠뜨리고 속여서, 복수도 하고 빼앗겼던 자리도 되찾을 계획을 세웁니다. 그리고 그 목적을 위해 『템페스트』를 무대에 올리기로 합니다. 그의 지시를 받은 젊은 해커 수감자가 디지털 기술을 이용하여 덫을 놓습니다. 여자 역할을 하겠다는 재소자가 없어서 필릭스는 미란다 역을 맡을 진짜 배우를 섭외합니다. 한편 그의 딸 미란다의 혼령도 연극에 매료돼 참여하기로 합니다.

『템페스트』처럼 이 소설도 이 사건을 미래로 투사하며 끝을 맺습니다. 재소자 배우들이 과제를 제출합니다. 필릭스가 이들에게 내준 과제는 나폴리로 향하는 배에 오른 『템페스트』의 인물들에게 이후 어떤 일들이 일어났을지 상상해보라는 거였어요. 힌트를 드릴까요. 모두 해피 엔딩은 아닙니다.

마리클레르 블레

>>>‹‹‹

모든 것을 날려버린 사람

(2016)

내가 마리클레르 블레의 책을 처음 읽은 것은 스물한 살 때인 1961년이었다. 당시 나는 토론토대학교 빅토리아칼리지 4학년이었고, 내 전공은 영어영문학이었고, 학부의 '영어영문학'은 앵글로색슨 시대부터 T. S. 엘리엇까지의 모든 것을 죽 훑는 과정이었다. 졸업을 앞두고 디저트처럼 현대 소설 수강이 허용됐고, 강의 끝에 더블에스프레소처럼 우리에게 캐나다 작가의 책 두 권이 주어졌다. 셰일라 왓슨(Sheila Watson)의 『이중 갈고리(*The Double Hook*)』와 마리클레르 블레의 『아름다운 야수(*La Belle Bête*)』의 영역판 『성난 그림자(*Mad Shadows*)』였다.

캐나다 문학은 '영어영문학'의 범위 밖이었고, 따라서 명백히 캐나다 문학이었던 이 책들도 강의 대상이 아니었다. 내 생각에 이 책들이 선택된 것은 파격적인 형식 때문이었다. 『이중 갈고리』의 경우는 산문시에 가까운 문체와 짧게 삽입되는 시퀀스들로 캐나다 최초의 모더니즘 소설이라는 평을 얻었다. 그렇다면 『성난 그림자』에는 어떤 꼬리표를 붙일 수 있을까? 이 소설은 정의되기를 거부했다. 여기에도 짧은 시퀀스들이 삽입되지만, 분위기(tone)는 매우 달랐다. 셰일라 왓슨이 간결한 단성성가를 들려주었다면, 블레는 모든 감정과 모든 형용사를 최대치로 높인 과열된 바로크음악을 선사했다.

『성난 그림자』의 표지에는 아름답지만 이상한 눈빛을 한 얼굴이 그려져 있고, 그 위로 붉은 물감 혹은 피가 온통 흘러내리고 있었다. 이 책에는 그냥 사랑이 아니라 사랑, 사랑, 사랑!이 있었다. 이 책의 증오는 그냥 증오가 아니라 증오, 증오, 증오!였다. 무엇보다 여기에는 강박적 질투, 등장인물 모두의 치열한 자기도취, 그리고 여주인공의 날뛰는 파괴 욕망이 있었다. 영어영문학 전공 4년 차에 걸맞은 진한 에스프레소였다!

이 소설의 플롯을 어떻게 설명해야 할까? 나도 장 콕토의 영화 〈미녀와 야수(La Belle et La Bête)〉(1946)를 보았던 터라 고강도 초현실주의에 대한 이해가 없지 않다. 하지만 장 콕토 영화는 결국 모두가 아는 샤를 페로의 동화를 악마적으로 변주한 것일 뿐이다. 거기서도 여전히 미녀는 이름처럼 아름답고, 흉한 야수가 그녀를 죽도록 사랑하고, 미녀가 야수의 청혼을 받아들이면서 마침내 사랑이 승리한다. 불꽃놀이가 벌어지고, 야수는 잘생긴 왕자로 바뀐다.

하지만 『아름다운 야수』는 다르다. 아름다움과 추악함이 별개가 아닌 하나로 등장하는 여기서는 그런 행운을 기대할 수 없다. 이 이야기에는 한 어머니와 남매가 등장한다. 용모는 아름답지만 머리는 백치에 가까운 아들 파트리스[그의 이름은 '아버지(père)'의 어원인 '귀족(patrician)'을 내포하며, 따라서 남성 특권과 연결된다]. 총명하지만 못생기고 분노에 찬 딸 이자벨마리[그녀의 이름은 '미녀(belle)'를 내포한다]. 남매의 이기적이고 허영심 많은 엄마 루이즈는 아름다운 아들만을 애지중지한다. 질투가 딸의 행동을 지배하고, 어리석음이 남매의 엄마를 눈멀게 한다.

이 인물들은 생각하지 않는다. 이들은 그저 느낀다. 특히 딸은 감정으로 하얗게 작렬한다. 이 책의 제언은 보들레르의 시집 『악의 꽃』에서 가져왔고, 이 책의 주제는, 만약 특정할 수 있다면, 욕망의 부질없음이다. 즉 갈망하는 것은 결코 가질 수 없음을 말한다. 저주받은 여주인공은 사람들에게 사랑받기 위해 아름다움을 갈망하지만, 그녀에게 겨우 허락된 것은 맹인과의 로맨스다. 그녀는 보이지 않는 한 아름다울 수 있다. (작가가 『프랑켄슈타인』의 영향을 받은 걸까?) 하지만 맹인 애인은 기적적으로 시력을 회복하자 기겁해서 도망가버린다. 사랑은 구원이 아니다.

〈미녀와 야수〉에서처럼 이 소설에서도 마지막에 불꽃놀이가 벌어진다. 다만 이때의 불꽃은 이자벨마리가 저지른 방화의 형태를 취한다. 집이 불타고, 어머니가 소각되고, 여주인공은 기찻길로 향한다. 우리는 자살을 예감한다. 그럼 아름다운 남자는 어떻게 됐을까? 누나가 끓는 솥에 머리를 처박은 탓에 지금은 추해진 파트리스는 호수에서 한때 아름다웠던 자신의 모습을 찾다가 익사한다. 나르키소스처럼 그가 사랑했던 것은 오로지 자신의 상(像)뿐이었다.

두 교재 모두 나를 사로잡았지만 특히 『성난 그림자』가 흥미를 끌었다. 당시 나는 작가가 될 생각이었고, 『성난 그림자』의 작가가 나보다 불과 한 달 반 먼저 태어난 사람이었기 때문이었다. 블레가 겨우 열아홉 살 때 『아름다운 야수』를 썼고 스무 살 때 프랑스어 원작이 출판됐으니 까마득히 앞선 출발이었다. 우리가 아직 수습 일에서 허우적대고 있을 때 마리클레르 블레는 미국의 저명한 문학평론가 에드먼드 윌슨(Edmund Wilson)의 열광적인 비평에 힘입어 일약 국제적 작가의 반열에 올랐다.

당시 블레는 문학계의 또 다른 신동 프랑수아즈 사강과 종종 비교됐다. 하지만 두 사람은 근본적으로 달랐다. 사강은 프랑스 모더니스트 작가들의 '슬픔' 학파에 속했다. 이들은 환멸, 즉 탈(脫)미몽(disenchantment)을 문예사조로 만들었다. 반면 블레는 미몽을 물고 늘어졌다. 그녀의 인물들은 종종 어떤 주문에 묶여 있는 것처럼, 어떤 충동에 사로잡혀 있는 것처럼, 그들이 이해하지 못하는 힘에 조종당하는 것처럼 보인다. 사강의 인물에게 죄는 놀이였지만 블레의 인물에게는 죄가 현실이었고, 때로 치명적 현실이었다. '고딕 감성'으로 부를 수도 있겠지만 블레의 작품에서 고딕주의와 현실주의는 거의 하나이자 같은 것이다.

블레는 끓어오르고 동요하는 프랑스어권 캐나다의 감성으로 말했다. 그 감성은 뒤플레시• 소(小)독재와 열다섯 자녀 가정을 강요한 교회의 '요람의 복수' 정책이 가한 수십 년간의 억압이 형성한 것이었다. 이 시대의 외압들이 이미 가브리엘 루아의 『싸구려 행복』을 빚었고, 1970년에는 안 에베르(Anne Hébert)의 소설 『카무라스카(*Kamouraska*)』에도 실

• Maurice Duplessis, 1936년 퀘벡의 주지사가 된 인물. 보수 가톨릭교회를 정치 기반으로 프랑스계 캐나다의 주권을 주장했고, 프랑스혁명 이전의 프랑스를 정통으로 여겼다.

감 나게 담겼다. 어떤 면에서 『성난 그림자』를 비롯한 블레의 초기 소설들은 앙시앵 레짐•의 최후의 숨이었고, 다른 면에서는 '조용한 혁명'의 도래를 알리는 최초의 나팔 소리였다. (아무도 남의 목을 자르지 않았다는 의미에서만 조용했다는 것이지 사실은 굉장히 시끄러운 운동이었다.)

마리클레르 블레로 말하자면 그녀는 모든 것을 까발리기로 작정한 듯했다. 그녀에게 신성불가침의 영역이란 없었다. 블레는 초기에 신랄함으로 명성을 떨쳤다. 그녀가 사실은 재미있다는 것을, 그리고 1960년대 들어 점점 더 재미있어진 것을 느끼는 사람이 거의 없을 정도였다. 블레는 기성 신념들과 기존의 비유들을 조롱했고, 동시에 신나게 언어를 가지고 놀았다. 그녀는 어떠한 것도 정설로 받아들이지 않았고, 거기에는 1970년대 초 퀘벡 분리주의 운동의 기조들도 포함됐다. 블레의 1973년 소설 『주알 사람, 주알 나라(*Un Joualonais, sa Joualonie*)』[영역판 제목은 『생로랑스 블루스(*St. Lawrence Blues*)』]는 참된 퀘벡 소설이라면 주알어로 쓰여야 한다는 제도권의 압박에 대한 그녀 방식의 반격이었다. 이 소설은 주알어를 쓰는 동시에, 한 소설에는 한 종류의 언어만 써야 한다는 발상을 교활하게 밟는다.

데뷔작의 대성공은 때로 작가에게 독이 된다. 이 성공을 어떻게 재현할 것인가? 다음에는 어디로 가야 하나? 많은 작가들이 내리막의 두려움과 첫 성공에 어김없이 따르는 공격에 질려 그 자리에 얼어붙고 만다. 하지만 마리클레르 블레는 숨 돌릴 필요조차 느끼지 못하는 듯

• ancien régime, 구체제.

했다. 그녀는 1960년, 1962년, 1963년, 1965년, 1966년에 연달아 책을 냈고, 1968년과 1969년에는 두 권씩 냈고, 1970년에도 냈다. 실로 경이로운 산출량이다. 이것도 작가 데뷔 후 첫 10년의 산출량에 불과했다. 블레는 뒤이은 40년 동안에도 속도를 늦추지 않았고, 빨간 망토 소녀가 데이지꽃을 따듯 문학상들을 받았다.

블레가 데뷔 후 첫 10년 동안 낸 책 중에서 내가, 그리고 다른 많은 이들이 특히 좋아하는 책이 『에마뉘엘의 삶의 한 계절』이다.

역경에 맞서 싸우며 땅에 충성하는 덕성스러운 농민상은 그전부터 퀘벡 문학의 주요 산물이었다. 하지만 마리클레르 블레는 여기서도 체제 전복과 통념 뒤집기에 열중한다. 에마뉘엘은 갓난아기로 등장한다. 하지만 구세주의 탄생과는 거리가 멀다. 그는 고양이 새끼처럼 태어나고, 엄마는 그를 낳자마자 소젖을 짜러 나가고, 그의 무섭고 냉혹하고 심술궂고 강압적인 할머니 앙투아네트가 그를 붙잡고 갓난아기라면 넌더리가 난다고 악담을 늘어놓는다. 일반적인 성탄 장면은 아니다. 그러더니 먼저 태어난 아이들이 떼로 들어온다. 도대체 몇 명이야? 열다섯? 열여섯? 정확히 세기도 어렵다. 할머니는 아이들에게 각사탕을 던져주고는 걸리적대는 닭이나 돼지에게 하듯 훠훠 몰아낸다.

이후 상상 가능한 모든 경건함을 박살 내는 일들이 펼쳐진다. 옹졸한 문맹 부모, 사악한 성직자, 도둑질을 일삼는 10대들, 끔찍한 신학교, 병약한 천재, 나무에 매달린 자살자, 끝없는 굶주림과 추위, 수녀원에서 매음굴로 던져지는 소녀들. 그 와중에 악녀 크루엘라처럼 불벼락을 내리고 운명을 좌우지하는 할머니. 이 파괴의 향연은 방자하고 격정적인 언어로 그려지며, 이 언어는 줄곧 통제 불능으로 떨어지기 일보 직전에서 불안하게 흔들리면서도 자기만의 음조를 정확히 유지한다. 『에마뉘엘의 삶의 한 계절』은 마리클레르 블레의 전국적·국제적 명성을 공고히 하는 한편 상당수 퀘벡 사람들의 격분을 불러일으켰다.

이런 작가를 어떤 말로 요약할 수 있을까? 도저히 불가능하다. 이 정도의 다작과 다양성과 창의성과 강도는 퀘벡 문학에서, 아니 캐나다 문학에서, 아니 사실상 어느 문학에서도 유례를 찾기 어렵다. 마리클레르 블레는 고유하다. 어느 계파에도 속하지 않고, 예술을 제외한 어떤 종교에도 가입돼 있지 않다. 그녀는 다만 부단한 탐험가다. "바람이 제멋대로 불매, 네가 그 소리를 들어도 어디서 와서 어디로 가는지 알지 못하나니, 성령에서 난 이가 모두 그러하니라(「요한복음」 3장 8절)." 마리클레르 블레도 마찬가지였다. 그녀는 자신의 영을 따랐고, 그녀의 작품이 그 결과였다. 블레 없는 우리 문학을 상상하는 것은 영영 불가능하다.

『모피 여왕의 키스』

>>><<<

(2016)

톰슨 하이웨이(Tomson Highway)의 『모피 여왕의 키스(*Kiss of the Fur Queen*)』는 1998년에 출간돼 여러 주 동안 베스트셀러 목록의 정상을 점했다. 이 소설은 선구적 작품이었다. 그때까지 널리 거론되지 않았던 두 가지 주제를 다룬 점에서 그랬다. 하나는 퍼스트네이션• 아이들을 강제 수용했던 기숙학교••에서 일어난 신체적·성적 학대이고, 다른 하나는 퍼스트네이션 부족들에 존재하는 동성애 생활 방식과 정체성이다. 이 소설은 오래 억눌렸고 그만큼 곪아 있던 주제들을 처음으로

• First Nations, 캐나다 원주민.

•• 캐나다 정부와 가톨릭교회는 1863~1998년까지 100년 동안, 원주민 아동들을 기숙학교에 강제로 수용해서 이들의 이름과 종교를 바꾸고 토착 언어와 관습을 금하는 등의 반인권적 문화말살 교육정책을 시행했다. 이 과정에서 수많은 어린이가 육체적·정신적 학대로 숨졌고, 성폭력과 고문 등의 잔혹 행위를 당했다. 캐나다 정부는 2010년 이후에야 책임을 인정했으며, 현재 곳곳에서 희생자의 유골이 수십, 수백 구씩 발견되면서 전 세계에 충격을 주고 있다.

정면 돌파했던 책들 중 하나다. 그중에서도 특히 원주민 기숙학교의 학대 문제를 제기했다. 이 비극의 역사가 10여 년 전부터 대중의 눈앞에 실체를 드러내고 있다. 그 시작점에 톰슨 하이웨이가 있다 해도 과언이 아니다.

하이웨이가 선구와 혁신의 작가 정신을 보여준 것이 이때가 처음은 아니었다. 그는 먼저 극작가로 등장했다. 1986년 〈레즈 시스터스(The Rez Sisters)〉로 큰 성공을 거둔 뒤 여러 희곡을 연이어 발표했고, 1986년부터 1992년까지 토론토 네이티브 어스 퍼포밍 아츠(Native Earth Performing Arts) 극단의 예술 감독으로 활약했다. 그의 작품들은 위험한 모험이었지만, 그가 뚫어놓은 길을 다른 많은 이들이 따랐다.

그런데 어째서 1980년대에는 이런 종류의 행보가 그렇게 새롭고 전례 없는 일로 여겨졌을까? 1960년대만 해도 원주민 출신 시인, 극작가, 소설가들의 작품이 거의 없었다. 화가 노발 모리소(Norval Morrisseau)가 1970년대에 이름을 알렸지만, 문학계에서는 존 리처드슨(John Richardson)의 『와쿠스타(*Wacousta*)』(1832)와 폴린 존슨(Pauline Johnson)의 서사시 이후로 오랫동안 이렇다 할 작품이 없었다. 그동안 퍼스트네이션 문학의 공백은 채워지지 않은 채로 방치됐고, 여기에는 원주민 기숙학교 시스템에도 분명한 책임이 있다. 그 시스템은 젊은이들의 마음에서 원주민 문화의 모든 것을 말살하는 데 이용됐다. 아는 것이 말살됐는데 어떻게 아는 것을 쓸 수 있겠는가?

하이웨이는 자신의 천재를 그 말살의 이야기를 들려주는 데 썼다. 그는 말살의 경험이 어떤 것이었는지, 그것이 원주민에게 어떤 영향을 미쳤는지 말했다. 그리고 고통스럽게 강제된 공백에도 불구하고 어떻게 오랜 전통과 믿음과 인물들이 의식의 표면으로 재부상할 수 있었는지 말했다. '억눌린 자의 귀환'은 원래 심리학 용어이지만 지금은 사회인류학 용어가 됐다. 21세기 초는 다양한 집단과 공동체들이 이전 세대가 기를 쓰고 묻었던 것을 파내는 데 매진하는 시대다. 그렇다고 발굴의 첫 삽을 뜨는 사람들이 늘 감사를 받는 것은 아니다. 감사는커녕 오히려 비난을 받을 때가 더 많다. 그들은 이루 말할 수 없는 것을 말했고, 차마 입에 담지 못할 것을 언급했고, 침묵 강령을 위반했기 때문이다. 그렇게 치부를 들췄기 때문이다. 이런 상황에서 가해자에게 떨어지는 게 비난이라면 피해자에게는 수치가 따른다. 강간이 그런 경우이며, 이 아이들은 강간을 당했다.

『모피 여왕의 키스』는 제목부터 1985년에 영화화된 마누엘 푸익(Manuel Puig)의 유명한 동성애 소설 『거미여인의 키스』를 떠올리게 한다. 『모피 여왕의 키스』는 크리족 형제가 등장하는 반자전적 이야기다. 두 형제는 가족과 분리돼 기숙학교로 보내진다. 그곳에는 아동 학대를 일삼는 가톨릭 사제들이 있었다. 아이들은 학교에 가야 한다는 게 법이었고, 지역사회에 학교가 없는 경우 기숙학교가 유일한 선택이었다. 형제는 강제로 개명당하고, 강제적 문화 말살 과정이 시작된다. 다행히 이들에게는 수호신이 있었다. 바로 위사기착(Weesageechak)이다. 위사기착은 크리족 트릭스터• 신의 여러 이름 중 하나다(북미에서 회색어치를 부르는 말인 '위스키잭'이 이 이름에서 유래했다). 이 신은 젠더가 없으

• trickster, 도덕이나 관습에 반항하고 사회질서를 어지럽히는 장난꾸러기 같은 존재를 말하며, 세계의 신화나 민담에 자주 등장한다. 악행과 사기를 일삼지만 악마와는 다른 부류로 신성시된다.

며 무엇이든 원하는 형태를 취할 수 있다. 예컨대 하이웨이의 소설에서는 여우의 입을 빌려 말한다. 하지만 그의 '레즈'• 희곡 두 편[이 중 두 번째가 1989년에 나온 『마른 입술은 카푸스카싱으로 가야 한다(*Dry Lips Oughta Move to Kapuskasing*)』이다]에서는 나나부시라는 이름으로 등장한다. 나나부시는 한 작품에서는 남성, 다른 작품에서는 여성이다.

하이웨이의 요점 중 하나는 이것이다. 하나의 언어를 훔치거나 말소하는 것은 곧 현실을 보는 방법 하나를 온전히 훔치고 지우는 것이다. 예컨대 크리족의 언어에는 지각이 있는 동물(sentient beings)에게 쓰는 중성 관사가 있지만, 영어에는 그런 게 없다.

하이웨이의 소설이 진정한 자기 시대를 만나기까지 20년 넘게 걸렸다. 당시에는 시대를 한참 앞선 작품이었지만, 지금은 어느 때보다 시의적절하다.

• Rez, 북미 원주민 보호구역을 말한다.

백척간두의 우리

›››‹‹‹

(2016)

여성을 위한 법률 교육에 관심과 열정을 지닌 분들의 모임에 초대받아 오늘 아침 이렇게 연단에 서게 되었습니다. 몹시 뿌듯한 일이 아닐 수 없습니다.

이 기회를 빌려 제 소설 『그레이스』의 소재가 된 사건에 대해 말해볼까 합니다. 1843년 이곳 토론토에서 그레이스 마크스의 재판이 있었습니다. 그 재판을 당시와 현재의 여성의 법적 권리 맥락에서 돌아보려 합니다. 그리고 거기에 제가 『시녀 이야기』를 쓸 때 조사했던 내용도 섞어 넣어볼까 해요. 『시녀 이야기』는 지금은 TV 시리즈로 더 유명합니다. 제가 카메오로 출연하기도 했죠. 재미있게 부담 없이 들어주시면 됩니다. 지금은 1843년이 아니니까요. 그런데 정말 그런가요? 우리 세계는 『시녀 이야기』의 세계처럼 여성을 핍박하는 신정국가를 향하고 있지 않으니까요. 정말 그런가요? 지금은 2016년 10월 19일이고,

미국 대선이 이제 겨우 20일 남았습니다. 그리고 우리는 선거운동 기간에 17세기 마녀재판 이후로는 보기 힘들던 수준의 여성 혐오의 분출을 목격했습니다. 이와 함께 수정헌법 제19조—1920년 미국 여성에게 투표권을 부여한 미국 헌법의 수정 조항—를 폐지하자는 온라인 운동이 일었습니다. 농담이 아니었어요. 완전히 진지한 운동이었습니다. 볼을 꼬집어보세요. 꿈이 아니라 현실입니다.

이 일은 현재 우리 대부분이 당연시하는, 하지만 오래지 않은 과거에 여성과 소녀들이 어렵게 쟁취해낸 권리가 언제든 박탈당할 수 있음을 다시 한번 일깨웁니다. 이 권리는 문화적으로 매우 얕게 심겨 있습니다. 이 권리는 역사적으로 그다지 오래되지 않았고, 해당 문화권의 모두가 열렬히 신봉하지도 않습니다. 다가오는 미국 대선의 남성 후보만 해도 그것을 믿지 않는 듯합니다. 그는 남성과 소년들에게 꽤나 흥미로운 롤모델로 작용합니다. 미국과 캐나다의 성폭행 통계도 우리 시대를 잘 말해줍니다. 현재 #NotOkay 해시태그• 아래 분노의 봇물을 이루는 여성들과 소녀들의 트윗들도 마찬가지입니다.

많은 분들이 물어보거나 궁금해합니다. "당신도 그런 경험이 있나요?" 저도 지칠 때까지 대답합니다. 물론이죠. 상상하기 힘드시겠지만 저도 한때는 10대 소녀였고 젊은 여성이었습니다. 다시 말해 저도 한때는 기차역 같은 곳에 많이 출몰하는 더듬이들과 노출 아티스트들의 잠재적 표적이었습니다. 다만 운이 좋아서 실제 강간범은 피했고, 술

• 2016년, 미국 대선 당시 대통령 후보였던 도널드 트럼프가 여성을 성추행한 경험을 떠벌린 대화의 녹취 파일이 공개돼 큰 파문을 일으켰다. SNS에는 이에 분개한 여성들이 자신의 성추행 피해담을 공유하고 사회에 만연한 성폭력을 비난하는 게시물이 쏟아졌다.

집에서 제 음료에 데이트 강간 약물을 탄 작자도 없었습니다.(그런 약물은 발명되기 전이었어요.) 제가 처음부터 오늘날 여러분이 보시는 존경받는 원로나 무서운 마녀 할머니의 모습은 아니었어요. 제게 처음부터 어려울 때마다 저를 도와줄 도깨비 부대와 요괴 부대가 129만 트위터 팔로어의 형태로 있었던 건 아니랍니다. 물론 그중 일부는 로봇이란 것을 압니다. 그 로봇 중 일부가 제게 제 거시기가 그립다는 둥, 거시기에 대해 대화하고 싶다는 둥의 트윗을 보내거든요. 또한 그런 초대에는 트윗을 보낸 당사자일 리 만무한 젊은 숙녀의 헐벗은 사진이 딸려오곤 해요.

소위 서방의 선진 세계라는 곳에서조차 우리의 입지는 위태롭습니다. 여성의 법적 지위를 후퇴시키고, 우리를 1843년으로, 혹은 더 이전으로 보내버리는 데 그리 많은 힘이 들지 않아요. 노예해방운동가 웬들 필립스(Wendell Phillips)가 이런 말을 했다고 합니다. "부단한 경계는 자유의 대가다." 맞는 말입니다. 제 책 『시녀 이야기』의 시녀들에게는, 좁게 정의하면, 강간당하지 않을 자유가 있습니다. 하지만 무언가를 할 자유는 없습니다. 직업을 가지거나 원하는 옷을 입거나, 책을 읽을 수 없습니다. 만약 모두에게 뭐든 원하는 대로 할 자유가 있다면, 유감이지만 여자들은 무사하지 못할 겁니다. 아무리 신통한 여성이라 해도 집단 강간이나 집단 추행에 환장한 깡패 무리들을 당해낼 수는 없으니까요.

그렇다면 두 가지 자유—무언가를 할 자유와 무언가를 하지 않을 자유—사이의 균형을 어떻게 맞춰야 할까요? 다시 말해 [오늘 여성법률교육행동재단(Women's Legal Education and Action Fund, LEAF)이 주최하는 조찬회에 참석하는 것을 포함해] 내가 원하는 것을 할 자유와 남이 나를 망치려는 자유 사이의 경계선은 어디인가요? 역사적으로 이는 기나긴 이야기였고, 보다시피 명백히 앞으로도 이어질 이야기입니다.

이번 선거판이 이렇게까지 비겁하고 부당한 싸움판이 될 줄 누가 알았겠어요? 특히 여성에게 부당한 싸움판이요. 캐나다는 언제나처럼 코를 창문에 박고 초조하게 이웃의 투표를 지켜보겠죠. 왜냐하면 누가 말했듯 워싱턴이 감기에 걸리면 캐나다도 재채기를 면치 못하니까요. 몸을 사려야 할 때인지 아닌지 알아야 하잖아요? 어린 소녀들은 더 말할 것도 없고요. 곰 퇴치 스프레이를 준비하세요! 이왕이면 1950년대식 플레이텍스 고무 거들도 준비해요! 어느 호주 국회의원의 말마따나 문어처럼 더듬는 "역겨운 괄태충"도 그건 좀 뚫기 어려울 거예요! 섣불리 더듬었다가는 바로 튕겨 나갈 테니까요!

아무튼, 오늘 우리는 어제였던 퍼슨스 데이•를 기념하는 중입니다. 이 나라에서 여성이, 적어도 일부 여성이나마 법인격(legal personhood)을 인정받은 것이 불과 87년 전입니다. 이 성과는 긴긴 투쟁의 결과였으며, 그 투쟁은 다른 여러 치열한 투쟁들과 맞물려 전개됐습니다. 여성이 고등교육을 받을 권리를 위한 투쟁도 그중 하나였습니다. 전에는 고등교육이 여성의 쪼끄만 뇌를 혹사하고, 여성의 생식기관을 시들게 하는 것으로 간주됐거든요. 블루머슈트를 입고 부도덕하게 자전거를

• Persons Day, 1929년 10월 18일 여성도 캐나다 상원의원이 될 수 있다고 판결한 헌법재판 결과를 기념하는 날이다.

타고 돌아다닐 권리도 없었습니다. 그런 행동은 문명의 종말로 욕먹었습니다. 여성에겐 숨 막히는 코르셋을 벗을 권리도 없었어요. 코르셋 없이는 여성의 약한 척추가 무너져서 몸이 바닥에 해파리처럼 철퍼덕 들러붙을 거라고 생각한 거죠. 물질적인 면도 나을 게 없었어요. 예전에는 기혼 여성에게 본인의 돈과 재산을 쓰거나 관리할 권한이 없었고, 직장을 얻고 임금을 받을 권리도 없었습니다. 이 권리들 모두 투쟁으로 얻어낸 것입니다.

19세기 서구의 법 체제에서 여성은 의무에 있어서는 성인이었으나 권리에 있어서는 미성년자 신세였습니다. 드물게 부부가 이혼하는 경우에는 설사 여자의 잘못이 아니어도 아내는 이혼 자체로 평판을 잃었고, 남편은 아무리 흉포하고 끔찍한 아버지였어도 거의 언제나 자녀 양육권을 차지했습니다. 아내를 실제로 죽이는 것만 허용되지 않았을 뿐 집안에서 남편은 아내에게 무제한적인 통제를 행사했고, 아내에게는 기댈 데가 거의 없었습니다. 19세기 빅토리아시대는 가부장적 가족관이 지배했던 시대인 동시에 매춘이 난무하고 극심한 체벌과 악랄한 노동 착취를 포함한 아동 학대가 만연했던 시대였습니다. 아편 제제가 특허 의약품으로 유통되면서 아기를 진정시키는 용도로 쓰였는가 하면, 고기는 아이에게 동물적 충동을 키우고 과일은 소화기관을 망친다는 식의 해괴한 아동 영양 이론들이 판쳤습니다. 아이들에게는 하얀 것만 먹여야 한다는 믿음도 있었죠. 하얀 빵, 하얀 밀크 푸딩, 하얀 녹말. 『올리버 트위스트』에 나오는 기숙학교나 고아원은 물론이고 부유한 가정들도 이런 영양 시스템을 따랐습니다. 이 시대의 많은 아동들이 창백하고, 병약하고, 비실대고, 이 세상 아이 같지 않게 너무 순하고, 아니나 다를까 너무 일찍 세상을 뜨는 일이 많았던 것은 전혀 놀랄 일이 아닙니다.

오늘날 우리가 여성의 자율적 '재생산권'•이라고 부르는 권리는 어땠을까요? 19세기에는 그런 권리가 공식적으로 부재했습니다. 심지어 출산 중에 진통제를 사용하는 것조차 성직자들에 의해 금기시됐습니다. 여성은 원래 출산의 고통을 겪는 게 당연했으니까요. 성경에 그렇게 쓰여 있으니까요. 낙태는 불법이었지만 이런저런 방법으로 꽤 널리 행해졌습니다. 노동자계급의 미혼 여성이 임신하면 상대 남성의 부양을 받지 못할 경우 아이는 고아원에 보내지고 자신은 길거리 매춘부로 전락하는 일이 허다했습니다. 결핵과 더불어 성병이 만연했기 때문에 그나마도 오래 살지는 못했을 겁니다. 당시 오페라에는 유난히 기침하며 죽어가는 소녀들이 많습니다. 〈라 보엠〉의 미미가 그렇고, 〈라 트라비아타〉의 비올레타가 그랬죠. 완전히 사실에 근거한 이야기입니다.

이것이 제 소설 『그레이스』의 배경입니다. 이 소설은 1840년대에서 시작합니다. 여성의 겸양과 예의에 높은 가치를 두었던 시대, 얼굴을 가리는 보닛의 시대였죠. 이 소설은 아일랜드계 이민자 출신의 어린 하녀였던 그레이스 마크스라는 실제 인물에 기반합니다. 1843년 여름, 당시 어퍼캐나다(지금의 온타리오주)의 리치먼드힐이라는 작은 마을에서 두 명이 살해당합니다. 피해자는 40대의 부유한 스코틀랜드계 이

• reproductive rights, 1994년 유엔국제인구개발회의(ICPD)에서 인권으로 천명한 권리로, 개인이 출산의 여부, 시기, 방법, 자녀 수를 자유롭게 결정할 수 있는 권리와 이 권리의 행사를 위한 정보 및 의료 서비스를 제공받을 권리를 말한다. 이 권리는 피임과 임신 유지 및 종결의 자유로운 결정을 보장한다.

민자 토머스 키니어와 그의 가정부이자 정부인 23세의 낸시 몽고메리였고, 낸시는 피살 당시 임신한 상태였습니다. 살인 용의자는 키니어의 아일랜드계 하인인 20대 초반의 제임스 맥더모트와 이제 막 열여섯 살이 된 또 다른 하녀 그레이스 마크스였습니다. 두 사람은 사건 직후 금품을 챙겨서 증기선을 타고 미국 루이스턴으로 달아납니다. 하지만 키니어의 친구가 이들을 추적하고, 어느 호텔에서 둘을 찾아내죠(둘이 같은 방에서 자고 있지는 않았어요). 둘은 캐나다로 강제 송환돼 곧바로 키니어 살해 혐의로 재판을 받습니다. 충격적인 것은 그레이스가 살해된 여성의 드레스 중 하나를 입고 법정에 나왔다는 겁니다. 글쎄요, 멋진 드레스였고, 버리기 아까웠을 수도 있죠.

재판에서 두 사람 모두 유죄판결을 받았습니다. 맥더모트는 직접 총을 쏜 주범이고 그레이스는 공범이었습니다. 둘이 사형을 언도받았기 때문에 낸시 몽고메리 살해에 대한 재판은 불필요한 것으로 간주돼 열리지도 않았습니다.

그런데 그레이스의 경우, 이전 남성 고용주들이 그녀의 착한 성품을 증언한 점과 나이가 어리다는 점, 맥더모트가 말을 듣지 않으면 죽이겠다고 협박했기 때문에 함께 달아난 것뿐이라는 본인의 탄원이 참작돼 종신형으로 감형됩니다. 교수형을 당하기 직전 제임스 맥더모트는 자신이 낸시 몽고메리를 목 졸라 살해할 때 그레이스 마크스도 거들었다고 말합니다. 맥더모트가 사형당한 뒤 사건의 진상을 아는 사람은 이제 그레이스만 남았지만, 그녀는 끝까지 입을 열지 않았습니다.

그녀는 범인일까요, 아닐까요? 우리는 알 길이 없습니다. 이것이 제가 소설 소재로 그레이스 사건에 관심을 갖게 된 이유 중 하나입니다.

더구나 당시에 그레이스의 유무죄를 놓고 기사와 저술의 견해가 심하게 양분됐습니다. 이는 여성과 남성이 살인 사건에 함께 연루된 경우 흔히 일어나는 일입니다. 대개 남성에 대해서는 논평이 일치하는 데 반해(범인이다), 여성에 대해서는 의견이 갈립니다. 그레이스는 자기 의지에 반해 협박과 강요로 사건에 휘말린 무고한 소녀일까요, 아니면 섹스를 미끼로 남자를 꾀어 범행을 사주한 사악하고 교활한 요부일까요? 당시 언론은 그레이스의 두 가지 버전을 상당한 윤색과 함께 대서특필했습니다. 종파에 따라서도 여론이 갈렸습니다. 영국국교회 보수주의자들에게 그레이스는 유죄였습니다. 고용주 살해에 연루되는 것만도 고약한 악행이었습니다. 반면 감리교 정치 개혁가들에게 그녀는 무죄였습니다. 그녀는 목숨을 부지하기 위해 이용당한, 어쩌면 정신박약의 소녀였습니다. 지금처럼 그때도 사람들은 시대가 여성에 대해 만들어낸 온갖 추성을 그녀에게 투사했습니다. 나약함, 잠재적 타락, 선천적 어리석음, 또는 반대로 그들의 간교와 기만. 대개 그렇듯이, 특히 19세기에 재판받는 여성에게 늘 그랬듯이 그레이스의 경우에도 그녀의 죄상뿐 아니라 그녀의 인격 전체가 심판대에 올랐습니다. 특히 그녀의 성행위에 관심이 집중됐습니다. 그녀는 맥더모트와 동침했을까, 하지 않았을까? 이것도 우리는 알 길이 없습니다. 그레이스의 머리색에 대해서는 평자들의 의견이 갈렸지만, 그녀가 미모의 소유자였다는 데에는 이견이 없었습니다. 그렇지 않았다면 애초에 이 재판이 그렇게까지 유명하지 않았을지도 모릅니다.

범행 동기에 대해서도 몇 가지 버전이 있습니다. 이웃 중 일부는 그레이스가 키니어 씨를 연모했기 때문에 낸시를 질투했고, 그래서 맥더모트에게 성관계를 약속하고 범행을 부추겼을 거라고 말했습니다. 다른 이들은 반대로 키니어의 정부인 낸시가 그레이스를 질투했다고 말했습니다. 낸시는 나이가 더 많고 임신까지 했기 때문에 얼마 안 가 키니어의 골칫거리가 될 처지였는데, 어리고 매력적인 그레이스가 바로 옆에서 그녀의 자리를 노렸다는 거죠. 하지만 분명한 사실은 이 두 여성, 그레이스와 낸시에게는 선택의 여지가 많지 않았다는 겁니다. 그들은 돈도 사회적 지위도 없었고, 전적으로 고용주의 변덕에 좌우되는 처지였습니다. 살인이 일어나지 않았다면 그레이스는 다른 곳에 하녀 자리를 얻어 떠났겠죠. 하녀에 대한 수요는 항상 있었으니까요. 하지만 낸시는 키니어에게 해고되면 난감한 신세가 됐을 겁니다. 그의 정부였던 게 알려져 있었고 따라서 평판이 바닥일 테니까요. 아무도 그녀의 과거를 알지 못하는 미국으로 갔거나 했겠죠.

그래요, 미국. 그곳이 결국 그레이스가 향한 곳입니다. 그녀는 토론토 정신병원에 수감됐다가 킹스턴 교도소에서 25년을 복역했고, 캐나다연방 성립 기념 대사면으로 풀려난 뒤 미국으로 건너갔습니다. 이후의 일은 알려져 있지 않습니다. 그레이스의 행방이 묘연해진 후에도 19세기가 끝날 때까지 그녀에 대한 글은 끊이지 않았습니다. 그녀에게는 마녀로 몰린 여자들 특유의 매력이 있습니다.

여자가 뭐길래요? 여자들은 어쩌다 시대를 막론하고 남자들에게 공포의 대상의 됐죠? L. 프랭크 바움은 오즈의 마법사는 사기꾼으로 삼고 진짜 마법은 마녀들에게 주었습니다. 헨리 라이더 해거드는 사람을 감전사시키는 '그녀'라는 슈퍼히로인을 창조했습니다. 박해자의 죄책감 같은 걸까요? 자기들이 저지른 역사적 과오를 알기에 '억눌린 자의 귀환'이 두려운 걸까요? 그래서 그렇게 힐러리 클린턴에게 마녀와 악마의 이미지가 붙은 걸까요? 힐러리 다르크라고 불러도 될 뻔했어요. 잔 다르크는 조국을 위해 싸웠고 승전했지만, 너무 강했고 너무 당당했습니다. 그들 생각에 여자가 그런 일들을 혼자 힘으로 해냈을 리 만무했습니다. 어둠의 세력과 결탁했을 게 분명했죠. 화형시켜라! 그들은 그렇게 했습니다.

결국은 시간이 모든 것을 밝히겠죠. 얼마 후면 핼러윈입니다. 핼러윈은 전통적으로 이승과 저승 사이의 문이 열리고 비밀들이 드러나는 접점의 순간입니다. 다음에는 가이 포크스 데이•가 옵니다. 이날은 어둠 속에 도사린 해커 부대를 떠올리게 합니다. 다음에는 치명적 투표가 있을 11월 8일이 옵니다. 그다음에는 뭐가 올까요? 알 수 없습니다. 미국에서 수정헌법 제19조가 폐지되지 말란 법도 없습니다. 그렇게 되면 무슨 일이 생길지 누가 알겠어요. 이런 일들은 전염성이 강하거든요. 또 모르죠, 캐나다에서 여성의 법인격 박탈 움직임이 일어날지?

하지만 현시점에서 우리는 아직 사람(person)입니다. 이 지위를 얻기 위해 싸웠던 분들께 감사드립니다. 사람인 것이 그렇지 못한 것보다 기분 좋은 일이죠. 그리고 우리가 사람인 것이 그저 재산의 일부나 생식 수단인 것보다 대체로 사회에도 더 보탬이 됩니다. 우리의 사람 지

• Guy Fawkes Day, 영국에서는 1605년 가이 포크스가 이끄는 가톨릭교도 무리가 웨스트민스터궁을 폭파해 제임스 1세와 대신들을 몰살하려 했다가 실패한 화약 음모 사건(Gunpowder Plot)을 기념해서 매년 11월 5일에 불꽃놀이 축제를 벌인다. 시간이 가면서 가이 포크스의 이미지는 반역자에서 저항의 아이콘으로 변했고, 기득권에 반발하는 사람들이 가이 포크스의 얼굴을 본뜬 가면을 쓰고 행진하는 것으로 유명하다. 국제 해커 조직인 어나니머스(Anonymous)는 가이 포크스 가면을 자신들의 상징으로 삼았다.

위를 축하합시다. 그리고 이왕 하는 김에 법 공부에 뜻을 둔 젊은 여자 사람들을 도울 방법을 생각합시다. 그래야 최악의 상황이 닥쳤을 때 우리의 사람 지위를 방어하기가 더 유리해져요. 또는 저들이 우리를 밀치고 더듬는 상황이 왔을 때요. 그래요, 이 나라에서는 모든 여성에게 사람 지위가 있습니다. 다만 일부 여성에게 다른 여성보다 그 지위를 실현할 기회가 더 많을 뿐입니다.

Burning Questions

›› 4부 ‹‹

2017—2019

파국의 시대

트럼프 치하의 예술

›››‹‹‹

(2017)

예술이 무슨 소용인가? 돈이 주요 가치척도인 사회가 자주 던지는 질문이다. 예술을 이해하지 못하고 그래서 예술과 예술가들을 싫어하는 사람들이 흔히 하는 말이다. 그런데 지금은 예술가 본인들이 이 질문을 던지고 있다.

미국의 작가를 비롯한 예술가들은 확연히 싸늘해진 공기를 느낀다. 독재자는 무릇 억압하는 만큼이나 아부와 공물을 요구한다. '핥든지 닥치든지'가 그들의 통치 원칙이다. 냉전 기간 중 수많은 작가, 영화제작자, 극작가들이 '반(反)미국적 활동'을 했다는 혐의로 FBI의 방문을 받았다. 이제 그때의 역사가 되풀이될 것인가? 자기 검열이 시작될까? 미국에 지하 출판의 시대가 열릴까? 출판에 따를 보복을 피해 원고가 비밀리에 유통되는 시대로? 극단적으로 들리지만, 미국의 과거 전적과 오늘날 권위주의 정권들의 세계적 발호를 생각할 때 전혀 불가능한 일도 아니다.

이런 불확실성과 공포에 직면해서 미국의 작가 공동체들은 투쟁 없이 항복하지 말 것을 서로에게 초조하게 촉구하고 있다. 포기하지 말아요! 책을 써요! 작품을 만들어요!

하지만 무엇을 쓰고 만들어야 할까? 지금부터 50년 후의 사람들은 우리 시대의 예술과 글을 두고 무슨 말을 하게 될까? 존 스타인벡의 『분노의 포도』는 1920년대 더스트볼•의 직격탄을 맞은 당시 미국 최하층의 삶을 처절할 만큼 자세히 그려내 대공황 시대에 불멸성을 부여했다. 아서 밀러의 희곡 『시련』이 다룬 17세기 말의 세일럼 마녀재판은 1950년대 매카시즘의 마녀사냥과 집단 고발에 대한 통렬한 비유였다. 클라우스 만의 1936년 작 『메피스토』는 히틀러 정권의 비호 아래 출세가도를 달렸던 어느 유명 배우를 모델로 삼아 절대 권력이 예술가를 절대적으로 타락시키는 과정을 그렸다. 미국의 향후 10년은 어떤 종류의 소설, 시, 영화, TV 시리즈, 비디오게임, 그림, 음악, 그래픽노블에 어떻게 반영될 것인가?

아직은 아무것도 알 수 없다. 예측 불가능성 외에는 어떤 것도 예측 가능하지 않다. 다만 도널드 트럼프의 예술에 대한 관심은 1에서 100까지의 척도로 봤을 때 0과 마이너스 10 사이에 있을 것이며, 과거 50년간의 어느 대통령보다 낮다고 말해도 무방하다. 대통령들 중 일부는 예술에 전혀 관심 없었지만 적어도 있는 척하는 것이 현명하다는 것쯤은 알았다. 트럼프는 그런 척도 하지 않을 것이다. 아니, 예술이 있다는

• Dust Bowl, 서부 개척에 따른 자연 파괴와 토양 유실의 여파로 1920년대 미국 중서부에 발생한 먼지 폭풍 사태. 이 현상은 농지를 흙먼지로 뒤덮고 농촌에 살인적 궁핍을 불러왔으며, 1929년 증시 붕괴로 시작된 대공황과 맞물려 엄청난 경제 위기를 초래했다.

것조차 모를 수 있다.

차라리 그편이 우리에게 유리할지 모른다. 스탈린과 히틀러는 예술에 관심이 있었고, 스스로를 전문가이자 심판자로 여겼다. 이는 당국의 비위에 맞지 않는 작풍의 작가와 예술가들에게는 흉보 중의 흉보였다. 그들은 강제 노동 수용소로 보내지거나 퇴폐로 규탄받았다. 창의적인 사람들은 탐지되지 않을 만큼 하찮은 날갯짓으로 레이더망을 피해 다니는 것이 최선이었다.

미국에는 강제수용소가 없다. 대신 미국은 막후의 반대표 행사를 통해 불쾌감을 표한다. 예를 들어 요주의 시나리오작가의 전화는 울리지 않는다. 과거에 할리우드 텐•을 비롯한 많은 영화계 인사들이 그런 방식으로 퇴출당했다. 요주의 음악가의 노래는 방송을 타지 못한다. 베트남전쟁 때 버피 세인트마리(Buffy Sainte-Marie)가 〈유니버설 솔저(Universal Soldier)〉 때문에 방송 금지 가수가 됐던 것처럼. 또한 요주의 작가의 책은 출판사를 찾지 못한다. 매릴린 프렌치의 저서 『저녁에서 새벽까지』가 오랫동안 출판되지 못했던 것처럼. 앞으로 전반적 문화 풍토에 변화가 예상된다. 현직 모터보트가 일으키는 물살에 기꺼이 편승하는 이들에게는 다양한 보상이 흘러가고, 거부하는 이들에게는 조용한 처벌이 부과되는 문화 풍토가 조성될 가능성이 높다. 저항에 대한 보복은 유독성 @POTUS•• 트윗의 형태를 취할 수도 있고, 저속한 공개 비난의

• Hollywood Ten, 1950년대 초반 공산주의자 색출 열풍, 이른바 매카시즘 때 블랙리스트에 오른 진보 성향 영화계 인사들 중 의회 조사에서 동료를 고발하라는 종용에도 끝까지 답변을 거부한 10인을 지칭한다.

•• President of the United States, 미국 대통령의 트위터 계정을 말한다.

형태를 취할 수도 있다. 최근 트럼프가 자신의 뒤를 이어 리얼리티쇼 〈셀러브리티 어프렌티스(Celebrity Apprentice)〉의 진행을 맡은 아널드 슈워제네거를 향해 시청률이 저조하다며 비웃은 것이 전자의 사례라면, 메릴 스트립이 골든글러브 시상식에서 트럼프의 약자 혐오를 우회적으로 비판하자 트럼프가 그녀를 향해 원색적인 비난을 쏟아낸 것이 후자의 경우다.

미국 민주주의의 상징인 표현의 자유는 앞으로 어떻게 변질될까? 혐오 발언과 인터넷 집단 괴롭힘을 포장하는 말이 된다면? 아니면 '정치적 올바름'*을 후려치는 망치로 둔갑한다면? 변질은 이미 시작됐다. 이 상태가 격화되면 표현의 자유 개념을 옹호하는 이들이 오히려 좌익으로부터 파시즘 부역자로 비난받는 일이 벌어질 수도 있다.

하지만 우리에겐 예술가들이 있어! 이들이 우리의 가치 수호에 나서지 않겠어? 예술가들은 원래 인간 정신의 가장 고결한 면들을 대변하는 사람이 아니던가! 반드시 그렇지는 않다. 창작자들의 기질과 유형도 갖가지다. 일부는 그저 유급 예능인, 돈벌이에 나선 기회주의자에 불과하다. 일부는 그보다 더 사악한 의도를 갖기도 한다. 영화와 그림, 작가와 책에 본질적으로 신성한 것이란 없다. 히틀러가 쓴 나치즘 경전 『나의 투쟁』도 책이었다.

과거 많은 창작자들이 권력층에 아부했다. 사실 권위주의 압력에 특히 취약한 사람들이 창작자들이다. 창작자들은 고립된 개인이고, 따라

---

* political correctness, 차별이나 혐오를 지양하는 것. 또는 그런 표현.

서 골라서 찍어내기가 쉽기 때문이다. 화가들은 무장 민병대가 되어 자구에 나서지 않는다. 비밀결사를 조직해 '괘씸한 인간의 침대에 말의 머리를 잘라 올려놓는'• 시나리오작가들도 없다. 예술가들이 공격받는 동료들을 말로 옹호할 수는 있다. 하지만 무자비한 기득권이 작정하고 말살에 나서면 그런 옹호는 힘을 쓰지 못한다. 펜은 칼보다 강하지만, 돌이켜봤을 때만 그렇다. 즉 전투 시에는 일반적으로 칼을 든 측이 이긴다. 그래도 여기는 미국이다. 미국에는 길고 명예로운 저항의 역사가 있다. 또한 미국 사회의 다면적·다각적 다양성이 그 자체로 상당한 방어책이 되어줄 것이다.

당연히 항의 움직임이 일어날 것이고, 예술가와 작가들은 거기 동참하라는 요구를 받을 것이다. 대의에 목소리를 보태는 것, 이것이 그대들의 도덕적 의무가 아닌가? (유독 예술가들이 도덕적 의무에 대한 훈계를 듣는다. 다른 직업인들, 가령 치과 의사들에게는 해당되지 않는 운명이다.) 하지만 창작자에게 무엇을 창조할지 지시하거나 남들이 세운 고매한 취지에 봉사할 것을 요구하는 것은 간단한 일이 아니다. 그런 권고 사항에 순응하는 창작자들은 한낱 선전물이나 이차원적 비유만을 만들어낼 공산이 크고, 그것은 뭐가 됐든 예술이 아니라 지루한 설교일 뿐이다. 무릇 범작들의 화랑은 선의로 도배된 곳이다.

그럼 어떻게 해야 하나? 어떤 예술적 반응이 진정한 예술적 반응이라고 할 수 있나? 남은 대안은 아마도 사회 풍자일 것이다. 조너선 스위프트는 『겸손한 제안』에서 아일랜드의 빈곤을 타개할 경제적 해법

• 영화 〈대부〉에 나오는 장면이다.

으로 아기들을 식량으로 내다 팔 것을 제안했다. 어쩌면 이에 맞먹는 강도의 풍자를 시도하는 인물이 나올지도 모른다. 하지만 아아, 현실이 엽기적 상상보다 더 엽기적일 때는 풍자도 맥을 못 춘다. 그리고 오늘날은 현실이 상상을 뛰어넘을 때가 많다.

사이언스 픽션, 판타지, 사변소설도 정치적 압력에 대한 항거의 수단으로 자주 이용돼왔다. 이런 소설들은 진실을 말하되 비스듬히 말한다. 예컨대 예브게니 자먀틴이 1924년에 발표한 소설 『우리들』은 소련 탄압 정치의 도래를 우회적으로 예측했다. 매카시즘 시대에 많은 미국 작가들이 과학소설을 택했다. 그것이 비판 불식에 혈안이 된 권력층의 눈을 피해 사회를 비판하는 방법이었다.

과거에 전쟁, 지진, 대량 학살 같은 재앙에 대응했던 예술가들처럼, 이번에도 일부는 '증인 예술(witness art)'을 생산할 것이다. 분명한 것은 기록자들의 작업이 이미 진행 중이라는 것이다. 이들은 지금도 사건들과 거기에 대한 자신의 반응을 적고 있다. 자신도 병에 쓰러질 때까지 흑사병을 기록했던 사람들처럼, 건물 다락의 은신처에서 나치에 발각되는 순간까지 일기를 썼던 안네 프랑크처럼, 또는 1666년 런던 대화재의 참상을 낱낱이 적은 새뮤얼 피프스(Samuel Pepys)처럼. 직접 목격자의 작품은 그만큼 더 강렬하다. 작가이자 여성인권운동가인 나왈 엘 사다위(Nawal El Saadawi)는 이집트 사다트 정권에 의해 수감됐을 때 옥중에서 『여성 교도소 회고록(*Memoirs from the Women's Prison*)』을 썼고, 옌롄커(閻連科)는 중국 대약진운동 시기의 대기근과 집단 아사, 지식인 탄압을 그의 소설 『사서』에 담았다. 미국의 예술가들과 작가들도 자국의 균열을 드러내는 데 그다지 소극적인 사람들이 아니었다. 민주주의가 붕괴하고 표현의 자유가 억압당할 때 누군가는 반드시 그 전개 과정을 기록할 것으로 믿는다.

단기적으로 봤을 때, 아마도 우리가 예술가들에게 기대할 수 있는 유일한 것은 우리가 그들에게 늘 기대해왔던 것뿐이다. 한때 굳건했던 것들이 무너져 내려도 그들은 그들만의 예술 정원을 가꾸는 것. 자신이 할 수 있는 일을 할 수 있는 한 최선을 다해 하는 것. 그리하여 일시적 도피와 통찰의 순간을 동시에 제공하는 대안적 세계를 창조하는 일. 우리가 처한 세계의 바깥을 내다볼 수 있도록 창문을 내주는 일. 이것만으로 충분하다.

트럼프 시대가 왔다. 위기나 공포의 시기에 우리 각자가 투표수나 통계치 이상의 존재임을 일깨우는 것은 예술가와 작가들이다. 삶은 정치에 의해 어그러질 수 있고, 또 많은 삶들이 실제로 그렇게 됐다. 하지만 우리는 우리 시대 정치인들의 총합이 아니다. 역사를 통틀어 예술에 거는 기대는, 주어진 시간과 장소에서 최대한 강력하고 웅변적으로 인간됨의 의미를 표현하는 것이었다.

『일러스트레이티드 맨』

>>>‹‹‹

서문

(2017)

호러 소설, 유령 소설, 사이언스 픽션, 판타지 같은 기담이 특히 젊은 독자층에게 인기가 많다. 이유가 뭘까? 그때가 사람들이 자기 내면의 괴물들에 처음 눈뜰 때라서? 아니면 전설과 마법에 대한 집단 향수? 일종의 영적 퇴마 의식? 아니면 죽음을 조롱하는 유희?

1950년대는 10대 독서가들이 아직 '어린 성인(young adults)'으로 분류되기 전이었다. 어찌 됐든 우리는 괴기물을 열심히 혈관에 주입했다. 어른들은 분명히 우리의 취향을 간파하고 있었다. 당시 중고등학생을 위한 '이달의 책' 추천제가 있었는데, 1953년에 열세 살이었던 나도 회원이었다. 요즘 사람들은 잘 모르는 고전 공포 스릴러 『도너번의 뇌(*Donovan's Brain*)』(1942)가 이 추천제의 첫 번째 선정 작품이었다. 문제의 뇌는 죽은 몸에서 분리돼 대형 어항 안에서 영양분을 공급받으며 계속 살아 있다. 엽기적인 실험을 벌이는 과학자들은 이 뇌로 우주의 문제들을 풀겠다는 희망에 젖어 있다. 하지만 막상 뇌에는 다른 꿍꿍이가 있다. 뇌는 세상을 장악할 작정이며, 텔레파시로 사람들을 지배한다. 당시에는 이렇게 고삐 풀린 악의적 두뇌들이 많았다.

이때쯤 나는 레이 브래드버리의 1951년 작 연작 단편집 『일러스트레이티드 맨』을 만났고, 걸신들린 듯 읽었다. 내 취향을 고려하면 놀랄 일도 아니다. 내가 그때 그 책을 드러그스토어에서 25센트(당시 내가 아이를 봐주고 받던 시급이었다)에 샀는지, 도서관에서 대출했는지, 아이를 보다가 우연히 발견했는지는 기억이 나지 않는다. 아무튼 읽었다. 제목과 표지 삽화만도 나를 사로잡기에 충분했다. 당시는 주변에서 문신한 사람을 보기가 쉽지 않던 때였다. 그런데 온몸이 문신으로 뒤덮인 사람이라니! 더구나 살아 움직이며 미래를 말하는 문신들이라니! 사춘기의 내 주의를 끌고도 남을 기괴한 발상이었다.

1950년대 초는 레이 브래드버리의 절정기였다. 21세기 초에 전자책의 등장이 그랬던 것처럼, 1940년대에는 저렴하고 간편한 페이퍼백의 보급이 미국의 독서 방식을 바꿨다. 페이퍼백 가격은 양장본의 10분의 1에 불과했고, 책 한 권을 사겠다고 굳이 위압적인 서점에 갈 필요가 없었다. 페이퍼백은 만화책과 잡지처럼 드러그스토어에서 살 수 있었다. 페이퍼백 산업의 수익 구조는 박리다매였다. 즉 대량으로 찍어서 대량으로 팔았다. 여기서 매스마켓(mass market)이라는 용어가 생겼다. 매스마켓 페이퍼백은 난잡한 표지가 특징이었다. 너무 무게 잡거나 '문학적'으로 보이는 책을 무서워하는 부류의 독자를 안심시키기 위해서였다. 표지마다 섹스와 스캔들, 또는 섹스와 죽음, 또는 섹스와 외계인, 또는 섹스와 호러를 약속했다. 노출이 심한 의상의 금발 미녀가 소진율이 높았다. 레이 브래드버리는 섹스에는 크게 관여하지 않았다. 호러, 죽음, 외계인이 그의 분야였다.

페이퍼백 수요는 매우 높았고, 페이퍼백 매대는 신간을 아귀처럼 끝없이 갈구했고, 페이퍼백 발행사들은 고전과 문학에다 범죄물이나 치정물처럼 보이는 표지를 달아서 재활용했다. 나는 10대 시절 헤밍웨이, 포크너, 제임스 A. 미치너 등 여러 저명한 문학가들을 그런 책들로 읽었고, 나뿐 아니라 수십만 명의 다른 사람들도 마찬가지였다.

일부 문학가들은 자신이 이런 플랫폼에 등장하는 것에 기겁했다. 그들은 자신의 작품이 비속화되는 것을 두려워했다. 하지만 브래드버리는 아니었다. 『일러스트레이티드 맨』은 처음에는 더블데이 출판사에서 세련된 모더니즘 디자인의 양장본으로 출간됐지만, 이듬해에 반탐북스에서 딱부리눈의 섬뜩한 얼굴을 표지로 달고 페이퍼백으로 나왔다. 브래드버리는 잡지와 라디오를 통해 경력을 쌓아온 작가였기에 매스마켓 페이퍼백 출간을 더 많은 독자들에게 닿을 수 있는 소중한 기회로 여겼다. 책은 처음에는 대개 양장본으로 발간되지만 나 같은 사람들(젊은 사람들)은 거의 예외 없이 페이퍼백으로 읽었다. 우리는 헉슬리도 오웰도 허버트 조지 웰스도 그렇게 읽었다. 모두 레이 브래드버리도 읽은 책들이다. 하지만 그의 첫사랑은 호러였고, 그의 초기 작품들은 섬뜩한 논데드(non-dead)를 다루지 않을 때조차 어둠으로 무겁게 기울어져 있었다. 그의 작품에 해피 엔딩은 별로 없다.

레이 브래드버리처럼 호러를 깊이 파고드는 작가들은 필사의 운명을 예민하게 감지한다. 아니나 다를까 브래드버리는 어렸을 때 자신이 언제라도 죽을 수 있다는 걱정에 시달렸다. 그는 「집에 데려다줘(Take

Me Home)」라는 에세이에서 이렇게 말했다. "지금 생각하면 내가 친척과 친구들에게 얼마나 골칫거리였을까 싶다. 나는 광분과 기고만장과 열의와 히스테리 사이를 오갔고, 다음을 예측할 수 없는 아이였다. 나는 언제나 소리치며 뛰어다녔다. 당장 그날 오후에 삶이 끝날까 봐 두려워서였다."

하지만 필사라는 동전을 뒤집으면 불멸이다. 열두 살 때 브래드버리는 미스터 일렉트리코라는 마술사와 운명적인 조우를 한다. 유랑 서커스단에서 막간 공연을 하는 미스터 일렉트리코에겐 특기가 있었다. 그는 전기가 흐르는 의자에 앉았고, 그가 들고 있던 검에도 전기가 흘렀다. 그는 그 검으로 관중까지 감전시켜 그들의 머리카락이 곤두서고 귀에서 불꽃이 튀게 했다. 그는 이런 식으로 소년 브래드버리를 감전시키며 외쳤다. "불멸하라!"

다음 날 레이는 친척의 장례식에 가야 했다. 진짜 죽음과의 근접 조우였다. 레이는 '불멸'의 방법을 알아내기 위해 다시 한번 미스터 일렉트리코를 찾아갔다. 늙은 마술사는 레이에게 당시에 프릭 쇼•라고 불리던 것을 구경시켜주는데, 거기에 문신을 새긴 남자도 있었다. (이 문신 남자는 훗날 『일러스트레이티드 맨』의 주인공이 된다.) 그리고 마술사는 어린 레이에게 "너에게는 제1차 세계대전 때 전사한 내 친한 친구의 영혼이 깃들어 있다"라는 말을 한다. 이 일이 어린 레이에게 깊은 인상을 남

• freak show, 기형 쇼라고도 한다. 기형적인 외모의 사람이나 신기한 동물을 모아놓고 구경거리로 제공하는 것을 말한다. 서커스에서 흥행에 이용하기도 했다. 과학과 인권에 무지했던 시대의 엽기적인 발상이었다. 몸에 문신을 하거나 피어싱을 한 사람도 프릭 쇼의의 일부였다. 17세기 영국에서 처음 시작됐고, 20세기 초까지 유럽에서 인종이 다른 외국인을 전시한 사례가 있다.

긴 게 분명하다. 그는 미스터 일렉트리코에게 전기 세례를 받은 직후 글쓰기를 시작했고, 죽을 때까지 멈추지 않았기 때문이다.

영원히 사는 방법은 뭘까? 남들을 통해서 가능하지 않을까. 내 몸에 들어온 영혼들을 통해서. 그리고 다른 목소리들을 통해서. 즉 나를 통해 말하는 목소리들. 그리고 글을 통해서. 이때의 글은 그 목소리들을 적는 부호가 된다. 브래드버리의 소설 『화씨 451(*Fahrenheit 451*)』의 주인공은 사회통제를 위해 책을 모두 파괴하는 세계에 사는데, 이야기의 끝에서 책들을 암기함으로써 스스로 책이 된 저항 단체 요원들과 만난다. 미스터 일렉트리코가 어린 레이에게 제시했던 미스터리의 매듭을 완벽히 구현한 결말이 아닐 수 없다.

레이 브래드버리가 타계한 직후였다. 어느 시인이 내게 말했다. "브래드버리는 제가 전작을 독파한 첫 번째 작가였어요. 열두 살인가 열세 살 때요. 한 권도 빼놓지 않고 읽었어요. 일부러 찾아서 읽었죠. 끝에서 끝까지 다 읽었어요." 나는 많은 작가들과 독자들이, 그것도 다양한 부류의 작가들과 독자들이 같은 경험을 했을 거라고 말했다. 시인들과 산문가들과 독자들. 그의 독자층은 연령대가 따로 없었고, 저급한 펄프픽션부터 고상한 실험작까지 다양한 문학의 소비자들을 망라했다.

브래드버리는 어느 범주에 속할까? 어려운 질문이지만 평단과 언론이 늘 묻는 질문이기도 하다. 문학 분류의 지도에서, 또는 이른바 '장르'에 따라 책을 진열하는 서점에서 브래드버리는 어디에 위치할 것인가?

레이 브래드버리는 이런 분류 자체를 싫어했을 것이다. 그는 사이언스 픽션과 기담의 황금기인 1930년대에 성장기를 보냈고, 그 후 수십 년 동안 단편소설의 매체로 기능하며 번성했던 대중잡지 시장에서 처음 경력을 쌓았다. 결국에는 유력지 『뉴요커』에 기고하는 작가가 됐지만 처음부터 그랬던 것은 아니다. 그는 18세였던 1938년에 아마추어 예능 잡지와 자신이 창간한 『푸투라 판타지스(*Futura Fantasies*)』에 글을 싣는 것으로 창작 활동을 시작했고, 이후에는 『슈퍼 사이언스 스토리스(*Super Science Stories*)』와 『위어드 테일스(*Weird Tales*)』 같은 펄프픽션 잡지들에 투고했다.

종류를 가리지 않고 폭넓게 다작하면 이런 방식으로 생계유지가 가능하다. 브래드버리는 용케 생계를 유지했다. 그는 매일 글을 썼고, 한번은 일주일에 한 편씩 단편을 쓰기로 맹세했고, 그것을 해냈다. 그의 작품이 만화로, 나중에는 영화와 TV 버전으로 개작되면서 수입도 늘었다. 그는 『플레이보이』와 『에스콰이어』를 포함한 일류 잡지들에 글을 실었고, 단행본들도 출판했다. 글쓰기는 그의 천직(그는 소명 의식이 있었고 직감적으로 글을 썼다)이자 생업이었으며, 그는 이 두 측면을 모두 자랑스러워했다. 그는 최선을 다해 범주화와 장르 구분을 피해 다녔다. 굳이 말하자면 그는 이야기꾼이자 픽션 작가였다. 그리고 이야기와 픽션에 있어서 딱 떨어지는 구분이란 없었다.

사이언스 픽션이라는 용어도 브래드버리를 불편하게 했다. 그는 상자 안에 갇히고 싶지 않았다. 그는 사이언스 픽션을 실제로 일어날 수 있는 것으로 여긴 반면, 본인은 주로 불가능한 것을 썼다. 또한 그는 하드 사이언스 픽션• 순수주의자들을 불편하게 했다. 그들의 도구들—우

• hard science fiction, 과학적 정확성과 논리를 중요시하는 SF를 말한다.

주선, 다른 행성들, 물리 이론에 기반한 기술(奇術)-을 그가 '판타지'에 이용했기 때문이다. 그가 다루는 화성은 과학적 정확성이나 일관성을 가지고 묘사되는 장소가 아니라 일종의 마음 상태이며, 그는 그것을 그때그때 필요한 것으로 만들어 재활용한다. 그의 우주선은 기적의 기술이 아니라 초자연적 수송 장치다. 즉 『오즈의 마법사』에서 돌개바람에 올라탄 도로시의 집, C. S. 루이스의 '우주' 3부작에서 주인공 랜섬이 타는 관처럼 생긴 우주선, 또는 이승과 내세를 연결하는 사면의 무아경과 같은 역할을 한다.

브래드버리는 미국의 어두운 내면에 똑바로 뿌리를 박고 있다. 그가 1692년 악명 높은 세일럼 마녀재판에서 마녀로 유죄판결을 받은 메리 브래드버리의 후손인 것은 절대로 우연이 아니다. 그녀의 여러 죄목 중에는 푸른 멧돼지로 둔갑한 죄도 있었다. (메리는 교수형을 선고받았지만 마녀사냥 광풍이 가라앉고 재판이 무효가 될 때까지 사형 집행이 지연된 덕분에 살아남았다.) 세일럼 마녀재판은 미국 역사에서 중대한 사건이며, 지금까지 오랫동안 문화적으로나 정치적으로 다양한 형태를 취하며 반복되어온 사건이다. 그 중심에는 삶의 이중성에 대한 관념이 자리한다. 즉 사람은 보이는 게 전부가 아니며, 비밀의 쌍둥이를 가진다. 그리고 이 쌍둥이는 아마도 사악하다. 더 중요한 것은 내 이웃이 내가 생각하는 이웃이 아니라는 것이다. 그들은 언제든지 17세기의 마녀로, 또는 나를 마녀로 모는 허위 고발자로, 18세기 혁명기의 반역자로, 20세기의 공산주의자로, 셜리 잭슨(Shirley Jackson)의 단편 「제비뽑기(The Lottery)」에서 이웃을 돌로 쳐 죽이는 사람들로, 21세기의 테러리스트로 변할 수 있다.

브래드버리를 알았던 사람들은 모두 그의 열정과 솔직함과 타인에 대한 관대함을 언급한다. 외적으로 그는 열의와 호기심으로 가득한 소년과 친절한 삼촌의 조합으로 보였다. 하지만 그의 상상력은 유아기에 어떤 어두운 힘에 유괴됐던 게 분명하다. 그 힘의 중심에는 그가 여덟 살 때 탐독했던 에드거 앨런 포도 있었다.

포의 「윌리엄 윌슨(William Wilson)」이 쌍둥이 자아를 제시했다면, 브래드버리는 그 둘을 몸소 실연해 보였다. 햇살 가득한 포치에서 레모네이드를 즐기는 밝은 자아와, 죽지 않은 시체를 파내 병석에 누운 어린 주인에게 데려오는 개를 상상하는 어두운 자아. 브래드버리의 세계는 놀라움으로 가득하지만 그것이 그의 인물들에게 호의적일 때는 거의 없다. 누구를 믿을 수 있을까? 믿을 사람은 거의 없다. 특히 노먼 록웰 풍의 소시민적 일상을 내세우는 사람은 조심해야 한다. 가면에 불과할 가능성이 크다.

하지만 브래드버리의 작품은 바로 이 록웰 풍 일상에 대한 향수를 정겨운 디테일과 함께 매우 사실적으로 담고 있기도 하다. 그는 1920년 일리노이주 워키건에서 태어났다. 그의 유년기에 해당하는 이곳의 1920년대와 1930년대가 그의 작품에 계속해서 등장한다. 어느 때는 지구에, 어느 때는 화성에 등장할 뿐이다. "고향은 다시는 갈 수 없는 곳이다." 향수 하면 떠오르는 미국 작가 토머스 울프가 말했다. 하지만 울프와 브래드버리처럼 고향에 대해 쓰는 것으로 과거를 불러올 수는 있다. 다만 브래드버리의 작품에서 그 정감은 자정이 닥치고 고향 친구와 가족이 화성인이라는 정체를 드러내고 나를 죽이려 들기 전까지만 지속된다. 포의 「붉은 죽음의 가면」에 나오는 시커먼 괘종시계의 그림자는 브래드버리의 세계로부터 결코 멀리 있지 않다. 시간은 적이다.

브래드버리의 『일러스트레이티드 맨』은 직전에 출간한 『화성 연대기』(1950)처럼 이미 출간한 단편들을 하나의 문학적 장치로 느슨하게 묶은 연작 단편집이다. 『일러스트레이티드 맨』의 단편들을 묶는 장치는 서커스 프릭 쇼에서 도망친 온몸에 문신이 있는 남자다. 오래전 시간여행을 하는 마녀가 남자의 몸에 그림들을 새겼고, 그 문신들은 살아 움직이며 미래를 보여준다. 각각의 문신에 얽힌 열여덟 편의 미래 이야기들 중에는 로봇 아내처럼 당시에 아직 발명되지 않은 것이 등장하는 '미래주의' 이야기가 있는가 하면, 가까운 미래에 일어날 법해도 어쨌거나 당시에 존재하지 않았던 것은 등장하지 않는 이야기도 있다. 남자의 문신들은 살인마 왕에게 이야기를 들려주는 셰에라자드의 역할을 한다. 문신들이 그들의 이야기를 하는 한, 문신 남자도 목숨을 부지한다. 하지만 이 남자의 끝은 셰에라자드와 달리 좋게 풀리지 않는다. 마지막 문신은 남자의 죽음을 예언한다. 어차피 전반적으로 불길한 단편집이었다.

『일러스트레이티드 맨』의 단편들 중 10대였던 내게 가장 인상 깊었던 것을 고르라면? 기억에 선명한 것이 하나 있다. 「대초원(The Veldt)」이다. 이제는 고전이 된 이 단편의 주인공은 짓궂게도 피터와 웬디로 명명된 두 아이다. 이들의 놀이방은 벽에다 아이들이 상상하는 모든 것을 만들어준다. 아이들이 가장 좋아하는 가상현실 프로그램은 사자들이 사는 아프리카 초원이다. 부모는 아이들이 현실과 부모보다 가상현실 놀이에 더 열중하는 것을 염려하다가 초원 프로그램을 종료하기로 결정한다. 하지만 브래드버리의 작품에 등장하는 복제물들이 흔히 그렇듯, 이 초원도 부모의 의도를 알아채고 그들을 처치해버린다.

나머지 단편들은 어떨까? 일부는 가볍고, 일부는 그보다 인상적이다. 일부는 그가 전에도 다뤘지만 여전히 그의 관심을 끄는 테마의 반복이고, 일부는 나중에 나올 작품들의 원조가 됐다. 특히 아이라 레빈의 소설 『스텝포드 아내들』(1972)은 명백히 브래드버리의 「마리오네트 주식회사(Marionettes, Inc.)」의 영향을 받았다. 여기서 주인공 부부는 서로를 속이고 피하기 위해 자신을 똑 닮은 로봇 복제품을 주문한다. 당연히 로봇들은 주인들의 통제를 벗어난다. 또한 「망명자들(The Exiles)」은 『화씨 451』보다 앞서 브래드버리의 불안 중 하나를 표출한다. 그 불안은 문학을 금지하고 파괴하는 것에 대한 두려움이다. 이 두려움은 탄압과 의심의 매카시즘 시대를 지나며 타당성을 얻었다. 「방문객(The Visitor)」은 전작인 「화성인(The Martian)」을 연상시킨다. 두 작품 모두에서, 특별한 재능(각각 변신술과 텔레파시)을 가진 개인이 그 능력을 원하는 자들의 광기에 의해 파괴된다. (이것은 혹시 작가와 팬덤에 대한 비유일까? 어쩌면.) 「도시(The City)」는 『화성 연대기』의 단편 「3차 원정대(The Third Expedition)」처럼 우주 탐사대를 유혹하는 덫과 교묘하게 이용되는 생물학적 전쟁을 다룬다. 우리는 이런 것들을 어렸을 때부터 브래드버리에게서 배웠다. 「역지사지(The Other Foot)」는 식민지 화성에 복제되는 인종차별의 역사를 신랄하게 그린다. 다만 여기서는 입장이 바뀐다. 흑인들이 지구를 떠나 화성을 식민지로 개척했다. 지구가 파괴되고 백인 생존자들이 화성으로 날아오자 흑인들은 과거 자신들이 당한 것과 똑같은 냉혹한 분리주의 제도를 마련해놓고 이들을 기다린다.

「불덩어리 성상(The Fire Balloons)」에도 화성인이 나오는데, 여기서는 순수한 에너지가 만드는 아름다운 형태들로 등장한다. 이 화성인은 몸이 없기에 죄를 지을 수 없고, 따라서 지구 선교사들의 구원도 필요로 하지 않는다.

이 정도 맛보기만으로도 브래드버리가 머리와 심중에 얼마나 많은 것을 담고 있었는지 느낄 수 있다. 그의 폭넓은 관심사, 무한한 호기심, 다재다능함, 창의성, 결점들까지 포함해 인간 본성에 대한 애착이 『일러스트레이티드 맨』에 가득 전시되고 있다. 그의 놀라운 생산성은 말할 것도 없다. 레이 브래드버리를 빼고 20세기 후반의 미국 문학을 생각하기란 불가능하다. 오늘날 다시 전성기를 맞은 디스토피아를 비롯해 기담을 쓰는 모든 사람은 브래드버리에게 크게 신세를 진 사람들이다.

나는 나쁜 페미니스트인가?

>>><<<

(2018)

내가 '나쁜 페미니스트'라고 한다. 1972년 이래 내게 붙은 죄목 명단에 하나가 더 추가됐다. 참수된 남자들의 머리로 쌓은 피라미드를 올라가서 유명해진 여자(좌익 성향 잡지). 남성 예속에 환장한 도미나트릭스•(우익 성향 잡지, 내가 가죽 부츠를 신고 채찍을 휘두르는 그림까지 실었다). 토론토의 저녁 식사 자리에서 본인에게 비판적인 사람이면 그게 누구든 백색 마녀 마법으로 소멸시킬 수 있는 고약한 인간. 내가 이렇게 무서운 사람이다! 그리고 이제 나는 급기야 여성들과도 전쟁을 벌이는 모양이다. 나는 졸지에 강간을 옹호하고 여성을 혐오하는 나쁜 페미니스트가 됐다.

고발자들의 눈에 착한 페미니스트란 어떤 페미니스트일까?

• dominatrix, 변태적 성행위를 주도하는 여자.

나의 근본적인 입장은 여성도 인간이라는 것이다. 따라서 여성도 범죄행위를 비롯해 인간이 할 수 있는 모든 행동, 즉 성자 같은 행동부터 악마적 행동까지 온갖 행동을 다 할 수 있다. 여성은 범법 행위가 불가능한 천사가 아니다. 만약 여성이 천사라면 여성은 범죄 혐의로 재판정에 설 필요가 없다. 여성은 언제나 옳으니까.

또한 나는 여성을 자기 주도나 도덕적 결정 능력이 없는 아이로 보지도 않는다. 만약 여성이 아이라면 우리는 19세기로 후퇴한 것이다. 그렇다면 여성은 재산을 소유해서도, 신용카드를 가져서도, 고등교육을 받아서도, 출산 주도권을 가져서도, 투표를 해서도 안 된다. 북미에는 실제로 이 상태로의 회귀를 추진하는 유력 단체들이 있다. 하지만 아무도 그런 단체들을 페미니스트로 보지 않는다.

무엇보다 내 생각은 이렇다. 여성의 시민권과 인권이 존재하려면 우선 (법적 절차에 입각한 재판을 받을 권리를 포함한) 시민권과 인권부터 있어야 한다. 여성의 투표권이 있으려면 우선 투표권이 있어야 하듯이 말이다. 오직 여성만 그런 권리를 가져야 한다고 믿어야 착한 페미니스트일까? 당연히 아니다. 그것은 남성만 그런 권리를 가졌던 과거 상황의 동전 뒤집기에 불과하다.

나를 고발한 착한 페미니스트도, 나 같은 나쁜 페미니스트도 위의 전제에는 동의한다고 가정해보자. 그럼 우리가 서로 갈라지는 지점은 어디일까? 그리고 나는 어쩌다 이 지경으로 착한 페미니스트들과 척을 지게 됐을까?

나는 지금껏 도의상 많은 청원서에 서명해왔다. 2016년 11월에도 'UBC 어카운터블(UBC Accountable)'이라는 공개 항의서에 서명했다.

브리티시컬럼비아대학교(UBC)의 전(前) 문예창작과 학과장 스티븐 갤러웨이(Steven Galloway)에 대한, 온당한 절차가 결여된 징계 결정을 두고 대학 당국의 책임을 묻는 항의서였다. 이 사건의 보조 고소인들에 대한 대학의 처우에도 문제가 있었다. 구체적으로 말하면 이렇다. 2015년 UBC는 갤러웨이 전 교수를 정직 처분했음을 언론에 공개했다. 그의 성폭행 의혹에 대한 조사가 이뤄지기 전이었고, 심지어 갤러웨이 본인도 자세한 고발 내용을 알기 전이었다. 갤러웨이는 고발 내용이 뭔지 알기도 전에 비밀 유지 계약서에 서명해야 했다. 이 과정은 나를 포함한 대중에게 그가 폭력적 연쇄 강간범이라는 인상을 주었고, 대중은 공개적으로 그를 비난했다. 하지만 맹렬한 비난 공세에도 갤러웨이는 비밀 유지 계약 때문에 자신을 변호할 어떠한 발언도 할 수 없었다.

그런데 이후 갤러웨이가 변호사를 통해 발표한 성명에 따르면, 다수의 증언과 면담을 포함한 몇 달에 걸친 심리 끝에 판사는 아무런 성폭행 정황도 발견되지 않았다고 말했다. 그럼에도 어쨌거나 그는 해고됐다. 나를 비롯해 모두가 놀랐다. UBC 교수협회는 진정을 냈고, 이 진정은 현재 처리 중이며, 완결될 때까지 대중은 판사의 보고서나 증거 해석 내용을 열람할 수 없다. 그에 대한 무죄 평결은 일부 사람들을 언짢게 했고, 그들은 공격을 계속했다. 이 시점에서 UBC의 부당한 절차에 대한 자세한 사정이 알려지기 시작했고, 'UBC 어카운터블' 항의서가 나왔다.

공정한 사람이라면 심리 보고서와 증거가 공개될 때까지 유죄 판단을 유보할 것이다. 우리는 어른이다. 어느 쪽으로든 우리는 각자 알아서 결정할 수 있다. 'UBC 어카운터블' 항의서의 서명자들은 한결같이 이 입장을 고수했다. 나를 비난하는 사람들은 그렇지 않다. 그들은 이미 모든 결정을 내렸다. 이 착한 페미니스트들은 공정한 사람들인가? 만약 아니라면 그들 역시 여성을 공정심이나 식견이 부족한 존재로 묶어두려는 지겹도록 오래된 서사에 사료를 공급하고 있을 뿐이다. 이는 여성의 적들에게 여성이 의사 결정권을 행사하는 세상을 거부할 또 다른 빌미를 주는 일이다.

여담으로 마녀 이야기를 해보자. 내가 비난받은 또 다른 이유는 내가 UBC의 해고 절차를 17세기 세일럼 마녀재판에 비교했다는 것이다. 마녀재판은 고발당하면 그걸로 유죄였다. 그때는 증거 우선 원칙이란 것이 없어서 무죄 해명의 기회조차 없었다. 나를 고발한 착한 페미니스트들은 이 비교에 이의를 제기했다. 그들은 내가 자신들을 세일럼의 마녀 고발자들에 비유하며 히스테리 부리는 철부지 소녀들로 취급했다고 생각한다. 하지만 내가 지적하고자 한 것은 마녀재판 같은 대응 방식이었다.

현재 '마녀'라는 말은 세 가지 용법을 가진다. (1) 누군가를 향한 욕의 일종. 이 욕은 최근 미국 대선 때 힐러리 클린턴에게 아낌없이 사용됐다. (2) '마녀사냥.' 이 표현은 누군가 실재하지 않는 것을 찾고 있음을 암시한다. (3) 세일럼 마녀재판처럼 고발당하면 바로 유죄가 되는 방식. 나는 이 중 세 번째 용법에 대해 말하고 있었다.

'고발 즉 유죄' 방식은 세일럼뿐 아니라 세계사의 여러 사건에 꾸준히 적용됐던 방식이다. 이 방식은 특히 혁명기의 '덕과 공포'* 단계, 즉 일이 엇나가고 숙청이 필요해질 때 부상하는 경향이 있다. 프랑스혁명, 스탈린의 대숙청, 중국의 홍위병 시대, 아르헨티나의 군벌 통치, 이란혁명이 대표적인 경우다. 사례의 목록은 길고 좌우익 모두에서 일어났다. '덕과 공포'• 시대에는 많은 사람들이 무차별적으로 저격당한다. 이때 반역자가 없었다거나 모든 목표 집단이 억울했다는 뜻은 아니다. 다만 그런 시대에는 증거 우선 원칙이 무시된다는 뜻이다.

이런 일들은 늘 더 나은 세상을 실현한다는 명목으로 행해진다. 때로는 일시적이나마 정말로 더 나은 세상을 실현하기도 한다. 하지만 때로는 이런 일들이 새로운 새로운 탄압 형태들의 구실로 쓰인다. 역설적이게도 자경단 정의—재판 없는 선고—는 정의의 부재에 대한 항거로 시작된다. 혁명 전 프랑스처럼 사법 시스템이 부패했거나 미국 서부 시대처럼 무법천지일 때 사람들은 자력 해결에 나서게 된다. 하지만 처음에는 양해 가능한 임시 자구책이었던 자경단 정의가 문화적으로 굳어져 집단 린치 관행으로 변질된다. 이런 문화에서는 버젓이 있는 사법제도가 팽개쳐지고 법의 테두리를 벗어난 권력 구조가 가동되고 유지된다. 예컨대 코사 노스트라••도 원래는 폭정에 대한 저항에서 시작됐다.

지금의 미투 현상은 망가진 사법제도의 징후이다. 여성들, 특히 성적 학대의 고발인들은 기업 조직을 포함한 제도권에서 공평한 발언권을 얻지 못하는 경우가 허다했다. 그래서 그들은 인터넷이라는 새로운 도구를 들었다. 그 결과 별들이 하늘에서 우수수 떨어졌다. 이 방법은

• Virtue and Terror, 프랑스혁명 때 급진파 자코뱅당의 지도자였던 막시밀리앙 로베스피에르가 주도한 공포정치를 표현한 말이다. "덕 없는 공포는 맹목이고 공포 없는 덕은 무력하다"라는 로베스피에르의 연설에서 비롯됐다.

•• Cosa Nostra, 시칠리아 마피아의 또 다른 이름.

굉장히 효과적이었고, 거대한 경종으로 떠올랐다. 하지만 다음에는 무슨 일이 일어날까? 사법제도를 뜯어고쳐야 한다. 그렇지 않으면 우리 사회가 아예 폐기해버릴지도 모른다. 기관·기업·직장도 대청소가 필요하다. 그렇지 않으면 더 많은 별들이 떨어지리라. 소행성들도 떼로 떨어질 것이다.

실효성이 없다고 판단해 사법제도를 무시한다면 무엇이 그 자리를 차지하게 될까? 누가 새로운 실세가 될 것인가? 확실한 건 그게 나 같은 나쁜 페미니스트들은 아니라는 점이다. 우리는 우파에게도 좌파에게도 환영받지 못한다. 양극화 시대에는 극단주의자들이 승리한다. 그들의 이데올로기가 종교가 되고, 그들의 견해를 추종하지 않는 사람은 변절자·이단·반역자로 몰린다. 온건 중도파는 전멸한다. 소설가들이 우선적으로 용의선상에 오른다. 그들은 인간에 대해 쓰는 사람들인데, 인간은 도덕적으로 애매한 존재이기 때문이다. 이데올로기의 목적은 애매성을 쓸어내는 것이다.

'UBC 어카운터블' 항의서 역시 징후 중 하나다. UBC의 잘못된 절차가 부른 실패의 징후. 이 문제는 애초에 캐나다 시민자유협회와 브리티시컬럼비아주 시민자유협회가 나서야 했던 문제였다. 이제는 이 기관들이 손을 쓸 것 같다. 항의서가 현재 검열 이슈로 불거졌기 때문이다. 'UBC 어카운터블' 사이트를 막고 참여 작가들의 발언들을 삭제하라는 요구가 빗발치고 있다. 이쯤 되면 PEN 캐나다, 국제PEN, 표현의 자유를 위한 캐나다 언론인 협회(CJFE), 인덱스 온 센서십에서도 입장 표명에 나설 듯하다.

UBC의 태도는 피고인뿐 아니라 고소인들도 저버린 것이었다. 이것이 항의서가 처음부터 주장한 바였다. 나는 UBC가 납세자들도 저버렸다고 덧붙이고 싶다. UBC에 들어가는 공적 지원금이 연간 6억 달러에 달한다. 우리는 우리가 낸 세금이 이 경우에 어떻게 쓰였는지 알고자 한다. 또한 UBC는 수십 억 달러의 개인 기부금을 받는 기관이다. 이 기부자들도 알 권리가 있다.

이 사건을 둘러싸고 작가들이 분열해서 서로 맞서고 있다. 공격자들이 항의서를 여성에 대한 선전포고로 왜곡시켜 비방한 영향이 컸다. 하지만 이 시점에서 나는 우리 모두—착한 페미니스트들과 나 같은 나쁜 페미니스트들 모두—가 비생산적인 논쟁을 멈추고 힘을 합쳐서 스포트라이트를 애초에 향했어야 했을 곳으로 돌리기를 촉구한다. 그곳은 다름 아닌 UBC다. 심지어 보조 고소인 중에서도 두 명이 UBC의 조치를 비난하는 입장을 냈다. 그들의 용기는 감사를 받아야 마땅하다.

최근 윌프레드로리에대학교의 경우처럼 UBC도 지난 조치에 대해 중립 기관의 조사를 받고, 조사 과정과 결과를 공개할 것을 약속해주기 바란다. 그렇게 되면 'UBC 어카운터블' 사이트는 목적한 바를 달성하게 된다. 그 목적은 결코 여성을 억압하는 데 있지 않았다. 책임의식과 투명성을 요구하는 일이 어쩌다가 여성의 권리에 반(反)하는 일이라는 누명을 쓰게 됐단 말인가.

우리는 어슐러 르 귄을 잃었다, 우리에게 그녀가 가장 필요할 때

›››‹‹‹

(2018)

수년 전 포틀랜드의 어느 행사에서 마침내 빛나는 명성의 대작가 어슐러 K. 르 귄을 독대할 기회가 왔다. 나는 늘 묻고 싶었던 것을 물었다. "오멜라스를 떠나는 사람들은 어디로 가나요?" 어려운 질문이다! 르 귄은 화제를 바꿨다.

오멜라스는 르 귄이 소설 형태로 제시한 여러 '사고 실험' 중 하나다. 오멜라스는 모두가 즐거운 시간을 보내는 완벽한 도시다. 하지만 도시의 운명이 지하실에 갇혀 끔찍하게 학대받는 한 아이에게 달려 있다는 사실 또한 모두가 안다. 이 아이가 없다면 도시는 무너진다. 도시는 아이의 비참한 고통을 계약 조건으로 세워진 유토피아다. 고대 그리스와 로마 세계의 노예제를 생각해보라. 남북전쟁 이전 미국 남부의 흑인, 식민 지배를 받던 사람들, 19세기의 영국 민중을 생각해보라. 오멜라스의 이 가엾은 아이는 『크리스마스 캐럴』에 나오는 가난에 찌든 두 아이와 동류다. 현재의 유령의 옷자락을 움켜쥐고 있던 섬뜩한 모습의 두 아이. 그들의 이름은 무지와 결핍이며, 이 비유는 오늘날에도 매우 유효하다.

학대받는 이들로 유지되는 부유한 도시. 르 귄의 단편 「오멜라스를 떠나는 사람들(The Ones Who Walk Away from Omelas)」의 오멜라스는 그런 곳이다. 따라서 내 질문은 이런 뜻이었다. 다수의 행복이 일부의 고통에 의존하지 않는 사회를 세상 어디서 찾을 수 있을까요? 고통받는 아이 없이 어떻게 오멜라스를 건설할 수 있을까요?

어슐러 K. 르 귄도 나도 답을 알지 못했다. 하지만 이는 르 귄이 평생 답하고자 노력했던 질문이었고, 그 노력의 과정에서 그녀는 많고 다양하고 매혹적인 세상들을 너무나 능란하게 창조했다. 무정부주의자로서 그녀는 젠더 평등과 인종 평등을 이룬 자치 사회를 원했을 것이다. 인간뿐 아니라 비(非)인간 생명체도 존중받는 사회를 원했을 것이고, 출산은 강요하면서 정작 엄마들과 아이들은 신경 쓰지 않는 사회와 반대되는 아동 친화적인 사회를 원했을 것이다. 그녀의 글에서 나는 그렇게 짐작한다.

르 귄은 1929년에 태어났다. 그녀는 대공황 때 아기였고, 제2차 세계대전 때 10대였고, 종전 직후 대학에 들어갔다. 재건 정신이 팽배했던 시기였다. 그녀는 래드클리프칼리지•에 입학했다. 당시의 래드클리프는 경계 공간(liminal space)이었다. 하버드였지만 하버드가 아니었다.

• Radcliffe College, 1879년 남자 대학이던 하버드의 교정 안에 여자 대학으로 설립됐다. 제2차 세계대전 후에는 하버드와 교과과정을 일부 공유하기 시작했고, 1999년에 공식적으로 하버드와 통합됐다.

학사 일정에 여학생들이 어느 정도 참여할 수 있었지만 전면적 접근은 허용되지 않았다. 식당을 지나갈 수는 있었지만, 감히 식당에 얼굴을 들이미는 여학생은 남학생들이 돌처럼 던지는 빵에 맞을 각오를 해야 했다. (르 귄이 작가, 그것도 사이언스 픽션 작가가 되자 해당 보루를 사수하려던 남자들은 배타적인 빵 던지기를 재개했다. 르 귄도 알아챘고, 즐겁지 않았다.)

르 귄은 래드클리프를 졸업하고 대학원에 진학해 프랑스 문학과 이탈리아 문학을 전공했다. 그녀는 당시에 흔히 하던 말로 남자처럼 생각하도록 배웠다. 폭넓게, 별나게, 엄중하게. 하지만 결혼과 함께 학계를 떠난 뒤 자신이 어떤 사회에 있는지 실감했다. 그곳은 법적 견지에서 여자들을 무책임한 열세 살짜리로 취급하는 사회였다. 자신이 성인임을 이미 깨우친 사람에게 이는 깡통 안에 화산을 봉하려는 것과 다름없었다. 1960년대 후반과 1970년대의 제2세대 페미니즘에 불을 지핀 것이 바로 이 세대의 미국 여성들이었다. 이때 그 깡통이 폭발했다. 그리고 이 시기가 작가로서 르 귄의 에너지가 폭발하던 시기였다.

하지만 정치적 생각과 활동은 이 놀랍도록 재능 넘치는 여성이 이룩한 다차원적 삶과 작품 가운데 단지 한 가지 차원일 뿐이었다. 예를 들어 '어스시(Earthsea)' 3부작은 삶과 죽음의 관계에 대한 인상적인 탐구다. 어둠이 없으면 빛도 없다. 그리고 죽을 운명이야말로 모든 살아 있는 것에 실존을 허락한다. 어둠은 공포, 오만, 질투 등 우리 내면에 숨겨진 덜 유쾌한 면들을 아우른다. 주인공 게드는 자신의 그림자 자아에 맞서야 한다. 그림자에 먹히지 않기 위해서. 이 투쟁을 통해서만 그는 온전해질 수 있다. 그 과정에서 그는 용들의 지혜와 다툰다. 우리의 지혜와 다르고 애매모호하지만 그럼에도 지혜인 건 분명하다.

최근 나는 친구를 잃고 슬픔에 잠긴 어느 여성과 대화를 나누게 됐다. 나보다 훨씬 젊은 여성이었다. "어스시 3부작을 읽어요." 내가 권했다. "도움이 될 거예요." 그녀는 읽었고, 위로를 받았다.

그런데 이제 어슐러 K. 르 귄이 죽었다.

부음을 듣고 이상한 환영을 보았다. 『어스시의 마법사』에서 마법사 게드가 한 아이의 영혼을 죽은 자의 땅에서 다시 불러오는 장면과 비슷한 환영이었다. 거기 불변의 별들 아래, 속삭이는 모래의 언덕을 고요히 내려가는 어슐러가 있었고, 멀어지는 그녀를 뒤쫓아 달려가며 울부짖는 내가 있었다. "안 돼! 돌아와요! 지금 이곳에 당신이 필요해요!"

특히 지금 이곳, 여성 비하•가 일상화되고, 여권이 수많은 전선에서—특히 보건과 피임 영역에서—후퇴하고, 기량과 지적 우월성으로 겨루는 데 실패한 이들이 대신 제 음경을 무기 삼아 여성들을 일터에서 몰아내려는 땅에서 르 귄의 부재는 너무 뼈아프다.

르 귄은 1970년대 초반에 이미 여성의 분노가 폭발하는 것을 목격했다. 때는 제2세대 페미니즘의 시대였다. 르 귄은 격분이 어디서 오는지 알고 있었다. 억압된 분노는 터질 수밖에 없다. 1960년대와 1970년대에 그런 분노가 여러 방향에서 불거졌다. 하지만 대개는 작업량과 기여도가 컸거나 더 컸는데도 받는 대우는 훨씬 더 적었던 데서 오는 분노였다. 당시의 유명 구호 중 하나가 "집안일도 일이다"였다. 여성들을 가장 분노하게 한 망언 중 하나는 놀랍게도 흑인민권운동계에서 나

• 원문은 'pussy grabbing'이다. 2016년 미국 대선 기간 중에 파장을 일으켰던 트럼프의 과거 여성 비하 발언인 "여성의 그곳을 움켜줘라(Grab them by the pussy)"에 빗댄 표현이다. 'pussy'는 여성의 성기를 뜻하는 비속어이다.

왔다. "민권운동에서 여성의 유일한 위치는 누워 있는 것이다."•

분노는 르 귄이 오래 씨름했던 숙제였다. 그녀는 2014년 「분노에 관하여(About Anger)」라는 에세이에 이렇게 썼다.

> 불의에 저항할 동기를 부여한다는 점에서 분노는 유용한 도구이며 필수 불가결한 도구다. 나는 분노가 도구 중에서도 특히 무기-오직 전투와 자기방어에만 유용한 도구-라고 생각한다. (…) 분노는 거부된 권리를 강력히 드러낸다. 하지만 분노로는 권리 행사를 유지하고 발전시킬 수 없다. 권리 행사는 집요한 정의 추구를 통해서만 존속하고 번영할 수 있다. (…) 분노 자체에 가치를 두면 분노하는 목표를 잃고 만다. 분노가 능동적 행동주의가 아니라 퇴행, 강박, 보복, 독선의 연료가 된다.

장기적 목표, 부단한 정의 추구. 르 귄은 여기에 생각과 시간을 많이 들였다.

우리는 어슐러 K. 르 귄을 변치 않는 별들의 땅에서 도로 불러올 수 없다. 하지만 다행히도 르 귄은 우리에게 다차원적 작품, 힘들여 얻은 지혜, 본질적 낙천주의를 남기고 갔다. 그녀의 분별 있고, 명석하고, 교묘하고, 서정적인 목소리가 그 어느 때보다 지금 더 요긴하다.

우리는 거기에 대해, 그리고 그녀에게 감사해야 한다.

• 1960년대에 활동한 급진적 흑인 결사인 흑표당(Black Panther Party)의 당수로 알려진 스토클리 카마이클(Stokely Carmichael)의 발언이다.

세 장의 타로 카드

>>><<<

(2018)

영광스럽게도 이번에 제가 산타막달레나재단의 그레고르 폰 레초리 문학상 시상식에 기조연설자로 서게 됐습니다. 저는 피렌체를 사랑하고, 이곳에 오게 돼 몹시 기쁩니다. 그런데 이 친절한 초대가 저로서는 좀 당황스럽기도 했습니다. 주최 측으로부터 연설 내용은 글쓰기와 관계된 것이면 뭐든 좋다는 말을 들었습니다. 글쓰기 전반에 대해 남들이 이미 말하지 않았거나, 제가 이미 말하지 않은 게 뭐가 더 있을까요? 특히 제 경우에는 하지 않은 말이 별로 없어서요. 글쓰기 전반에 대해 누가 무슨 말을 무슨 권한으로 할 수 있을까요? 글쓰기 전반을 아우를 말이 있기는 할까요?

말하자면 수많은 사람들이 책장이나 화장실 벽에 한 줄씩 남기는 검은 표시들도 글입니다. 글쓰기는 사람의 말을 기록하는 여러 방법 중 하나입니다. 그 방법들 중에 한물간 방법일 수도 있고, 아닐 수도 있습니다. 누가 말하느냐에 따라 다르겠죠. 글은 흔히 스토리텔링의 한 형태이고, 스토리텔링은 초기 인류의 발명품 중 하나이며, 인류 진화에 단연코 가장 결정적인 발명품이었습니다. 예컨대 표와 그래프보다는 이야기를 통해 배우는 게 훨씬 쉽잖아요. 글은 고대 메소포타미아에서 사원의 재고 관리를 위해 처음 고안됐습니다. 거기에 밀 같은 물자를 쌓아뒀거든요. 글은 한때 필경사와 마법사에게만 알려진 무시무시한 비밀이었고, 지금도 여전히 경고의 냄새를 풍깁니다. 최근에 저는 실제로 "경고: 취급주의"라고 쓰인 커피 컵을 받았습니다. 글은 꾸준히 위조의 대상이었고, 스코틀랜드 여왕 메리의 경우처럼 사람들을 죽이는 용도로 쓰였습니다. 반대로 글은 처형 위기에 몰린 사람들을 구하는 데도 쓰였습니다. 왕이 서명한 사면장이 아슬아슬하게 도착하는 장면을 상상해보세요! 글은 협박과 갈취의 수단이기도 했고, 희망과 기쁨을 전하기도 했습니다. 19세기에 쓰기 교육이 널리 시행됐습니다. 자본주의가 발흥하면서 부를 추적하고 누가 누구에게 무엇을 얼마나 빚졌는지 기록하기 위해 읽고 쓸 줄 아는 점원들이 대거 필요해졌기 때문이죠.

이런, (소문자 w로 시작하는) 글쓰기(writing)를 원하신 게 아니군요. (대문자 W로 시작하는) 글쓰기를 원하셨던 거군요! 문학적인 글쓰기요. 또는 적어도 웬만큼 수준이 있는 글쓰기요. 제가 가끔씩 저지르는 그런 종류의 글쓰기를 원하셨던 건가요? 일부러 '저지르다'라는 표현을 썼습니다. 행동이나 범죄를 두고 저지른다고 하죠. 문학 저술도 행동이고, 때로는 범죄로 간주되곤 합니다. 자기가 쓴 글 때문에 투옥되거나 처형된 이들이 얼마나 많은데요. 대표적인 죄목은 신성모독과 반역이었습니다. 한편 비평가들—잊지 마세요, 이들도 작가입니다—은 주로 서툰 글과 저급한 취향을 비난의 대상으로 삼았습니다.

그러니 글쓰기를 경계하세요! 신중을 기해야 합니다. 종이에 아무것도 기록해서는 안 돼요. 제 경우에는 너무 늦어버렸지만요.

인간은 상징 제조자이며, 상징들을 납득 가능한 방식으로 조직화하는 경향이 있습니다. 이에 저도 세 장의 타로 카드를 통해서 글쓰기의 면면을 살피고자 합니다. 각각의 카드 이름은 이렇습니다. 여자 교황(Female Pope), 운명의 수레바퀴(Wheel of Fortune), 정의(Justicia).

또한 인간은 이야기꾼이며 수만 년 동안 이야기를 해왔기 때문에 저도 세 가지 이야기로 시작하겠습니다. 첫 번째, "내가 (일종의) 작가가 된 이야기". 두 번째, "내가 1969/1970년도에 캐나다 앨버타주 에드먼턴의 어느 소설 쓰기 입문 수업에서 타로 카드를 이용한 이야기". 세 번째, "내가 2017년에 이탈리아 밀라노에서 비스콘티 타로 카드를 받은 이야기".

첫 번째 이야기: "내가 (일종의) 작가가 된 이야기"

사연은 이렇습니다. 1950년대 후반과 1960년대 초반의 지구는 지금과 다른 행성이었습니다. 저는 당시 태어나 있었고, 심지어 어느 정도 자라 있었기 때문에 그때의 세상을 전하기에 적격입니다. 어쨌거나 그때는 휴대전화가 없었습니다. 퍼스널 컴퓨터도, 소셜미디어도, 인터넷도 없었습니다. 심지어 팩스도 없던 때였습니다. 전동 타자기가 막 발명됐는데, 그나마도 저는 1967년에야 처음 습득했습니다. 팬티스타킹도 없었습니다. 카페라테도 없었습니다. 적어도 북미에는 없었어요. 라테가 유럽에서 대대적 잠행 공격을 개시해 우리 혈관에 무차별 침투하기 전이었거든요. 과학·기술·공학·수학을 의미하는 이른바 STEM 분야에는 여성이 거의 없던 때였습니다.

의료계에 있는 여성이란 간호사가 다였고, 법조계에 있는 여성은 법률 서기뿐이었고, 정치계의 여성은—적어도 북미에서는—별종이었고 괴물 취급을 받았습니다.

1950년대와 1960년대 초반만 해도 소설가와 시인은 대부분 남자였습니다. 당시 문예창작과는 아이오와주에 딱 하나 있었고, 제가 작가 활동을 시작한 캐나다 토론토에는 하나도 없었습니다. 저의 길고 별난 궤적을 지나는 동안 제가 습득한 기량이 있다면 모두 독학으로 얻은 것이며, 거기에는 고맙게도 친구들, 최초 독자들, 에이전트와 편집자들의 도움이 컸습니다. 하지만 제가 해당 기량을 습득하는 데는 시간이 많이 들었습니다. 일단은 뭔가를 써야 했습니다. 저의 초창기 산출물은 대체로 형편없었습니다. 작가들이 거의 다 그래요.

저는 1957년에 대학에 입학했습니다. 이때 평생의 밑거름이 된 핵심 텍스트들은 이미 상당량 소화한 상태였습니다. 성경, 『일리아스』 『오디세이아』 『아이네이스』, 닥치는 대로 읽었던 전 세계 민담, 『천일야화』, 수많은 추리소설과 사이언스 픽션, 엄청난 양의 만화책, 셰익스피어와 19세기 소설들. 단테, 세르반테스, 초서는 아직 제대로 읽기 전이었지만요. 당시는 일종의 인문학 호황기였어요. 적어도 지금보다는 대접받았죠. 실제로 인문학이 한때 종교가 점했던 자리에 생긴 공백을 적어도 일부는 메웠어요. 사람들은 인문학이 정신 진작, 개인 교양, 아니면 막연한 고취에 좋다고 여겼습니다. 인문학이 도덕적 '양식'으로 여겨지던 때였습니다. 어떻게 그런지는 명확히 정의된 적이 없지만요.

인간사가 다 그렇듯 이 견해에도 부작용이 있었습니다. 1920년대부터 소련은 이런 방향의 교화적 기준을 극단적으로 수용했습니다. 그 결과 특정 시인들과 작가들은 '퇴폐'로 찍혔고, 사회에 해롭다고 간주돼 아예 책을 낼 수도 없었습니다. 20세기 러시아의 가장 위대한 시인 중 한 명인 안나 아흐마토바(Anna Akhmatova)도 당국으로부터 위험인물로 분류된 탓에 소련 내에서 수십 년간 출판이 금지됐습니다. 1930년대 스탈린의 공포정치와 대숙청 시대의 삶을 읊은 아흐마토바의 저항시 「레퀴엠」이 어떻게 살아남았는지 아시나요? 조각조각 작성된 다음, 믿을 만한 친구들이 암기하는 방법을 썼습니다. 발각의 위험 때문에 글로 적은 것은 모두 태웠습니다. 증거와 함께 잡힌다는 것은 곧 사형선고를 뜻했습니다. 마침내 스탈린이 죽고 글라스노스트(개방)가 도래한 다음에야 시 조각들은 다시 만나 출판될 수 있었습니다.

무슨 일이 있었는지를 담은 시나 소설이나 기록을 보존하기 위해 목숨까지 걸어야 한다고 상상해보세요! 하지만 사람들은 그렇게 해요. 바로 얼마 전만 해도, 압제 정권하의 삶을 다룬 소설집의 원고가 북한 밖으로 몰래 반출된 일이 있었습니다. 이 소설집의 제목은 『고발』이고, '반디'라는 필명만 알려진 정체불명의 북한 작가가 썼습니다. 어둠 속에서 약한 빛의 파동을 내는 반딧불을 생각해보세요.

이때의 작가는 목격자이자 전령입니다. 아주 유서 깊은 역할이죠. 우리가 성경이라고 부르는 문헌 모음집 중에서도 가장 오래된 문헌 중 하나로 알려진 「욥기」에서도 들었던 목소리입니다. 그 음성이란 욥에게 와서 그의 아들딸들에게 재앙이 닥쳐 모두 죽었음을 알리는 전령의 음성입니다. 전령은 이렇게 말합니다. "오직 나 홀로 살아남아 그대에게 알리러 왔습니다." 이것이 고난과 시련의 시기에 문학이 할 수 있는 일 중 하나입니다. 증인이 되는 거요.

외부의 힘이 사회 보호라는 명분을 내세워 예술에 지나친 도덕적 감시를 가할 경우 예외 없이 검열이 생겨나고, 그렇게 되면 플로베르가 그의 획기적 소설 『마담 보바리』로 인해 불경죄 재판을 받았던 것 같은 일들이 벌어집니다. 문학에 대한 이런 도덕적 잣대—물의를 빚을 만한 것은 무엇이든 출판될 수 없다—가 바로 빅토리아시대의 특징이었습니다. 빅토리아시대는 한편으로는 도덕적 고결함을 떠받들면서, 다른 한편으로는 런던에 고급 매춘부와 길거리 윤락녀와 성매매로 팔리는 아동이 사상 최고로 많았던 시대였습니다. 하지만 이런 검열이 없었던 때란 없었습니다. 다시 말해, 소설과 시와 미술품이 사회의 '양식'인지 아닌지에 따라 평가돼야 한다는 생각에서 자유로웠던 시대는 한 번도 없었어요. 누가 어떤 기준으로 평가하느냐가 달랐을 뿐이죠.

그럼 우리 시대에는 이 같은 교화가 어떻게 발현할까요? 우리 시대에는 예술을 단지 엔터테인먼트 산업의 하위범주로, 또는 (조개에 들어온 성가신 모래 알갱이를 감싼 진주층 같은) 일종의 분비물로, 또는 (뱀 허물이나 발톱 조각 같은) 문화의 부산물로 치부하는 태도로 발현하기 쉽습니다. 이런 태도는 예술을 작가의 정신이나 세계관, 사회경제적 지위, 철학, 미학, 편견이 가진 병폐의 증상으로만 연구하려 듭니다.

이는 더 이상 예술을 사회의 양식으로 여기는 관점이 아닙니다. 이는 예술 말살입니다. 얼마나 다행인가! 이렇게 또 하나의 오염된 문화 산물이 역사의 쓰레기통으로 들어갔고, 우리는 한층 계몽된 존재가 되어 노란 벽돌길을 따라 오즈의 에메랄드시를 향한 행진을 이어간다! 그곳은 모두가 행복하고 품행이 단정한 곳이죠. 그곳은 색욕을 원죄로 규정한 성 아우구스티누스가 천국으로 부를 법한 곳이에요. 우리 시대의 (급히 덧붙이자면 저 또한 결코 자유롭지 못한) 이런 고결한 판단주의(judgmentalism)는 폭력적 포르노그래피가 전례 없던 수준으로, 사실 이전 시대에는 가능하지조차 않았던 수준으로 성행하는 세태와 맞물려 존재합니다. 눈치채셨겠지만 인간과 인간 사회에서 모순을 빼면 남는 게 없습니다.

주제에서 벗어났네요. 여기, 1957년에 열일곱이었던 제가 있습니다. 우리 가족은 1948년에 토론토로 이주했어요. 그때 토론토의 인구는 약 68만 명이었습니다. 당시 토론토는 빅토리아시대의 전통과 엄격한 청교도적 법률 때문에 '선한 토론토(Toronto the Good)' 또는 '푸른 토론토(Toronto the Blue)'로 불렸습니다. 예를 들어 길에서 보이는 장소에서는 음주가 금지됐고, 일요일에는 전면 금지였어요. 일요일의 유흥거리라고는 철도 조차장에 가서 열차 구경을 하는 게 다였습니다.

그러던 것이 오늘날에는 상황이 반전됐습니다. 지금의 토론토는 세계에서 가장 다문화적인 도시로 꼽힙니다. 1948년에 누가 이런 일이 일어나리라고 상상이나 했겠어요? 그때는 다문화라는 단어가 있지도 않았어요! 제가 젊은 작가였던 1961년, 당시에는 흔치 않았던 기성 예술인들에게 들었던 충고가 있습니다. "토론토를 떠나라." 더 나아가 그들은 "캐나다를 떠나라"라고 했습니다. 당시 캐나다에는 출간 작가가 거의 없었고, 이렇다 할 영화 산업과 음악 산업도 없었습니다. 예술은 수입품이었습니다. 수출품은 목재였고요. 캐나다는 창작자나 기업가에게는 불모지였습니다. 하긴 벌목과 광업과 어업을 제외한 거의 모든 분야에서 불모지였죠. 당시 캐나다가 배출한 몇 안 되는 유명 석학 중 한 명이 이렇게 말했어요. "미국인은 돈 버는 것을 좋아하고, 캐나다인은 돈 세는 것을 좋아한다."

그 석학은 문학비평가 노스럽 프라이였습니다. 그분이 아니었으면 저는 하버드대학원 대신 파리에 갔을 겁니다. 그곳 다락방에 살면서 낮에는 웨이트리스로 일하고, 밤에는 걸작을 쓰고, 지탄 담배를 피우고 압생트를 마시다가 오페라 여주인공처럼 낭만적으로 폐결핵을 앓겠다는 포부를 품고 말이죠. 하지만 알레르기 때문에 담배를 못 피우는 데다 알코올이 들어가면 토하는 그다지 시적이지 못한 체질 때문에 저에겐 어차피 가망 없는 얘기였습니다. 하지만 오페라는 들어본 가락이 있었습니다. 라디오 덕분에요. 토요일 오후에 뉴욕시 메트로폴리탄 오페라단이 실황 방송을 했거든요.

어쨌든 저는 파리에서 결핵으로 죽어가는 것 대신 하버드와 영문학 석사 학위를 택했습니다. 글을 많이 쓰려면 웨이트리스보다는 학생이 되는 편이 낫다는 것이 프라이의 견해였기 때문입니다. (당시에는 '서버'가 아니라 웨이트리스라고 불렀어요.) 그의 말이 맞았어요. 나중에 실제로 웨이트리스가 됐을 때 실감했어요. 남들이 먹다 남은 음식을 치우는 게 체중 감량 방법으로는 좋더군요. 그때 체중이 4.5킬로그램이나 줄었어요. 여담이었습니다.

그 시절 저는 내내 글을 썼고, 마침내 1969년, 처음으로 소설을 출판했습니다. 두 번째 이야기로 이어집니다.

두 번째 이야기: "내가 1969/1970년도에 캐나다 앨버타주 에드먼턴의 어느 소설 쓰기 입문 수업에서 타로 카드를 이용한 이야기"

1970년에 아직 세상에 없었다고요? 걱정하지 마세요. 그런 사람 많으니까요.

저는 1968~1970년에 앨버타주 에드먼턴에 살았습니다. 하버드 박사 학위 논문을 마무리하고 있었는데, 논문 내용은 빅토리아시대 문학에 나타난 강력한 초자연적 여성상들, 그리고 그 여성상들과 워즈워스/다윈 자연관의 관계에 대한 것이었습니다. 그런데 이 시기 어느 순간 저는 영화 산업의 부름을 받아 각본을 쓰기 시작했고, 이후 초자연적 여성에 대한 논문으로는 영영 돌아가지 못했습니다.

당시 에드먼턴대학교에 소설 쓰기 입문반이 있었는데, 제게 강의 제안이 왔습니다. 제가 출간 시인이었던 덕분이죠. 수강자는 학부생들이었고, 백지를 무서워했습니다. 학생들을 돕고 그들에게 무언가 집중할 거리를 제공하기 위해서 저는 수업에 타로 팩을 가져가 학생들에게 한 장 골라보라고 했습니다. 타로 카드는 메이저 아르카나(major arcana) 스물두 장과 마이너 아르카나(minor arcana) 쉰여섯 장으로 구성됩니다. 메이저 아르카나에는 각각 고유의 명칭이 붙은 그림이 그려져 있습니다. 마이너 아르카나는 (일반 카드 덱에 하트·스페이드·클럽·다이아몬드의 네 가지 수트가 있듯이) 잔(Cups), 검(Swords), 지팡이(Wands), 동전(Coins)의 네 가지 수트로 구분되고, 수트마다 왕·여왕·기사·시종이 그려진 네 장의 궁정 카드가 있습니다. 다행히 타로 덱에는 남성 카드들만이 아니라 강력한 여성 카드들도 있기 때문에 모두에게 선택의 폭이 넓습니다.

타로 카드는 글쓰기 에피소드를 촉발하는 방법으로 효과적이었습니다. 민담들이 이야기들의 원형을 제공하는 것처럼요. 학생 중 한 명은 '푸른 수염' 이야기의 독일판인 「피처의 새(Fitcher's Bird)」를 마법의 달걀 관점에서 꽤 멋지게 개작했습니다. 주인공의 두 언니는 실수로 달걀에 피를 묻히는 바람에 금지된 방에 들어갔던 것이 탄로 나 죽임을 당하지만, 주인공은 피로 물든 방에 들어가기 전에 달걀을 선반에 잘 보관해두죠.

제가 타로 카드를 어떻게 알게 됐냐고요? 타로는 T. S. 엘리엇의 시대에 유행했고, 그의 시 「황무지」에도 언급됩니다. 동시대 작가인 찰스 윌리엄스(Charles Williams)는 아예 타로 카드를 소재로 『위대한 트럼프(*The Greater Trumps*)』라는 소설을 쓰기도 했습니다. 윌리엄스는 J. R. R. 톨킨과 C. S. 루이스가 주축이었던 옥스퍼드대학의 문학 토론 클럽 잉클링스(Inklings)의 일원이었죠. 그래서 저도 20세기 문학을 공부하는 과정에서 타로에 대해 알게 됐습니다. 한동안 마르세유 타로 덱을 지니고 다니며 버릇처럼 운을 점쳐보곤 했는데, 나중에는 너무 섬뜩하게 잘 맞아서 그만뒀어요.

나중에는 점성술과 손금 보기도 배웠어요. 배운 계기는 이렇습니다. 그때 저는 에드먼턴에서 둘로 분리된 구조의 집에 살았는데, 집의 나머지 반쪽에는 히에로니무스 보스(Hieronymus Bosch)를 연구하는 예츠케 시비즈마라는 네덜란드인 미술사학자가 살았어요. 그녀는 보스의 그림에 점성술 상징들이 포함돼 있다고 여겼고, 그 상징들을 해석하기 위해 점성술과 점성술에 관한 책들도 연구했어요. 점성술에는 보통 손금 점이 따라붙어요. 손금 점도 행성들의 운행으로 보거든요. 실제로 르네상스 초상화의 손, 손가락, 반지의 연출과 배치는 그림 속 인물에 대해 많은 것을 말해줍니다.

에드먼턴의 겨울밤은 길고 어두웠고, 얼음과 얼음안개-폐로 들어가 칼처럼 치명상을 입힐 수 있는 얼음 결정체들-때문에 밖에 나가는 것도 위험했어요. 그 밤에 예츠케는 시간을 때우는 방법으로 제게 손금 읽기와 별점 치기를 가르쳐주었죠. 타로 역시 점성술과 연결돼 있어요. 자, 여기서 다음 이야기로 이어집니다.

세 번째 이야기: "내가 2017년에 이탈리아 밀라노에서 비스콘티 타로 카드를 받은 이야기"

2017년이 저물어가던 무렵 저는 밀라노와 코모에서 열리는 누아르 영화제(Noir in Festival)에 참석했습니다. 말 그대로 암흑가를 다룬 영화와 소설을 위한 행사였죠. 제가 거기서 레이먼드 챈들러 상을 받았어요. 정말 기쁜 일이었습니다. 레이먼드 챈들러는 제가 어렸을 때 열심히 읽었던 추리소설 작가 중 하나였기에 더 그랬습니다. 코모에 있는 동안 우리는 산악열차를 타고 브루나테 마을로 올라가서 그곳 성당에 있는 유명한 여성 교황 그림을 보았습니다. 그림의 주인공에 대해서는 다양한 설이 있지만, 주로 성 구글리마의 이야기와 연계됩니다. 성 구글리마는 13세기 말 젠더 평등 종파를 창시하고 여성 교황의 출현을 예언한 인물로 알려져 있어요.

구글리마의 예언은 당연히 로마교회와 마찰을 빚었고, 그녀는 결국 종교재판에 회부됩니다. 구글리마는 브루나테산 꼭대기로 피신했고, 우리 안내서에 의하면 산을 오르기엔 너무 게을렀던 이단 심문관들은 끝내 그녀를 잡지 못하고, 다만 나중에 그녀의 유해를 파내 화형대에서 불태웠다고 합니다.

최초의 타로라 불리는 비스콘티스포르차 타로 카드는 이 일이 있은 지 100년도 더 지난 15세기에 만들어졌습니다. 이 덱의 두 번째 카드인 여교황(La Papesse)은 성 구글리마와 그녀의 종파를 기리기 위해 포함됐다고 전해집니다. 누가 알겠어요? 어쨌든 전하는 바로는 그렇습니다. 여교황 카드의 이름이 후대의 타로 덱들에서 여대사제(The High Priestess)로 바뀌긴 했습니다.

브루나테에서 여성 교황에 대한 대화를 나눈 후, 출판사 대표이면서 본인도 신통찮게나마 마술사인 마테오 콜롬보(Matteo Columbo)가 제게 아름다운 비스콘티스포르차 타로 덱을 선물했습니다. 뒤에 생긴 버전들은 모두 이 비스콘티스포르차 타로 덱의 도안들에 기반해요.

그중에서 저는 소설의 세 측면을 말해주는 것으로서 세 장의 카드를 골랐습니다. 각각은 대략 소설의 시작, 중간, 끝에 해당합니다.

첫 번째 카드는 여교황 또는 여대사제입니다. 점술에서 이 카드는 비술과 신비, 지하 세력의 작동, 비밀을 의미합니다. 제가 이 카드를 소설 쓰기와 연관 짓는 것은 소설은 어떤 의미에서는 모두 미스터리이기 때문입니다. 만약 책의 초반에 아무 비밀이 없다면, 또는 작가가 자기 패를 너무 일찍 내보이면, 흥미를 잃은 독자들은 책을 놓아버립니다.

우리는 더 알아내고 싶습니다. 우리는 저자에게 어느 정도 속임수를 기대해요. 다시 말해 상황과 인물이 우리의 예상과 딴판으로 드러나길 바랍니다. 우리는 이야기의 끝에서 숨어 있던 것이 발각되길 기대하고, 기대대로 되지 않으면 짜증이 납니다.

점성술 용어로 말하자면, 여교황 또는 여대사제 카드는 달의 지배를 받습니다. 달은 중세에 이르러 불길하고 음흉한 이미지를 입었죠. 이 카드는 직관을 상징하는 동시에 변화, 덧없음, 환상을 뜻하기도 합니다. 타로 덱의 달 카드에서 눈여겨봐야 할 것이 물입니다. 물이 있고, 물에 비친 달이 있습니다. 투영은 일종의 환상이죠. 호수에 뛰어든다 해서 달을 잡을 수는 없으니까요.

소설 역시 투영과 환상입니다. 작가로서 여러분은 여러분의 환상을 그럴싸하게 만드는 데 전력을 기울여야 합니다. 소설 쓰기를 폄하하는 말이 아닙니다. 진실이 투영과 환상을 통해 드러날 수 있고, 또 실제로 자주 그렇게 드러나거든요. 에밀리 디킨슨(Emily Dickinson)이 시인들에게 명했다시피, 소설은 진실을 말하지만 비스듬히 말합니다. 디킨슨은 또 이렇게 말했습니다. “진실은 점진적으로 빛을 발해야 한다.” 한꺼번에 모든 것을 비추는 눈부신 만월이 아닌, 에둘러 보여주는 달빛. 이는 소설 작가들을 위한 좋은 조언입니다.

저의 다음 타로 카드 역시 달의 지배를 받습니다. 이번 카드의 명칭은 운명의 수레바퀴입니다. 저는 이를 소설의 중반을 대변할 카드로 골랐습니다.

이야기는 언제나 일련의 사건들로 구성되고, 이야기의 사건들은 특정 순서로 일어나므로 소설의 구성에는 언제나 시간에 대한 고려가 담깁니다. 헨리 제임스의 전기를 쓴 리언 에델(Leon Edel)이 말했듯 소설이라면 그 안에 시계가 있어야 합니다.

아니면 시간의 흐름을 표시하는 뭔가 다른 방법을 추가할 수도 있겠죠. 해시계는 해가 그리는 원을 따라 시간을 원형으로 표시합니다. 아날로그시계도 원형입니다. 시곗바늘이 둥글게 돌고, 다음 날도 다시 돌아갑니다. 달의 위상도 시간을 표시합니다. 초승달, 상현달, 보름달, 하현달, 그믐달. 이 순서가 되풀이됩니다. 반면 종이 달력은 선형입니다. 2018년 3월은 뜯겨 나가 폐기됩니다. 해마다 열두 달과 계절은 돌고 돌지만, 연도는 반복되지 않죠. 시대물 영화나 시간여행 판타지물이 아니라면 우리가 1812년을 다시 만날 일은 영영 없습니다.

시간이 선형이라면, 시작은 어디이고 끝은 어디일까요? 이는 시간이 원형이라면 소용없는 질문이지요.

소설가는 시간을 어떻게 구상할까요? 시간은 서사 안에서 어떻게 배열될까요? 소설을 담는 책은 선형이지만, 다시 말해 페이지에 차례로 번호가 매겨지지만, 이 선형 배치 안에서 시간이 처리되는 방식까지 항상 선형인 것은 아닙니다. 예를 들어 시간 요소가 원을 닮을 수 있습니다. 서사 끝에서 중심인물이 다시 시작과 비슷한 상황에 처하게 되는 거죠. 초자연적이거나 부자연스러운 이야기가 아닌 한, 끝에 같은 나이로 돌아오진 않겠지만요. 또는 동시에 일어나는 이야기들이 평행하게 진행되다가 나중에 교차하는 구성도 있고, 시간이 역행하는 회상 장면이 빈번하게 일어나는 구성도 있습니다.

줄거리(일어나는 일들)와 구조(일어나는 일들을 독자에게 전하는 방식)는 서로 같을 수도 있고 다를 수도 있습니다. 만약 같다면 이야기가 줄거리의 시작점에서 시작해서 계속 진행하다가 줄거리 끝에 이르러 끝납니다. 만약 다르다면 이야기의 진입점이 줄거리의 시작점과 다를 겁니다. 예를 들어 『일리아스』에서 진입점은 아킬레우스가 삐쳐서 그의 천막에 틀어박힌 장면입니다. 그다음에 독자는 그가 삐친 이유를 알게 되고, 그다음에 그가 천막에서 나오는 이유와 나와서 하는 일을 알게 됩니다.

찰스 디킨스의 『크리스마스 캐럴』의 진입점은 구두쇠 영감 스크루지가 비참한 크리스마스이브를 보내는 장면입니다. 그의 앞에 예전에 죽은 동업자의 유령이 나타나고 이어서 세 개의 분리된 시간 보따리들-스크루지의 과거, 현재, 잠재적 미래-이 펼쳐지는데, 각각은 독자에게 스크루지의 인생을 보여주고 동시에 스크루지에게는 그가 어떤 인간인지 보여줍니다. 이후 시간이 멈추고 되돌아갑니다. 스크루지는 크리스마스이브를 처음부터 다시 살게 되고, 이번에는 훨씬 즐겁게 보냅니다.

에밀리 브론테의 소설 『폭풍의 언덕』의 경우는 소설의 진입점이 줄거리의 시작점으로부터 멀리 떨어져 있습니다. 진입점에서 여주인공 캐서린은 이미 죽은 지 오래고, 그녀에게 집착한 나머지 각종 만행을 저질러온 남주인공 히스클리프는 이미 중년입니다. 독자는 둘의 이야기를 다른 두 사람의 목소리로 듣게 됩니다. 한 사람은 히스클리프 소유의 집을 임대하려는 신사이고, 다른 사람은 주인공들의 집에서 하녀로 일했기 때문에 내막의 전부는 아니지만 대부분을 아는 넬리입니다.

이상은 소설에서 시간이 배열되는 수많은 방식 중 몇 가지입니다.

이제 시험 삼아서, 누구나 아는 『빨간 망토』 이야기의 몇 가지 변형을 만들어봅시다.

1. 단순 선형 방식: 옛날에 한 꼬마 소녀가 살았다. 소녀의 엄마가 소녀에게 후드 달린 예쁜 빨간색 망토를 만들어주셨고, 그래서 소녀는 빨간 망토라 불렸다. 어느 날 소녀의 엄마가 소녀에게 말했다. "병든 할머니를 위해 엄마가 영양 간식을 한 바구니 만들었단다. 네가 숲 반대편에 있는 할머니 댁에 바구니를 가져다드리련? 하지만 길에서 벗어나지 않게 조심해야 한다. 숲에는 늑대들이 사니까 말이야." 나머지 이야기는 여러분도 아시죠?

2. 인 메디아스 레스• 방식: 빨간 망토는 너무나 행복했다! 새들이 노래하고, 해가 빛나고, 들꽃들이 활짝 피었다. 그때 빨간 망토에게 좋은 생각이 떠올랐다. 할머니에게 드릴 꽃다발을 만들어야지! 이야기가 시작되기 전에 받았던 지시를 어기고 빨간 망토는 길에서 벗어났다. 그때 갑자기 나무 뒤에서 정중하지만 온몸이 털로 덮인 신사가 뾰족한 이빨을 새하얗게 빛내며 걸어 나왔다. "안녕, 꼬마 소녀님." 그가 말했다. "뭐 하고 있니?" "우리 할머니 드릴 꽃을 꺾고 있어요. 할머니가 숲 반대편에 사시거든요." 빨간 망토가 말했다. 나머지 이야기는 아시죠?

3. 회상이 있는 소급 방식: 빨간 망토의 할머니는 늑대의 배 속에서 보낸 그 끔찍한 날이 떠오를 때마다 몸서리를 쳤다. 늑대 배 속은 칠흑같이 어두웠고, 강산성이었으며, 늑대가 실수로 먹은 비닐봉지들이 쌓여 있었고, 햄 샌드위치 잔해들이 굴러다녔다. 할머니는 물냉이 샌드위치 말곤 다 별로였다. 최악의 시련은 늑대가 자신의 잠옷을 차려입

• in medias res, '사건의 한가운데'라는 뜻으로, 작품의 중간으로 독자를 먼저 끌어들인 다음 뒤로 돌아가 인물이나 배경에 대해 설명하는 방식을 가리킨다.

고 자신의 흉내를 내는 것을 조용히 듣고만 있어야 하는 것이었다. 늑대의 연기는 형편없었다! 그 짓거리가 모두 사랑하는 손녀 빨간 망토를 유인하려는 수작이었다! 그런데 그때 천만다행으로……. 나머지는 아시는 그대로입니다.

아니면 보다 불길한 관점을 취할 수도 있습니다. 수사 스릴러에서 맡아놓고 쓰는 관점이죠. 이 방식은 시체에서 시작합니다. 그런데 누구의 시체? 『빨간 망토』 이야기에도 여러 버전이 있는데, 어느 버전에서는 할머니와 늑대 모두 죽고, 다른 버전에서는 늑대만 죽습니다. 이야기를 두 가지로 하다가 독자에게 선택하도록 하면 어떨까요? 『나만의 모험담을 써보자(*Write Your Own Adventure Stories*)』의 작가들을 포함해 여러 작가들이 시도했던 방식입니다. 샬럿 브론테도 소설 『빌레트』에서 이 방식을 선보였죠. 이 경우는 사건 순서가 하나가 아니라 두 가지입니다.

화자가 여럿인 경우에도 사건 순서가 여럿입니다. 이런 구조는 구로사와 아키라의 영화 〈라쇼몽〉으로 유명해졌습니다. 이 영화의 제목이 서로 모순되는 설명들이 다중으로 얽혀 있는 구조를 일컫는 용어가 됐을 정도입니다. "아, 라쇼몽 기법" 하면 다들 알아듣고 끄덕거리죠.

어떤 소설 구조는 직소 퍼즐과 비슷합니다. 따로 놀던 조각들이 결국 하나의 그림으로 딱딱 맞아 들어가는 거죠. 또 어떤 구조는 클루(Clue) 게임을 닮았습니다. 작가가 단서를 뿌려놓고 독자는 그것을 찾기 위해 노력합니다. 하지만 줄거리와 구조가 어떠하든, 모든 스토리텔링 행위와 소설 쓰기 행위에는 공통적으로 있는 게 있습니다. 거기에는 언제나 이야기를 잣는 사람과 그걸 풀어서 해석하는 사람(청자나 독자) 사이의 상호작용이 존재합니다.

운명의 수레바퀴 타로 카드는 시간과 관계있습니다. 미국에 〈휠 오브 포춘〉이라는 유명한 TV 프로그램이 있습니다. 이 퀴즈 쇼와 타로 카드 모두 로마신화의 운명의 여신 포르투나(Fortuna)에서 그 이름과 상징성을 땄습니다. 고대 로마인들은 포르투나에게 물질적 풍요를 빌었습니다. 그런데 행운의 여신(Lady Luck)으로도 불린 이 여신은 변덕과 불예측성으로 악명 높았어요. 도박해본 분들은 뼈저리게 아실 겁니다. 1950년대 브로드웨이 뮤지컬 〈아가씨와 건달들〉에 나오는 흥겨운 노래 〈행운이여, 오늘 밤 숙녀가 되어줘요(Luck, Be a Lady Tonight)〉를 아시나요? 도박의 요행수를 바라며 행운의 여신을 소환하는 노래입니다. 이 노래에서 도박꾼은 주사위를 굴리며 여신에게 애원합니다. 오늘 밤은 여느 때처럼 돌아다니지 말고 숙녀답게 얌전히 자기 옆에 붙어 있어달라고요.

카를 오르프(Carl Orff)의 성악 칸타타 〈카르미나 부라나(Carmina Burana)〉의 서곡에도 포르투나 여신의 변덕을 한탄하는 내용이 있습니다. 이 노래의 라틴어 가사는 다음과 같습니다.

> 오 포르투나, 그대는 달처럼 변덕이 심하군요. 항상 차올랐다 이울었다 하면서 비참한 인생을 처음에는 망쳐놓고 다음에는 마음대로 고쳐놓는군요. 가난도 권력도 얼음처럼 녹이는 운명이여, 그대는 공허함의 괴물, 악의적인 소용돌이 바퀴입니다. 행복이란 언제나 헛되이

사라지는 물거품이고요.

행운의 여신과 그녀가 굴리는 때로 악의적인 운명의 수레바퀴는 중세와 르네상스 초기의 상징 체계에 합류했고, 이어서 점치는 타로 카드에도 들어왔습니다. 셰익스피어도 포르투나를 잘 알았어요. 최근에 저도 이 여신을 생각할 일이 좀 많았습니다. 『템페스트』에서 이 여신이 중요한 역할을 하거든요. 『템페스트』의 주인공인 마법사 프로스페로는 이름에서 느껴지다시피 한때는 포르투나 여신의 귀염둥이였습니다. 하지만 운이 다해 찬탈자 동생에게 나라를 빼앗기고 물 새는 배로 바다를 떠돌다가 무인도에 고립되어 살아온 지 어언 12년입니다. 포르투나 여신과 이어져 있는 '상서로운 별'의 작용이 없었다면 그는 그곳에 영영 갇혔을 겁니다. 여기서 포르투나 여신은 '넘치는 행운의 여인'으로 나옵니다. 운명의 조화로 프로스페로의 적들이 그의 마법 사정거리 안으로 들어오고, 그가 적들에게 폭풍의 환상을 일으키는 것으로 연극이 시작됩니다.

제가 최근 『템페스트』에 몰두했던 이유가 있습니다. 호가스 셰익스피어 프로젝트에 참여 작가로 뽑혀 이 희곡을 현대 소설로 개작하는 중이었거든요. 이 소설은 『마녀의 씨』라는 제목으로 출간됐습니다. '마녀의 씨'는 프로스페로가 섬의 괴물 칼리반을 욕할 때 쓰는 말 중 하나입니다.

이 희곡의 모든 요소가 제 소설에 반영되어야 했어요. 그럼 '상서로운 별'과 '넘치는 행운의 여인'은 어떻게 표현해야 할까요? 이 둘 없이는 이야기가 풀리지 않아요. 원작 희곡에서는 이 둘도 엄연한 캐릭터입니다. 제 해결책은 에스텔이라는 영향력 있는 여성을 등장시키는 것이었습니다. 이 여성은 반짝이는 보석과 빛나는 매너로 치장했습니다. 별의 요소를 담당하는 거죠. 또한 이 여성은 바퀴와 과일과 꽃이 그려진 옷을 자주 입습니다. 포르투나의 상징이 바퀴와 코르누코피아•니까요. 누구나 포르투나가 코르누코피아를 내려주길 바라잖아요. 에스텔이 막후에서 힘을 써준 덕분에 주인공의 적들이 복수의 손이 닿는 거리에 들어오게 됩니다.

마르세유 타로 덱처럼 단순한 덱에는 운명의 수레바퀴 카드에서 포르투나 여신이 생략돼 있지만 초기 비스콘티 덱에는 포르투나가 엄연히 존재합니다. 그녀가 바퀴를 돌리고 있고, 바퀴의 회전에 따라 왼편 사람들은 올라가고, 오른편 사람들은 내려갑니다. 바퀴 꼭대기의 왕관을 쓴 사람은 일시적으로 운이 좋은 사람입니다. 반면 다른 이들—한때는 바퀴 꼭대기에 있던 사람들—은 포르투나의 왼편으로 내동댕이쳐지거나 바퀴 밑에 깔리고 있습니다.

여기서 혁명(revolution)이란 말이 생겨났습니다. 혁명은 바닥에 있던 이들이 꼭대기로 올라가고, 꼭대기에 있던 이들은 축출되는 바퀴 회전을 수반합니다. 주목할 것은 이런 종류의 바퀴 회전은 평등을 약속하지 않는다는 겁니다. 그저 누군가는 행운을 얻고 다른 누군가에겐 불행이 닥치는 대대적 자리바꿈일 뿐입니다. 또한 인간의 상징에는 늘 부정적 버전이 있기 마련입니다. 이 수레바퀴도 중세에 '바퀴(The

---

• cornucopia, '풍요의 뿔'이라는 뜻으로, 동물 뿔 모양의 그릇에 꽃과 과일을 담은 장식물을 부르는 명칭이다. 포르투나 여신이 내려주길 바라는 행운을 상징한다.

Wheel)'라는 유난히 끔찍한 고문 기구가 됐습니다.

인간 사회는 끝없이 변화합니다. 따라서 '역사의 잘못된 편(the wrong side of history)'에 서는 일 따위는 있을 수 없습니다. 만약 역사라는 게 누가 정권을 잡고 못 잡았는지, 누가 지적 첨단에 있는지 아닌지를 의미하는 거라면 더욱 그렇습니다. 그런 종류의 역사에는 정해진 편이 없거든요. 역사는 필연적 선형 진행이 아닙니다. 「창세기」에서 시작해 「요한계시록」으로 끝나지 않습니다. 신의 도시가 일어나 모두가 영원히 행복해지는 결말은 없습니다. 인간의 권력과 유행의 진행에서 필연성이란 없습니다. 오늘은 역사의 옳은 편으로 보였던 것이 내일 잘못된 편으로 뒤집힐 수 있고, 그랬다가 내일모레 다시 옳은 편이 될 수도 있습니다.

소설 쓰기에서 포르투나 여신의 자리에 있는 사람은 소설가입니다. 소설가가 시간을 배열하고 바퀴를 돌려서, 어떤 인물은 행복으로 들어 올리고, 다른 인물은 밀어내거나 심지어 죽여 없앱니다. 어쩌면 소설의 시간은 바퀴와 도로의 조합입니다. 바퀴가 회전하면서 사랑의 부침과 삶의 흥망이 일어납니다. 그런데 바퀴는 회전하는 동시에 길을 따라 죽 굴러가고, 이에 따라 시간이 선형적으로 진행하잖아요. 소설을 쓸 때 여러분은 시계와 달력을 잘 봐야 합니다. X가 온실에 몰래 들어가 Y를 살해할 시간이 충분합니까? 여러분은 달도 주시해야 합니다. 알다시피 달은 환상을 의미해요.

사람의 운은 달과 같습니다. 항상 차올랐다 이울었다 하죠.

세 번째 카드는 정의 카드입니다. 균형 카드라고도 하죠. 저는 이 카드를 소설의 결말을 상징하는 카드로 골랐습니다.

포르투나 여신과 그녀의 변덕스러운 바퀴에서는 정의를 기대하기 어렵습니다. 하지만 다행히 타로 카드 중 이 개념을 대변하는 카드가 있습니다. 이 카드에는 정의의 여신 유스티티아(Justicia)가 양팔저울을 들고 있습니다. 유스티티아 역시 로마신화의 여신입니다. 우리가 법원 밖에서 자주 봤던 익숙한 여신입니다. 이 여신은 한 손에는 처벌을 뜻하는 검을, 다른 손에는 증거의 칭량, 즉 공정한 평결을 뜻하는 양팔저울을 들고 있어요. 예상하다시피 정의의 여신은 점성술의 별자리에서 천칭자리의 지배를 받습니다. 때로 유스티티아는 눈가리개를 하고 있기도 합니다. 정의는 편파적일 수도, 매수될 수도 없다는 것을 의미하죠. 비스콘티 타로 덱에서는 눈을 가리지 않았습니다. 이때는 모든 것을 본다는 의미입니다.

정의의 여신은 고대 로마에 기원을 두지만 그녀의 양팔저울은 훨씬 오래됐습니다. 고대 이집트에서는 사람이 죽으면 사후 세계에서 심장의 무게를 단다고 믿었습니다. 진리(또는 선행)의 여신이 자신의 깃털과 망자의 심장을 저울에 달아서 만약 심장이 깃털보다 가벼우면 심장을 초자연적 악어에게 먹이로 던져버린다고 합니다. 만약 관에 부적–글쓰기의 또 다른 유용한 기능–을 붙여서 속이려 한다면? 그럴 때를 대비해 따오기의 머리를 한 필경사의 신 토트(Thoth)가 망자의 선행과 악행을 낱낱이 적은 목록을 들고 대기하고 있다고 합니다.

타로 점사에서 정의 카드는 긍정적 해결을 의미합니다. 여러분이 성실하고 공명정대하게 행동했다면 문제 될 게 없겠죠. 그렇지 않다면 유의해야 합니다. 정의의 저울이 등장하고, 우리가 남들에게 어떻게 행동했는지에 따라 운명이 우리를 어떻게 대우할지가 결정되니까요. 이 카드의 작용은 운명의 바퀴 카드와 전혀 다릅니다. 완전히 반대입니다. 이 카드는 세상에는 일종의 도덕적 패턴이 있으며 우리가 그 패턴의 일부라고 말합니다. 이 카드는 진행 중인 것들이 아니라 결과에 관여합니다. 소설로 치면 중간이 아니라 해결과 결말에 관여하는 카드입니다.

카드 순서가 소설의 패턴화를 보여줍니다. 소설의 시작에는 여러 비밀과 힌트를 품은 여교황 또는 여사제가 위치합니다. 소설의 중간에는 운명의 바퀴가 돌면서 시간을 풀어내고 사건들을 전개하면서 등장인물들의 변화무쌍한 운을 보여줍니다. 소설의 결말에는 정의의 여신 또는 저울이 등장해 인물들이 응당 받아야 할 운명을 받게 됩니다. 착한 인물에게는 좋은 운명, 악한 인물에게는 나쁜 운명. 이게 우리의 바람이죠.

그것이 우리가 어릴 적에 바랐던 것이며, 대개의 민담이 즐겨 보여주는 것입니다. 신데렐라는 착한 인물이었기 때문에 멋지고 돈 많고 구두 페티시 있는 남자의 모습을 한 행운이 우연히 말 타고 지나가 팔자를 바꿉니다. 어쨌든 재투성이로 사는 것보다는 낫잖아요. 그리고 빨간 망토 소녀도 늑대에게서 구출됩니다. 만약 일이 반대로 풀렸다면, 빨간 망토가 맛있는 늑대 밥이 되고 말았다면, 우리가 얼마나 슬펐겠어요!

하지만 친애하는 독자 여러분, 우리는 아이러니의 시대에 살고 있습니다. 소설의 결말은 때로 그리 간단치 않습니다. 사실은 대개의 경우 그리 간단치 않습니다. 타로 덱에는 다른 카드들도 많습니다. 예컨대 무너지는 탑(Falling Tower)은 파멸을 뜻합니다. 매달린 남자(Hanged Man)는 깨달음을 약속하지만 그건 한동안 나무에 거꾸로 매달려 있어야만 가능합니다. 마법사(Magician)는 예술가가 지니면 좋을 카드입니다. 우리는 이 카드들 중 일부를 명상의 대상이자 소설 쓰기의 길라잡이로 삼을 수 있습니다.

하지만 우리가 어떤 카드를 택하든 저울을 든 정의의 여신만큼은 늘 우리 마음 어딘가에 존재하면서, 소설의 사건들이 당위대로 풀리지 않을 때 우리에게 그럼 무엇이 당위인지 알려줍니다. 우리는 대체로 이렇게 공정한 경우와 그렇지 않은 경우를 직관적으로 압니다. 우리는 세상사가 공정하기를 바라지만, 상황이 늘 그렇지는 못합니다. 슬프지만 그게 현실입니다. 소설로 치면 그것이 현실의 투영입니다.

이제 저는 카드 덱을 도로 거둬들여 제 마법사 재킷의 주머니에 넣겠습니다. 타로 덱의 마법사는 단지 저글러일까요? 때로는 그렇습니다. 소설가들은 나름 재주를 부립니다. 모자에서 토끼를 뚝딱 꺼내놓을 때도 꽤 많아요. 하지만 더 깊이 들여다보면 마법사 카드는 긍정적 변화에 관한 것입니다. 바라건대 소설도 그렇습니다. "당신의 책이 내 인생을 바꿨어요." 사람들이 소설가에게 자주 하는 말입니다. 어떻게 바꿨는지는 되묻지 않는 게 좋습니다. 그건 독자가 답해야 할 질문입니다.

이제 작가는 다음 소설의 구상으로 넘어가야 합니다. 다시 시작으로, 다시 여대사제 카드로 돌아가야 할 때입니다. 거기서 새로운 묶음의 비밀과 힌트와 직관을 찾을 때입니다. 헤르메스 신처럼 여대사제도 문을 여는 존재입니다. 다음에는 무엇이 올까요? 간절히 알고 싶지만 이야기에서 다음을 알아내는 방법은 수레바퀴의 경로를 따라가는 것밖에 없습니다. 그 경로는 끝없이 틀어지고 꺾이면서 늑대들이 우글대고, 운이 흥망하고, 환상으로 가득한 숲속으로 들어갑니다. 하지만 그 길 끝에 어쩌면 작은 정의가 기다리고 있을지도 몰라요.

노예 국가?

›››‹‹‹

(2018)

설사 안전하고 합법적이라 해도 낙태를 좋아할 사람은 없다. 어떤 여자가 불티는 토요일 밤을 보내사고 낙태를 무릅쓰겠는가. 여자들이 불법 시술을 받다가 욕실 바닥에서 피 흘리며 죽어가는 것을 좋아할 사람도 없다. 그럼 어떻게 해야 할까?

문제에 대한 접근 방식을 바꾸기 위해 질문을 바꿔보자. 당신은 어떤 나라에 살고 싶은가? 개개인이 자신의 건강과 신체에 대해 자유로운 결정권을 가지는 나라? 아니면 인구의 절반만 자유롭고 다른 절반은 노예인 나라?

아기를 낳을지 말지 스스로 결정할 수 없는 여성은 노예나 다름없다. 국가가 여성의 신체에 대한 소유권을 주장하고, 여성 신체의 용도를 지시할 권한을 행사하면 그렇게 된다. 남성이 처할 수 있는 유일하게 비슷한 상황은 군대에 징집되는 경우다. 두 경우 모두 개인의 생명을 위협하지만, 군대 징집자에게는 적어도 음식, 옷, 숙소가 제공된다. 심지어 교도소의 범죄자들도 이런 기본권을 누린다. 만약 국가가 출산을 강제한다면 산전, 출산, 산후 관리 비용과 부잣집에 팔려 가지 않은 아기들을 양육할 비용은 왜 국가가 대지 않는 걸까?

그리고 국가가 아기들은 그렇게 중히 여기면서 어째서 아기를 많이 낳은 여성들은 공경하지 않는 걸까? 마땅히 그들을 존중하고, 가난에서 구제해야 하지 않나? 여성들이 자기 의지에 반하면서까지 국가에 필요한 서비스를 제공하고 있다면, 그들은 마땅히 노고에 대한 보상을 받아야 한다. 국가가 원하는 것이 더 많은 아기인가? 그렇다면 적절한 보상이 따를 경우 거기에 자발적으로 참여할 여성들도 많을 것으로 믿는다. 출산의 보상이 보장되지 않을 때 여성은 자연법을 따르는 쪽으로 기운다. 즉, 태반이 있는 포유동물은 자원 결핍에 직면하면 유산하는 경향이 있다.

하지만 국가는 필요한 자원을 제공하면서까지 노력할 의사는 없어 보인다. 대신 항상 쓰던 비열한 수법을 강화할 생각만 한다. 그 수법은 여자들에게 아기 낳기를 강요하고 그 비용까지 여자들에게 떠넘기는 것이다. 여자들은 지불하고, 지불하고, 또 지불한다. 아까 말했듯 노예처럼 착취당한다.

아기를 낳기로 선택하는 경우는 당연히 별개의 문제다. 아기는 생명 자체가 주는 선물이다. 하지만 선물은 자유롭게 주고 자유롭게 받는 것이어야 한다. 또한 선물은 거부할 수 있어야 선물이다. 거부할 수 없는 선물은 억압의 징후일 뿐이다.

영어에서는 출산을 '탄생을 준다(give birth)'라고 표현한다. 엄마가 되기로 스스로 선택한 엄마들만이 탄생을 주고, 그것을 선물로 생각한다. 그들의 선택이 아닌 경우 출산은 그들이 주는 선물이 아니다. 그것은 그들의 의지에 반해 그들을 갈취하는 것이다.

누구도 여성에게 낙태를 강제하지 않는다. 누구도 여성에게 출산을 강제해서도 안 된다. 아르헨티나여, 출산을 강제하려거든 적어도 그것을 있는 그대로 강제라고 부르길 바란다. 그것은 노예제다. 타인의 몸에 대한 소유권과 통제권을 주장하고, 거기서 이익을 취하는 것은 노예제와 다름없다.

『오릭스와 크레이크』

>>><<<

서문

(2018)

"『오릭스와 크레이크』? 이게 무슨 뜻이에요?" 내가 막 끝낸 소설의 제목을 말하자 출판사 담당자는 이렇게 물었다. "오릭스와 크레이크는 소설 시작 시점에서 이미 멸종한 두 생물체의 이름이에요." 내가 말했다. "그리고 주인공들의 이름이기도 해요." "소설이 시작되는 시점에서는 이미 죽었다면서요." 출판사가 말했다. "그게 포인트예요." 내가 말했다. "또는 여러 포인트 중 하나예요." (내가 언급하지 않은 또 다른 포인트는 이 제목이 연못에서 우는 개구리 소리와 흡사하다는 것이었다. 세 번씩 발음해보기 바란다. 오릭스, 오릭스, 오릭스. 크레이크, 크레이크, 크레이크. 안 그런가?)

담당자가 여전히 확신 없는 표정을 짓기에 나는 R, Y, X, K는 마법의 글자들이며, 이들을 모두 포함한 제목이 영험하지 않을 리 없다고 말했다. 그들이 내 말을 믿은 걸까? 그건 잘 모르겠지만 어쨌든 지금까지

는 『오릭스와 크레이크』가 해당 소설의 제목으로 남아 있다.•

내가 쓴 책 중에 학교에서 청소년에게 가르칠 만한 소설이 두 편 있는데 이 책이 그중 하나다. 이는 명백히 교사들이 마법 글자의 힘에 반응한 결과다. 아니면 다른 무언가에.

또한 『오릭스와 크레이크』는 내 소설 중에서 처음부터 끝까지 화자가 남성인 첫 소설이고, 출간 시점에는 유일한 소설이었다. 그렇다. 나는 왜 '항상' 여자들에 관한 이야기만 쓰냐는 질문을 지겹도록 들었다. 항상은 아니었다. 젠더화된 문학비평 생리에 충실하게도, 책이 출간되기 무섭게 이번에는 내게 왜 여성 화자를 쓰지 않았느냐는 질문이 들어왔다. 완무도 아벽하지 않다.••

내가 이 책을 쓰게 된 계기를 말하자면 이렇다. 나는 2001년 3월에 『오릭스와 크레이크』를 쓰기 시작했다. 당시 나는 호주에 있었고, 거기서 전작인 『눈먼 암살자』의 북 투어를 막 끝낸 상태였다. 일정을 마친 뒤 나는 호주 북구 아넘랜드의 몬순 우림에서 새를 관찰하며 시간을 보냈고, 원주민 부족들이 4~5만 년이나 변함없이 이어진 토착 문화 속에서 환경과 조화를 이루며 살았던 개방 동굴 유적지들도 구경했다.

이후 우리 탐조 그룹은 케언스 근교에 있는 필립 그레고리의 캐소워리 하우스(Cassowary House)로 이동했다. 그곳에서 우리는 탐조가들

• 한국어 번역판은 처음에 『인간 종말 리포트』라는 제목으로 나왔다가 후에 『오릭스와 크레이크』로 바뀌었다.

•• 원문은 'Pobody's nerfect'로, '아무도 완벽하지 않다(nobody's perfect)'라는 말의 철자를 바꿔 유머 있게 표현한 것이다.

과 자연학자들이 수십 년간 해왔고, 그때도 모이면 습관처럼 하던 일을 했다. 즉 인간의 자연 세계 개조가 가속화함에 따라 자연 세계에서 가속화되는 동물 멸종에 대해 열띤 토론을 벌였다. 캐소워리(화식조)는 파랑, 보라, 분홍의 공룡을 닮은 날지 못하는 새다. 날지는 못해도 우리 따위는 발톱 하나로 배를 갈라 죽일 수 있다. 이 비범한 새들이 언제까지 이 땅에 남아 있게 될까? 그중 일부가 캐소워리 하우스 일대를 돌아다니며 잘라놓은 바나나를 주워 먹었다. 식으라고 창턱에 내놓은 파이들도 먹어치웠다. 덤불 속을 총총대며 다니는 붉은목뜸부기는 또 언제까지 살아남을 수 있을까? 오래 버티기는 힘들 것이다. 이것이 그날 우리의 중론이었다.

그렇다면 호모사피엔스사피엔스는? 우리 종은 자신을 발생시켰고 자신을 부양해온 생물학적 시스템을 계속 파괴할까? 그래서 흔적도 없이 사라지는 절멸을 향한 고속 행진을 지속할까? 아니면 여기서 멈추고, 그간의 무모한 행태를 반성하고, 잘못을 되돌릴 수 있을까? 인간은 자신의 발명들이 파놓은 궁지에서 빠져나올 방법을 발명할 수 있을까? 이미 인간은 인공 슈퍼바이러스 같은 생명공학적 자멸 수단을 개발했고, 인간 게놈을 조작하는 방법도 알아냈다. 이를 통해 인간이 스스로를 더 착하고, 덜 탐욕스러운 버전으로 대체해버릴 작심을 한다면? 만약 세계 개선에 열중한 박애주의자 또는 어느 정신착란자가 다른 버전의 인류를 설계한다면? 우리 중에 재설정 버튼을 누를 채비를 하는 선지자 및/또는 미친 과학자가 숨어 있다면?

그날 캐소워리 하우스의 발코니에서 붉은목뜸부기를 구경할 때였다. 『오릭스와 크레이크』의 구상이 내게 거의 완전체에 가깝게 떠오른 것은. 나는 그날 밤 메모를 시작했다. 소설을 끝낸 직후였고 이렇게 빨리 새로운 소설을 시작하기에는 너무 지친 상태였다. 하지만 이야기가 이처럼 고집스럽게 아우성을 칠 때에는 미룰 도리가 없다.

모든 소설은 작가의 인생–작가가 보고, 경험하고, 읽고, 모색했던 것–을 짙게 반영한다. 『오릭스와 크레이크』도 예외가 아니었다. 디스토피아적 '만약' 시나리오와 종의 멸종은 내가 오래전부터 생각해오던 주제였다. 내 친척 중에는 과학자가 여럿 있다. 칠면조를 썰기보다 해부하는 분위기의 크리스마스 가족 모임에는 장내기생충이나 쥐의 성호르몬 따위가 화제에 오른다. 최근에는 크리스퍼(CRISPR), 일명 유전자 가위의 발명이 화제였다. 이런 유전자조작 도구는 『오릭스와 크레이크』에 등장하는 '진지니'• 사업의 모델이 됐다. 나는 여가에 스티븐 제이 굴드(Stephen Jay Gould)의 책이나 『사이언티픽 아메리칸(*Scientific American*)』 지 같은 대중 과학서를 많이 읽는다. 부분적으로는 가족 대화를 따라가기 위한 목적도 있다.

나는 오래전부터 신문 뒤쪽의 작은 기사들을 모았고, 10년 전만 해도 피해망상으로 조롱받던 일들이 가능성이 되고 또 실제가 되는 것을 불안하게 지켜보았다. 『오릭스와 크레이크』에 나오는 것들도 다르지 않다. 돼지 체내에 인간 장기를 배양하는 것은 내가 이 책을 쓸 때만 해도 가능성에 지나지 않았지만 지금은 현실이 됐다. '닭고기옹이'•• 같은

• Gene Genie, 데이비드 보위의 노래 〈진지니(The Jean Genie)〉에 빗댄 표현이다. 『오릭스와 크레이크』에는 유전자조작 상품을 생산하는 초국적 기업이 국가를 대신하는 사회가 등장한다.

•• Chickie-nobs, 『오릭스와 크레이크』에 등장하는 유전자조작 식품의 일종으로, 머리·털·날개 등은 존재하지 않고, 영양분을 흡수할 입과 단백질 제공원이 될 부위만 존재하는 닭이다.

가짜 음식도 당시에는 발상에 불과했지만 지금은 이른바 배양육이 버젓이 팔린다. 고양이의 골골 소리에 자가 치유 기능이 있다는 것도 내가 이 책을 쓸 당시에는 낯선 이론이었지만 지금은 꽤 널리 받아들여진다. 이는 몇몇 예에 불과하다. 많은 발견과 발명이 진행 중이다.

무엇이 먼저 도래하게 될 것인가? 생명공학과 인공지능과 태양에너지의 멋진 신세계? 아니면 그것들을 생산하고 가동하는 첨단 기술 사회의 붕괴? 생물학 법칙들도 물리법칙들 못지않게 냉혹하다. 음식과 물이 떨어지면 남는 건 죽음뿐이다. 어느 동물도 자원 기반을 고갈시키고 살아남기를 기대할 수 없다. 인간 문명도 같은 법칙의 지배를 받는다. 기후변화로 인한 재해들이, 이미 어느 정도는, 우리 사회에 대혼란을 야기하고 있다.

『시녀 이야기』처럼 『오릭스와 크레이크』도 사변소설이자 『1984』의 직계 후손이다. 사변소설은 허버트 조지 웰스의 『우주전쟁』의 계보에 속하는 전통 사이언스 픽션과는 다르다. 사변소설에는 은하 간 우주여행도, 순간 이동도, 화성인도 나오지 않는다. 『시녀 이야기』에서 보다시피, 사변소설은 우리가 아직 발명하지 않았거나 발명할 예정에 없는 것들을 지어내지 않는다. 모든 소설은 '만약'으로 시작한 다음, 그 이치를 따져 들어간다. 『오릭스와 크레이크』의 '만약'은 단순하다. 만약 우리가 이미 내려가고 있는 길로 계속 내려가면 어떻게 될까? 그 비탈은 얼마나 미끄러운가? 우리가 살아남을 명분이 있을까? 누군가 우리를 막을 의지가 있을까? 우리는 이미 열차의 시동을 걸었고, 열차는 파국을 향해 달린다. 우리가 생명공학의 힘으로 열차에서 탈출할 수 있을까?

『오릭스와 크레이크』는 재미와 액션이 가득한 오락물이다. 작중에서 인류는 이미 거의 전멸한 상태다. 종말 전 인간 사회는 테크노크라시(기술 독재)와 무정부 상태로 양분됐다. 하지만 한 줄기 희망이 있으니, 그것은 유전자조작으로 창조된 유사 인류 집단이다. 이들은 호모사피엔스사피엔스를 괴롭혔던 모든 질병에서 자유롭도록 설계됐다. 달리 말해 이들은 업데이트된 신인류다.

작중에서 '크레이커(Crakers)'로 불리는 이 신인류에게는 탐나는 부대 기능이 몇 가지 있다. 몸에 내장된 벌레 퇴치 기능, 자동 자외선 차단 기능, 토끼처럼 풀을 소화하는 능력 등. 이들에게는 옷도, 농사도, 식량과 목화를 재배할 땅도 필요하지 않기 때문에 당연히 영토 분쟁도 없다.

또한 이들에게는 우리 대부분은 반기지 않겠지만 나름 개선점으로 볼 만한 특징들도 몇 가지 있다. 예컨대 이들은 대개의 포유동물처럼 정해진 발정기에만 짝짓기하고, 때가 오면 (마치 개코원숭이처럼) 특정 신체 부위가 푸르게 변해 발정 사실을 알린다. 따라서 밀당도 강간도 존재하지 않는다. 모두가 섹스를 한다. 로맨틱한 요소가 아주 없지는 않아서 수컷 크레이커는 노래나 춤 같은 구애 행동도 한다. 실제로 많은 동물들이 구애 행동을 한다. 그중에서도 특히 내 마음에 들었던 것이 좀벌레의 경우다. 수컷 좀벌레는 암컷이 자신의 춤을 받아들이면 암컷에게 자신의 정자 주머니를 건넨다. 그걸로 끝. 내가 내 회계사에게 이 얘기를 했더니 그가 이렇게 말했다. "제 고객 중에 눈물 나게 부러워할 사람들이 많아요."

또한 수컷 펭귄이 암컷 펭귄에게 돌을 선물하듯 수컷 크레이커들은 꽃을 선물한다. 나는 호주에서 암컷을 유혹하기 위해 멋진 정자를 짓는 바우어새를 보고 이런 요소를 추가해볼까 생각했다. 하지만 일이 복잡하고 수컷 간 경쟁을 수반하기 때문에 생각을 접었다. 경쟁은 크레이커들의 창조자인 크레이크가 없애려는 것 중 하나다. 수컷 크레이커는 바우어새와 달리 파란색 플라스틱 빨래집게를 서로 차지하려 싸우지 않는다. 크레이커는 고양이처럼 단체 성교를 하기 때문에 누가 진짜 아빠인지에 대한 다툼도 없다.

크레이커들은 평화롭고, 온순하고, 친절한 채식주의 종족이다. 그런데 유감스럽게도 지미라는 이름의 호모사피엔스사피엔스 생존자의 눈에는 이 크레이커들이 너무나 따분한 존재다. 스토리텔링 동물인 우리 인간은 드라마에 치명적으로 중독돼 있다.

'퍼펙트 스톰(perfect storm)'은 여러 악재가 우연히 동시 발생해 파괴력이 증폭하는 것을 말한다. 인류사에도 이런 퍼펙트 스톰들이 일어난다. 소설가 앨리스터 매클라우드의 말처럼, 작가는 자기가 걱정하는 것을 쓰기 마련이다.『오릭스와 크레이크』의 세계는 현재의 내 걱정을 대변한다. 현대판 프랑켄슈타인식 발명들만 문제가 아니다. 인간이 발명한 것 대부분은 중립적 도구들이다. 그것들에 대한 부정적이거나 긍정적인 도덕적 판단은 우리가 그것들을 어떻게 사용하느냐에 달려 있고, 사실 그 용도들의 다수는 박수를 받을 만하다. 다만 '선의의' 발명들도 의도치 않은 결과를 낳을 가능성이 높다는 것이 슬픈 진실이다.

식량 공급의 증대 없이 사망률만 낮아지면 예외 없이 기근, 사회 대변동, 그리고 전쟁이 일어난다.

소설은 답을 제공하지 않는다. 답을 제공하는 것은 지침서들의 몫이다. 대신 소설은 질문을 던진다.

『오릭스와 크레이크』가 던지는 첫 번째 질문은 아마도 이것이다. "우리 자신에게 우리를 맡길 수 있을까?" 기술 수준이 몰라보게 높아졌다 해도 호모사피엔스사피엔스는 본질적으로 수만 년 동안 변하지 않았다. 같은 감정, 같은 집착, 같은 선악미추 개념이 우리를 지배한다. 우리 인간은 영원한 오합지중이다.

그런데 만약 우리의 악함과 추함을 삭제하는 게 가능하다면? 그럼 우리는 무엇을 삭제하게 될까? 그 결과물은 여전히 인간일까? 만약 그 결과물이 조너선 스위프트의 『걸리버 여행기』에 등장하는 덕성스러운 말 휴이넘(Houyhnhnm)처럼 공격성과 승부 근성이 없는 생물이라면 그들은 빠르게 멸종해버리지 않을까? 북미 원주민 부족들이 16세기와 17세기에 유럽인과 조우한 후 줄줄이 사라져간 것처럼? 우리 중 일부는 걸리버 자신처럼, 그리고 『오릭스와 크레이크』의 지미처럼 꽤 착하고 상당히 점잖은 사람들이다. 그걸로 충분할까? 지미에게는 '착한 마음'이 있다. 우리를 구하는 데 우리의 착한 마음이면 충분할까, 아니면 또 다른 무언가가 요구될까?

우리가 현재의 우리보다 더 아름답고 더 윤리적인 새로운 버전의 우리를 창조할 역량을 갖출 날이 머지않았다. 이런 생각이 들 것이다. 우리가 그 버전을 보호하기 위해서는, 그리고 지금의 우리가 급속히 파괴 중인 생물권을 보존하기 위해서는 현재의 인간 모델을 폐기해버려야 하지 않을까?

크레이크도 그렇게 생각한다. 그리고 그것을 실행에 옮긴다.

안녕, 지구인들!
인권, 인권 하는데 그게 다 뭐죠?

>>><<<

(2018)

안녕하세요, 지구인 여러분!

여러분과 함께하게 돼 감개무량합니다. 솔직히 말하자면 그간 여러분을 폭넓게 연구해왔음에도 여러분의 많은 부분이 제게는 여전히 기이할 따름입니다.

저는 어느 먼 은하의 행성에서 왔습니다. 그곳은 멀기만 한 게 아니라 장르 자체가 달라요. 제 고향 행성의 이름을 여러분은 발음조차 할 수 없습니다. 여러분의 성대 구조로는 불가능해요. 이런 연유로 우리는 수천 년간 이곳을 지적 생명체가 없는 곳으로 여겼습니다. 하지만 제가 우리 행성의 이름을 비슷하게 바꿔봤습니다. '마슈프직스(Mashupzyx).' 보아하니 이곳에는 외계 행성의 이름에 반드시 Z, Y, X가 들어가야 한다는 불문율이 있는 것 같더라고요. 그래서 제 번역에 이 법칙을 적용했습니다.

우리 마슈프직스 행성인의 물리적 형태는 여러분에게 당황스럽고 심지어 경악스러울 수 있습니다. 여러분 눈에는 우리가 문어와 거대한 바다민달팽이와 소금 통과 후추 통을 섞어놓은 것으로 보일 테니까요. 그래서 저는 여러분의 정신 건강을 위해 캐나다라는 나라에서 온 키 작고 나이 많은 곱슬머리 여자 인간의 모습을 취했습니다. 익룡, 마스토돈, 바다악어, 고르곤, 특대형 바퀴벌레, 수마트라 대왕쥐도 시도해 봤지만 여러분에게는 아무래도 이쪽이 편할 듯해서요. 제가 그중 하나의 모습으로 여러분 앞에 나타나 강연을 시작했다가는 여러분 모두 비명을 지르며 강당을 뛰쳐나가고, 곧바로 군용 헬기와 화염 발사 드론이 뜨고, 광선총과 횃불과 쇠스랑이 몰려오고, 은 탄환•이 날아들지 않겠어요? 거기서 끝나면 다행이게요! 난리도 그런 난리가 없을 거예요.

그렇게 되면 제가 자기방어를 위해서 여러분 모두를 파괴하라는 명령을 내릴 수밖에 없잖아요. 또 그렇게 되면 제게 왜 잠깐이나마 죄책감이 들지 않겠어요. 여러분은 짧은 존속 기간에 비해 꽤 훌륭한 음악가들을 여럿 배출했으니까요. 마슈프직스 행성에서도 모차르트가 인기랍니다. 만약 우리가 특대형 바퀴벌레나 비행 악어의 모습을 하고 파괴적인 방식으로 접근한다면, 그때는 모차르트를 연주하세요.

눈치채셨다시피 저는 지구인과 지구인의 치명적 습관에 대해 제 나름대로 성의껏 조사했습니다. 저는 지구인의 외국인 혐오와 침소봉대 성향, 난장판 만드는 능력을 잘 알고 있습니다. 마슈프직스에는 지구인의 영화와 TV 프로그램을 모아놓은 방대한 도서관이 있어요. 영화

• 은으로 만든 탄환은 서구 전설에서 늑대인간이나 악마를 격퇴할 때 쓰는 무기다.

와 드라마마다 지구인은 걸핏하면 비명을 지르며 달아나기 바쁘더라고요. 지구인 사이에 괴물이라는 단어가 남발되는 경향에도 주목하지 않을 수 없었습니다. 또한 지구인은 비명 단계가 지나면 으레 무기를 들더군요. 그건 피하고 싶었어요.

모든 것을 감안해서 노부인 변장이 제일 낫겠다 싶었습니다. 디테일 강화를 위해 꽃무늬 앞치마까지 입어볼까 했어요. 인간들은 노부인을 성가시지만 무해한 존재로 봅니다. 상냥하게 웃으며 과자와 충고를 건네는 존재로 생각하죠. 충고를 호들갑으로 여기고 무시하기 일쑤지만요. 노파를 흑사병 전파자로 비난하거나 마녀로 몰아 태워 죽일 때만 빼면 그렇더라고요.

마녀 얘기는 마음에 두지 마세요. 요즘에는 여러분이 그런 짓을 끊었다는 걸 아니까요! 유대교회당에 가서 사람들을 쏘거나, 열 살짜리들을 인신매매하거나 두 살배기 아이 수백 명을 부모에게서 빼앗아 우리에 가두는 짓이라면 몰라도……. 자자, 가급적 긍정적인 면을 보기로 해요!

여하튼 저는 이렇게 노부인 변장을 하고서 다음의 질문에 대한 답을 탐색하러 왔습니다. 여러분이 말하는 인권이란 무엇인가요? 우리 마슈프직스 행성에서는 납득할 수 없는 문제라서요. 우리 행성에서는 특별히 성문화한 권리 따위는 필요하지 않아요. 우리 모두는 누구와도 동일하지 않지만 사회적·법적 의미에서 평등해요. 그런데 안타깝게도 이곳에서는 아닌 모양입니다. 이런 '인권' 조항들이 명시되어야 하는 이유는 간단해요. 많이 이들이 그걸 누리지 못한다는 뜻이죠.

여러분 중 일부는 이 불평등을 나쁘게 봅니다. 하지만 다른 일부는 남들이 자기보다 적게 가지고, 따라서 자기보다 가치 없는 존재로 간주되는 현상을 사실상 즐기고 있어요!

인류에게는 사악한 면이 있습니다.

하지만 인권 실종 문제를 논하려면 그보다 훨씬 기본적인 문제부터 따져봐야 합니다. 인권이 무엇인지에 우선하는 질문은 이겁니다. 인간이란 무엇인가?

제가 이 질문을 누구에게 던지느냐에 따라 다른 대답이 나왔습니다.

저는 제일 먼저 '햄릿'이라고 불리는 사람에게 물었습니다. 어떤 이들은 이 햄릿을 실존 인물로 보지 않습니다만, 그런데 제 눈에는 이 인물이 여러 '실존' 인물들보다 더 유명하고 더 존경받던데요? 그래서 저는 그를 인간 전문가로 여겨 질문을 던졌습니다. 그는 이런 답을 냈습니다.

> 인간(man)은 얼마나 걸작인가! 그 이성은 얼마나 고결하며, 그 능력은 얼마나 무한한가! 자태와 거동은 또 얼마나 반듯하고 탄복할 만한가! 행동은 천사와 같고, 이해는 신과 같도다! 세상의 아름다움이요, 동물의 귀감이어라. 그렇지만 내게는 먼지도 이런 먼지가 없구나. 인간은 나를 즐겁게 해주지 않아. 그건 여자도 마찬가지야. 그런데 웃는 것을 보니 자네들은 나와 생각이 다른가 보군.

햄릿이 보기에 인류에게는 여러 장점이 있습니다. 똑똑하고, 이성적 사고가 가능하고, 우아하고, 천사처럼 강력한 덕업을 행하고, 신처럼 세상을 개관합니다. 그뿐인가요. '사람(man)'은 잘생겼고, 동물 세계의 계층에서 최정상에 있습니다. (햄릿이 인간 치아의 열악함은 간과했습니다만, 그가 치과 의사는 아니니까요.) 그런데 말입니다, 이렇게 많은 장점에도 불구하고 햄릿은 인류가 본질적으로 먼지에 불과하다고 말합니다. 그래서 인간과 함께 있는 것이 그다지 즐겁지 않다고 말합니다.

세계사를 읽은 사람이라면, 예를 들어 양차 세계대전을 비롯한 수많은 국제전과 내전에서 목숨을 잃은 수없는 사람들의 운명을 생각하면, 누구라도 햄릿의 비관적 견해에 동조하게 됩니다. 인간에게는 확실히 동종 학살이라는 우려스러운 경향이 존재합니다. 오직 개미와 쥐만이, 그리고 정도는 덜하지만 침팬지의 일종만이 영역 전쟁을 벌여 상대편 동종 개체들이 모두 죽어 없어질 때까지 공격하는 성향을 보입니다. 우리 마슈프직스 행성인은 여러분이 안타깝습니다. 여러분은 서로에게 막대한 슬픔과 고통을 야기하고, 여러분 중 많은 수가 평생 즐거움을 모르고 삽니다.

이것이 인류를 보는 한 가지 방식입니다. 저는 지구인이 '과학자'라고 부르는 이들의 답변도 조사했습니다. 그들의 분야는 진실 탐구이며, 그 진실은 사실 증거에 기반한 지식의 형태를 취합니다. 그들은 가설을 세우고, 그 가설을 반복 가능한 실험으로 검증해서 이론을 도출하길 좋아합니다. 이때의 이론은 자연법칙과는 다릅니다. 즉 이론에 대한 예외가 발견되면 추가 실험이 따르고, 이 결과에 따라 해당 이론은 부정되거나 변경될 수 있습니다. 이에 반해 자연법칙은 만고불변의 진리입니다. 자연법칙에는 예외가 있을 수 없습니다. 그런데 여러분 중 다수가 이를 이해하지 못하고 전혀 자연법칙이 아닌 관념들을 '자연법칙'으로 칭합니다. 그중에는 여자 인간이 남자 인간보다 나쁜 취급을 받아야 하는 이유를 설명하는 '자연법칙'도 있습니다.

이것이 햄릿의 발언 중 끝부분이 유난히 신기한 이유입니다. "인간은 나를 즐겁게 해주지 않아. 그건 여자도 마찬가지야. 그런데 웃는 것을 보니 자네들은 나와 생각이 다른가 보군." 저의 임시 할머니 머리가 이 부분을 이해하는 데 시간이 좀 걸렸습니다. (마슈프직스 행성인은 지구인의 머리에 해당하는 부분이 없어요.) 햄릿이 말하는 '인간'은 '남자'만이었던 겁니다. 햄릿이 '남자'를 말할 때는 얘기가 인간의 전반적 자질에 대한 것이었는데, 그가 성별(지구인이 '젠더'나 '성정체성'이라고도 부르는 개념 말예요)을 바꾸자 갑자기 얘기가 성교 활동 쪽으로 흐릅니다.

이는 지구인 사이에 널리 퍼져 있는 습성 같더군요. 여자를 꼭 섹스와 결부해 생각하고, 여자를 일종의 유머나 비하의 대상으로 삼는 것 말입니다. '여자(woman)'라는 단어가 햄릿의 친구들을 웃게 만듭니다. 쿡쿡 찡긋찡긋(Nudge, nudge, wink, wink). 특정 계층의 영국 남성들이 성행위를 돌려 말할 때 쓰던 표현이죠.

마슈프직스 행성에는 여성 젠더가 없습니다. 제가 앞서 언급했듯 우리는 문어와 거대한 바다민달팽이와 소금 통과 후추 통을 합쳐놓은 것과 비슷해요. 우리에게는 촉수가 많고, 그중 몇 개에는 교차 수분용 과립이 들어 있어요. 이 촉수들이 소금 통과 후추 통처럼 보이는 부분이에요. 자손 생산을 원할 때 우리는 많은 팔들로 서로를 휘감고, '소금 통' 촉수 또는 '후추 통' 촉수를 상대의 해당 촉수와 맞춥니다. 많은 개체들이 이 활동에 한꺼번에 참여해요. 시간을 아끼는 방법이죠. 또한 아무도 질투심이나 소외감을 느낄 필요가 없어요. 우리 세계의 번식은, 여러분 세계에서 찾자면, 일종의 포크댄스와 비슷합니다. 누구든 환영이에요!

생물학자들은 인간과 유전자 서열의 98퍼센트 이상을 공유하는 일반 침팬지(Pan troglodytes)를 인류와 가장 가까운 친척으로 보고, 이를 기반으로 많은 가설을 세웠습니다. 침팬지 집단은 대개의 경우 공격적인 수컷이 지배하는 사회를 이루고, 도구를 사용하고, 암컷에게 위압적으로 굴고, 패싸움을 하는 것으로 알려져 있습니다. 인간의 표현에 따르면 가부장적이죠. 하지만 인간과 유전적으로 침팬지만큼 가까운 보노보(Pan paniscus)는 침팬지와 딴판입니다. 보노보 무리는 모계사회고, 싸움이 아닌 성교로 갈등을 해결하고, 행패 부리는 수컷의 손가락을 물어뜯습니다. 인간에게 선택의 여지가 있어요. 이 중 누구를 여러분의 비인간 친척으로 삼으실래요? 제 말은 인간의 모든 것이 생물학적으로 기결된 건 아니라는 뜻입니다.

여러분이 속해 있는 서구 전통에는 최근까지 가부장적 침팬지 모델이 만연했습니다. 제가 말하는 최근이란 지난 4000~5000년 동안을 말합니다. 수천 년 전 '여성'이라 불리는 부류가 다른 부류보다 열등하며 따라서 동급으로 대우받을 자격이 없다는 결정이 내려진 배경에는 지구인 특유의 출산 방식이 크게 작용한 것으로 보입니다. 그런데 역설적이게도 그보다 더 옛날에는 여성이 바로 그 출산 능력 때문에 존경받았습니다. 무엇이 달라진 걸까요? 여성은 언제 열등한 존재로 인식된 걸까요?

여러분 중 '인류학자'로 불리는 사람들이 이에 대한 연구로 바빴습니다. 덕분에 근래에는 근본 없는 '인과관계'와 '자연법칙'을 운운하는 정당화는 발붙이기 어려워졌습니다. 하지만 거기에 저항하는 지역들이 있습니다. 예를 들어 미국의 특정 지역들, 러시아, 그리고…… 막상 생각해보니 명단이 끝도 없겠어요. 어쨌든 그런 정당화를 내버리는 것은 맞는 일입니다. 그렇습니다, 친애하는 지구인 여러분, 여성은 선천적으로 더 우매하지 않습니다. 참을성이 부족하지도 않습니다. 덜 이성적이거나 더 감정적이지 않습니다. 예를 들어볼까요. 여성이 격정범죄와 자살을 행하는 경우는 남성보다 훨씬 적습니다. 두 가지는 모두 과도한 감정주의에 뿌리를 둡니다.

남자들이 눈물을 덜 흘리는 건 사실입니다. 대신 그들은 피를 더 많이 흘리죠. 따라서 누가 더 습한지를 따져보면 단연 남자가 더 습해요.• 적어도 우리 마슈프직스 행성에서는 그렇게 말합니다.

지구 남성들은 계통발생에서 임신한 적이 없는 것으로 알려져 있습니다. 그래서 수렵채집 시대에 남성들이 가젤을 추격하는 임무를 맡았던 것이 사실입니다. 물론 가젤이 추격당해줄 때 얘기지만요. 임신해서 무거워진 몸은 전력 질주에 적합하지 않으니까요. 하지만 가족과 공동체를 위한 식료 대부분은 여성들의 식물 재배와 채집 기술이 제공했습니다. 가젤이 날이면 날마다 잡히는 건 아니니까요.

이것이 남자들이 벗은 양말을 줍지 않는 이유입니다. 움직이는 동물들만 알아차리도록 진화한 건지 도무지 바닥에 벗어놓은 양말을 보지 못해요. 반면 여자들은 카펫 무늬와 양말을 쉽게 분간합니다. 버섯 채집에 유리하게 진화했고, 벗어 던진 양말은 버섯과 형태 면에서, 때로

• 영어 wet에는 '습하다' 외에 '몹시 감상적이다', '연약하다'라는 뜻도 있다.

는 질감과 향기 면에서도 매우 흡사하기 때문이죠. 적어도 이것이 우리 마슈프직스 행성인의 결론입니다.

양말에 초소형 태양광 깜빡이를 내장할 수 있다면 남자들의 양말 탐지가 가능해지겠죠? 그러면 남자들이 양말을 바닥에서 집어다 세탁 바구니에 넣는 이타적 행동이 일어나 인류 불행의 주요 원인이 하나 더 제거될 수 있을 텐데 말입니다!

젠더 불평등 얘기로 돌아가볼까요. 현재 인류학자들은 여성에 대한 불평등한 처우의 시작을 청동기시대 초기로 보고 있습니다. 밀 재배가 시작되고 조직화된 전쟁이 증가하던 시기였죠. 이 시대의 출토 유골을 분석한 결과, 남자들은 고기와 밀을 모두 먹었지만, 여자들은 밀만 먹은 탓에 골 결손이 있었습니다. 이에 따라 청동기시대 여성들은 수렵채집 시대 선조에 비해 더 작고 더 약했습니다.

아아, 지구인이여, 여기에 악순환이 작용합니다. 통치자들은 밀 재배를 장려했습니다. 밀은 한꺼번에 여물기 때문에 세금을 매기기 쉬웠으니까요. 하지만 밀을 재배하려면 경작지가 필요합니다. 이웃을 침략해서 그들의 경작지를 빼앗는 것이 쉬운 해법인데 그러려면 군대가 필요하고, 군대를 유지하려면 대량 저장이 가능한 식량이 필요했어요. 이를테면 밀 같은.

고대 그리스와 트로이의 전사들을 생각해보세요. 고대국가에서 병장기와 청동 갑옷으로 무장한 중보병과 전차를 타고 창을 던지는 기갑병은 엄청난 상체 힘을 필요로 했고, 그런 힘은 남성에게 더 많았죠. 하지만 멀리 동방과 북방에서 말 타고 유목 생활을 했던 스키타이인의 경우 무게가 덜한 활을 주 무기로 썼고, 활은 여성도 꽤 쉽게 운용할 수 있었습니다. 그래서 스키타이인 중에는 바지를 입고(세상에나!) 화살을 날리고, 군사 영웅으로 추앙받는 여성 전사도 많았어요. (네, 사실입니다. 스키타이인의 무덤들이 발굴되면서 증거가 나오고 있어요.) 이런 여전사상(像)은 아마존 신화, 은 활을 든 달의 여신 아르테미스, '나니아 연대기'의 궁사 수전, 영화 〈헝거게임〉의 캣니스 에버딘으로 이어졌습니다.

아마존 종족만큼 고대 그리스 남성의 상상을 자극하던 것도 없었습니다. 한때 아마존은 그들의 선망의 대상이었습니다. 남자와 동등한, 따라서 진정한 사랑을 받을 만한 여자들! 그리스신화의 영웅 테세우스도 아마존의 여왕과 결혼하지 않았던가! 동시에 아마존은 그들에게 최악의 악몽이었습니다. 남자와 동등한 여자라니! 만약 그들에게 진다면? 뭐에 지든 진다면? 특히 전쟁에서 지면 어떻게 되는 거지?

주제에서 벗어났네요.

많은 땅을 정복한 다음에는 이제 그 땅을 일굴 사람들이 필요했습니다. (여자들이 낳은) 농민 아이들, 또는 (납치했거나 전쟁에서 포로로 끌고 왔거나 노예로 태어난) 노예들이 필요했죠. 이 목적에 따라 여자, 아이, 노예는 태생적으로 열등하기 때문에 남자와 같은 권리를 누릴 수 없는 존재로 치부했습니다. 그렇게 만들고 싶었겠죠, 안 그래요? 만약 이들에게 투표권이 있다면 당장 투표로 노예제를 없앨 테니까요. 하지만 고대 지중해 경제체제는 노예제에 의존했기 때문에 그런 일을 절대 허용할 수 없었습니다.

이런 배경에서 사람들 일부는 태생적으로 열등하므로 남들보다 '타고나는' 권리도 적다는 발상이 나왔습니다. 하지만 이런 자연법칙은 없습니다. 우리 마슈프직스 행성인은 이를 철저히 조사했습니다. 제가 앞서 말했듯 자연법칙은 어떠한 예외도 허용하지 않습니다. 만약 예외가 있다면 그 법칙은 더 이상 법칙이 아닙니다. 인간계에 이런 말이 있더군요. "예외가 있다는 것은 규칙이 있다는 증거다." 그러나 이 말은 증거 기반의 입증 가능한 자연법칙에는 해당되지 않습니다. 열등성을 진정한 자연법칙으로 정당화하기에는 명석하고 노련한 여성과 명석하고 노련한 노예가 너무나 많았어요. 그러자 남자들은 머리를 쥐어짜 다른 이유들을 만들어냈어요. 이런저런 부류의 사람들이 열등한 이유들이요. 수치를 모르는 족속이니까. 야비한 인간들이니까. 하지만 자신들이 만든 소위 '자연법칙'에 곁다리를 놓는 것이야말로 수치스럽고 야비한 짓 아닌가요?

우리 마슈프직스 행성인이 어느 경우에나 묻는 두 가지 질문이 있습니다. 사실인가? 그리고 공정한가? 일부가 나머지보다 태생적으로 열등하다는 것이 사실이 아니라면, 그들을 마치 열등한 것처럼 취급하는 것이 과연 공정할까?

인류는 수천 년 동안 그들의 일부를 태생적으로 열등한 사람들로 취급했습니다. 다만 그 과정에서 선거권 또는 시민권의 적용 범위를 왕에서 귀족으로, 귀족에서 남성 지주로, 남성 지주에서 남성 주민으로 야금야금 확대했죠. 그다음에야 비로소 인간의 머리에, 아니 일부 인간들의 머리에 인권은 보편적이어야 한다는 생각이 자리 잡은 겁니다.

그 움직임은 인간 사회가 양차 세계대전의 참극을 겪은 후에, 1930~1940년대 나치 정권의 강제수용과 집단 학살이 만천하에 알려진 이후에 일어났습니다. 1948년 유엔이 세계인권선언(Universal Declaration of Human Rights)을 반포했습니다. 이는 자신의 유혈 성향을 통제해보려는 인간의 여러 산발적 시도 중 하나였습니다.

다음은 인권에 대한 인간의 해석입니다. 호주인권위원회(Australian Human Rights Commission) 웹사이트에서 가져온 겁니다. (이건 여담인데, 우리 마슈프직스 행성인이 여러분을 연구하는 데 있어서 인터넷과 웹사이트가 지대한 공헌을 했습니다. 우리 중 일부가 정치를 담당했는데, 처음에는 정치를 고양이 동영상과 혼동했지 뭐예요. 지금은 오해가 풀렸습니다만, 한동안 우리는 그럼피 캣•이라 불리는 것을 유심히 지켜봤습니다. 그게 지구 주요국 중 하나의 대통령인 줄 알았거든요.)

다시 본론으로 돌아와서, 다음은 제가 발췌한 부분입니다.

> 세계인권선언은 "인류의 모든 구성원에 내재하는 존엄성이 자유, 정의, 그리고 세계 평화의 토대"라는 인식에서 출발한다.
>
> 본 선언은 인권은 보편적인 것임을, 즉 어디 사는 누구인지에 상관없이 모든 사람들이 향유해야 할 권리임을 선포한다.
>
> 세계인권선언은 생명, 자유, 표현의 자유, 사생활에 대한 권리 같은 시민적·정치적 권리들을 포함한다. 또한 사회보장, 건강, 교육에 대한 권리 같은 경제적·사회적·문화적 권리들을 포함한다.

• Grumpy Cat, 심술 난 듯한 얼굴로 인터넷에서 엄청난 인기를 끌었던 고양이. 2012년 주인이 SNS에 사진을 공개하면서 유명해졌고, 이후 이름과 얼굴이 상표권으로 등록돼 각종 출판물·TV 쇼·영화·광고·상품 등에 등장했다. 고양이의 본명은 타다르 소스(Tardar Sauce)이고 2019년에 세상을 떴다.

위의 웹사이트에서 세계인권선언 전문을 읽을 수 있습니다. 고양이 영상에서 벗어날 수 있다면 시도해보세요. 1981년 유엔총회에서 채택된 여성차별철폐협약(Convention on the Elimination of All Forms of Discrimination against Women)도 있습니다. 이 협약은 프랑스혁명 시기에 『여성과 여성 시민의 권리 선언(*Déclaration des droits de la femme et de la citoyenne*)』을 썼던 올랭프 드 구주(Olympe de Gouges)의 소신을 뒤늦게 공식화한 것입니다. 당시 구주는 이 소신 때문에 혁명정부에 대한 반역 혐의로 단두대에서 처형당했고, 이후 혁명 세력은 여성을 정치 활동에서 배제했습니다.

2007년에는 유엔에서 원주민권리선언(Declaration on the Rights of Indigenous Peoples)도 채택했습니다. 보세요, 이제 지구인도 느리게나마 우리 마슈프직스 행성인이 누리는 행복한 평등을 향해 움직이고 있습니다. 다행입니다!

하지만 지구인 여러분, 경고할 말이 있습니다. 첫째, 지금까지의 선언과 협약은 모두 이상에 불과합니다. 거기에 서명한 국가들에서조차 평등은 온전히 구현된 적이 없습니다. 이 약속들이 단지 말에 그치지 않으려면 더 많이 노력해야 합니다. 명심하세요. 불평등이 많은 곳에 학대도 많습니다.

둘째, 권리는 하늘에서 저절로 떨어지지 않습니다. 권리는 신이 내리는 것이 아닙니다. 사람들이 권리를 위해 수 세기 동안 싸웠고, 또 반격당했습니다. 줄다리기는 계속됩니다. 끝난 적이 없습니다. 카인은 계속 돌을 집어 들고, 아벨은 계속 살해당합니다. 탐욕, 질시, 권력 싸움……. 호모사피엔스사피엔스가 이것 없이 살았던 때가 있던가요? 안정된 사회란 적어도 이런 성향에 대처할 수단을 가진 사회입니다. 불안정한 사회는 내면의 악마들을 마개 없이 풀어놓는 사회입니다.

셋째, 오늘날 조직력과 재원을 갖춘 여러 세력이 이런 취약한 인권마저 잡아먹으려 공세를 펼치고 있습니다. 여러분 가운데는 준(準)민주주의 정부들의 밋밋함을 따분해하며 20세기 전체주의의 부활을 바라는 이들이 있습니다. 이에 대해 저는 이렇게 말하고 싶습니다. 조심하세요. 처음에는 호쾌한 발상 같아 보일 수 있습니다. 처음에는 행진과 코스튬플레이에 눈이 즐겁고, 이전 지도자들과 달리 화끈한 입담을 자랑하는 무적의 리더를 섬긴다는 느낌이 짜릿할 수도 있습니다. 하지만 이런 것들의 끝이 좋았던 적은 없습니다. 특히 시민 입장에서 좋게 끝난 적이 없어요.

전체주의 정권들은 어떤 이름을 달고 있든 같은 행동을 합니다. 그들의 목표는 전면적이며 도전받지 않는 힘입니다. 그들의 수단은 거짓말을 포함합니다. 그 거짓말은 클수록 좋습니다. 그들은 독립 언론의 입을 틀어막습니다. 그러기 위해 예컨대 언론인의 목을 죄고 손발을 자릅니다. 또한 그들은 체제에 동조하지 않는 예술가와 작가를 투옥하거나 살해하고, 독립 사법부를 없애고 법 집행 기관을 그저 정권의 산하기관으로 만들어 전체주의 정부가 고안한 부당한 법들을 행사합니다. 그들은 암살 같은 초법적 억압 수단을 사용합니다. 폭도를 선동해 특정 집단들에게 폭력적 공격을 가하고, 경쟁 세력 파괴와 자기 세력 결집과 대국민 공포 분위기 조성을 위한 규탄과 적발의 판을 깝니다. 이 성토 기계는 일단 전속력으로 올라가면 가공할 추진력을 발합니다.

사람들은 다음번 성토 대상이 되는 것을 면하기 위해 스스로 성토자가 될 유혹에 직면하고, 실제로 과거에 많은 사람들이 이 유혹에 굴복했습니다.

왜 이런 정권들이 나오는 걸까요? 그들은 어떻게 권력을 잡을까요?

전체주의 정권은 주로 혼란의 시기에, 대개는 경제 위기에, 국민 전체나 상당수가 느끼는 부당한 현실에 대한 반감을 딛고 떠오릅니다. 이런 시기에는 무정부주의가 득세하기 좋습니다. 한동안 그렇게 집단 폭력·린치·인민재판이 판치다가 사람들이 더는 그런 혼돈을 참아내지 못할 지경이 됐을 때 전형적으로 군벌과 독재자가 부상합니다. 그들은 대중의 분노를 특정 표적 집단에게 돌리는 방법으로 추종자를 규합합니다. 표적 집단은 나환자, 마녀, 투트시족, 에이즈 환자, 멕시코인, 난민 등 다양합니다.

반대파는 두말할 필요 없이 짓밟힙니다. 중도파는 제거 대상입니다. 독재자 입장에서 과격하고 비이성적인 신념이 요구되는 시기에 공정, 중용, 온건, 상식을 말하는 사람들과는 함께 갈 수 없으니까요. 행여 위선자나 불순분자나 무자격자로 몰릴까 두려워 극단주의자들도 서로를 계속 더한 극단으로 밀어붙입니다.

말하자면 입 아프지만 극단주의자들은 민주주의의 소중한 도구들을 민주주의를 때리는 무기로 씁니다. 투표가 대표적이죠. 특정 후보에게 투표하도록 대중을 조종할 수 있다면 선거처럼 유용한 도구도 없습니다. 당선되고 나면 부여받은 권력을 다음번 자유투표제를 손보거나 아예 뒤엎는 데 써먹으면 됩니다.

또한 극단주의자들은 표현의 자유로 불리는 권리−개인이 감옥에 갈 위험 없이 정치적 견해를 피력할 권리와 언론이 보복의 두려움 없이 진실을 규명하고 발행할 권리-를 멋대로 가지고 놉니다. 현재 미국에서 '표현의 자유'를 가장 크게 부르짖는 이들이 바로 우파입니다. 하지만 표현의 자유는 아무 말이나 다 할 수 있는 권리가 아닙니다. 원하는 말이라면 그게 뭐든, 그게 얼마나 허위이든, 아무 헛소리를 아무 데서나 해도 좋다는 권리가 아닙니다. 또한 이 권리는 또 다른 권리-허위 비방으로부터 자기 명예를 지킬 권리-로부터 당신을 보호해주지도 않습니다.

그런데 좌파는 어리석게도 우파가 던진 미끼를 덥석 물었고, 이제 못마땅한 의견 표명을 차단하느라 분주합니다. 그런 무기를 제조할 때는 조심해야 합니다. 적이 내게 역이용할 게 분명하거든요. 혹시 기후과학과 환경오염 연구에 정치적 재갈을 물리는 것에 동의하나요? 증거 기반 저널리즘과 증거 기반 정책을 조롱하나요? 신문사를 박살 내고 언론인을 구타하고 살해하는 일에 박수 치십니까? 언론이 '인민의 적'으로 불릴 때 만세를 외치시나요? 그렇다면 이쪽으로 줄 서세요. 여기 '독재'로 표시된 줄에요. 이런 줄은 좌우 모두에 늘어섭니다. 하지만 시쳇말로 결국 모두 같은 관에 눕게 됩니다.

우리 행성에서도 죽으면 관에 넣는다는 뜻은 아니에요. 우리의 장례식은 음, 뭐랄까…… 그 얘기는 다음 기회로 미룹시다. 다만 일정량의 마슈프직스토파지를 수반한다고만 말씀드릴게요. 낭비가 없으면 부족할 것도 없죠. 우리 중 누구도 딱히 죽지는 않습니다. 단지…… 흩어질 뿐이죠.

희망의 말로 끝맺고자 합니다. 마슈프직스 행성인은 희망의 말을 좋아합니다. 여러분은 적어도 지금은, 또는 아직은 전체주의 독재 체제하에 살고 있지 않습니다. 제발 피하세요.

지구인이여, 여러분은 구태여 의심과 혐오의 분리주의 경로를 따를 필요가 없습니다. 대신 서로가 같은 인간임을 인식하고, 인류에게 닥친 공동의 문제들을 함께 이해하고 마주하기를 바랍니다.

사실 해결할 대형 문제들이 한둘이 아니에요! 우선, 지구의 온도와 화학적 구성을 조절하지 않으면 머지않아 여러분 모두 플라스틱 똥이 되고 말 겁니다. 바다가 죽고 여러분은 숨을 쉴 수 없게 되겠죠. 그러면 호모사피엔스사피엔스와는 영원한 안녕입니다. 우리도 여러분의 멸종이 마음 아파요. 여러분에게도 좋은 점이 있거든요. 모차르트는 정말 우리 취향이었어요. 물론 우리야 악보를 저장해서 직접 연주하면 그만이지만요.

꼭 망할 필요는 없잖아요. 선택은 여러분의 것입니다.

이곳에서 제게 주어진 시간은 끝났습니다. 제 미션은 완수했습니다. 지금쯤 짐작하셨겠지만 제 미션이 단지 탐사만은 아니었어요. 우리는 여러분이 무사하길 바랍니다. 우리에게 손가락이 있다면 행운의 표시도 해드렸을 텐데, 아쉽네요. 이제 우리는 먼 우주에서 여러분이 정말로 심각하게 깽판 칠 경우에 대비해 모종의 준비에 들어갈 겁니다. 무슨 준비일지는 확실치 않아요. 광선총이 필요한 일이 될지도 모르겠어요.

하지만 여러분 스스로 좋은 대책을 강구하길 희망합니다. 어쨌거나 여러분은 꽤 똑똑하잖아요.

이제는 제가 이 작고 늙은 여자 인간의 변장을 벗어버리고, 백열광을 뿜으며 위족 촉수들을 있는 대로 뻗치고 성층권으로 솟아올라 이곳과는 장르 자체가 다른 멀고 먼 은하의 어느 행성으로 돌아갈 시간입니다.

지구인이여, 경거망동하지 하세요! 있을 때 잘하세요! 전체주의를 피해요! 고양이 동영상을 즐겨요! 인권선언문도 읽어봐요! 케일을 많이 먹어요! 일회용 플라스틱은 그만 좀 쓰고요!

안녕, 우리가 다시 만날 때까지.

『돈을 다시 생각한다』

>>><<<

신판 서문

(2019)

2008년 가을에 출간된 『돈을 다시 생각한다』•는 그해 내가 매시 강연회에서 수행한 다섯 번의 강연을 책으로 엮은 것이다. 출간 시점이 미국발 세계 금융 위기와 맞물린 탓에 예언서라는 평을 들었지만, 사실 당시에는 책이 그 시점에 나올 거라고 예상하지 못했다. 내게 예언 능력 따위는 없다. 다만 내가 그런 과분한 평판을 얻게 된 경위를 설명하자면 다음과 같다.

매시 강연은 1961년에 시작된 캐나다의 명망 있는 행사 중 하나로, 매년 '당대의 저명한 사상가를 연사로 초청해 시대적 이슈를 논하는' 포럼을 열고 이를 CBC 라디오가 전국에 방송한다. 2000년대 초반까지 나는 매시 강연의 연사 지명을 몇 년이나 요리조리 피해 다녔다. 5회분

• 원제는 『페이백(*Payback: Debt and the Shadow Side of Wealth*)』이다.

의 강의를 준비하는 것은 보통 일이 아니다! 일단 강연 내용을 써야 한다. 다음에는 그 내용을 책으로 엮어야 하는데, 책은 강의 자체보다 다소 길어야 한다. 다음에는 캐나다 전역에 멀찍이 흩어진 도시 다섯 군데를 돌며 차례로 강연을 진행한다. 쉬는 시간이라곤 내복을 입고 벗을 만큼밖에 없다. 가을 날씨가 변덕스럽기 때문에 긴 내복을 준비해야 한다. 강연이 끝나면 이번에는 강연 분량을 라디오방송에 맞게 줄여야 한다.

이 숨 막히게 빡빡한 일정은 사람의 기량뿐 아니라 자부심까지 시험대에 올린다. 애초에 길게 만든 강연을 이제 와서 짧게 줄이면, 내 금언(金言)의 무오류성을 얼마나 신뢰할 수 있을까?

그래서 매시 강연을 맡아달라는 요청을 받을 때마다 나는 정중하게 거절했다. "대단히 감사하지만 저는 그때 머리를 감을 예정이라서요." 실제로 이렇게 말했다. "다음 해에도 감을 예정이고, 그다음 해에도 감을 예정이며, 그다음다음 해에도……." 부연하자면 이 머리 감기 은유는 1950년대에 유행했던 것으로, 원치 않는 데이트 신청을 피할 때 쓰던 말이었다.

그렇게 시간이 흘렀다. 나는 매시 강연을 맡아달라는 말이 나올 때마다 머리를 감을 예정이었다. 그런데 그때 운명이 개입했다. 매시 강연은 전통적으로 아난시 출판사(House of Anansi Press)가 발행했다. 아난시는 작은 문학 출판사로 시작했는데, 1960년대에 나도 창립 자금을 보탰고, 그 뒤에는 이사회 일원이자 편집자로 활동했고, 더 나중에는 지속적 재정 지원의 일환으로 거기서 문학비평서 『생존: 캐나다 문학의 주제별 안내서(*Survival: A Thematic Guide to Canadian Literature*)』를 내기도 했다. 이제 아난시는 어엿한 중견 출판사로 성장했다. 하지만 위기도 있었다. 2002년에 죽다 살아났다. 캐나다의 대형 출판사 스토다트(Stoddart)에 인수되고 얼마 후 스토다트가 파산하는 바람에 모회사와 함께 아난시도 망각 속으로 사라질 처지가 된 것이다.

이 절체절명의 순간에 갑자기 스콧 그리핀(Scott Griffin)이라는 남자가 하늘에서 날아 내려와 어릴 때 입던 슈퍼맨 수트를 간신히 벗더니 아난시를 사들였다. 그는 빈사 상태의 아난시를 절망의 수렁•에서 건져내 물가로 데려갔고, 신중하게 현금을 주입해 꺼져가던 생명의 숨을 다시 불어 넣었다. 하지만 그때는 이미 매시 강연의 초청위원회가 고심 끝에 강연 시리즈를 더 규모 있고 더 자금력 있는 출판사에 양도하기로 결정한 후였다.

많은 사람들이 호곡했고, 장송곡은 참담했다! 내가 할 수 있는 게 없을까? 사마귀 제거 묘약, 저주 또는 부적, 달에 비는 주문? 독사가 든 바구니? 그때나 지금이나 내게 초자연적인 힘은 없었다. 하지만 내가 할 수 있는 최선을 다했다. 나는 책상에 앉았고, 약이 바싹 올랐을 때의 빨간 머리 앤에 빙의해서 다음과 같은 취지의 협박 편지를 썼다.

만약 여러분이 아난시 출판사에게서 매시 강연을 빼앗아 간다면 앞으로 내가 매시 강연을 하는 일은 절대, 절대, 절대 없을 거예요, 절대로! (발 구르기 쾅쾅.)

아난시는 매시 강연의 출판사로 남았다. 내 협박이 직접적인 이유는 아니었을 것이다. 하지만 무슨 일이 있을지는 뻔했고, 그 일이 일어났다.

(욕설 삭제)! 나는 외쳤다. 이제는 꼼짝없이 (욕설 삭제) 매시 강연을 하게

• 원문은 'Slough of Despond'. 존 버니언의 『천로역정』에 나오는 표현이다.

생겼잖아!

이 해프닝은 내가 곧 탐구하게 될 주제의 좋은 사례였다. 어쨌거나 표면적으로는 그들이 내게 호의를 베풀었고, 나는 그들에게 빚졌다. 나는 빚을 갚아야 했다.

이렇게 나는 매시 강연을 수락하게 됐다. 수락 당시에는 무엇에 대해 연설할지 몰랐다. 나는 좌불안석 속에 차일피일하며 궁리만 거듭했다. 사라진 전승에 대한 예스럽고 별스러운 책들을 다방면으로 뒤졌다. 지치고 힘들었다.

그러다 마침내 일단의 질문들로 생각이 모아졌다. 19세기 작가들을 어느 정도 공부한 사람이라면 누구나 떠올릴 법한 질문들이었다.

히스클리프는 무일푼으로 떠났다가 부자가 되어 돌아온다. 어떻게? (좋은 방법은 아닐 것으로 미루어 짐작된다.) 헨리 제임스의 『대사들』의 주인공 채드 뉴섬은 과연 교양 있고 세련된 프랑스인 애인을 버리고 천박하지만 수익성 있는 가족 사업을 이어받으러 뉴잉글랜드로 돌아갈까? (그럴 것으로 짐작된다.) 만약 마담 보바리가 복식부기에 능해 빚더미에 앉지 않았다면 간통을 피할 수 있었을까? (두말하면 잔소리다.) 19세기 소설을 아무거나 꺼내 펴보라. 처음에는 사랑과 로맨스로 우리를 홀리지만, 그 핵심에는 언제나 은행 계좌의 존재 또는 부재가 도사리고 있다.

나는 매시 이사회에 연락했다. 제가 드디어 강연 주제를 찾았습니다. 그것은 빚입니다. 전언에 따르면 내 말에 이사회 사람들이 흠칫하더니 급히 회의에 들어갔다고 했다.

그들은 내 말을 경제학 책을 쓰겠다는 얘기로 오해한 것이다. 아뇨,

제 주제는 그저 빚과 빚진 자와 빚 갚음에 대한 인간의 사고방식이에요. 종교, 문학, 암흑가, 복수극, 자연 측면에서요. 슬프게도 마지막 영역에서는 우리 계좌가 심하게 초과 인출됐죠. 내 설명을 들은 위원회는 크게 안도했다.

초청위원회는 이마에 맺힌 땀을 닦았고, 나는 연설 개요를 제출한 뒤 연구의 토끼 굴 속으로 사라졌다. 시간은 충분했다. 아직 2007년이었고, 내 강연은 2009년 가을로 예정돼 있었다.

그때 운명이 다시 공격했다. 2008년 초에 매시 측 사람들이 애원자로 변장하고 나를 찾아왔다. 2008년도 강연자가 그때까지 준비를 마칠 수 없다고 합니다. 제발, 제발, 제발, 당신의 강연을 1년 앞당겨주실 수 있을까요?

이때가 2월이었다. 일정에 맞추려면 내가 책 집필을 6월까지는 끝내야 했다. 그래야 강연 투어가 시작되는 10월에 맞춰 책이 출간될 수 있었다. 무리한 요구였다.

"조사원을 두어 명 붙여줘요." 내가 소매를 걷어붙이며 말했다. 걷어붙일 수 없다면 소매의 존재 이유가 뭐란 말인가?

키보드를 미친 듯이 두드린 지 5개월과 여러 시간 후, 우리는 가까스로 준비를 마쳤다. 하지만 이마에 솟는 진땀은 그치지 않았다.

운명의 여신이 세 번째로 개입했다. 책이 막 출간되고 강연 투어도 (하필 뉴펀들랜드에서) 막 시작됐을 때, 금융 대란이 일어난 것이다. 당시 서점가에 이 주제로 나와 있는 책은 (적어도 표면적으로는) 내 책이 유일했다. "어떻게 아신 겁니까?" 헤지펀드 매니저들로부터 감탄에 찬 질문이 쏟아졌다. 몰랐다고 말해봐야 소용없었다. 증거가 있었다. 책의 형태로 떡하니.

내게는 수정 구슬이 없다. 내게 정말로 미래 예측 능력이 있다면 내가 이미 오래전에 주식시장을 장악하지 않았을까?

『불의 기억』

›››‹‹‹

서문

(2019)

내가 에두아르도 갈레아노(Eduardo Galeano5)를 처음 만난 것은 1981년 토론토에서 열린 '작가와 인권'이라는 제하의 국제엠네스티 콘퍼런스에서였다. 날개 달린 말이 그려진 그때의 포스터가 아직도 내게 남아 있다.

상황 설명이 좀 필요하다. 당시는 냉전이 한창이었고, 1989년에 베를린장벽이 무너질 때까지는 끝날 기미도 없었다. 30만 명이 사망한 중국 홍위병 시대가 고작 14년 전이었고, 자국 인구의 4분의 1을 죽인 캄보디아의 폴 포트 정권이 끝난 것은 불과 2년 전이었다.

라틴아메리카에서는 불안정과 폭력이 예외가 아니라 통칙이었다. 아르헨티나는 여전히 우익 군사정권 손아귀에 있었고, 이 정권 밑에서 3만여 명이 '실종'됐다. 군부는 사람들을 납치하고, 고문하고, 비행기에서 바다로 던졌다. 여성을 강간하고, 임신하면 아기를 동료 장성의 가족에게 주고, 여성들 역시 비행기에서 던졌다. 엘살바도르에서도 내전의 소용돌이 속에 수많은 잔학 행위가 벌어졌다. 칠레에서는 1973년에 피노체트가 이끌고 미국이 후원한 군사 쿠데타가 성공한 뒤 고문, 살해, 실종이 수없이 벌어지는 극도의 폭압 정치가 이어졌다. 페루에서는 공산주의 반군 '빛나는 길'이 1980년부터 무장 게릴라 투쟁을 시작했다.

나는 1970년 캐나다의 10월 위기(October Crisis) 때 국제엠네스티에 가입했다. 10월 위기는 퀘벡 분리주의 단체 퀘벡해방전선(Front de libération du Québec)이 몬트리올에서 영국 무역사무관 제임스 크로스(James Cross)와 퀘벡주 노동부 장관 피에르 라포르트(Pierre Laporte)를 납치하면서 일어났다. 라포르트는 결국 주검으로 발견됐다. 엠네스티 회원으로서 나는 끝없이 일어나는 노골적 인권 침해 사례들을 모르는 척할 수도, 작가와 예술가에 대한 '특별 취급'에 무지할 수도 없었다. 이 문제에 대한 내 관심은 원론적인 데 있지 않았다. 우파든 좌파든 탄압을 작정한 정권들은 독자적 목소리들을 침묵시키는 데 혈안이었다. 독자적 목소리들이란 예술가들을 뜻했고, 라디오·TV·신문 같은 언론 매체를 뜻했다.

나는 훗날 영국-캐나다 PEN센터 건립에 참여했다. 글을 썼다고 투옥된 작가들을 돕는 '감옥의 작가들' 프로그램에 특히 관심 있었다. 하지만 이는 아직 미래의 일이었다. 1981년 당시 내 관심의 초점은 국제엠네스티에 있었다.

콘퍼런스는 시대 상황을 감안할 때 예상한 대로였다. 심각한 우려와 다급함이 있었지만 묘하게 현실감은 떨어졌다. 우리가 있는 곳은 아무도 비행기에서 던져지지 않는 캐나다였고, 우리는 그런 공포에 직면했을 때 작가들이 무엇을 할 수 있을지를 논할 따름이었다. 수전 손택(Susan Sontag)도 그 자리에 있었다. 손택은 러시아의 망명 시인 조지프 브로드스키(Joseph Brodsky) 덕분에 스탈린이 산타클로스가 아니었음을 막 깨달은 상태였다(좌중의 다수는 이미 아는 사실이었다). 그녀는 피델 카스트로에게 "이 살인자야"로 시작하는 전보를 보내자고 했다. (절대주의 체제의 감옥에서 사람들을 빼내는 방법으로 딱히 최선은 아니었다.)

이 모든 소란 한가운데 냉정하고, 침착하며, 예리한 갈레아노가 있었다. 무대에는 실종자들을 대변하는 빈 의자들이 있었는데, 그중 하나는 갈레아노의 친한 친구를 위한 것이었다. 그때 그가 무슨 말을 했는지는 기억나지 않지만 내게 깊은 인상을 준 것은 분명하다. 그날의 인상 때문에 나는 1986년에 영역판이 나오자 그의 『불의 기억』을 읽었고, 엄청난 감동을 받았다. 감동을 이기지 못해 나는 제1권 『불의 기억: 탄생』에 나오는 구절을 1988년 발표한 내 소설 『고양이 눈』에 제언으로 썼다. 해당 구절은 다음과 같다.

> 투카나인들이 노파의 목을 베자 그녀는 두 손으로 자신의 피를 모아 그것을 태양을 향해 불었다.
>
> "내 영혼이 너에게 들어간다!" 그녀가 부르짖었다.
>
> 이후 누구든 살인하는 자는 원치 않아도, 또는 알지 못하는 사이에, 자기 몸 안에 희생자의 영혼을 받아들이게 되었다.

이것이 『불의 기억』을 관통하는 모티프다. 살인자와 피살자, 압박자와 피압박자, 정복자와 피정복자, 노예로 삼은 자와 노예가 된 자, 고문하는 자와 고문당하는 자. 이 짝들은 동반자로 묶여서 늘 붙어 다닌다. 어느 쪽도 둘 사이에 일어난 일의 기억에서 탈출할 수 없으며, 범죄와 잔학 행위를 저지른 쪽은 그 행동으로 인해 결국 어떤 식으로든 고통을 당하게 된다.

『불의 기억』은 일종의 역사서다. 남북아메리카 대륙에 대한 너무도 풍부하고, 다층적이고, 격렬하고, 무성하고, 도발적이고, 과도한 이야기다. 언급되는 사건들이 실제로 일어난 일이라는 점에서 이 책은 '역사서'다. 하지만 일반적인 통사(通史)는 아니다. 그보다는 안무나 음악에 가깝다. 짧은 일화들, 간결한 비평들, 각종 사실들을 언어적 모티프로 하여 방대하게 엮어낸 대형 모자이크화다. 시간을 가로질러 펼쳐지는 세상은 과거에나 지금이나 얼마나 파란만장한가. 거기 드러난 인간 행동들은 또 얼마나 잔인하고 종종 어리석은가. 무도한 식민지 개척자들, 흑인 저항자들, 탈출 노예 사냥꾼들. 이 모자이크화에서는 동물들도 생략되지 않았다. 악어는 통나무로 위장해 숨어 있고, 암컷 거미는 짝짓기 상대를 잡아먹는다. 느긋하게 음미하면서.

세상에 『불의 기억』 같은 책은 다시없다. 이 책을 읽는 것은 열광적이고 반환각적인 여행에 오르는 것이다. 이 여행은 능란하게 건설된 수백 년 길이의 공포의 터널을 통과한다. 강렬한 불빛 아래 적나라하게 드러난 공포들은 끔찍하고 요란스럽지만 동시에 짙은 호소력을 가진다. 사람들이 정말로 이런 짓들을 했단 말인가? 그리고 정말로 여전히 이러고 있단 말인가?

비현실적인 현실 세계에 오신 것을 환영한다. 여러분은 많은 것을 알게 될 것이고, 빈번히 경악할 것이며, 에두아르도 갈레아노의 의도대로 충격을 먹고 기겁하겠지만, 절대로 지루할 틈은 없을 것이다.

진실을. 말하라.

>>><<<

(2019)

제게 버크 메달이라는 귀한 영예를 안겨주신 트리니티칼리지 더블린의 대학역사학회에 깊이 감사드립니다. 어깨가 으쓱합니다! 대학역사학회가 토론 클럽이라는 것도 저로서는 무척 반갑습니다! 저도 한때는 대학 토론 클럽의 회원이었거든요. 여러분처럼 빛나는 혈통의 유서 깊은 명문 클럽은 아니었지만요. 그냥 캐나다 토론토의 눈바람 흩날리는 광야에 있는 클럽이었어요.

이 기회에 제게 모종의 지혜의 말을 기대하시는 듯한데, 나이 들면 다 지혜로워진다는 생각은 검증된 오류입니다. 그래서 지혜의 말을 대신해 여러분을 위한 몇 가지 생각을 전하려 합니다.

제 첫 번째 소견은 이겁니다. 감정은 행동을 정당화하지 않는다. 어떤 이들은 이를 망각한 듯합니다. "우리는 몹시 분노했다." 그들은 말합니다. 여기까지는 솔직한 감정이죠. 하지만 감정이 아무리 진심이라

해도 그 자체가 그에 따른 행동을 정당화하지는 않습니다. 분노가 행동을 정당화한다면, 질투에 사로잡혀서 홧김에 아내나 여자 친구를 살해하는 남자들이 살인 판결을 받지 않겠죠. 분노가 행동의 동기는 될 수 있지만 행동의 변명이 될 수는 없습니다.

사실 일부 국가에서는 이른바 격정 범죄를 남성이 저지르는 경우 더 낮은 형이 부과됩니다. 또한 분노 자체도 고도로 젠더화됐습니다. 1950년대에는 "저 여자는 화난 여자일 뿐이야"라는 말로 사람을 깔아뭉갰습니다. 아예 대놓고 이러기도 했어요. "저 여자는 남자가 아니라서 화가 났을 뿐이야."

제 두 번째 전언 나갑니다. 이번 것은 진실과 관계있습니다. 가짜 뉴스와 인터넷 봇의 시대에 진실은 구하기 어려운 것이 됐습니다. '진짜 진실'은 없나요? 사람들은 묻습니다. 그건 내가 어느 생각 풍선 안에 숨고 싶은지의 문제가 아닐까요? 하지만 온라인에 속임수가 판친다 해서 상황에 대한 사실이 존재하지 않는다는 뜻은 아닙니다. '권력에게 진실을 말하라(speak truth to power)'라는 표어도 애초에 진실이 없다면 어불성설입니다. 저는 주류 언론을 응원합니다. 적어도 그들은 대체로 팩트체크란 것을 하기 때문이죠. 또한 만약 주류 언론이 뭔가를 잘못 알고 유해한 허위 보도를 했다가는, 반딧불처럼 나타났다 사라지는 한탕주의 웹사이트들과 달리 소송을 당할 수 있기 때문입니다. 현재, 가짜 뉴스를 한 건이라도 받은 사람 모두에게 정정 공지를 보낼 것을 페이스북에 요구하자는 움직임이 일고 있습니다. 저는 이 움직임을 지지합니다. 정정 공지는 효과가 있습니다. 대개의 경우는요.

최근 제 소설 『증언들』이 출간됐을 때 어느 비평가가 구식 이야기라는 평을 냈습니다. 정권 내부의 썩은 비밀들을 폭로하는 것으로 정권을 무너뜨린다는 발상은 이제 고루하다는 거죠. 하기야 미국에서는 진실이 여론조사에 아무 영향도 주지 못하는 것 같더군요. 하지만 전에 없이 새롭고 불편한 호루라기 소리를 내는 내부 고발자들이 등장하면서 상황이 급변했습니다. 그리고 사람들이 귀 기울이기 시작했습니다. 그 소리가 사실처럼 들리기 때문이죠.

여러분이 저널리스트나 논픽션 작가나 사실 기반 소설을 쓰는 픽션 작가의 길을 갈 예정이라면, 예를 들어 할리우드 거물 제작자 하비 와인스타인처럼 여성 제보자에 의해 성범죄 전력이 드러난 남성 권력자에 관해 쓰고 싶다면, 해당 사건을 보도했던 기자들—『뉴욕 타임스』의 조디 캔터(Jodi Kantor)와 매건 투히(Megan Twohey), 『뉴요커』의 로넌 패로(Ronan Farrow)—의 선례를 따르시기 바랍니다. 먼저 필요한 조사를 하세요. 모든 것을 재차 검토해서 정확을 기하세요. 사실관계를 분명히 파악했는지 확인하세요. 그렇지 않으면 본인이 파멸할 수 있습니다. 일례로 몇 해 전 『롤링 스톤(*Rolling Stone*)』에 어느 명문 대학에서 발생한 강간 사건 기사가 실렸습니다. 이 기사를 쓴 베테랑 기자 사브리나 어들리(Sabrina Erdely)는 사실 확인을 제대로 하지 않았습니다. 수사 결과 그런 일이 있었다는 증거는 나오지 않았고, 『롤링 스톤』은 사실이 아닌 것을 게재한 대가로 450만 달러가 넘는 배상금을 지불해야 했습니다. 단지 무언가가 진실로 보인다고 해서, 또는 좋은 의도로 시작한 일이라고 해서, 또는 그것이 자신의 이데올로기에 부합한다고 해서, 또는 그것이 진실이어야 전체 상황이 편하게 맞아떨어진다고 해서, 진실이 아닌 것이 진실이 되지는 않습니다. 사실은 사실로 뒷받침되어야 합니다. 대중 정서에 반하거나 인기 없는 말을 하면 반드시 공격이 따르기 때문에 더 그렇습니다. 조지 오웰의 말을 인용해볼까요. "자유가 무언가를 의미한다면, 그것은 사람들이 듣고 싶어 하지 않는 것을 말할 권리를 의미한다." 조지 오웰을 다시 인용합니다. 이번엔 단 두 마디입니다. 진실을. 말하라.

제 세 번째 덕담은 권력과 관계있습니다. 요즘 제 시의 한 구절이 자주 인용되더군요. "말 다음에 말 다음에 말은 권력이다(A word after a word after a word is power)." 그렇습니다. 어느 정도는요. 그런데 권력이란 무엇일까요? 권력 자체는 도덕적으로 중립적입니다. 권력은 좋을 수도, 나쁠 수도 있습니다. 전기는 전등불을 밝힐 수도, 집을 태울 수도 있습니다. 인간의 힘도 그렇습니다. 또한 자신에게 행사하는 힘은 남들에게 행사하는 힘과 다릅니다. 행동할 힘이 있다 해서 늘 행동의 최종 결과를 알 수 있는 것도 아닙니다. 원인은 종종 예상치 못한 결과를 낳거든요. 사뮈엘 베케트를 인용하자면, "이게 이 개떡 같은 세상의 이치"입니다. 여러분이 권력을 잡게 되면(저는 못 말리는 낙천주의자라서 여러분이 얼마간은 권력을 잡을 것으로 봅니다), 여러분은 그것을 잘 쓰실 줄 믿습니다. 상황이 허락하는 한 잘 쓰실 걸로 믿어요.

이곳은 토론 클럽입니다. 말이 이어지는 곳입니다. 말 다음에 말 다음에 말이 오면 힘이 됩니다. 발언이 힘입니다. 그렇게 희망합니다. 복잡한 문법을 가진 언어들, 우리가 태어나기 전의 먼 과거들과 우리가 죽은 후에 존재할 미래들에 대해 말할 수 있게 해주는 언어들이야말로 아마도 최초의 진정한 휴먼 테크놀로지입니다. 우리는 인간 조상들로부터 언어를 받았습니다. 언어의 기원은 우리가 알지 못할 먼먼 과거로 뻗어 올라갑니다. 이 언어를 진실하게 사용하세요. 공정하게 사용하세요. 그렇게 하면 말이 권력이 됩니다. 물론 가장 좋은 의미의 권력이요.

우리의 말은 이제 여러분 손에 달려 있습니다.

Burning Questions

›› 5부 ‹‹

2020 — 2021

생각과 기억

검역의 시대

›››‹‹‹

(2020)

악몽에는 두 가지가 있다. 첫 번째 악몽은 반복적으로 꾸는 흉몽이다. 몹시 익숙하면서도 불길한 장소에 와 있는 나를 발견한다. 으스스한 지하실, 살기 어린 호텔, 컴컴한 숲속. 하지만 전에도 겪어본 악몽이기에 생각의 초점은 놀라울 만큼 예리하다. 지난번에 저 뾰족한 막대기가 괴물에게 주효했으니 이번에도 시도해보자.

두 번째 종류의 악몽에서는 익숙해야 할 모든 것들이 낯설다. 나는 길을 잃었고, 방향을 알 만한 것은 어디에도 없고, 무엇을 해야 할지 아득하다.

지금 우리는 이 두 가지 악몽을 한꺼번에 겪고 있는 듯하다. 다만 어느 것을 더 우세하게 겪는지는 악몽을 꾸는 사람의 연령대에 달려 있다. 이런 팬데믹 상황을 한 번도 경험해보지 못한 젊은 세대에게는 지금의 상황이 두 번째 악몽에 가깝다. 이게 대체 무슨 일이야? 그들은 울부짖는다. 이번 생은 망했어! 이제 다시는 정상으로 돌아가지 못할 거야! 이렇게는 못 살아!

하지만 나처럼 나이 많은 사람들에게 지금의 상황은 또다시 잠을 망치는 첫 번째 악몽이다. 우리에게는 전에도 겪었던 일이다. 반드시 이곳이 아니더라도, 어딘가 비슷하게 으스스한 곳에서.

치명적 질병들에 대응하는 백신이 나오기 전인 1940년대의 캐나다에서 자라던 아이는 누구나 격리 표시에 익숙했다. 노란색 표지가 현관들에 나붙었다. 표지에는 디프테리아, 성홍열, 백일해 등이 쓰여 있었다. 그런 표지가 붙은 집들에는 우유 배달부(milkman)—당시만 해도 우유 배달부가 있었고, 때로는 말수레를 끌고 다녔다—와 빵 장수(bread man), 얼음 장수(ice man), 심지어 우편배달부(postman)도 물건을 그냥 문간에 두고 갔다. (그랬다. 당시에는 이들 모두 남자였다.) 나 같은 아이들은 눈 내리는 밖에서 그 불가사의한 표지를 바라보며 저 집들에서는 어떤 소름 끼치는 일들이 일어나고 있을까 생각하곤 했다. 내게 도시는 언제나 겨울이었다. 우리 가족은 봄, 여름, 가을을 북부의 삼림 지역에서 지냈기 때문이다. 아이들은 이런 유행병들에, 특히 디프테리아에 몹시 취약했다. 내 사촌 중에서도 네 명이 어릴 때 디프테리아로 죽었다. 학교에서도 가끔씩 급우가 사라졌다. 사라졌던 아이는 때로는 돌아오고, 때로는 돌아오지 못했다.

여름에는 아이들이 공공 수영장에 가는 것이 절대 금지였다. 소아마비 감염 우려 때문이었다. 당시 카니발에는 프릭 쇼라는 게 있었는데, 거기에 구경거리로 자주 등장하던 것 중 하나가 '철폐 안의 소녀(The Girl in the Iron Lung)'였다. 철폐는 옛날식 인공호흡 장치다. 환자는 머리만 내놓고 둥근 철통 안에 꼼짝없이 누워 있었다. 철폐가 소녀 대신 호흡을 했고, 금속이 씨근대는 소리가 확성장치를 통해 증폭됐다.

수두, 편도염, 볼거리, 일반 홍역 같은 보다 경미한 질병들은 어린애들이 으레 앓고 넘어가는 병으로 여겼고, 실제로 그랬다. 아픈 아이는 당연히 집에 갇혀 침대에만 누워 있었고, 병이 호전되면 지루함에 몸부림쳤다. 그때는 TV도 비디오게임도 없었다. 진저에일과 포도 주스를 얻어먹는 것 외에, 철 지난 잡지들과 스크랩북과 가위와 풀을 제공받는 정도였다. 그러면 잡지에서 재미있는 사진들을 오려내 스크랩북에다 붙였다. 라이솔• 광고에는 "의심, 걱정, 무지, 불안"이라고 적힌 물이 있고, 그 물에 허리까지 잠겨 있는 여자가 있고, 여자 위에는 "괴로움에 울어봐야 너무 늦었어요!"라는 캡션이 붙어 있었다.••

나: "저 여자는 왜 저렇게 괴롭게 울고 있어?"
엄마: "엄마 빨래 널어야 해."

잡지 광고들은 사방에 숨어 있는 세균을 보여주었다. 악마 같은 뿔과 사악한 낯짝을 한 세균들이 특히 싱크대와 변기에 우글거렸다. 비누, 치약, 구강 세정제, 배수구 세정제, 가정용 표백제는 필수품이었고 다량으로 쓰였다. 세균은 온갖 질병뿐 아니라 구취 같은 개인적 비극도 초래했

• Lysol, 살균제.

•• 1950년대 라이솔 광고는 소독제를 여성 위생이나 심지어 피임에 사용할 것을 암시하는 내용을 담고 있었다.

다. “언제나 신부 들러리일 뿐, 결코 신부는 될 수 없지요.” 광고는 애석해했다. 예쁜 드레스를 입은 사랑스러운 아가씨는 슬픈 얼굴이었다. 입 냄새 때문이었다. 개인적 비극 중에는 BO로 줄여 부르던 ‘체취(Body Odou)’도 있었다. 끔찍했다! 그건 병보다 더 무서웠다! 1940년대가 가고 1950년대가 왔고, 우리는 사춘기에 접어들었다. 우리는 수시로 겨드랑이 냄새를 확인했고, 아이 돌보기로 번 돈을 데오도런트와 꽃향기 향수에 탕진했다. 아무리 친한 친구라도 그런 건 말해주지 못하니까.

다음에는 발이 문제였다. 발은 어떻게 해결해야 할까? 다양한 파우더가 동원됐다. 하지만 전반적인 교실 냄새로 판단컨대 자주 동원되지는 않았다.

세균은 냄새는 물론이고 온갖 질병의 원흉이었다. 하지만 고약한 세균의 가장 고약한 점은 눈에 보이지 않는다는 것이었다. 보이지 않는 적보다 더 무서운 것도 없다.

보이지 않는 적은 오랜 역사를 가지고 있다. 1693년 뉴잉글랜드의 종교 지도자 코튼 매더(Cotton Mather)가 사술과 악마에 대한 자신의 신념을 피력한 『보이지 않는 세계의 경이(*Wonders of the Invisible World*)』를 출간했다. 그는 시간이 흘러 18세기가 되자 뉴잉글랜드에 천연두 예방 접종을 도입하는 것을 지지했다. 악마도 보이지 않고, 천연두의 원인도 보이지 않는다. 적어도 그에겐 일관성이란 게 있었다! 접종 지지로 인해 매더는 린치까지 당할 뻔했다. 당시 종두법은 천연두 농포의 고름을 팔에 낸 상처에 문질러 넣는 방식이었고, 이는 당대인들의 직관에 심하게 반하는 것이었다.

종두법은 결국 백신 접종으로 발전했고, 인류를 괴롭히는 치명적 질병들 각각의 원인균을 찾아내기 위한 사냥은 계속 이어졌다. 현미경은 많은 것을 가능하게 했고, 주요 질병들에 대한 백신이 하나씩 개발됐다. 이제 아기들은 세균으로부터 안전한 세상, 또는 적어도 과거보다는 훨씬 안전해진 세상에 태어났다. 여러 질병을 통과의례처럼 거치는 것을 당연지사로 알았던 시대가 가고, 이후 세대들은 이제 자신을 면제 대상으로 여겼다. 그러다 에이즈가 도래하면서 자신감이 흔들렸지만 잠시뿐이었다. 치료법이 개발되고 치사율이 떨어지면서 에이즈 위험은 이제 배경 소음 수준으로 멀어졌다.

하지만 장기적으로 봤을 때 전염병은 인류 역사에서 반복되는 요소였다. 박테리아와 바이러스는 전쟁보다 훨씬 더 많은 사람들을 죽였다. 중세 유럽을 휩쓴 흑사병의 치사율은 50퍼센트로 추정된다. 대항해시대에 아메리카 대륙 원주민이 유럽인에게 묻어 온 병원균에 감염됐고, 거기에 대한 면역이 전혀 없었던 원주민의 사망률은 80~90퍼센트에 육박했다. 20세기 초에는 수천만 명이 스페인독감으로 죽었다. 바이러스나 박테리아의 눈에 우리는 소중한 인생사를 가진 애틋한 개인들이 아니다. 그저 미생물이 더 많은 미생물을 만드는 배양접시에 불과하다.

팬데믹과 팬데믹 사이에 우리는 모든 것을 극복했다고 생각하기 쉽다. 전염병학자들은 그렇게 생각한 적이 없다. 그들은 언제나 다음번 팬데믹을 기다린다.

2003년에 출간한 내 소설 『오릭스와 크레이크』는 치명적 팬데믹을 둘러싼 이야기다. 다만 소설 속 팬데믹은 인공 팬데믹이다. (하기야 어떤 의미에서 팬데믹은 모두 인간이 야기한 것이다. 우리가 가축을 기르지 않고 특정 종류의 야생동물을 먹지 않는다면, 종을 뛰어넘어 전파되는 바이러스들에 감염될 가능성은 크게 떨어진다.)

나는 결국 이런 책을 쓰게 될 운명이었던 걸까? 아마도. 내 부모는 1919년의 스페인독감 유행을 겪었고, 그때를 생생히 기억했다. 1950년대에 고등학생이었던 나는 학교 과제는 뒷전으로 미루고 허버트 조지 웰스의 『우주전쟁』 같은 사이언스 픽션을 읽었다. 『우주전쟁』에서 지구를 침략한 화성인은 지구인과 전쟁해서 진 게 아니라 지구의 미생물에게 졌다. 화성인은 면역이 없었다. 나는 T. H. 화이트(Terence Hanbury White)의 『아서왕의 검』 같은 판타지도 읽었다. 거기서는 좋은 마법사 멀린이 둔갑술 싸움에서 나쁜 마녀 마담 밈을 물리쳤다. 어떻게? 그는 병균들로 변해서 밈의 괴물 용을 쓰러뜨렸다. 이 책과 함께 나는 질병 발생이 인간에게 미치는 영향을 다룬 한스 진저(Hans Zinsser)의 고전 『쥐와 이 그리고 역사(*Rats, Lice and History*)』도 읽었다.

이런 독서 덕분에 나는 학교에서 아시리아 군대가 하룻밤 새에 전멸당한 내용을 담은 바이런의 시 「산헤립왕의 멸망(The Destruction of Sennacherib)」을 배울 때 놀라지 않았다. 주님의 어떤 사자(Angel of the Lord)가 임했을지는 궁금하지 않았다. 그건 천사의 실력이 아니었다. 나는 이렇게 생각했다. "어떤 병이었을까?" 1958년 잉마르 베리만(Ingmar Bergman)의 고전 영화 〈제7의 봉인(The Seventh Seal)〉이 캐나다에서 개봉했을 때도 나는 소름 끼치는 흑사병 장면들을 대할 만반의 준비가 돼 있었다.

『오릭스와 크레이크』는 생물학계의 비난을 받지 않았다. 그런 일은 결코 일어날 리 없으니 바보 같은 소리 말라는 평은 없었다. 학자들은 작중 사건들이 충분히 가능한 일이란 걸 알고 있었다. 왜냐하면 이런 저런 형태로 이미 일어났던 일이니까.

다시 올 것이 왔구나. 이번 팬데믹이 시작됐을 때 나는 이렇게 생각했다. 우리는 다시 의심·무지·불안에 잠겼고, 보이지 않는 사악한 세균에 둘러싸였다. 적들은 사방에 도사리고 있다. 다만 이번 적들은 뿔난 꼬마 도깨비처럼 그려놓은 세균이 아니라, 색색의 털 방울 모양의 바이러스라는 것이 다를 뿐이다. 하지만 SF 영화에서 처음에는 귀엽다가 나중에는 인체를 장악하는 미지의 존재들처럼, 이 털 방울도 사람을 죽인다.

어떻게 해야 할까? 나는 2008년에 출간한 『돈을 다시 생각한다』에서 과거 흑사병이 퍼질 때 사람들이 보인 여섯 가지 반응을 언급했다.

1. 자기 보호.
2. 자포자기성 난동. 여기에는 취태와 도둑질도 포함된다.
3. 남들을 돕기.
4. 남 탓. (주로 나환자, 집시, 마녀, 유대인이 전염병 전파자로 매도당했다.)
5. 증인이 되어 기록하기.
6. 일상 유지.

이것은 택일의 문제가 아니다. 물론 2번이나 4번은 추천하지 않는다. 포기와 남 탓은 도움이 되지 않는다. 하지만 일단 자신을 보호하고, 그다음에 남을 돕거나, 일기를 쓰며 시대의 증인이 되거나, 온라인 시스템을 활용해 일상을 최대한 회복하는 것은 가능하다. 14세기에는 가능하지 않았던 일들이 지금은 상당 부분 가능하다.

그러니 문에 가상의 격리 표시를 붙이고, 낯선 이들을 안에 들이지 말고, 자신을 잠재적 전염병 매개체로 여기고, 영화 〈외계의 침입자〉나 〈제7의 봉인〉을 (다시) 보자. 그리고 아날로그든 디지털이든 가위와 풀이나 펜과 종이를 꺼내자. 감염은 됐지만 발병하지 않았다면 팬데믹이 여러분에게 선물을 준 셈이다! 그 선물은 시간이다. 한 번쯤 소설을 써 보거나 나막신 춤을 배우고 싶었는가? 지금이 바로 기회다.

그리고 용기를 내자! 인류가 전에도 겪었던 일이다. 결국에는 터널 끝에 이르게 돼 있다. 우리는 그저 이번 터널을, 전과 후 사이를 잘 통과하면 된다. 소설가들은 이미 알겠지만 중간 부분이 가장 생각해내기 어렵다. 하지만 해낼 수 있다.

『동등한 우리』

>>><<<

(2020)

스물한 살이었던 1961년 가을, 나는 하버드 래드클리프에 대학원생으로 들어갔다. 거기에는 왜 갔을까? 교수가 될 마음은 없었다. 나는 작가가 되고 싶었다. 하지만 작가로 먹고살기 힘들다는 것은 모두가 아는 일이었다. 그래서 나는 트위드 슈트로 변장하고 자격증 취득에 나섰다. 전에 어떤 남성 시인에게 인생을 알려면 트럭 기사가 되어야 한다는 말을 들었다. 하지만 내게는 별로 가망 없는 일이었기에 교직으로 만족하기로 했다.

나는 하버드 캠퍼스의 아피아 가도(Appian Way)에 있는 대학원 여자 기숙사에 살았는데, 훗날 이 3층짜리 대형 목조건물을 『시녀 이야기』에 나오는 사령관 저택의 모델로 삼았다. 몰래 엿보는 인간들이 고래에 붙은 따개비처럼 낡은 건물에 들러붙어 있었다. 책상에서 눈을 들면 창턱에 남자 발이 떡하니 있었다. 건물 안에 공용 전화가 한 대 있었는데 걸려오는 전화는 십중팔구 음란 전화였다. 학교 당국은 이런 관심을 날파리 수준의 사소하게 성가신 일로만 여겼다. 그냥 신경 끊는 게 상책이라고 했다.

당시에는 신경 끊는 게 상책인 일들이 많았다. 영문학과는 원칙적으로 여자를 고용하지 않았지만 여자를 가르치는 것은 좋아했다. 하지만 이런 모순은 점잖은 자리에서는 거론되지 않았다. 남편의 회사 동료들과 지적 대화가 가능하게끔 여자를 교육하는 것은 칭찬할 일이지만, 뭐가 됐든 그 이상은 여자에게 '신경증'을 부른다는 게 당시의 지배적 견해였다. (프로이트가 1950년대 사회가 여성을 가정과 몸치장이라는 우리에 가두는 데 지대한 영향을 미쳤다. 당시 '신경증'은 '나병'과 동급이었다.)

따라서 여자 대학원생은 정의상 신경증 환자였고, 사회의 묵인하에 하버드에 있었다. 사실 미국에서 사회생활을 하는 모든 여자는 사회가 눈감아주는 존재였다. 1950년대의 여성들은 그들의 역할이 이제 보조적 역할이어야 한다는 점을 다양한 방식으로 주입받았다. 이제 여자가 할 일은 전시에 그들이 수행했던 '리벳공 로지'의 자리와 작업복과 독자적 수입을 내던지고, 루실 볼•처럼 연약하고 귀엽게 행동하면서 아이들을 낳고, 생각은 포기하고, 남편을 따르며 여성성을 실현하는 것이 되었다. 과잉 성취자가 되려 하지 않는 남성은 실패한 남성이었고, 과잉 성취자가 되려는 여성은 실패한 여성이었다. 이야기는 이렇게 흘러갔다.

1950년대에 젊은 엄마들이었던 우리 직전 세대가 이 세뇌의 타격을

• Lucille Ball, 미국의 배우.

직통으로 맞았다. 이때 로큰롤 틴에이저였던 우리 세대는 용케 총알을 피했고, 그 후엔 더한 보헤미안이 되어 포크송과 시를 주메뉴로 하는 커피하우스들을 근거지로 삼았다. 우리 세대 여성에게는 주부의 삶이 불가피한 운명이 아니었다. 대신 우리는 자유연애 가담자와 골수 예술가가 될 수 있었다. 다만 주부와 전문 예술가를 동시에 할 수는 없었다. 아니, 할 수 있었나? 이 방면의 서사는 유동적이었다.

당시는 이런 과도기였다. 1950년대에 완고하게 자리 잡았던 여성관이 흔들리던 바로 그 시점에 래드클리프 학장 메리 I. 번팅(Mary Ingraham Bunting)이 래드클리프 독립연구소•를 설립했다. 연구소의 목적은 결혼과 육아로 경력이 끊어진, 재기의 발판이 필요한 재능 있는 여성 연구자들을 지원하는 것이었다. 번팅이 "나의 어수선한 실험"이라고 불렀던 이 연구소는 해당 여성들에게 얼마간의 시간과 소정의 연구비와 '자기만의 방'을 제공했다. 무엇보다 연구소는 그들에게 서로를 주었다. 그들이 직면한 상황을 이해하고 그들을 진지하게 대해주는 인간 동료들을 주었다.

매기 도허티(Maggie Doherty)의 『동등한 우리(*The Equivalents*)』는 이 어수선한 실험에 대한 흥미로운 이야기다. 래드클리프 연구소는 1961년 9월, 스물세 명의 연구원으로 구성된 제1기 회원을 맞아들였다. 기대치는 낮았고, 수용 시설도 대단치 않았다. 이 소박한 시도가 1960년대 말에 대대적이고 폭발적으로 시작된 제2세대 여성운동의 중요한 발판이 되리라고는 아무도 예상하지 못했다.

• Radcliffe Institute for Independent Study, 후에 번팅 연구소로 개칭했다.

1961년 래드클리프 연구소의 연구원으로 뽑힌 여성들의 작업과 유대를 담은 『동등한 우리』는 소설처럼 읽힌다. 그것도 강렬한 소설처럼 읽힌다. 등장인물 중 일부를 소개하면 다음과 같다. 실비아 플라스와 앤 섹스턴(Anne Sexton)은 훗날 둘 다 자기 시대의 대표 작가가 됐고, 둘 다 자살로 생을 마감했다. 맥신 쿠민(Maxine Kumin)은 훗날 퓰리처상을 수상했다. 플라스와 섹스턴을 가르쳤던 로버트 로웰(Robert Lowell)은 이때 이미 '고백시(confessional poetry)'의 창시자로 각광받고 있었다. 틸리 올슨(Tillie Olsen)의 연구소 시절은 여성의 창작 활동을 막는 외력들을 다룬 그녀의 대표작 『침묵들(*Silences*)』을 낳았다. 베티 프리던은 얼마 안 가 『여성성의 신화』를 출간했고, 이 책은 '스텝포드 아내'가 되기를 시도했다가 실패한 수많은 욕구불만의 여성들에게 갱생의 숨을 불어넣었다.

프리던과 번팅이 한때 협력자였다는 것을 누가 알았겠는가? 프리던은 연구소 설립 계획에 참여했고, 번팅은 프리던이 『여성성의 신화』를 구상하는 데 도움을 주었다. 하지만 궁극적으로 번팅은 프리던에게는 너무 점잖았고, 프리던은 번팅에게 너무 요란했다. 전자가 가구 재배치를 원했다면 후자는 집에 불을 지르는 편을 원했다.

번팅은 어떻게 하버드의 완고한 남성 의사 결정자들로부터 마지못한 승낙을 받아냈을까? 답은 간단하다. 번팅은 그들의 영토에 익숙했고, 그리스신화의 세이렌처럼 뱃사람들에게 어떤 노래가 먹힐지 알고 있었다. 당시에 냉전이 우주개발 전쟁으로 번졌고, 그 방면에서 소련의 머리가 미국을 능가하고 있었다. 재능 있는 여성들을 활용한 것이 그 이유 중 하나가 아니겠어요? 미국도 자국의 똑똑한 여성들을 동원해야 하지 않을까요? 당시에는 스무 명 남짓의 여성에게 약간의 돈과 사무실 공간을 제공하자는 말이 대단한 동원처럼 들리지 않았지만, 결과적으로 그 제안은 대단한 연쇄반응을 일으켰다.

제1기 연구소 연구원들은 그들의 이중 정체성에 직면했다. 그들은 주부였고, 그래서 하찮게 취급받았지만 동시에 재능 있는 예술가들이었다. 그들은 출간 시인과 소설가, 인정받은 화가와 조각가였다. 로버트 로웰의 경우처럼 남자는 불안정한 천재이면서도 동시에 널리 존경받을 수 있었지만, 여자의 경우 '천재'는 '미치광이'와 '나쁜 엄마'로 해석되기 일쑤였다. 그리고 '나쁜 엄마'는 '나쁜 아빠'보다 훨씬 치명적인 오명이었다. 『동등한 우리』는 이 '걸친' 세대 여성들에게 작용하는 모순된 힘들을 탐구한다. 이들은 1950년대의 인형의 집에 머물기에는 너무 활기차고 야심적이었지만, 1970년대의 페미니즘 폭풍을 선도할 정도는 아니었다.

『동등한 우리』는 이 여성들의 다면적 삶을 깊이 파헤친다. 저자 매기 도허티는 편지들, 당시의 기록물, 인터뷰, 전기 등을 이용해 그들의 우정, 경쟁, 질투, 결혼, 위기, 불안과 두려움, 그리고 흥분과 승리의 순간들을 감동적인 서사로 엮는다. 섹스턴과 동료 시인 쿠민의 관계는 특히 감동적이다. 안타깝게도 그 관계가 섹스턴을 끝내 산 자의 땅에 잡아두지는 못했지만.

도허티는 이 '최초 실험'의 역동과 얽힘을 전달하는 한편, 그 한계도 비껴가지 않는다. 도허티가 1960년대를 관통하며 풀어내는 이야기는 소설가이자 여권운동가인 앨리스 워커(Alice Walker)가 말한 '우머니즘(womanism)'도 포함한다. '우머니스트' 운동은 흑인 여성들의 여성운동이었고, 흑인 여성의 문제는 연구소의 대부분을 차지했던 중산층 백인 여성들의 문제와는 많이 달랐다. 다시 말해 프리던이 소리 높여 비판한 여성성의 신화는 흑인 여성에게는 해당되지 않는 얘기였다. 노동자 계급 출신 공산주의자였던 올슨도 또 다른 종류의 아웃사이더였다.

이 그룹의 대부분은 자신을 1960년대 말에 등장한 '페미니스트'와 동일시하지 않았다. 비록 젊은 선동가들이 이들의 작품을 페미니즘에 편입시켰지만 이들은 운동가가 아니라 예술가가 되기를 원했다. 민권 운동, 반전 시위, 레즈비언 운동의 도래와 함께 1960년대가 흘러가면서 분열이 일어났다. 페미니즘만 여러 형태로 갈라진 게 아니라, 연구소에서 결속했던 동지들 사이에도 분열이 일어났다. 워즈워스가 말했다. "시인은 젊은 날 기쁨으로 시작하지만, 결국에는 실의와 광기가 찾아든다." 일부에게는 광기, 다른 일부에게는 확실히 실의가 찾아왔다. 애초의 희망들, 영혼을 나눈 우정들에 무슨 일이 일어난 걸까?

『동등한 우리』는 래드클리프 연구소라는 렌즈를 통해서 본 1960년대에 대한 예리하고, 사려 깊고, 열정적인 서술이다. 이 여성들은 어떠한 물질적·정신적·지적 여건 속에서 자신을 정의하고 예술을 표출하려 고투했는가. 도허티는 이 책에서 이를 치열하게 전한다. 과거는 언제나 다른 나라다. 하지만 우리는 관광객으로 그곳을 방문할 수 있고, 그때 이런 꼼꼼한 안내서가 있다면 유용할 것이다.

도허티는 그 시대를 오늘날과 비교하며 책을 맺는다. 60년이 흐르는 동안 여성 입장에서 무엇이 변했고, 무엇이 그대로이며, 무엇이 더 나빠졌는가? 그날의 모든 투쟁과 고뇌와 창조적 소동은 헛된 것이었나? 도허티는 그렇게 생각하지 않는다. 나도 마찬가지다. 나도 한때 그 먼

나라에 살았다. 그곳에 돌아갈 마음이 없다는 것을 새삼 일깨워준 데 대해 『동등한 우리』의 저자에게 감사한다.

『갈라놓을 수 없는』

>>>><<<

서문

(2020)

제2세대 페미니즘의 대모 시몬 드 보부아르의 미출간 소설이 있었다니! 이 얼마나 흥분되는 일인가! 이 소설의 프랑스어 제목은 『갈라놓을 수 없는(*Les Inséparables*)』이며, 『레 리브레르(*Les Libraires*)』 지에 따르면 "반항적인 두 젊은 여성의 열정적 우정을 감동적이고 명료하게 풀어낸" 이야기라고 한다. 당연히 읽고 싶던 차에 영역판의 서문을 써달라는 요청을 받았다.

나의 최초 반응은 패닉이었다. 과거로 내던져진 기분이었다. 젊은 시절의 내게 시몬 드 보부아르는 두려움의 대상이었다. 나는 1950년대 말과 1960년대 초에 대학을 다녔다. 당시의 검정 터틀넥, 진한 아이라인의 코그노센티•—솔직히 말해 당시의 토론토에는 많지 않았던 사

• cognoscenti, 전문가.

람들—사이에서 프랑스 실존주의자들은 거의 신으로 숭배됐다. 카뮈, 얼마나 추앙받았던가! 우리는 그의 암울한 소설들을 열광적으로 읽었다! 베케트는 또 얼마나 각광받았나! 그의 희곡들, 특히 『고도를 기다리며』는 대학 연극반의 단골 공연작이었다. 이오네스코의 부조리극은 또 얼마나 난해했던가! 하지만 그의 희곡들 역시 우리의 무대에 빈번히 올랐다. (그중 파시즘의 득세를 은유한 『코뿔소』 같은 작품은 오늘날까지 시대를 관통하는 상징성을 발한다.)

사르트르 역시, 비록 귀엽지는 않았지만, 당황스럽게 똑똑했다. 당시에 "타인은 지옥이다"를 인용하지 않은 사람이 있었을까? 그럼 그때의 우리는 '타인은 지옥'의 필연적 귀결이 '고독은 천국'이라는 것도 깨달았나? 아니, 그건 아니었다. 우리는 그가 오랫동안 스탈린주의에 아첨한 것을 용서했는가? 용서했다. 다는 아니어도 대략 용서했다. 그가 1956년 소련의 헝가리 침공을 비난했고, 알제리독립전쟁 당시 프랑스군의 손에 잔혹하게 고문당한 언론인 앙리 알레그(Henri Alleg)의 수기인 『고문(*La Question*)』(1958)에 격렬한 서문을 썼기 때문이다. 『고문』은 프랑스 내에서는 금서로 지정됐지만 우리 같은 촌구석 사람들은 구할 수 있었고, 나도 1961년에 읽었다.

그런데 이렇게 위협적인 실존주의 명사들 가운데 여성은 딱 한 명이었다. 시몬 드 보부아르. 나는 생각했다. 강철처럼 예리하게 빛나는 초특급 지성들이 모인 파리의 올림포스산에서 한자리를 차지한 여성. 그녀는 얼마나 겁나게 억센 사람일까! 사회가 할당한 성역할(gender role) 이상을 열망하는 여자라면 스스로 마초맨처럼 행동해야 한다고 여기던 시대였다. 뭐라도 되려면 냉철해야 했다. 노골적인 자기 본위를 공언해야 했고, 주도권을 장악해야 했다. 거기에는 성적 주도권도 포함됐다. 뼈 있는 말들, 지분대는 손 갈기기, 태평한 연애 한 번, 두 번, 또는 스무 번……. 그리고 영화에서처럼 흡연도 필수였다. 대학 토론 클럽이 주는 훨씬 가벼운 부담에도 허덕대던 나로서는 꿈도 못 꿀 일이었다. 거기다 나는 담배를 피우면 기침이 터졌다. 내구성과 어깨 패드를 자랑하는 음울한 전시의 슈트로 말하자면, 카페 테이블에 끼기 위해 장만하기에는 너무나 고가였다.

시몬 드 보부아르가 왜 그렇게 두려웠나요? 여러분은 쉽게 물을 수 있다. 여러분에게는 거리감이 주는 이점이 있다. 죽은 사람은 산 사람보다 본질적으로 덜 무섭다. 특히 후대의 전기 작가들이 애초에 미화됐던 면들을 깎아 원래 크기로 줄여놓고 심지어 결함까지 꺼내놓았다면 별로 무섭지 않다. 하지만 내게 보부아르는 거대한 동시대인이었다. 한편에는 토론토라는 변방에 살면서 언젠가 파리로 달아나 낮에는 웨이트리스로 일하고 밤에는 다락방에서 걸작을 쓰겠다는 꿈을 꾸던 스무 살의 내가 있었고, 다른 먼 한편에는 몽파르나스의 돔 카페(Café le Dôme)에서 인문 철학의 궁정을 열고 『레 탕 모데른(*Les Temps Modernes*)』지에 글을 쓰며 나 같은 촌뜨기들을 비웃는 실존주의자들이 있었다. 그들의 말이 들리는 듯했다. 그들은 지탄 담배의 재를 떨며 이렇게 운을 뗐을 것이다. "부르주아."• 더 심한 욕은 캐나다인이었다. 그들은 볼

• 사르트르를 비롯한 실존주의 사상가들로 이루어진 『레 탕 모데른』의 편집진은 마르크스주의에 경도돼 있었으며, 그들이 말하는 부르주아는 자본주의, 즉 물질 만능을 추구하는 속물을 뜻한다.

테르의 말을 인용했을 것이다. "고작 몇 아르팡의 눈 덮인 땅."• 더구나 오지의 캐나다인. 오지의 캐나다인 중에서도 최악은 영어권 캐나다인, 즉 '앵글로'였다. 오만한 무시! 세련된 경멸! 프랑스 스노비즘만 한 스노비즘도 없다. 특히 좌파의 스노비즘. (정확히 말하면 20세기 중반의 좌파. 하지만 지금은 그런 일이 없을 것으로 확신한다.)

그러다 나이가 좀 들었을 때 나는 드디어 파리에 갔다. 나는 실존주의자들에게 거부당하지 않았다. 사실 실존주의자들을 보지도 못했다. 파리의 카페에서 음식을 사 먹을 여유도 없었다. 파리행 직후에 밴쿠버에 갔고, 거기서 마침내 『제2의 성』을 처음부터 끝까지 읽었다. 남들의 눈에 띌까 봐 화장실에서 읽었다. (그때는 1964년이었고, 제2세대 페미니즘이 아직 북미의 오지까지 도달하기 전이었다.)

이 시점에서 내 두려움의 일부는 연민으로 대체됐다. 어린 시몬은 극도로 엄격한 훈육을 감내해야 했다. 일거수일투족 감시를 받는 몸과 프릴이 가득한 원피스와 단호히 규정된 규범 속에서 얼마나 갑갑한 기분이었을까? 캐나다 벽촌의 여자애였던 것이 결국 나쁜 것만은 아니었다. 내게는 사사건건 비판적인 수녀들도, 고압적인 상류계급 친척도 없었다. 나는 바지 차림으로 사방팔방 뛰어다닐 수 있었다. 모기를 막는 데는 치마보다 바지가 유리했다. 나는 직접 카누를 저었고, 고등학교 때는 삭스홉••을 누볐고, 살짝 불량스러운 남자 친구들과 신나게 드

• Quelques arpents de neige, 18세기에 북미 대륙을 놓고 벌어진 프랑스와 영국의 식민지 전쟁에서 프랑스가 캐나다를 잃었을 때, 볼테르가 프랑스 왕 루이 15세에게 위로 삼아 캐나다를 이렇게 지칭했다고 한다. 아르팡은 프랑스의 옛 단위이며, 약 1에이커에 해당한다.

•• sock hop, 20세기 중반 북미 10대들의 댄스파티. 제2차 세계대전의 전쟁 기금을 마련하기 위

라이브인 영화를 보러 다녔다. 이런 천방지축 왈가닥 행동은 어린 시몬은 상상도 못 할 일이었다. 이 엄격함은 다 너를 위한 거야. 사람들은 이렇게 말했을 것이다. 계층의 내규를 위반했다가는 그녀에게는 몰락이, 그녀의 가족에게는 집안 망신이 있을 뿐이었다.

이쯤에서 상기할 사실이 있다. 프랑스에는 1944년까지 여성의 투표권이 없었으며, 여성 투표권은 1945년 드골 망명정부가 서명한 법령을 통해서 인정됐다. 캐나다 여성의 대부분이 같은 권리를 얻은 지 거의 25년이 지난 시점이었다. 따라서 보부아르는 여성은 국가의 공적인 일에 발언할 자격이 없다는 말을 듣고 자랐다. 그녀는 서른여섯 살 때에야 비로소 투표권을 얻었다. 하지만 당시는 프랑스가 독일의 수중에 있었기 때문에 그나마도 명목상의 권리였다.

1920년대에 성년에 되자마자 시몬 드 보부아르는 기다렸다는 듯이 코르셋을 채운 배경에 강하게 반발했다. 코르셋의 압박을 훨씬 적게 겪은 나로서는 『제2의 성』에 서술된 여건이 모든 여성들에게 해당된다고 느끼지는 않았다. 책의 일부는 분명히 내게도 와닿았지만, 전부가 그렇지는 않았다.

거기에는 세대 차이의 영향도 있었다. 나는 1939년에 태어났고, 시몬 드 보부아르는 우리 어머니보다 한 해 앞선 1908년에 태어났다. 두 사람은 동떨어져 있었지만 같은 시간을 살았다. 어머니는 노바스코샤의 시골에서 승마와 스피드스케이팅을 즐기는 말괄량이로 컸다. (스피

해 처음 시작됐다가 이후 10대들 사이에 유행했다. 초기에는 체육관 바닥을 보호하기 위해 구두를 벗고 춤을 췄기 때문에 이런 명칭이 붙었다.

드스케이팅을 하는 시몬 드 보부아르를 상상해보라. 차이가 실감 날 것이다.) 두 사람 모두 어린 시절에 제1차 세계대전을, 성인이 되어서 제2차 세계대전을 겪었다. 하지만 프랑스는 매번 전쟁의 중심에 있었고, 캐나다는 비록 전시에 인구수에 비해 과한 군사적 손실을 입긴 했지만 폭격을 받거나 점령을 당한 적은 없다. 우리가 보부아르에게서 발견하는 준엄함, 냉혹함, 실존의 추한 면에 대한 서슴없는 시선을 프랑스가 겪은 시련과 떼어놓고 생각하기는 어렵다. 양차 세계대전의 참상과 그에 따른 궁핍, 위험, 불안, 정치적 내분, 배신을 겪는 것은 지옥을 통과하는 것과 같았고 당연히 개인들에게 엄청난 타격을 입혔다.

따라서 우리 어머니에게는 냉철한 시선이 결여돼 있었다. 대신 어머니는 소매를 걷어붙인 쾌활함, 징징대지 않는 현실성을 체화했다. 이런 면모가 20세기 중반의 파리지앵들에게는 무례하리만큼 순진해 보였을 것이다. 존재의 가혹함에 압도당한 적이 있는가? 끝없이 산 위로 밀어 올리지만 끝없이 굴러떨어지는 시시포스의 바위에 직면한 적은? 정의와 자유 사이에서 실존적 갈등에 허덕여보았는가? 내적 진본성, 또는 의미를 찾기 위해 몸부림친 적은? 상류 유산계급의 얼룩을 영원히 씻어내기 위해서 얼마나 많은 남자와 잠자리를 해야 할지 고민한 적은? 우리 어머니라면 이렇게 대답했을 것이다. “맑은 공기 속에 속보 산책을 한번 해봐요. 기분이 훨씬 나아질 거예요.” 내가 울적한 지식인 모드로 청승을 떨 때 어머니가 해준 조언이다.

어머니는 『제2의 성』의 추상적이고 철학적인 부분에는 관심이 없었겠지만, 시몬 드 보부아르의 다른 저작들은 우리 어머니도 꽤 사로잡지 않았을까 싶다. 이런 맥락에서 주장컨대 보부아르의 가장 생생하고 직관적인 작품은 그녀의 체험에서 곧장 나온 것이다. 그녀는 끝없이 자신의 어린 시절과 청소년기와 청년 시절로 회귀하며 자신의 형성 과정, 복잡한 감정, 시대감각을 탐구했다. 가장 유명한 사례는 아마도 그녀의 자서전 『처녀 시절(*Mémoires d'une Jeune Fille Rangée*)』(1958)의 첫 권이겠지만, 같은 소재가 단편들과 소설들에도 등장한다. 어떤 의미에서 그녀는 자신의 유령에게 쫓겼다. 어두운 계단을 사정없이 올라오는 저 보이지 않지만 무거운 발소리는 누구의 발소리인가? 발소리는 대개 그녀의 것으로 드러났다. 그녀의 예전 자아들의 망령은 그녀를 떠나지 않았다.

그러던 차에 우리에게 원전(原典)이라 할 책이 주어졌다. 그것은 지금껏 출간된 적 없었던 보부아르의 자전적 소설 『갈라놓을 수 없는』이다. 이 책은 그녀에게 아마도 가장 큰 영향을 미쳤을 경험을 담고 있다. 그 경험은 평생의 친구였던 자자(Zaza)와의 관계다. (소설에서 자자는 앙드레라는 소녀로 등장한다.) 두 소녀의 우정은 자자가 비극적이고 이른 죽음을 맞이할 때까지 다층적이고 강렬하게 이어진다.

보부아르는 『제2의 성』을 출간한 지 5년 후인 1954년에 이 책을 썼고, 이것을 사르트르에게 보여주는 실수를 저질렀다. 그는 대부분의 작품을 정치적 기준으로 판단하는 사람이었고, 이 작품의 의미를 파악하지 못했다. 그가 유물론자이자 마르크주의자였다는 것을 생각할 때 아이러니한 일이긴 하다. 어쨌거나 이 책은 두 젊은 여성이 처한 물리적·사회적 여건을 치열하게 묘사한 책이 아니던가. 당시 진지하게 여겨지던 생산수단은 공장 노동과 농업이 유일했다. 여성의 저평가된 무보수 노동은 거기 해당되지 않았다. 사르트르는 이 작품을 하찮게 보았다. 보부아르는 자신의 회고록에 이 작품에는 "어떠한 내적 필연성도 없어 보였고, 그래서 독자의 흥미를 끄는 데 실패했다"라고 썼다. 이는 보부아르의 말이 아니다. 당시에는 그녀도 동의한 것으로 보이는 사르트르의 말을 인용한 것으로 보인다.

흠, 독자여, 사르트르 씨가 틀렸다. 적어도 이 독자의 시각에서는 그렇다. 인류의 완성이나 정의와 평등 같은 추상적 관념에 몰두하는 사람은 원래 소설을 좋아하지 않는다. 모든 소설은 개인들과 그들이 처한 상황에 대한 것이기 때문이다. 또한 그런 사람은 자기 연인이 쓴 소설을 좋아하지 않는다. 특히 자기가 연인의 삶에 등장하기 전의 일을 다루고, 자기가 아닌 남이 중요하고 재능 있고 사랑받는 인물로 등장하고, 더욱이 그 인물이 여성인 소설을 좋아하지 않는다. 유산계급 소녀들의 내적 삶? 너무 사소해. 이런 소소한 감정 유희는 여기까지만 해, 시몬. 너의 그 명석한 두뇌를 보다 진지한 문제들에 쓰는 게 어때?

그런데 사르트르 씨, 21세기에서 답변드리자면, 이것이야말로 진지한 문제거든요. 만약 자자가 없었다면, 자자와 보부아르의 열정적이고 헌신적인 관계가 없었다면, 보부아르의 지적 야망에 대한 자자의 응원과 시대의 관습에서 벗어나려는 보부아르의 욕망이 없었다면, 가족과 사회가 자자에게 그녀가 여성이란 이유로 가했던 치명적인 기대—보부아르가 보기에는 자자의 총명과 기운, 기지와 의지에도 불구하고 자자의 생명력을 그야말로 고갈시켜버린 기대—에 대한 보부아르의 견해가 없었다면, 『제2의 성』이 있을 수 있었을까? 또한 이 중추적인 책이 없었다면, 이후에 일어난 일이 과연 일어난 만큼 일어날 수 있었을까?

더욱이 지금의 세계에도 얼마나 많은 버전의 자자들이 살고 있는가? 아직도 얼마나 많은 명석하고, 재능 있고, 유능한 여성들이 일부는 국법에 의해, 다른 일부는 나름대로 젠더 평등을 이뤘다는 나라에 살면서도 내부의 빈곤과 차별로 인해 억압받고 있는가? 물론 『갈라놓을 수 없는』은 모든 소설이 그렇듯 특정한 시간적·공간적 배경을 가진다. 하지만 동시에 특정한 시간과 장소를 초월한다.

친애하는 독자여, 이 책을 읽고 울기를 바란다. 작가 자신도 처음에는 눈물을 흘린다. 그렇다, 이 이야기는 눈물로 시작한다. 살벌한 외관과 달리 보부아르는 자자의 죽음을 두고 평생 눈물을 멈추지 않았다. 그녀가 우리가 아는 보부아르가 되기 위해 그토록 열심히 노력한 것은 어쩌면 일종의 추모였는지도 모른다. 보부아르는 전력을 다해 세상에 자신을 개진해야 했다. 자자가 하지 못했던 몫까지 최대한.

『우리들』

›››‹‹‹

서문

(2020)

나는 1990년대에야 예브게니 자먀틴의 걸작 『우리들』을 읽었다. 내가 『시녀 이야기』를 쓰고도 오랜 세월이 지난 후였다. 어떻게 20세기의 대표적 디스토피아 소설 중 하나이자, 내게 직접적인 영향을 미친 조지 오웰의 『1984』에 직접적인 영향을 미친 이 문제작을 놓칠 수 있었단 말인가?

아마도 내가 오웰의 독자일 뿐 오웰 학자는 아니었고, 사이언스 픽션 독자일 뿐 사이언스 픽션 학자는 아니었기 때문에 이 작품을 놓친 게 아닐까 한다. 마침내 『우리들』을 만났을 때 나는 놀라고 말았다. 그리고 지금, 벨라 샤예비치(Bela Shayevich)의 생생하고 강렬한 번역으로 다시 읽으면서 또 한 번 놀라고 말았다.

『우리들』의 너무나 많은 부분이 예언을 방불케 한다. 예컨대 모든 시민을 국가와 통합해 개인성을 말살하려는 시도, 모든 발화를 엿듣고 행동과 사고를 통제하는 감시 체제, 반대파에 대한 '청산'. 1918년에 레닌이 말한 '청산(liquidation)'은 은유적 표현이었지만 『우리들』의 '청산'은 말 그대로다. 청산 대상을 실제로 액체(liquid)로 만들어버리기 때문이다. 국경을 따라 세워진 장벽은 적의 침공을 막을 뿐 아니라 시민을 안에 가두는 기능을 한다. 국가는 모든 것을 아는 신화적 지도자 '은혜로운 분'을 창조해낸다. 『1984』의 '빅 브라더'처럼 이 지도자는 존재감은 엄청나지만 실체가 없다. 어쩌면 이미지나 복제물에 불과하다. 『우리들』의 이런 디테일들이 훗날 실제로 일어난 일들을 예고하고 있었다. 실제로 십수 년 뒤 스탈린의 인민재판과 대숙청이 일어났고, 이후 스탈린은 개인 우상화를 통해 국가를 컬트로 만들었다. 또한 실제로 사람들이 이름 대신 문자와 숫자로 불리게 됐다. 히틀러의 강제수용소가 수용자들에게 번호를 새겨 넣었고, 오늘날의 우리는 아예 알고리즘을 먹이는 사료로 전락했다. 또한 실제로 베를린장벽이 세워져 수십 년을 버텼고, 전자 도청이 개발됐다. 훗날의 독재 체제들과 감시 자본주의의 기본 설계안이 『우리들』 안에 마치 청사진처럼 펼쳐져 있었다.

자먀틴은 『우리들』을 1920~1921년에 썼다. 볼셰비키의 10월 혁명에 뒤이어 일어난 내전이 한창이던 때였다. 1905년 러시아혁명 이전부터 공산주의 운동에 몸담았던 자먀틴 본인도 볼셰비키 혁명가였다. (1930년대에 볼셰비키는 스탈린의 독재 체제에 동조하는 대신 본래의 민주적 공산주의 이념을 고수하다가 스탈린의 청산 대상이 된다.) 하지만 막상 볼셰비키가 내전에서 승기를 잡은 뒤의 상황은 자먀틴의 마음에 들지 않았다. 원래의 공동위원회들은 레닌 치하에서 발흥하고 후에 스탈린 체제에서 공고해지는 파워엘리트의 허수아비 조직으로 전락하고 있었다.

이것이 평등인가? 이것이 애초에 당이 그토록 낭만적으로 제시했던 개개인의 재능이 꽃피는 사회인가?

1921년의 에세이 「나는 두렵다(I Am Afraid)」에서 자먀틴은 이렇게 말했다. "진정한 문학이란, 문학이 착실하고 듬직한 공무원들이 아니라 광인·은둔자·이단자·몽상가·저항자·회의론자에 의해 창작될 때에만 존재한다." 이런 점에서 그는 낭만주의 운동의 산물이었다. 그건 혁명 자체도 마찬가지였다. 하지만 레닌-스탈린주의의 바람이 어느 방향으로 부는지 확인한 "착실하고 듬직한 공무원들"이 이미 검열에 착수했다. 그들은 바람직한 주제와 작풍에 대한 포고령을 내리고, 변칙과 비정통의 잡초를 뽑느라 바빴다. 전체주의 체제에서는 이 일에도 늘 위험이 따른다. 독재자의 눈짓 한 번에 잡초와 꽃이 뒤바뀔 가능성이 높기 때문이다.

『우리들』을 얼마간 유토피아로 볼 수도 있다. 작중 '단일제국'은 보편적 행복을 목표하면서, 사람은 행복과 자유를 동시에 누릴 수 없기 때문에 자유를 포기해야 한다는 논리를 내세운다. 그러면서 19세기에 떠들썩하게 논쟁의 대상이 됐으며 지금도 여전히 뜨거운 논쟁거리인 '민권'은 얼토당토않은 것으로 무시한다. 즉 '단일제국'이 모든 것을 잘 통제하고 있고, 모두의 최대 행복을 위해 움직이는데 민권이 왜 필요하냐는 것이다.

『우리들』은 보편적 행복의 비법들을 다양하게 제시했던 19세기 유토피아문학의 계보를 따른다. 19세기에 유토피아문학이 우후죽순 등장했다. 이에 대한 반작용으로 극작가 길버트(W. S. Gilbert)와 작곡가 설리번(A. S. Sullivan) 콤비가 유토피아 유행을 풍자한 오페레타 〈유토피아 주식회사(Utopia, Limited)〉를 만들 정도였다. 당시 유토피아문학의 대표작을 몇 편 꼽자면 이렇다. 불워리턴(Edward Bulwer-Lytton)의 『다음 인류(*The Coming Race*)』(1871)는 노르웨이 아래에 사는 선진 인류를 그린다. 고등 기술을 누리고, 공기 주입식 날개를 보유하고, 이성이 감정을 압도하고, 여성이 남성보다 크고 강한 것이 이들의 특징이다. 윌리엄 모리스의 『에코토피아 뉴스』(1890)가 전하는 유토피아는 모두가 평등한 사회주의 사회로, 미술과 공예와 아름다운 의상으로 넘치고 모든 여자가 라파엘전파(Pre-Raphaelite) 풍의 초특급 미인들이다. 허드슨(W. H. Hudson)이 쓴 『수정 시대(*A Crystal Age*)』(1887)의 사람들도 아름다움과 예술적 의상을 누리고, 셰이커교도처럼 섹스에 대한 집착을 버리고 행복하게 산다.

19세기 후반은 '여성 문제'와 '신여성'에 사로잡혀 있던 때였기에, 성에 관한 기존 통념을 건드리지 않는 유토피아나 디스토피아는 단 한 편도 없었다. 통념 타파에는 소련도 빠지지 않았다. 초기 소련은 가족을 해체하고, 아이들을 집단 양육하고, 즉각적 이혼을 허용하고, 일부 도시의 경우 여성이 남성 공산당원과의 섹스를 거부하는 것을 범죄로 규정했다. (끝내주지 않는가!) 하지만 이 시도들이 어찌나 어이없고 비참한 난장판을 만들었던지 1930년대에 스탈린이 황급히 철회했을 정도였다.

하지만 자먀틴의 집필 시기는 초기 정치적 격동기였고, 『우리들』은 당시에 우글대던 입장들과 정략들에 대한 신랄한 풍자다. 작중 '단일 제국'의 국민은 이름 없이 번호로 식별된다. 그들은 유리로 된 아파트에 살고, 그들의 일거수일투족은 고스란히 노출된다. 섹스 시간에만 잠시 블라인드를 내릴 수 있다. 섹스 시간은 신청서 제출과 승인을 거쳐 미리 정해지고, 아파트 현관의 여성 감시원에 의해 엄중히 기록된다. 모든 것은 일명 율법에 따라 이루어진다. 섹스 기회는 모두에게 할당되지만 자녀를 낳는 것은 특정 신체 조건을 충족하는 여성들에게만 허용된다. 당시는 우생학이 '진보'로 간주되던 시기였다.

잭 런던(Jack London)의 1908년 소설 『강철군화』와 오웰의 『1984』처럼, 『우리들』에서도 반체제 인사들은 여성이다. 남자 주인공 D-503은 처음에는 '단일제국'의 헌신적 일원으로 등장한다. 그는 '단일제국'이 완벽한 행복의 비법을 미지의 세계와 공유하겠다는 구실로 건설하는 우주선에서 기술자로 일한다. 디스토피아에 등장하는 인물들은 일기를 쓰는 경향이 있는데, D-503이 쓰는 일기는 우주에 전하기 위한 단일제국 찬가다. 하지만 얼마 안 가 플롯이 빡빡해지며 D-503의 글도 걸쭉해진다. 그는 끔찍한 순간들에 에드거 앨런 포에 빙의한 걸까? 아니면 독일 고딕 낭만주의에? 아니면 보들레르에? 가능성 있다. 빙의한 것은 D-503인가, 아니면 저자인가?

행복했던 D-503에게 감정적 혼란을 초래한 계기는 섹스다. 그가 당국이 정한 섹스 일정과 상대를 준수했다면! 하지만 그는 그러지 못한다. I-330이라는 여성이 등장하기 때문이다. 이 여성은 각지고 개성 있고 비밀스러운 보헤미안이자 금지된 술을 즐기는 반체제 인사다. 그녀는 당국의 감시를 피해 밀회 장소에서 그를 유혹하고, 그는 그녀에게 물들어 '단일제국'에 대해 의문을 품게 된다. 그녀는 D-503의 공식 지정 섹스 상대인 O-90과 극명한 대조를 이룬다. O-90은 키가 작기 때문에 아이 낳는 것이 금지된 둥글고 순응적인 여성이다. O-90은 원을 대변한다. 원은 완성과 충만을 나타내기도 하지만 텅 빈 상태를 나타내기도 한다. 자먀틴은 둘 다를 선택한다. 우리는 처음에는 O-90을 무가치한 인물로 생각한다. 하지만 그녀는 당국의 금지에도 불구하고 임신하여 우리를 놀라게 한다.

'나' 문화와 '우리' 문화의 차이에 대한 글들이 많다. 미국 같은 '나' 문화는 개성과 개인의 선택을 거의 종교처럼 신봉한다. 이는 우연이 아니다. 미국은 청교도가 세웠고, 신교에서 중요한 것은 보편교회에 대한 소속이 아니라 개인과 신의 영적 관계다. 청교도는 엄청난 기록자들이었고, 영적 우여곡절을 낱낱이 기록했다. 그러려면 인간 정신의 높은 가치를 믿어야 한다. "너의 목소리를 찾아라"가 북미의 문예 창작 학교들이 외는 주문이다. 자기 고유의 목소리를 찾으라는 뜻이다. 이때의 '표현의 자유'는 내가 원하는 말을 다 할 수 있는 것을 의미한다.

반대로 '우리' 문화는 이렇게 묻는다. 너에게 왜 그런 종류의 소리가 필요한데? 목소리는 가치 있는 집단에게 속한 것이다. 즉 각자는 사회 화합을 도모하는 방향으로 행동해야 한다. 이때의 '표현의 자유'는 원하는 말을 다 할 수 있으되, 원하는 말은 그것이 남들에게 미치는 영향에 따라 제한된다는 것을 의미한다. 그럼 그것은 누가 결정할까? '우리'가 결정한다. 그럼 '우리'는 언제 폭도가 되는가? D-503이 말하는 모두가 똑같이 발맞추어 산책 가는 장면은 꿈인가, 악몽인가? 너무나 조화롭고 통일된 '우리'와 나치 집회의 경계는 어디인가? 이것이 오늘날 우리가 잡혀 있는 문화적 십자포화다.

모든 인간에게는 분명히 두 가지가 다 있다. 특별하고 개별적인 '나'와 가족·국가·문화의 일부인 '우리'. 이상적인 세계라면 '우리'라는 집단은 '나'의 고유성에 가치를 두고, '나'는 남들과의 관계를 통해 자신의 고유성을 파악한다. 이 균형이 이해되고 존중되면, 또는 우리가 그렇게 믿는다면 갈등을 겪을 이유가 없다.

하지만 '단일제국'은 이 균형을 뒤엎었다. 체제는 '나'를 말살하려 했고, 그럼에도 '나'는 고집스럽게 버틴다. 불쌍한 D-503의 고통은 여기서 비롯된다. D-503이 스스로에게 제기하는 반론은 초기 소련의 억압적 획일화에 대한 자먀틴의 반박이다. 19세기의 유토피아문학이, 그리고 현실에서 공산주의 자체가 제시했던 밝은 비전에 무슨 일이 일어난 걸까? 무엇이 잘못된 걸까?

오웰이 『1984』를 썼을 때는 이미 스탈린의 숙청과 청산이 벌어지고, 히틀러가 왔다가 사라진 후였다. 사람이 고문에 의해 어디까지 파괴되고 왜곡될 수 있는지 알려진 후였다. 따라서 오웰의 시각은 자먀틴의 시각보다 훨씬 어둡다. 자먀틴의 두 여성 인물은 잭 런던의 여주인공처럼 신념이 확고하다. 반면 오웰의 줄리아는 발각되자 곧바로 굴복하고 배신한다. 『우리들』에는 S-4711이라는 비밀 요원이 등장한다. 그의 번호가 정체를 암시한다. 4711은 독일 쾰른에서 유래한 화장수(cologne)의 이름이고, 쾰른은 1288년에 교회와 국가에 저항해 봉기해서 자치권을 획득하고 자유도시로 격상된 곳이다. 그렇다. S-4711은 사실 국가 전복을 꾀하는 반체제 인사였다. 이에 반해 『1984』의 오브라이언은 반체제 인사인 척하지만 사실은 비밀경찰이다.

자먀틴은 탈출의 가능성을 열어놓는다. '단일제국'의 장벽 너머에는 자유를 누리는 '야만'의 사람들이 사는 자연 세계가 있다. (설마 털로 덮인?) 『1984』의 세계에서는 거기 있는 누구도 그 세계를 벗어날 수 없다. 하지만 오웰도 억압 사회가 더 이상 존재하지 않는 먼 미래는 허용한다.

『우리들』이 쓰인 시기는 역사의 특정한 순간, 즉 공산주의가 약속했던 유토피아가 디스토피아로 퇴색하기 시작한 순간이었다. 그렇지만 당시는 모두의 행복을 위한다는 미명하에 이교도들이 사상범이 되고, 독재 반대자가 혁명 반동분자로 몰리고, 여론 조작용 공개재판이 확산되고, 숙청이 일상이 되기 전이었다. 자먀틴은 어떻게 미래를 이리도 분명히 내다봤을까? 하지만 그가 본 것은 미래가 아니었다. 그는 현재를 보았다. 그리고 현재의 그림자 속에 이미 도사리고 있던 것을 보았다.

『크리스마스 캐럴』의 스크루지가 말했다. "사람의 행로는 특정한 결말을 예고한다. 그 행로에 계속 붙어 가면 그 결말에 이르고 말지만, 행로에서 벗어나면 결말도 바뀐다." 『우리들』은 당시의 장소와 시대에 던지는 경고였다. 하지만 이 경고는 들리지 못했기에 주의를 끌지도 못했다. "착실하고 듬직한 공무원들"이 자먀틴에 대한 검열에 착수했기 때문이다. 사람들은 행로에서 벗어나지 않았고, 그 결과 수백만 명이 죽었다.

『우리들』이 현재를 사는 우리에게 던지는 경고일 수도 있을까? 만약 그렇다면 어떤 종류의 경고인가? 우리는 듣고 있는가?

『증언들』 집필에 대하여

›››‹‹‹

(2020)

안녕하세요! 올해의 벨 판 주일렌(Belle van Zuylen) 강연을 맡겨주시니 큰 영광입니다. 네덜란드에 직접 가지 못해 안타깝지만, 상황이 상황인지라 이런 방법으로 만족해야 할 듯합니다. 여러분이 너무 지루해하지 않기만을 바랄 뿐입니다. 남이 말하는 것을 화면으로 오래 지켜보는 것은 엄청나게 스트레스 받는 일이거든요. 하지만 주어진 상황 안에서 최선을 다해보겠습니다.

주어진 상황. 언제나 누구에게나 어디에나 있는 제한 요인. 각자의 사정. 벨 판 주일렌에 대해 알아보니 그녀는 정말로 비범한 인물이더군요. 그녀는 신념 개진에 적극적인 여성이었습니다. 하지만 그녀를 형성한 조건도 생각하지 않을 수 없습니다. 그녀가 부유한 귀족 집안에 태어나지 않았다면 교육을 받지 못했겠죠. 교육을 받지 못했다면 작가가 되지 못했을 것이고, 18세기 후반의 여러 계몽주의 사상가들과 친분을 쌓을 기회도 없었을 것이고, 진보적 세계관을 가지지도 못했을 것이며(물론 이때의 진보란 18세기 유럽에서 믿던 진보입니다), 그녀가 유럽 귀족 사회의 퇴행적 요소들에 대해 비판적 태도를 취할 일도, 프랑스 혁명이 제시한 개혁안들에 대해 전반적으로 호의적인 입장을 취할 일도 없었을 겁니다.

그런데 만약 그녀가 프랑스혁명 당시에, 특히 단두대에서 무수히 머리가 떨어지던 공포정치 기간에 프랑스에 있었다면, 그녀의 목도 잘렸을 가능성이 높습니다. 당시에는 부유한 귀족 가문 출신이고, 폭넓은 교육을 받았고, 결혼을 통해 드 샤리에르(de Charrière)라는 상류층의 성까지 단 사람은 사형선고를 맡아놓은 것이나 다름없었으니까요. 그녀의 진보적 견해조차 그녀를 살리지 못했을 겁니다. 1791년에 『여성과 여성 시민의 권리 선언』을 쓴 올랭프 드 구주를 보세요. 그녀는 1789년에 남성 혁명가들이 남성을 위해 요구했던 권리에 비하면 아주 작은 부분만을 여성을 위해 요구했을 뿐인데도 결국 선동과 반역 혐의로 단두대에서 처형됐습니다.

이후 드 구주의 죽음은 여성들을 향한 경고로 이용됐습니다. 당시 어느 남성 정치인은 건방진 여성들을 향해 이런 맨스플레인•을 날립니다. "최초로 여성 정치 클럽을 만들어 가정을 등한시하고 공화국 일에 참견하다가 법의 응징의 칼날에 머리가 떨어진 저 발칙한(impudent) 올랭프 드 구주를 보아라." 일단 올랭프 드 구주는 여성 정치 클럽을 창

• mansplain, '남자(man)'와 '설명하다(explain)'를 합친 용어로, 남성이 여성보다 우위에 있다고 믿고 가르치려 드는 행위를 뜻한다.

설한 적이 없습니다. 다만 사후에 창설자들에게 영감을 주었을 뿐입니다. 하지만 당시의 정파 다툼과 도덕적 공황•을 고려할 때, 사실을 시시콜콜 따지는 것은 너무 속 좁은 처사겠죠. 사실 여기서 핵심어는 'impudent'입니다. 이 단어는 부끄러워한다는 뜻의 라틴어 'pudere'에서 왔습니다. 이에 따라 'impudent'는 몰염치하다는 뜻이 됐죠. 특이하게 이 단어는 대개 여성에게 사용되고 남성에게는 잘 쓰이지 않아요. 마담 드 구주의 요구는 마치 노출이 심한 복장처럼 후안무치한 일로 매도당했습니다. 19세기에 발칙한 여성들이 평등 확대를 지지하며 거수할 때마다 이런 식의 수사법이 동원됐습니다.

여성의 기본권 요구는 왜 이렇게 반발을 샀을까요? 안타깝게도, 프랑스혁명의 정신적 지주 중 하나이자 벨 판 주일렌에게도 많은 영향을 미친 계몽주의 사상가 장자크 루소부터가 여성을 가정의 영역과 타인의 필요에 봉사하는 역할에 가두자는 주장을 폈습니다. 나치 독일에 갖다 놔도 어색하지 않을 주장이었죠. 이런 상황에서 그저 전보다 조금 더 많은 평등을 원했던 마담 드 구주의 주장은 혁명이 건설하겠다는 멋진 신세계의 기반을 망치는 일로 몰렸습니다. 혁명기에 여성이 지대한 공헌을 했음에도 여성은 프랑스의 차세대 공화주의자 남성들을 낳고 양육하는 쓸모만 인정받았고, 그것이 그들이 가진 쓸모의 전부여야 했습니다. 그래서 드 구주의 목이 날아간 겁니다. (러시아혁명에서도, 제2차 세계대전 직후 영국과 북미에서도 이 패턴이 거의 똑같이 반복됐습

• moral panic, 사람들 사이에 특정 상황이나 생각이 사회의 안녕을 위협한다는 두려움이 퍼지는 현상. 사회 기득권이 특정 집단을 위협 세력으로 규정하고 이에 대한 대중의 두려움을 자신들의 입지 강화에 이용할 때가 많다.

니다. 그동안 고마웠어요, 여성 여러분. 이제 서둘러 가정으로 돌아가서 거기 박혀 있으세요. 거기가 진정 여러분이 있을 곳이니까요. 그리고 제발 부탁인데, 발칙한 행동은 금지예요.)

벨 판 주일렌은 프랑스 귀족은 프랑스혁명에서 아무것도 배우지 못했다고 평했습니다. 하지만 그녀가 스위스에서 만난 귀족 망명자들은 적어도 한 가지는 배웠습니다. 만약 귀족의 목이 날아가는 시국이고, 만약 당신이 귀족이라면, 도망쳐라! 최대한 빨리! 설사 내세울 만한 공적이 있다 해도 당신의 선의나 선행이 당신을 구해주지 못할 테니까. 그런 때에 내게 유리하게 또는 불리하게 작용하는 것은 내가 생각하는 내 개인적 정체나 내가 했다고 믿는 선행이 아닙니다. 남들이, 연줄과 단두대 밧줄을 잡고 있는 사람들이 나를 어떻게 생각하는지가 내 운명을 좌우합니다. 더구나 이때는 "선고 먼저, 판결 나중"입니다. 『이상한 나라의 앨리스』에 나오는 피에 굶주린 독재자 하트 여왕이 한 말입니다. 종류를 불문하고 도덕적 공황이 지배하는 곳에서는 고발당하면 바로 유죄이고, 유죄면 바로 처형입니다. 사실관계는 더 이상 중요하지 않고, 설사 존속한다 해도 사법절차는 요식행위로 전락합니다. 이는 역사를 통해 수없이 반복돼온 패턴입니다. 진짜든 상상이든 위기의 시기에는 누군가는 범인이 되어 색출당하고 제거당해야 합니다.

운 좋게도 벨 판 주일렌은 이렇게 위험한 격동기에 스위스에 살았고, 나폴레옹이 스스로 황제의 관을 쓴 다음 해인 1805년에 사망했습니다. 나폴레옹은 혁명이 수립한 공화정을 폐지하고 (비록 일시적이었지만) 계몽사상의 종식을 고했습니다. 나폴레옹 등장 이후 여성의 권리도 더 후퇴했습니다. 혁명정부는 낙태를 기소 대상에서 제외했지만,

나폴레옹이 이를 다시 중범죄로 규정했습니다. 나폴레옹은 심지어 혁명으로 폐지됐던 노예제까지 다시 합법화했고, 나폴레옹의 대리인들은 아이티와 과달루페에서 20세기 반인륜적 범죄들과 비교해도 뒤지지 않을 대규모 학살을 저질렀습니다.

벨 판 주일렌이 멀리서나마 나폴레옹을 지켜보며 어떤 생각을 했을지 궁금합니다. 그래도 그녀는 나폴레옹의 최악은 목격하지 못했죠. 그가 일으킨 최대의 학살과 참상은 보지 못하고 죽었으니까요. 하지만 자신이 지지했던 인도적 이상들이 붕괴하는 것을 보며 매우 낙담했을 것은 분명합니다.

저는 언제나 "역사의 잘못된 편"이라는 표현을 탐탁지 않게 생각했습니다. 역사는 유토피아의 황금 도시를 향해 선명하게 뚫린 일방 도로를 따라 진행하지 않습니다. 역사는 상황에 휘둘려 마구 휘어지고 뒤집힙니다. 대약진운동은 식량 부족, 전염병 창궐, 또는 폭군의 탐욕으로 인해 가공할 속도의 대퇴보가 될 수도 있습니다. 역사는 신이 아닙니다. 과거에는 다양한 파벌이 신처럼 숭배했을지 몰라도, 역사는 그저 인간지사일 뿐입니다. "마거릿 애트우드는 어디서 이런 섬뜩한 것들을 생각해내는 걸까?" 『시녀 이야기』를 읽고 경악한 한 독자가 트위터에 애처롭게 물었습니다. 하지만 제가 그런 섬뜩한 것들을 생각해낸 것이 아닙니다. 인류가 해낸 겁니다. 그리고 지금까지 인류는 제가 『시녀 이야기』나 『증언들』에 썼던 것과는 비교도 되지 않을 만큼 섬뜩한 짓들을 뻔질나게 저질러왔습니다. 소설가는 호러를 자제할 줄 알아야 합니다. 현실의 온갖 기괴한 것들을 닥치는 대로 책에 썼다가는 사디스트 사이코패스밖에는 아무도 읽지 못할 책이 되고 맙니다.

말이 나온 김에 오늘 강연의 주제인 『증언들』 집필 얘기를 해볼까요. 『증언들』은 2019년 9월에 출간됐으며 제 소설 『시녀 이야기』의 속편입니다.

제가 『시녀 이야기』를 쓰던 때는 1980년대 초반이었습니다. 이전 시대의 여러 사회경제적 운동들에 대한 우익의 반발이 시작되던 때였습니다. 반발의 대상 중 하나가 1930년대에 대공황 극복을 위해 추진됐던 뉴딜 정책이었습니다. 뉴딜 정책 덕분에 미국은 대공황에서 회복했고, 이후 1940년대 후반과 1950년대의 전후 시기에 경제 호황을 누렸습니다. 또한 이 시대에 소득 평등화 운동이 일어났죠. 단, 평등이 아니라 평등화입니다. 그런데 1980년대 들어 레이건 정부가 이를 뒤엎기 시작했습니다. 규제를 없애고, 제동을 풀고, 돈을 옆이나 아래가 아니라 위쪽으로 배급하기 시작했죠. 말로는 '낙수 효과'로 인한 부의 분배가 일어날 거라고 했지만, 그런 일은 일어나지 않았습니다. 떨어지는 물은 별로 없었고, 대신 댐이 있었죠.

이는 반발의 한 측면에 불과했습니다. 다른 한편에서는 종교적 우파가 득세했고, 그들은 1970년대 제2세대 여성운동이 어렵게 일군 변화들을 뒤집고 말겠다는 의지에 불탔습니다. 특히 이들은 여성의 몸을 지배하려 했습니다. 나폴레옹의 망령이 돌아왔습니다. 같은 일을 획책하는 권력자들이 줄을 이었습니다. 그중 하나가 루마니아의 독재자 니콜라에 차우세스쿠였습니다. 그는 가임기 여성은 자녀를 네 명 낳아야 하며 그렇지 못할 시 사유를 대야 한다는 법령을 만들었습니다. 이 법으로 인해 여성들은 매달 강제적인 임신 테스트와 벌금에 시달렸으며, 그 결과 자살이 잇따르고 고아원들이 미어터졌습니다. 다자녀를 부양할 경제력이 없는 여성이 부지기수였기 때문이죠. 미국의 경우는 주로 모든 방식의 피임을 불법화하는 방법이 동원됐습니다. 그렇다고 출산을 강요받은 여성들에 대한 지원책이 함께 시행된 것도 아니었어요. 차라리 바이킹족이 미국인보다 나았습니다. 바이킹은 전투나 출산 중에 죽은 사람은 발할라(오딘 신이 사는 곳)에 입성한다고 믿기라도 했죠. 늙은 털보 여성 혐오자 성 바울도 여성은 출산을 통해 구원받을 수 있다고 했는데, 미국의 종교적 우파는 그마저도 아니었어요.

따라서 『시녀 이야기』는 만약 이런 사람들이 정권을 잡으면 어떻게 될지, 무슨 일이 일어날지를 자문자답한 결과라고 할 수 있습니다. 그들이 실제로 말한 내용과 크게 다르지 않습니다. 즉 여성은 집에 있어야 하고, 이를 보장하는 방법은 그들에게서 일자리와 돈을 박탈하는 것이며, 그들은 루소가 말했듯 남자들의 필요에 봉사해야 하고 그게 아니면 아무 쓸모가 없다는 거죠.

『시녀 이야기』는 1985년에는 심지어 제게도 다소 억지스러워 보였습니다.

하지만 사람 일은 정말 모르는 겁니다. 시간이 흘렀습니다. 철의 장막이 무너졌고, 자본주의의 승리가 선언됐습니다. 그러자 1990년대 초에 누군가가 '역사의 종언(the End of history)'을 입에 담았죠. 하지만 그건 시기상조의 착각이었습니다. 2001년 뉴욕 세계무역센터 건물에 대한 테러 공격으로 역사는 다시 덜컹대며 작동에 들어갔고, 이번에는 다른 방향으로 움직였습니다. 2008년 세계경제는 그간의 무분별한 경제정책들로 인해 결국 붕괴했습니다. 이런 겁나는 사건들은 시민들 사이에 안전 확보와 보안 강화에 대한 욕망을 부릅니다. 아니나 다를까 갑자기 우익 정책들이 대중에게 어필하기 시작했습니다. 독재에 선행하는 것이 혼돈과 위기입니다. 즉 이런 때는 독재자나 전체주의 정권이 눈앞의 위험에 대한 해결사를 자처하고 나섭니다.

그런 부류에게는 혼돈과 위기감을 증폭시켜 사람들을 두려움과 분노에 몰아넣고, 그 혼돈과 위기감을 남들—억압이나 제거의 대상—의 탓으로 돌리고, 자신을 문제에 대한 해답으로 내세우는 습성이 있습니다. 우리만이 문제를 해결할 수 있다. 그들은 이렇게 말하죠. 우리에겐 계획이 있다. 우리가 사회질서를 바로 세우겠다. 우리가 영도하면 상황이 나아진다. 우리와 함께하지 않는 자는 모두 반대자다. 그들의 메시지는 강렬합니다. 그래서 겁에 질려 있거나 분노에 차 있는 사람들에게 특히 매력을 발합니다.

제가 『증언들』을 쓰기 시작했던 2016년 여름에도 그런 메시지가 울려 퍼졌습니다. 또한 그때는 영화제작사 MGM과 스트리밍 플랫폼 훌루(Hulu)가 합작한 TV 시리즈 〈시녀 이야기〉의 촬영이 막 시작되던 때였습니다. 저도 집행자 역을 맡아 카메오로 출연했어요. 제 인생에서 매우 기이한 순간이었습니다. 제가 만든 이야기 속으로 들어가서 현실이라면 제가 강력히 반대했을 인물을 연기한 겁니다. 정확히 말하자면, 제가 강력히 반대했을 것으로 생각되는 인물. 하지만 어떻게 반대할 수 있겠어요? 진짜 전체주의 체제에서는 강력히 반대하다가 발각되면 총살입니다.

『시녀 이야기』가 출간된 이래 독자들은 제게 끝없이 물었습니다. 마지막에 주인공이 어떻게 된 거냐는 거죠. 그럼 저는 이렇게 대답했어요. "나도 몰라요. 빠져나갔을 수도 있고, 잡혔을 수도 있죠. 어떻게 생각해요?" 언젠가 속편을 쓰실 건가요? 그럼 저는 이렇게 대답했어요. "아뇨. 원래의 화자를 재현하지 못할 것 같아요."

하지만 2016년이 됐고, 저는 속편에 착수했습니다. 원래의 화자는 여전히 재현할 수 없었습니다. 그런데 수년 전에 녹음한 온라인 글쓰기 강좌에서 저는 이런 말을 했습니다. "이야기 속 다른 인물의 다른 관점에서 다시 이야기를 바라볼 수 있다." 또한 이야기를 반드시 줄거리의 시작점에서 시작할 필요도 없습니다. 예를 들어 『빨간 망토』를 "늑대 배 속은 어두웠다"로 시작할 수도 있습니다.

이것이 『시녀 이야기』가 시작하는 방식입니다. 늑대의 배 속은 어둡습니다. 늑대는 길리어드 정권입니다. 또한 이것이 『증언들』이 시작하는 방식이기도 합니다. 늑대의 배 속은 어둡습니다. 다만 이번 늑대는 길리어드의 여자들과 소녀들을 통솔하는 '아주머니' 계급의 수장인 리디아 아주머니이고, 늑대 배 속의 어둠은 리디아 아주머니의 머릿속에 있는 비밀입니다.

『시녀 이야기』의 마지막 장면은 길리어드 정권이 무너진 지 200년 후에 열리는 어느 학술 심포지엄입니다. 이로써 독자는 정권이 이미 과거지사가 됐음을 알게 됩니다. 이것이 과거가 받는 대우입니다. 과거는 역사책으로 박제되거나, 연극·역사소설·영화·TV 시리즈의 소재가 되거나, 박물관 전시회나 동상이나 그림이 됩니다. 또는 이렇게 학술 연구의 대상이 되어 거기에 대한 심포지엄이 열리고 토론이 벌어집니다.

달리 말해 과거는 현재를 위한 재료가 됩니다. 캐나다 작가 토머스 킹(Thomas King)이 말하듯 역사는 일어난 일이 아니라, 우리가 일어난 일을 두고 하는 이야기들입니다. 역사는 우리가 일어난 일을 해석하고 제시하는 방식입니다. 그리고 그 해석과 제시는 지금도 계속 일어나고 있습니다. 해석자와 제시자의 현재에서 말이죠. 아니면 어디겠어요? 따라서 우리가 아는 과거는 항상 변합니다. 그중 어떤 것은 묻혔다가 다시 파헤쳐집니다. 어떤 것은 긍정적으로 짜였다가 다음에는 부정적으로 엮입니다. 동상은 세워지기도 하고 헐리기도 합니다. 제가 살면서 본 동상 해체만도 여럿입니다. 구소련이 세운 동상들, 이란 국왕의 동상, 최근에는 남북전쟁 때 남부연합 장군들의 동상들.

그래서 『증언들』은 동상 제막식으로 시작합니다. 바로 리디아 아주머니의 동상입니다. 그런데 동상이 좀 후미진 곳에 있습니다. 정권에 공이 많다 해도 그녀는 결국 여자이고, 길리어드에서 여자의 동상이 세워지는 일은 거의 없습니다. 하지만 어쨌든 동상은 동상입니다.

『증언들』의 마지막에서 제13차 길리어드 연구 심포지엄이 열립니다. 길리어드가 망하고 이 동상이 어떻게 됐는지는 구태여 말하지 않겠습니다. 다만 미움의 대상이 된 낡은 정권이 일소되고 새로운 체제가 들어섰을 때 구시대의 동상들에 일어나는 일이 일어났다고만 말씀드리죠. 기독교도가 권력을 잡았을 때 그리스와 로마의 신상들이 얼마나 훼손됐게요? 많이요.

전체주의의 시작은 매혹적입니다. 전체주의 선동자들은 절대 우리 삶을 파괴할 사악한 음모자처럼 등장하지 않습니다. 새롭고 더 나은 사회의 전령사처럼 등장하죠. 그들이 붕괴할 때도 똑같이 매혹적입니다. 베를린장벽은 순식간에 무너졌습니다. 얼떨떨할 정도였죠. 누구도 예상치 못한 전개였습니다. 그래서 2016년, 유럽 등 여러 곳에서 권위주의의 귀환이 목격되던 시기에 저는 소설에서나마 다른 방향의 전환을 탐색하고 싶었습니다. 자유로부터가 아니라 자유로의 방향이요. 전체주의 체제가 부패하고 황금빛 미래 달성에 실패하면, 그 체제는 내부로부터 붕괴하게 될까? 아니면 내전으로 무너지게 될까? 아니면 외부의 침략? 시민의 저항? 지배층의 권력 다툼? 세상에 보편적인 안전장치는 없습니다. 체제 붕괴에는 이런 요인 중 일부 또는 전부가 관여하겠죠.

저는 제2차 세계대전에 집착했던 만큼이나 부역에도 관심이 많았습니다. 독일이 점령했던 나라들에서 일부 시민은 나치에 부역했습니다. 소련에서는 체제가 결함과 부패로 들끓고 애초의 신념을 진즉에 버렸다는 것을 알면서도 여전히 체제에 찬동하고 부역하는 사람들이 많았습니다. 왜일까요?

부역의 이유는 여러 가지입니다. 부역자는 진정한 신자일 수 있습니다. 체제를 원래의 도덕적인 경로로 돌려놓겠다는 희망으로 부패한 정권에 남아 있는 겁니다. 또는 겁에 질린 사람입니다. '동조하거나 죽거나'는 포섭의 흔한 공식이잖아요. 또는 야욕이 있는 사람일 수 있습니다. 어차피 선택의 여지가 없다면 대세에 붙어서 출세하고 물질적 이득을 챙기겠다고 생각하는 거죠. 또 어떤 사람은 체제 밖에서 반대하는 것보다 체제 내부에서 훨씬 더 많은 선을 이룰 수 있다고 생각합니다. 나치 친위대장 하인리히 힘러의 물리치료사였던 케르슈텐(Felix Kersten)이 생각납니다. 그는 마사지로 힘러의 통증을 치료하면서 그를 설득해 게슈타포로부터 많은 사람을 구했다고 합니다. 이런 사람들은 이렇게 말합니다. "내가 아니었으면 더 끔찍했을 거야. 나는 주어진 상황에서 최선을 다했어." 어느 정도는 맞는 말입니다. 다만 그 상황이란 게 몹시 한정적이고, 가능한 행동의 범위도 지극히 좁다는 게 문제죠. 살아남기를 바라는 경우라면 그렇습니다.

비밀리에 기록된 후 숨겨져 있었거나 밀반출된 원고들도 오랫동안 제 관심의 대상이었습니다. 이런 사례는 안네 프랑크의 일기부터 쿠르치오 말라파르테(Curzio Malaparte)의 『망가진 세계』까지 많습니다. 사람들은 왜 목숨을 걸고 기록 천사의 역할을 하는 걸까요? 대체 왜요? 이들에게는 우리가 미래에, 아니 우리의 현재에, 그들의 메시지를 무사히 받아서, 그것을 이해하고, 거기에 관심을 가질 거라는 확고한 믿음이 있는 걸까요? 그런 믿음이 없다면 아무래도 어려운 일입니다.

저는 독재 정권이 있는 곳에는 반드시 그에 대한 저항운동이 있다고 믿는 사람입니다. 『시녀 이야기』와 『증언들』에서도 마찬가지입니다. 길리어드에 존재하는 저항 조직의 이름은 메이데이(MayDay)입니다. 메이데이는 제2차 세계대전 때 조난당한 선박과 비행기가 보내는 구조 요청 신호였는데, 프랑스어로 '살려줘'인 메데(m'aider)에서 유래했다고 합니다. 호러 영화 〈플라이(The Fly)〉에 사람 머리가 달린 파리가 나옵니다. "살려줘!" 파리 인간이 작게 앵앵대는 소리로 외칩니다. 살려달라는 외침이 시간의 거대한 바다를 건너 우리에게 닿을 때 이렇게 들리려나요? 그렇다고 우리가 시간을 건너가 구조 신호를 보낸 사람들을 실제로 도울 수 있을까요? 아뇨. 하지만 그 메시지를 들을 수는 있습니다. 그리고 들었다고 말해줄 수 있습니다.

『증언들』에는 우리를 늑대의 어두운 배 속으로 데려가는 리디아 아주머니 외에도 두 명의 화자가 더 있습니다. 나머지 두 화자는 어린 여성입니다. 한 명은 길리어드에서 성장해 다른 현실은 알지 못하는 소녀이고, 다른 한 명은 길리어드의 이웃 나라인 캐나다에 사는 소녀입니다. 저는 나이가 꽤 있기 때문에 제가 만난 사람들 중에는 실제 레지스탕스였던 사람들도 있습니다. 제2차 세계대전 때 폴란드·프랑스·네덜란드에서 레지스탕스로 활동했고, 잡혀서 총살당하는 것을 용케 피한 사람들입니다. 아시겠지만 당시 레지스탕스 조직원 중에는 스무 살도 안 되는 어린 사람들이 많았습니다. 『증언들』에서도 마찬가지입니다.

저는 『증언들』을 2016년부터 2019년에 걸쳐서 집필했습니다. 집필 기간 중에 저를 둘러싼 현실도 변했고, TV 시리즈 〈시녀 이야기〉도 방영됐습니다. 『증언들』을 4분의 1 정도 썼을 때인 2017년 4월에 〈시녀 이야기〉 시즌 1이 나왔고, 시즌 2는 2018년에, 시즌 3은 2019년에 나왔습니다. 코로나19로 연기됐던 시즌 4의 촬영이 이제 몇 주 뒤에 시작됩니다. 『증언들』의 집필과 TV 시리즈 〈시녀 이야기〉의 제작이 동시에 진행된 셈인데, 다행히 제가 15년 앞서 있었어요. 『증언들』은 『시녀 이야기』로부터 15년 뒤의 이야기거든요. 다시 말해 저는 인물들이 훗날 어떻게 될지 TV 작가들보다 앞서 알았던 거죠. 또한 제게는 각색 과정의 대본을 미리 볼 수 있다는 이점도 있었어요. 이렇게 외칠 수 있었죠. "그 사람은 죽이면 안 돼요! 그 사람들은 미래에도, 그러니까 제가 지금 쓰는 소설에도 나온단 말이에요. 나는 그들이 필요해요!" 실존하지 않는 사람들의 미래에 사는 것은 기이한 경험이었습니다. 일반적인 의미의 미래는 아니었어요.

그런데 지금은 우리 모두가 기이한 경험을 하고 있습니다. 올해는 정말로 유례없는 해입니다.

미래의 어느 시점에 우리 시대가 학술 심포지엄의 주제가 될 수도 있어요. 그렇게만 된다면 최악의 결과는 아니겠네요. 어쨌든 미래에도 여전히 사람들이 있고, 그들에게 여전히 역사 재해석에 기울일 관심이 남아 있으며, 표현의 자유와 지적 활동의 자유가 어떤 형태로든 여전히 존재한다는 뜻이니까요. 이는 하찮은 희망이 아닙니다. 우리가 로봇이나 지구 과열이나 치사율 100퍼센트의 통제 불능 바이러스로 인해 멸망당하지 않을 거란 희망은 결코 작은 희망이 아니에요.

저는 일어날 가능성이 다분한 불쾌한 미래에 대한 책들을 씁니다. 우리가 그런 미래를 현실에 허용하지 않기를 바라는 마음에서요. 주어진 상황에서 우리는, 또는 우리 중 일부는, 그런대로 잘하고 있습니다. 우리가 목격하는 권위주의 정치의 물결이 물러가고, 우리의 공동 상황이 더 이상 악화되지 않기를 바랄 뿐입니다. 공포와 희망이 공존합니다. 두 가지는 분리돼 있지 않습니다.

어떤 상황에서 살고 싶은가? 아마 이것이 우리가 자문해야 할 진짜 질문일 겁니다. 네, 늑대의 배 속은 어둡습니다. 하지만 늑대 밖은 밝습니다. 그럼, 어떻게 나갈 수 있을까요?

『새들을 머리맡에』

›››‹‹‹

서문

(2020)

2001년 그레임과 나는 오딘의 까마귀들로 변장하고 바이킹 코스튬 파티에 갔다. 그레임 깁슨이 새 이야기와 새 이미지를 수집하기 시작한 지 10년도 더 됐을 때였다. 오딘의 까마귀 이름은 후긴(Huginn)과 무닌(Muninn)이고, 각각 생각과 기억을 뜻한다. 둘은 낮에는 전 세계를 날아다니고, 해가 저물면 오딘의 어깨 위로 돌아와 낮에 본 것을 이야기한다. 이것이 북유럽신화의 최고신 오딘이 그토록 현명할 수 있었던 비결이다. 그는 새들의 말을 들었다.

까마귀로 변신하기 위해 우리는 검정 옷을 입고, 검정 장갑을 끼고, 검정 판지로 만든 부리를 달았다. 내가 기억이었고, 그레임이 생각이었다. 그는 자신은 기억력이 나쁘기 때문에 기억 까마귀를 할 수 없다고 했다. 그것이 그가 일기를 그토록 많이 쓴 이유였다. 그의 일지들은 망각에 대한 대비책이었다. 그는 『새들을 머리맡에: 조류 잡학서(*The*

Bedside Book of Birds: An Avian Miscellany)』에 새들과 조우한 일화들을 담을 때 이 일지들에 의지했다. 그 일화들은 일어난 시점에서 기록된, 현실에서 갓 나온 것들이었다.

그레임의 조류 관찰 역사는 길고도 열정적이었다. 탐조는 우리가 공유한 취미이기도 했다. 다만 결은 좀 달랐다. 탐조가 종교라면, 내 경우는 거기서 나고 자라서 주변을 따라 일상처럼 의식을 수행하는 심드렁한 모태신앙에 해당했고, 그레임은 다마스쿠스로 가는 길에 신비한 빛에 엄습당해 신앙을 얻은 사도 바울 같은 중도 개종자에 해당했다. 그에게 새로운 새는 모두 계시였다. 그는 탐조 명단 경쟁에는 별로 관심이 없었다. 그는 다만 기억하기 위해 명단을 만들었다. 그를 사로잡았던 것은 각각의 새들이 주는 특정한 경험들이었다. 바로 여기, 바로 지금, 바로 이 새. 붉은꼬리말똥가리! 서섯 봐! 세상에 이보다 더 멋진 게 있을까!

그런 순간들에 나는 그레임의 눈을 통해 흔한 새조차 새롭게 보았다. 탐조에 대한 그의 열정은 우리의 삶을 추진하는 동력 중 하나였다. 그의 열정은 자연스럽게 보존 활동으로 이어졌다. 그는 직접 탐조 여행을 이끌었고, 필리섬 탐조대(Pelee Island Bird Observatory)를 공동 설립했고, 네이처 캐나다(Nature Canada)와 버드라이프 인터내셔널(BirdLife International) 같은 자연보호 기구들을 지원했다.

또한 그 열정은 『새들을 머리맡에』의 집필로 이어졌다. 그레임은 조류의 분류와 식별을 위한 휴대용 도감을 쓰지 않았다. 탐조 지침서나 빅이어• 수기도 쓰지 않았다. 그가 좇았던 것은 새들의 영향이었다. 새들은 수세기에 걸쳐 여러 문화권에서 사람들에게 다양한 영향을 미쳤다. 우리는 우리가 인간이었던 때부터 새를 형상화했다. 새는 신화적 세계란[••]의 창조자였고, 인간의 조력자·메신저·길잡이였다. 새는 희망과 염원의 상징이었고, 동시에 악령의 존재와 파멸의 조짐이었다. 새에게서 천사는 날개를 얻었고, 악마는 발톱을 얻었다. 새들에 있어서 항상 순수한 종달새 노래만 있는 건 아니다.

그레임은 어디를 가든 무엇을 읽든 수집했다. 새에 대한 신화와 민담. 새를 다룬 그림, 드로잉, 조각품. 새에 관한 시와 소설 대목, 생물학자와 여행자의 설명 등. 잡학서가 일종의 스크랩북이라 하면, 그가 집성한 스크랩북은 방대했다. 그 과업에서 가장 고통스러운 일은 그 조각들을 감당할 수 있는 크기로 줄이는 것이었다.

1990년대에 그레임이 처음 이 책을 제안했을 때는 관심을 보이는 출판사가 없었다. 괴짜의 연서 같고, 분류도 쉽지 않다는 반응이었다. 그러다 2005년 마침내 책이 출간됐을 때 그레임도 어리둥절할 정도로 히트를 쳤다. C. S. 리처드슨(C. S. Richardson)이라는 탁월한 디자이너를 만난 것이 행운이었고, 그가 고집한 옛날식 삼림 친화적 종이가 유색 잉크를 너무나 잘 먹어준 것도 행운이었다. 그 결과 지적 여흥과 정신적 격려가 될 뿐 아니라 시각적으로도 즐거운 책이 탄생했다. 그레임이 그레임다운 일을 했다. 그는 지체 없이 수익금을 기부했다. 새들은 그에게 선물이었고, 선물은 계속 전달되어야 한다.

• Big Year, 1년 동안 가장 많은 조류를 관찰하고 기록한 사람이 우승하는 탐조 대회. 북미 지역의 대회가 가장 유명하다.

•• world-egg, 존재의 기원을 상징하는 것으로, 고대부터 창조 신화의 근간이 됐다.

그레임은 삶의 마지막까지 새를 보는 즐거움을 놓지 않았다. 생애 마지막 해까지도, 비록 혈관성 치매가 진행되어 더는 읽지도 쓰지도 못했지만, 그는 계속해서 새들의 활기찬 삶을 지켜보았다. 우리 뒤뜰의 모이통과 물통에 날아드는 새라고는 참새와 울새, 찌르레기뿐이었고 간간이 비둘기가 찾아올 따름이었지만 그는 개의치 않았다. 모든 새가 주목받을 가치가 있었다. "이제는 저 새들 이름이 생각나지 않아." 어느 날 그가 우리의 친구에게 말했다. "하지만 뭐, 새들도 내 이름을 모르니까."

『영구운동』과 『젠틀맨 데스』

›››‹‹‹

서문

(2020)

1970년, 그레임 깁슨과 처음 마주 앉아 대화를 나눌 때도 나는 그의 손금을 읽었다. 무모했던 시절 내가 처음 보는 사람에게 늘 하던 버릇이었다. "모든 것은 나머지 모든 것과 연결돼 있어요." 내가 짐짓 점잔을 빼며 말했다. "선생님의 지적 자아와 창조적 자아가 선생님의 생명선과 운명선에 연결돼 있어요. 다 하나예요." 그랬다. 그리고 그렇게 됐다.

그해 그레임은 도시를 피해서, 그리고 무너진 결혼에 따르는 번다함을 피해서 온타리오주 비턴 근처의 농가를 임대해 이사했다. 나는 발길을 이었다 끊었다 하다가 계속 갔다. 당시 우리는 작은 신생 출판사였던 아난시와 일하고 있었다. 막연히 '일했다'라고 말하는 이유는 아난시가 젊은 작가들의 출판사였고 아무도 변변한 보수를 받지 못했기 때문이다. 나는 그레임의 책 『열한 명의 캐나다 소설가들(*Eleven Canadian Novelists*)』을 편집하는 중이었다. 그가 로버트 위버의 CBC 라디오 프로그램 〈앤솔러지〉에서 작가들과 인터뷰한 내용을 담은 책이었는데, 녹취록의 정글에 도끼로 길을 내는 것이 내가 맡은 일이었다. 녹취록은 어느 여성이 타이핑한 것이었는데 받아쓰기 능력이 꽝인 사람으로 드러났다. 작가들이 대체 무슨 말을 한 것인지 내가 짐작해야 했다.

우리는 출판사 일로 분주하지 않을 때는 함께 삶을 꾸리는 데 주력했다. 비턴 농가의 소유주는 우리가 그 집을 사기를 바랐다. 하지만 누군가 그 집의 낡은 헛간에서 대들보 일부를 잘라다가 벽난로 위에 붙여놓은 탓에 헛간이 언제라도 내려앉을 판이었다. 그래서 우리는 다른 집을 알아보았고, 가진 돈이 많지 않았지만 마침내 예산에 맞는 집을 만났다. 1835년에 지은 농가였는데 사람이 살지 않았고, 단열도 되지 않았고, 매입 당시에는 몰랐지만 무엇보다 귀신 나오는 집이었다.

꺼져가는 바닥을 들어 올리고, 헛간에서 텃밭에 쓰기 좋게 썩은 거름까지 한 무더기 발견한 다음 우리는 어느 정도 자리를 잡고 글쓰기에 착수했다. 이때 그레임은 캐나다작가조합 결성을 추진 중이었고, 소득 확보 차원에서 잡다하게 원고 청탁을 받았다. 우리는 주말과 휴일에는 집 안 가득 배고픈 사람들을 받았다. 그레임의 10대 아들들, 그들의 친구들, 도시에서 나들이 나온 우리 친구들. 그러다 1970년대 중반에는 우리 딸이 태어나 거기 합류했다. 집에는 레인지가 두 군데 있었다. 하나는 나무를 때는 화덕이었는데 그 위의 가마솥에서는 무언가가 쉴 새 없이 부글대며 끓었다. 다른 하나는 전기 레인지였고, 반쯤 죽은 양고기를 소생시키는 데 유용한 오븐이 딸려 있었다. 세탁기는 있었지만 건조기는 없었다. 지하 저장실은 각종 보존식품들로 터져 나갔다. 사워크라우트(양배추 절임) 얘기는 길게 하지 않겠다. 다만 야외에서 만들었어야 했다는 말만 해두겠다.

이 간헐적 혼돈 속에서도 그레임은 꾸준히 글을 썼다. 그 무렵에는 나보다도 많이 썼다. 그의 첫 번째 소설 『다섯 다리(*Five Legs*)』(1969)는 실험적인 작품치고 놀라운 성과를 냈고, 두 번째 소설 『교감(*Communion*)』도 호평을 받았다. 하지만 그레임은 두 번째 소설의 결말에서 첫 소설부터 주인공이었던 청년 필릭스를 죽여 없앴다. 이제 그는 다음번 초점을 두루 물색했다. 이 탐색 기간에 완성되지 못한 초고가 몇 차례나 나타났다 사라졌다. 그는 낙관의 불길에 휩싸여 시작했다가 이야기에 완전히 빠져들지 못하면 가차 없이 접었다. 그는 이것 아니면 저것이었다. 중간은 없었다.

그레임은 열정뿐 아니라 도덕적 의무감도 강한 사람이었다. 그는 우리에게 12만 평의 잡초 우거진 농지가 없다면 모를까, 있는 이상 거기에 농사를 짓는 것이 도리라고 여겼다. 그는 시골에 내려와 빈둥대는 도시 사람이 되는 것을 원치 않았다. 그는 몰입 경험을 원했다. 당연한 말이지만 우리 둘 다 농사를 지어본 적이 없었다. 그는 경매에서 중고 베일러와 써레를 구입했다. 낡은 트랙터 한 대는 농가에 원래 딸려 있었다. 우리는 구릉지 밭에 알팔파를 심었다. 훗날 그레임은 이때의 농사일을 두고 트랙터가 고장 날 때까지 이리저리 다니다가 다음에는 그걸 고칠 부품을 찾으러 이리저리 다니다가 다음에는 또다시 트랙터로 이리저리 다니는 게 다였다고 회상했다.

우리 농장에 비인간 동물들도 다양하게 늘어났다. 처음에 그레임이 어느 늙은 농부에게 물었다. “어떤 동물을 키워야 할까요?” “키우지

마.” 농부가 대꾸했다. 그리고 이렇게 덧붙였다. “가축이 생기면 죽은 가축도 생겨.” 그랬다. 그리고 그렇게 됐다. 동물들은 죽었다. 때로는 우리가 먹었다.

우리는 닭을 길렀다. 그레임이 닭장을 짓고, 울타리를 둘러 닭 마당을 만들었다. 늙은 말도 한 마리 있었다. 시인 폴레트 자일스(Paulette Jiles)에게 설득당해 구조한 말이었다. 연못이 있으니 오리도 두었다. 오리 없는 연못이 무슨 의미가 있는가? 첫 번째 말의 친구를 만들어주기 위해 두 번째 말도 들였다. 암소도 몇 마리 뛰놀았다. 소가 탈출할 때마다 이웃에 소동이 일었다. 거위도 두 마리 있었는데 소들에게 밟혀 죽어서 우리가 먹었다. 뜬금없지만 양도 있었다. 양들은 운도병•으로 죽거나 연못에 빠지기 일쑤였다. 그리고 이 소박한 노아의 방주를 완성해줄 공작새 한 쌍이 있었다.

공작새는 내 생일 선물이었다. 농장 분위기는 안 그래도 다분히 괴기스러웠는데 공작새는 거기다 섬뜩한 비명을 더했다. 병아리를 인큐베이터에서 키우려던 시도에 대해서는 따로 말하지 않겠다. 다만 온도를 잘 맞추는 게 중요하다. 우리는 그러지 못했고, 프랑켄슈타인 닭이 나왔다. 가엾은 수컷 공작새의 이야기도 하지 않겠다. 수컷은 피에 굶주린 족제비에게 암컷을 잃고 광증을 일으켜 닭의 대량 학살자가 되었다.

이렇게 그레임의 『영구운동(*Perpetual Motion*)』이 시작됐다. 이 소설은 우리가 사는 땅과 묘하게 비슷한 땅에 세워진 우리가 사는 집과 묘하

• 양의 뇌에 생기는 질병.

게 비슷한 집을 배경으로 하는 개척 시대 농장의 이야기다. 주인공 로버트 프레이저는 그레임처럼 많은 것에 열정을 품은 남자다. 그의 불만과 별난 집착들도 그레임의 그것들과 적잖이 닮아 있다. 주인공을 괴롭히는 흑파리와 뇌우와 반항적인 소들도 왠지 낯설지 않다.

일부 사건들과 일부 설정들은 내가 한눈에 알아볼 수 있었지만, 그렇다고 책 속의 모든 것이 개인적 경험에서 나온 것은 아니었다. 그레임은 등장인물들이 실제로 사용했을 법한 말들을 찾아 사전에서 속어와 비관행적 용례들을 샅샅이 뒤졌다. 그중엔 현대의 취향으로는 불쾌한 것들도 많았다. 그는 지역 역사를 팠다. 19세기 초반과 중반에 온타리오주 셸번과 주변 지역에서 어떤 일이 있었는가? 그 지역의 초기 정착민은 어떤 사람들이었나? (그레임을 포함한 온타리오 사람들 대다수가 그들의 후손이다.) 그들의 역사가 늘 훈훈하지는 않았다.

그레임이 알아낸 바에 따르면 19세기에는 거대한 멸종 동물들의 뼈를 발굴하고 전시하는 것이 크게 유행했고, 특히 남부 온타리오는 매머드가 대량으로 발굴되던 곳이었다. 따라서 주인공 로버트 프레이저가 그런 뼈를 발굴한 것도, 그걸로 돈을 벌 궁리를 한 것도 시대를 반영한 설정이었다. 대중의 관심만큼이나 논란도 컸다. 그런 동물들은 당대를 지배했던 성경 서사에 대한 도전이었다. 이 짐승들은 노아의 홍수 때 죽은 용인가? 그게 아니라면 대체 무엇인가? 프레이저가 발굴한 매머드 뼈가 이 소설의 골자를 이룬다. 즉 매머드가 소멸했듯 자만으로 가득한 현생인류도 그렇게 될 수 있다는 것이 매머드 뼈의 서브텍스트였다.

다음으로 이 소설에는 에너지 공급 없이 영원히 운동하는 가상의 기계, 이른바 영구기관의 역사가 담겼다. 당시의 많은 발명가들이 꿈꿨던 영구기관은 매혹적이지만 불가능한 성배였다. 그리고 과거에는 흔한 들새였던 나그네비둘기의 역사도 있다. 나그네비둘기 떼의 비행은 한때 농작물에 심한 피해를 줄 정도로 그 규모가 컸지만 돈벌이를 위한 마구잡이 포획을 이기지는 못했다. 영구운동 탐구와 나그네비둘기의 멸종은 어딘가에는 반드시 영원히 바닥나지 않는 공짜 점심이 있을 거라는 인간의 불치병적 희망에 기반한다. 자연의 풍요로움–여기서는 비둘기의 모습을 한 풍요로움–은 절대 고갈되지 않는다? 열역학 제1법칙을 깨는 영구운동은 가능하다? 이는 망상이다. 오늘날까지 불식되지 않은 망상이다.

그레임 깁슨의 작풍은 설명하기 어렵다. 말과 생각의 망설임, 이중사고, 욕설과 말더듬기, 언어 소통의 장애와 속임수, 그리고 소통 실패. 이런 것들이 정도만 달리할 뿐 그레임의 모든 소설에 존재한다. 익살극과 기벽과 인간의 어리석음과 고결함과 허무함과 비극은 결코 서로 떨어져 있지 않다. 다만 일종의 실성기 있는 유쾌함에 버무려져 있을 뿐. 『영구운동』의 마지막 단어는 달(moon)이다. 달은 서구에서 환상과 현혹의 상징이기도 하다. 하지만 로버트 프레이저는 자신의 발광 난기계가 폭발한 후에도 포기하지 않는다. 그는 남들에게 납득시키려 용을 쓴다. 그가 하는 말은 얼핏 그럴듯한 발상처럼 들린다. 하지만 결국은 존재하지도, 존재할 수도 없는 무언가이고, 프레이저는 이를 향한 "적막한 탐색"을 지속한다.

그레임은 『영구운동』을 끝내지 못할 뻔했다. 소설을 4분의 3쯤 썼을 때 죽기 직전까지 갔기 때문이다. 1979년 11월 중순 나는 책 관련 행사차 온타리오주 윈저로 갔다. 호텔 방으로 돌아와보니 나를 기다리는 메시지가 있었다. 우리의 친구이자 이웃이자 영화제작자인 피터 피어슨(Peter Pearson)이 온타리오주 앨리스턴에 있는 병원에서 보낸 것이었다. 그레임이 수술을 받고 있다는 내용이었다. 십이지장 궤양이 파열됐는데 몇 시간만 지체됐어도 저세상 사람이 됐을 거라고 했다. 8주 후 아직 몸이 성치 않았음에도 그레임은 소설 집필에 복귀했다. 그가 스코틀랜드에서 2~3개월을 보내며 소설에 매진하는 동안 나는 일손을 데리고 농장을 지켰다. 그 후 얼마 지나지 않아 우리는 도시로 이사했다. 그레임의 임사 체험과 약해진 몸 때문이기도 했지만 그 이유만은 아니었다. 『영구운동』이 완성돼 1982년에 출간됐고, 프랑스어, 에스파냐어, 독일어, 그리고 내 기억에 폴란드어로도 번역됐다.

그레임의 임사 체험은 1980년대에 그의 삶에 일어날 일에 대한 전조였다. 그의 아버지 T. G. 깁슨 준장이 1980년대 중반에 작고했고, 영국에서 영화와 TV 감독으로 일하던 그의 남동생 앨런 깁슨도 부친의 뒤를 이어 1987년에 세상을 떴다. (그의 어머니는 더 일찍, 1960년대 중반에 작고했다.) 부모 형제의 죽음을 겪고 본인도 죽음 문턱까지 갔다 오면서 그는 자연히 가족 중 다음 차례는 자신이라는 예감을 기정사실로 받아들였고, 이런 현실 인식이 그의 네 번째이자 마지막 소설인 『젠틀맨 데스(*Gentleman Death*)』(1993)를 추진하는 힘이 됐다.

『젠틀맨 데스』는 흥미로운 책이다. 하지만 그의 책 중 그렇지 않은 게 있었던가? 이 소설은 액자소설이다. 그레임과 묘하게 비슷한 적당히 성공한 소설가가 나오고, 이 소설가가 건성으로 쓰는 소설이 나온다. 이 우습고 시답잖은 소설은 그동안 그레임 본인이 쓰다 버린 소설들 중 일부와 상당히 닮아 있다. 작중 소설가는 로버트 프레이저다. 그렇다, 『영구운동』의 주인공과 이름이 같고, 명백히 그의 후손이다. 로버트 프레이저 2세의 정신적 삶에서 소설 쓰기가 차지하는 자리가 로버트 프레이저 1세의 삶에서 영구기관 탐구가 차지하는 자리와 같다는 뜻일까? 그렇다면 망상이라는 뜻? 달을 잡겠다는 어리석음? 아마도.

로버트 프레이저가 쓰는 소설과 실제 삶이 서로 엮이면서, 프레이저의 기억과 꿈이 서로 영향을 미친다. 제2차 세계대전 때였던 프레이저의 어린 시절은 확실히 그레임의 기억이다. 1940년대 초반 두 아들을 홀로 건사해야 했던 어머니의 고군분투, 어머니가 병원에서 전쟁으로 몸이 망가진 군인들을 위문한 후에 겪었던 우울증, 그가 친구 아버지들의 잇단 전사 소식을 들으며 해외에 주둔한 아버지의 생사를 걱정하던 마음. 그레임이 우리에게 그때의 일을 얘기하며 사용했던 말들이 소설에서 로버트 프레이저가 사용하는 말들과 거의 같았다. 사랑하는 동생의 병과 죽음. 그에 따른 비통함과 상실감, 이것들 역시 책 속에 있다. 아버지와의 불화. 그 아버지가 나이 들고, 병약해지고, 있지 않은 사람들을 보기 시작하던 일. 그 아버지를 돌봤던 일. 이 모든 것이 우리가 들은 대로 소설 속에도 일어난다. 죽음과 타협하려는 로버트의 장난기 어린 시도, 그가 겪는 유령들, 망자들이 등장하는 꿈, 자기 얼굴 뒤에 죽음의 해골이 있다는 인식. 이것들 역시 그레임의 것이었다. 그리고 우리 모두가 공유하는 인간 경험이기도 하다. 우리는 그저 그것들과 각자의 방식으로 마주칠 뿐이다.

스포일러는 없다. 다만 그레임의 주인공은 나름의 평정을 얻는다. 과거 속에서 사는 것은, 그것이 아무리 불행한 과거일지라도, 우리를 필사에 대한 지식으로부터 보호하는 방책이 된다. 과거에서는 주위에서 얼마나 많은 사람이 죽든 적어도 우리 자신은 늘 살아 있기 때문이다. 반면 현재에 산다는 것은 불가피한 죽음을 받아들이는 것이다. 하지만 현재까지 살지 않고 삶을 온전히 산다고 할 수 있을까? 죽음이라는 신사는 우리 모두를 기다린다. 우리 밖에서가 아니라 우리 안에서. 그는 우리의 비밀 공유자이자 어떤 면에서는 우리의 친구다. 우리가 영원히 살 수밖에 없는 운명이라면 삶이 무슨 의미가 있을까? "드디어 보는구나, 말로만 듣던 저 유명한 것을." 헨리 제임스가 임종 시에 한 말이라고 한다. 그레임도 익히 알던 인용구다. 물론 로버트 프레이저가 완전히 그레임은 아니다. 다만 내가 그레임을 처음 만났을 때 그에게 말했던 것처럼, 그의 창의적 삶과 그의 실제 삶은 하나였다.

시간의 흐름에 잡혀

›››‹‹‹

(2020)

나는 분명히 말할 수 있다. 내 변변찮은 일기를 참고하건대 나의 시 「한없이(Dearly)」는 2017년 8월 셋째 주에, 캐나다 온타리오주 스트랫퍼드의 어느 뒷길에서, 연필 또는 볼펜으로(이건 확인해봐야 한다), 낡은 봉투인지 장보기 목록인지 공책 페이지인지 뭔지 모르지만 아무튼 어느 종이 쪼가리에 처음 작성됐다. 역시 확인해봐야 알겠지만 공책이 아닐까 싶다. 사용한 언어는 21세기 초의 캐나다 영어다. 이 언어는 테니슨의 「인 메모리엄」 같은 시에는 눈 씻고 찾아봐도 없을 less of a shit(개뿔) 같은 문구를 포함한다. 다만 비슷한 표현이 초서의 토속적 이야기 중 하나에는 등장할 수도 있다. 아마 이런 형태로. lesse of a shitte. 어쨌든 나는 이 시를 서랍에서 꺼냈고, 내 글씨를 겨우 해독한 다음, 컴퓨터에 입력해서 디지털 문서로 만들었다. 그때가 2017년 12월이었다. 이것도 확실하다. 문서 저장과 함께 작성 일시가 생성되니까.

내가 이 시를 쓸 때의 정황은 시의 도입부에 묘사된 대로다. 그때 나는 실제로 보도를 따라 천천히 걷고 있었다. 또 실제로 내 무릎 상태가 좋지 않았다. 그 얼마 전에 자동차 뒷자리에서 무릎에 짐을 잔뜩 올리고 한 살 반 된 아이를 대동한 채 비틀린 자세로 다섯 시간을 보낸 탓이었다. (무릎을 물으시는 거라면 지금은 나아졌어요. 감사합니다.) 또 실제로 나는 커피 반 컵을 들고 있었다. 유감스럽게도 플라스틱 뚜껑의 테이크아웃 컵이었다. (플라스틱 오염에 대한 논란이 당연히 거세게 일었고, 덕분에 지금은 우리에게 더 나은 선택지들이 있다.) 천천히 걷기는 사색을 부르고, 사색은 시로 이어진다. 공원 벤치는 내 친구이고, 그때 비는 내리지 않았다. 그래서 시를 끄적이게 됐다.

나는 왜 그때 그레임 없이 혼자 걷고 있었을까? 나는 1971년부터 그레임과 함께 수백 마일을 걸었다. 우리는 스코틀랜드 본토, 오크니제도, 쿠바, 노퍽, 캐나다 중북부 혼합림, 남프랑스, 캐나다 북극지방, 캐나다 노스웨스트준주 등 많은 곳을 함께 걸었다. 카누 타기와 더불어 걷기는 우리의 큰 낙 중 하나였다. 그의 무릎이 내 무릎보다 먼저 무너지기 전까지는 그랬다. 그래서 그때 그레임은 스트랫퍼드의 민박집에 남아 있었고, 나만 절룩이며 생필품을 사러 나와 길을 걸으며 카페인을 주입하고 있었던 것이다.

우리는 셰익스피어와 뮤지컬과 놀라움의 조합을 보러 한동안 해마다 스트랫퍼드 연극 축제에 갔고, 그때도 거기 있었다. 그때 내가 연설도 했던가? 그랬을 가능성이 높다. 『마녀의 씨』를 막 출간했을 때였으니까. 『마녀의 씨』도 우연찮게 문학 프로젝트의 일부였고, 그 프로젝트의 테마도 캐나다 스트랫퍼드 축제처럼 셰익스피어였으니까. 셰익스피어를 보고, 셰익스피어를 연구하고, 셰익스피어에 대해 쓰는 것은 쓸모를 다한 말들, 사라져가는 말들, 언어의 순응성, 언어 제반에 대한 사색에 빠지는 짧은 도약이다. (예컨대 gay는 과거에 happy를 뜻했고, 한때 화류계를 지칭하기도 했다.) 그리고 그 도약을 통해 우리는 시간 자체의 후류(後流)에 편승한다. 우리는 시류에 잡혀 있다. 시류는 움직인다. 모든 것을 뒤로하고 흐른다.

이것이 전경이었다. 근경에는 2012년에 치매 진단을 받은 그레임이 있었다. 우리는 이때 진단받은 지 6년 차였다. 2017년 8월에도 시류는 충분히 느리게 움직였지만, 남은 시간이 별로 없었다. 우리는 어떻게 될지는 알았지만 언제가 될지는 몰랐다.

우리는 그동안 이 점에 대해 많이 이야기했다. 시름의 장막 아래서 너무 많은 시간을 보내지 않으려 노력했다.

우리는 하고 싶은 일들을 많이 해냈고, 매시간 행복을 힘껏 짜냈다. 그레임은 미리 애도를 받았다. 시집 『한없이』에 담긴 그에 대한 시들은 모두 그가 죽기 전에 쓰였다.

동시에 우리는 2017년 4월에 훌루와 MGM이 공동 제작한 TV 시리즈 〈시녀 이야기〉의 첫 방영을 지켜보았고, 그것이 대히트하며 사회현상이 되는 것도 보았다. 〈시녀 이야기〉가 에미상을 휩쓴 일과 『그레이스』를 각색한 미니시리즈가 나온 일은 이때 아직 근접 미래에 있었다. 하지만 두 가지 모두 내 염두에 있었고, 두 가지 모두 2016년 미국 대선이 던진 충격적 불빛의 역광을 받았다. 트럼프의 당선은 미녀가 튀어나올 줄 알았던 케이크에서 조커가 튀어나오는 호러 영화를 방불케 했다. 만약 힐러리 클린턴이 당선됐다면 TV 시리즈 〈시녀 이야기〉는 예언 적중이 아니라 아슬아슬한 탈출의 은유가 됐을까? 상황이 이렇다 보니 〈시녀 이야기〉는 시청률이 높았을 뿐 아니라 시청자들을 소름 끼치게 했다. 하지만 이때만 해도 미국 민주주의의 토대―독립적으로 기능하는 미디어, 행정부와 분리된 사법부, 왕이나 군사정권이나 독재자가 아니라 헌법에 구현된 국가에 충성하는 군대―를 부수려는 시도가 이날까지, 2020년 11월까지 악착같이 이어질 것으로 예상한 사람은 많지 않았다.

19세기 중반 캐나다에서 실제로 일어난 이중 살인 사건을 바탕으로 한 『그레이스』도 여성 혐오자 대통령만 아니라 미투 봉기를 으스스하게 경고하고 있었다. 미니시리즈 〈그레이스〉가 9월에 공개됐고, 하비 와인스타인의 성범죄 혐의가 10월에 표면화했다. 하지만 이 일들 모두, 내가 한없이라는 단어를 묵상하며 느릿느릿 거리를 걷던 시점에서는 아직 일어나지 않은 일들이었다.

2017년 8월에 나는 또 무엇을 하고 있었나? 나는 그보다 1년 전쯤, 그러니까 미국 대선을 앞둔 시점에 『증언들』을 쓰기 시작했다. 길리어드의 세계가 붕괴한다는 것은 『시녀 이야기』가 나왔던 1985년부터 이미 모두가 아는 일이었다. 하지만 어떻게 붕괴했는지는 알지 못했다. 2월에 출판사에 한 페이지짜리 제안서를 보내긴 했지만 나는 여러 가능성들을 타진하는 초기 단계, 즉 '진흙탕' 단계에 있었다.

하루에 연극을 두 편씩 보면서 소설을 쓰기는 쉽지 않다. 하지만 시를 끄적일 수는 있다. 그래서 나는 그렇게 했다.

그렇게 「한없이」가 탄생했다. 자기가 시대정신의 일부인 동시에 일부가 아니라고 주장하는 시다. 딱히 메멘토 모리•는 아니다. 그보다는 메멘토 비타••에 가깝다.

어슐러 K. 르 귄을 인용하자면 "빛은 오직 어둠 속에만, 오직 죽어가는 삶 속에만 있다". (얼마 후 나는 르 귄의 추도문을 썼다. 하지만 이때는 그 일도 아직 일어나기 전이었다.)

다른 모든 것처럼 시도 특정 시기(기원전 2000년, 서기 800년, 14세기, 1858년, 제1차 세계대전 등)에 창조된다. 그러다 특정 지역(메소포타미아, 유럽, 아시아, 러시아 등)에서, 엄밀히 말해 마침 작가가 있는 장소(서재, 잔디밭, 침대, 참호, 카페, 비행기 등)에서 글로 적힌다. 시는 일단 구두로 창작된 다음 특정 필기도구(스타일러스, 붓, 깃펜, 강철 펜촉, 연필, 볼펜, 컴퓨터 등)를 이용해 특정 표면(점토, 파피루스, 양피지, 종이, 디지털 화면 등)에 특정 언어(고대 이집트어, 고대 영어, 카탈루냐어, 중국어, 에스파냐어, 하이다어 등)로 기록될 때가 많다.

시가 해야 할 일(신을 찬양하고, 사랑하는 이의 매력을 찬미하고, 전쟁 영웅을 기리고, 공작과 공작 부인을 칭송하고, 파워엘리트를 비방하고, 자연과 동식물을 묵상하고, 민중의 봉기를 촉구하고, 대약진운동을 선전하고, 전남편 및/또는 가부장제를 욕하는 일)에 대한 믿음은 매우 다양하다. 임무 수행을 위해 시가 취할 방식(한껏 고무된 언어, 기악을 곁들인 노래, 운을 맞춘 2행연구시, 자유시, 소네트, 워드호드에서 뽑아낸 비유, 적절히 선택된 방언, 속어와 욕설, 시 경연 대회의 즉흥시 등)도 못지않게 다양하며, 유행에도 좌우된다.

시가 목표하는 청중도 여러 부류다. 같은 여신을 섬기는 사제들부터

• memento mori, 죽음을 기억하라.

•• memento vita, 삶을 기억하라.

당대의 왕과 궁정, 지식노동자들의 자기비판 그룹, 동료 음유시인들, 상류사회, 비트족, 문예창작 입문교실, 온라인 팬, 또는 에밀리 디킨슨이 말한 동료 무명인(無名人)에 이르기까지 다양하다. 때로 시인은 때와 장소에서 격하게 벗어난 말 때문에 추방되고 총에 맞고 검열당한다. 특히 독재 체제에서 찌푸린 얼굴의 시인이 편히 쉴 자리란 없다. 엉뚱한 곳에서 엉뚱한 말을 하면 곤욕을 치를 수 있다.

모든 시가 다 그렇다. 시는 때와 장소에 내장돼 있다. 시는 그 뿌리와 절연할 수 없다. 다만 운이 좋으면 시공을 초월할 수는 있다. 그러나 분명한 것은 훗날의 독자들이 그 시를 읽을 수는 있어도 그 시가 애초에 의도된 대로 읽히지는 않는다는 점이다. 메소포타미아의 위대하고 무시무시한 여신 이난나에게 바치는 찬가는 적어도 내게는 여전히 매혹적이다. 하지만 고대 청중에게 일으켰을 골수가 녹아내리는 경외심을 지금은 일으키지 못한다. 나도 이난나 여신이 느닷없이 현신해 산을 납작하게 밀어버릴 거라고는 생각하지 않는다. 물론 내 생각은 언제든지 빗나갈 수 있다.

낭만파가 불후의 명성과 저작에 대해 부단히 부르짖었지만, 사실 그런 문제들에 있어서 '영원한' 것은 없다. 명성과 작풍은 흥망을 거듭하고, 책은 배척당하고, 불타고, 나중에 출토되고, 재활용된다. 오늘날의 불멸의 시가 내일모레는 불쏘시개로 전락할 수 있다. 마찬가지로 내일모레의 불쏘시개가 불길에서 구출돼 격찬을 받고 주추에 새겨질 수도 있다. 타로 카드 중 '운명의 수레바퀴'가 바퀴인 데는 다 이유가 있다. 세상사는 돌고 돈다. 적어도 때로는 그렇다. 운명 카드는 '운명의 필연적 직선 도로'라고 불리지 않는다. 그런 건 없다.

사전 경고는 이쯤 하고, 이제 영화 〈일 포스티노(Il Postino)〉에서 우편배달부가 한 말을 인용하려 한다. 영화 속 우편배달부는 좋아하는 여자의 마음을 얻기 위해 시인 네루다의 시들을 훔친다. "시는 쓰는 사람의 것이 아니다." 그는 말한다. "시는 그것을 필요로 하는 사람의 것이다." 시가 작자의 손을 떠난 후에는, 그리고 작자가 시공을 떠나 원자로 떠다니게 되면, 과연 그 시는 누구에게 속할까?

누구를 위하여 종은 울리는가? 그대를 위해서다, 친애하는 독자여. 이 시는 누구를 위한 것인가? 역시 그대를 위한 것이다.

한없이

이제는 퇴색해가는 낡은 단어입니다.
한없이 원했습니다.
한없이 갈망했습니다.
나는 그를 한없이 사랑했습니다.

나는 인도를 따라 걸어갑니다.
고장 난 무릎 때문에 조심하면서
하지만 당신이 상상하는 것과 달리
나는 개뿔도 신경 쓰지 않아요.
다른 것들이, 더 중요한 것들이 있으니까요.
기다려요, 알게 될 거예요.

커피 반 컵을
한없이 유감스럽게도
플라스틱 뚜껑을 덮은
종이컵을 들고
단어들이 한때 의미했던 것을 기억하려 애쓰면서.

한없이.
이 말은 어떻게 사용됐나요?
한없이 사랑하는 이여.
한없이 사랑하는 이여, 우리가 모였습니다.
한없이 사랑하는 이여, 우리가 여기 모였습니다.
내가 최근에 우연히 발견한
이 잊혔던 사진첩 안에

이제는 퇴색해가는
세피아 사진들, 흑백사진들, 컬러사진들
모두가 훨씬 젊어요.
폴라로이드 사진들.
폴라로이드가 뭐죠? 갓난아이가 물어요.
10년 전 갓난아이.

어떻게 설명해야 할까요?
사진을 찍으면 위에서 사진이 나온단다.

무엇의 위요?

내가 많이 접하는 어리둥절한 표정.

이 모든 것들이 어떻게 모였는지

우리가 어떻게 살았는지

일일이 세세히

설명하기는 너무 어려워요.

우리는 쓰레기를

신문지에 싸서 줄로 묶었단다.

신문지는 뭔데요?

이렇다니까요.

하지만 줄은, 줄은 아직 있어요.

줄은 사물을 연결해요.

진주 목걸이 한 줄.

그들은 이렇게 말하겠죠.

날들을 놓치지 않으려면 어떻게 해야 하죠?

제각기 빛나고, 제각기 혼자고,

제각기 가버리는 날들.

그중 일부를 종이에 적어서 서랍에 넣었어요.

이제는 퇴색한 그날들.

구슬은 수를 셀 때 사용하기 좋아요.

묵주처럼.

하지만 나는 목에 돌들을 두르고 싶지 않아요.

이 거리에는 꽃이 많군요.
8월이기 때문에 이제는 시들고
먼지 앉고, 낙하로 향하는 꽃들.
머지않아 국화꽃이 피겠죠.
프랑스에서는 망자의 꽃이죠.
소름 끼친다고 생각하지 말아요.
그저 현실일 뿐이니까.

꽃을 세세히 설명하기는 너무 어려워요.
이건 수술(stamen)인데, 남자와는 하등 관계없고요,
이건 암술(pistil)인데, 총과는 하등 관계없지요.
번역가에게 좌절을 안기는 세세한 것들일 뿐이죠.
나도 설명하느라 진땀 나고요.
이렇다니까요.
그러다 마음을 딴 데 팔아도 할 말 없어요.
말이란 게 때로 사람을 놓쳐요.

한없이 사랑하는 것들이 여기 모여 있어요.
이 닫힌 서랍 안에,
이제는 퇴색해가요. 당신이 그리워요.
여기 없는 사람들, 먼저 떠난 이들이 그리워요.

아직 여기 있는 이들조차 그리워요.

나는 여러분 모두가 한없이 그리워요.

나는 여러분 때문에 한없이 슬퍼요.

슬픔, 그건 또 다른 단어죠.

이제는 많이 들리지 않는 말.

나는 한없이 슬퍼요.

〈빅 사이언스〉

›››‹‹‹

(2021)

"비행기가 온다. 미국 비행기다!"

음악 전문가들이나 나이가 좀 있는 사람들은 이 가사를 기억할 것이다. 로리 앤더슨(Laurie Anderson)이 1981년에 싱글로 발표해 뜻밖의 히트를 친 획기적 전자음악 〈오 슈퍼맨(O Superman)〉의 한 구절이다. 이 노래—이것을 노래라고 할 수 있을까? 샤워할 때 흥얼거릴 수 있으면 노래다—의 성공이 앤더슨의 첫 번째 정규 앨범으로 이어졌다. 바로 1982년의 〈빅 사이언스(Big Science)〉다.

이 〈빅 사이언스〉가 올해에 재발매됐다. 아주 적절한 시기다. 미국은 다시금 자기 재창조에 돌입했다. 아슬아슬했던 자구책이다. 민주주의가 전제정치의 아가리로 추락하는 찰나에 구조됐다. 보다 공정한 부의 분배와 근본적으로 생존 가능한 지구를 향한 뉴딜 정책이 가동 중이다. 아마도 그렇다. 수백 년 묵은 인종차별이 도마에 오르고 있다. 바라건대 그렇다. 이 구조 헬기들이 추락하지 않기를 희망하자.

1981년 당시에는 몰랐는데, 〈오 슈퍼맨〉은 이란혁명 때 1년 넘게 인질로 억류돼 있던 주(駐)이란 미국 외교관 52명을 구출하는 미션에 대한 노래였다. 앤더슨 본인이 이 노래가 미국이 당시 특수부대를 투입해 인질 구출에 나섰다가 실패한 '독수리발톱작전(Operation Eagle Claw)'과 직접적으로 연관이 있다고 밝혔다. 작전 실패에는 헬기가 추락한 비참한 사고도 포함돼 있었다. 이 재앙은 미국이라는 군수산업 슈퍼맨은 무적이 아니며, 노래에 언급되는 자동화 전자 기술도 승리를 보장하지 못한다는 것을 여실히 보여주었다. 앤더슨은 이때의 헬기 추락이 〈오 슈퍼맨〉이라는 노래(또는 퍼포먼스)의 영감이 됐다고 말했다. 〈오 슈퍼맨〉이 영국을 시작으로 전 세계에서 인기를 끌자 앤더슨 본인도 놀라움을 금치 못했다. 단순한 전자음이 반복되는 실험적인 일렉트릭 음악이 히트곡이 될 가능성이 얼마나 될까요? 심히 희박하죠. 당시에는 누구라도 이렇게 말했을 것이다.

살다 보면 내가 그때 무엇을 하고 있었는지 정확히 기억하는 순간들이 있다. 그런 순간들은 사람마다 다르다. 내 경우 그런 순간들 중 일부는 역사적 비극이 일어나던 순간이다. 케네디가 암살됐을 때 나는 토론토 시내의 어느 시장조사 회사에서 일하고 있었고, 9·11 테러가 일어났을 때는 토론토 공항에서 뉴욕행 비행기를 기다리고 있었다. 또 다른 일부는 날씨와 상관있다. 허리케인을 목격했을 때, 빙설 폭풍에 잡혔을 때 등. 또 다른 일부는 음악과 관계있다. 라디오로 처음 〈메어지 도츠〉를 들었을 때 나는 네 살이었고, 수세인트마리에 있었고, 안락의자에 앉아 곰 인형을 인형 옷에 서툴게 꿰매고 있었다. 〈블루문(Blue

Moon)〉은 라이브 밴드의 노래로 처음 들었는데, 고등학교 댄스파티에서 당시 유행하던 폼으로 남자애를 부둥켜안고 플로어를 걸쭉하게 가로지를 때였다. 밥 딜런(Bob Dylan)이 내게 처음 모습을 드러낸 것은 1964년이었다. 곱슬머리에 하모니카를 목에 건 밥 딜런이 보스턴의 어느 무대 위에 맨발의 포크 여왕 존 바에즈(Joan Baez)와 함께 있었다.

시간을 훌쩍 뛰어넘자. 1981년이 됐다. 놀랄 것도 없이 나는 나이를 먹었다. 그리고 놀랍게도—적어도 1964년의 내게는 놀랍게도—이제 내게는 반려자와 아이와 고양이 두 마리와 집이 있었다. 로널드 레이건이 막 대통령으로 당선됐고, 그가 미국에게 약속한 아침은 우리가 1970년대에 겪었던 히피 문화와 페미니즘의 뉴에이지와는 몹시 다를 예정이었다.

문제의 1981년, 우리는 라디오를 켜놓고 저녁 준비를 하고 있었다. 그때였다. 어떤 섬뜩한 사운드가 전파를 타고 고동쳤다.

"뭔 노래가 저래?" 내가 말했다. 그건 라디오에서 흔히 듣던 음악도, 심지어 사운드도 아니었다. 다시 생각해보니 라디오만이 아니라 어디서도 들어보지 못한 것이었다. 그것과 가장 비슷한 것을 대라면, 레코드판 시절에 우리 10대들이 장난으로 45아르피엠 판을 33아르피엠으로 돌렸을 때 나던 우스운 소리와 비슷했다. 소프라노 곡이 바리톤의 느린 좀비 신음으로 변해버린 소리.

그런데 내가 방금 들은 것은 우습지 않았다. "엄마다." 노래 속의 자동응답기에서 중서부 억양의 명랑한 목소리가 말한다. "집에 올 거니?" 하지만 그건 엄마가 아니다. 이것은 "손이다. 잡는 손". 그것은 인위적 구상물이다. 〈외계의 침입자〉 같은 SF 영화에 나오는 것. 인간처럼 보이지만 인간이 아닌 것. 오싹하고 불길한 것. 더 심각한 것은 그것이 유일하게 남은 희망이라는 것이다. 엄마와 아빠와 신과 정의와 공권력은 부실한 것으로 드러났다.

"뭔 노래." 나는 〈오 슈퍼맨〉에 매료됐다. 보다시피 나는 이 노래를 잊은 적이 없다. 이것은 다른 어떤 노래와도 달랐고, 로리 앤더슨 역시 다른 누구와도 달랐다.

적어도 앤더슨은 우리가 일반적으로 생각하는 팝 뮤지션은 아니었다. 싱글 앨범이 성공을 거두기 전까지 그녀는 전위적 행위예술가이자 발명가로 활동했다. 원래는 시각예술을 공부했고 윌리엄 버로스(William Burroughs)나 존 케이지(John Cage) 같은 뜻이 맞는 예술가들과 협업했다. 1970년대는 와이드타이, 롱코트, 하이부츠와 에스닉룩의 시대만이 아니었다. 제2세대 페미니즘으로 요동하던 시대였고, 행위예술 이벤트들의 에너지로 넘치던 시대였다. 행위예술은 본질적으로 덧없고 순간적이다. 결과물보다 과정을 중시한다. 행위예술의 뿌리는 20세기 초반의 다다이즘으로 거슬러 올라가고, 1950년대 후반 세계대전의 잔해에서 새로움을 창조하자는 취지로 등장한 그룹제로(Group Zero)로 이어지고, 1960~1970년대의 전위예술운동 플럭서스(Fluxus)로 이어진다.

앤더슨의 프로젝트 앨범 〈빅 사이언스〉는 미국에 대한 비판이자 우려였다. 하지만 결코 외부자의 시선은 아니었다. 앤더슨이 1947년생이니 1957년에는 열 살이었다. 1950년대에 미국 가정에 밀어닥친 신생 소비재와 물질문화의 홍수를 목격했을 나이였다. 또한 그녀는 흑인민권운동이 한창 뜨겁던 1962년에는 열다섯이었고, 대학가 소요와 베트남전쟁 반대 시위가 한창이던 1967년에 스무 살이었다. 이 시대의 사람에게는 규범을 뒤엎는 것이 규범으로 보일 지경이었다.

하지만 뉴욕을 문화적 베이스캠프로 삼았을지언정 앤더슨이 원래부터 도시 사람은 아니었다. 그녀는 미국 중부의 중부인 일리노이에서 성장했다. 그녀의 명랑한 "엄마" 목소리와 "안녕, 낯선 사람" 정서는 그녀가 체험으로 얻은 것이었다. 그녀는 난민이었다. 미국 밖에서 유입된 난민이 아니라 내부의 난민이었다. '엄마와 애플파이'• 미국의 난민이었다. 즉 물질적 발명으로 인해, 그리고 타이틀곡 〈빅 사이언스〉에서 도시로 가는 길의 랜드마크로 언급된 고속도로와 쇼핑몰과 드라이브인 뱅크로 인해 빠르게 밀려나는 전통적 미국의 난민이었다. 다음에는 또 어떤 것이 불도저로 밀려 나갈까? 자연 기반은 얼마나 남게 될까? 미국의 기술 숭배가 기존의 미국을 말소하기 직전인가? 그리고 더 큰 맥락에서 우리의 인간성은 무엇에 기반하는가?

20세기가 흘러가고 21세기가 시작됐다. 자연 세계 파괴가 가져올 결과가 비참하리만큼 명백해지고, 아날로그가 디지털로 대체되고, 감시 사회의 가능성이 백배 증가하고, 온라인 미디어가 무자비한 하이브 마인드••에 근사하고 있다. 이런 지금, 앤더슨의 불안하고 심란한 탐색은 예언의 오라를 띠게 됐다. 나는 여전히 인간이고 싶은가? 나는 지금도 인간인가? 인간이란 무엇인가? 아니면 이제 우리는 가짜 엄마의 전

• mom and apple pie, 도시화 이전의 미국과 전통적 미국 가족을 상징하는 이미지다. 제2차 세계대전 당시 미군 사이에 "엄마와 애플파이를 위해 싸운다"라는 구호가 유행했다.

•• hive mind, 벌 군집이 하나의 생물처럼 기능하듯, 다수의 개체를 지배하는 하나의 의식을 말한다. 현재는 인공지능과 사물인터넷으로 실현되는 집단사고를 뜻한다.

자적이고 석유화학적인 기다란 팔에 순순히 안겨야 하는가?

〈빅 사이언스〉가 지금보다 더 시의적절했던 때도 없었다. 한번 들어보기 바란다. 다급한 질문들을 마주하자. 오싹한 한기를 느껴보자.

배리 로페즈

›››‹‹‹

(2021)

내가 자연주의 작가 배리 로페즈(Barry Lopez)를 처음 만난 것은 수십 년 전 알래스카 여행에서였다. 사람들이 말했다. "여자가 남자이고, 남자가 동물인 땅, 알래스카에 오신 것을 환영합니다." 농담이었지만 뼈 있는 농담이었다. 그리고 내게는 다소 익숙한 뼈였다. 나는 북부에서 자랐고, 알래스카는 북부다. 강인한 여자들이 있는 곳.

하지만 동물이 될 거라면 어떤 동물인지가 중요하다. 족제비가 되는 것과 늑대가 되는 것은 다르다. 사람들이 늑대를 고른다면 그건 배리의 영향일 가능성이 크다. 무리에 충실하고, 똑똑하고, 지략 있고, 생존 지향적이고, 잘생기기까지 한 동물. 좋아하지 않을 이유가 없다. 그런데 그 늑대들이 헬리콥터를 탄 수렵꾼들에게 살육당하고 있다. 족제비에게는 일어나지 않는 일이다.

그레임과 나는 그때 이미 배리의 열렬한 팬이었다. 그의 책 『늑대와 인간(*Of Wolves and Men*)』(1978)은 돌파구였고, 『북극을 꿈꾸다(*Arctic Dreams*)』(1986)도 그랬다. 배리와의 만남은 자연 세계와 우리를 불가분하게 이어주던 언어, 그러나 지금은 사라져버린 언어가 아직 사용되는 영역으로 들어서는 기분을 안겨주었다. 그곳에 그 언어를 재개하는 화자가 있었다. 배리는 황야의 예언자였다. 하지만 배리는 그곳을 황야로 부르지 않았을 것이다. 그럼 고독한 화자라고 해두자. 그는 수없이 궁금했을 테니까. 진정으로 듣고 있는 사람이 있긴 있을까? 그는 이제 지극히 중요한 화자가 됐다. 1970년대와 1980년대에는 그의 동시대인들 대다수가 그가 전하는 메시지의 긴급성을 대체로 이해하지 못했다. 하지만 오늘날 멸종저항(Extinction Rebellion, XR) 같은 세계적 운동에 참여하는 젊은 활동가들은 그 메시지를 절감한다. 우리가 들이마시는 숨은 자연에서 온다. 자연을 죽이는 것은 우리 자신을 죽이는 것이다. 대양은 지구의 허파다. 특히 북방 대양은 까마득한 옛날부터 지구를 골디락스• 행성으로 유지해온 거대 시스템의 열쇠다.

기후변화로 북극이 녹아내리고 있다. 인간이 야기하는 대멸종, 이른바 여섯 번째 대멸종이 임박했다. 이런 때 배리의 저작이 가지는 의미는 자명하다. 우리는 우리를 지탱하는 기반과의 연을 놓치고 파멸의 위기를 야기했다. 그 위기는 우리의 예상보다 빠르게 다가오고 있다. 배리 로페즈가 우리가 사랑했지만 잃어버린 것들을 미리 노래한 것이 아니기를 희망하자. 사랑하는 푸른 지구, 사랑하는 야생이 돌이킬 수

• Goldilocks zone, 천문학적 정의는 '우주에서 생명이 번성하기에 적합한 조건들을 기적처럼 모두 갖춘 영역'이다.

없게 상실되면 우리도 상실된다. 배리의 작품을 읽는 것, 또는 다시 읽는 것은 그 상실이 얼마나 엄청나고 얼마나 끝없이 어리석은 것이 될지 스스로 상기하는 일이다.

고마워요, 배리.

바다 3부작

>>>‹‹‹

서문

(2021)

바다는 우리 행성의 살아 있는 심장이자 허파다. 바다는 대기 중 산소의 대부분을 생산하고, 해류 순환을 통해 기후를 통제한다. 건강한 해양이 없다면 우리처럼 육지에 살면서 공기로 호흡하는 중형 영장류는 죽을 수밖에 없다.

해양생물학자 레이철 카슨의 최초 저작 세 권, 『바닷바람을 맞으며』 『우리를 둘러싼 바다』 『바다의 가장자리』가 재출간됐다. 이는 위의 사실에 대한 대중의 각성과 인식 확산을 시사한다. 레이철 카슨이 이 책들을 집필하던 1930년대 후반과 1940년대와 1950년대는 지금은 우리 세계의 현실이 된 많은 일들이 아직 일어나기 전이었다. 경고 신호는 있었지만 아직 희미하게 깜박일 때였다. 그때는 우리가 여섯 번째 대멸종 시대에 접어들었다는 것을 눈치챈 사람이 별로 없었다. 기후 위기의 초기 징후들이 있었지만 대중의 의식에 영향을 주지는 못했다.

대규모 산업형 어업은 막 시작 단계였다. 뉴펀들랜드 그랜드뱅크스 해역의 대구 어장이 남획으로 황폐해지기 전이었고, 다른 어종들도 무분별한 혼획으로 개체가 급감하기 전이었다. 저인망어선들이 대륙붕 생물계의 회생력을 파괴하기 전이었고, 산호초에 심각한 백화현상이 일어나기 전이었다. 아직은 비닐 끈이 만든 '유령 그물들'이 해양을 떠다니며 물고기와 돌고래와 고래들을 얽어매 죽이고 있지 않았다. 해양보호구역을 설정한 국가도 없었다. 그런 게 왜 필요한지도 모르던 때였다. 바다는 원래 끝없이 샘솟는 밑천이잖아? 인류가 마음껏 퍼 가도 마르지 않는 화수분 아닌가? 해양생태계에는 신경을 쓸 필요가 없었다. 신경을 왜 써? 그때는 이렇게 생각했다. 바다는 언제나 자신을 알아서 챙겼다. 바다는 약해지기에는 너무 거대했다. 바이런 경도 이렇게 썼다.

뛰놀아라, 그대 깊고 짙푸른 대양이여 - 뛰놀아라!
만 척의 함대가 너를 쓸고 지나간들 공연한 일일 뿐
사람이 육지에는 폐허의 자국을 낼 수 있을지 모르나
그 지배력은 그래봤자 해안까지다…….

이 말이 19세기 목조 범선의 시대에는 맞는 말일 수 있다. 하지만 오늘날 석유·플라스틱·살충제의 시대에는, 산업형 남획이 횡행하는 시대에는 더 이상 사실이 아니다. 레이철 카슨이 오늘날 살아 있었다면 인간의 대양 살해 위험성을 누구보다 먼저 역설했을 것이다.

레이철 카슨은 20세기를 변화시킨 인물 중 하나다. 카슨이 없었다면, 지구가 인간을 포함한 지구 생명체의 생존이 가능한 곳으로 남을 수 있는지에 대한 대중의 관심이 지금처럼 높지 않았을 것이다. 또한 위정자들이 그녀의 말을 듣고 그녀의 통찰에 따랐다면 현재 환경오염과 기후 위기, 그에 따른 기근, 화재, 홍수, 자원전쟁으로 고통받는 사람들도 지금처럼 많지 않았을 것이다.

카슨이 '20세기를 변화시켰다'고 말한 것은 카슨의 1962년 역작 『침묵의 봄』을 계기로 사람들의 사고방식이 달라졌기 때문이다. 카슨은 자신의 입장을 고수했고, 자신의 증거 기반 결론을 견지했다. 현재 우리는 과학을 부정하고 사실 직시를 거부하는 신기한 시대에 살고 있다. 이 시대는 살충제와 제초제가 온난화와 생물권 파괴에 미치는 영향만 부정하는 것이 아니라, 백신 접종과 선거 개표처럼 우리 생활에 보다 밀접한 것들조차 부정하려 든다. 이런 상황이니 카슨의 발견에 대한 적대적인 모르쇠 반응은 놀라운 일도 아니다.

『침묵의 봄』은 카슨의 네 번째 책이었다. 첫 번째 책 『바닷바람을 맞으며』는 1941년에 출판됐다. 제2차 세계대전이 한창이고 미국이 직접 참전하기 직전이었다. 당시의 정치 상황 외에 다른 주제의 책을 내기에 좋은 해는 아니었다. 이 책은 『시튼 동물기』의 어니스트 톰프슨 시튼과 『수달 타카의 일생』과 『연어 살라의 이야기(*Salar the Salmon*)』의 헨리 윌리엄슨(Henry Williamson)이 개척한 동물 중심 자연주의 저술의 계보를 잇는 서정적이고 매력적인 책이다. 지금 같았으면 아동문학이나 청소년문학으로 분류됐겠지만, 카슨이 애초에 의도한 독자층은 이보다 훨씬 넓었다. 그녀는 세가락도요와 고등어와 뱀장어를 주인공으로 삼아서, 이들 바다 생명체가 저마다 살아가는 이야기를 통해 생명의 상호 연결성에 대한 대중의 인식을 높이고자 했다.

비인간 생물이나 사물에 대한 이야기는 불가피하게 의인관을 보인다. 「연필의 일생(The Life of a Pencil)」도 그렇고, 안데르센의 크리스마스트리 이야기도 그렇다. 따라서 의인화를 이유로 카슨을 폄하하는 것은 의미가 없다. 관점을 가진 개체들이 등장하는 플롯은 그것이 베아트릭스 포터처럼 동물 캐릭터에게 드레스를 입히고 선원 모자를 씌우는 것이든, 카슨처럼 뱀장어에게 알몸 수영을 시키는 것이든 결과적으로 인간화를 수반한다. 이 기법의 긍정적인 면은 독자가 비인간 생물종에게 감정 이입하기 좋다는 것이다. 부정적인 면은 뱀장어나 수달이나 늑대에게는 사실 인간의 이름이 없기 때문에 어느 정도의 고정관념화가 불가피하다는 것이다. 그럼에도 바다의 신비와 선물이 주는 즐거움만으로도 읽을 가치는 충분하다. 다만 이런 이야기가 요즘에 쓰였다면 서식지 파괴, 환경오염, 멸종 위기 등 바다 생태계를 위협하는 인재(人災)가 어김없이 포함됐을 것이다. 『바닷바람을 맞으며』의 뱀장어 '앤귈라'는 플라스틱 봉지와 싸워야 했을 것이고, 세가락도요 '실버바'의 계절 이동은 프레드 보즈워스(Fred Bodsworth)의 소설 『마도요의 마지막』에 나오는 비극적 여정과 비슷했을 것이다.

카슨의 두 번째 책인 『우리를 둘러싼 바다』는 전후 시대 긴축정책이 드디어 끝난 1951년에 나왔고, 엄청난 성공을 거두었다. 이번 책은 허구화한 설명이 아니라 사실을 담은 설명이었다. 역사와 선사, 지질학과 생물학을 결합한 해양에 바치는 현세적이자 기념적인 찬가였다. 많은 이들이 저자를 따라 파도 아래로, 짙푸른 바닷속으로 들어가기를 열망했다. 쥘 베른의 고전 사이언스 픽션 『해저 2만 리』의 네모 선장을 기억하는가? 지금은 몰라도 1951년에는 많은 독자들이 네모 선장을 기억했다. 바닷속은 모험과 불가사의의 영역이었다. 그토록 박식하고 열정적인 가이드와 함께 떠나는 여행은 얼마나 짜릿했던가! 인어는 없었지만 반면에 경이로움은 훨씬 컸다. 이 책은 레이철 카슨을 국제적인 작가의 반열에 올렸다.

카슨의 바다 3부작 중 마지막 책인 『바다의 가장자리』는 1955년에 나왔다. 당시 열다섯이었던 내게 이 책은 마치 내 이야기를 읽는 느낌을 주었다. 이 책은 비치코밍•에 대한 것이었고, 비치코밍은 내가 1940년대 후반과 1950년대 초반 여름에 노바스코샤의 친척을 방문할 때마다 펀디만의 해안을 누비며 많이 했던 일이었다. 조수 웅덩이와 해안 동굴, 식물군과 불가사리와 복족류는 내가 있던 해안이나 만 건너편이나 같았다. 따라서 『바다의 가장자리』의 처음 3분의 1은 내가 본 생명체들을 말하고 있었다. 나는 지금도 썰물이 바위 사이에 남기고 간 작은 웅덩이들을 그냥 지나치지 못한다. 늘 그 안에 뭐가 있을지 들여다본다.

이 세 권의 책에는 하나의 공통된 후렴이 있다. 찾으라. 보라. 관찰하라. 배우라. 궁금해하라. 의문을 가져라. 판단하라. 레이철 카슨은 사람들에게 새로운 방식으로 바다를 바라보고 바다에 대해 생각하는 법을 가르쳤다. 그녀는 바다를 대할 때와 같은 사고방식으로 새들의 생태를 관찰

• beachcombing, 해변을 빗질하듯 조개껍데기나 유리 조각 같은 표류물을 줍고, 그것을 이용해 예술 작품을 만드는 활동을 말한다. 취미 활동과 환경보호의 일석이조의 효과가 있다.

했고, 새들의 삶이 파괴되고 있다는 것을 깨달았고, 이 발견이 『침묵의 봄』을 낳았다. 대양에 대한 연구가 선행하지 않았다면 카슨이 살충제의 영향을 추적할 방법들을 개발할 기회가 없었을 것이다. 또한 바다 3부작이 가져다준 명성과 발판이 없었다면 아무도 그녀가 전하는 우려의 메시지에 귀 기울이지 않았을 것이고, 아무도 귀담아듣지 않았다면 현재 독수리도, 송골매도, 결국에는 삼림 울새도 남아 있지 않았을지 모른다.

레이철 카슨은 오늘날 환경운동의 어머니다. 인류는 그녀에게 막대한 빚을 졌다. 만약 우리 인간이 무사히 22세기를 맞게 된다면 그것은 일정 부분 카슨의 덕분이다. 바다 3부작의 신판을 맞이하는 것은 크나큰 기쁨이다. 성자가 된 레이철 카슨이여, 그대가 지금 어디에 있든, 고맙습니다.

감사의 말

가장 먼저 이 세월 동안 내 에세이와 조각글을 읽어주신 많은 독자들에게 감사한다. 그리고 내게 도달한 독자의 반응들에 감사한다.

내 동생이자 첫 번째 편집자인 루스 애트우드에게 감사한다. 루스는 1차, 2차 잡초 제거를 맡았다. 장황함의 밭을 불굴의 정신으로 갈았고, 주체하지 못할 만큼 많은 글들을 가지치기해서 적당한 분량으로 줄였다. 그리고 루시아 시노에게 감사한다. 루시아는 원본을 찾아내고 출간 버전들을 추적하느라 고생했다. 솔직히 그 과정에서 내가 써놓고도 까먹은 글들이 다수 출토됐다. 도서관들이 폐쇄된 코로나19 시국에서 이는 결코 쉬운 작업이 아니었다. 원고의 상당수를 보관하고 있는 토론토대학교 토머스 피셔 레어 도서관(Thomas Fisher Rare Book Library)도 예외가 아니었다. 직무의 범위를 넘어선 도움을 아끼지 않은 사서 여러분에게도 감사한다.

이 세월 동안 내가 기고했던 많은 잡지와 신문의 편집자들에게 감사한다. 그리고 대서양 양편의 내 책 편집자들에게 감사한다. 그들의 배려와 열정이 엄청난 격려가 되었다. 이 그룹에는 펭귄랜덤하우스 UK의 베키 하디, 펭귄랜덤하우스 캐나다의 루이즈 데니스와 마사 카냐포스트너, 펭귄랜덤하우스 US의 리 부드로와 루앤 월서가 포함된다. 헤더 생스터가 이번에도 교열 담당으로 활약했다. 헤더는 미처 부화하지 않은 것들을 포함해 좀벌레들을 있는 족족 잡아냈다. 제스 애트우드 깁슨은 나를 나로부터 구하려 애썼다. 하지만 늘 성공하지는 못했다.

이제는 은퇴한 내 에이전트 피비 라모어와 비비언 슈스터에게 감사한다. 커티스 브라운 에이전시의 지칠 줄 모르는 캐롤리나 서턴에게도 감사한다. 그리고 해외 판권을 너무나 능숙히 처리해주고 있는 케이틀린 레이던, 클레르 노지에르, 소피 베이커, 조디 패브리, 케이티 해리슨에게 감사한다.

O. W. 토드 리미티드의 루시아 시노와 페니 캐버노를 포함해 내가 시간 속에서 헤매지 않게, 요일 개념을 잃지 않게 잡아주는 이들에게 감사한다. 내 웹사이트를 디자인하고 관리하는 V. J. 바워에게도 감사한다. 마이크 스토얀, 셸든 슈아입, 도널드 베넷, 밥 클라크, 데이브 콜에게도 감사의 말을 전한다.

콜린 퀸은 내가 작가의 땅굴을 벗어나 탁 트인 길로 올라오게 해준다. 샤오란 자오와 비키 동에게도 신세를 졌다. 매슈 깁슨은 내 만능 해결사다. 불이 꺼지지 않게 도와주는 전기 기사들의 공도 적지 않다. 작가의 땅굴을 살 만한 곳으로 만들어주는 에벌린 헤스킨, 테드 험프리스, 디애나 애덤스, 랜디 가드너에게도 감사한다.

그리고 언제나처럼 그레임 깁슨에게 감사한다. 내가 이 글들을 쓰던 세월의 대부분에 그도 우리와 함께 있었다. 그는 농담을 가리지 않고 웃었다.

수록 글 출처

이 책에 수록된 글들의 출처는 다음과 같다.

1부: 2004~2009 | 다음에는 어떤 일이 일어날까?

사이언스 로맨스

2004년 1월 22일, 온타리오주 오타와 칼턴대학교 저널리즘 & 커뮤니케이션 대학원의 칼턴 강연에서 발표.

34~35쪽: 2003년 6월 16일, 『가디언』, 「오웰과 나(Orwell and Me)」.

『얼어붙은 시간』

오언 비티와 존 가이거, 『얼어붙은 시간: 프랭클린 탐험대의 운명』(밴쿠버: 그레이스톤 북스, 2004)(pp. 1~8)에 부치는 서문으로 처음 수록.

『저녁에서 새벽까지』

2004년 8월 21일, 『타임스(*UK*)』에 서평 「매릴린 프렌치의 『저녁에서 새벽까지』」로 처음 게재. 이후 매릴린 프렌치, 『저녁에서 새벽까지: 여성의 역사』 제1권(뉴욕: 페미니스트 프레스, 2008)에 부치는 서문으로 재수록(pp. ix~xiv).

폴로니아

마저리 앤더슨(Marjorie Anderson)이 편집한 『떨어진 실 3: 작은 경계를 넘어(*Dropped Threads 3: Beyond the Small Circle*)』(토론토: 빈티지 캐나다, 2006)에 「폴로니아: '젊은 이들에게 해주실 조언이 있다면?'에 대한 답변(Polonia: In Response to 'What Advice Would You Give the Young?')」이라는 제목으로 처음 수록(pp. 9~18).

63~64쪽: 윌리엄 셰익스피어, 『덴마크 왕자 햄릿의 비극(*The Tragedy of Hamlet, Prince of Denmark*)』(런던: 글로브 에디션, 1864), 1막 3장에 나오는 폴로니어스 경의 대사.

누군가의 딸

2005년 유네스코 '평생의 문해력(Literacy for Life)' 프로그램을 위해 작성. 『희망의 알파벳: 문맹 퇴치를 위한 작가들(*The Alphabet of Hope: Writers for Literacy*)』(파리: 유네스코, 2007)에 처음 수록(pp. 13~16).

68쪽: 브라이어(Bryer)[애니 위니프리드 앨러먼(Annie Winifred Allerman)], 『하트 투 아르테미스: 어느 작가의 회고록(*The Heart to Artemis: A Writer's Memoirs*)』(미들타운, 코네티컷: 패리스 프레스/웨슬리언대학교 출판사, 2006), p. 14

다섯 번의 워드호드 방문

2005년 10월 13일, 브리티시컬럼비아주 밴쿠버, 밴쿠버 국제작가축제의 '빌 더시 기념 강연(Bill Duthie Momorial Lecture)'에서 발표. 콘스턴스 루크(Constance Rooke)가 편집한 『글 쓰는 삶: 캐나다와 세계의 유명 작가들이 말하는 글쓰기와 삶(*Writing Life: Celebrated Canadian and International Authors on Writing and Life*)』(토론토: 매클리랜드 & 스튜어트, 2006)에 처음 수록(pp. 10~23).

80~81쪽: 로버트슨 데이비스, 『다섯 번째 임무』(토론토: 펭귄 북스, 1977).

81쪽: 앨리스 먼로, 『착한 여자의 사랑』, 「코르테스섬(Cortes Island)」(토론토: 펭귄 북스, 1999), p. 143.

『에코 메이커』

2006년 12월 21일, 『뉴욕 리뷰(*New York Review*)』에 서평 「중심부의 중심에서(In the Heart of the Heartland)」로 처음 게재.

96쪽: 제프리 윌리엄스(Jeffrey Williams), 『컬추럴 로직(*Cultural Logic*)』, 제2권 제2호(1999년 봄호), 「마지막 제너럴리스트: 리처드 파워스와의 인터뷰(The Last Generalist: An Interview with Richard Powers)」, p. 16.

97쪽: 리처드 파워스, 『에코 메이커』(뉴욕: 파라, 스트라우스 & 지루, 2006).

103쪽: L. 프랭크 바움, 『오즈의 마법사』(시카고: 조지 M. 힐 컴퍼니, 1900, 최초 출간), c. 15.

습지

2006년 11월 9일, 캐나다 토론토, 토론토 지역 환경보존재단의 찰스 소리올 환경 만찬회에서 습지보호운동을 이끄는 캐나다 운동가들의 리더십을 격려한 연설.

생명의 나무, 죽음의 나무

2007년 4월 5일, 온타리오주 토론토, 토론토대학교 삼림부의 창립 100주년 기념식에서 했던 축하 연설.
130쪽: 단테 알리기에리, 『신곡』, H. R. 휴즈(H. R. Huse) 옮김(1472 ; 뉴욕: 라인하트, 1954).
131쪽: 케네스 그레이엄, 『버드나무에 부는 바람』(뉴욕: 찰스 스크리브너스 선스, 1914), pp. 52, 55.

리샤르드 카푸시친스키

2007년 6월 9일, 『가디언』에 서평 「어떤 경이감(A Sense of Wonder)」으로 처음 게재.
142쪽: 리샤르드 카푸시친스키, 『제국(*Imperium*)』, 클라라 글로체브스카(Klara Glowczewska) 옮김(뉴욕: 빈티지 북스, 1995), p. 164.
143쪽: 리샤르드 카푸시친스키, 『헤로도토스와의 여행』, 클라라 글로체브스카 옮김(뉴욕: 앨프리드 A. 크노프, 2007), p. 277.

『빨간 머리 앤』

L. M. 몽고메리, 『빨간 머리 앤』, 뉴 캐나다 라이브러리 재발간판(토론토: 뉴 캐나다 라이브러리 / 매클리랜드 & 스튜어트, 2008)에 부치는 후기로 처음 수록(pp. 355~361). 이후 2008년 3월 29일, 『가디언』에 「아무도 날 원하지 않았어(Nobody Ever Did Want Me)」로 게재.

앨리스 먼로: 짧은 평론

앨리스 먼로, 『격정: 단편선집(*Carried Away: A Selection of Stories*)』(뉴욕과 토론토: 에브리맨스 라이브러리 / 앨프리드 A. 크노프, 2006)(pp. ix~xx)에 부치는 서문으로 처음 수록. 이후 편집본이 2008년 10월 11일, 『가디언』에 「앨리스 먼로: 마거릿 애트우드가 쓴 짧은 평론(Alice Munro: An Appreciation by Margaret Atwood)」으로 게재.
160~161쪽: 앨리스 먼로, 『격정』, 「칠면조 철」.

161~162쪽: 앨리스 먼로, 『격정』, 「메네스텅」.
163~164쪽: 앨리스 먼로, 『소녀와 여자들의 삶』(토론토: 맥그로힐 라이어슨, 1971).
166쪽: 앨리스 먼로, 『격정』, 「장엄한 매질」.
167쪽: 앨리스 먼로, 『격정』, 「거지 소녀」.
169쪽: 앨리스 먼로, 『격정』, 「목성의 달들」.
173쪽: 앨리스 먼로, 『격정』, 「다르게」.
173~174쪽: 앨리스 먼로, 『격정』, 「사랑의 진행」.
174쪽: 앨리스 먼로, 『내가 너에게 말하려 했던 것(*Something I've Been Meaning to Tell You*)』, 「내가 너에게 말하려 했던 것」(토론토: 맥그로힐 라이어슨, 1974).

오래된 균형

CBC 매시 강연 시리즈, 『돈을 다시 생각한다』(토론토: 하우스 오브 아난시 프레스, 2008)에 처음 수록(pp. 1~40). CBC 매시 강연 시리즈는 당대의 저명한 사상가들이 시대적 이슈를 논하는 라디오 포럼이다. 1961년에 정식으로 출범했으며 매년 토론토대학교 매시칼리지, CBC 라디오, 아난시 출판사의 공동 후원으로 시행된다.
192쪽: 로버트 라이트, 『도덕적 동물(*The Moral Animal: Why We Are the Way We Are*)』(뉴욕: 빈티지 북스, 1994), p. 204.

스크루지

찰스 디킨스, 『크리스마스 캐럴 외(*A Christmas Carol and Other Christmas Books*)』, 아서 래컴(Arthur Rackham) 삽화(런던, 뉴욕, 토론토: 에브리맨스 라이브러리 / 앨프리드 A. 크노프, 2009)에 부치는 서문으로 처음 수록(pp. ix~xiii).

글 쓰는 삶

2009년 1월, 『가디언』, 「작가의 삶(A Writer's Life)」으로 처음 게재.

2부: 2010~2013 | 예술은 우리의 본성

작가가 정치적 대리인? 정말?

『인덱스 온 센서십』의 '표현의 자유'상 10주년 기념 특집호에 「우리에게 무엇을 쓰라 마라 하지 마세요(Don't Tell Us What to Write)」로 처음 수록. 『인덱스 온 센서십』, 제39권 제4호(2010년 12월 1일 인쇄 발행, 2010년 12월 16일 온라인 게재), pp. 58~63.

문학과 환경

2010년 9월 26일, 도쿄에서 열린 국제PEN 대회에서 했던 연설.

앨리스 먼로

2009년 5월 30일, 『가디언』에 「먼로, 우리 시대의 아이콘(Munro the Icon)」으로 처음 게재.

『선물』

루이스 하이드, 『선물: 창조적 정신이 세상을 바꾸는 방법(*The Gift: How the Creative Spirit Transforms the World*)』 재발간판(에든버러: 캐넌게이트 북스, 2012)에 서문으로 처음 수록(pp. vii~xi).

『브링 업 더 보디스』

2012년 5월 4일, 『가디언』에 「힐러리 맨틀의 『브링 업 더 보디스』 서평」으로 처음 게재.

레이철 카슨 기념일

2010년 12월 7일, 『가디언』에 서평 「마거릿 애트우드: 레이철 카슨의 『침묵의 봄』 50주년을 기념하며」로 처음 게재.

259쪽: 레이철 카슨, 『침묵의 봄』(보스턴: 휴턴 미플린, 2002), p. 297.

미래 시장

2013년 4월 2일, 유타주, 시더시티, 서던유타대학교에서 열린 그레이스 A. 태너 인간 가치관 강연(The Grace A. Tanner Lecture in Human Values)에서 발표. 이후 그레이스 A. 태너 인간 가치관 강연(2013)에 수록(pp. 1~24).

270~271쪽: 2012 달력, 『캐비닛 매거진』(https://www.cabinetmagazine.org/projects/last_calendar.php).

271~272쪽: 아브라카다브라 포럼.

272쪽: 위키아(현재의 명칭은 팬덤), 'scratchpad' 항목, 날짜 불명.

276~277쪽: T. S. 엘리엇의 시 「황무지」의 제1부 '죽은 자의 매장'(1922).

284쪽: 나오미 올더먼, 『그랜타』, 「좀비의 의미」, 2011년 11월 20일.

내가 『미친 아담』을 쓴 이유

2013년 8월 30일, 웹소설 플랫폼 왓패드에 게재.

「일곱 개의 고딕 이야기」

이자크 디네센, 『일곱 개의 고딕 이야기』(런던: 더 폴리오 소사이어티, 2013)에 부치는 서문으로 처음 수록(pp. xi~xvi). 이후 2013년 11월 29일, 『가디언』, 「마거릿 애트우드가 말하는 눈을 뗄 수 없는 이자크 디네센(Margaret Atwood on the Show-Stopping Isak Dinesen)」으로 게재.

293~294쪽: 1998년 10월 28일, 세라 스탬보가 앨버타주 에드먼턴, 앨버타대학교 캐나다 북유럽연구센터(Canadian Initiative for Nordic Studies)에서 '미국에 온 이자크 디네센(Isak Dinesen in America)'이라는 제목으로 했던 공개 강의.

294쪽: 이자크 디네센, 『일곱 개의 고딕 이야기』, 「엘시노어의 저녁 식사」, p. 224.

297쪽: 이자크 디네센, 『일곱 개의 고딕 이야기』, 「노르데르나이의 홍수」, p. 190.

「닥터 슬립」

2013년 9월 13일, 『뉴욕 타임스』에 서평 「샤인 온(Shine On)」으로 처음 게재.

도리스 레싱

2013년 11월 18일, 『가디언』에 서평 「도리스 레싱: 모든 작가의 표본, 저 너머에서 돌아오다(Doris Lessing: A Model for Every Writer Coming Back from the Beyond)」로 처음 게재.

어떻게 세상을 바꾸죠?

『넥서스 63(*Nexus 63*)』 2013년 봄호에 네덜란드어 번역으로 처음 수록. 이 에세이는 2012년 12월 2일, 네덜란드 암스테르담 시립극장에서 열린 넥서스협회 콘퍼런스의 공개 토론회 주제에 대한 성찰을 담고 있다.

315~316쪽: 2008년 3월 9일, 『오일 드럼: 유럽』에 게재된 우고 바르디의 글 「카산드라의 저주: '성장의 한계'는 왜 악마 취급을 당하는가?(Cassandra's Curse: How 'The Limits to Growth' Was Demonized)」(http://theoildrum.com/node/3551).

316~317쪽: 독일 포츠담 기후영향연구소와 클라이밋 애널리틱스(Climate Analytics), 「온도를 낮추자: 지구 온도 4도 상승을 반드시 막아야 하는 이유(Turn Down the Heat: Why a 4° Centigrade Warmer World Must be Avoided)」(워싱턴: 세계은행, 2012년 11월), https://openknowledge.worldbank.org/handle/10986/11860.

번역의 땅

2014년 2월 18일, 영국 노리치, 이스트앵글리아대학교 영국문학번역센터(British Centre for Literary Translation)의 W. C. 제발트 강연회에서 문학 번역에 대한 주제로 발표.

335쪽: W. G. 제발트, 『리틀 스타(*Little Star*)』 제5호(2014), 「번역가에게 보내는 편지(Letters to a Translator)」, https:// littlestarjournal.com/issues/.

344~345쪽: 에드워드 리어, 『웃긴 노랫말들: 난센스 시, 노래, 식물학, 음악 등을 모은 네 번째 책(*Laughable lyrics: a fourth book of nonsense poems, songs, botany, music, etc*)』(런던: 로버트 존 부시, 1877)에 수록된 노래 〈빛나는 코를 가진 동(The Dong with the Luminous Nose)〉.

345~346쪽: 루이스 캐럴, 『거울 나라의 앨리스』(1871)에 나오는 시 「재버워키(Jabberwocky)」.

아름다움에 대하여

2014년 10월, 영국판 『하퍼스 바자』에 「진실과 아름다움(Truth and Beauty)」으로 처음 게재(pp. 302~305).

스트로마톨라이트의 여름

2014년 6월, 『바이오그래파일(*Biographile*)』(온라인)에 연재한 『그해 여름: 위대한 작가들이 말하는 인생을 바꾼 여름(*That Summer: Great Writers on Life-Changing Summers*)』에 처음 수록. 이 사이트는 전기, 회고록, 픽션 속 실화에 주력하는 펭귄랜덤하우스의 웹사이트였으며, 지금은 없어졌다.

카프카

2015년 5월 11일, 프란츠 카프카의 삶과 문학적 유산을 고찰한 BBC 라디오3의 다큐멘터리와 드라마 시리즈 〈카프카의 그늘 아래(In the Shadow of Kafka)〉의 일부로 발표.

372~373쪽: 프란츠 카프카, 『완전한 이야기들(*The Complete Stories*)』, 「산으로의 소풍」(런던, 뉴욕, 토론토: 쇼켄 카프카 라이브러리 / 펭귄랜덤하우스, 1995. 창작 시점은 1904~1912년이며 1912년 독일에서 최초 간행. 1946년 쇼켄 출판사에서 영어판 최초 간행), p. 383.

미래 도서관

2015년 5월 26일 오슬로에서 '미래 도서관' 프로젝트의 첫 번째 작품 인도일에 했던 연설. 애트우드는 미래 도서관에 들어갈 첫 작품을 의뢰받았고, 드디어 이날 「스크리블러 문(Scribbler Moon)」이라는 제목의 원고를 프로젝트 측에 전달했다. 이 공공 예술 프로젝트는 2014년부터 20114년까지 100년 동안 매년 한 편씩 유명 작가의 창작 작품을 모으는 것을 골자로 한다. 이렇게 모인 100편의 원고는 2114년까지 미개봉·미공개 상태로 유지되며, 2114년이 오면 이 프로젝트를 위해 특별히 조성된 1000그루의 나무를 베어 만든 종이를 이용해 한정판으로 간행된다. 이날의 연설 내용은 나중에 다음의 온라인 사이트에 게재됐다. https://www.futurelibrary.no/#/years/2014.

『시녀 이야기』를 회고하며

2015년 11월 3일, 테네시주 쿡빌, 테네시공과대학에서 했던 기조연설.

385쪽: 1955년 5월 13일, 『월간 하우스키핑』, 「좋은 아내 가이드」. 이후 패러디물로 밝혀졌다. www.snopes.com/fact-check/how-to-be-a-good-wife/.

우리는 이중으로 부자유하다

2015년 9월 18일, 『가디언』에 「마거릿 애트우드: 우리에게 자유란 없다(Margaret Atwood: We Are Double-Plus Unfree)」로 처음 게재. 이후 빈티지 미니스(Vintage Minis) 시리즈(런던: 빈티지 클래식스 / 펭귄랜덤하우스 UK, 2018) 중 『자유(*Freedom*)』로 간행.

399쪽: 윌리엄 블레이크의 시 「순수의 전조(Auguries of innocence)」, 1863년에 최초 발행.

399쪽: 존 밀턴, 『실낙원』 제3권, 1667년에 최초 발행.

399쪽: 윌리엄 셰익스피어, 『템페스트』(런던: 글로브 에디션, 1864), 2막 2장에 나오는 칼리반의 대사.

단추냐 리본이냐, 그것이 문제로다

2015년 2월 14일, 『데일리 텔레그래프』에 「시녀의 튤: 마거릿 애트우드가 말하길, 셜록의 사냥 모자부터 『멋진 신세계』의 지피카믹닉스까지 소설 속의 옷들은 목적에 부합해야 한다(The Handmaid's Tulle: From Sherlock's Deerstalker to the Zippicamiknicks of 'Brave New World,' Fictional Clothes Must Always Fit, Says Margaret Atwood)」로 처음 수록.

가브리엘 루아

앙드레 프라트(André Pratte)와 조너선 케이(Jonathan Kay)가 편집한 『그들의 유산: 프랑스계 캐나다인들이 북미에 미친 영향(*Legacy: How French Canadians Have Shaped North America*)』(토론토: 시그널 북스 / 매클리랜드 & 스튜어트 / 펭귄랜덤하우스 캐나다, 2016)에 처음 수록(pp. 233~56).

432~433쪽: 가브리엘 루아, 『틴 플루트』, 해나 조지프슨(Hannah Josephson) 번역(뉴욕: 레이널 & 히치콕, 1947).

446~448쪽: 루아, 『부자들의 거리』, 「연못의 목소리」, 헨리 비니스(Henry Biness) 번역(토론토: 뉴 캐나다 라이브러리/매클리랜드 & 스튜어트, 1991), pp. 130~131.

셰익스피어와 나

2016년 6월 25일, 플로리다주 올랜도에서 열린 전미도서관협회(American Library Association) 연례 콘퍼런스 & 전시회에서 수행한 기조연설.

453~454쪽: 윌리엄 셰익스피어, 『맥베스의 비극(*The Tragedy of Macbeth*)』(런던: 글로브 에디션, 1864), 5막 5장에 나오는 맥베스의 대사.

454쪽: 윌리엄 셰익스피어, 『줄리어스 시저의 비극(*The Tragedy of Julius Caesar*)』(런던: 글로브 에디션, 1864), 1막 2장에 나오는 카시우스의 대사(지은이가 내용을 변경함).

『스톤 매트리스』, 「저승에서 돌아온 자」(토론토: 매클리랜드 & 스튜어트, 2014), pp. 37~39.

453~454쪽: 『작가와 글쓰기(*Writers and Writing*)』, 「유혹: 프로스페로, 오즈의 마법사, 메피스토와 그 무리들」(토론토: 엠블럼 에디션스 / 매클리랜드 & 스튜어트, 2014), pp. 91~122. 원래는 『망자와의 협상: 글쓰기에 대하여(*Negotiating with the Dead: A Writer on Writing*)』(케임브리지, UK: 케임브리지 유니버시티 프레스, 2002)라는 제목으로 출판됐다.

마리클레르 블레

원본 영어 원고를 앤마리 레짐볼드가 프랑스어로 번역한 글이 『리베르테(*Liberté*)』 제312호(2016년 여름호), pp. 37~38에 「모든 것을 날려버린 여자(Celle qui a tout fait sauter)」라는 제목으로 처음 게재.

『모피 여왕의 키스』

2016년 10월 14일, 『매클린스 매거진(*Maclean's Magazine*)』, 「지난 25년을 빛낸 캐나다 최고의 책: 마거릿 애트우드가 말하는 『모피 여왕의 키스』(Ranking the Top Canadian Books of the Past 25 Years: Margaret Atwood on Kiss of the Fur Queen)」에 발췌 수록. 이후 2016년 11월, 『캐나다 문학평론』, 25주년 기념판, 「지난 25년을 빛낸 가장 영향력 있는 캐나다 도서 25선(The 25 Most Influential Canadian Books of the Past 25 Years, LRC)」에 재수록.

백척간두의 우리

2016년 10월 19일, 토론토 쉐라톤 센터에서 열린 여성법률교육행동재단(LEAF)의 퍼슨스 데이 기념 조찬 모금 행사에서 수행한 기조연설. LEAF 내셔널은 젊은 여성 변호사에 대한 교육을 지원하고, 필요 시 소송 참가자 역할을 맡는 단체다. 서부 연안 LEAF와는 완전히 별개의 단체이며, 정책적인 입장도 다르다.

4부: 2017~2019 | 파국의 시대

트럼프 치하의 예술

2017년 1월 18일, 『더 네이션(*The Nation*)』에 처음 게재.

『일러스트레이티드 맨』

이 서문의 일부는 2012년 6월 8일, 『가디언』에 「마거릿 애트우드가 말하는 레이 브래드버리(Margaret Atwood on Ray Bradbury)」라는 추도문으로 처음 게재됐고, 이후 레이 브래드버리의 단편집 『일러스트레이티드 맨』, 마크 부르크하르트(Marc Burckhardt) 삽화(런던: 더 폴리오 소사이어티, 2017)에 부치는 서문으로 수록.

507쪽: 레이 브래드버리, 『뉴요커』, 「집에 데려다줘」, 2012년 5월 18일 온라인 게재, 2012년 6월 4일, 11일 인쇄 발행.

나는 나쁜 페미니스트인가?

2018년 1월 13일, 『글로브 앤드 메일(*Globe and Mail*)』에 처음 게재.

우리는 어슐러 르 귄을 잃었다, 우리에게 그녀가 가장 필요할 때

이 에세이의 일부는 다음의 두 매체에 처음 게재됨. 2018년 1월 24일, 『워싱턴 포스트』, 「우리는 어슐러 르 귄을 잃었다, 우리에게 그녀가 가장 필요할 때」. 그리고 2018년 1월 24일 『가디언』, 「마거릿 애트우드가 말하는 어슐러 K. 르 귄: '20세기 문호 중 한 사람'(Ursula K. Le Guin, by Margaret Atwood: 'One of the Literary Greats of the 20th Century')」.
524쪽: 어슐러 K. 르 귄, 『남겨둘 시간이 없답니다(*No Time to Spare: Thinking about What Matters*)』(뉴욕: 휴턴 미플린 하코트, 2017)에 수록된 「분노에 관하여」(2014년 작성).

세 장의 타로 카드

2018년 5월 4일, 피렌체 작가축제(Festival degli Scrittori)의 주요 행사인 산타막달레나재단(Santa Maddalena Foundation)의 그레고르 폰 레초리 상(Premio Gregor von Rezzori-Città di Firenze, 전년도에 이탈리어로 번역 출간된 외국 소설 중 최고의 작품을 선정해 시상한다) 시상식에서 수행한 기조연설. 이후 영어와 이탈리아어로 발행. 『12판: 2018년 5월 3-4-5일(*XII Edizione: 3-4-5 Maggio, 2018*)』(피렌체: 산타막달레나재단, 2018), pp. 2~41.
542~543쪽: 카를 오르프, 〈카르미나 부라나〉(1935~1936년에 작곡된 칸타타. 1937년 6월 8일 초연), 〈오 포르투나〉. 영어 번역은 저자가 제공.

노예 국가?

아나 코레아(Ana Correa)의 『우리는 베들레헴(*Somos Belén*)』(부에노스아이레스: 플라네타, 2019)에 부치는 프롤로그로 처음 수록(pp. 9~12).

『오릭스와 크레이크』

『오릭스와 크레이크』, 해리엇 리메리언(Harriet Lee-Merrion) 삽화(런던: 더 폴리오 소사이어티, 2019)에 부치는 서문으로 처음 수록(pp. xiii~xvii).

안녕, 지구인들! 인권, 인권 하는데 그게 다 뭐죠?

2018년 11월 10일, 암스테르담에서 열린 제25회 넥서스 강연에서 발표. 이후 다음 두 곳에 수록됨. 『넥서스 81』(2019), pp. 14~26, 그리고 쿨투라 아니미(Cultura Animi) 시리즈 제2권, 『마거릿 애트우드, 월레 소잉카, 아이웨이웨이가 바라보는 우리 세상(*The World as It Is in the Eyes of Margaret Atwood, Wole Soyinka, and Ai Weiwei*)』(암스테르담: 넥서스 인스티튜트, 2019), pp. 19~23.
565쪽: 윌리엄 셰익스피어, 『덴마크 왕자 햄릿의 비극』(런던: 글로브 에디션, 1864), 2막

2장에 나오는 햄릿의 대사.
573쪽: 「세계인권선언이란 무엇인가(What is the Universal Declaration of Human Rights)?」, 호주인권위원회 웹사이트, 날짜 불명(humanrights.gov.au/our-work/what-universal-declaration-human-rights).

『돈을 다시 생각한다』
CBC 매시 강연 시리즈 중 『돈을 다시 생각한다』의 개정판(토론토: 하우스 오브 아난시 프레스, 2019)에 부치는 서문으로 처음 수록(pp. ix~xiv).

『불의 기억』
에두아르도 갈레아노, 『불의 기억(*Memory of Fire*)』 3부작(뉴욕: 볼드 타입 북스, 아셰트 북그룹의 임프린트)의 재발간판에 부칠 서문으로 작성.
588쪽: 『고양이 눈』(토론토: 매클리랜드 & 스튜어트, 1988)에 있는 제언.

진실을. 말하라.
2019년 11월 1일, 트리니티칼리지 더블린의 칼리지역사학회(College Historical Society)가 '담론에 뛰어난 기여를 한 예술가'에게 수여하는 버크 메달(Burke Medal)에 대한 수상 수락 연설.

5부: 2020~2021 | 생각과 기억

검역의 시대
2020년 3월 28일, 『글로브 앤드 메일』에 「격리의 땅에서 자란 효과: 세균 시대 어린 시절의 악몽이 나를 코로나바이러스에도 놀라지 않게 했다(Growing Up in Quarantineland: Childhood Nightmares in the Age of Germs Prepared Me for Coronavirus)」로 처음 수록.
605쪽: CBC 매시 강연 시리즈 중 『돈을 다시 생각한다』(토론토: 하우스 오브 아난시 프레스, 2008), p. 186에서 개작.

『동등한 우리』
2020년 5월 22일, 『글로브 앤드 메일』에 서평 「마거릿 애트우드가 제2세대 페미니즘의 시를 뿌린 예술가들을 다룬 책 『동등한 우리』를 논하다(Margaret Atwood Reviews

The Equivalents, About the Artists Who Seeded Second-Wave Feminism)」로 처음 게재.

『갈라놓을 수 없는』

시몬 드 보부아르, 『갈라놓을 수 없는』 영역판, 세라 스미스(Sarah Smith) 번역(뉴욕: 에코 / 하퍼콜린스, 2021)에 부치는 서문으로 처음 수록. 이후 2021년 9월 8일, 『리터러리 허브(Literary Hub)』에 「읽고 울자: 마거릿 애트우드가 말하는 잊지 못할 세기의 지성, 시몬 드 보부아르(Read It and Weep: Margaret Atwood on the Intimidating, Haunting Intellect of Simone de Beauvoir)」로 재수록.

『우리들』

예브게니 자먀틴, 『우리들』, 캐넌스 개정 영역판, 벨라 샤예비치 번역(에든버러: 캐넌게이트 북스, 2020)에 부치는 서문으로 처음 수록(pp. 1~7). 이후 2020년 11월 14일, 『텔레그래프』, 「마거릿 애트우드: 조지 오웰과 나에게 영감을 준 잊힌 디스토피아(Margaret Atwood: The Forgotten Dystopia That Inspired George Orwell – and Me)」로 재수록.

625쪽: 예브게니 자먀틴, 『소비에트의 이단자: 예브게니 자먀틴 에세이집(*A Soviet Heretic: Essays by Yevgeny Zamyatin*)』, 「나는 두렵다(I Am Afraid)」(1921년 작성), 미라 긴스버그(Mirra Ginsberg) 번역(시카고: 시카고 유니버시티 프레스, 1970), p. 57.
630쪽: 찰스 디킨스, 『크리스마스 캐럴 외』, 아서 래컴 삽화(런던, 뉴욕, 토론토: 에브리맨스 라이브러리 / 앨프리드 A. 크노프, 2009), p. 77.

『증언들』 집필에 대하여

2020년 10월 1일, 위트레흐트, 위트레흐트 국제문학축제(ILFU), 제12회 벨 판 주일렌 강연(토론토에서 실시간 인터넷 방송).
632쪽: 프랑스 정치가이자 코뮌 리더였던 피에르 가스파르 쇼메트(Pierre Gaspard Chaumette)가 1793년 11월 15일의 어느 코뮌 회의에서 한 말의 영역(역자 미상), 『신보 재판본(*Réimpression de l'ancien Moniteur*)』, 제18권(파리: 플롱, 1860), p. 451.

『새들을 머리맡에』

그레임 깁슨, 『새들을 머리맡에: 조류 잡학서』, 재발간판(토론토: 더블데이 캐나다, 2021)에 새로 부치는 서문으로 처음 수록(pp. xii~xv).

『영구운동』과 「젠틀맨 데스」

그레임 깁슨, 『영구운동/젠틀맨 데스: 두 소설』, 재발간판(토론토: 매클리랜드 & 스튜어트, 2020)에 새로 부치는 서문으로 처음 수록(pp. 1~9). 이후 2020년 8월 26일(2020년 8월 28일 업데이트), 『글로브 앤드 메일』에 「마거릿 애트우드가 그레임 깁슨의 『영구운동』과 『젠틀맨 데스』를 소개하다(Margaret Atwood Introduces Graeme Gibson's *Perpetual Motion* and *Gentleman Death*)」로 발췌 수록.

시간의 흐름에 잡혀

2020년 11월 7일, 『가디언』에 「시간의 흐름 속에서: 마거릿 애트우드가 말하는 슬픔, 시, 그리고 지난 4년(Caught in Time's Current: Margaret Atwood on Grief, Poetry, and the Past Four Years)」로 처음 수록.

662쪽: 어슐러 K. 르 귄, '어스시 연대기'의 제1권 『어스시의 마법사』(뉴욕: 휴턴 미플린 / 휴턴 미플린 하코트 출판사, 1980)에 있는 제언.

664~668쪽: 시집 『한없이(*Dearly*)』에 수록된 시 「한없이」(토론토: 매클리랜드 & 스튜어트, 2020), pp. 118~20.

〈빅 사이언스〉

2021년 4월 8일(2021년 4월 9일 업데이트), 『가디언』에 「'지금보다 더 시의적절했던 때도 없었다': 마거릿 애트우드가 말하는 로리 앤더슨이 〈빅 사이언스〉로 보여준 섬뜩한 천재성('It Has Never Been More Pertinent': Margaret Atwood on the Chilling Genius of Laurie Anderson's *Big Science*)」으로 처음 수록.

669~671쪽: 로리 앤더슨, 싱글곡 〈오 슈퍼맨〉(원 텐 레코드, 1981년 녹음), 정규 바이닐 LP 앨범 〈빅 사이언스〉(워너 브러더스, 1982년 발매)의 여섯 번째 수록곡.

배리 로페즈

2020년 12월 29일, 『오리온 매거진』에 「고마워요, 배리: 마거릿 애트우드(Thank You, Barry: Margaret Atwood)」로 처음 수록.

바다 3부작

레이철 카슨, 『우리를 둘러싼 바다』, 캐넌스 재발간판(에든버러: 캐넌게이트 북스, 2021)에 부치는 서문으로 처음 수록.

679쪽: 바이런, 『차일드 헤럴드의 순례(*Childe Harold's Pilgrimage*)』, 「칸토 4편: 179(Canto the Fourth: CLXXIX)」, 1812~1818년 사이에 최초 간행.

찾아보기

인물

ㅅ

ㅇ

작품

ㅅ

ㅇ

ㅈ

타오르는 질문들

초판 1쇄 발행 2022년 10월 12일
초판 2쇄 발행 2022년 11월 14일

지은이 마거릿 애트우드
옮긴이 이재경
펴낸이 이승현

출판2 본부장 박태근
스토리 독자 팀장 김소연
책임 편집 강소영
공동 편집 곽선희 김해지 이은정 조은혜
디자인 이세호

펴낸곳 ㈜위즈덤하우스 **출판등록** 2000년 5월 23일 제13-1071호
주소 서울특별시 마포구 양화로 19 합정오피스빌딩 17층
전화 02) 2179-5600 **홈페이지** www.wisdomhouse.co.kr

ISBN 979-11-6812-442-4 03840